»Dieses Buch wirkt lange nach.« Clemens Schuhmann, *Oberösterreichische Nachrichten*

»Norwegens interessanteste Krimiautorin.« *Trønder-Avisa*

ANNE HOLT ist mit 10 Millionen verkauften Büchern weltweit eine der erfolgreichsten Krimiautorinnen Skandinaviens. Sie ist ehemalige Justizministerin Norwegens, Anwältin, Journalistin, TV-Nachrichtenredakteurin und Moderatorin. Zu großem Ruhm als Autorin gelangte sie mit den zwei Krimiserien um Inger Johanne Vik (verfilmt als »Modus. Der Mörder in uns«) und Hanne Wilhelmsen. Ihre neueste Serie dreht sich um die Juristin Selma Falck.

GABRIELE HAEFS übersetzt seit über 25 Jahren u. a. aus dem Norwegischen, Dänischen und Englischen. Sie wurde mit dem Gustav-Heinemann-Friedenspreis und dem Sonderpreis für ihr übersetzerisches Gesamtwerk ausgezeichnet. Zu den von ihr übertragenen Autor:innen zählen neben Anne Holt unter anderem Jostein Gaarder und Håkan Nesser.

ANNE HOLT

EINE IDEE VON MORD

Selma Falcks dritter Fall

KRIMINALROMAN

Übersetzt von
Gabriele Haefs

Atrium Verlag · Zürich

This translation has been published with the financial support of NORLA,
Norwegian Literature Abroad

NORLA
Norwegian
Literature Abroad

MIX
Papier | Fördert
gute Waldnutzung
FSC® C014496
FSC
www.fsc.org

Taschenbuchausgabe
1. Auflage 2025

Die Originalausgabe erschien 2020 unter dem Titel *Mandela-effekten*
bei Gyldendal Norsk Forlag AS, Oslo.

Published by agreement with Salomonsson Agency
Lektorat: Julie Hübner
Umschlaggestaltung: Hauptmann & Kompanie
Werbeagentur, Zürich
Satz: Greiner & Reichel, Köln
Druck und Bindung: GGP Media GmbH, Pößneck
Printed in Germany
ISBN 978-3-03882-045-1
GPSR-Kontakt: W1-Verlage GmbH, Semperstr. 24,
22303 Hamburg, gpsr@w1-verlage.de.

www.atrium-verlag.com
www.instagram.com/atriumverlag

Für Jan Guillou, meinen Freund, mit Dank

Mai 2010

Der Anfang

Sie nuschelte und grinste. War trotzdem reizend. Damenhaft reizend, ganz anders als jüngere Mädchen. Ein bisschen mamamäßig, aber auch ziemlich frech. Eigentlich hübsch. Fülliger Mund mit Lippen, die echt wirkten. Rotblonde Haare, die einwandfrei nicht echt waren. Und sie war schwer beschäftigt. Sie kotzte gerade in eine Mülltonne, als er sie entdeckte. Er blieb stehen und sah ihr eine Weile zu, bis sie sich aufrichtete, zu ihm hinüberschaute und ihm plötzlich zuwinkte. Er gehorchte dem Wink und sah, wie eine Ratte an ihren Füßen vorüberrannte. Das Maul des Nagetiers war vollgestopft mit Kebabresten oder so etwas. Die Frau war zu sehr weggetreten, um das Tier zu bemerken. Sie tat ihm leid. Andere Leute taten ihm oft leid.

Er sich selbst auch.

Es kam so, wie er es gewollt hatte, er durfte mit ihr nach Hause gehen.

»Wie alt bist du eigentlich?«, fragte er zum dritten Mal.

»Tick, tack. Tick, tack.«

Vielleicht weinte sie ja eigentlich. Vor allem hatte sie gelacht, sogar, als er sie reichlich hart packen musste, damit sie im U-Bahnhof Nationaltheatret nicht in den Spalt zwischen Bahnsteig und Wagen fiel. Ihr Lachen war ansteckend, sogar im Suff. Sie kam ihm trotzdem nicht besonders fröhlich vor.

»Tick, tack.«

Ihre Wohnung war schweineschick. Nicht, dass er selbst ausgerechnet in Scheiß-Manglerud hätte wohnen wollen, und schon gar nicht in einem riesigen Hochhaus. Die Wohnung war auch nicht besonders groß, zeigte aber wirklich guten Geschmack. Geschmack wie in Einrichtungszeitschriften. Ziemlich dunkle Farben. Gerade genug Bücher im Regal, und ein viel zu schüchterner Flachbildschirm. Und solche Gruppen aus leeren Vasen und Kerzen, auf einem Holzbrett arrangiert, um ganz zufällig auszusehen. Hier und dort, überall, aber nicht übertrieben viele. Die Wohnung war perfekt, um dort zu übernachten, und derzeit war er total abhängig davon, solche Orte zu finden. Bekannte oder fremde, wenn es dort nur einigermaßen sauber aussah und die Leute in Ordnung waren, dann war er bis zum nächsten Tag gerettet.

»Viel zu alt«, jammerte sie. »Die Uhr tickt.«

Er hatte eine große Kanne Kaffee gekocht und der Frau außerdem eine Menge Wasser eingetrichtert. Er wusste, wie sie sich fühlte. Er betrank sich nur selten, aber wenn es passierte, war es danach das Beste, den Rausch auszuschlafen. Die Hölle, wenn man dann endlich aufwachte, aber dennoch.

»Vielleicht solltest du schlafen«, schlug er vor und stand vom Sofa auf.

»Nein«, sagte sie und versuchte, ihn zu sich zu ziehen. »Du bist so niedlich. So lieb. Du wärst sicher ein toller Papa. Können wir nicht zusammen ein Kind machen?«

Er lachte.

»Ich hab es dir eben in der Bahn doch schon gesagt. Ich bin homo. H-O-M-O. Ich habe keine Lust auf Frauen ... *no offence.*« Er trat einen Schritt zurück und hob beide Handflächen. »... und ich hab auch keine große Lust auf Kinder. Ich bin einundzwanzig.«

»Es wäre so leicht«, sagte sie und versuchte, sich bequemer hinzusetzen. »Ich habe alles, was wir brauchen, und es ist die richtige Zeit im Monat, und ...« Ihre R mussten irgendwo auf dem Boden eines Glases liegen. Sie sagte »wä'e« und »hichtig«.

Ihre Hand rutschte von der Sofakante ab, als sie aufstehen wollte, und sie fiel zurück. War nicht mehr so hübsch.

Er tippte auf vierzig Jahre.

»Achtunddreißig«, sagte sie, und der Schluckauf setzte ein. »Ich bin achtunddreißig, und die Uhr tickt fleißig.« Ein Kichern. »Das hat sich gereimt. Komm, wir machen ein Baby.«

Sie schloss die Augen. Noch einige Minuten, dann würde sie schlafen. Er nutzte die Gelegenheit, um sich noch einmal umzusehen. Neben dem jämmerlichen Flachbildschirm lag ein iPad. Das hatte sie offenbar in den USA gekauft, denn Apple hatte das coolste *gadget* aller Zeiten erst vor einem Monat lanciert. Sauteuer.

Saugeil.

Ab und zu stahl er.

Nicht viel. Meistens Speis und Trank. Ein seltenes Mal Geld, aber nur kleine Beträge, und nur im Notfall. Das iPad hatte ein knallrotes Lederetui und führte ihn in Versuchung.

»Kind«, sagte sie unerwartet energisch.

Diesmal konnte sie aufstehen. Das Grinsen war verschwunden. Sie deutete ein Kopfschütteln an. Dann leerte sie die halb volle Tasse lauwarmen Kaffees, stellte sie ab, streckte den Rücken und hob die Hände über den Kopf, als ob sie eben erst aufgewacht wäre. Er hatte gehofft, sie werde auf dem Sofa einschlafen, damit er sich in das verlockende Bett legen könnte, das sich aller Wahrscheinlichkeit nach hinter der Tür in der Längswand befand. Nun würde es wohl umgekehrt sein. Auch gut. Anspruchsvoll zu sein, konnte er sich nicht leisten, und gegen das Sofa war nichts einzuwenden.

Mit überraschend festen Schritten ging sie durch das Zimmer zu der integrierten Küche. Eine Schublade klirrte. Mehrere Schubladen. Er starrte das iPad an. Sie hatte auch ein iPhone, das wusste er. In der Handtasche, die im Gang am Haken hing und eine Brieftasche und jede Menge Schminke enthielt. Die Tasche war in der U-Bahn zwischen ihren Beinen umgekippt, und er hatte ihr helfen müssen, alles wieder aufzusammeln.

»Hier«, sagte die Frau und hob eine riesige Spritze über ihren Kopf.

Groß genug für ein Pferd. Oder einen Elefanten. Die Spritze hatte keine richtige Spitze, das sah er nun. Sie hatte überhaupt kein Metall, war stumpf und seltsam. Sie sah ein bisschen aus wie eine dieser Spielzeugspritzen, wie sie oft in niedlichen Arztköfferchen mit einem aufgedruckten roten Kreuz lagen.

»Hast du was zu essen?«, fragte er.

»Sicher. Nachher. Erst das hier.«

Dumm war er nicht. In der Schule war er lange Zeit der Beste in der Klasse gewesen. Clever und eingebildet, hatte er die Lehrer sagen hören. Dann war seine Mutter gestorben, und mehr Schule hatte es nicht gegeben. Das Leben war weitergegangen, irgendwie. Er stolperte hinterher, so gut es eben ging, lebte vor allem von der Hand in den Mund. Ab und zu wie ein Prinz. Meistens nicht. Eine feste Adresse hatte er nicht mehr gehabt, seit sein Vater schließlich die Geduld verloren und ihn vor die Tür gesetzt hatte.

Da war er siebzehn.

Seit vier Jahren lebte er nun schon von Sozialhilfe und der Barmherzigkeit anderer. Dumm war er trotzdem nicht, und als die Frau ein weiteres Mal mit der riesigen Plastikspritze winkte, begriff er, was sie wollte.

»Bist du gesund?«, fragte sie.

»Ja. Aber ich hab keinen Bock auf …«

»Keine HIV-Infektion?«

»'türlich nicht«, antwortete er irritiert. »Ich passe auf.«

»Erbliche Krankheiten?«

Ihr R war zurückgekehrt.

»Nein«, antwortete er. »Außerdem können wir mit dem Ding da kein Kind machen.«

Sie stand jetzt dicht vor ihm. Ihr Atem roch nach Kotze, Kaffee und Rotwein. Ihre Zunge war bläulich verfärbt. Ihre Augen noch blauer.

»Zehntausend Kronen«, sagte sie tonlos.

»Was?«

Er trat einen Schritt zurück.

»Du kriegst zehntausend Kronen. Dafür brauchst du bloß in eine Tasse zu wichsen. Im Badezimmer oder so. Dann gibst du mir die Tasse und kriegst zehntausend Kronen. Siehst aus, als könntest du die brauchen.«

Zehntausend Kronen in bar hatte er zuletzt bei seiner Konfirmation besessen.

»Dreißig«, sagte er rasch. »Ich will dreißigtausend.«

»Nein«, sagte sie und ging zu dem kleinen Möbelstück, auf dem iPad und Flachbildschirm ihren Platz hatten.

Aus einer schmalen Schublade zog sie einen Stapel hellbrauner Banknoten, zusammengehalten von etwas, das aussah wie ein Haargummi.

»Zehntausend Kronen«, erklärte sie entschieden. »Ich weiß nicht einmal, wie du heißt, also gehst du keinerlei Risiko ein. Niemand wird etwas von dir verlangen. Weder Geld noch irgendwelche Besuche zu Familiengeburtstagen. Du gibst mir, was ich will, du kriegst das Geld und ...«

Wieder setzte der Schluckauf ein, und sie musste einen Schritt zur Seite treten, um nicht aus dem Gleichgewicht zu geraten.

»Das ist verdammt noch mal nicht in Ordnung«, sagte er leise. »So kannst du doch kein Kind machen. Kinder dürfen nicht ...« Er fuhr sich mit der Hand durch die halblangen Haare. »Warum fährst du nicht nach Dänemark oder so? Oder suchst dir einen Typen, mit dem du zusammen sein kannst, verdammt noch mal, du bist doch ...«

Sie schwenkte die Geldscheine.

»Du siehst gut aus«, sagte sie. »Du bist Norweger und blond

und jung. Du bist lieb. Du hast mir nach Hause geholfen. Ich habe keine Ahnung, wie intelligent du bist, aber ich bin clever genug für zwei.«

Er hätte sie niederschlagen können. Ihr das Geld entreißen und weglaufen. Sie war nicht mehr so betrunken wie noch vor zwei Stunden, als er sie gefunden hatte, aber es wäre leicht, sie zu überwältigen. Und sie hatte keine Ahnung, wer er war.

»Zehntausend Kronen für ein paar Sekunden Arbeit«, sagte sie.

In dem Punkt hatte sie recht. Lange würde es nicht dauern.

»Und das iPad«, sagte er und zeigte darauf.

»Nein. Zehntausend. *Take it or leave it.*«

»Aber wieso ich? Hast du nicht ...«

»Du weißt nichts über mich. Ich weiß nichts über dich. So soll es bleiben. Und jetzt brauche ich eine Antwort.«

Er antwortete.

Zehn Minuten später stand er allein im Flur der kleinen Wohnung und hatte ein ganzes Vermögen in der Tasche. Die Frau war mit Tasse und Spritze in ihrem Schlafzimmer verschwunden und hatte ihn weggeschickt. Ohne ihm etwas zu essen anzubieten, wie sie versprochen hatte. Ihre Handtasche hing noch immer am Haken neben der Wohnungstür. Er öffnete sie vorsichtig und zog die lederne Brieftasche heraus. Sie liebte Bargeld, diese Frau. Hinter dem Foto eines Schäferhundes steckte ein Bündel Zweihunderter. Die Kreditkarte klemmte fest in dem engen Seitenfach, aber mit einigem Gefummel konnte er sie weit genug herausziehen, um den Namen darauf zu lesen.

Wenn sie schon keine Ahnung hatte, wer er war, wollte er jedenfalls wissen, mit wem er möglicherweise ein Kind gemacht hatte. Andererseits, in dem Alter schwanger zu werden, nach einem mehr oder weniger zufälligen Versuch, im Suff eine künstliche Befruchtung vorzunehmen, wäre ja wirklich ein Glückstreffer. Nach kurzem Zögern schob er die Karte wieder ins Fach und legte auch die Brieftasche zurück, ohne das Bargeld anzurühren. Dann lief er aus dem Haus, um sich etwas zu essen und eine andere Übernachtungsmöglichkeit zu suchen. Unten auf der Straße beschloss er, so zu tun, als hätte sich diese absurde Szene niemals zugetragen.

Ihren Namen vergaß er seltsamerweise nie.

Donnerstag, 5. September 2019

Das Attentat

Als der Schuss Selma Falck traf, war sie eigentlich nur überrascht.

Es tat nicht besonders weh. Ein Rucken in der Schulter, ganz oben am linken Arm. Instinktiv griff sie an die Eintrittswunde und merkte mit wachsendem Erstaunen, dass das Blut schon ihre Samtjacke tränkte und sie dunkelrot färbte.

Ein gewaltiges Spektakel brach los.

Der Tisch kippte um, Menschen kreischten. Tassen, Gläser und Stühle flogen in alle Richtungen. Die Gäste in dem engen Straßencafé ließen sich auf den Asphalt fallen oder sprangen auf, um die Flucht zu ergreifen. Ein Kinderwagen, der am äußeren Rand der Tischreihe stand, fiel um, und die Schreie der Mutter übertönten allen anderen Lärm.

Nur Selma Falck blieb ganz ruhig sitzen. Während sich das Blut unter ihrer rechten Hand ausbreitete, wurde ihr immer schwindliger. Später würde sie aussagen, dass viele Sekunden vergangen waren, vielleicht sogar Minuten, ehe sie bemerkt hatte, dass Linda tot war.

Der Schuss hatte Selmas alte Freundin aus der Handballnationalmannschaft in den Kopf getroffen.

Ein scharfer Knall hatte die Herbstluft zerfetzt. Es hatte nicht zweimal geknallt, das wusste Selma mit Sicherheit. Sie blieb sitzen, die Übelkeit hinderte sie am Aufstehen, während sie versuchte, die Kakophonie aus Weinen, Jammern und scharfen Warnungen auszusperren.

Ein einziger Schuss. Definitiv keine zwei. Linda hatte links von ihr gesessen. Vanja Vegge, Selmas älteste Freundin, saß den beiden genau gegenüber. Ein gestresster Kellner hatte soeben ein Glas Wasser auf den wackligen kleinen Tisch geknallt. Das Glas stand so weit am Rand, dass es fast umgekippt wäre, als der Kellner sich zwischen den eng stehenden Tischen umdrehte. Linda Bruseths Reflexe waren vielleicht nicht so gut wie vor dreißig Jahren, aber sie hatte den Fall in letzter Sekunde verhindern können. Ihre Hand umklammerte noch immer das Glas. Ihr Kopf war nach vorn gesunken. Es konnte aussehen, als wäre sie betrunken eingeschlafen. Aber alles, was vor wenigen Sekunden auf dem Tisch gestanden hatte, waren das Wasser, eine Pepsi Max und ein Cappuccino gewesen.

Feinkalibrige Waffe, konnte Selma noch denken. Die Kugel hatte Linda von hinten seitlich am Kopf getroffen. Dort hatte sie Masse und Gewicht hinterlassen, während sie im Gehirn rotiert war, hatte den Winkel geändert und ihre Reise durch ein neues und größeres Loch in Lindas Schädel fortgesetzt, ehe sie Selmas Arm traf. Vor Selmas Augen tanzten Punkte, schwarze und grüne, aber sie konnte den verletzten Arm doch weit genug heben, um zu sehen, dass es keine Austrittswunde gab.

»Selbe Kugel«, murmelte sie. »Und jetzt ist die in mir.«

»Wir müssen weg!«, schrie Vanja Vegge hysterisch unter dem Tisch.

»Sie hat mich gerettet«, sagte Selma.

»Was? Wir müssen weg, Selma! Vielleicht gibt es noch weitere Schüsse!«

»Linda hat mich gerettet«, wiederholte Selma. »Aber ohne das zu wissen, glaube ich.«

Danach erhob sie sich, schwankte ein wenig, packte ihren linken Oberarm fester mit der rechten Hand und ging mit überraschend sicheren Schritten auf den heulenden Rettungswagen zu, der sich wie durch ein Wunder bereits näherte.

»Das darf Anine nie im Leben erfahren«, murmelte sie immer wieder. »Meine Tochter darf davon einfach nichts hören.«

Als ob sich das vermeiden lassen würde.

Samstag, 7. September

Die Vernehmung

Privatermittlerin Selma Falck und Hauptkommissar Fredrik Smedstuen saßen in einer Besenkammer im Ullevål-Krankenhaus. Diese Besenkammer war überraschend groß. Zum Ausgleich roch sie alles andere als sauber. Feuchtigkeitsflecken zeichneten große Muster an die fensterlose Außenwand, und in einer Ecke hing ein Bündel stinkender Wischlappen.

»Sie in ein Viererzimmer zu legen«, murmelte der Polizist und schüttelte den Kopf. »Und das im reichsten Land der Welt. So weit ist es gekommen.«

»Das geht schon«, sagte Selma kurz. »Ich werde ja bald entlassen. Ist nur eine Fleischwunde. Und sie haben uns immerhin diese Kammer zur Verfügung gestellt. Für unsere kleine ... Plauderei.«

Sie hob den Blick und ließ ihn durch die Kammer wandern. Die eine Wand war mit Regalen aus emailliertem Metall verstellt, und diese Regale quollen über vor so vielen giftigen Reinigungsmitteln, dass die ganze Station damit umgebracht werden könnte, wenn sie in die falschen Hände fielen. In die gegenüberliegende Wand waren Eisenhaken eingeschraubt, die aussahen wie von einem Grobschmied alter Zeiten hergestellt. Sie waren alle unterschiedlich groß. An jedem waren mit geflochtenem Bindfaden Besen und Wischmopps befestigt, alles zusammen dermaßen verdreckt, dass Selma hoffnungsvoll davon ausging, dass diese Kammer nicht mehr in Gebrauch war. Sie war einfach nur ein überzähliger Raum in einem gewaltigen Krankenhauskomplex, der bald dem Erdboden gleichgemacht werden würde. Jedenfalls sollte das Krankenhaus verlegt werden, was zu einem so dermaßen heftigen Protest fast des gesamten Ärztestandes geführt hatte, dass Selma schon gedacht hatte, sie müssten recht haben. Hier und jetzt änderte sie ihre Meinung. Vierundzwanzig Stunden in einem Krankenzimmer, das viel höher war als breit, mit drei jammernden Zimmernachbarinnen und einem ekligen Uringeruch aus dem gemeinsamen Bad, hatten in ihr eine Sehnsucht nach dem viel neueren Rikshospital entfacht. Dort hatte sie ein Jahr zuvor sechs Wochen lang gelegen und sich wohlgefühlt.

Sie saß in einem Rollstuhl, ohne so recht zu wissen, weshalb. Die Krankenschwester hatte darauf bestanden. Fredrik Smedstuens breite Oberschenkel quollen über die Seiten des schmächtigen Stahlrohrstuhls, und er rutschte die ganze Zeit unbehaglich hin und her. Ins Regal neben ihnen zwischen eine Flasche Lauge und einen Vierliterkanister reinen Salmiak hatte er ein iPhone mit Aufnahmemöglichkeit gelegt.

»Wie gesagt«, wiederholte er, »das ist nur eine einleitende und absolut nicht offizielle Befragung. Hoch priorisierter Fall, das Ganze. Wir sind *all over it.* Eine Parlamentsangehörige wurde auf offener Straße ermordet. Das sind ja geradezu schwedische Zustände! Ich gehe davon aus, dass Sie ein Interesse daran haben, Ihren Teil beizutragen. Sie wissen ...«

Selma gab keine Antwort. Irgendetwas an diesem Mann ließ sie stutzen. Er respektierte sie offenbar und hatte das Gespräch damit eröffnet, dass er Bewunderung und Hochachtung für Selmas frühere Heldentaten zum Ausdruck gebracht hatte. Sie war ihm mit der üblichen Verbindlichkeit und Offenheit begegnet, als er ohne Vorwarnung an ihrem Krankenbett aufgetaucht war. Das war ein Automatismus gewesen; allen anderen gegenüber, mit Ausnahme einer kleinen Handvoll Menschen, glitt sie in die Rolle ihres zweiten Ichs, war freundlich und humorvoll, ein bisschen flirtend und großzügig. Das wirkte immer. Aber nicht bei diesem Mann. Er hatte etwas Reserviertes an sich. Etwas Verschlossenes, so als ob ihm das Ganze eigentlich egal sei. Als ob selbst ein Fall wie dieser, ein tödlicher Schuss auf eine Menschenmenge am helllichten Tag, ihn im Grunde doch nur langweilte.

Vielleicht fühlte er sich einfach nicht wohl in seiner Haut. Er war groß, beleibt und ungepflegt. Seine Pilotenjacke war haarscharf zu eng. Seine Haare eine Spur fettig. Er hatte versucht, den Zigarettengeruch aus seinem Mund mit *Fisherman's Friend* zu camouflieren. Selma ihrerseits hatte vor seinem Eintreffen noch schnell duschen können, den Arm in Plastikfolie gewickelt. Vanja hatte ihr saubere Kleider aus ihrer Wohnung gebracht. Armani-Jeans und ein mitternachtsblaues weites Hemd von Acne. Der Polizist redete, zuckte mit den Schultern und rückte sein Handy einige Millimeter weiter in ihre Richtung.

»Ein einziger Schuss«, stellte er fest. »Da sind Sie sich sicher?«

»Ja.«

»Zeugen vor Ort wollen mehrere gehört haben. Einige sagen zwei, andere drei. Noch andere meinen, es könne die Rede von einer Automatikwaffe sein. Viele Schüsse in einer Serie.«

»Zeugen lügen. Wir Menschen sind chronisch unzuverlässig. Wir machen uns im Kopf Bilder, die nicht stimmen. Haben Sie gehört von ...«

Er brachte sie mit einer ungeduldigen Handbewegung zum Verstummen.

»Klar. Aber was macht Sie so sicher?«

»Meine Ohren. Ich habe einen Schuss gehört. Einen einzigen. Und das werden die technischen Untersuchungen auch beweisen. Eine Kugel. Sie hat Linda im Hinterkopf getroffen, hat in ihrem Gehirn die Richtung geändert, ist wieder ausgetreten und hat mich danach am Arm erwischt. Wo sie stecken blieb.«

Der Polizist schnalzte kurz mit der Zunge und befeuchtete seine Lippen.

»Die Reste der Kugel sind zur Untersuchung geschickt worden«, sagte er und nickte zu Selmas Schulter hinüber. »Wir haben sie direkt aus dem Operationssaal bekommen. Sie ist so deformiert, dass wir eine gute Portion Glück brauchen werden, um überhaupt feststellen zu können, womit wir es zu tun haben.«

»Aber wir reden von einem leichten Hochgeschwindigkeitskaliber, nicht wahr?«

»Vermutlich. Was einen guten Schützen erfordert. Ein grobes Kaliber hätte Ihrer Freundin den Kopf weggesprengt. Wo haben Sie das gelernt? Das von Waffen und Kalibern und so, meine ich?«

Selma hielt eine Antwort nicht für notwendig. Der Polizist fühlte sich offenbar immer weniger wohl in seiner Haut. Er zog an seinem Hemdkragen, obwohl der offen stand, und kratzte sich im Dreitagebart. Er wirkte ehrlich uninteressiert an dem Fall und an Selma Falck.

»Wir werden sehen, was die Techniker herausfinden«, murmelte er. »Streng genommen können wir nicht wissen, ob Sie oder die andere Frau, mein Beileid übrigens, diese ...«

Er griff sich an die Brusttasche, wie, um nach einem Notizbuch zu suchen.

»Linda Bruseth«, sagte Selma hilfsbereit.

»Genau. Linda, ja. Wir wissen nicht, für welche von Ihnen beiden die Kugel bestimmt war. Oder ob vielleicht noch für andere. Diese Varda, zum Beispiel.«

»Vanja. Vanja Vegge hat auf der ganzen Welt nicht einen einzigen Feind. Sie ist eine freundliche Psychologin, die alle lieben. Das einzig Provozierende an Vanja sind ihre bunten Flatterkleider. Was wohl kein Grund ist, getötet zu werden.«

Fredrik Smedstuen murmelte etwas, das bedeuten konnte, dass auch die Polizei Vanja Vegge für ein unwahrscheinliches Mordobjekt hielt.

»Es braucht überhaupt niemand Bestimmtes gewesen zu sein«, fuhr er fort. »Vielleicht war es ein Terrorakt. Ein Schuss ins Blinde, um Angst zu machen.«

Selma lachte. Die Stiche, mit denen eine Drainage gesetzt worden war, ziepten. Sofort wurde sie ernst, legte ihren Arm besser in der Schlinge zurecht und versuchte, die Hand locker zu halten, wie ihr aufgetragen worden war.

»Terrorakt«, wiederholte sie; wenn der Polizist ihre Freundlichkeit nicht haben wollte, sollte er eben Ironie bekommen. »Genau. Ein typischer Terrorakt. Sich richtig in Stellung bringen, um dann einen einzelnen Schuss auf ein Straßencafé abzugeben. Wo vielleicht dreißig Personen saßen. Und wo nur ich, zufällig die einzige bekannte Person in dieser Menschenmenge, getroffen wurde. Ehe der Terrorist seinen Kram zusammenpackte und sich im Wirrwarr davonschlich. Aber sicher doch.«

»Nicht nur Sie. Linda ...«

»Bruseth«, vollendete Selma, als er abermals zögerte.

»Ja. Sie ist auch getroffen worden. Zwei Fliegen mit einer Klappe, sozusagen.«

»Offenbar, weil sie sich plötzlich vorgebeugt hat. Sie wollte ein Glas Wasser retten, das sonst umgekippt wäre.«

»Das haben wir schon gehört.« Er nickte träge. »Diese andere Freundin ...«

Abermals klopfte er sich auf die Brust.

»Vanja Vegge«, sagte Selma.

»Genau. Mit der habe ich gestern gesprochen. Sie sagt dasselbe wie Sie. Ein Schuss nur und eine plötzliche Bewegung von Linda. Ungefähr gleichzeitig.«

»Wie gesagt, das ...«

»Trotzdem kann sie das Ziel gewesen sein.«

Diesmal begnügte Selma sich mit einem Lächeln.

»Linda war die anonymste Hinterbänklerin im Parlament«, sagte sie.

»Ja, aber …«

»Aus dem inneren Vestfold, wo der Tag lang ist, und …«

Selma hätte fast erwähnt, dass die ehemalige Handballkollegin ein wenig schlicht gewesen war, riss sich aber zusammen.

»… ein sonniges Gemüt. Wenn jemand wirklich Interesse daran gehabt haben sollte, sie umzubringen, könnte ich auf der Stelle zehn bessere Methoden aus dem Ärmel schütteln. Besser, als dass sich ein Schütze in Grünerløkka versteckt und Schüsse auf ein Café abgibt, meine ich.«

»Das gilt doch wohl auch für Sie.«

»Für mich? Was denn?«

»Dass es einfachere Methoden gibt, Sie umzubringen.«

Selma beugte sich im Rollstuhl vor.

»Voriges Jahr, ungefähr um diese Zeit, bin ich nackt durch die Hardangervidda geirrt«, sagte sie leise. »Fünf Tage lang. Bei Schneesturm. Schwer verletzt. Erst nach drei Nächten hatte ich wieder etwas Richtiges zu essen und zu trinken. So leicht bin ich nicht umzubringen.«

Der Polizist streckte die Hand nach seinem Handy aus, überlegte sich die Sache jedoch anders.

»Es ist zu früh, um zu sagen, was wirklich passiert ist«, seufzte er. »Wir werden eine Rekonstruktion des Tathergangs durchführen, sobald Sie dazu imstande sind.«

»Jederzeit. Wenn ich heute nicht entlassen werde, haue ich einfach ab. Das hier mit dem Rollstuhl ist nur Unsinn. Ich kann gehen.«

Selma hatte alles satt. Die Kammer wirkte plötzlich enger. Sie wollte weg. Ihr Arm tat weh, aber nicht so sehr, dass sie nicht einfach ein paar Schmerztabletten mitnehmen und sich zu Hause zwei Tage auf das Sofa legen könnte.

»Möchten Sie Polizeischutz?«

»Was?«

»Sie sind offenbar überzeugt davon, dass der Schuss für Sie

bestimmt war. Wir sind nicht ganz so sicher. Aber wenn Sie meinen, dass jemand bereit ist, Sie auf offener Straße zu erschießen, dann brauchen Sie vielleicht …«

»Nein, danke.«

Selma verstummte. Der Gedanke, der ihr unmittelbar nach dem Schuss gekommen war, war verloren gegangen, als sie zum Krankenhaus gefahren und dann sofort operiert worden war. Und bis jetzt hatte er den Morphinnebel nicht durchdringen können.

»*Shit*«, flüsterte sie.

»Was?«

»Nichts«, winkte sie ab.

Der Zwischenfall in Grünerløkka wurde in den Medien jetzt seit über einem Tag in marktschreierischen Überschriften abgehandelt. Anine, Selmas Tochter, hatte sich trotzdem nicht gemeldet.

»Shit«, formte sie ein weiteres Mal mit den Lippen, aber ohne einen Laut von sich zu geben.

Der Polizist zog eine Tüte *Fisherman's Friend* aus der Jackentasche, fischte eine Pastille heraus und schob sie sich mit Wurstfingern in den Mund.

»Sie wollen also keinen Personenschutz. Nein, nein. Darauf können wir ja noch zurückkommen. Wer hat gewusst, dass Sie sich in diesem Café mit Ihren Freundinnen treffen wollten?«

»Was?«

»Sie haben mich gehört. Hatten Sie irgendwem erzählt, dass Sie gerade zu dieser Zeit in gerade diesem Straßencafé verabredet waren?«

Selma deutete ein Kopfschütteln an.

»Nein. Das glaube ich nicht. Also, wir hatten es natürlich untereinander abgemacht.«

Er verzog nicht einmal den Mundwinkel zu einem Lächeln.

»Sind Sie sicher?«

»Ich glaube schon. Oder …«

Sie überlegte.

»Wir haben das am Montag abgemacht«, sagte sie nach einigen Sekunden. »Per SMS. Ich lebe allein, und ich kann …«

Noch eine Pause, ehe sie den Kopf schüttelte.

»Nein. Ich habe sonst mit niemandem über diese Verabredung gesprochen. Nur mit denen, mit denen ich verabredet war.«

»Haben Sie das irgendwo aufgeschrieben?«

»Nein. Nur eben in den SMS.«

»Kein automatischer Terminkalender im Handy?«

»Nein. Ich verstehe ja, warum Sie fragen, aber ich glaube, ich kann beschwören, dass ich es niemandem gesagt habe.«

»Mit wem könnten die anderen gesprochen haben, was denken Sie?«

»Das weiß ich doch nicht.«

Er lutschte laut hörbar seine Pastille.

»Wer kann von diesem Treffen gewusst haben?«

Selma musste sich wirklich zusammenreißen, um ihre Missbilligung nicht laut zu äußern. Er schmatzte munter weiter, und der scharfe Pfefferminzgeruch war in diesem Raum, der ohnehin schon nach Schimmel und Reinigungsmitteln stank, fast nicht zu ertragen.

»Lindas Mann vielleicht. Ingolf. Er wohnt nicht in Oslo, aber soviel ich weiß, hatten sie eine gute Beziehung.«

Selma fiel plötzlich ein, dass sie ihn anrufen und ihm ihr Beileid aussprechen musste. Dieser Gedanken kam ihr wirklich erst jetzt, und für einen Moment war sie unkonzentriert.

»Na gut«, sagte der Polizist und machte mit der Hand eine Kreisbewegung, um sie zum Weiterreden zu bringen.

»Linda ist in der Regel an den Wochenenden nach Hause nach Vestfold gefahren«, sagte Selma nun. »Und sie hat jeden Tag mit Ingolf telefoniert. Soviel ich weiß. Es kann ja sein, dass jemand aus dem Parlament darüber Bescheid wusste. Vielleicht haben die da ein System, nach dem alle mitteilen müssen, was sie machen und wo sie sind. Im Fall von Abstimmungen und so, meine ich. Ich habe keine Ahnung. Das müssen Sie untersuchen.«

»Sitzt Ihr Mann nicht auch im Parlament?«

»Ex-Mann. Doch. Aber ich habe keine Ahnung von diesem Prozedere. Wie gesagt, das müssen Sie untersuchen.«

»Das werde ich. Und Vanja?«

»Die können Sie selbst fragen.«

»Schon, aber jetzt frage ich Sie.«

Selma seufzte.

»Vanja ist mit Kristina verheiratet. Sie leben in einer Symbiose. Sie haben vor zwei Jahren ihren Sohn verloren, und seither war es fast unmöglich, die eine ohne die andere zu irgendeiner Unternehmung zu überreden. Kristina hätte auch mit ins Café kommen sollen, aber sie hatte Halsschmerzen. Übrigens tut mir mein Arm ziemlich weh, deshalb hoffe ich, dass wir dieses Gespräch bald beenden können.«

Nun machte er sich Notizen.

»Ah ja«, sagte er nichtssagend. »Ah ja.«

Plötzlich schaute er auf und blickte ihr genau in die Augen.

»Haben Sie Feinde?«

Selma kniff die Augen zusammen. Sie zögerte.

»Ich glaube, Sie haben recht«, sagte sie anstelle einer Antwort. »Sicher war Linda das Ziel.«

»Warum sagen Sie das? Vor drei Minuten haben Sie über diesen Gedanken noch gelacht, und ich ...«

»Sie war trotz allem Parlamentsabgeordnete. Eine wichtige Person. Und wir sind uns einig, dass es ein fähiger Schütze war. Also war es wohl kaum ein Fehlschuss.«

»Wir werden auf alles noch zurückkommen«, sagte der Polizist verärgert. »Bitte, beantworten Sie meine Frage.«

»Welche?«

»Gibt es Leute, die Ihnen schaden wollen? Irgendeine Art von Feinden?«

Selma versuchte, einen gelangweilten Eindruck zu machen. Das war überraschend schwierig. Mehr als alles andere wünschte sie sich, ihre Tochter Anine anzurufen und ihr klar und deutlich zu erklären, dass Linda Bruseth das Ziel des Mörders gewesen war. Selma hatte nur unvorstellbares Pech gehabt. Wie groß war denn die Wahrscheinlichkeit ... es würde nicht noch einmal passieren.

»Vor zwei oder drei Jahren hätte ich mit Nein geantwortet«, sagte sie endlich. »Das heißt, mein Ex-Mann und meine Kinder konnten ihre Begeisterung für mich seit einiger Zeit zügeln, aber sie wollen mir bestimmt nichts Böses. Nehme ich an. Ansonsten hatte ich nur Freunde. Keine Feinde. Glaube ich. Aber jetzt?«

Sie schnitt eine Grimasse. Er starrte ihr direkt in die Augen. Unter den buschigen Augenbrauen, die über der Nase in ein tiefes V übergingen, blitzte es. Sein Blick war plötzlich scharf, als ob er bisher versucht hätte, sie in die Irre zu führen, indem er sich als ein anderer ausgab, als er war. Selma schüttelte den Kopf.

»Ich würde unbedingt behaupten, dass ich jetzt Feinde habe, ja.«

Er zuckte nicht mit der Wimper. Selma verspürte ein immer stärkeres Unbehagen. Als ob er im Voraus mit der Oberschwester abgemacht hätte, dass er diese widerliche Besenkammer als Vernehmungsraum nutzen dürfte. Und sie in einen absolut unnötigen Rollstuhl gezwungen worden wäre, um sie schwächer zu machen, als sie in irgendeiner Hinsicht war.

»Abgesehen von einer umfangreichen und geheimen paramilitärischen Organisation«, fing sie an, »mit Mitteln und Waffen und ...«

»*Zerfurcht/Verwittert* wurde im vorigen Jahr zerschlagen. Was Ihnen zu verdanken war.«

»Zerschlagen?«

Es war schwer, nicht wieder zu lachen.

»Sie halten es für möglich, einen solchen Apparat zu zerschlagen?«

»Ja, es hat ja einen Höllenaufstand gegeben, einen Haufen Anklagen, politische Skandale, viele ...«

»Sie haben mich gefragt, ob ich Feinde habe«, unterbrach sie ihn. »Ich versuche zu antworten. *Zerfurcht/Verwittert* war eine Operation. Die Organisation an sich war eigentlich namenlos. Konturlos. Unmöglich zu fassen. Dass es dort draußen immer noch Leute gibt, die mich lieber unter der Erde sehen würden, davon bin ich überzeugt. Außerdem haben Sie noch Dutzende von Leuten in Langlaufnorwegen, die sich freuen würden, wenn es mir richtig schlecht ginge ...«

Sie zählte jetzt vorsichtig einige Personen an den Fingern ab, die aus der kreideweißen Schlinge herausragten.

»Die würden sich wohl kaum auf ein Dach legen und auf Sie schießen«, sagte Fredrik Smedstuen. »Es sei denn, es wäre ein Biathlet.«

Zum ersten Mal lächelte er. Seine Zähne waren grau verfärbt.

»Da ist auch noch ein verärgerter Diamantendieb«, sagte Selma ungerührt und hob den linken Zeigefinger. »Aber der sitzt im Gefängnis. Und im Spätwinter, als ich mich endlich nach der kleinen ... Bergwanderung des vorigen Jahres wieder bewegen konnte, habe ich bei Telenor einen Angestellten entlarvt, der hohe Summen unterschlagen hatte. Er ist noch immer auf freiem Fuß und wurde zuletzt auf Bali gesichtet. Wird sich sicher so bald nicht wieder nach Hause trauen. Dann haben wir ...«

»Sie brauchen nicht Ihre ganzen Fälle durchzusehen. Ich habe schon verstanden.«

»Und dann sind da noch all diejenigen Leute, die ich abgewiesen habe.«

»Abgewiesen? Sie meinen ...«

»Nein. Keine Männer. Nicht auf diese Weise. Klienten. Ich habe fünf, sechs Anfragen pro Woche. Mindestens. Ich nehme so ungefähr alle zwei Monate einen Auftrag an. Einige von denen, die unverrichteter Dinge abziehen müssen, sind ganz schön sauer.«

Sie zuckte mit der unversehrten Schulter und fügte hinzu: »Was ich verstehen kann.«

»Woran arbeiten Sie zurzeit?«

»Gerade jetzt sitze ich mit Ihnen in einer Besenkammer und möchte wissen, ob wir bald fertig sind. Mein Arm tut weh, und hier stinkt es.«

Der Polizist seufzte und erhob sich mit einer gewissen Mühe.

»Bleiben Sie erst mal in Oslo. Im Prinzip haben Sie übrigens Anspruch auf einen Anwalt.«

Selma schüttelte den Kopf.

»Nein, danke. Ich komme schon zurecht. Ich bin ziemlich sicher, dass der Mann es nicht auf mich abgesehen hatte.«

Sie merkte, wie viel einfacher es war, zu lügen, als die Wahrheit zu sagen.

»Oder die Frau«, fügte sie rasch hinzu. »Das Geschlecht wissen wir ja streng genommen noch nicht.«

»Rufen Sie mich an, wenn Sie sich einer richtigen Vernehmung gewachsen fühlen. Im Polizeigebäude. Und einer Rekonstruktion des Tathergangs, wie gesagt. Die findet wohl ziemlich bald statt, nehme ich an.«

Er öffnete die Tür. Eilige Schritte, Wortwechsel und vereinzelte Rufe drangen zu ihnen herein. Der ewige Geruch nach Essen aus den Sechzigerjahren hing schwer über dem Gang. Nach der Operation war ihr davon schlecht geworden. Im Vergleich zu den stinkenden Putzlappen war der Geruch von Industriefrikadellen fast schon erfrischend.

Fredrik Smedstuen blieb mit der Pranke auf der Türklinke stehen.

»Sie haben nicht geantwortet«, sagte er.

»Worauf denn?«

»Auf die Frage, woran Sie gerade arbeiten.«

Selma zögerte. Ganz falsch. Eine gute Lüge wurde spontan vorgebracht und war samtweich. Nie zu detailliert, aber auch nicht so kurz, dass sie die Aufforderung zu weiteren Fragen in sich trug. Sie kam wie aus eigener Kraft, ohne Verspätung, präzise und ganz und gar unbeschwert.

»An gar nichts«, sagte sie plötzlich und lieferte ein so strahlendes und blendendes Lächeln, dass sie hätte schwören können, der Polizeibeamte sei errötet.

Der Smiley

Schulter und Oberarm schmerzten wie die Hölle, als Selma Falck endlich vor ihrer Wohnungstür in Sagene stand. Zwischen ihrer und der Tür zur Nachbarwohnung lehnten fünf eingewickelte Blumensträuße an der Wand. Sie ging davon aus, dass die für sie waren. Die Medien hatten ausführlich über den Schuss in Grünerløkka berichtet, *DGTV* zu allem Überfluss bereits zweiundzwanzig Minuten nach dem Zwischenfall direkt vom Tatort. Das Aufsehenerregende daran, dass eine Parlamentsabgeordnete einem, wie es schien, regelrechten Attentat zum Opfer gefallen war, reichte eigentlich schon aus. Dass sofort Spekulationen aufgekommen waren, nach denen Selma Falck das eigentliche Ziel gewesen war, machte die Sache nur noch pikanter.

Selma stand wie immer im Mittelpunkt. Im Krankenhaus hatte sie sechzehn Blumensträuße zurückgelassen. Es waren keine Vasen mehr vorhanden gewesen, als früh an diesem Tag der letzte geliefert worden war.

Mit der rechten Hand suchte sie in ihrer Handtasche nach den Schlüsseln. Ihre Finger prickelten, und sie wusste, dass das leichte

Zittern des rechten Arms nichts mit der Verletzung des linken zu tun hatte. Sie ertappte sich bei dem Wunsch, dass Lupus noch am Leben wäre. Der halb wilde Streuner, der sie vor einem Jahr gerettet hatte, war zwei Wochen nach der Rettung friedlich eingeschlafen. Wärme, ausreichend Futter und Fürsorge nach, wie es sich herausgestellt hatte, einem halben Jahr allein in den Bergen waren für das alte Tier zu viel gewesen.

Lupus hatte auf sie aufgepasst. Jetzt musste sie wieder selbst auf sich aufpassen.

Nach einigem Gefummel steckte der Schlüssel im Schloss, und sie drehte ihn um. Zuerst in diesem Schloss, dann im Sicherheitsschloss. Sie öffnete die Tür einen winzigen Spaltbreit.

Jemand war da gewesen. Schon wieder.

Es gab viele Möglichkeiten, zu überprüfen, ob ein ungebetener Gast in ihrer Wohnung gewesen war. Eine Alarmanlage war natürlich das Einfachste. Schon als sie vor fast zwei Jahren in den Neubau in Sagene gezogen war, war eine installiert gewesen. Nicht gerade State of the Art, aber in Ordnung. Selma hatte auch nie eingesehen, wozu Kameras in der kleinen Wohnung gut sein sollten. Die Alarmanlage war neu und gut genug. Dennoch war sie vor drei Wochen nach Hause gekommen und hatte die unangenehme Gewissheit verspürt, dass jemand dort gewesen war. Bei ihr. In ihrer modernen und sicheren Wohnung, zu der es nur zwei Zugänge gab. Der eine führte durch die Wohnungstür. Der andere über den Balkon, der einzige seiner Art an der glatten Wand; zudem hing er mehr als acht Meter über dem Boden. Keine der beiden Türen wies die geringste Einbruchsspur auf. Dass jemand eine Hausfassade in einer dicht besiedelten Gegend hochgeklettert sein sollte, ohne Aufmerksamkeit zu erregen, war schwer vorstellbar. Unmöglich, eigentlich. Der Eindringling musste also die Wohnungstür benutzt haben. Was bedeutete, dass diese Person einen Schlüssel hatte. Ins Haus konnte man gelangen, wenn man darauf wartete, dass irgendwer nicht aufpasste und die Haustür hinter sich nicht ins Schloss fallen ließ, aber Selmas Wohnung war etwas anderes. Der Eindringling hätte einen Schlüssel haben und auf irgendeine Weise die Alarmanlage aus- und danach wieder einschalten müssen.

Niemand sonst hatte einen Wohnungsschlüssel, soviel sie wusste. Niemand kannte den Code für die Alarmanlage, soweit ihr bekannt war.

Vor einer gefühlten Ewigkeit, noch bevor sie auf der Hardangervidda fast ihr Leben verloren hatte, hatte sie eine Beziehung zu einem jungen Mann gehabt. Zu einem zu jungen Mann für eine Frau mittleren Alters wie sie. In einem unbedachten Moment hatte sie ihm einen Schlüssel überlassen. Er hatte den Schlüssel zurückgegeben, als sie brutal Schluss mit ihm gemacht hatte, nicht weil sie das wollte, sondern weil es sein musste. Er hatte den Schlüssel einfach eines Tages auf die Kommode in der Diele gelegt und war verschwunden. Den Code für die Alarmanlage hatte sie ihm nie genannt. Als sie Ende Oktober endlich aus dem Krankenhaus entlassen worden war, hatte sie versucht, Kontakt zu ihm aufzunehmen. Ohne Erfolg. Ob es verletzte Eitelkeit oder ein Hauch von ehrlichem Liebeskummer gewesen war, was sie damals gepackt hatte, wusste sie nicht so recht.

Als sie vor drei Wochen dieses unbehagliche Gefühl gehabt hatte, dass jemand heimlich in ihrer Wohnung gewesen war, hatte sie nicht so ganz begriffen, weshalb. Es war über sie gekommen, sobald sie die Wohnung betreten hatte, obwohl alles am selben Platz stand. Jedenfalls, soweit sie sehen konnte. Das Ganze war wie eine paranormale Bewegung, wie der Streif einer fremden Substanz. Kein Geruch, nichts Sichtbares. Eine Art Anwesenheit, hatte sie erkannt, und sie hatte gespürt, wie ihr Puls schneller schlug, als sie weiter ins Schlafzimmer gegangen war.

Auch dort nicht die Spur eines Einbruchs. Irgendwann hatte sie diesen Gedanken dann verdrängt. Im vergangenen Jahr hatte sie sich verändert, war ein wenig ängstlicher geworden, ein bisschen schreckhaft. Auch wenn sie das niemandem zeigte. Sie dachte nun an den Tod. Alles andere wäre seltsam gewesen, denn Selma Falck war im wahrsten Sinne des Wortes nur Minuten vom Jenseits entfernt gewesen, als sie im vorigen Herbst von einer Rettungsmannschaft gefunden worden war.

Vielleicht war es einfach das Alter.

Sie hatte also alles als Einbildung abgeschrieben, bis sie ins Bett gegangen war. Das Bett war nicht gemacht gewesen. Die eine Decke lag als Knubbel auf dem Kissen. Als sie sie hochhob, fiel ihr Blick auf eine Packung Kaugummi.

Eine Packung KIP.

Drei kleine, rechteckige Kaugummistücke, rot, grün und gelb, dicht an dicht in Zellophan gepackt.

Das Kissen war aufgeschüttelt worden, nachdem sie aufgestanden war. Es lag fluffig da, wo es hingehörte, ohne irgendeinen Abdruck ihres Kopfes. In der Mitte, in einer kleinen Vertiefung, die jemand mit zwei Fingern hineingedrückt haben musste, lagen die Kaugummis. Selma Falcks Lieblingssüßigkeit, als sie noch klein gewesen war.

Sie hatte KIP geliebt. Der Geschmack, fruchtig und von viel zu kurzer Dauer, aber auch die Konsistenz waren das viele Kleingeld wert gewesen, das sie zusammenkratzen musste, weil sie kein festes Taschengeld bekam. Die Stücke waren beim ersten Kauen mürbe, fast mehlig, dann sammelten sie sich zu einem perfekten gummiartigen Gleichgewicht zwischen hart und weich. Nach nur wenigen Minuten machte das Kauen in der Regel nur noch müde, und es schmeckte nach nichts mehr, aber die Erinnerungen an diese ersten Sekunden mit einem KIP waren dermaßen intensiv, dass sie beim bloßen Anblick einer Packung einen schwachen Krampf im Kiefer verspürte.

Diese kleine Süßigkeit wurde seit vierzig Jahren nicht mehr hergestellt.

Selma hatte seit damals keine Packung mehr gesehen.

Aber nun lag eine hier, auf ihrem eigenen Kopfkissen.

Einige Sekunden totaler Verwirrung wurden von einer ihr fremden Angst abgelöst. Diese war so heftig in sie gefahren, dass sie nicht einmal gewagt hatte, die Packung aufzuheben. Viele Minuten lang hatte sie sie nur angestarrt. Am Ende hatte sie Decke und Kissen von der anderen Seite des Bettes genommen und sich aufs Sofa gelegt. Ohne schlafen zu können.

Es gab nur zwei Menschen auf dem Erdball, die wissen konnten, dass Selma Falck als kleines Mädchen für eine Packung KIP Feuer und Wasser getrotzt hätte. Vanja Vegge, ihre älteste Freundin, und Selmas kleiner Bruder Herman.

Vanja war natürlich nicht in Selmas Wohnung eingebrochen, ohne Spuren zu hinterlassen. Sie hatte keinen Schlüssel, und sie kannte den Code nicht. Und Herman war seit vielen Jahren tot.

Nach einer schlaflosen Nacht hatte sie den Gedanken aufgegeben, die Polizei anzurufen. Mit ihrer Geschichte hätten die den Zwischenfall sicher ernst genommen, trotz der kuriosen Drohung, aber bei genauerem Nachdenken war Selma zu dem Schluss gekommen, dass hier von einer Drohung wirklich nicht die Rede sein konnte. Es ging um eine Packung Kaugummi, die ihr Verfallsdatum schon ewig überschritten hatte. Es konnte sich nur um einen absurden Scherz handeln. Nichts war passiert, außer dem Schrecken und dem Unbehagen, das sie empfunden hatte. Selma hatte Wochen und Monate gebraucht, um bei den Ermittlungen, die auf die Entlarvung von *Zerfurcht/Verwittert* gefolgt waren, alles zu erklären. Die Lust, das Polizeigebäude schon wieder zu betreten, hielt sich in Grenzen. Als das Tageslicht durch den Spalt im Wohnzimmervorhang drang, hatte sie keine Angst mehr.

Dennoch hatte sie mit dem Kartoffelmehl angefangen. Eine hauchdünne Schicht auf dem hellen Eichenboden vor der Tür, ehe sie hinausging, die Tür hinter sich zuzog und abschloss.

Drei Wochen lang hatte sie das gemacht, ohne neue Hinweise auf ungebetene Gäste zu finden. An den letzten Tagen vor dem

Attentat hatte sie anderes zu tun gehabt, und die vielen Blumensträuße hätten sie fast alle Vorsicht vergessen lassen, als sie hineinging. Zum Glück fiel es ihr noch ein, ehe sie die Tür aufschloss.

Jemand war in das Kartoffelmehl getreten. Selma musste in die Hocke gehen, um den unvollkommenen Fußabdruck sehen zu können. Eine kaum sichtbare Schuhspitze. Als sie die Brille tiefer auf die Nase schob und die Spur genauer musterte, fuhr sie so heftig zusammen, dass sie nach hinten kippte. Ihr Hals war wie zugeschnürt. Sie musste mit offenem Mund atmen. In ihrem Kopf wirbelte alles durcheinander, als sie es endlich wagte, sich auf die Knie zu erheben und sich alles noch einmal anzusehen.

Sie hatte sich nicht geirrt.

Die Schuhspitze hatte ein Zickzackmuster in das Kartoffelmehl gezeichnet. Das war an sich schon beängstigend. Schlimmer war jedoch der Smiley daneben. Er war vielleicht fünf Zentimeter im Durchmesser und mit etwas gezeichnet, das dünner war als ein Finger.

Selma hörte auf zu atmen, als sie sah, dass der Smiley frech mit dem einen Auge zwinkerte.

Die Trauerfeier

Die sozialdemokratische Parlamentsfraktion hatte beschlossen, die Trauerfeier so unauffällig zu gestalten wie überhaupt nur möglich.

Linda Bruseth war ein Name, der außerhalb ihres Heimatbezirks kaum bekannt war. Der Weg auf die Vestfold-Bank im Parlament hatte überschaubar angefangen. In einer kleinen Stadt im Binnenland war sie immer wieder zur Vorsitzenden der Elternvertretung gewählt worden, durch eine Kinderschar aus fünf Jungen hindurch. Das machte insgesamt mehr als fünfzehn Jahre, und als der Jüngste ihr zuwinkte, um in die Großstadt überzusiedeln, war ihr Dasein unerträglich grau geworden. Sie suchte sich etwas anderes, um ihre leeren Tage zu füllen. Nach einem Engagement in einer erfolgreichen Bürgerinitiative gegen die Enteignung von drei Grundstücken, die einem Windpark oben in der Heide weichen sollten, war sie bei der Gemeinderatswahl auf der Liste der Sozialdemokraten gelandet. In der Geborgenheit der Kleinstadt leistete sie großartige Arbeit. Sie kannte alle, und alle mochten sie, Parteigenossen wie Gegner. Groß und schwer und doch athletisch, so war sie immer gewesen. *Eine patente Frau*, hieß es über Linda Bruseth, *eine Brückenbauerin der alten Sorte.*

Immer ein Lächeln und eine Krone übrig.

Als im Herbst 2015 die Flüchtlinge ins Land strömten, griff Linda zu energischen Maßnahmen. Ein altes Gebetshaus und ein eben erst stillgelegtes Pflegeheim wurden innerhalb von zwei Wochen zu Wohnheimen für Asylbewerber umgebaut. Der Ort breitete die Arme aus und nahm Syrer und Afghanen mit Wärme und Begeisterung auf. In einem Aufwasch wurden zwanzig dringend benötigte Arbeitsplätze im Ort geschaffen. Das Ganze fiel so effektiv, inkludierend und erfolgreich aus, dass Linda Bruseth, die treibende Kraft bei diesem Projekt, in die wichtigste Talkshow des *NRK* eingeladen wurde. Am Tag vor Heiligabend 2015, eingehüllt in den Duft nach frisch gebratenen Schweinerippchen, umgeben von Weihnachtsliedern und geschmückten Bäumen, saßen Linda und zwei reizende Jungen aus Syrien nebeneinander und lächelten.

Warmherzig, wurde in den sozialen Medien geschrieben.

Endlich eine sozialdemokratische Politikerin mit Mitgefühl, schrieben andere.

Mich würde sie auf jeden Fall zur Partei zurückholen, schrieben ziemlich viele.

Linda Bruseth war etwas sehr Seltenes: eine ergebnisorientierte Politikerin. Im Laufe des Jahres 2016 wuchs ihre Popularität in ihrem Regierungsbezirk stetig an, und zu Beginn des folgenden Jahres wurde sie auf einem sicheren Listenplatz für die Parlamentswahlen später im Jahr aufgestellt. Um schließlich vollständig in Vergessenheit zu geraten, nachdem sie dann gewählt worden war.

Sie wurde in eine Abteilung im Justizausschuss gesteckt, ohne eine Ahnung von Jura zu haben. Sie war an gesunden Bauernverstand und energisches Handeln in einem vertrauten Milieu gewöhnt, nicht an meterweise Dokumente in der Großstadt. Sie fühlte sich in ihrer neuen Rolle so wenig wohl, dass sie sich so rasch wie möglich umplatzieren ließ, und der nächste Stopp war der Landwirtschaftsausschuss. Auch dort fand sie sich nicht zurecht. Zum ersten Mal in ihrem Leben erzählte sie in aller Öffentlichkeit von ihrer Schwäche. Sie litt unter Legasthenie. Über fünfzig Jahre lang war sie mit ihren geheimen Lese- und Schreibproblemen hervorragend zurechtgekommen, aber jetzt machten diese ihr wirklich zu schaffen. Nur wenige Monate vor dem Ende der vierjährigen Legislaturperiode, von der alle jetzt wussten, dass sie ihre erste und letzte sein würde, wurde sie in den Familien- und Kulturausschuss abgeschoben.

Dort ging es ihr ein kleines bisschen besser.

Mit Kindern kannte die fünffache Mutter sich aus. Und mit Sport ebenfalls. Kultur dagegen war nicht gerade ihre Stärke, und noch immer machte ihr das Lesen Probleme.

In der Statistik der redseligen Abgeordneten stand sie ganz unten.

Und jetzt war sie tot. Erschossen in einem Café, weil sie einer für die viel profiliertere Selma Falck bestimmten Kugel in die Bahn geraten war.

Die Partei hatte sich für die kurze Trauerfeier die Wandelhalle ausgesucht, einen Saal mitten im Parlamentsgebäude, der zu dem Zweck gestaltet war, den der Name verriet; ein Raum, in dem man hin und her wandeln konnte. Er wurde zwar auch zu vielen anderen Zwecken benutzt, zu offiziellen und inoffiziellen Gesprächen, und nicht zuletzt war dort das Jagdrevier der Presse, wann immer ein politischer Sturm heraufzog und die Politiker sich am liebsten verkrochen hätten.

Einzelne Stimmen hatten sich vorsichtig für den Gruppenraum der sozialdemokratischen Partei ausgesprochen. Das wäre ein kleines bisschen passender, meinten sie. Persönlicher und intimer. Es hätte auch Linda Bruseths Zugehörigkeit zur Partei stärker betont, wurde behauptet. Diese Einwände wurden ohne weitere Diskussion abgebügelt.

Das hier war etwas, das eben getan werden musste. Die anonymste Vertreterin der Partei sollte kurz geehrt werden, aber ohne mehr als ein Minimum an Kommentaren zu ihrer misslungenen Parlamentskarriere zu gestatten. Die Presse ging gewöhnlich mit toten Politikerinnen und Politikern viel freundlicher um als mit lebenden, aber schon waren in den sozialen Medien Gemeinheiten zu finden, von denen die Familie doch lieber verschont bleiben sollte.

Lars Winther, Nachrichtenjournalist bei *Aftenavisen*, stand in einem der großen Bogengänge vor den Türen zum Plenarsaal. Er war allein gekommen, ohne Fotograf. Bestimmt könnte irgendein Bilderdienst aushelfen. Er war stocksauer, weil er Selma Falck nicht hatte besuchen dürfen. Nachdem sie ihm vor einem Jahr das beste journalistische Geschenk aller Zeiten in den Schoß geworfen hatte, war ihre Freundschaft noch enger geworden. So eng, dass der Chefredakteur ihm keinerlei professionellen Kontakt zu ihr erlaubte.

Stattdessen musste er sich jetzt anhören, wie der Fraktionssprecher vor der spärlichen Versammlung eine Gedenkrede herunterleierte. Der Politiker hatte tief in der Vergangenheit der Kollegin gegraben, um einige geeignete und einigermaßen wahre Lobesworte zu finden. Neben ihm stand ein kleiner Tisch mit einer brennenden Kerze und einer Kondolenzliste, in die sich noch niemand eingetragen hatte. Als er fertig war, kritzelte er einen kurzen Gruß hinein und überließ das Mikrofon dem ältesten Vertreter aus Linda Bruseths Heimatbezirk. Der setzte zu einer Rede an, die zumindest zu Anfang um einiges herzlicher war als die vorige. Aber er hatte die verstorbene Politikerin auch mehr als zwanzig Jahre lang gekannt. *Lieb* war das Wort, das in jedem zweiten Satz auftauchte.

Lars Winther verspürte einen Stups im Rücken. Gereizt fuhr er herum.

»Hallöchen«, murmelte ein Kollege von *NTB*. »Hier 's nix los, siehste doch. Müsste viel mehr Gedöns gemacht werden, wenn 'ne Abgeordnete umgebracht wird. Das hier 's doch bloß peinlicher Kleinkram. Wer sterben sollte, war Selma Falck. Nicht Linda Bruseth.«

Der Redner verstummte jählings. Eine vage Verwirrung verbreitete sich in der Versammlung. Lars trat einen Schritt aus der Halle hinaus und schaute sich um. Vom anderen Ende der Wandelhalle kam die Parlamentspräsidentin, die streng genommen bei der Trauerfeier hätte zugegen sein müssen, mit energischen Schritten auf sie zu. Hinter ihr gingen vier Männer und eine Frau, die Lars nicht kannte. Ihr Gang, ihre Blicke und die Tatsache, dass sie fast im Gleichtakt miteinander einherschritten, machten ihm jedoch sofort klar, wer sie waren.

»Die Polizei hat immerhin ihre Zweifel«, sagte er leise zu dem überzeugten Kollegen. »Für die liegt hier nicht alles auf der Hand. Sie wollen Linda Bruseths Büro durchsuchen.«

Der Friedhofswanderer

Es war spät, und die Dunkelheit hatte sich bereits vor mehreren Stunden über Oslo gesenkt. Ein leichter Regen fiel aus der bleischweren Wolkendecke. Der Gehweg war glitschig vom feuchten Laub. Obwohl die Tage noch immer warm sein konnten, war die erste Frostnacht wohl nicht mehr fern. Der Mann kam von Westen her auf den Friedhof zu, und er hatte den Hauptweg durch eine Unterführung passiert. Das linke Knie schmerzte weniger als sonst. Er versuchte, mit gleichmäßigen Schritten zu gehen, ohne zu hinken. Wenn er das rechte Bein zu sehr belastete, würde auch das wehtun.

Kein Mensch war zu sehen.

Er ging langsam zwischen den Gräbern weiter. An einzelnen Stellen hatten die Hinterbliebenen batteriebetriebene Lichter aufgestellt, die eine düstere, unbehagliche Stimmung hervorriefen. Er selbst hatte wie immer ein Grablicht in der Tasche, zusammen mit Streichhölzern und einer Packung Zigaretten. Er blieb für einen Moment stehen, fischte eine Zigarette heraus und stellte sich in den Schutz einer Eiche, während er die Hände um das angerissene Streichholz krümmte.

Sie hätten aufhören müssen, alle beide. Er und Grethe. Im Laufe der Neunzigerjahre hatten immer weniger in ihrer Umgebung geraucht. Doch sogar, als bei seiner Frau 2002 Lungenkrebs attestiert wurde, der bereits gestreut hatte, rauchten sie weiter. Grethe konnte auf die Zigaretten einfach nicht verzichten, und da hätte es für ihn doch auch keinen Sinn gehabt, das zu tun. Er war ja ohnehin meistens verreist.

Nach ihrem Tod im folgenden Jahr ging er dazu über, nur noch heimlich zu rauchen. Außerdem hörte er auf zu trinken. Nicht, dass Alkohol jemals ein Problem für ihn gewesen wäre, aber als er seine Frau begraben musste, verlor er alle Freude an einem oder zwei Gläschen. Stattdessen schob noch der kleinste Drink ihn in eine Finsternis, aus der er nur mit immer größeren Schwierigkeiten wieder hinausklettern konnte. Also hörte er auf, so wie er in seinem dumpfen Schmerz über sein Dasein als Witwer fast mit allem aufhörte.

Abgesehen von den heimlichen Zigaretten.

Und dann war da noch seine Arbeit. Er machte weiter, bis er fünfundfünfzig war, dann wurde ihm von seinem bisherigen Arbeitgeber ein üppig vergoldetes Abschiedsangebot gemacht. Er hatte darüber hinaus wirklich genug zu tun, denn er verfügte über ein gefragtes Sachwissen. Auf dem sozialen Sektor sah es nicht so gut aus. Grethe war die Gesellige gewesen. Sie hatte sich zu Hause um alles gekümmert, um das Haus und die Familie und das Zusammensein mit anderen, um den Jungen und den Garten und die Finanzen und alles, was zum Familienleben dazugehörte.

Das Dasein hatte eine etwas zu rasche Wendung genommen, als sie krank geworden und gestorben war. Er war nur mit knapper Not hindurchgekommen, ohne in den Graben zu fallen. Noch immer, so viele Jahre später, war er niemals richtig froh. Das Leben wurde sepiabraun, aber es lag noch immer ein kurzer Trost im allerersten Zug an einer frisch angezündeten Marlboro. Die Glut leuchtete warm, als er einen Lungenzug machte und weiterging.

Der Grabstein aus Marmor war klein, niedrig und grob behauen. So hatte sie es haben wollen, seine Grethe. In einem dicken Briefumschlag auf dem Nachttisch neben dem Bett, in dem sie ihren letzten Atemzug getan hatte, hatten Anweisungen gelegen. Der Inhalt war nüchtern gewesen, und vor allem praktisch. Es ging um die Papiere für das Haus und die Reserveschlüssel für die Hütte, um Versicherungsunterlagen, den Familienschmuck und die Abmachung mit den Nachbarn über die gemeinsame Nutzung eines Weges, aus der dann nichts geworden war. Dennoch las er zwischen den Zeilen auch hier und da tiefe Liebe heraus, Zusammenhalt und einundzwanzig gute Jahre der Geborgenheit.

Sie lag ganz am Rand, seine Grethe. Ganz am Rand und am unteren Ende eines von Schwerverkehr und Kleinindustrie umgebenen Friedhofs. Der Stein neigte sich ein wenig nach Südwesten, zum Fjord hin, als ob er Heimweh nach seiner Heimat Italien hätte.

Ihr Name stand auf einer Bronzeplakette. Die Buchstaben waren in Reliefschrift in eine kleine Platte eingeprägt, die mit Schrauben an der größeren befestigt war. Das Ganze hatte etwas Unnorwegisches. Üblich war, Namen und Daten in den Stein einzumeißeln. Aber auch das hatte seine Frau vor ihrem Tod entschieden. Vielleicht hatte sie das irgendwo im Ausland gesehen.

Trotz der Schmerzen, die ihm Tränen in die Augen trieben, ging er in die Hocke. Dreißig Kniebeugen pro Tag waren noch immer seine Routine, aber viel besser wurde davon gar nichts. An dem Tag, an dem er die Morgengymnastik ausfallen ließ, würde allerdings alles zu Ende sein. Er würde diese Übung dann niemals wiederholen können. Es war unvorstellbar, sich einfach so verfallen zu lassen. Von den kleinen Dingen, die den Alltag noch immer von einem Datum zum anderen vergehen ließen, gehörte die Befriedigung, sich in Form zu halten, zu den wichtigsten.

Seine Finger wanderten über die eiskalten Buchstaben. Die Bronzeplatte, die vor wenigen Wochen noch tiefgrün gewesen war, fast schwarz an einzelnen Stellen, war kürzlich blank und golden poliert worden. Unter Grethes Namen war Platz für einen weiteren geschaffen worden. Er war selbst hier gewesen, als der Steinmetz die Platte wieder angebracht hatte.

Die Stelle unter der großen Ulme war zu einem Grab für zwei geworden.

Der untere Name war noch nicht angebracht worden. Der Steinmetz war überrascht gewesen, als der Witwer es abgelehnt hatte, die zweite Platte anzubringen. Dienstbeflissen und schweigend hatte er dem Befehl gehorcht und ihm die kleine Platte mit Namen, Geburts- und Sterbedatum überreicht. Die lag jetzt zu

Hause. Sie würde dort liegen, in Seidenpapier gewickelt in Grethes alter Nachttischschublade, bis alles vorüber wäre. Bis alles vollbracht und das Atmen wieder möglich wäre.

Das war das Einzige, was er sich im Leben jetzt noch wünschte: die Luft tief in die Lunge zu ziehen und sie langsam wieder entweichen zu lassen. Wieder und wieder. Zu spüren, wie der lebensspendende Sauerstoff durch die vielen Muskeln im Körper transportiert wurde und ihn dazu brachte, sich lebendig zu fühlen. Was dann passieren würde, wusste er nicht. Es spielte keine Rolle. Er hatte in seinem Leben zweifellos unverzeihliche Fehler begangen, aber viel größeres Unrecht war ihm und seiner kleinen Familie angetan worden.

Zu groß war sein Verlust gewesen.

Hätte Grethe nur leben dürfen, dann sähe die Welt anders aus.

Er murmelte einige Wörter und richtete sich langsam auf, zündete das mitgebrachte Grablicht an und stellte es in das nasse, tote Gras. Vielleicht sprach er ein Gebet. Er war sich nicht ganz sicher. Er wandte sich wohl eher an Grethe als an Gott. Am Ende drehten sich seine Gedanken im Leerlauf.

Wieder fischte er eine Zigarette hervor und ging langsam den Weg zurück, den er gekommen war.

Sonntag, 8. September

Der Helfer

»Wie kann ein Smiley zwinkern? Hat der sich bewegt?«

Einar Falsen wischte sich die gelblich verfärbten Hände an den Hosenbeinen ab und setzte sich auf sein uraltes Sofa. Ein Kater sprang ihm liebevoll schnurrend auf die Knie und begann, Käseflips-Fett von den Fingern seines Besitzers zu lecken.

»Natürlich nicht«, sagte Selma Falck gereizt und knallte eine große Aktentasche auf den Couchtisch, ehe sie in einem wackligen Sessel Platz nahm. »Das eine Auge war so gezeichnet. Geschlossen. Als ob das Gesicht zwinkerte.«

Sie demonstrierte das und versuchte dabei, den schmerzenden Arm anders zu positionieren.

»Nimm die hässliche Perücke ab«, sagte Einar. »Und was ist das da?«

Selma riss sich die Perücke vom Kopf und stopfte sie in die Handtasche. Die vielen Jahre, in denen sie verkleidet Oslos illegale Spielhöllen aufgesucht hatte, hatten ihr eine ansehnliche Auswahl an Perücken, Brillen und Kopfbedeckungen beschert. Das Bedürfnis danach, nicht erkannt zu werden, war jetzt mindestens ebenso groß. Sie hatte längst gelernt, ihren Gang zu variieren, und sie hatte den frisch operierten Arm in einen Jackenärmel gezwungen, ehe sie durch die Kellergarage gegangen war, statt die übliche Haustür zu benutzen. Danach hatte sie die knappe Viertelstunde zu Einar Falsens kleiner Wohnung zu Fuß zurückgelegt. Sosehr sie auch hoffte, dass Linda Bruseth das Ziel des Attentäters gewesen war, so konnte sie doch nicht sicher sein. Deshalb ergriff sie ihre Vorsichtsmaßnahmen.

»Das«, sagte Selma und legte eine flache Hand auf den Papierstapel, der vor ihr lag, »sind alle Fälle, mit denen ich zu tun hatte, seit ich als Anwältin aufgehört und als Privatermittlerin angefangen habe.«

Sie schob den Stapel einige Zentimeter auf ihn zu.

»Was soll ich damit?«, fragte Einar.

Der ehemalige Polizist starrte den Stapel skeptisch an.

»Du sollst jeden Fall ganz genau durchgehen«, sagte Selma.

»Warum?«

»Weil ...« Gereizt erhob sie sich, knüllte die übel riechende, leere Käseflips-Tüte zusammen und ging in die Küche, um sie wegzuwerfen.

»Hast du nichts von dem begriffen, was ich dir am Telefon erzählt habe?«, fragte sie laut.

»Du kannst froh sein, dass ich überhaupt ans Telefon gegangen bin, als du angerufen hast. Ich bin ja gewaltig zusammengezuckt. Du sollst das doch nur im Notfall verwenden, hab ich gesagt. Viele Male schon.«

»Das hier ist ein Notfall. Ich bin angeschossen worden.«

»Überlass die Sache der Polizei. Die werden das schon klären.«

Selma ging zurück und setzte sich. Ihr Blick ruhte auf dem Mann auf der anderen Seite des dreibeinigen, schiefen Couchtisches. Er machte gerade eine gute Phase durch. Aß nicht nur Käseflips, auch wenn sein Verbrauch noch immer groß war. Soweit sie wusste, nahm er die ihm verschriebenen Antipsychotika. Nach zwei Jahrzehnten als Obdachloser hatte es ihm gutgetan, ein festes Dach über dem Kopf zu haben. Selbst wenn es nur eine Wohnung wie diese hier war. Sie war zugig und feucht, was er dadurch ausglich, dass er sämtliche Heizkörper rund um die Uhr voll aufdrehte.

»Hier drinnen ist es heiß wie in einer Sauna«, seufzte sie und zupfte an ihrem Pulloverausschnitt.

»Gerade richtig«, sagte Einar lächelnd und legte sich den Kater an die Schulter. »Miez findet das auch.«

Einars Zustand hatte sich im vergangenen Jahr ganz eindeutig gebessert. Er war jetzt so gesund, dass er sie fast immer Selma nannte und nicht Mariska, nach einer Schauspielerin aus den USA, mit der sie nach allgemeiner Auffassung Ähnlichkeit hatte.

Viel zu viele Jahre lang hatte Selma ihn mindestens einmal in jeder dunklen Jahreszeit mit vierzig Grad Fieber und röchelnder Lunge in die Notaufnahme bringen müssen. Im vergangenen Winter jedoch hatte er sich durchgehangelt, ohne auch nur ein einziges Mal ernsthaft krank zu werden. Mit seinem physischen Zustand besserte sich auch der psychische. Noch immer litt er unter Zwangsvorstellungen über alles, von tödlicher elektrischer Energie bis hin zu der Überzeugung, das Land sei einem totalitären, alles überwachenden und geheimen Regime unterworfen. Welches natürlich von der CIA gesteuert wurde. Die ganze Geschichte mit *Zerfurcht/Verwittert* war da keine Hilfe gewesen. Noch immer konnte er von furchtbaren Ängsten und Verschwörungsideen gepackt werden. Aber diese Phasen waren zusehends seltener und dauerten nie mehr so lange wie früher. In den letzten Wochen hatte er sich fast normal verhalten. Er hielt die Wohnung einigermaßen sauber und duschte immerhin zweimal pro Woche. Einar Falsen wirkte zum ersten Mal seit zwei Jahrzehnten zufrieden mit sich und der Welt.

Bei Selma sah es nicht so gut aus.

Sie war müde. Es war nicht mehr so leicht, die Fassade aufrechtzuerhalten. Das Nahtod-Erlebnis des vergangenen Jahres hatte ihr stärker zugesetzt, als sie sich eingestehen mochte. Solange sie sich zurückerinnern konnte, vermutlich schon als Kind, hatte sie sich im Spagat zwischen der, die sie eigentlich war, und ihrem Außenbild befunden. So hatte sie ihr Leben führen wollen.

Viel von dem ewig Rastlosen in ihr war zu positiver Energie geworden. Sie schaffte eine Menge. Die Unruhe, die übrig blieb, hatte sie spielsüchtig gemacht, was sie erst vor zwei Jahren um ein Haar in den vollständigen Ruin getrieben hätte.

Aber nicht ganz: Selma Falck kam immer wieder auf die Beine.

Der Ruhm von damals, als sie zu den weltbesten Handballspielerinnen gehört hatte, war mit der Zeit durch stetig wechselnde Aufmerksamkeit ersetzt worden. Zuerst als Anwältin. Es kam oft vor, dass sie Mandanten explizit annahm oder abwies, je nachdem, wie viel Aufmerksamkeit der Fall ihr einbringen könnte. Sie war immer in der politischen Mitte gesegelt, mit der ihr ganz eigenen Fähigkeit, mitten im allgemein Akzeptablen auf den Füßen zu landen, wenn sie ein seltenes Mal zu einer politischen Äußerung aufgefordert wurde.

Selma provozierte niemanden.

Bald würde es keine Promi-Show mehr geben, an der sie nicht teilgenommen hatte. Sie hatte mehrere dieser TV-Competitions gewonnen. Soziale Medien waren ebenfalls wie für Selma Falck geschaffen. Durch Selfies und Schnappschüsse hatte sie sich zwischen Wänden des Erfolgs eingemauert, ohne allzu viel Neid auf sich zu ziehen. Ihre Trainingstipps waren früher auf YouTube von dreißigtausend Abonnentinnen und Abonnenten verfolgt worden, und diese Zahl war noch gestiegen, nachdem sie im vergangenen Jahr die Welt an einer imponierenden Wiederherstellung eines über fünf Jahrzehnte alten, ruinierten Körpers hatte teilhaben lassen.

Selma Falck war selten ganz sie selbst.

Es war ihr erfolgreich gelungen, so zu leben. Selma beherrschte keine andere Kunst. Für andere Menschen verzog sich ihr Mund zu einem Lächeln. Ihr Gedächtnis war beneidenswert und ermöglichte es ihr, den meisten Mitmenschen mit empathischen Fragen nach ihrem Leben, ihrer Gesundheit und den Enkelkindern zu begegnen.

Vor einem Jahr hätte sie die Situation ausgenutzt, in der sie sich jetzt befand. Sie hätte sich im Krankenbett interviewen lassen, wenn die Ärzte es gestattet hätten, wie sie es im Vorjahr getan hatte. Die Fotografen hätten ihre Fotos gemacht, heute wie damals. Ihr Instagram-Konto hätte sich eifrig gefüllt mit Bildern aus dem Krankenhaus, begleitet von Hashtags wie *#angeschossen* und *#ermittlerinnenleben.*

Stattdessen hatte sie dieses Mal alle Kontaktversuche abgewiesen.

»Stimmt etwas nicht?«, fragte Einar überrascht und setzte den Kater auf den Boden.

»Allerdings nicht. Ich wäre fast ermordet worden. Und ich habe keine Ahnung, von wem. Das lässt meine Stimmung irgendwie nicht unbeeinflusst.«

»Wie gesagt, das solltest du der Polizei überlassen. Außerdem kann es doch sein, dass der Typ es auf deine Freundin abgesehen hatte. Die ist schließlich krepiert.«

Selma gab keine Antwort. Langsam ließ sie sich im Sessel zurücksinken, bis sie wie ein trotziges Kind mit lang ausgestreckten Beinen dasaß.

»Doch, das schon. Ich wünschte, es wäre so. Ich will, dass es so ist. Aber ich glaube es noch immer nicht.«

Sie nickte zu dem Ordner hinüber und setzte sich aufrecht hin.

»Sieh das durch, bitte. Ganz oben liegen die Fälle, die ich dann wirklich übernommen habe. Die kannst du kurz überfliegen. Da ich alle gelöst habe, lieben mich die Mandanten. Ganz unten im Stapel findest du eine kurz gefasste Übersicht darüber, wer sich in den letzten beiden Jahren bei mir gemeldet hat, ohne dass ich ihnen helfen konnte oder wollte.«

»Wonach suche ich?«

»Ob es jemanden gibt, der mehr Grund hat, mir übel zu wollen, als andere. Ich selbst kann niemanden finden. Aber es kann ein Muster geben, das ich bisher nicht entdeckt habe. Fühlst du dich gut in Form?«

»Gut in Form, ja. Hab mich seit Ewigkeiten nicht besser gefühlt. Ich gehe nachts mit Miez an die Luft, um so wenig Leuten wie möglich zu begegnen. Der Chinese aus dem Kiosk …«

»Der kommt aus Vietnam.«

»Ist doch egal. Der liefert Käseflips an die Wohnungstür. Jeden Dienstag und Freitag. Und im Meny da drüben …«, er winkte träge zum Fenster hinüber, ungefähr in der richtigen Richtung zu dem Supermarkt gegenüber, »… da haben sie jetzt bis halb elf abends offen. Ganz kurz vor Ladenschluss ist da fast nie jemand. Und ich brauche nur alle zwei Wochen einzukaufen. Ich fühl mich ganz einfach pudelwohl.«

Selma zögerte. Einar Falsen durfte nicht jederzeit Zugang zum Internet haben. Im vergangenen Jahr hatte sie einen Laptop gekauft, hatte ihn gut eingehüllt in die Lüge, dass er strahlenfrei sei, und hatte Einar beigebracht, das Gerät zu benutzen. Das war richtig schlecht ausgegangen. Überall im Netz hatte er noch für seine wirrsten Zwangsvorstellungen Bestätigung gefunden, und das hatte ihm einen so harten Schlag versetzt, dass es ihn fast für immer umgeworfen hätte.

In den guten Phasen dagegen konnte sie ihn das Gerät benutzen lassen. Das war zweimal vorgekommen und ein richtiger Erfolg gewesen. Schon bei seiner ersten Begegnung mit dem großen Weltgewebe hatte er sich als Talent erwiesen, wenn es um Suche und Datensammlungen ging. Wenn er diszipliniert genug war, um sich nicht auf Seiten zu verirren, die er nicht ertragen konnte, fand er noch dazu große Freude an harmlosen Spielen, die Selma für ihn kaufte.

»Du kriegst das Gerät«, sagte sie und zog den Laptop aus der Schultertasche.

Einar strahlte.

»Darf ich ein neues HOG runterladen?«

»HOG?«

»*Hidden objects game.* Macht richtig Spaß.«

»Na gut. Eins. Nur eins.«

Der Laptop war noch immer von etwas beschützt, das aus mit Spray lackiertem Plastik bestand und das Einar für ein magnetfeldeliminierendes Cover hielt. Selma schaltete das Gerät ein.

»Lass mal sehen«, sagte Einar eifrig und winkte sie zu sich auf das Sofa. »Ich will das Spiel selbst aussuchen.«

Sicherheitshalber hob er den Helm vom Boden auf. Es war ein alter Eishockeyhelm, den Selma mit Alufolie überzogen und mit silberfarbenem Klebeband versehen hatte. Einar fummelte am Kinnriemen herum und setzte sich besser zurecht.

»Spiel erst, wenn du mindestens drei Stunden gearbeitet hast«, mahnte Selma, während sie *Big Fish*, die Seite mit den Onlinespielen, öffnete und zusah, wie Einar sich durch die vielen Angebote scrollte. »Und du darfst nur eine Stunde spielen.«

»Zwei«, erklärte Einar. »Und du musst mir noch sagen, was ich herausfinden soll.«

Selma fing an, das Spiel, auf das er gezeigt hatte, herunterzuladen.

»Ich will so viel wie möglich über all diese Menschen wissen«, sagte sie und nickte zu dem Stapel hinüber. »Viel liegt schon dort. Das musst du nur systematisieren. Und danach finde alles heraus, was du nur kannst. Ehe, Interessen, Freunde. Sieh nach, ob einige von denen gemeinsame Freunde haben. Arbeit, Ferienhaus, Reisen. Soziale Medien sind in der Regel die beste Quelle, aber …«

»Das habe ich inzwischen begriffen.«

»Dann geh ich jetzt mal. Funktioniert dein Drucker? Hast du Papier, um auszudrucken? Hast du genug Tinte in der Patrone?«

»Ja. Ja. Ja. Mach's gut.«

Er schaute nicht einmal vom Bildschirm auf. Selmas Unterlagen hatte er nicht angerührt.

»Du musst mir noch eins sagen, ehe du gehst«, erklärte er. Die Geräusche des Laptops verrieten, dass er schon spielte.

»Zuerst die Arbeit«, sagte Selma streng.

Nun sah er auf.

»Wenn die Polizei den Zwischenfall in Løkka doch schon als möglichen Mordversuch an dir untersucht, warum willst du denen nicht von dem Stalker erzählen, der auf magische Weise deine Wohnung aufsucht und kleine Grüße hinterlässt, ohne den Alarm auszulösen und ohne einzubrechen?«

Er sprach »Stalker« aus, wie es geschrieben wird.

»Stoooker«, korrigierte Selma und ging weiter. »Das wird Stoooker ausgesprochen.«

»Hör doch auf und antworte lieber.«

»Weil«, sagte sie und drehte sich langsam zu ihm um.

Es wurde still.

»Weil?«, fragte Einar.

»Weil es Anine nicht gefallen würde, wenn ich auf offener Straße angeschossen würde. Ich bin zwar davon überzeugt, dass ich das eigentliche Ziel war, aber ich hoffe wirklich, dass sich die Polizei in Lindas Leben festbeißt. Dann ist es immerhin möglich, dass Anine auf mich hört und ich Sjalg bei mir haben darf. Bei mir zu Hause jedenfalls. Wenn sie dagegen erfährt, dass ich bis in meine eigene Wohnung verfolgt werde, dann kannst du sicher sein, dass ich den Jungen erst wiedersehen darf, wenn das alles hier vorüber ist. Und das kann dauern.«

»Sjalg«, wiederholte Einar und grinste zahnlos. »Dass Selma Falck sich endlich richtig verliebt hat, was für eine Vorstellung!«

Selma verließ ihn, ohne noch mehr zu sagen. Die Unruhe, die sie immer weitertrieb, sie in Gang hielt, willkommen und lebensspendend, fühlte sich jetzt anders an.

Was sie wirklich empfand, war Angst.

Der Auftrag

Lars Winther war bei der Arbeit, obwohl es ein freier Tag war. Da er das Haus voller Kinder hatte, hatten sich die Wochenenden daheim zu einer Kriegszone entwickelt. Seine Frau war ebenfalls Journalistin, ebenfalls müde, und wie Lars hätte sie die Sonntage ebenfalls viel lieber genutzt, um sich beim Arbeiten auszuruhen. Diesmal hatte er die Schlacht gewonnen, durch einen strategischen Rückzug, noch ehe das jüngste Kind aufgewacht war.

In den ersten Stunden hatte er ganz einfach geschlafen. Er fühlte sich wie ein neuer Mensch, als er unter der Decke im großen Besprechungsraum hervorkroch. Er reckte sich, leerte eine Flasche Wasser und zog seine Kleidung gerade. In einigen Stunden würde er anstandshalber nach Hause gehen müssen, aber in der Zwischenzeit hatte er genug zu tun. Ein Besuch bei Selma stand ganz oben auf seiner Prioritätenliste. Auch wenn er nicht über die Sache mit dem Schuss in Grünerløkka berichten durfte, so konnte doch keine Macht der Welt ihm einen Krankenbesuch bei einer Freundin verbieten. Die Medien hatten berichtet, dass Selma Falck aus dem Krankenhaus entlassen worden war, und Lars nahm an, dass sie noch immer so starke Schmerzen hatte, dass sie sich zu Hause aufhielt.

Als er das Großraumbüro betrat, hörte er die Chefredakteurin seinen Namen rufen.

»Scheiße«, flüsterte er, trottete aber brav zu ihrem Büro auf der anderen Seite des riesigen Raumes.

Sie war neu. Als der alte Chefredakteur vor drei Monaten in den Ruhestand getreten war, hatten die meisten mit einer internen Beförderung gerechnet. Sie hatten sich geirrt. Eine achtunddreißig Jahre alte Frau von *Stavanger Aftenbladet* hielt ihren Einzug. Sie gehörte zu den jüngsten Redaktionsangehörigen, aber sie hatte sich in kurzer Zeit eine Autorität verschaffen können, die Lars Winther ziemlich faszinierend fand. Sie war immer im Büro. Werktags, an Wochenenden und an Feiertagen. Die Angestellten tuschelten in den Ecken, dass sie sich noch immer keine Wohnung gesucht habe.

»Endlich bist du aufgewacht«, sagte sie und winkte ihm, sich zu setzen. »Bist du aus der Familienidylle desertiert? Ein bisschen anstrengend zu Hause, so an den Wochenenden?«

Lars murmelte eine undeutliche Bestätigung.

»Hier«, sagte sie kurz, als er sich endlich setzte.

Sie schob ihm einen umfangreichen grünen Plastikordner hin. Als er den öffnete, sah er, dass innen an der Seite mit Klebeband ein Speicherstick befestigt war und dass der Ordner einen Stapel Ausdrucke von, wie er annahm, an die hundert Seiten enthielt.

»Was ist das?«, fragte er skeptisch.

»Da bin ich selber nicht ganz sicher.«

»Was soll ich damit?«

Er schloss den Ordner und schob ihn zurück über den ordentlichen Schreibtisch.

»Das ist ein Fall, an dem Jonathan Herse gearbeitet hat«, sagte sie.

»Jonathan?«

Lars kniff die Augen zusammen. Der Kollege war drei Wochen zuvor bei einem tragischen Verkehrsunfall im Kreisverkehr von Bislett ums Leben gekommen. Der junge Journalist war ohne Helm und in viel zu hohem Tempo mit dem Fahrrad unterwegs gewesen, als es geknallt hatte. Es sah so aus, als träfe den Taxifahrer, mit dem er kollidiert war, keine Schuld. Der Unfall war in einer Nacht von Freitag auf Samstag geschehen, es gab nur wenige Zeugen. Die meisten waren zum fraglichen Zeitpunkt zudem so angetrunken gewesen, dass ihre Aussagen in alle Richtungen auseinanderstrebten. Fest stand allerdings, dass Jonathan 1,7 Promille intus gehabt hatte und dass der Taxifahrer nüchtern gewesen war.

»Warum soll ich mir das ansehen?«

Lars Winther musterte den Ordner mit etwas, das vor allem aussah wie Abscheu. Von anderen begonnene Themen zu übernehmen, war schlimmer, als Nachrufe zu schreiben, wie er das als Teenager während seiner Sommervertretung bei der Lokalzeitung ab und zu hatte tun müssen. Im Journalismus war vieles von der Methode abhängig, und er hatte seine eigene. Wie die meisten. Es war immer schwierig, in den angefangenen Recherchen anderer seinen roten Faden zu finden, und in der Regel endete alles damit, dass man wieder bei null anfangen musste.

»Worum geht es denn hier?«, fragte er. »Es ist immer scheußlich, wenn man ...«

Er wurde von einer Putzfrau unterbrochen, die jetzt hereinkam. Sie trug einen dunklen Tschador und wollte nur den Papierkorb leeren.

»Jugendamt«, sagte die Chefredakteurin, ohne auf die Frau zu achten.

Lars schlug sich vor die Stirn und stöhnte demonstrativ. Die Reinigungskraft stellte den leeren Papierkorb zurück und verschwand mit ihrem Müllsack.

»Nie im Leben, verdammt! Jugendamtssachen sind das Übelste, was man ...«

»Du machst das«, sagte die Chefredakteurin energisch und schob den Ordner ein weiteres Mal über den Tisch. »Ich glaube, das hier kann etwas werden.«

»Jugendamt!«, rief Lars nun fast. »Ein Scheißwespennest! Wer den Kritikern in die Krallen fällt, kann doch total den Verstand verlieren. Die sind Verschwörungstheoretiker, Halbirre und Netztrolle. Es kommt absolut nicht infrage, dass ich ...«

Die Chefredakteurin hob die rechte Hand so abrupt, dass er verstummte.

»Ich habe einiges an Zeit investiert, um mich in ... das Milieu hier einzuarbeiten«, sagte sie mit scharfer Stimme. »Und ich habe das klare Gefühl, dass du eigentlich in der politischen Redaktion arbeiten möchtest.«

Lars starrte sie an, ohne zu nicken.

»Und dass du die Beförderung dorthin fast erwartet hattest«, fuhr sie fort, »nach der erfolgreichen Enthüllung von *Zerfurcht/ Verwittert*. Es geht aber darum ...«, sie legte die Fingerspitzen aneinander und stützte die Ellbogen auf die Tischplatte. Ihr Blick war blauer als alle anderen, die er je gesehen hatte, und ihre blonden Haare wirkten echt. Ohne den straffen, fast lippenlosen Mund wäre sie hübsch gewesen. »Den Fall hast du gratis bekommen«, sagte sie nun. »Auf einem silbernen Tablett, von Selma Falck. Hier drinnen ...«, ein gepflegter, rosa lackierter Nagel tippte auf den Plastikordner, »... hier drinnen befindet sich, soviel ich weiß, nur ein Anfang von etwas. Aber es ist ein interessanter Anfang. Ich habe es mir selbst nicht angesehen, aber Jonathan wirkte eifrig und ein bisschen ...«, sie suchte einen Moment nach dem nächsten Wort, »... besorgt, fast jedenfalls.«

»*Please*«, bettelte er mit jammervoller Stimme. »Jugendamt, meine Güte! Erspar mir das!«

»Nein«, sagte sie mit einem Lächeln.

Diesmal schob er den Ordner nicht zurück.

»Jonathan hat sich nicht deutlich ausgedrückt, und außerdem war er ziemlich geheimnisvoll«, sagte sie. »Ich bereue wirklich, dass ich ihn nicht härter in die Mangel genommen habe, als er sich drei Wochen Befreiung von allen anderen Aufgaben erbeten hat. Aber ich vermute, dass es hier nicht um Einzelfälle, erbarmungslose Bürokraten und weinende Eltern geht. Das hier ...«, wieder beugte sie sich vor und fing seinen Blick ein. »Hier geht es um etwas Größeres«, sagte sie. »Wenn ich Jonathan richtig verstanden habe.«

Lars seufzte ein weiteres Mal und griff nach dem Ordner, ohne ihn zu öffnen. Die Chefredakteurin deutete ein Nicken in Richtung Tür an, und er erhob sich.

»Wenn du diese Nuss hier knackst, wird der Weg zur Politik kürzer!«

Ihre Stimme hinter seinem Rücken klang fast munter.

»Jugendamt«, fauchte er fast unhörbar und ließ die Tür hinter sich etwas zu energisch ins Schloss fallen.

Er zog Trainingskleidung an, um nach Sagene zu joggen. Als Selma weder auf seinen Anruf noch auf die drei SMS reagierte, die er im Abstand von nur wenigen Minuten losfeuerte, joggte er stattdessen den ganzen Weg nach Hause.

Jugendamt. Das schlimmste Wespennest von allen, das wusste Lars Winther, und er beschloss, die Befehle der Chefredakteurin in den Wind zu schlagen.

Bis auf Weiteres jedenfalls.

Der Stalker

Der Poker-Türke, Selmas alter Mandant und Tausendsassa, erwies sich abermals als zuverlässig. Wie immer, wenn sie anrief.

Auf dem Heimweg von Einar hatte Selma gespürt, wie ihre Angst mit jedem Meter wuchs, um den sie sich Sagene und der kleinen Wohnung näherte, die bisher ihr sicherer Bunker gewesen war. Ein Schlafzimmer mit besseren Nächten, als sie in einem anderen Leben in der Villa auf Ormøya mit Mann und Kindern je gehabt hatte. Ein Wohnzimmer, das sie inzwischen genau so eingerichtet hatte, wie sie es wollte. Praktisch und gemütlich, nicht mehr und nicht weniger. Besonders liebte sie den Balkon, ungeniert und allein an der ansonsten glatten Fassade. Von dort hatte sie Ausblick über große Teile der Stadt. Und kaum jemand konnte sie sehen.

Die Wohnung war eine Freistätte.

Oder – das war sie gewesen.

Nun wagte sie kaum, sie zu betreten. Schon wenige Minuten,

nachdem sie nach Hause gekommen war, nachdem sie ruhelos und mit kleinen, ängstlichen Abstechern auf den Balkon hin und her gelaufen war, hatte sie begriffen, dass sie etwas tun musste. Der ungebetene Gast musste entweder für die Wachgesellschaft arbeiten und die bereits vorhandene Alarmanlage manipuliert oder sich auf irgendeine Weise Zugang zu Schlüssel und Code verschafft haben. Ein Hacker vielleicht. Von denen gab es ja viele.

Viel zu viele.

Der Poker-Türke war eine Dreiviertelstunde nach ihrem Anruf aufgetaucht. Fröhlich wie immer. In einer Wolke aus teurem Rasierwasser hatte er sich in ihrer Wohnung zu schaffen gemacht. Zuerst hatte sie ihn gebeten, die alte Alarmanlage zu demontieren. Er hatte den Kopf geschüttelt, sich die Sache überlegt und dann erklärt, das sei keine gute Lösung. Da die Anlage zum Glück nicht mit einer Kamera versehen sei, könnte sie die einfach ganz normal benutzen. Sie einschalten, wenn sie wegging, sie ausschalten, wenn sie zurückkam. Oder sie könnte das Teil einfach vergessen. Er selbst könnte seine Frau nie überreden, ihre eigene Anlage zu aktivieren, wenn sie für längere Zeit verreisten.

»Das ist ganz normal.«

Die Ausrüstung des Poker-Türken sah aus wie aus *Mission Impossible* entsprungen.

Winzige Elemente wurden versteckt in Bilderrahmen, zwischen Jalousien und unter Deckenleisten. Alles war drahtlos. Nach einer Stunde Arbeit bat er um ihr Handy. Drei Minuten später konnte alles über eine App kontrolliert werden. Mithilfe von vier versteckten Kameras konnte sie fast jeden Winkel der Wohnung sehen. Er reichte ihr das Handy mit ernster Miene.

»Soll ich auch die Kontrolle haben? Deiner Sicherheit zuliebe? Ich kann die App runterladen ...«

»Nein, danke. Das schaffe ich schon.«

»Aber das Schloss willst du auswechseln? Obwohl das natürlich entdeckt wird, wenn er versucht, noch einmal zu kommen?«

»Oder sie. Und ja. Ich will ein neues Schloss. Zwei Schlösser. Wie jetzt. Es kommt schließlich häufiger vor, dass man ein Türschloss auswechselt. Er oder sie kann das für einen Zufall halten. Es wird ihn daran hindern, hereinzukommen, aber ihm nicht unbedingt verraten, dass ich weiß, dass er hier war.«

»Der Smiley weist ja wohl darauf hin, dass du genau das wissen sollst?«

»Ja. Streng genommen ist das wohl das Beängstigendste an der ganzen Geschichte. Er kann allerdings nicht wissen, dass ich ihn gesehen habe. Aber …« Sie erschauderte im wahrsten Sinne des Wortes, ein Zittern durchlief ihren Leib und veranlasste den Poker-Türken dazu, ihr die Hand auf den Arm zu legen. Auf den unversehrten. Fast unmerklich wich sie zurück.

»Ich will ihn nicht hier haben«, sagte sie entschieden.

Der Poker-Türke nickte. Er brauchte nicht lange, um ihr den Gefallen zu tun. Seine Arbeit wirkte solide, auch wenn die Tür danach deutliche Schrammen aufwies.

»Ein Hansdampf in allen Gassen«, bemerkte Selma trocken.

Er lächelte, packte seinen Werkzeugkasten zusammen und wollte schon gehen, als sie fragte, was sie ihm schulde.

»Du schuldest mir gar nichts«, war die Antwort.

Wie immer.

»Du hast mich vor vier Jahren aus schwedischen Gardinen gerettet, Selma. Und du erledigst meine Steuererklärung. Dazu kommt alles, was du bei mir am Spieltisch verlierst, den du übrigens lange nicht mehr besucht hast.«

Er lachte, stieß rasch mit seiner Faust gegen ihre und ging.

Selma blieb allein zurück, jetzt etwas ruhiger.

Aber nicht ruhig genug. Es gab nur eine Medizin gegen das, was unter ihrem Brustbein nagte; gegen den bitteren Stich oben im Magen, der nur immer schlimmer wurde. Sie klappte den Laptop auf und loggte sich in eine ihrer vertrauten Domänen ein.

Ihr Puls beruhigte sich, als sie das Logo der Online-Pokerseite sah. Der gestrenge Herzkönig schaute glatt durch sie hindurch, während die Pikdame züchtig zu einem hochfahrenden Buben in Brünne hinüberlugte. Selmas Finger gaben bereits den Code ein. Sie atmete leichter. Die Unruhe verwandelte sich jetzt in Anspannung, und ein segensreiches Wohlgefühl verdrängte die Angst in Sekundenschnelle.

Mitten in der Kombination von Buchstaben und Ziffern hielt sie jählings inne. Das Bild des frisch geborenen Sjalg, vergrößert auf ein absolut lächerliches Format und neben der Schlafzimmertür an der Wohnzimmerwand befestigt, funktionierte, wie es sollte. Selma klappte den Laptop zu und schob ihn von sich weg.

Es war viereinhalb Monate her, dass sie zuletzt gespielt hatte.

Als Selmas Tochter Anine nach den Strapazen des vorigen Jahres ziemlich unerwartet im Krankenhaus aufgetaucht war, sollte Selma bald Großmutter werden. Das Kind musste in den wenigen Tagen vor dem Mord an ihrem Schwiegersohn bei seiner eigenen Hochzeit entstanden sein.

Der kleine Sjalg war im April geboren worden.

Er war eine Gottesgabe. Seine Augen waren dunkel, sein Mund breit, mit vollen Lippen. Der Amorbogen war so deutlich, dass er die Narbe nach der gelungenen Operation einer Lippenspalte hätte sein können. Die Angestellten auf der Wochenbettstation waren außer sich vor Staunen darüber gewesen, dass ein kleiner Junge seiner Großmutter wie aus dem Gesicht geschnitten sein konnte. Anine lag im Bett, blond und blauäugig, und Selma hatte nach dem dritten Besuch innerhalb von zwölf Stunden begriffen, dass sie ihre Tochter in Ruhe lassen musste, bis die nach Hause durfte. Ehe sie ging, ließ sie dennoch zwei Ärzte und drei Schwestern Fotos von der frischgebackenen Großmutter mit dem Enkel in den Armen machen.

Anine war natürlich sauer gewesen, aber das war sie schließlich häufiger.

Das Wichtigste war jetzt, dass sie Selma brauchte.

Das Leben als alleinstehende Mutter war alles andere als ein Traum. Die anderen Großeltern des Kleinen waren geschieden, der Familiensinn schwach. Sjalgs Onkel hatte seinen Neffen noch nicht einmal gesehen. Obwohl der Junge nach seinem verstorbenen Vater benannt worden war, hatte dessen übrig gebliebene Verwandtschaft überraschend wenig Interesse an dem Säugling an den Tag gelegt. Selma war dagegen *völlig durchgedreht*, wie es im Krankenhaus hieß, als sie mit einem neuen Kindersitz und einem ganzen kleinen Koffer voller Babysachen anstolziert kam, um die winzige Familie nach zweieinhalb Tagen im Krankenhaus nach Hause zu fahren.

Anine ließ sich Selmas Engagement gefallen. So einigermaßen und nur, weil sie es brauchte. Die Akzeptanz gab es zudem nur unter einer klaren Bedingung.

Gezockt wird nicht.

Es durfte nicht die geringste Gefahr bestehen, dass die Wohnung in Sagene, in der Sjalg sich inzwischen sicher fühlte, verschwinden könnte. Selma Falck hatte sich schon früher in großem Stil um Haus und Hof gespielt.

Selma versprach es. Sie hatte hoch und heilig geschworen, dass diese Lebensphase zu Ende sei. Diese Abmachung zu treffen, war einfach gewesen. Sie einzuhalten, war ab und zu unerträglich schmerzhaft gewesen.

Aber sie hatte es geschafft.

Der kleine Sjalg war ein Wunder. Selma spiegelte sich in ihm, wie sie es mit ihren eigenen Kindern nie getan hatte. Sie sah sich selbst in dem kleinen Gesicht. In seinen Haaren, die sehr dunkel blieben, als er heranwuchs. Ungewöhnlicherweise kamen die ersten beiden Zähnchen schon nach vier Monaten. Noch ungewöhnlicher: Sie kamen am Oberkiefer durch, nicht unten, genau wie Selma es auf den wenigen Bildern gesehen hatte, die es von ihr in diesem Alter gab. Eins davon, im zeitigen Frühling 1967 an einem Strand in, wie sie glaubte, Kalifornien aufgenommen, zeigte ein ernstes Kind. Mit Handtüchern im Rücken und um den Po gestützt, die Augen in der grellen Sonne zusammengekniffen, zeigte sie zwei Reiskörner unter der Oberlippe. Ihre Eltern hatten sie *Chip'n'Dale* genannt, bis sie vier war und alle Kosenamen sich einfach verflüchtigten.

Anine würde es nicht herausfinden, wenn Selma nur ein bisschen spielte. Nur eine Stunde. Selma könnte sich eine Grenze für ihre Verluste setzen. Kleingeld. Nichts Ernstes. Sie könnte eine Zeitsperre in den Laptop einprogrammieren, das hatte sie einmal gemacht, als sie das Spielen eine Zeit lang etwas übertrieben hatte. Das hatte allerdings nicht geholfen, wie sie sich eingestehen musste; natürlich gab es einen Code, um dennoch weiterzukommen.

Anine war jedoch ein wandelnder Lügendetektor, und sie fragte ihre Mutter bei jeder Begegnung nach dem Spielen. Selmas Fähigkeit, anderen einen Bären aufzubinden, zu schwindeln und geradezu zu lügen, hatte sie in der Welt weit gebracht. Anders als alle anderen hatte Anine sich schon mit acht Jahren nicht mehr an der Nase herumführen lassen. Ungefähr zu diesem Zeitpunkt hatte ihr Verhältnis zueinander wohl Schiffbruch erlitten, dachte Selma und schob den Laptop noch weiter weg.

Sie musste sich etwas anderes ausdenken.

Lars hatte versucht, sie zu erreichen. Wiederholte Male. Ob sie nicht etwas unternehmen wollten. Sie hatte allerdings keine besondere Lust, mit ihm zu reden.

Als sie zum dritten Mal ins Schlafzimmer ging, fiel ihr Blick auf die Kopien aus dem Ordner, den sie Einar gegeben hatte. Sie griff gereizt nach dem Papierstapel, ging zum Sofa und ließ sich in die Kissen sinken. Ein jäher Schmerz jagte durch ihre Schulter. Es tat jetzt meistens nur noch so wenig weh, dass sie zwischen ihren unbedachten Bewegungen ihre Verletzung zu vergessen begann.

Ganz oben lag die Übersicht über die Fälle, die sie übernommen hatte. Sie legte diese Liste beiseite. Zerstreut blätterte sie dann in den Fällen, die sie abgelehnt hatte. Sie war nun froh darüber, dass sie bei jeder Anfrage eine kurze Notiz verfasste, egal, wie uninteressant die Sache auch sein mochte. Sie legte sich die Unterlagen auf die Knie und stemmte die Füße gegen den Couchtisch.

Die Buchstaben wollten nicht mitspielen. Sie sah sie, konnte sich aber nicht darauf konzentrieren, sie zu Wörtern zusammenzusetzen. Ganz zu schweigen davon, Sätze zu formen. Die Angst, diese kontraproduktive, ungewohnte Unruhe, die nicht nachlassen wollte, ließ ihr Herz viel zu schnell schlagen. Sie glaubte zu spüren, wie ihr Blutdruck stieg. In ihrem Kopf hämmerte es dumpf, in ihren Ohren rauschte es, und sie rang jetzt um Atem. Ein Flashback aus den Tagen in einer Steinhütte, bei winterlichem Sturm, nackt und im Gestank von Urin, Exkrementen und kalter Tomatensuppe, zwang sie dazu, abrupt die Augen zuzukneifen und aufzuspringen.

Die Blätter fielen zu Boden.

Die Verfolger, dachte sie am Rand einer Panikattacke.

Dort musste die Antwort liegen. Die Verfolger, die sie bereits hatte. Die sie nicht in Ruhe lassen konnten. Die sie in Gedanken so lange verdrängt hatte, aber die ihr im vergangenen Jahr immer größere Sorgen gemacht hatten. Nicht unbedingt, weil sie aufdringlicher geworden wären, sondern weil sie nicht mehr die Kraft hatte, diese Sorgen abzuschütteln.

Selma Falck war nicht mehr stark genug, sie selbst zu sein, und manchmal war das nicht auszuhalten.

Sie lief in die Küche, holte die Papiertüte, die sie momentan zu häufig verwenden musste, und formte mit Daumen und Zeigefinger der rechten Hand eine Öffnung zu einem mundgroßen Loch.

Drei Atemzüge später ging es ihr besser. Der Schwindel ließ nach, und sie nahm die Tüte vom Mund, holte tief Luft und zählte dabei in Gedanken bis fünf. Dann hielt sie die Luft vier Sekunden lang an, atmete drei Sekunden lang aus und öffnete die Augen.

Niemand konnte jetzt kommen. Niemand hatte Schlüssel zu den neuen Schlössern.

Wenn nur Lupus da wäre.

Sie ließ Leitungswasser in ein großes Glas laufen und trank langsam. Ihr Puls verlangsamte sich merklich. Die Angst verschwand trotzdem nicht ganz. Einem Impuls folgend, ging sie ins Badezimmer und schloss die Tür mit dem Schlüssel ab, der im Schloss steckte, den sie allerdings noch nie benutzt hatte. Sie setzte sich in die Duschkabine und zog die Knie an die Brust.

Das Handydisplay leuchtete auf, als sie es berührte.

Fredrikke Augustsson hieß die Person, die sie suchte.

Selma wusste sehr gut, dass es schwierig war, in sozialen Medien aktiv zu sein, ohne von Menschen wie Fredrikke Augustsson belästigt zu werden. Diese Version einer digitalen Aufpasserin hatte sich in Gesetz und Ordnung verbissen. In die Juristerei, ganz einfach, oder in eine Zwangsvorstellung von diesem Bereich. Selma hatte vor einer Ewigkeit einen profilierten Anwaltskollegen auf eine Weise verteidigt, die sie selbst ziemlich witzig gefunden hatte. Gerade bissig genug, wie sich das für Twitter gehörte. Der Kollege hatte nichts Schlimmeres verbrochen, als darauf hinzuweisen, dass Fredrikke Augustsson Rechtshilfe leistete und sich dafür bezahlen ließ, ohne selbst Juristin zu sein, und das war verboten. Schlicht und einfach. Die erboste Amateurin steigerte ihren Hass auf den Kollegen noch, als er die Anwaltskammer auf das Treiben der Dame aufmerksam machte. Die verpasste ihr eine scharfe Abmahnung, und danach wurde alles nur noch schlimmer.

Selma hätte nicht so dumm sein dürfen, sich einzumischen. Nach einigen Wochen mit rabiaten Angriffen vonseiten der tobenden Frau, die ausgerechnet in einer gediegenen Villa auf Holmenkollen hauste, war Selma zu dem Schluss gekommen, dass

Twitter für sie keine Arena war. Bis dahin hatte sie sich dort wohlgefühlt. Viele tonangebende Juristen nutzten dieses Mikroblogforum als Diskussionsbühne, und die fachliche Ausbeute an Links und Querverweisen war groß. Das Ganze wurde ihr dennoch nach und nach zu anstrengend, und Fredrikke Augustssons wütende Angriffe veranlassten Selma, ihr Konto stillzulegen.

Selma war trotzdem ehrlich neugierig.

Um sich trotz allem bei Klatsch, Fachsimpelei und allem, was sich sonst zutrug, auch einmal ein wenig zu verlieren, aktivierte sie ihr Twitter-Konto in regelmäßigen Abständen. Am liebsten nachts. Es konnte unterhaltsam und nützlich zugleich sein, zu wissen, wer was warum zu wem sagte. Leider machte Fredrikke Augustsson unverdrossen weiter. Sie verbreitete sich wütend und dauerbeleidigt vor allem über zwei sich teilweise überschneidende Gruppen: die Juristen und die mehr oder weniger gut organisierten Skeptiker, die Anti-Verschwörungsdenker, die Faktenjäger. Das Problem war, dass die ihr antworteten. Je mehr sie angegriffen wurden, umso härter schlugen sie zurück. Ab und zu gingen sie ein gutes Stück zu weit, weil es ihnen offenbar Vergnügen machte, diese Person in Rage zu versetzen. Es war, wie einer Bande von Lausbuben mit einem gefangenen Lemming zuzusehen.

Aber ein bisschen Spaß machte es schon, das zu beobachten.

Fredrikke Augustsson war eine Möchtegernjuristin, die im Netz keine anderen Spuren hinterließ als einen Haufen wütender Accounts in sozialen Medien. Sie hielt sich vermutlich immer in der Nähe ihrer Tastatur auf. Ihr Profilbild sagte Selma eigentlich nur, dass sie in ihre Wohngegend passte, jedenfalls nach allen üblichen Vorurteilen. Eine blonde Frau, schlank und gekleidet im österreichischen Stil. Loden und Wolle und dünne Daunenjacken. Eine Bonzenfrau von um die fünfzig.

Sie konnte unmöglich für andere als sie selbst eine Gefahr darstellen.

»Gaga«, flüsterte Selma, und nun fiel ihr Janna Wunderbar ein.

Das konnte unmöglich ihr echter Name sein, aber sie war die nervigste Stalkerin von allen gewesen. Schon in der zartesten Kindheit des Internets hatte Janna Wunderbar eine Website eingerichtet, die angeblich Selma gehörte. Die Schwedin verfügte über Fotos von Selma, von der diese nicht begreifen konnte, woher sie sie hatte. Sogar einige Kinderbilder waren auf der von überschwänglicher Bewunderung geprägten Website aufgetaucht, unter dem Domain-Namen selmafalck.com. Das Ganze war zunächst nicht wirklich angenehm gewesen, aber doch relativ harmlos. Erst, als die Frau 2007 auf einem Flug von Oslo nach Stockholm neben Selma aufgetaucht war, hatte sie es mit der Angst zu tun bekommen. Wie die Verfolgerin sich gerade diesen Sitz gesichert hatte, war einfach unbegreiflich. Es konnte wohl kaum ein Zufall sein. Die Sitznachbarin schwitzte und zitterte vor Aufregung und präsentierte einen Stapel Fotos zum Signieren, noch ehe das Fahrgestell eingezogen worden war.

Janna Wunderbar sei nur auf ungesunde Art fernverliebt, hatte Selma zuerst gedacht. Nachdem die Frau aber ein kleines Vermögen für den Pendelverkehr zwischen ihrem schwedischen Wohnort Uddevalla zu allerlei Orten in Norwegen ausgegeben hatte, um Selma zu treffen, war die Polizei eingeschaltet worden. Janna war meistens betrunken, immer überaus aufdringlich und immer ungeheuer wütend, wenn Selma sie mit wachsender Schroffheit abwies.

Am Ende wurde ein Kontaktverbot nach §57 des Strafgesetzbuches ausgesprochen. Ein halbes Jahr später wurde Janna Wunderbar nach einem Streit im Suff von ihrer Lebensgefährtin ermordet. Selmas Erleichterung war groß, als die schwedische Polizei sie in einem förmlichen Schreiben über diesen Todesfall informierte. Als sie später in Erfahrung brachte, dass das Urteil nur die Mindeststrafe betragen hatte, sechs Jahre Gefängnis, war deutlich, dass es an mildernden Umständen nicht gefehlt hatte. Das konnte sich Selma lebhaft vorstellen.

Sie hatte seit mehreren Jahren nicht mehr an Janna Wunderbar gedacht.

Da sah es mit Creedmore schon schlimmer aus.

Der hatte ihr fast zwei Jahre lang Briefe geschrieben. Als sie 2018 nach ihrem Krankenhausaufenthalt endlich nach Hause gekommen war, lagen bereits vier davon in der Post. Lars Winther hatte in Selmas Abwesenheit ihren Briefkasten geleert und versucht, wichtige Sendungen in einem Extrastapel von denen zu trennen, die vermutlich gleich im Altpapier landen würden. Creedmores Briefe lagen im Extrastapel. Die Umschläge waren neutral und in jeder Filiale von Clas Ohlson oder Staples zu erwerben. Das Papier ebenfalls. Der Mann – Selma war ziemlich sicher, dass es ein Mann war – hatte die Briefe mit der Hand geschrieben. Die ersten enthielten Schmeicheleien und kleine Andeutungen, dass sie sich treffen müssten. Selma hatte sie überflogen, sie waren nicht lang, und sie danach ins Altpapier gestopft. Als immer weitere Briefe kamen, fing sie an, sie aufzubewahren. Noch immer wirkten sie nicht bedrohlich. Nur wurden sie langsam abstoßend in ihrer Zudringlichkeit. Als sie bei näherer Untersuchung erfuhr, dass es sich bei der Signatur, Creedmore, um einen Munitionstyp handelte, wurde ihr die Sache richtig unangenehm. Sie hatte einige Male mit dem Gedanken gespielt, die Polizei zu informieren. Sie hatte dort viele Freunde und hätte es *off the record* machen können. Sich einfach nur beraten lassen.

Es blieb bei dem Gedanken.

Er wirkte ja nicht gefährlich.

Die Fußbodenheizung brannte unter ihrem Hintern. Selma erhob sich. Sie wäre fast gefallen und musste sich mit dem verletzten Arm abstützen. Die Duschtür knallte so heftig gegen die Fliesen, dass sie zerbarst. Selma fluchte. Sie blieb stehen und schaute auf das pulverisierte Glas auf dem Boden, während sie sich Splitter aus den Haaren fischte. Als sie versuchte, sich Scherben von der Schulter zu wischen, schnitt sie sich in die Handfläche.

Sie hielt die Hand unter den Wasserhahn und ließ das kalte Wasser laufen.

Ihr Puls war bei hundertzwanzig, das spürte sie. Und er stieg. Übelkeit überschwemmte sie. Sie würgte, doch es kam nichts hoch, nur bittere Galle, die an Gaumen und Zunge brannte. Das Wasser wurde immer heller rot. Am Ende war es rein. Ihre Hand zitterte. Unsicher, ob sie es wagen sollte, fummelte sie sich zum Pulsmesser an der Trainingsuhr durch.

Ihr Herz schlug hundertsiebenundsechzig Mal pro Minute.

Etwas stimmte hier wirklich nicht. Sie taumelte aus dem Badezimmer. Sie musste raus aus der Wohnung. Weg von all dem hier. Sie könnte bei Einar wohnen. Oder im Hotel. Im Wald, wenn es sein musste, oder bei Vanja und Kristina. Ehe sie die Wohnungstür erreichte, hatte sie sich schon zu der Nummer durchgetastet, die sie für Anines hielt.

»Medizinischer Notruf«, wurde am anderen Ende mitgeteilt. »Was kann ich für Sie tun?«

Montag, 9. September

Die Ausschusssitzung

»Es ist jetzt acht Jahre, einen Monat, zwei Wochen und vier Tage her.«

Der hochgewachsene, grau gekleidete Mann setzte sich ans Tischende. Die Stimmung der sechs Fachleute am Besprechungstisch war fast munter gewesen, während sie auf den Vorsitzenden gewartet hatten.

»Was ist so lange her?«, fragte einer durch das Geplauder der anderen hindurch.

»Der Terrorakt vom 22. Juli 2011.«

Das Gemurmel verstummte abrupt.

»Warum sagst du das?«, wagte eine jüngere Frau zu fragen.

»Weil uns ein besserer Zivilschutz versprochen worden ist«, erwiderte Karstein Braaten mit scharfer Stimme und schlug mit der Hand auf den Tisch. »Gegen Terror. Gegen Naturkatastrophen. Gegen Cyberattacken. Gegen Invasionen und Pandemien und den Teufel und seine Großmutter. Jeder einzelne verdammte Politiker in diesem Land hat Wochen, Monate und Jahre damit verbracht, uns einen besseren Zivilschutz für Land und Volk zu versprechen. Und dann passiert …«

Er griff zu seinem Handy und wischte mit seinem Finger über das Display.

»Der NAV-Skandal?«

»Ja. Der NAV-Skandal.«

Keine der anwesenden Personen schien zu verstehen, was er

meinte. Eine der größten Behörden Norwegens, die Norwegische Arbeits- und Wohlfahrtsbehörde NAV, war zuständig für Organisation und Finanzierung von Arbeitsmarktmaßnahmen, staatlicher Unterstützung und Sozialhilfe. Sie verwaltete ein Drittel des gesamten Staatsbudgets und war das eigentliche Rückgrat in dem Wohlfahrtsstaat, auf den die meisten Norweger so stolz waren. Kürzlich war bekannt geworden, dass diese Behörde mehrere Dutzend Justizirrtümer auf dem Gewissen hatte. Die Verantwortlichen hatten Menschen, die nichts verbrochen hatten, Missbrauch von Versicherungsgeldern vorgeworfen und mehreren Tausend die Unterstützung gestrichen, auf die diese Leute eigentlich Anspruch gehabt hatten. Ursache dieses Skandals war eine Fehlinterpretation der EWR-Regeln. Über Jahre hinweg. Vielleicht Jahrzehnte. Die NAV hatte offenbar nicht nur über lange Zeit hinweg alle Hinweise auf diese Fehlpraxis ignoriert, sondern ihre fehlerhafte Gesetzesauslegung war von Parlament, Anklagebehörden und Justiz unterstützt worden. Der größte Justizskandal der modernen norwegischen Geschichte war zur Tatsache geworden.

»Also, ich begreife nicht so recht, worauf du hinauswillst«, sagte der jüngste Anwesende, ein Mann von höchstens dreißig, der jedoch bereits über einen Doktor in Makroökonomie von der London School of Economical Studies und einen Master in Statistik vom MIT verfügte.

Der Graugekleidete legte sein Handy auf den Tisch. Danach hielt er für lange Sekunden beide Hände vors Gesicht. Er hatte fünf Nächte lang kaum ein Auge zugemacht, und für einen Moment war ihm schlecht und schwindlig.

»Meine Mutter ist am vorigen Samstag gestorben«, sagte er plötzlich, packte die Tischkante und rang sich ein Lächeln ab.

Beileidsbekundungen wurden überall in der Runde gemurmelt. Er bedankte sich nicht.

»Es ist ein bisschen plötzlich gekommen. Obwohl sie fast neunzig war und ihr Tod also nicht wie eine Bombe eingeschlagen ist. Es kann deshalb sein, dass ich ein bisschen extra …«, er schaute den jungen, überaus gebildeten Schnösel an, »… krass bin. Tut mir leid.«

Er beugte sich zur Seite und zog einen Stapel Berichte hervor, den alle am Tisch sofort erkannten. Es waren die Zivilschutzpläne für alle denkbaren und fast undenkbaren Katastrophensituationen. Karstein Braaten räusperte sich hinter vorgehaltener Faust, und seine Stimme war ruhiger, als er nun weitersprach.

»In bestimmten Situationen ist die Regierung zu tiefgreifenden Einschränkungen in die Rechte der norwegischen Bevölkerung befugt. In deren Bewegungsfreiheit. In die Finanzen. Sie kann Prioritäten in der Gesundheitspolitik setzen. Sie kann Heimwehr und Polizei einsetzen. Aktivitäten, die wir sonst als selbstverständlichen Teil des Alltags betrachten und die fast schon von unseren Menschenrechten beschützt werden, können über Nacht verboten werden.«

Es war ganz still geworden. Einige hatten die Blicke gesenkt. Andere, wie die junge Frau ganz unten am Tisch, starrten ihn aus immer stärker zusammengekniffenen Augen an. Karstein Braaten wusste nicht, ob sie Verständnis oder Verwirrung zum Ausdruck bringen wollte. Schon seit viel zu vielen Jahren hatte er mit dem Thema Sicherheit zu tun. Schutz und Sicherheit für das Volk. Er sollte dafür sorgen, dass das Land auf das vorbereitet war, von dem die Leichtsinnigen niemals dachten oder glaubten, dass es eintreffen könnte. Die junge Frau, tüchtig, wie es solche Frauen immer waren, gut ausgebildet und wohlinformiert, hatte trotzdem keine Ahnung. Die würde sie auch noch viele Jahre lang nicht haben, sondern erst, wenn sie so lange wie er hinter geschlossenen Bürotüren gelebt hätte, zwischen Dokumenten, die vor der Welt und den Realitäten warnten, die nur die wenigsten zu sehen bereit waren.

»Und die Leute werden sich ganz brav lenken lassen«, sagte er schließlich mit einem kleinen Nicken. »Alle Prognosen besagen, dass Norweger in einer Krisensituation tun werden, was ihnen befohlen wird. Es gibt viel Geschrei und ein bisschen Protest, aber dann tun wir, was die Behörden wollen. Warum?«

Er ließ den Blick durch die Tischrunde wandern, aber niemand schien sich zu einer Antwort berufen zu fühlen.

»Vertrauen?«, wagte endlich jemand vorzuschlagen.

»Genau. Vertrauen. Wir leben in einer Vertrauensgesellschaft. Noch. Wir verlassen uns aufeinander. Im Großen und Ganzen. Auf die Behörden und die staatstragenden Institutionen. Wir haben eine Staatsmacht, die zu den bestorganisierten der Welt gehört. Sie beruht auf einer Grundmauer aus Vertrauen. Nicht einmal der grauenhafte, unerträgliche Sommerfreitag 2011 hat das im Grunde ins Wanken bringen können. Dieses Volk ...«, er sah ausgiebig aus dem Fenster, »... diese Nation behielt das Vertrauen zu einem Apparat, der vollständig versagt hat, als die Katastrophe eintraf. Allein der Anblick des defekten Schlauchbootes, überfüllt mit Polizisten, die ...«, er griff zu seinem Glas, das jemand vor seinem Eintreffen mit Wasser gefüllt hatte. Er leerte es und rang sich etwas ab, von dem er hoffte, dass es einem Lächeln ähnelte. »Seit damals ist viel Wasser unter den Brücken durchgeflossen«, sagte er mit festerer Stimme. »Ich glaube, es würde verlangt werden, dass mehr Köpfe rollten, wenn dieser Terrorangriff heute passierte. Im Nachhinein, während wir auf mehr Freiheit warteten, mehr Demokratie, mehr Liebe ...« Er spürte, dass seine Stimme wieder Gefahr lief, vor Verachtung für die abgenutzten Floskeln aus der Zeit nach dem 22. Juli zu brechen. »... haben wir streng genommen das Gegenteil bekommen. Wachsende Polarisierung. Größeren Hass. Schärfere Wortwechsel. Mehr Politikverdruss. Deutlicheren Rassismus.«

»Sollten wir vielleicht mit der Tagesordnung beginnen?«, schlug die junge Frau vor und machte sich dabei an den Papieren zu schaffen, die vor ihr auf dem Tisch lagen. Der Gefühlsausbruch des Vorsitzenden war für sie offenkundig ungewohnt und unangenehm.

Karstein Braaten antwortete nicht. Er schaute wieder sein Handy an und wischte von einem Artikel zum anderen.

»Menschen wurden unrechtmäßig ins Gefängnis gesteckt«, murmelte er. »Sie wurden ohne gesetzliche Grundlage bestraft. Der absolute Albtraum für einen Rechtsstaat! Es gab grobe Justizirrtümer, weil eine Bande von ignoranten Juristen einfach geglaubt hat, was ihnen weisgemacht wurde. Wie, dass es verboten sei, ins Ausland zu reisen und gleichzeitig Stütze zu beziehen. Mit strengen Strafen als Folge. Norwegen zu verlassen, wurde für viele dasselbe, wie ihren Lebensunterhalt zu verlieren. Die meisten haben gehorcht, und damit wurden ihnen grundlegende Menschenrechte genommen. Wie, ihre sterbende Schwester in Deutschland zu besuchen. Wie, das bisschen, was man in Schweden besitzt, vor Wasserschäden zu retten. Niemand hat gesehen, wie unfair das war. Das ...«, er schlug so energisch mit dem Handy auf den Tisch, dass das Glas zersprang. Leicht verdutzt saß er nun da und starrte das Display an. Niemand sagte etwas.

»Konfuzius«, sagte er schließlich und legte das Handy weg. »Bereits ein halbes Jahrtausend vor unserer Zeitrechnung hat er erklärt, dass ein Machthaber drei Dinge braucht. Waffen, Lebensmittel und Vertrauen.«

Er zählte an den Fingern ab.

»Das Erste, was er im Notfall aufgeben soll, sind die Waffen. Dann die Lebensmittel. Denn dass deine Untertanen Vertrauen zu dir haben, ist das Einzige, worauf du wirklich nicht verzichten kannst.«

»Nun leben wir nicht gerade in einem absolutistischen Staat.«

Die junge Gelehrte rückte ihre Brille gerade und fügte hinzu: »Ebenso wichtig wie Vertrauen ist ja wohl eine gute Dosis Misstrauen. Es wird schwierig, uns eine Demokratie zu nennen, wenn die Menschen nicht über eine gesunde Skepsis verfügen.«

Karstein Braaten nickte. »Das ist korrekt. In einem Land wie unserem ist es das haarfein austarierte Gleichgewicht von Vertrauen und Misstrauen, von Unterordnung und Protest, das uns befähigt, Krisen zu überstehen. Es muss Gegenstimmen geben. Wie sie derzeit laut werden. Das macht uns zu einer Demokratie. Die Gegenstimmen, die Kritik ... das Misstrauen, wenn Sie so wollen, machen uns stärker und bringen uns voran. Dennoch muss der Glaube an das System das Grundlegende sein. Wie sich das alles auf dieses Gleichgewicht auswirken wird ...«, er bewegte die Hände, als wären sie Waagschalen, und schielte zu dem ramponierten Handy hinüber, »... das wissen die Götter.«

»Da wird ja wohl Ordnung geschaffen werden«, sagte die älteste Frau im Raum und lächelte übers ganze Gesicht. »Dieser Skandal hat doch nur Leute getroffen, die ohnehin schon ein bisschen ...« Sie bewegte den Kopf in einer nicht misszuverstehenden Geste hin und her, ehe sie hinzufügte: »Fangen wir jetzt also an?«

Papiere knisterten, große Erleichterung machte sich breit. Nur Karstein Braaten saß ganz still da, ehe er sich erhob und ohne ein Wort die Besprechung verließ.

So etwas war noch nie vorgekommen.

Die Psychiaterin

Helle Viksfjord hatte sich vor sieben Monaten auf dem Gebiet der Psychiatrie spezialisiert. Was bisher ihre größte Stärke gewesen war – ihr beeindruckend junges Alter, um es in der Ausbildung schon so weit gebracht zu haben –, war nun zu einer Achillesferse geworden.

Sie war einunddreißig, aber ihr kompakter Körperbau, das

runde Gesicht und die unbändigen blonden Locken leugneten dieses Alter. Und ihre Seriosität, dieser Eindruck konnte entstehen. Die Patienten reagierten in der Regel mit Erstaunen oder Verwirrung. Danach Skepsis, die sie nie ganz überwinden konnten, ehe Helle Viksfjord sie im System weiterüberweisen musste. Nur Kinder traten ihr unbefangen gegenüber, aber an ihrer neuen Stelle bekam sie nie ein Kind zu sehen.

Selma Falck war die Erste, die Helle Viksfjords Jugend mit Fassung zu tragen schien. Die hochgewachsene Frau lächelte sie an, als sie das Sprechzimmer betrat, und hielt ihr ohne zu zögern die Hand hin. Ihre Bewegungen waren elegant und athletisch zugleich; ein ruhiger Blick durch den kleinen Raum, eine weiche und fließende Bewegung, als sie sich setzte und das eine Bein über das andere schlug.

Danach ein neues Lächeln. Ihr Blick war direkt. Fragend, so konnte es wirken, fast neckend.

»Also«, sagte Helle Viksfjord und drehte sich für einen Moment dem Computerbildschirm zu, ehe ihr einfiel, dass das nun gar kein angebrachtes Verhalten war.

Sie drehte sich mit ihrem Sessel zurück.

»Wie fühlen Sie sich?«

»Eigentlich gut. Mein Arm tut ja noch immer weh ...« Selma Falck griff sich an die linke Schulter. »Aber meine Schmerztoleranzgrenze liegt ziemlich hoch. Das geht also. Danke der Nachfrage.«

»Ich dachte jetzt mehr an ...«

Die Psychiaterin lächelte falsch. Es war fast unmöglich, nicht Zuflucht im DIPS zu suchen, dem System von Krankenberichten, das auf dem Bildschirm nun geöffnet war.

»Es sieht ja aus, als hätten Sie gestern einen reichlich quälenden Anfall gehabt«, sagte sie und holte Luft. »Und wie Sie mittlerweile wissen, ist physisch bei Ihnen eigentlich alles in Ordnung.«

Die Frau in dem anderen Sessel lächelte strahlend.

»Ich habe wohl insgesamt ein halbes Kilo Titan im Leib«, sagte sie. »Und außerdem eine ziemlich frische Schussverletzung. Dass physisch bei mir alles in Ordnung ist, ist da wohl eine gelinde Untertreibung.«

Diese Aussage hätte als Zurechtweisung aufgefasst werden können, aber das Lächeln und der offene Blick nahmen der versteckten Kritik den Stachel.

»Sie wurden bewusstlos aufgefunden.«

»Einfach ein Unwohlsein. Nach einigen Nächten mit elendem Schlaf bin ich einfach müde.«

Die Patientin schob die verletzte Schulter einige Zentimeter nach vorn, worauf eine so flüchtige Schmerzensgrimasse folgte, dass Helle Viksfjord nicht sicher war, ob sie richtig gesehen hatte.

»Es gefällt uns trotzdem nicht, wenn Menschen in Ihrer physischen Verfassung und Ihrem Alter einfach so in Ohnmacht fallen«, sagte sie. »Und schon gar nicht, wenn diese Ohnmacht sie dermaßen in Panik versetzt, dass sie den Notruf wählen. Inzwischen sind Sie von Kopf bis Fuß untersucht worden.« Nun konnte sie sich nicht mehr beherrschen und zeigte mit einem Kugelschreiber auf den Bildschirm.

»Ihr Herz ist in Ordnung, trotz allem, was Sie erzählt haben über ... über die Episode. Die Blutproben geben auch keinen Anlass zur Besorgnis. Eher im Gegenteil. Die Leberfunktion ist hervorragend. Das CT des Kopfes zeigt, dass da alles in Ordnung ist. Insgesamt ...«

Sie legte den Kugelschreiber weg und faltete die Hände, in der Hoffnung, dass sie dann entspannter wirken würde. »Rein physisch müssen Sie zu den gesündesten Patientinnen und Patienten zählen, die mir je begegnet sind.«

Sie bereute ihre Worte sofort. Selma Falcks Lächeln sagte das, was sie nicht in Worte zu fassen brauchte: Helle Viksfjords Erfahrung mit Patienten konnte nicht sonderlich viele beeindrucken.

»Danke. Ich halte mich in Form. Wie Sie wissen.«

Die Ärztin versuchte, ein Erröten zu unterdrücken. Sie folgte Selma Falck schon lange auf Instagram und YouTube.

»Also«, sagte sie und schluckte. »Sie haben sicher überprüft, ob …«

Jäh richtete sie sich auf. Sie war so viel kleiner als die Patientin, dass sie ein wenig aufschauen musste, um deren Blick einzufangen, sogar im Sitzen. »Aber ehrlich gesagt«, begann sie von Neuem. »Das alles …«, sie warf abermals einen raschen Blick auf den Bildschirm, »… wirkt wirklich wie eine ziemlich heftige Panikattacke. Wie sehen Sie das selbst?«

Selma nickte. Sie war jetzt ernst und hatte eine kleine besorgte Furche zwischen den Augen.

»Ich finde, das klingt ganz logisch«, sagte sie. »Nicht, dass ich so eine Attacke je erlebt hätte, aber nach allem, was ich gesehen und gehört habe, bin ich ganz Ihrer Meinung.«

»Ach? Sie meinen also, Sie hätten …«

»Nein, durchaus nicht. Wie gesagt, ich bin davon überzeugt, dass es nur ein kleines Unwohlsein war. Ich hatte keine Angst, abgesehen davon, dass ich für einen Moment dachte, es könnte ein Herzinfarkt sein. Das war ziemlich beängstigend, das muss ich zugeben. Mir ist klar, dass selbst bestens Trainierte einen Infarkt erleiden können.«

Sie nickte und legte eine kleine Pause ein, ehe sie weitersprach:

»Und deshalb habe ich den Notruf angerufen. Das war doch sicher das Richtige?«

»Sicher. Aber im Krankenhaus haben Sie dann erzählt, dass Ihr Puls heftig erhöht war, dass Sie Probleme hatten mit …«

Selma Falck warf einen Blick auf die Uhr, die über der Tür hing.

»Ein Unwohlsein hat immer eine Ursache«, sagte die Ärztin eilig. »Die kann natürlich harmlos sein, aber wir haben doch ein gemeinsames Interesse daran, der Sache auf den Grund zu kommen?«

»Unbedingt. Ich bin dankbar für die Hilfe, die ich erhalten habe. Man bekommt fast ein schlechtes Gewissen. Ein Tag im Krankenhaus, ohne dass mir mehr fehlt, als dass ich nach einer Schussverletzung etwas erschöpft bin.«

Selma Falcks Gesicht war wirklich faszinierend. Sie war eigentlich nicht schön, vielleicht nicht einmal hübsch, aber sie schien beim Sprechen jeden einzelnen Muskel im Gesicht einzusetzen. Das gab ihren Wörtern Farbe und den Sätzen mehr Tiefe. Ihre Stimme war ziemlich dunkel und immer freundlich. Dennoch wurde Helle Viksfjord unsicher. Ein Zug um die Augen, die Andeutung eines Lächelns in den Mundwinkeln; der sich immer wieder ändernde Ausdruck erweckte den Verdacht, dass Selma Falck ebenso oft ironisch war wie ehrlich. Die Beschreibung des gestrigen Geschehnisses, so, wie sie im Krankenbericht stand, wirkte jedoch ehrlich und echt. Sie musste jedenfalls wirklich verängstigt gewesen sein, als sie dem Kardiologen davon erzählte.

»Sie haben ein ziemlich intensives Angstgefühl beschrieben?«

Wieder nickte Selma.

»Ja. Ich dachte ja, das sei ein Infarkt. Das würde den meisten Angst machen, möchte ich meinen.«

»Wir wissen jetzt, dass es kein Infarkt war.«

Wieder dieses Nicken.

»Ja, und darüber bin ich ehrlich froh.«

»Hatten Sie schon einmal einen solchen Anfall?«

»Das war kein Anfall. Wie gesagt war es ein Unwohlsein, das auf Schlafmangel beruhte. Es ist peinlich, ein ohnehin schon überlastetes Gesundheitswesen mit einer solchen Bagatelle zu belästigen. Sie haben sicher wichtigere Dinge zu tun. Mir wurden weitere schmerzstillende Mittel verschrieben, und ich nehme an, dass ich jetzt besser schlafen werde.«

»Sie müssen nach dem Ereignis von Freitag doch aufgewühlt sein?«

»Donnerstag. Ich bin am Donnerstag angeschossen worden.«

»Ja, tut mir leid. Donnerstag. Jemand wollte Sie also umbringen. Macht Ihnen das denn gar keine Angst? Insbesondere nach allem, was Sie im vorigen Jahr durchgemacht haben? Hatten Sie denn überhaupt Hilfe, um Ihre damaligen Erlebnisse zu verarbeiten?«

Selma Falck fuhr sich mit der Hand durch die schulterlangen Haare. Sogar jetzt glaubte die Ärztin, ein kleines Lächeln zu sehen, aber die Augen waren ernst, als Selma Falck ihr ins Gesicht blickte und nach einer kleinen Pause sagte: »Das waren ganz schön viele Fragen auf einmal. Und, doch, das macht mir ein bisschen Angst. Aber nicht so, dass ich damit nicht leben könnte.«

Selma Falck griff plötzlich nach ihrer Jacke, die sie über die Sessellehne gehängt hatte. Ihr Handy leuchtete auf, als sie es aus der Jackentasche zog. Die Psychiaterin hatte weder Klingelton noch Summen gehört.

»Die Polizei«, sagte Selma bedauernd. »Die wollen irgendwas von mir wissen. Ist noch etwas zu besprechen, oder können wir jetzt einen Schlussstrich ziehen?«

Sie war schon aufgestanden und zog jetzt vorsichtig die Jacke an.

»Na ja«, sagte die Ärztin, »mir ist nicht ganz wohl bei …«

Selma war fertig. Sie zog die an den Schulterteilen reich bestickte Jeansjacke gerade.

»Ich muss ja hingehen, wenn die Polizei darum bittet«, sagte sie. »Aber haben Sie vielen Dank für Ihre Fürsorge. Und wenn ich das sagen darf …« Ihr Lächeln ließ das ganze Zimmer aufleuchten. Ihre Zähne waren so weiß, dass sie sicher gebleicht waren. Sie kniff die Augen zusammen, und auf jeder Schläfe zeichnete sich ein Netz aus feinen Krähenfüßen ab. »Ihre Haare sind einfach prachtvoll. Ich habe mir immer Locken gewünscht.«

Sie griff mit dem gesunden Arm nach der Handtasche und ging zur Tür. Dort angekommen, sah sie sich noch einmal um.

»Und übrigens«, fügte sie hinzu, jetzt ernster, »für eine fertig ausgebildete Psychiaterin wirken Sie unwahrscheinlich jung. Das ist sicher nicht ganz leicht. Wir stecken voller Vorurteile, ob wir wollen oder nicht. Ich weiß nicht so recht, was ich erwartet hatte. Eine grauhaarige Frau von um die sechzig, vielleicht? Mit einer Brille.«

Helle Viksfjord wusste nicht, was sie antworten sollte.

»Ich bin im Moment die jüngste im Land«, sagte sie mit dünner Stimme, weil ihr nichts Besseres einfiel, und sie bereute ihre Worte sofort.

»Meinen Glückwunsch«, sagte Selma Falck warm. »Lassen Sie niemanden Ihr Alter gegen Sie verwenden. Niemals. Danke für ein schönes Gespräch.«

Sie hinterließ einen angenehmen schwachen Duft. Helle Viksfjord schnupperte noch viele Minuten in der Luft, ehe sie sich zusammenriss und endlich den Krankenbericht im DIPS aktualisierte.

Ihre Notiz fiel sehr kurz aus.

Der Ordner

Lars Winther konnte um nichts in der Welt begreifen, womit Jonathan Herse sich da beschäftigt hatte.

Er hatte vier Stunden gebraucht, um alle von dem toten Kollegen hinterlassenen Papiere durchzugehen. Schon nach einer halben Stunde hatte er die Chefredakteurin aufgesucht und abermals um Schonung gebeten. Aber das kam nicht infrage. Sie hatte, wenn auch mit einem Lächeln, erklärt, er dürfe erst das Handtuch werfen, wenn er einen Bericht geschrieben hätte, aus dem hervorging, dass er wirklich einen redlichen Versuch unternommen hatte, durch das Material durchzusteigen.

Davon war er immer noch weit entfernt. In der Hauptsache

war hier die Rede von drei Sorten von Dokumenten. Etwa die Hälfte stammte aus verschiedenen Fällen des Jugendamtes. Insgesamt sechs, meinte er jetzt feststellen zu können. Es handelte sich um Berichte des Jugendamtes selbst, um Beschlüsse des Bezirksausschusses für soziale Angelegenheiten, um Erklärungen von Lehrern und Kindergartenangestellten und um Beobachtungen, die in den Wohnungen der betroffenen Familien angestellt worden waren. Lars musste zugeben, dass er von diesem Bezirksausschuss nur vage Vorstellungen hatte, doch einen Google-Treffer später war er klüger. Dieses staatliche, gerichtsähnliche Verwaltungsorgan traf seine Entscheidungen unter anderem aufgrund der Gesetze zum Kindeswohl. Der Ausschuss konnte anordnen, dass Kinder, deren Eltern sie grob vernachlässigt hatten, außerhalb der Familie untergebracht wurden, in einem Heim oder bei einer Pflegefamilie. Er legte fest, wie oft und unter welchen Umständen die Kinder besucht werden durften, und konnte Hilfsmaßnahmen, Entlastungen oder Behandlungen anordnen. Seine Entscheidungen konnten von den eigentlichen Gerichten überprüft werden, und in zwei Fällen lagen auch rechtskräftige Urteile vor. In keinem davon war die Entscheidung des Bezirksausschusses aufgehoben worden.

Sechs Familien. Sechs tragische Fälle von inkompetenten Eltern. Allen waren ihre Kinder weggenommen worden. Mit sehr gutem Grund, so wie Lars das sah. In zwei Fällen ging es vor allem um den Drogenkonsum der Eltern, in einem um das, was ihm wie mehr oder weniger psychische Entwicklungsstörungen bei allen Beteiligten erschien. Zwei Fälle waren eher typisch, bildete Lars sich ein; alleinstehende Mütter, die ihrer Situation einfach nicht gewachsen waren. Die keine Kraft mehr hatten. Die ihren Kindern Cola zum Frühstück und Eis mit Schokoladensoße zum Mittagessen vorsetzten und die ihre regelmäßigen Kontrolltermine beim Gesundheitsamt nicht einmal absagten. Die den Kindern keine Pausenbrote mit in die Schule gaben und sich nicht davon überzeugten, dass die Kinder warm genug angezogen waren, ehe sie sie bei zehn Grad unter null und Schneegestöber losschickten. Beim letzten Fall ging es um eine sechzehn Jahre alte Somalierin, die schwanger geworden war, während sie bei einer Pflegefamilie untergebracht war. Sie war schon häufiger negativ aufgefallen, ging schon längst nicht mehr zur Schule und konnte sich nicht einmal um sich selbst kümmern. Von einem Baby ganz zu schweigen. Das Kind war zur Adoption freigegeben worden.

Lars hatte beim Lesen eine Art Sympathie für die Erwachsenen verspürt, die dem Leben ganz einfach nicht gewachsen waren. Es war ihm zu unbehaglich, an die Kinder zu denken. Er hatte selbst drei, die ihn auf Trab hielten. Eltern kleiner Kinder zu sein, war bisweilen hart, aber er und seine Frau hätten es trotzdem nicht fertiggebracht, die drei ohne Zähneputzen ins Bett zu schicken. Eins der Kinder in Jonathans Fallsammlung hatte mit fünf Jahren dermaßen verfaulte Milchzähne gehabt, dass alle gezogen werden mussten.

Wirklich traurig, aber doch kein Thema für eine journalistische Recherche. Jedenfalls nicht für Lars Winther.

Er legte zum zweiten Mal alle Unterlagen über die konkreten Fälle beiseite.

Der Stapel, der nun übrig blieb, konnte ungefähr in der Mitte geteilt werden. Die eine Hälfte bestand aus Ausdrucken aus dem Netz, die meisten aus seriösen norwegischen Medien. *Aftenavisen* selbst, *NRK, DG* und *Dagbladet*, darunter auch zwei Regionalzeitungen. Einige Artikel waren ziemlich alt. Der älteste stammte aus dem Jahr 1997 und war offenbar eine Fotokopie. In allen ging es um Jugendschutz, in einigen um konkrete Fälle, andere waren eher allgemein gehalten.

Der Rest bestand aus Artikeln und Unterlagen in anderen Sprachen. Einige waren auf Englisch. Sie alle stellten die norwegischen Jugendämter als die pure Terrororganisation dar. Manche waren in einer Sprache verfasst, die Lars für Polnisch hielt. Zwei waren vielleicht aus ungarischen oder tschechischen Zeitungen, er war sich da nicht sicher, ziemlich viele waren auf Russisch. Die waren leichter zu identifizieren, aufgrund einzelner Wörter, die er erkannte, und der kyrillischen Buchstaben, aber auch sie waren für ihn völlig unverständlich.

Lars starrte seine drei Papierstapel trostlos an.

Sie sagten ihm nur, dass für einige das Leben härter war als für andere. Wie die Verschwörungstheorietrolle die Sache auch drehen und wenden mochten, es war eine Tatsache, dass einige Menschen es einfach nicht schafften, sich um ihre Kinder zu kümmern. Der norwegische Jugendschutz funktionierte einigermaßen gut, auch wenn Vertreter einzelner Länder den rabiaten norwegischen Kritikern zustimmten, wenn diese die Jugendämter mit der Gestapo verglichen.

Was einfach nur Unfug war.

Aus diesem Material würde sich keine Reportage machen lassen. Jedenfalls nicht, soweit Lars Winther das erkennen konnte. Er verspürte eine Art Erleichterung. Er würde zehn Minuten brauchen, um eine Zusammenfassung dieser Unterlagen zu schreiben. Danach würde er der Chefredakteurin den Ordner auf den Schreibtisch knallen und sich einem Fall in Sachen Kindeswohlgefährdung erst wieder nähern, wenn er dazu gezwungen würde.

Ein Bogen war zu Boden gefallen. Er schob seinen Schreibtischsessel zurück und hob ihn auf. Es war der Ausdruck eines Artikels aus seiner eigenen Zeitung. *Generalstaatsanwalt tobt – wirft EGMR undichte Stellen in umstrittenem Fall von Kindeswohlgefährdung vor*, lautete die Überschrift. Lars konnte sich vage erinnern, den Artikel vor langer Zeit gesehen zu haben. Gelesen hatte er ihn damals nicht.

EGMR. Der europäische Gerichtshof für Menschenrechte. Lars wusste, dass norwegische Fälle von Kindeswohlgefährdung dort sozusagen Schlange standen, was die norwegische Regierung jedoch mit Fassung zu tragen schien. Gerade dieser Fall war längst zu Ende verhandelt, das Urteil jedoch ließ auf sich warten. Dennoch hatte ein Juraprofessor der Universität Oslo munter getwittert, das Urteil werde für Norwegen ungeheuer peinlich werden. Er hatte offenbar Quellen, die ihn gar nicht hätten informieren dürfen.

Lars sah in der rechten Ecke des Ausdrucks das Datum: 4. September.

Der Artikel war erst fünf Tage alt. Das konnte nicht stimmen. Rasch begann Lars, die übrigen Artikel in diesem Stapel durchzublättern. Der neueste stammte aus dem Juli dieses Jahres. Er griff nach dem Ordner, in dem die Unterlagen gesteckt hatten. Der grüne Plastikordner war an den Ecken verschlissen. Das Gummi, mit dem er verschlossen wurde, ging an der einen Seite gerade ab.

Jonathan war am 17. August bei einem Unfall ums Leben gekommen. Zweieinhalb Wochen vor dem 4. September.

Bis zu seinem Tod hatte er seinem Fall, oder dem Nicht-Fall, wofür Lars ihn hielt, offenbar viel Zeit gewidmet. Nach seinem Tod hatte sich jemand die Mühe gemacht, einen einzelnen Artikel herauszusuchen und auszudrucken, um ihn danach an einer Stelle, an die er logischerweise gehörte, in den Ordner zu legen.

Einen uninteressanten Artikel über den erbosten Generalstaatsanwalt.

Seltsam.

Das konnte natürlich die Chefredakteurin selbst gewesen sein.

Nein. Sie hatte gesagt, sie habe nicht in den Ordner geschaut. Dass sie nur wichtig fand, was Jonathan ihr vor seinem plötzlichen Tod erzählt hatte.

Vielleicht hatte sie gelogen, doch Lars konnte sich auf die Schnelle keinen einzigen Grund dafür denken, warum sie das hätte tun sollen. Dann war es wahrscheinlicher, dass sie den Fall jemand anderem aus der Redaktion aufgedrückt hatte, ehe sie ihn an Lars weiterreichte. Einer Kollegin oder einem Kollegen, die dasselbe getan hatten wie Lars und vielleicht ein kleines Stück weitergekommen waren. Die einen Artikel gefunden hatten, der interessant wirkte, und diesen in den Stapel gelegt hatten. Vielleicht. Es konnte eigentlich zahllose Erklärungen geben, aber Lars konnte sich doch nicht von dem kleinen Keim der Neugier befreien, den dieses Mysterium in ihm geweckt hatte.

Ohne weiter darüber nachzudenken, riss er den Speicherstick los, der mit Klebeband innen im Ordner befestigt war. Er steckte ihn in einen USB-Anschluss an seinem Rechner. Aus irgendeinem Grund überlegte er sich die Sache dann anders. Er zog ihn wieder heraus, nahm sein eigenes MacBook aus einer Schublade und loggte sich ein. Sekunden später war er im *Finder.*

No name stand auf dem Stick. Jonathan hatte sich nicht einmal die Mühe gemacht, dem Vorgang einen Namen zu geben. Lars versuchte, die Ordner zu öffnen. Das war möglich, half ihm aber nicht weiter. Es gab zwei Dokumente in dieser Speichereinheit. Sie hießen *A.docx* und *Archiv.zip.* Seltsame Bezeichnungen. Er speicherte niemals etwas, ohne sich einen Namen zu überlegen, der auf den Inhalt verwies. Nur auf diese Weise war der Inhalt später leicht zu finden.

Die anonymen Dateien ließen sich zudem nur mit einem Passwort öffnen.

Es hätte keinen Sinn gehabt, es mit Raten zu versuchen. Lars machte nicht einmal einen Versuch. Er stand auf und sah, dass die Chefredakteurin gerade auf dem Weg in ihr Büro war.

»Elisabeth!«, rief er im Aufstehen.

Mehrere der Anwesenden starrten gereizt zu ihm herüber. Er hob bedauernd die Hände. Die Chefredakteurin hatte ihn rufen hören und kam mit energischen kurzen Schritten auf ihn zu.

»Ja?«, fragte sie, als sie sich näherte, offenbar ebenso gereizt wie die anderen.

»Dieses Material von Jonathan«, sagte Lars und nickte zu dem Ordner hinüber. »Hast du da mal einen Blick drauf geworfen?«

»Nein. Das habe ich dir doch gesagt. Ich will, dass jemand sich die Sache genauer ansieht, weil Jonathan ungeheuer aufgebracht wirkte, als er zwei Tage vor seinem Tod bei mir war. Fast gestresst. Er hat sich reichlich kryptisch verhalten, was mich natürlich irritiert hat. Wenn man kein Vertrauen zu seiner Chefredakteurin hat, muss man sich einen anderen Job suchen. Aber trotzdem war da etwas, das ...«

Lars hatte sie noch nie zögern sehen. Sie wirkte unsicher, fast besorgt, als sie einen raschen Blick auf den grünen Plastikordner warf. Als sie zwei Schritte näher gekommen war, senkte sie die Stimme: »Um ehrlich zu sein, wirkte es fast so, als ob er sich so bedeckt hielt, weil er Angst hatte.«

»Angst?«

»Nein. Doch. Nein, eigentlich nicht. Aber er ... ich habe ihn ja nicht gekannt. Dennoch hatte ich den Eindruck, dass das hier groß sein könnte.«

Sie schob sich mit beiden Händen die blonden Haare hinter die Ohren und hob das Kinn.

»Ich kenne euch leider alle noch nicht gut. Aber genug davon. Hast du dir die Unterlagen genauer angesehen?«

»Ja. Haben das noch andere getan? Vor mir, meine ich?«

»Wie meinst du das?«

Sie wirkte aufrichtig überrascht.

»Alsoooo«, er zögerte, »hast du zuerst versucht, diesen Fall anderen zu übertragen?«

Nun wirkte sie empört. Lars hatte keine Ahnung, ob das ehrlich war.

»Nein, warum hätte ich das tun sollen?«, fragte sie. »Ich habe den Ordner am Tag nach seinem Tod aus Jonathans Schreibtisch geholt.«

»Also am 18. August?«

»Äh … ja. Doch, da muss es gewesen sein. Am Morgen, das weiß ich noch, ich war am Sonntag in der Redaktion, um alles zu erledigen, was im Zusammenhang mit seinem tragischen Hinscheiden erledigt werden musste.«

Dafür, dass sie noch keine vierzig war, drückte sie sich ziemlich altertümlich aus.

»Wo hast du den Ordner hingelegt?«

»Warum willst du das wissen?«

»Weil …«

»In einen Schrank in meinem Büro.«

»Hast du abgeschlossen? Den Schrank, meine ich.«

Ihre Irritation wurde jetzt überdeutlich, sie sprach noch langsamer und betonter als sonst.

»Nein. Ich schließe mein Büro ab, wenn ich gehe, aber nicht meine Schränke. Worauf willst du eigentlich hinaus?«

Lars lächelte so herzlich, wie er nur konnte.

»Auf gar nichts«, sagte er und setzte sich wieder auf seinen Schreibtischstuhl. »Vergiss es einfach. Du bekommst morgen irgendwann eine Zusammenfassung von mir. Ich glaube eigentlich nicht, dass hier etwas zu holen ist, aber das musst du selbst beurteilen.«

Sie schien noch einmal zu zögern, dann drehte sie sich abrupt auf ihren vernünftigen Absätzen um und verschwand.

Lars schaute ihr hinterher, bis sie in ihrem Büro war. Danach ließ er seinen Rechner den Stick wieder ausspucken und schob ihn tief in seine eigene Hosentasche.

Vielleicht würde er Jonathans Fall doch nicht aufgeben. Nicht sofort jedenfalls. Es wurde Zeit für ein Gespräch mit Selma Falck.

Das Polizeigebäude

Selma hatte eine halbe Stunde für den Weg zum abweisenden, düsteren Eingangsbereich des Polizeigebäudes und zum Büro von Hauptkommissar Fredrik Smedstuen im zweiten Stock gebraucht. Das geschwungene graue Gebäude in Grønlandsleiret roch wie üblich nach Bohnerwachs, ermüdeter Bürokratie und Stressschweiß der ungeduldigen Schar, die im Foyer darauf wartete, ihre Pässe verlängern lassen zu können. Schon als frischgebackene Anwältin war Selma daran gewöhnt gewesen, sich langsam zwischen Menschen hindurchzuschlängeln, die sie begrüßen, umarmen und einen Plausch mit ihr halten wollten. Die Freude, die alle an dem Ort, der jetzt offiziell Polizeistation Grønland hieß, über ihren Anblick zeigten, war im vergangenen Jahr nicht kleiner geworden, und sie brauchte eine Weile, um weiterzukommen.

»Sie sind verdammt spät.«

Fredrik Smedstuen war genauso gekleidet wie bei ihrer letzten Begegnung. Möglicherweise war das hellblaue Hemd gewaschen worden, es konnte auch sein, dass er zwei identische hatte, dieses war jedenfalls zerknittert. Die Kragenspitzen wippten in einem Bogen in Richtung seines noch immer unrasierten Kinns.

»Tut mir leid«, sagte Selma und setzte sich unaufgefordert. »Hier im Haus sind so viele, die klönen wollen.«

Sie positionierte ihren Arm mit übertriebener Sorgfalt in der Schlinge, die sie unmittelbar vor Verlassen des Taxis aus der Jackentasche gezogen und angelegt hatte.

»Gibt es etwas Neues?«

»Ja.«

Der Hauptkommissar nickte zu einem Flachbildschirm an der einen Wand hinüber. Er griff nach einer Fernbedienung.

»Wir hatten Glück mit der Videoüberwachung in der Umgebung«, sagte er und drückte auf einen Knopf. »Insgesamt gibt es drei Überwachungskameras, die das Café, vor dem Sie gesessen haben, ganz oder teilweise aufnehmen. Außerdem haben wir inzwischen Videofetzen von verschiedenen Handys.«

Der Schirm flimmerte zwei Sekunden, dann tauchte ein starres Schwarz-Weiß-Bild auf. Es war von schräg oben aufgenommen, und Selma konnte sich rasch ausrechnen, dass die entsprechende Kamera auf der Ostseite der Thorvald Meyers gate angebracht sein musste, auf derselben Seite wie das Café, also unmittelbar nördlich von der Stelle, wo sie gesessen hatten. Da Selma und ihre beiden Freundinnen ganz dicht am Straßenrand Platz genommen hatten, war Selmas Rücken am rechten Bildrand abgeschnitten. Der Polizist klickte weiter.

Dieses Bild, auch das erstarrt, musste von einer Kamera auf der anderen Straßenseite stammen. Es war aus einer niedrigeren Perspektive aufgenommen. Man konnte deutlich Selmas rote Samtjacke sehen, die ihr im Vorjahr als Geschenk von Jenny Skavlan geschickt worden war. Links von ihr saß Linda, halb im Profil, während Vanjas lachendes Gesicht über Selmas rechter Schulter gerade noch zu erkennen war.

Wieder kam ein neues Bild.

Das hier war von Süden her aufgenommen. Die Kamera gehörte dem Osloer Verkehrsunternehmen Ruter und sollte die umfassende Verlegung der Straßenbahnschienen in dieser Straße dokumentieren. Sie fing einen viel größeren Bereich ein als die beiden früheren Bilder. Dennoch konnte Selma sich selbst am Cafétisch sehr bald entdecken, ganz links zum Bildrand hin.

»Sind das Filme oder einfach Fotos?«

»Filme«, antwortete Smedstuen ungeduldig. »Warten Sie bitte.«

Er legte die Fernbedienung weg und nahm sich eine Packung Nicorette aus einer Schale auf dem Tisch. Die Plastikfolie knisterte, als er zwei Stück Kaugummi herauszog und in den Mund steckte.

»Diese Aufnahmen sind interessant«, sabberte er. »Zum Glück haben alle Zeitangaben.«

Wieder nickte er zum Bildschirm hinüber, wo auch Selma eine digitale Uhr sehen konnte, die um 16.15.32 stehen geblieben war.

»Deshalb haben wir einen Film zusammengesetzt«, fügte er hinzu.

Er sah sie an und nickte dann kurz und beifällig. »Sie hatten recht. Es war nur ein Schuss. Ein einziger. Die Überwachungskameras haben keine Tonaufnahme. Diese Bilder, verglichen mit insgesamt vier Filmen, die mit Handys in der Nähe aufgenommen wurden, vermitteln uns jedoch ein ziemlich sicheres Bild. Die Handyaufnahmen haben Ton, und zwei davon sind vor und während des Zwischenfalls entstanden.«

Wieder betätigte er die Fernbedienung.

Ein Baby tauchte auf. Es war strahlender Laune und niedlich. Die mit der Hand gehaltene Kamera zoomte des Gesicht des Kleinen heran, während man einen scharfen Knall hörte. Im nun folgenden Chaos konnte man mit Sicherheit nur sagen, dass die Person, die das Baby auf dem Schoß gehabt hatte, sich unversehrt ins Café retten konnte und dass die Person, die gefilmt hatte, ihr auf dem Fuße folgte.

Keine weiteren Schüsse.

»Darf ich den ganzen Film sehen?«, fragte Selma. »Also den, den ihr zusammengesetzt habt?«

»Ja. Deshalb habe ich Sie ja hergebeten. Kaffee?«

Er schob ihr eine Tasse hin und hob eine Thermoskanne hoch.

»Ist das ein abendfüllender Film?«, fragte Selma.

»Nein. Dreieinhalb Minuten.«

»Dann verzichte ich auf den Kaffee, danke.«

Fredrik Smedstuen schenkte sich selbst ein und hob die Tasse an den Mund, während er sich zum richtigen Film durchklickte. Selma drehte ihren Stuhl noch ein wenig weiter und starrte aus zusammengekniffenen Augen den Bildschirm an.

Sie hatte das Gefühl, wieder dort zu sein. Sie erinnerte sich an alles. An den am Nachbartisch angebundenen Hund. Den gestressten Kellner, der ganz zu Anfang des Films eine Cola umstieß und fast ein vier oder fünf Jahre altes Kind, das zwischen den Tischen herumlief, über den Haufen rannte. Sie erinnerte sich daran, was Vanja gerade erzählt und womit sie Selma und Linda so herzlich zum Lachen gebracht hatte. Nach vielleicht fünfundvierzig Sekunden kam das Wasser, um das Vanja zehn Minuten zuvor gebeten hatte. Ihre Cappuccinotasse war bereits leer, ohne dass der Kellner Anstalten machte, sie mitzunehmen.

Das Glas Wasser war gerade dabei, über die Tischkante zu kippen. Der Kellner hatte der Szene den Rücken zugekehrt, verärgert, weil die Gäste am Nachbartisch sich noch einen Stuhl geholt hatten und ihm damit den Weg zurück zur Küche fast vollständig versperrten. In einer so abrupten Bewegung, dass sie in dem technisch mangelhaften Film nur als Schatten zu sehen war, beugte sich Linda zu dem Glas vor. Obwohl der Winkel der Aufnahme nicht ganz optimal war, sah es sehr stark so aus, als habe Lindas Kopf sich vor Selmas geschoben, was die wahrscheinliche Bahn der Kugel anging. Als die Kugel traf, erstarrte das Bild für drei Sekunden.

Linda lächelte, als sie starb. Sie hatte das Glas rechtzeitig zu fassen gekriegt. Noch eine Rettung, wie so viele, die sie vor über dreißig Jahren als Torhüterin der norwegischen Nationalmannschaft gezeigt hatte. Ihre kleinen Locken umstoben ihren Kopf wie eine Wolke. Selma konnte sehen, dass sie selbst auf dem Stuhlsitz zurückrutschte.

Daran konnte sie sich nicht erinnern.

»Können Sie ein Bild weiter gehen?«, murmelte sie, ohne den Bildschirm aus den Augen zu lassen. »Und dann noch eins?«

Der Polizist gehorchte.

»Ich rutsche rückwärts«, sagte Selma, fast an sich selbst gerichtet. »Ganz plötzlich. Habe ich den Knall gehört? Handle ich aus einem Reflex heraus?«

Smedstuen gab keine Antwort. Der Film lief weiter, aber der Rest war nicht besonders interessant. Chaos, Geschrei, Rufe und Selma, die nur dasaß und sich die rechte Hand auf den linken Oberarm presste. Ein ganzer Schweif aus kurzen Szenen von diversen Handys folgte, aufgenommen, nachdem der Schuss gefallen war. Das alles sagte ihr so gut wie nichts.

Es wurde still. Smedstuen schlürfte seinen Kaffee und kratzte sich in seinem offenbar ewigen Dreitagebart. Er hob den Blick und sah Selma fragend an.

»Gute Arbeit«, sagte sie und meinte das auch so.

»Danke. Das wird uns bei der Rekonstruktion eine Hilfe sein. Der Grund, warum ich Sie bitten wollte, sich das jetzt schon anzusehen, war ganz einfach, weil wir noch immer nicht sicher sind, wer das eigentliche Ziel war. Linda Bruseth oder Sie. Oder möglicherweise noch jemand anderes.«

Inzwischen hatte der Polizist sich immerhin Lindas vollständigen Namen gemerkt.

»Wie Sie wissen«, fuhr er fort, »ist es deshalb auch von größter Wichtigkeit, dass wir Ihre Privatleben durchgehen. Ihres und Lindas. Ein Motiv für den Mord an einer von Ihnen würde alles um einiges vereinfachen. Deshalb ...«

Er wurde davon unterbrochen, dass jemand an die Tür klopfte.

»Herein«, blaffte er und leerte den restlichen Kaffee in einem Zug.

Der Mann, der die Tür öffnete, war schlank und hochgewachsen, sein Haar war kurz geschoren. Nur ein Millimeter grauer, starrer Stoppeln verriet, dass er seine Haare nicht verloren hatte. Selma erhob sich, um die ausgestreckte Hand entgegenzunehmen.

»Birger Jarl Nilsen«, sagte der Mann gelassen. »Freut mich.«

Er hatte Reste der singenden Aussprache Nordwestnorwegens, abgeschliffen durch viele Jahre fern der Heimat. Selma tippte auf Sogn und Fjordane.

»Birger ist unser Ballistiker«, sagte Smedstuen. »Er ist Scharfschützentrainer an der Polizeihochschule. Und Waffenexperte. Oder ... einer davon.«

»Ich tue mein Bestes«, sagte der Mann mit ernster Miene. »Aber ich kann später noch mal reinschauen. Ich wusste nicht, dass du beschäftigt bist.«

Selma wollte sich schon zum Gehen bereitmachen, als der Waffenspezialist sagte: »Ich glaube, der Mörder wollte Linda treffen. Falls Sie das interessiert. Und das tut es wohl.«

Selma setzte sich wieder.

»Darüber gibt es geteilte Meinungen«, sagte Smedstuen abweisend. »Petter Kystvik ist vom Gegenteil überzeugt.«

»Sicher«, sagte Birger Jarl Nilsen. »Wir können noch nicht ganz sicher sein. Kein böses Wort über Petter, er hat fast ebenso viel Erfahrung wie ich. Aber ...«, er beugte sich über Smedstuens Schreibtisch, griff zu einem Kugelschreiber und einem leeren Blatt Papier und stellte eine Gleichung auf, die Selma schon einmal gesehen zu haben glaubte.

»Die Gleichung für Anschlagsenergie«, sagte sie leise. »Die kinetische Energie einer Kugel. Also, mit welcher Kraft eine Kugel ein Ziel trifft.«

Der Mann hob den Kopf. Seine Mundwinkel hoben sich zu etwas, das Ähnlichkeit mit einem beifälligen Lächeln hatte.

»Genau. $E_k = ½ mv^2$, wobei m die Masse des Geschosses ist und v die Schnelligkeit, angegeben in Meter pro Sekunde. Für viele ist das eine nützliche Gleichung. Für Großwildjäger zum Beispiel, weil es für Elche, Hirsche und solche Tiere Vorschriften über die geringste Anschlagsenergie gibt. Aber ...«

»Worauf willst du hinaus?« Fredrik Smedstuen rutschte irritiert auf seinem Sessel hin und her.

Birger Jarl Nilsen legte Stift und Papier weg und richtete sich zu seiner vollen Größe auf. Ein vager Duft nach nicht lange zurückliegender Rasur mischte sich mit dem immer unangenehmeren Geruch der Zigaretten, die Smedstuen sich offenbar abzugewöhnen versuchte. Ohne Erfolg. Es hätte vielleicht geholfen, wenn er seine Kleidung gewaschen hätte. Er spie einen dicken Klumpen Nikotinkaugummi in den Papierkorb, dann stopfte er sich zwei neue in den Rachen.

»Ich will auf einen ganz einfachen Punkt hinaus«, sagte Birger Jarl Nilsen ruhig. »Und zwar, dass es keine Rolle spielt, welche Waffe oder welches Kaliber verwendet wurden. Oder anders gesagt«, er fuhr sich mit der Hand über den Schädel und holte Luft, »natürlich müssen wir der Sache so nahe kommen wie möglich. Das Aussehen der Kugel aus Ihrem Arm ...«, sein Blick blieb an Selmas Oberarm haften, »... kann uns nicht helfen. Die ist total deformiert und hat auf ihrer Wanderung ungefähr die Hälfte an Gewicht verloren. Einiges können wir durch metallurgische Analyse und andere Untersuchungen feststellen, und das ist gut so. Waffe und Munition werden bei der Ermittlung wichtige Indikatoren sein. Aber bei der dringenden Frage, wen der Mörder nun eigentlich treffen wollte, ist das alles gleichgültig.«

Selma hörte konzentriert zu. Etwas war mit diesem Mann, etwas, das sie an den markigen Generalleutnant a. D. Robert Mood erinnerte. Bei genauerem Hinsehen war er so schlank, dass er fast schon mager wirken konnte, aber sein gerader Rücken und sein sehniger Hals strahlten eine Kraft aus, die sie fast körperlich spürte und deren Nähe sie verwirrte.

»Weshalb?«, fragte sie.

»Weil der Mörder nicht besonders weit weg war.«

»Wir haben keine Ahnung, von wo aus er geschossen hat«, rief Fredrik Smedstuen. »Halt dich lieber an das, was du kannst, dann können wir anderen uns um ...« Er verstummte, als ihm aufging, dass die beiden anderen so gut wie nicht auf ihn achteten.

»Wie sind Sie zu diesem Schluss gelangt?«, fragte Selma.

»Ich war da. In der Straße, wo Sie angeschossen worden sind.«

Er warf einen eiligen Blick auf seine Armbanduhr. Eine Rolex Submariner in Blau und Gelb, wie Selma sah, und ihr kam sofort die Erkenntnis: Dieser Mann war beim Militär gewesen. Das scharf geschnittene Gesicht mit seinen tiefen Furchen an Nasenwurzel und Stirn sagte ihr, dass er mindestens fünfundfünfzig war. Vermutlich älter. Er hatte zudem Narben unter dem Kinn, von der rechten bis zur linken Wange, was sein Gesicht noch markanter machte. Ein ehemaliger Offizier, vermutete Selma. Er trug einen dunkelblauen Pullover über einem Hemd. Kreideweiß und frisch gebügelt, lagen die Kragenspitzen dicht am Halsausschnitt. Die Körperhaltung, der selbstsichere Blick, die Arme, die er hinter dem Rücken verschränkte, nachdem er die Schreibutensilien weggelegt hatte, alles wies weit fort von dem grauen, heruntergekommenen Polizeigebäude, das eingeklemmt zwischen dem Gefängnis und Norwegens schönster Moschee lag. Dem Mann fehlten nur noch die Schiffchenmütze und die zackige Uniform.

»Der Schuss wurde aus einer Entfernung von maximal hundert Metern abgegeben. Und dann ist die Schnelligkeit der Kugel unwichtig. Egal, welche Munition verwendet wird, das Geschoss wird sein Ziel so schnell erreichen, dass es nur von marginaler Bedeutung ist, ob der Schütze auf die plötzliche Bewegung Ihrer Freundin hätte reagieren können. Eine Waffe mit einer Munition von hoher Ausgangsgeschwindigkeit weist allerdings auf einen fähigen Schützen hin. Erfahren. Der Umgang damit ist einfach schwieriger als der mit einer gröberen, größeren …«

»Jetzt hör aber auf, Birger Jarl!«

Fredrik Smedstuen sprang auf. Neben Birger Jarl Nilsen sah er aus wie jemand, den ein junger Polizist zu einer kurzen und bündigen Bußgeldzahlung von der Straße hereingezerrt hatte.

»Selma Falck ist in diesem Fall eine Geschädigte«, sagte er wütend. »Sie ist keine Anwältin. Und sie gehört durchaus nicht dem Ermittlungsteam an. Ich schlage vor, du meldest dich nachher bei mir …«

Für einen Moment sah es aus, als ob Birger Jarl Nilsen noch mehr sagen wollte.

»Mir ist Ihr Name aufgefallen«, sagte Selma lächelnd und kam ihm so zuvor, »Nilsen ist ja nicht gerade selten, aber hierzulande kann es unmöglich viele geben, die einen so eng mit der schwedischen Geschichte verknüpften Namen haben. Ich kann Sie vielleicht anrufen?«

Er lächelte nicht, als er zur Tür ging, dort aber hielt er inne und sagte ruhig, mit dem Rücken zu ihr: »Ich stehe im Telefonbuch. Es war Linda Bruseth, die sterben sollte, und ich kann Ihnen gern erklären, warum ich da so sicher bin. Falls es Sie interessiert, meine ich.«

Der Speicherstick

»Ich brauche Hilfe.«

Das sagten sie wie aus einem Munde. Lars Winther prustete los. Er umarmte Selma kurz und trat ein, als sie die Tür sperrangelweit öffnete. Unter dem Arm hatte er einen dicken Ordner. Den legte er auf die Kommode in der Diele, streifte seine Allwetterjacke ab und ließ seinen Fahrradhelm auf den Boden fallen.

»Die Schuhe«, sagte Selma missbilligend und zeigte darauf. »Hast du beim Birkebeinerrennen mitgemacht oder was?«

»Es regnet«, sagte er kurz, streifte die Schuhe ab, packte den Ordner und ging ins Wohnzimmer.

Am Esstisch zog er einen Stuhl heran und setzte sich.

»Ich liebe diese Wohnung«, murmelte er. »Wenn ich mich scheiden lasse, leg ich mir so eine zu.«

»Du hast weder Geld noch Grund genug, dich scheiden zu lassen«, sagte Selma und holte zwei Pepsi Max aus dem Kühlschrank. »Und eigentlich auch keine Lust, glaube ich.«

Er murmelte etwas Unverständliches und öffnete den Ordner.

»Nehmen wir erst mein Problem?«

Selma setzte sich wortlos neben ihn. Sie öffnete ihre Flasche. Ehe er, ohne Aufforderung ihrerseits, seine Erklärungen über den Inhalt von Jonathan Herses Ordner beendet hatte, war ihre eigene Flasche fast leer. Lars hatte seine noch nicht angerührt.

»Ich versteh nur Bahnhof«, sagte Selma. »Außer, dass viele wütend auf die norwegischen Jugendämter waren, hier bei uns und auch anderswo. Vor allem in Osteuropa. Aber da verprügeln sie ihre Kinder doch.«

»Na ja, das tun sie wohl nicht ...«

»Jedenfalls haben sie eine ganz andere Auffassung von Elternsein als wir. Das hier solltest du deiner Chefredakteurin so schnell du kannst wieder auf den Schreibtisch knallen. Ich kann hier keinen Fall erkennen, aber zum Ausgleich sehe ich unglaublich viel Ärger für dich, wenn du dieses Thema auch nur antippst.«

Sie trank den letzten Schluck und drehte den Verschluss auf die Flasche, ehe sie sich zu der zum Wohnraum hin offenen Küche umdrehte und das Leergut mit einem eleganten Bogen Richtung Spülbecken warf. Die Flasche traf.

»Lass die Finger davon«, sagte sie. »Ich habe ab und zu solche Leute auf der Matte. Hatte ich jedenfalls früher, als ich noch Anwältin war. Die jammern und greinen und halten sich für die Opfer von entsetzlichen Übergriffen. Ich sage ach und ja und schicke sie dann mit einem lauten Nein wieder weg, sowie ich es anbringen kann. Das Problem bei den norwegischen Jugendämtern ist, dass sie nicht häufiger eingreifen. Dass sie zu selten aktiv werden. Was ist das da, übrigens?«

Sie zeigte auf den Speicherstick, den Lars aus der Tasche gefischt und auf den Tisch gelegt hatte.

»Das siehst du doch«, sagte Lars.

»Was enthält der?«

»Weiß nicht so recht. Der war in den Ordner geklebt. Er enthält zwei Dateien, die beide passwortgeschützt sind.«

»Du glaubst, der ist verschlüsselt? Der Stick, meine ich?«

»Äh ... ja, nein ... ich kann die Übersicht öffnen, aber jede Datei hat ein eigenes Passwort.«

»Also nicht verschlüsselt«, sagte Selma und holte ihren Laptop. »Das kriegen wir dann wohl hin.«

Lars saß schweigend da und sah zu, wie sie den Speicherstick in den USB-Anschluss schob. Ihre Finger hackten blitzschnell Kommandos in die Tastatur und öffneten ein Programm, das ihm offenbar unbekannt war. Selma ertappte sich bei einem Lächeln. Sekunden später tauchte mitten auf dem Bildschirm ein Stundenglas auf.

»Es kann eine Weile dauern«, sagte sie und drehte sich halbwegs zu ihm hin. »Und jetzt ich.«

»Was ist das denn da?«, fragte Lars und zeigte auf den Bildschirm.

»Ein ziemlich einfaches Programm, um einen ziemlich einfachen Code zu knacken.«

»Wie ...«

»Ich bin Privatermittlerin, Lars. Ich habe viele Bekannte auf beiden Seiten des Gesetzes. Das hier ...«, sie richtete ihren Blick auf das Stundenglas, »... ist allerdings ein Programm, das man online kaufen kann. Wenn die Dateien deines Kollegen umfangreich sind, wie komplizierte Rechenprogramme, oder wenn sie besser gesichert sind, als es aussieht ...«, sie hob die Hände, »... dann müssen wir eine andere Lösung finden. Aber solange wir nicht mehr wissen, können wir herausfinden, ob du mir ebenfalls helfen kannst.«

»Wobei denn?«

Selma überlegte.

»Was weißt du über Stalker?«

Lars Winther wirkte ehrlich verwirrt.

»Stalker? Du meinst solche ... Verfolger?«

»Ja.«

Er ließ sich mit missbilligender Miene zurücksinken.

»Ich dachte, du wolltest mich nach etwas fragen, was mit der Schießerei zu tun hat.«

Er nickte in Richtung von Selmas Schulter.

»Das will ich auch, aber antworte erst mal. Was weißt du über Stalker?«

Endlich griff er nach seiner Pepsi-Max-Flasche und öffnete sie.

»Ian McEwan hat einen guten Roman über dieses Phänomen geschrieben«, sagte er.

»Ich lese keine Romane.«

»Solltest du vielleicht. Dieser heißt *Liebeswahn.* Ich kann ihn dir leihen. Es geht um einen Mann, der mit einer Frau ein Picknick macht, und ...«

»Ich frage dich noch einmal«, fiel Selma ihm ins Wort. »Was weißt du über Stalker? So ganz im Ernst? Nicht in Romanen.«

»Na ja, da kann es verschiedene Erscheinungsformen geben. Verliebtheit auf Distanz zum Beispiel. Idolverehrung. Wenn das Objekt der Aufmerksamkeit berühmt ist, meine ich. Übrigens, in *Liebeswahn* ist es nicht ...«

Selma schnappte nach Luft. Lars verstand den Wink.

»Oder Hass«, fügte er eilig hinzu. »Das ist vielleicht ebenso häufig? Ich weiß es nicht. Die Frage ist wohl auch, wie du den Begriff Stalker füllst. In den sozialen Medien kommt es nicht selten vor, dass irgendwer dich verfolgt. Ich habe mehrmals Personen erlebt, die sich überall mit ihren Lieblingsthemen einschalten, die dort rein gar nicht hingehören. Ob ich mich über die Qualität im Profifußball äußere oder über das Preisniveau in Studentenwohnheimen, oder ob ich um Vorschläge für gute Angelstellen in Nordmarka bitte, immer kann derselbe Idiot auftauchen, mit Tiraden über norwegische Einwanderungspolitik oder irgendein anderes Thema, in das er sich verbissen hat und worüber ich vor drei Jahren geschrieben habe. Und ich sage bewusst ›er‹. Es handelt sich fast immer um Männer.«

»Es gibt Ausnahmen«, sagte Selma und dachte an Fredrikke Augustsson.

»Bestimmt. Ich blockiere sie, wenn sie zu schlimm werden, und dann muss ich mich von den Freunden des Betreffenden zuspammen lassen, bis ich die auch los bin. Anstrengend. Aber das ist der Preis einer offenen Gesellschaft, nehme ich an.«

Das Letzte sagte er mit einer säuerlichen Grimasse.

»Aber warum willst du das wissen?«

Selma erhob sich. Das inzwischen vertraute physische Unbehagen machte sich in ihrem Zwerchfell bemerkbar. Sie versuchte, es unter Kontrolle zu bringen, indem sie den Rücken streckte und ruhig atmete. Die Schusswunde, von der sie sonst nicht mehr viel merkte, verursachte stechende Schmerzen. Sie ließ ihren Blick durch das Zimmer wandern. Bilder. Fotos. Eine Skulptur auf einem eleganten Piedestal in der Ecke, ein nachdenklicher bronzener Orang-Utan, den sie vor zwanzig Jahren auf einer Thailandreise mit den Handballerinnen gekauft hatte.

Keine Bücher.

Nicht ein einziges Bücherregal. Ihre Fachliteratur war im Kellerraum aufgestapelt. Auf dem Couchtisch lagen drei riesige Prachtbände, die sie niemals aufschlug.

»Jemand verfolgt mich«, sagte sie leise.

»Irgendwer wird immer verfolgt«, sagte Lars mit leichter Ungeduld. »So ist es einfach. Wie gesagt, ich erlebe dauernd, dass ...«

»Jemand bricht hier ein. Ohne Einbruchsspuren zu hinterlassen. Einer, der einfach hier herumläuft und der Geheimnisse aus meiner Kindheit weiß.«

»Äh ... was?«

Früher hatte Selma Falck geglaubt, sie könne nicht weinen. Über dreißig Jahre lang hatte sie nicht eine einzige Träne vergossen, in dem sicheren Wissen, dass ihre Tränenkanäle bei einer brutalen Sportverletzung beschädigt worden waren.

»W...weinst du, Selma?«

»Nein.«

Sie riss die Augen auf und starrte die Decke an.

»Aber ich habe im Grunde keine Lust, hier noch länger zu wohnen.«

»Erzähl«, sagte Lars und klopfte auf den Stuhl neben seinem.

Selma setzte sich zögernd wieder, zog ihren Stuhl aber weiter von seinem weg. Das Stundenglas auf dem Bildschirm summte und leerte sich. Sie ließ es nicht aus den Augen und fing an zu erzählen.

Sie redete sich leer. Über das Gefühl einer fremden Anwesenheit in der Wohnung. Über eine Packung KIP auf ihrem Kissen. Über Kartoffelmehlfallen vor der Wohnungstür. Sie gab vor, sein kleines Lächeln zu ignorieren. Sie erzählte von dem zwinkernden Smiley, vom Poker-Türken und der neuen Überwachungsanlage und von dermaßen angsterfüllten Nächten, dass sie ernsthaft mit dem Gedanken spielte, die Wohnung zu verkaufen.

Als sie fertig war, sah sie ihn endlich an.

Er lächelte nicht mehr. Rein gar nicht. Ein Ernst, den sie in seinem jungenhaften Gesicht bisher nur selten gesehen hatte, machte ihre Angst noch größer.

»Das darfst du dir nicht gefallen lassen«, sagte er ruhig und legte auf dem Tisch seine Hand über ihre.

Sie zog die Hand zurück.

»Du musst mit der Polizei sprechen. Vielleicht gibt es einen Zusammenhang zwischen dem hier, was immer das sein mag, und dem Schuss in Løkka.«

»Das glaube ich nicht. Und die Polizei darf nichts erfahren von diesen ... Einbrüchen.«

»Warum nicht?«

»Weil Anine dann durchdrehen würde. Es ist schlimm genug, dass ich angeschossen worden bin. Ich muss Zugang zu Sjalg haben. Ich muss mich um ihn kümmern dürfen.«

»Das verstehe ich gut. Meine Jungs sind anstrengend wie die Hölle, aber ich weiß nicht, was ich tun würde, wenn ich keinen Kontakt zu ihnen haben dürfte. Du musst dich aber trotzdem an die Polizei wenden.«

»Das kommt nicht infrage. Okay? Ich gehe damit nicht zur Polizei.«

Lars seufzte fast unhörbar.

»Was soll ich denn dann sagen?«

»Ich weiß nicht. Irgendwas. Etwas darüber, dass er unmöglich zurückkommen kann, jetzt, wo die Schlösser ausgetauscht worden sind. Dass ich mir das Ganze nur eingebildet habe. Ich weiß nicht, Lars. Vielleicht brauche ich einfach nur ... Trost.«

Lars hielt die Flasche an den Mund und trank. Lange. Endlich stellte er sie weg, drehte den Verschluss darauf und faltete die Hände um das Etikett.

»Hast du den Abdruck fotografiert?«, fragte er.

»Ja.«

Selma griff zu ihrem Handy und hielt ihm ein Bild hin. Es war auf eine Entfernung von weniger als einem halben Meter aufgenommen worden und zeigte einen deutlichen Fußabdruck.

»Eine Schuhspitze«, murmelte Lars. »Aber warum geht sie nach innen?«

»Wie meinst du das?«

»Die Tür ist doch da«, sagte er und zeigte darauf. »Wenn der Typ oder die Frau oder wer auch immer durch die Wohnungstür hereingekommen ist, dann würden wir doch eher den Absatz sehen. Hier sieht es eher aus, als ob der Betreffende die Wohnung verlassen will.«

Selma zog ihr Handy zu sich heran.

»Da hast du recht«, sagte sie leise. »Wenn er das Kartoffelmehl nicht sofort gesehen hat, nachdem er die Tür geöffnet hatte. Und wenn er danach nicht über alles hinweggestiegen ist. Ich habe das Mehl nicht so weit ins Zimmer hinein verstreut. Und dann kann er den Abdruck später hinterlassen haben. Als er gehen wollte, oder …«

Sie sah sich das Bild genauer an. Ihr Herz drehte jetzt wieder durch. Wenn die Kardiologen in Ullevål nicht erst vor zwei Tagen erklärt hätten, dass sich dieses hämmernde Organ in einem ungewöhnlich guten Zustand befand, wäre sie abermals in Panik geraten. Ihr Hals schnürte sich auf unbehagliche Weise zusammen, als sie weitersprach, als ob ihre Halsschlagader auf doppelte Größe angeschwollen wäre und auf die Luftröhre drückte.

»Er hat den Abdruck ganz bewusst hinterlassen«, sagte sie heiser. »Natürlich. Warum hätte er den Smiley zeichnen sollen, wenn nicht, damit ich ihn entdecke?«

»Na ja«, sagte Lars. »Mir ist schon klar, dass der Smiley dir Angst machen sollte, aber der Fußabdruck wäre vermutlich eine Spur für die Polizei. Es wäre ziemlich idiotisch, den zu hinterlassen, wenn das wirklich seine Absicht war.«

»Es sei denn …«, begann Selma.

Weiter kam sie nicht.

»Es sei denn, was?«, fragte Lars.

Selma erhob sich. Für einen Moment blieb sie stehen und starrte den Bildschirm an, wo noch immer Sand in das digitale Stundenglas rieselte, ehe es sich alle zehn Sekunden umdrehte. Dann fuhr sie herum und ging zur Balkontür. Wortlos ließ sie die Finger über den Türrahmen wandern.

»Es sei denn, was?«, fragte Lars noch einmal.

»Er kennt mich«, sagte Selma leise und öffnete die Tür.

Auch Lars erhob sich. Er kam zu ihr. Selma schaute auf zu dem kleinen Kontaktsensor, der an Tür und Rahmen angebracht war und sie warnen würde, wenn die Tür geöffnet würde, während der Alarm eingeschaltet war.

»Kennt dich?«, fragte Lars. »Wie meinst du das?«

»Seine Besuche sind die pure Provokation. Die allermeisten würden zur Polizei gehen, wenn sie entdeckten, dass sich jemand Zugang zu ihrer Wohnung verschafft hat. Er weiß, dass ich das nicht tun werde.«

»Aber wer ... wer zum Teufel weiß das denn, Selma? Nicht einmal ich habe das gewusst, bis du es vor ein paar Minuten erzählt hast. Wer sonst könnte auf irgendeine Weise ...«

Sie erhob sich auf Zehenspitzen und schaute die Kontaktpunkte der Alarmanlage aus zusammengekniffenen Augen an. Sie waren unversehrt und glatt und sahen unberührt aus. Mit einer gewissen Mühe öffnete sie die Tür und trat hinaus auf den Balkon. Lars folgte ihr. Sie schaute hinab auf den Hof.

»Wie tief ist das bis nach unten?«, fragte sie. »So ungefähr.«

Lars rechnete im Kopf.

»Neun Meter? Das hier ist der dritte Stock. Wenn du für jede Etage zwei Meter achtzig rechnest, inklusive der Fußböden, und noch etwas dazu ... acht, neun Meter.«

»Und hier gibt es nichts, woran man hochklettern kann«, stellte Selma fest und musterte die glatte Betonwand.

»Ein guter Kletterer könnte wohl ...« Lars unterbrach sich und legte den Kopf in den Nacken. »Wer wohnt über dir?«

Selma lehnte sich mit dem Rücken an das Geländer und zeigte nach oben. »Da sind zwei Wohnungen. Jede hat ein Fenster genau über meinem Balkon. In der da ...«, sie zeigte nach links, »... wohnt eine junge Familie mit einem kleinen Kind. Die andere da ...«, sie zögerte kurz, »die steht zum Verkauf, glaube ich. Da hat bis vor einigen Wochen ein älterer Mann gewohnt. Oder ...«

Ihr fiel ein Aushang vom Schwarzen Brett neben den Briefkästen unten im Treppenhaus ein.

»Nein. Die ist verkauft. Auch an eine kleine Familie. Bei der Besichtigung standen sie hier Schlange. Jetzt weiß ich es wieder. Vor sechs Wochen oder so. Es gab eine wilde Auktion, wenn ich das richtig verstanden habe.«

»Kennst du die Leute schon?«

»Nein. Ich versuche, hier im Haus auf eine Armlänge Distanz zu bleiben. Ist besser so. Aber wir sind auf Grüßfuß, die meisten von uns. Einige waren anfangs ein bisschen aufdringlich, aber das geht vorbei.«

»Wenn ich ums Verrecken in deine Wohnung einbrechen wollte, würde ich eins von zwei Dingen machen«, sagte Lars. »Entweder die Wohnungstür knacken oder mich aus einem dieser Fenster herunterlassen.«

Wieder zeigte er auf die beiden Fenster, die genau über Selmas Balkon lagen. Er hatte recht. Es wäre nicht besonders riskant, diesen Weg zu nehmen. Selma konnte sich den Hipster von Mitte zwanzig mit seinen schmalen Schultern und seinem anämischen Teint allerdings nur mit Mühe bei einem solchen Manöver vorstellen. Von seiner hochschwangeren Frau ganz zu schweigen.

Ein leises Pling ertönte im Wohnzimmer. Lars und Selma wechselten einen Blick, ehe sie mit raschen Schritten zum Esstisch zurückkehrten. Auf dem Bildschirm des Laptops war das Stundenglas verschwunden.

»Sesam, öffne dich!«

Selma setzte sich.

»Was haben wir also hier«, murmelte sie, während Lars seinen Stuhl näher zog. »*A.docx* ist geöffnet. Ein schnödes Word-Dokument.«

Sie schwiegen beide. Sie lasen ungefähr gleich schnell, und der Text war so kurz, dass Selma nicht zu scrollen brauchte.

»Was ist das, verdammt noch mal?«, fragte Lars.

»Weiß ich nicht«, murmelte Selma.

Die Dateien wirkten wie eine Übersicht, eine Art Register, meinte Selma, obwohl sie nicht richtig begreifen konnte, worüber. Der Liste vorangestellt war etwas, das wie Zeit- und Ortsangaben wirkte, sowie etliche Zahlen und Buchstaben, deren Bedeutung sie nicht erfassen konnte.

Sie ließ ihren Finger über die erste Zeile gleiten.

1. 02. 01. 19 KFM HBP Snr 1, dok 2+3, Td Archiv.zip 01.13.14

»Könnten das ... Breitengrade oder so was sein?«, schlug Lars vor.

»Tja«, sagte sie. »Die Zahlen am Anfang sehen eher aus wie ein Datum. Der zweite Januar dieses Jahres. Aber KFM? *Keine Freunde mehr?*«

Lars gab keine Antwort. Sein Mund stand halb offen, und er atmete rasch. Er beugte sich immer weiter zu dem Bildschirm vor, als ob die Lösung des Codes sich in den Zeichen versteckte, wenn er nur genau genug hinsähe.

»Du hast sicher recht, was das Datum betrifft«, flüsterte er fast. »Du siehst, dass jeder Zeile, die mit 1, 2, 3 und so weiter nummeriert ist, etwas folgt, was aussieht wie aufeinanderfolgende Daten. Die allermeisten im Januar und Februar.«

Sein Finger glitt am Bildschirm nach unten.

»Zwei sind im März. Dann ist Schluss. Aber KFM ...«

»Diese Buchstabenkombination taucht in jeder Zeile auf. Abgesehen ...«, sie nahm sich einen Kugelschreiber vom Tisch und benutzte ihn als Zeigestock, »... hiervon. Zeile 7. 8. März. Da steht statt KFM ein Fragezeichen. Und was soll HBP heißen?«

Der Kugelschreiber glitt lautlos die Zeilen hinab.

»HBP taucht in den meisten Zeilen auf. Nur nicht ... hier ... und hier. Da steht stattdessen AL.«

»Initialen?«

Selma deutete ein Schulterzucken an. Die Schusswunde tat fast nicht mehr weh. Es war ein befreiendes Gefühl, mit etwas ganz anderem zu ringen als mit der Frage, wie um alles in der

Welt es möglich war, ihre Wohnung ungesehen und ungebeten zu betreten und zu verlassen.

»Das kann schon sein«, sagte sie, nickte und rückte ihre Brille gerade. »Die Buchstaben KFM könnten natürlich die Initialen einer Person sein, aber …« Jetzt trommelte sie gegen den Bildschirm. »Gehen wir davon aus, dass es sich bei den ersten Zahlen um ein Datum handelt. Das meiste spricht zudem dafür, dass dok Dokument bedeutet. *Dok 2+3* muss mit anderen Worten auf zwei bestimmte nummerierte Dokumente hinweisen.«

Lars murmelte etwas, das sie als Zustimmung deutete.

»Hier wird auch auf ein *Archiv.zip* verwiesen«, sagte sie. »In jeder Zeile sogar. Eine Zip-Datei ist doch so eine komprimierte Datei, oder? Damit die Daten nicht so viel Platz einnehmen? Kann das hier also eine Art Register über den Inhalt der nächsten Datei sein?«

»Schon …«

Lars zögerte mit der Antwort. Jetzt war seine Nase nur noch fünfzehn Zentimeter vom Bildschirm entfernt.

»Aber wozu sollte das überhaupt gut sein?«

Selma gab keine Antwort.

»Könnten wir nicht dein Hackerprogramm einsetzen und die andere Datei öffnen, damit wir …«

»*Snr*«, fiel Selma ihm ins Wort, laut und fast triumphierend. »S-n-r. Sachnummer. Übliche Abkürzung. Sachnummer 1. Das bedeutet es.«

Sie malte einen unsichtbaren Ring um diese Buchstaben.

Lars richtete sich auf und fuhr sich mit beiden Händen durch seine blonde Tolle.

»Sachnummer 1«, wiederholte er. »Dann kann ja wohl kaum die Rede von öffentlichen Dokumenten sein.«

»Wieso nicht?«

»Hast du je Unterlagen von irgendeiner Behörde bekommen mit Registriernummern wie 1? Oder 2, 3, 4 und 5? Als ich zuletzt mit dem Staat zu tun hatte, hatte meine Angelegenheit die Registriernummer zehntausend und sonst was.«

Sein Finger eilte über die Zeilen. Die Einzelposten waren wirklich mit derselben Zahl gekennzeichnet wie die Zeilen. Selma befeuchtete sich die Lippen und schmatzte kurz. Sie biss in den Kugelschreiber, dann legte sie ihn energisch weg und stand auf.

»Gehen wir einen Schritt zurück«, sagte sie. »Jonathan Herse hat an etwas gearbeitet, das mit den Jugendämtern zu tun hatte, nicht wahr?«

Lars schaute verärgert vom Bildschirm auf und rang sich ein kurzes Nicken ab.

»Den Unterlagen in dem Ordner, also den physischen Papieren, die du da liegen hast, lässt sich nur schwer etwas von journalistischem Interesse entnehmen. Oder?«

Abermals ein kurzes Nicken.

»Da der Speicherstick sich bei den anderen Unterlagen befand, können wir davon ausgehen, dass sich der Inhalt darauf bezieht.«

Jetzt starrte er sie nur ausdruckslos an.

»Die Papiere sind sozusagen der Rohstoff«, sagte Selma nun. »Sie enthalten keine Geheimnisse. Der Stapel da besteht vor allem aus Zeitungsartikeln.«

»Und aus Fallunterlagen«, sagte Lars. »Die sind nicht so leicht zu bekommen.«

»Doch. Er kann sie zum Beispiel von den Klienten selbst bekommen haben. Oder von deren Anwälten. Vergiss das jetzt. Mir geht es darum, dass er sich nicht die Mühe gemacht hat, das alles digital zu verstecken. Aber ...«, sie legte sich die Fingerspitzen an die Schläfen, »... ich hatte einen Gedanken«, sagte sie rasch. »*KFM. KFM.*«

Eine Herbstwespe war durch die offene Balkontür hereingekommen. Sie taumelte träge durch den Raum. Selma achtete nicht auf sie.

»Das Kinder- und Familienministerium. KFM! Das alles hier geht doch um Jugendschutz!«

Lars sah sie an. Sein Mund öffnete sich, aber er fand keine Worte. Selma griff wieder zu dem Kugelschreiber und zeigte auf die erste Zeile.

1. 02. 01. 19 KFM HBP Snr 1, dok 2+3, Td Archiv.zip 01.13.14

»Die Ziffer 1 zeigt, dass das hier ganz einfach die erste Zeile ist und damit auch der erste Fall. 02. 01. 19 ist ein Datum. KFM steht für das Kinder- und Familienministerium. HBP, da wissen die Götter, was das bedeutet. *Snr* bedeutet Sachnummer. *Dok 2+3* steht ziemlich klar für Dokumente 2+3, und ...«, sie beugte sich noch weiter vor, »... steht da *Td*?«

»Ja.«

»Keine Ahnung, was das bedeuten soll. Aber danach wird auf etwas verwiesen, was sich in der nächsten Datei befindet, also der Zip-Datei, und diese letzte Zahl ...«

»01. 13. 14. Das kann jedenfalls kein Datum sein. Es gibt keine dreizehn Monate.«

»Das kann geschrieben sein wie in den USA. Also 13. Januar 2014.«

»Warum sollte das Datum zu Anfang der Zeile auf die norwegische Weise geschrieben sein«, begann Lars, »und dann taucht plötzlich am Ende der Zeile ein auf ausländische Weise geschriebenes auf?«

Selma hatte darauf keine Antwort.

Die Wespe hatte einen Abstecher in die Küche gemacht. Nun war sie auf dem Rückflug und irrte dermaßen benommen durch die Gegend, dass sie mit hörbarem Aufprall den Bildschirm traf. Lars versuchte, sie zu verscheuchen, als sie zur Landung auf der Tastatur ansetzte. Selma saß da wie eine Salzsäule.

»Jedes Ministerium erstellt Dokumente, die unter das Informationsfreiheitsgesetz fallen«, sagte sie endlich. »Solche, bei denen man Anspruch auf Einblick hat. Aber es gibt natürlich auch eine Reihe von Informationen, zu denen die Öffentlichkeit keinen Zugang hat. Da Jonathan Herse sich die Mühe gemacht hat, die so gut zu verstecken, gehe ich davon aus, dass es sich bei dem Inhalt der Zip-Datei nicht gerade um Dinge handelt, von denen man sich problemlos einen Ausdruck verschaffen kann.«

»Geheime Dokumente, meinst du?«

»Na ja, wenn nicht direkt geheime, dann doch solche, die dem Einblick der Öffentlichkeit entzogen sind. Und wenn es um Jugendschutz geht, was aller Logik nach der Fall ist, dann kann das hier ziemlich …«

»Dann setz dein Hackerprogramm endlich auf *Archiv.zip* an! Wenn das …«

»Es ist zu schlicht. Das Hackerprogramm, meine ich.«

»Gibt es andere solche Programme? Die mehr können, meine ich?«

»Sicher. Aber vielleicht keine legalen. Ich kann das untersuchen. Jemanden fragen.«

»Scheiße. Diese Datei hier sagt uns doch so gut wie nichts, wenn wir sie nicht mit der anderen zusammenführen können.«

»Pst.«

Wieder war Selma ein Gedanke gekommen.

Die Wespe hatte sich auf der W-Taste niedergelassen. Lars starrte sie eine Weile an, dann schnippte er sie so brutal weg, dass sie tot zu Boden fiel.

»Zip ist eine Methode, um Dateien zu komprimieren. Es hat keinen Sinn, normale geschriebene Dateien zu komprimieren. Es sei denn, es handelt sich um unglaublich viele. An sich brauchen sie nämlich wenig Platz.«

»Filme brauchen Platz«, schlug Lars vor. »Und umfangreiche Rechenprogramme.«

»Aber«, sagte Selma zerstreut, während sie abermals den Kugelschreiber über die erste Zeile der Datei gleiten ließ, »die Wahrscheinlichkeit, dass dein lieber Kollege zwischen den vielen

Jugendamtsdokumenten Rechenprogramme gespeichert hat, ist doch relativ gering. Tondateien dagegen ...«

Der Kugelschreiber tippte wütend gegen den Bildschirm.

»*Td.* Das kann für *Tondatei* stehen. Kann es sich ganz einfach um Tonaufnahmen handeln? Dann könnte die letzte Zahl eine Zeitangabe sein. Dass das, worum es geht, eine Stunde, 13 Minuten und 14 Sekunden weiter in der Aufnahme liegt, meine ich?«

»Tonaufnahmen? Warum hätte Jonathan sich für Tonaufnahmen aus dem Kinder- und Familienministerium interessieren sollen? Was sollten die denn enthalten? Und ... wie sollte er sich die beschafft haben?«

»Das wissen wir noch nicht«, sagte Selma und schloss die Datei, ehe sie den Speicherstick herauszog und Lars übergab.

Er hielt den Stick unschlüssig vor sich hin.

»Wie sollen wir den denn öffnen?«

»Das weiß ich auch nicht. Aber ich kenne Leute. Verlier ihn um Gottes willen nicht. Wenn Jonathan Herse wirklich Tonaufnahmen vom Familienministerium hatte, Aufnahmen, die er für so wichtig hielt, dass er sich diese ganze Mühe gemacht hat ...« Sie ließ die Hand einen weiten Bogen über Laptop und Plastikordner beschreiben. Plötzlich erstarrte sie, ließ sich auf den Stuhl sinken und öffnete den Laptop wieder. Einige Sekunden darauf befand sie sich auf der Website des Ministeriums.

Lars sagte nichts, während sie sich zur Abteilung für Jugendschutz durchklickte.

»Bingo«, sagte Selma leise. »Schau her.«

Lars überflog die öffentlich zugängliche Website, ohne dass ihm etwas Besonderes aufgefallen wäre.

»Wonach soll ich Ausschau halten?«

»Der Abteilungsleiter. Sieh mal, wie der heißt.«

»Horatio Bull-Pedersen«, las Lars verwundert. »Seltsamer Vorname. Ich habe den zwar schon mal gehört, bei *CSI: Miami* zum Beispiel, Horatio Caine, aber bei einem Norweger?«

»Horatio Bull-Pedersen«, sagte Selma und holte abrupt Atem. »HBP! Die Initialen aus dem Register. Kapierst du noch immer nicht? H-B-P! Kann hier also die Rede von einer Tonaufnahme mit ihm sein?«

»Von einem ganzen Haufen Aufnahmen?«, meinte Lars, wie aus allen Wolken gefallen. »Ich versteh überhaupt nichts mehr. Warum sollte ...«

Selma suchte weiter auf der Website, ohne ihm zuzuhören. Zu ihrer großen Enttäuschung waren nur die Abteilungsleiter mit Fotos versehen. Rasch ging sie die Website weiter durch.

»Bingo«, flüsterte sie wieder. »Führende Beraterin Alvhilde Leonardsen. Direkt Horatio Bull-Pedersen unterstellt. Die AL aus den Codes.«

Sie gab den Namen ins Google-Suchfeld ein und klickte auf »Bilder«.

»Keine große Auswahl«, sagte sie, fast zu sich selbst.

Sie klickte ein Foto der Führenden Beraterin an, das 2018 während der Holmenkollstafette aufgenommen worden war. Eine kleine, zierliche und adrett aussehende Frau stand zusammen mit jubelnden Kollegen. Sie waren auf dem zwölften Platz in der Kategorie *Mix-Teams mit Mehrzahl Frauen* gelandet und hatten die Generalstaatsanwaltschaft um siebzehn Sekunden geschlagen. Auf dem Bild waren nur vier Personen zu sehen, Alvhilde Leonardsen und vier schweißnasse Männer, die anderen Frauen waren also offenbar nach Hause gegangen.

»Die ist also ziemlich in Form«, sagte Lars. »Das ist doch gut zu wissen.«

»Wir müssen die Datei öffnen«, sagte Selma, ohne auf seine Spitze zu achten. »Wenn wir die Tatsache bedenken, dass Jonathan ziemlich besorgt war und dass er diese Dateien so gut versteckt hatte, dann kann das hier ...« Sie verstummte.

Lars blies die Wangen auf und legte die Hände zu einem Ball zusammen.

»Ich würde mich nicht zu früh freuen«, sagte Selma trocken. »Ich verstehe ja, dass du auf eine richtig saftige Story hoffst. Aber …«

Sie schaute zu ihm hinüber und lächelte, ehe sie hinzufügte: »… es gibt Grenzen dafür, wie groß die Skandale sind, die man in so einem Ministerium anrichten kann.«

»Buuuummmm«, sagte Lars und ließ seine Hände explodieren wie eine Bombe in Zeitlupe.

Dienstag, 10. September

Die Alben

Heute wollte er die Gräber nicht besuchen.

Die Ungeduld nagte an ihm. Er konnte nirgendwo Ruhe finden. Nicht einmal in den altmodischen Fotoalben, die Grethe in ihrer ganzen gemeinsamen Zeit mit solcher Sorgfalt angelegt hatte. Die Fotos waren chronologisch sortiert, mit kleinen Kommentaren und regelmäßigen Datumsangaben. Hier und da hatte sich Grethe besondere Mühe gegeben, wie bei den Erinnerungen an die Heiligen Abende. Sie hatte so schön gezeichnet. Kleine Christbaumkugeln in den Ecken, Engel und Wichtel und 1987 einen Lammrippchen-Eintopf, dessen Duft man geradezu wahrnehmen konnte.

Es gab dreizehn solcher Alben, aber das letzte war nicht voll. Es endete jählings mit vier eingeklebten Fotos ohne Text. Das eine zeigte Grethe. Er hatte es selbst gemacht und konnte sich gut an den Anlass erinnern. Sie musste zu ihrer ersten Chemotherapie. Die Sonne schien, ein Sommerwind wehte. Sie lehnte sich an das Auto, einen zehn Jahre alten Volkswagen, kniff die Augen zusammen und hatte die Sonnenbrille auf die Stirn hochgeschoben. Ihre rötlichen Haare umwogten ihren Kopf wie bei einem Sturm. Ihr Lächeln war falsch und angestrengt. Vier Wochen später hatte sie zum ersten Mal eine Perücke aufsetzen müssen.

Er konnte dieses Bild nicht leiden.

Sein Lieblingsbild klebte im dritten Album.

Der Junge war am Johannisabend 1989 auf die Welt gekommen. Schon im Krankenhaus hatte er vier Filme verknipst. Am Ende hatten sie so viele Fotos, dass Grethe nicht von allen Abzüge machen ließ. Stattdessen klebte sie vorn ins Album eine Art Tasche, in der die Negative Platz fanden. Die steckten noch immer da. Wenn er das Album aufschlug, musste er immer vorsichtig sein, damit sie nicht herausfielen.

Der Junge war schon bei der Geburt ungewöhnlich hübsch gewesen.

Das fanden sicher alle Eltern, aber das hier war anders. Das hatten die Krankenschwestern gesagt. Sogar ein Arzt, der vorbeigeschaut hatte, um sich davon zu überzeugen, dass nach der raschen, einfachen Entbindung alles in Ordnung war, hatte angesichts des perfekten Säuglings in die Hände geklatscht. Der Kleine hatte rotblonde Haare und dunkle, farblose Augen, die sich bereits im Augenblick der Geburt geöffnet hatten. Er weinte wenig, und seine Mundwinkel zeigten einwandfrei nach oben. Alle lachten ihn an, sie glucksten begeistert über seinen ernsten Blick und das winzig kleine rote Lächeln, das nicht einmal verschwand, wenn er nach Nahrung wimmerte.

Grethe und er waren niemals glücklicher gewesen. Der Junge war so willkommen. Die Familie wurde nicht mehr größer, und harte Jahre standen ihnen bevor, aber die Jahre um die Geburt seines Sohnes waren die besten in seinem Leben gewesen.

Er fand in diesen Gedanken noch immer eine Art Trost. Und darin, dass der Junge in seinem viel zu kurzen Leben doch immerhin eine große Liebe erlebt hatte. Ein Streif vom innersten Kern des Lebens, wenn auch von viel zu kurzer Dauer. Er hatte seinen Sohn mehrmals gebeten, ihm die Geschichte seiner großen Liebe zu erzählen. Die wurde immer wärmer, und kleine Verzierungen füllten das Bild eines märchenhaften, unvergesslichen Wochenendes aus, bei dem offenbar auch der Junge erlebt hatte, wovon das Leben im Grunde handelte.

Davon, zu lieben und geliebt zu werden.

Neues Leben zu erschaffen.

Mit einem dumpfen Knall schlug er das Album zu. Es gab jetzt Wichtigeres zu erledigen. Er hatte alles lange geplant, bis ins kleinste Detail. Ein Mann mit seiner Erfahrung und aus seinem Metier wusste trotzdem genau, dass nichts akribisch genug geplant werden konnte. Alles konnte passieren. Es gab zahllose Szenarien. Niemand durfte sich hier in dieser Welt mit einem Plan B begnügen, man brauchte das gesamte Alphabet. Und nicht nur heute.

Er war ein gründlicher Mann.

So hatte er trotz allem überlebt.

Gegen absolut jegliche Wahrscheinlichkeit.

Mittwoch, 11. September

Die Rekonstruktion

Selma Falck war schlecht gelaunt.

Anine hatte seit dem Schussdrama in Grünerløkka nichts von sich hören lassen. Selma hatte so lange wie möglich gewartet, aber am Vorabend hatte sie es nicht mehr aushalten können. Sie rief ihre Tochter an.

Die mürrisch und abweisend war.

Die einen Besuch energisch ablehnte.

Die außerdem sagte, dass sie in nächster Zeit keine Babysitterin brauchen werde. Und in fernerer Zeit auch nicht, soviel sie wisse. Ehe sie das Gespräch ziemlich abrupt mit der Bemerkung abbrach: »Das ist typisch für dich, Mama. Dich anschießen zu lassen.«

Anine hatte sie immerhin Mama genannt, nicht Selma, wie sie das machte, wenn sie besonders beleidigt war. Selma hatte danach schlecht geschlafen. Aus vielen Gründen. Ihr Oberarm tat seltsamerweise wieder weh. Sie musste die Schlinge anlegen, wenn niemand sie sah. Es tat weh, wenn sie sich im Bett umdrehte, und in der vergangenen Nacht hatte sie schon befürchtet, die Wunde könne sich entzündet haben. Sie hatte auch nicht duschen können. Noch immer lagen Glassplitter in der Duschkabine. Später an diesem Tag würde endlich ein Installateur kommen, um eine neue Duschtür einzubauen.

Was sie jedoch eigentlich am Schlafen hinderte, war ein fast unwiderstehlicher Spieldrang.

Sie hatte sich wirklich zusammenreißen können.

Und war wirklich in elender Stimmung.

»Sind wir bald fertig, was meinen Sie?«

Selmas Frage wurde in ein warmes Lächeln gehüllt. Die Polizistin machte eine überaus vage Handbewegung. Vermutlich sollte es ein Bedauern sein, und das Eingeständnis, dass sie keine Ahnung hatte, wie lange diese Rekonstruktion noch dauern würde.

Alles war bereits abgesperrt gewesen, als Selma eintraf. Da die Straße ohnehin durch umfassende Bauarbeiten wegen der Verlegung von Straßenbahnschienen und Bürgersteig verwüstet war, hatte es der Polizei große Mühe bereitet, Passanten davon abzuhalten, durch die sechzig Meter weiter oben in der Straße und vierzig Meter südlich vom Café angebrachten Sperren zu brechen. Die beiden Frauen, die bei dem Versuch, den Mord an Linda zu rekonstruieren, das Opfer und Vanja darstellen sollten, hatten sich offenbar gut vorbereitet. Neben dem Film, den Selma bereits in Fredrik Smedstuens Büro gesehen hatte, war eine digitale Variante erstellt worden, die sie bisher nur vom Hörensagen kannte. Die beiden Polizistinnen mussten diese viele Male gesehen haben. Sie sagten nichts, bewegten sich aber auf Befehl so, als ob sie am vergangenen Donnerstag dabei gewesen wären und sich an jede Sekunde des Zwischenfalls erinnerten. Selma erhielt ihre Anweisungen von einem Mann, den sie noch nie gesehen hatte, einem jungen, ernsten Burschen mit einem Dialekt, den sie nur mit Mühe verstehen konnte.

Das Ganze hatte inzwischen schon zwei Stunden gedauert.

Alles war gefilmt, fotografiert und dokumentiert worden.

Der Heckenschütze hatte auf dem Dach der Thorvald Meyers gate 49 gelegen. Das gelbe Gebäude, das in der zweiten Hälfte des 19. Jahrhunderts als Depothalle und Stall für die Straßenbahngesellschaft von Kristiania errichtet worden war, war deutlich niedriger als die Nachbarhäuser. Schon vor drei Tagen hatte die Polizei das ziemlich flache Dach als wahrscheinliches Versteck des Mörders ausfindig gemacht. Nun schienen sie sich sicher zu sein. Selma vermutete, dass die Umgebung bereits von der Technik gründlich untersucht worden war. Sie konnte nicht begreifen, warum sie noch immer nicht gehen durfte. Es war kühl. Der Herbst biss jetzt wirklich um sich, und der frische Wind von Süden wirbelte Laub, sommerliches Eispapier und andere Hinterlassenschaften auf.

Aus dem Augenwinkel registrierte sie eine Gestalt, die sie sofort erkannte. Hochgewachsen, ohne eigentlich besonders groß zu sein. Zackig wie ein Soldat, auch wenn er gerade jetzt mit vor der Brust verschränkten Armen an einer Hauswand lehnte. Er trug dunkle Jeans und ein klein geblümtes Hemd unter einer Jacke aus braunem Nappaleder. Auf dem Kopf hatte er eine altmodische Schirmmütze aus Tweed. Er lächelte, als er bemerkte, dass sie ihn entdeckt hatte.

Birger Jarl Nilsen trug seinen aristokratischen Namen zu Recht. Er hatte etwas Stattliches, fast Adeliges an sich, kombiniert mit einer so großen Selbstsicherheit, dass sie nicht demonstriert werden musste. Nun kam er mit zu einem leichten Gruß erhobener Hand auf sie zu.

»Langweilig?«, fragte er und setzte sich auf den Stuhl, den die Linda-Darstellerin soeben verlassen hatte.

Selma betrachtete das als Hinweis darauf, dass die Sache nun wirklich vorbei war.

»Raten Sie mal«, sagte sie. »Aber es musste natürlich sein. Gut, es hinter sich zu bringen.«

Fredrik Smedstuen kam zwischen den Cafétischen angeschlurft.

»Dann können Sie gehen«, sagte er zu Selma, ehe er sich zu Birger Jarl Nilsen umdrehte. »Was machst du hier?«

»Ich wollte nur sehen, wie hier alles läuft. Ich vermute, wir sind jetzt sicher, was das Dach da angeht?«

Er nickte in die Richtung von Nr. 49, wo die Angestellten der

Bäckerei *Godt Brød* hinter den Fenstern standen und abwechselnd auf die Uhr und die Straße schauten. Sie hatten seit über zwei Stunden keine Kundschaft mehr.

»Darüber können wir heute Nachmittag bei der Besprechung reden«, sagte Fredrik Smedstuen.

Dann wandte er sich wieder an Selma: »Vielen Dank jedenfalls. Wie gesagt können Sie jetzt gehen. Sollen wir ein Taxi rufen?«

Der Mann hatte offenbar eine ganze Sammlung von total identischen Hemden. Oder er war ungewöhnlich ungepflegt. Auch seine Hose war dieselbe wie in der vorigen Woche, schon da war Selma ein Fettfleck an der Seite des linken Knies aufgefallen. Als er sich über sie lehnte, um nach dem bei der Rekonstruktion verwendeten Glas zu greifen, nahm sie wie üblich den Geruch von Tabak, Kaugummi und *Fisherman's Friend* wahr. Seltsamerweise stank er nicht nach Schweiß.

»Nein, danke«, sagte Selma, der dieser enge Kontakt ein wenig unangenehm war. »Ich muss nur um die Ecke.«

Der Hauptkommissar grunzte irgendeine Bemerkung und ging seiner Wege.

»Wollen Sie da lang?«, fragte Birger Jarl Nilsen überflüssigerweise. »Dann können wir uns zusammentun. Ich muss nach Torshov. Und Sie brauchen mich nicht anzurufen, wie Sie bei unserer letzten Begegnung versprochen haben.«

Sein Lächeln war fast neckend. Selma wusste nicht so ganz, was sie von seinem Angebot hielt. Sie wollte zu Einar Falsen, für den Weg würde sie nur fünf oder sechs Minuten brauchen, und sie sehnte sich nach einer kleinen Pause von anderen Menschen.

»Wie nett«, erklärte sie und ging auf die nördliche Absperrung zu, die drei uniformierte Polizisten nun endlich abzumontieren begannen.

Er folgte ihr. Sie sagten beide nichts, ehe sie beim Espresso House in die Helgesens gate abgebogen waren. Selma wollte die geschäftige Thorvald Meyers gate mit ihren ewigen Baustellen lieber vermeiden.

»Sie schwärmen ja offenbar nicht gerade für Fredrik.«

Birger Jarl Nilsen blieb unterwegs auf angenehmer Distanz. Anderthalb Meter von ihr entfernt, ein kleines Stück hinter ihr. Nach nur wenigen Metern war er in ihren Gangrhythmus gefallen, und erst jetzt fiel ihr auf, dass er gar nicht viel größer war als sie selbst.

»Na ja«, sie zögerte, »ich weiß nicht so recht. Ein bisschen ungepflegt für einen Job, bei dem er so viel Kontakt zu Menschen hat. Und mürrisch. Von Natur aus übellaunig, scheint mir.«

»Eigentlich ist er Gold wert. Ein fähiger Polizist. Er ist nur frisch geschieden und deprimiert. Er ist übrigens meiner Ansicht, auch wenn er das nicht ganz zugeben mag.«

»Worin denn?«

»Darin, dass das Attentat gegen Linda Bruseth gerichtet war.«

Selma merkte, dass ihr Atem flacher ging, und sie verlangsamte ihre Schritte. Sie ärgerte sich darüber, dass sie noch immer glaubte, Fredrik Smedstuens Geruch wahrzunehmen, und sie schniefte einige Male, um sich davon zu befreien. Ihr Arm tat seltsamerweise nicht mehr so weh. Sie zog ihn aus der Schlinge, faltete das kleine Stück Stoff zusammen und steckte es in die Tasche.

»Wie können Sie da so sicher sein?«, fragte sie.

»Aus vielen Gründen. Erstens hat sich der Mörder eine unnötig komplizierte Methode ausgesucht, um jemanden ums Leben zu bringen. Das erzählt uns so einiges.«

Selma blieb endgültig stehen.

»Ach ja?«

»Überlegen Sie doch mal«, sagte er.

Er wich zurück, sowie sie stehen geblieben war, fast unmerklich. Sie standen einander jetzt auf zwei Meter Entfernung gegenüber.

»Ja, es war ... spektakulär?«, schlug sie vor.

»Ja.«

»Der Mörder wollte es spektakulär haben. Es sollte ... Aufsehen erregen.«

»Genau.«

»Aber wieso weist das eher auf Linda hin als auf mich?«

Sie setzte sich langsam wieder in Bewegung.

»Sehen wir uns die Tatsachen an, die wir haben«, sagte er. »Dieser Schütze ist gut. Er hat eine Waffe und ein Kaliber für Fortgeschrittene verwendet. Wenn ich das richtig verstanden habe, hat er auf dem Dach nicht die geringste Spur hinterlassen, obwohl absolut alles darauf hindeutet, dass er von dort aus geschossen hat. Wir würden allesamt nicht daran zweifeln, wer das eigentliche Ziel war, wenn Linda Bruseth sich nicht plötzlich bewegt hätte, um das Wasserglas festzuhalten. Wenn Sie alle einigermaßen still gesessen hätten, wäre der Schuss ganz einfach als Volltreffer charakterisiert worden. Peng, mitten in Lindas Schläfe. Kein Zweifel.«

»Aber sie saß eben nicht still«, wandte Selma ein. »Sie hat sich blitzschnell vorgebeugt. Und war mir deshalb im Weg.«

»Nein. Das war sie eigentlich nicht.«

Birger Jarl Nilsen schaute sich um. Auf dem Bürgersteig, wie es aussah. Offenbar fand er das Gesuchte nicht, fasste deshalb in seine Jackentasche und zog einen Filzstift heraus. Er blickte rasch nach links und rechts, dann zog er die Kappe ab und ging zu der Mauer zwischen den beiden verschmutzten Fenstern der Mietskaserne an der Ecke Bjerkelundgate. Blitzschnell zeichnete er eine große Skizze davon, wie die drei Frauen in dem Moment gesessen hatten, ehe Linda das Glas rettete und der Schuss fiel. Er war kein besonders guter Zeichner, hatte aber einen ungewöhnlichen Blick für Perspektive. So, wie die Skizze aussah, stand Selma hier im selben Blickwinkel, den der Mörder gehabt haben musste. Birger Jarl Nilsen trat einen kleinen Schritt zurück.

»Sehen Sie?«

Selma war sich alles andere als sicher, was er meinte. Sie blieb lange stehen und vertiefte sich in die Skizze. Zwei Jugendliche kamen auf E-Rollern vorbeigesaust, ohne auf den alternden Tagger zu achten. Eine Frau im Hidschab schob einen Kinderwagen mit zwei Kleinen an ihnen vorbei, so dicht am Straßenrand, wie es möglich war.

»Er hatte die ganze Zeit freie Sicht auf meinen Kopf«, sagte Selma und blinzelte. »Denn diesen Winkel hätte er vom Dach aus gehabt, oder?«

Er nickte.

»Wenn er Sie hätte treffen wollen, hätte Lindas plötzliche Bewegung keine Rolle gespielt. Wir reden hier von einem hervorragenden Schützen mit klarem Ziel. Linda Bruseth. Der Schütze hat die Bewegung registriert, und das hat die Sache einen Tick schwieriger für ihn gemacht. Deshalb war es dann kein saubeer Treffer. Er hat zu weit hinten im Kopf getroffen, und das Geschoss ist aus dem Schädel wieder ausgetreten und weiter in Ihren Arm geflogen.«

Selma wusste nicht so recht, ob sie erleichtert oder enttäuscht war angesichts dieser Erkenntnis. Das überraschte sie. Nach der ganzen Unruhe, die sie in letzter Zeit belastet hatte, müsste ihr doch eine gewaltige Last von den Schultern fallen durch die Erkenntnis, dass niemand es auf sie abgesehen hatte. Dennoch verspürte sie einen undefinierbaren Stich.

»Ich verstehe das trotzdem nicht«, sagte sie und ging weiter.

Birger Jarl Nilsen fuhr fünf, sechs rasche Male mit dem Filzstift über seine Zeichnung, drehte die Kappe wieder auf den Stift und verstaute ihn in seiner Jackentasche.

»Warum hat er sich eine solche Methode ausgesucht, um eine anonyme Hinterbänklerin wie Linda Bruseth umzubringen?«, fragte Selma. »Sie haben gesagt, dass der Mörder Aufsehen erregen wollte. Aber in Grünerløkka an einem geschäftigen Donnerstagnachmittag ... Auch das Aufsehen muss doch Grenzen haben.

Die Medien hätten so oder so breit darüber berichtet, dass eine Volksvertreterin einem Attentat zum Opfer gefallen war, egal, wo das passiert wäre. Linda war zwar nicht gerade jemand wie Olof Palme oder Anna Lindh, aber trotzdem!«

»Nun gehörten diese beiden zur jeweiligen Regierung, als sie ermordet wurden. Sie saßen nicht nur im Parlament. Aber egal, in diesem Mord liegt eine Botschaft, glaube ich.«

Selma blieb wieder stehen. Der Waffenexperte redete weiter: »Gehen wir zuerst zwei Schritte zurück.« Als ob er das wortwörtlich gemeint hätte, entfernte er sich abermals von Selma. »Jemand will Linda umbringen. Jemanden umzubringen, ist nicht schwer, wenn man wirklich fest entschlossen ist. Sogar ein Parlamentsmitglied. Die Sicherheitsmaßnahmen um einfache Abgeordnete sind nicht größer als die um irgendeinen Dorfschulzen. Wenn der Attentäter sie einfach nur umbringen will, kann er sie überfahren, er kann ihr Haus anstecken, er kann sie eines Abends in einer dunklen Seitenstraße überfallen ...«

»Alles klar«, unterbrach Selma ihn ungeduldig.

»Die Möglichkeiten sind jedenfalls unendlich. Die Gefahr bei einem solchen Angriff ist, dass er dann als purer Zufall gelten kann. Vergewaltigungsversuch. Durchgedrehter Pyromane. Alkohol am Steuer. Verstehen Sie, worauf ich hinauswill?«

Langsam ging es ihr auf. Dieser Polizist war wirklich gut.

»Der Mörder will, dass sein Vorsatz überdeutlich wird«, sagte sie langsam und spürte, wie sich die Haut an ihren Armen anspannte. »Es soll keinen Zweifel daran geben können, dass sie mit vollem Vorsatz umgebracht worden ist.«

»Genau. Die Frage ist also, ob sie als Linda Bruseth ermordet wurde oder als Parlamentsabgeordnete. Also ob sie vielleicht als Symbol für etwas sterben musste.«

»Weiß Fredrik Smedstuen das alles? Haben Sie mit ihm über Ihre ... Theorie gesprochen?«

»Natürlich.«

»So sieht es aber nicht aus.«

»Er ist nur nicht so offen dafür wie ich, Informationen mit anderen zu teilen«, sagte Birger Jarl Nilsen und setzte sich abermals in Bewegung.

Sie überquerten die Seilduksgate und gingen durch den Park Birkelunden, ohne etwas zu sagen. Die Straßenbahn schepperte oben an den Ampeln zwischen Toftes gate und Schleppegrells gate vorbei. Metall kreischte auf Metall, und ein Autofahrer hupte.

»Sie haben vielleicht recht«, sagte Selma endlich, als sie den Freakladen Scorpius erreicht hatten. »Smedstuen ist nicht gerade mitteilsam. So gesehen ist er wohl eher ein typischer Vertreter seiner Behörde als Sie.«

»Ich arbeite nicht bei der Polizei«, sagte er, offenkundig überrascht, weil sie so etwas glauben konnte.

Sie hatten Einar Falsens Haus erreicht. Selma war stehen geblieben.

»Nicht?«, fragte sie ebenso überrascht.

»Ich arbeite *für* die Polizei, nicht bei ihr. Wollen Sie hier rein?«

Er musterte die heruntergekommene, verschmutzte Mietskaserne vom Dach mit den klapprigen Regenrinnen bis zu der Grundmauer, wo jede Menge Hundekacke vor den verschmierten Wänden lag.

»Ja«, antwortete Selma kurz. »Hier will ich rein. Als was arbeiten Sie denn?«

»Waffenexperte. Und Ballistiker. Haben Sie das nicht mitgekriegt, als wir uns in Fredriks Büro begegnet sind?«

»Doch, das schon. Aber ich meine, sind Sie Freelancer oder was?«

»Eine eigene kleine Firma und eine halbe Stelle an der Hochschule. Ich war einmal …«

Selma unterbrach ihn mit erhobener Hand.

»Lassen Sie mich raten«, sagte sie. »Soldat. Genauer gesagt, Offizier.«

Jetzt lachte er. Sein Lachen war überraschend tief, hatte aber dennoch eine Sanftheit, die ihr gefiel. Noch immer blieb er in seiner seltsam physischen Distanz zu ihr, als ob er sich meistens in einer Umgebung bewegte, in der Frauen seine Absichten auf keinen Fall missverstehen durften.

In gewisser Hinsicht war das angenehm.

»Major«, bestätigte er.

Er trat beiseite, damit Selma klingeln und das Eisentor öffnen konnte. Dann beugte er sich ein wenig vor, in einer fast komischen Geste der Vertrautheit. Er stand noch immer anderthalb Meter von ihr entfernt.

»Ich war eine Zeit lang militärischer Nachrichtenoffizier«, flüsterte er laut. »Deshalb habe ich Ihre Eskapaden im vergangenen Herbst mit großem Interesse verfolgt. Gute Arbeit.«

Er richtete sich auf. Es sah fast aus, als ob er in einer Art militärischem Gruß mit den Hacken knallte, ehe er sich umdrehte und weiter in Richtung Torshov ging.

Die Zip-Datei

Lars Winther wagte nicht einmal, es zu versuchen.

Nachdem er zwei Stunden im Netz nach einer Methode gesucht hatte, um eine Zip-Datei zu knacken, war er ungefähr so schlau wie heute Morgen, als er zur Arbeit gekommen war. Zuerst hatte einer der IT-Leute ihm geholfen, ein Programm namens 7Zip herunterzuladen. Lars blieben wie üblich die herablassenden Kommentare darüber nicht erspart, was er für ein Idiot sei, wenn es um Computer ging, von denen er ansonsten so abhängig war. Der klapperdürre, bleiche Kerl aus der IT-Abteilung hatte ihm während des Herunterladens etwas erklärt, von dem Lars kein Wort verstanden hatte. Es ging irgendwie darum, dass er dieses Programm brauchte, um eine Zip-Datei zu erstellen. Lars betonte, dass er nur etwas öffnen und nicht speichern oder erstellen wollte. Das nun folgende Gemurmel war unbegreiflich. Sauer wie ein Essigkrug, hatte der Kerl nicht einmal Tschüss gesagt, als er gegangen war, und Lars hatte ihn deshalb einfach gehen lassen.

Wie er die Sache auch drehte und wendete, er brauchte ein Passwort. Wenn er sich ein seltenes Mal dazu entschloss, eine Datei mit einem Passwort zu sichern, wusste er, dass er unbegrenzte Versuche hatte, um diese Datei wieder zu öffnen. Das musste auch sein; er verwendete acht auswendig gelernte Passwörter von unterschiedlichem Schwierigkeitsgrad und vergaß immer wieder, welches er wann und wo verwendet hatte.

Bei Jonathan Herses Datei war es schlimmer.

Lars befürchtete, dass der Kollege eine automatische Sperre eingebaut hatte, die die Datei nach zu vielen Fehlversuchen endgültig verriegelte. Aber vielleicht war das auch übertriebene Sorge. Er wusste wirklich zu wenig über Computer.

Lars hatte in der letzten Viertelstunde abwechselnd mit einem Kugelschreiber auf dem Tisch getrommelt und den Kugelschreiber in den Mund gesteckt. Nun hatte er zu fest zugebissen. Die Tinte schmeckte widerlich süß, und er versuchte, sich in den dunklen Flächen des Bildschirms zu spiegeln, während er sich die blaue Farbe von den Lippen wischte.

»Shit«, sagte er verärgert, zog den Speicherstick heraus und steckte ihn wieder in die Tasche.

Natürlich gab es Leute, die verschlüsselte Zip-Dateien öffnen konnten. Als er bei *DG* gearbeitet hatte, hatte er sich immer an Agnes mit den blauen Haaren gewandt. Sie hatte den schärfsten Techno-Verstand im ganzen Redaktionsgebäude, und sie hatte ihn niemals abgewiesen. Bis er den Übergang von *DG* zu *Aftenavisen* vollzogen und sie ihm bei jedem seiner neuen Versuche die kalte Schulter gezeigt hatte.

Die Polizei verfügte sicher über die notwendigen Kompetenzen. Aber an die Polizei konnte er sich auch nicht wenden, Computerservice für frustrierte Journalisten zählte nicht zu ihren Aufgabengebieten. Aufgrund von früheren Fällen, über die er berichtet hatte, kannte er ein paar Hacker, aber er vertraute keinem von ihnen. Im Internet gab es zudem Programme, die unendliche Versprechungen machten, aber die Angst, Schadprogramme herunterzuladen, war zu groß.

Im Grunde gab es nur eine Möglichkeit, das Passwort an sich zu bringen.

Der Junkie

Wie üblich zog sich Selma Falck den Jackenärmel über die Hand, um die Tür zu Einars Hinterhof beim Öffnen nicht mit den Fingern zu berühren. Der alte Polizist hatte seine Wohnung zwar, unterstützt von Selma und dem Poker-Türken, ein wenig aufgehübscht. Das Haus an sich aber näherte sich weiterhin dem totalen Verfall. Dass es so heruntergekommen und zugleich dermaßen unvorstellbar verdreckt war, hing mit den Bewohnern zusammen. Mehr Junkies und Menschen mit psychischen Problemen konnten sich außerhalb der entsprechenden Einrichtungen wohl kaum im selben Gebäude finden lassen, und niemand von ihnen hatte die Kraft, sich mit dem Hausbesitzer anzulegen.

Einar hatte seine Tür einen Spaltbreit offen gelassen. Miez presste wie üblich seine platte, hässliche Visage gegen den Spalt. Selma stupste ihn vorsichtig mit der Schuhspitze an, schob ihn rückwärts und trat ein.

Es roch nach Grüner Seife.

Nach gewaltigen Mengen. Sie sah auf den Boden, der noch immer nass war. Aus Schaden klug, behielt sie die Schuhe an, als sie weiterging.

»Du hast ja gearbeitet«, sagte sie und schaute sich um.

Alle Stapel der Zeitungen, die Einar immer dann stahl, wenn er das Internet nicht nutzen durfte, waren verschwunden. Das löchrige Sofa war mit Fleecedecken allerbilligster Qualität bedeckt. Selma verspürte einen kräftigen elektrischen Schlag, als sie in der hellblauen Pracht Platz nahm. Der niedrige Couchtisch war sauber gescheuert. Aus der Küche kam der starke Geruch von Salmiak und vermischte sich mit dem des Putzmittels auf dem Boden. Da die Wohnung durchaus nicht frei von Schimmel und Fäule war, erinnerte das Ganze an die Besenkammer von Ullevål vor einigen Tagen.

»Ich hab Hausputz gemacht«, erklärte Einar, der mit zwei Tassen Tee aus der Küche kam. »Ein richtiges vorweihnachtliches Reinemachen.«

»Im September?«

»September ist vor Weihnachten«, sagte er zufrieden und bat sie, sich in den Sessel zu setzen.

»Das neue Sofa ist für Miez und mich. Ich habe alles getan, worum du mich gebeten hast. Setz dich einfach, dann kannst du es sehen.«

»Du tauschst immer wieder aus, wo wir sitzen«, sagte Selma und gehorchte.

Das Fell des Katers sträubte sich plötzlich in alle Richtungen, als er auf das Sofa sprang.

»Heute gibt es Schweinekoteletts«, sagte Einar. »Zwei für mich und eins für Miez. Aber in der Packung waren fünf. Möchtest du mit uns essen? Ich habe auch Kümmelkohl. Von Noras. Pariser Art.«

»Nein, danke. Aber schön, dass du richtig isst.«

Einar lächelte, während sich der Kater auf seinen Schoß legte. Er streichelte das Tier mit langen Bewegungen. Seine Hände wirkten trocken und wund, wiesen aber keine Spuren von Käseflips auf.

»Da wollen ganz schön viele deine Hilfe«, sagte er. »Aber man kann ja nicht behaupten, dass du vielen helfen magst.«

»Muss ich auch nicht. Ich verdiene mehr als genug an dem, was ich übernehme. Seit Neujahr waren es sechs oder sieben.«

»Fünf. Du hast im Jahre 2019 fünf Fälle übernommen.«

»Ja. Dann sind es wohl nur fünf. Ich habe alle gelöst und daran etwas weniger als drei Millionen verdient. Wenn ich das abziehe, was ich dir gebe, und meine Ausgaben, bleibt mir ein Einkommen von zweieinhalb Millionen. Und das Jahr ist ja noch nicht zu Ende.«

»Wahnsinn«, sagte Einar und schüttelte den Kopf.

»Das ist weniger, als ich als Anwältin verdient habe.«

»Niemand dürfte so viel Geld verdienen.«

»Deine Ansicht ist registriert«, sagte Selma gereizt. »Aber ich hatte dich ja eher nicht darum gebeten, dir die gelösten Fälle anzusehen. Diese Klienten sind überaus zufrieden.«

Einar setzte den Kater vorsichtig auf den Boden und verschwand im Schlafzimmer. Er kam mit dem Ordner, den Selma ihm gegeben hatte, wieder zum Vorschein. Er setzte sich, legte den Ordner auf die Knie und öffnete ihn.

»Himmel«, rief Selma. »Ich muss schon sagen!«

Ganz oben lagen die Akten der erledigten Fälle. Jede davon befand sich jetzt in einem eigenen roten Plastikumschlag. Jeder Umschlag war sorgfältig mit Klebeband verschlossen und blieb auch zu, als Einar alle auf einen eigenen Stapel auf dem Tisch legte. Nun waren die übrigen Dokumente zu sehen. Als Einar sie erhalten hatte, waren die abgelehnten Fälle ein wirrer Papierhaufen gewesen, der aus einigen Ausdrucken, aber auch aus etlichen handschriftlichen Notizen bestand. Selma hatte jeweils versucht, pro Fall ein Blatt Papier zu nehmen. Dennoch waren einige Anfragen, vor allem die, bei denen es nur um einen einzelnen Anruf ging, auf ein bereits existierendes Dokument gekritzelt worden. Jetzt war alles in Ordnung gebracht.

»Hast du alles neu geschrieben?«, fragte Selma und beugte sich über den Tisch, um sich die Unterlagen genauer anzusehen.

Er wehrte mit beiden Händen ab.

»Ja. Das hier war ja das pure Chaos. Du hast auch keine besonders schöne Handschrift, aber ich habe mein Bestes gegeben. Jetzt gibt es pro Fall ein Blatt Papier, und ich habe alles auf meiner Schreibmaschine geschrieben.«

Er nickte zum Laptop hinüber, der jetzt am Rand des Couchtisches lag. Der Laptop hatte offenbar ebenfalls eine sorgfältige Reinigung hinter sich. Die Silberfarbe des Plastikbezugs, der einen idiotensicheren Strahlenschutz darstellen sollte, blätterte jetzt ab. Selma ertappte sich bei der ängstlichen Überlegung, ob Einar bald entdecken würde, dass sie einfach nur Lackspray verwendet hatte, um ein actionreiches himmelblaues Motiv aus *Star Wars* zu überdecken.

»Der kann Wasser eigentlich nicht vertragen«, sagte sie.

»Ach, doch. Und jetzt schau her.«

Er klopfte auf den Platz neben sich, und Selma erhob sich zögernd und gehorchte. Sie kniff die Augen zu und bereitete sich auf den elektrischen Schlag vor, von dem sie wusste, dass er kommen würde, wenn sie sich in die hellblaue Pracht setzte.

»Au!«, rief sie und streckte die Hand nach der Teetasse auf der anderen Seite des Tisches aus.

»Nicht kleckern«, sagte Einar. »Schau her. Fälle mit Verschwundenen sind rot markiert.«

Er fingerte an einem roten Karteireiter herum. Insgesamt gab es fünf davon.

»Finanzsachen sind blau, Seitensprünge gelb ... von denen hast du übrigens nicht einen einzigen angenommen.«

Selma seufzte.

»Nein. Und das werde ich auch nie. Dann müssten sie mir schon eine Milliarde geben.«

»Den Rest habe ich schwarz markiert«, sagte Einar jetzt. »Da gibt es so alles Mögliche, von entlaufenen Hunden über Nachbarschaftsstreitereien mit Morddrohungen als Folge bis hin zu einer Frau, die sich vom Norwegischen Pfadfinderbund illegal überwacht glaubt.«

»Die war knatschverrückt«, murmelte Selma und zeigte auf einen rosa Karteireiter, der neben einem schwarzen saß. »Was ist das?«

»Es gibt drei rosa Markierungen. Und zwar bei den Fällen, bei denen nach meiner Ansicht böses Blut entstanden sein kann. Wo sie wütend auf dich sein könnten, meine ich. Das wolltest du doch, oder nicht? Dass ich herausfinde, wer als dein Stalker infrage kommt?«

»*Stoooker*. Aber ja.«

»Die hier«, sagte Einar und reichte Selma ein Blatt. »Und wenn die Pfadfinderfrau *knatschverrückt* war, dann kann diese hier sich unbedingt mit ihr messen, finde ich.«

Er kicherte wie ein Teenager, mit der Hand vor dem Mund und allem.

»Und ich muss ja wissen, wovon ich rede«, fügte er hinzu, und sein Gekicher kippte in ein schrilles Gelächter um.

Selma seufzte und griff nach dem Blatt.

»Fredrikke Augustsson. Die Königin der Tastatur. Ich hatte total vergessen, dass sie sich wirklich an mich gewandt hatte. Telefonisch. Meine Güte …«

Sie griff nach ihrer Teetasse und trank einen Schluck.

»Aus irgendeinem Grund wollte sie mich auf Leben und Tod persönlich treffen. Nachdem sie in ungefähr allen Foren aggressiv gewesen war, brauchte sie plötzlich Hilfe. Das muss …«, sie hielt die Tasse mit beiden Händen, legte den Kopf schräg und überlegte, »… vor über einem Jahr gewesen sein? Ehe ich auf der Hardangervidda gelandet bin.«

»Ja. Das war im Frühling voriges Jahr. Du solltest bezeugen, dass sich der Anwalt Jan Herman Lie mit Facebook und Twitter verschworen hatte und ihre Möglichkeiten manipulierte, sich zu äußern.«

Selma schüttelte resigniert den Kopf.

»Jan Herman ist einer der besten Anwälte des Landes, wenn es um Meinungsfreiheit geht. Feiner, fähiger Mann. Die Frau fetzt sich seit fünf, sechs Jahren mit ihm. Mit mir auch, weil ich ihn einmal verteidigt habe. Blöd von mir. Warum sie da ausgerechnet meine Hilfe wollte, wissen die Götter. Labil.«

Sie stellte die Tasse weg und ließ den Zeigefinger an ihrer eigenen Schläfe rotieren.

»Ein Trost ist, dass sie schon länger vor tauben Ohren predigt. Fast buchstäblich, sie kriegt so gut wie kein einziges *Like*.«

»Du hast vorhin einen *Stoooker* beschrieben«, sagte Einar. »Kann sie das sein? Die deine Wohnung besucht?«

»Nein. Das kann ich mir einfach nicht vorstellen. Sie ist ... sie ist ...« Selma versuchte sich vorzustellen, wie die Lodenträgerin sich in ihre Wohnung in Sagene schlich, nachdem sie die Alarmanlage manipuliert hatte, um dann ein vierzig Jahre altes Kaugummi auf das Kopfkissen zu legen.

»Nein«, wiederholte sie.

»Warum nicht?«

»Das wäre total *out of character*. Sie ist wie eine Wespe im Herbst. Irritierend, aber nicht gefährlich.«

»Du kennst sie nicht.«

»Ich kenne den Typ.«

»Aber ...«

»Sie ist es nicht. Was hast du noch?«

Einar nahm das Fredrikke-Augustsson-Dokument an sich und reichte Selma ein anderes.

»Von dem kennst du nicht einmal den Namen«, sagte er.

Selma gab keine Antwort. Sie las den kurzen Abschnitt über den abgewiesenen Klienten zwei Mal.

»An diesen Mann kann ich mich gut erinnern«, sagte sie langsam. »Er hat keinen Namen, weil ich ihm auf der Straße begegnet bin.«

»Hä?«

»Er hat mich unten in Myren angesprochen«, sagte sie, ohne das Papier aus den Augen zu lassen. »Ich war nach einer langen Joggingrunde auf dem Weg nach Hause, wollte gerade ein paar Dehnübungen machen, als er mich angesprochen hat.«

»Hat er sich nicht vorgestellt?«

»Doch. Hat mir die Hand gegeben und mich höflich gegrüßt. Das muss irgendwann im Sommer gewesen sein.«

»Ja. Am 26. Juni.«

»Genau. Ich konnte mich ums Verrecken nicht an seinen Namen erinnern, als ich dann zu Hause war, aber ich habe eine kleine Notiz über ihn geschrieben, weil er wütend wurde. Sicherheitshalber, ganz einfach. Wie du gesehen hast ...«, sie hob die Augenbrauen und schaute die Papierstapel an, die vor ihnen lagen, »... sind schon komische Vögel bei denen, die sich an mich wenden. Und der hier war wirklich außer sich vor Zorn.«

»Das steht da«, sagte Einar und zeigte auf den Text.

»Oder ...«

Miez fauchte auf dem Boden und verlangte seinen Platz. Er hatte schon längst vergessen, dass er eigentlich Selma gehört hatte, damals, als er noch in einer Villa auf Ormøya wohnte. Sie erhob sich gehorsam und kehrte zurück zu dem Sessel auf der anderen Seite des Tisches. Miez legte sich auf den Rücken, streckte die Vorderpfoten über den Tisch und fing an zu schnurren, als Einar seinen Bauch kraulte.

»Er war eigentlich nicht wütend«, sagte Selma nachdenklich und streckte abermals die Hand nach der Teetasse aus. »Eher ... total verzweifelt. Er wurde lauter und fing an zu reden wie ein Wasserfall. Mit gewaltigen Gesten und so. Eine vorüberkommende Frau sprach mich dann an und fragte, ob alles in Ordnung sei. Aufmerksam, natürlich, aber …« Sie schloss die Augen und versuchte, diese Szene noch einmal vor sich zu sehen. »Ich glaube wirklich, er kämpfte mit den Tränen«, sagte sie. »Und es kann schon ein wenig beängstigend sein, wenn fremde Männer auf dich zukommen und laut reden, mit den Armen fuchteln und am Ende in Tränen ausbrechen.«

»Aber was wollte er? Hier steht nur, dass er Hilfe dabei brauchte, ein Ministerium zu verklagen. Ist das überhaupt möglich?«

»Ja. Oder er kann den Staat in Gestalt eines Ministeriums verklagen. Ich habe ihm gesagt, dass ich nicht mehr als Anwältin tätig bin und ihm schon allein deshalb keine Hilfe sein könnte.«

»Welches Ministerium? Und warum hat er sich mit deiner Antwort nicht zufriedengegeben?«

Selma gab sich alle Mühe, sich zu erinnern. Sie legte zwei Finger an jede Schläfe, als ob das helfen könnte.

»Er hat etwas über korrupte Beamte gesagt. Und dass niemand ihm zuhören wollte. Es ging um …«

Sie schwieg. Lange.

»Du hast hier geschrieben, dass er dich bedroht hat«, sagte Einar, der das Warten offenbar satthatte. »Dass …« Er beugte sich über den Tisch und riss das Blatt Papier an sich. »›Das wirst du bereuen‹, hast du notiert. Dieser Kerl erscheint hier doch als der offenkundige *Stoooker.* Jedenfalls, wenn wir von diesem Stapel ausgehen.«

Selma gab noch immer keine Antwort. Sie versuchte, den dumpfen Geruch der still durch das Gewerbegebiet Myren fließenden Akerselv heraufzubeschwören. Den Duft von frisch gemähtem Gras und Mittsommer. Ihr einer Knöchel hatte ein bisschen wehgetan, das wusste sie noch, denn sie war bei der Hundertmeterbrücke umgeknickt, als ein streunender Hund nach ihr geschnappt hatte. Der Mann war relativ jung gewesen, vielleicht dreißig. Er war groß und schlank, und etwas war mit seiner Kleidung.

Einar war wirklich ungeduldig.

»Hast du ...«

»Pst! Pst!«

Als der junge Mann sie angesprochen hatte, das fiel ihr jetzt wieder ein, hatte sie ihm sagen wollen, was auf der Hand lag: Sie trainierte, ergo hatte sie kein Geld bei sich.

»Ich hatte ihn für einen Junkie gehalten«, sagte sie plötzlich. »Wegen seiner Kleider, vielleicht. Oder seiner Zähne. Ich weiß nicht.«

»Vielleicht war er einer?«

»Ja. Nein. Ich habe wirklich keine Ahnung.«

»Na gut. Dann können wir uns vielleicht den dritten und letzten Kandidaten genauer ansehen.«

Er verstellte seine Stimme, wie um einen Moderator in einer Fernsehsendung zu karikieren.

»... und das wäre ...«

Selma zog ihr Handy aus ihrer Tasche, die auf dem Boden stand. Ihr war ein Gedanke gekommen. Der war so seltsam, dass sie ausnahmsweise einmal keine Rücksicht auf Einars Phobien nehmen konnte.

»Nein!«, rief er. »Nicht hier! Nimm das weg!«

Selma achtete nicht auf ihn. Während sie mit blitzschnellen Fingern im Netz etwas suchte, sagte sie: »Es ging um das Kinder- und Familienministerium. Jetzt weiß ich es wieder. Er fühlte sich in einer Sorgerechtsangelegenheit überfahren und meinte, dass ...«

»Weg mit dem Ding hier drinnen!« Einar war aufgesprungen und stand in einer Zimmerecke, hatte die Hände um den Kopf gelegt und wimmerte.

»Zwei Sekunden«, sagte Selma. »Nur noch einen Moment.«

»Nein«, schrie er, jetzt dem Weinen nah.

Selma blickte auf. »Entschuldige. Ich bin schon weg.«

Sie gab vor, das Handy auszuschalten, griff nach Tasche und Jeansjacke und ging zur Tür. »Ich schaue morgen wieder rein«, sagte sie über ihre Schulter und ging.

Die Tür fiel hinter ihr zu. Im Hinterhof von Oslos hässlichster Mietskaserne blieb sie stehen. Es war kühl, und sie schloss zwei Knöpfe ihrer Jacke. Eine Bewegung bei den Mülltonnen ließ sie vom Display aufschauen. Die Ratte, die zwischen zwei Tonnen auf der Lauer lag, war so groß wie ein Meerschweinchen und witterte frech in Selmas Richtung. Die widmete sich trotzdem wieder ihrem Display.

»Jugendschutz«, sagte sie.

Dieser seltsame Ordner des verstorbenen Journalisten Jonathan Herse hatte ebenfalls mit Jugendschutz zu tun. Es konnte hier eigentlich keinerlei Verbindung zu dem ungebetenen Gast geben, der Selma durch sein Eindringen in ihre Wohnung quälte. Dennoch hatte Einar den wahrscheinlichsten Kandidaten aus ihrem Archiv gefischt, einen Mann, der den Staat wegen Übergriffen durch ein Jugendamt verklagen wollte.

Nein. Nicht der wahrscheinlichste. Der am wenigsten unwahrscheinliche, und es konnte keinen Zusammenhang zwischen den beiden Fällen geben.

Aber jetzt, nachdem sie denselben Text zweimal in ihrem Handy gelesen hatte, wusste sie, dass Linda Bruseth, ihre alte Handballfreundin, die vor weniger als einer Woche erschossen worden war, in ihrer Zeit als Parlamentsabgeordnete eine einzige Spur hinterlassen hatte.

Linda Bruseth war in der Sitzungsperiode im Frühjahr ein einziges Mal für einen Vorschlag zuständig gewesen. Es ging darum, den Jugendämtern größere Befugnisse zu geben, um bei Vernachlässigungen und Gefährdung des Kindeswohls einzugreifen.

Jugendschutz. Ein einziges Mal.

Sorgen

Es lag eine seltsame Befriedigung darin, nachts zu arbeiten. Die Stille ließ Raum für Gedanken und Konzentration, die zwischen Besprechungen und drängenden Deadlines nur schwer zu finden waren. Mindestens zweimal pro Woche kam er erst gegen zehn Uhr morgens ins Büro. Vierzehn Stunden später hatte er in der Regel so viel erledigt wie in einer normalen Arbeitswoche.

Karstein Braaten spürte die Last seines Alters, obwohl sein sechzigster Geburtstag noch immer zwei Monate in der Zukunft lag. Er war voll von Erfahrungen und Gedanken, die er sein gesamtes Arbeitsleben hindurch nach besten Kräften zu verdauen versucht hatte. Obwohl er in den letzten Jahren Grund dazu gehabt hatte, war es nicht seine Aufgabe, Angst zu verbreiten. Im Gegenteil. Sogar sein Titel war in Grund und Boden bürokratisiert worden, niemand konnte dem entnehmen, womit er sich eigentlich beschäftigte.

Abteilungsleiter im DSB, dem Büro für Gesellschaftliche Sicherheit und Zivilschutz.

Als Chef der Abteilung für Analyse und Datenbehandlung war Karstein Braaten verantwortlich für die Koordination und Durchführung der Zivilschutzpläne für das ganze Land. Seit das Büro 2003 eingerichtet worden war, saß er mit seinen Papieren und seinen wachsenden Sorgen in einem anonymen Raum in Tønsberg. Dorthin war er geradewegs aus dem Forschungsinstitut der norwegischen Armee gekommen, wo er an dem Tag angefangen hatte, an dem die Berliner Mauer gefallen war. Das war an seinem dreißigsten Geburtstag gewesen, und er konnte sich in allen Einzelheiten daran erinnern.

An jenem historischen Tag war das Wetter grau gewesen, mit nur vier sehr bissigen Novembergraden in der Luft. Wenn er die Augen schloss, konnte er noch immer die Wärme spüren, die ihn im Institut in Kjeller, dem Standort mit den wichtigsten Forschungsinstituten in der Nähe von Oslo, empfing. Und er konnte die Freude spüren, die diesen ganzen Tag begleitet hatte, an dem niemand nach Hause gehen konnte. Er sah die begeisterten Menschen vor sich, die sich vor den wenigen Fernsehschirmen versammelten, sah, wie es Nacht wurde, die DDR war in Scherben gefallen, und alles auf der Welt sah lichter aus.

Die Breschnew-Doktrin hatte über Nacht das Zeitliche gesegnet. Die Sowjetunion würde keine Kontrolle mehr über ihre Satellitenstaaten im Osten haben. Glasnost und Perestroika regierten, die Welt würde ein besserer Ort werden, und Karstein Braaten hatte sich für zukünftige Generationen glücklich gefühlt.

Jetzt, fast genau dreißig Jahre später, wusste er leider viel mehr.

Die Menschen begriffen gar nichts.

Die Norweger hielten alles für selbstverständlich.

Er schob die Kaffeetasse auf seinem Schreibtisch zurück und erhob sich, ging zum Fenster und sah hinaus auf den Byfjord. Der Wind vom Nachmittag hatte sich gelegt, und endlich wurde es abends richtig dunkel. Die Lichter der Stadt auf dem anderen Ufer erzeugten nervöse Reflexe im Wasser, wo ein Boot ruhig aus dem Freizeithafen gen Süden tuckerte.

Karstein Braaten bereute, das Amt des Ausschussvorsitzenden übernommen zu haben. Immer neue Anforderungen, vom Parlament und den internationalen Partnerorganen, zwangen ihn, die mehr oder minder fragmentarischen Pläne zum Zivilschutz, die Norwegen sich leistete, zu aktualisieren und zu koordinieren. Bedrohungsszenarien entwickelten sich schneller, als es die Politiker realisierten. Der Ausschuss, den er nun leitete, sollte eine Strategie entwickeln, um die sieben grundlegenden Forderungen der NATO an kritische gesellschaftliche Institutionen und Ämter in Norwegen in einem größeren nationalen Plan zusammenzuführen. Im Schnittpunkt zwischen Militärischem und Zivilem, sollten sie die Grundlage für eine effektive und sichere Verteidigung von Leib und Leben schaffen. Gesamtverteidigung, wie es so schön hieß, und was es auch sein könnte, wenn Politiker und Bevölkerung reale Bedrohungen denn ernst nähmen.

Was sie nicht taten.

Karstein Braaten seufzte. Er lauschte in die Stille. Es war nach Mitternacht, und abgesehen von der Security war er vermutlich der Einzige im gesamten Gebäude. Er kehrte zu seinem Schreibtisch zurück, nahm seine halb leere Tasse und ging zu einem kleinen Waschbecken in der Zimmerecke. Dort leerte er die Tasse aus, spülte sie gründlich mit heißerem Wasser, als seine Hände eigentlich vertragen konnten, und hinterließ das Becken danach so glänzend sauber, wie er es vorgefunden hatte. Aus einer Thermoskanne auf dem ordentlichen Schreibtisch schenkte er sich neuen Kaffee ein. Der Dampf legte sich als feuchter Film über sein Gesicht, während er vorsichtig an dem glühend heißen Getränk nippte.

Aufgrund seines langen und anonymen Arbeitslebens im Dienste der norwegischen Sicherheit war ihm klar, dass fast alles passieren könnte. Krieg. Naturkatastrophen. Er mochte gar nicht daran denken, wie die norwegische Infrastruktur in zehn Jahren aussehen würde, wenn es mit der Klimakatastrophe so weiterging. Straßen und Bauwerke waren für das Wetter von früher konstruiert, für Winter, Frühling, Sommer und Herbst. Aber nicht für milde Winter und triefnasse Übergänge zwischen den Jahreszeiten mit Überschwemmungen, Erdrutschen und Elend als Folge.

Er war seelisch auf alles vorbereitet. Das allerbeängstigendste Szenario jedoch, das in ihm die meiste Unsicherheit auslöste, war eine ernsthafte Krankheit. Und es war nicht die Frage, *ob* eine Seuche kommen würde, es war nur die Frage, *wann*. Jeden Sonntag, wenn er allein zum Gottesdienst in der Skagen-Kirche ging, betete er aus tiefstem Herzen, dass es erst passieren würde, wenn er selbst nicht mehr da wäre. Kinder hatte er keine, und seine Frau hatte ihn schon vor vielen Jahren verlassen. Das Einzige, was ihm wirklich wichtig war, waren die Menschen in Norwegen. Wenn sie alle von ihm gewusst hätten, wäre er vielleicht auch ihnen wichtig gewesen.

Die allgemeine Einstellung ansteckenden Krankheiten gegenüber, die in Norwegen herrschte, war fast ein Witz.

Auf seinem Schreibtisch lag eine Broschüre der Weltgesundheitsorganisation. Erst vor wenigen Tagen hatte ein Ausschuss den Bericht *A World at Risk* vorgelegt. Die ehemalige Ministerpräsidentin und Ärztin Gro Harlem Brundtland hatte diese Arbeitsgruppe geleitet.

Die Warnungen vor künftigen Epidemien und Pandemien schrien ihn von dem matten Papier her geradezu an.

Karstein Braaten war von Natur aus ein besorgter Mann. Die jüngsten Enthüllungen des NAV-Skandals, wo offenbar eine beträchtliche Anzahl von Sozialhilfeempfängern Opfer von Justizirrtümern geworden war, hatten ihn in eine Stimmung versetzt, die einer depressiven Reaktion ähnelte. So war er nun einmal. Er kam selbst aus kleinen Verhältnissen. Sein Vater war Industriearbeiter gewesen, bis er sich mit dreiundvierzig bei einem Arbeitsunfall das Rückgrat gebrochen hatte. Seine Mutter hatte ihr ganzes Arbeitsleben hindurch in einer Grundschule geputzt. Bis zu ihrem Tod hatte sie gegen den Titel »Reinigungskraft« protestiert. Sie war Putzfrau und damit basta, und die Familie mit ihren drei Kindern hatte von einem elenden Lohn und einer Stütze gelebt, die das Dasein gerade noch ermöglichten. Die Kraft, die der Mutter nach einem schweren Arbeitstag noch blieb, setzte sie ein, um ihren Mann daran zu hindern, dass er sich in ein gar zu frühes Alter hineinschämte.

Sozialhilfe war ein Recht.

Wohlfahrt war ein Adelstitel dieses Landes.

Wie auch Vertrauen. Der Glaube aneinander und daran, dass die Obrigkeit der Bevölkerung wohlgesinnt war. Dass sie wusste, was das Beste war, und dass sie alle gerecht behandelte. Sogar während des Zweiten Weltkriegs, in einer ganz anderen Zeit und unter ganz anderen Bedingungen, hatten die Menschen die Reihen geschlossen, als die Nazis gekommen waren. Einige hatten die Möglichkeit gesehen, schnell zu Reichtum zu kommen, Einzelne hatten sich in die Dienste des Feindes gestellt, aber die allermeisten hatten in einer trotzigen norwegischen Widerstandskette zusammengehalten.

Karstein Braaten wusste wirklich nicht, wie die gleiche Situation heute ausgehen würde. Er hatte keine Ahnung, ob das Vertrauen der Bevölkerung stark genug wäre, um außergewöhnliche Belastungen zu ertragen. Er konnte es nur hoffen, so, wie es die Forscher taten, die Staatswissenschaftler, Soziologen und Psychologen, die immer wieder über das norwegische Modell schrieben.

Wohlfahrt und Fortschritt, Vertrauen und Wachstum. Das hörte sich schön an.

Wenn der Staat mindestens zweitausendvierhundert Menschen unrechtmäßigen Maßnahmen unterwarf und einige von ihnen wider Gesetz und Ordnung ins Gefängnis wanderten, konnte nicht mehr die Rede von einem erfolgreichen Wohlfahrtsstaat oder einem Fundament für Vertrauen sein.

Seine Beine waren eingeschlafen. Er hob sie mit einer Grimasse vom Tisch, schlüpfte wieder in die Schuhe und stand auf. Sein Mantel hing an einem Haken neben der Tür, und als er ihn anzog, merkte er, dass seine Schultergelenke schmerzten.

»Scheißwetterfühligkeit«, murmelte er vor sich hin und warf einen letzten Blick aus dem Fenster, ehe er auf den Schalter drückte, der das Deckenlicht löschte.

Der schmale Fjord lag jetzt spiegelglatt da. Keine Boote, kaum ein Seevogel war zu sehen. Am anderen Ufer warfen die Lichter der Stadt noch immer ihr Glitzern auf das Wasser, aber der Verkehr war für diese Nacht zur Ruhe gekommen.

Sein ganzes Arbeitsleben hindurch hatte er sich mit Ordnung befasst, mit der Planung für den schlimmsten Fall und mit Gebeten für das Beste. Sein Kopf war genauso ordentlich wie sein Büro und wie jedes einzelne Dokument, das dieses verließ. Dennoch konnte er den Gedanken daran, was die Krankenhausdirektorin bei der Besprechung am Montag gesagt hatte, nicht ganz verdrängen.

Dieser Skandal hat doch nur Leute getroffen, die ohnehin schon ein bisschen …

Die darauf folgende Kopfbewegung war nicht misszuverstehen gewesen. Für sie waren die Justizirrtümer nicht weiter schlimm, da die Opfer Schmarotzer waren, die ins Ausland gefahren waren, obwohl sie geglaubt hatten, das sei nicht erlaubt. Die von den Steuern lebten, die auch sie bezahlt hatte, ohne dass jene selbst einen Finger krumm machten.

The Deplorables.

Der NAV-Skandal war zur Kampfsache der Intellektuellen geworden. Der Prinzipientreuen. Es waren Juraprofessoren, die bei Fernsehdiskussionen Feuer spien, es waren seriöse Kommentatoren, die mit dem Säbel rasselten und die Köpfe von Ministern und Beamten rollen sehen wollten. Nicht die durchschnittliche Bevölkerung.

Das hätte ihn eigentlich beruhigen müssen, dachte er, als er die Bürotür abschloss und durch den dunklen Gang schlich. Die Menschen würden nicht durch die Straßen marschieren. Es würde keine Unterschriftenaktionen geben. Kein Minister würde seinen Hut nehmen müssen, und nach einigen turbulenten Wochen würde alles in neuen Fällen untergehen, in einem weiteren Nachrichtenzyklus. Das Vertrauen zum Staat würde kaum einen Kratzer abbekommen.

Das hätte Karstein Braatens Nerven doch wirklich besänftigen müssen. Stattdessen sah er seinen Vater vor dessen Tod vor sich, abgemagert und arbeitsunfähig während der letzten zweiundzwanzig Jahre seines Lebens. Vor seinem Unfall war er ein eifriger Arbeiter gewesen. Danach hatte er nie wieder jemandem in die Augen gesehen.

So dürfte es in diesem Land nicht sein, damals nicht und jetzt nicht. Als Karstein Braaten dem Wachmann zum Abschied zunickte und durch die schweren Glastüren ging, sprach er wie so oft ein stilles Gebet.

Donnerstag, 12. September

Der Fund

Wie die Abende wurden auch die Morgenstunden immer dunkler. Das gefiel der alten Frau. Sie fühlte sich wohl, wenn sie mit Bella die erste Morgenrunde drehen konnte, ehe alle anderen auf den Beinen waren. In der hellen Jahreszeit war in dem viel besuchten Teil von Marka gleich im Norden von Korsvoll immer viel Betrieb. Die Gegend konnte fast als Park durchgehen, es wimmelte dort immer von Kindern und Spaziergängern, Hunden und Joggern.

Aber sie alle mochten Dunkelheit und Dämmerung nicht so gern wie die alte Frau.

Sie war fast achtzig, aber ungeheuer gut in Form. So versuchte sie jedenfalls zu erscheinen. Die Runden mit Bella hielten sie fit, und dreimal pro Tag ging sie von Grinda aus in einem großen Kreis, der sich ab und zu bis zum Sognsvann hinzog.

Bella kam ebenfalls in die Jahre. Zu Weihnachten würde sie zwölf, wenn sie so lange lebte. Der Tierarzt war beim letzten Besuch begeistert von ihr gewesen und hatte erklärt, die Hündin könne durchaus noch ein oder zwei Jahre haben. Auch wenn Sicht und Gehör sich verschlechtert hatten und der Geruchssinn sicher auch nicht mehr so war wie früher, war der kleine Pudel doch gesund und hatte ein gutes Herz. In jeder Hinsicht, hatte seine Besitzerin erklärt. Bella war der liebste Hund der Welt.

Als die Frau und der grau-schwarze Hund nur noch wenige Hundert Meter von den ersten Häusern entfernt waren, konnte sie es nicht mehr aushalten. Wenn sie aus dem Wald kamen, würde sie noch immer sieben Minuten bis zu dem kleinen roten Haus gehen müssen, das ihr Mann Ende der Sechzigerjahre mit seinen eigenen Händen gebaut hatte. Sie hatte ihre Blase wie immer geleert, ehe sie losgegangen war. Die zusätzliche Kaffeetasse gegen fünf tat trotzdem ihre Wirkung. Wenn sie jetzt nichts unternahm, würde alles in die Hose gehen.

So war es eben, wenn man alt wurde. Der Körper war nicht mehr so wie früher. Die Knie konnten das Hocken nicht ertragen, das wusste sie aus Erfahrung, und deshalb bog sie von dem breiten Weg ab, den sie eben betreten hatte. Langsam schleppte sie sich zu einem umgestürzten Baum, der, wie sie wusste, nur vierzig bis fünfzig Meter weit entfernt war. Sie geriet schließlich nicht zum ersten Mal auf ihrer Runde in eine solche Notlage, damit kannte sie sich aus. Wenn sie sich auf den Baumstamm setzte, wie über eine improvisierte Latrine, mit der Hose um die Knöchel, würde das hervorragend gehen.

Mehrere Male wäre sie fast gefallen. Ihr Gleichgewichtssinn war auch nicht mehr so wie früher, das musste sie zugeben, und sie musste sich an Ästen und Büschen festhalten, als sie durch das unebene Gelände lief. Bella lief dicht hinter ihr, sie sprang nicht vor ihr herum wie in jüngeren Tagen.

Ein Kind hing an einem Baum.

Die Frau blieb stehen. Sie blinzelte einige Male. Sagte nichts. Bella stand ruhig hinter ihr, müde und hungrig in ihrer eigenen tauben Welt.

Das alte Mütterchen, wie ihr Mann sie schon genannt hatte, als sie gerade vierzig geworden war, war nicht von gestern. Sie ging nicht weiter. Das Kind hing an einem Seil von einer hohen, geraden Birke. Es war ein Mädchen, da war sich die Frau sicher, in roten Turnschuhen und Jeans. Ihre Haare waren blond, mit Strähnen, die ihr jedenfalls nicht die Natur geschenkt hatte. Einen großen Busen hatte das Kind ebenfalls, und das war so seltsam, dass die Frau nun doch noch zwei Schritte näher rangehen musste.

Es war kein Kind. Es war eine Zwergin. Oder eine Kleinwüchsige, so hieß das wohl gerade. Die Frau konnte nicht begreifen, warum die vielen Wörter, die man generationenlang verwendet hatte, nun nicht mehr zulässig waren. »Neger« und »mongoloid« und »Zwerg« waren doch brauchbare, beschreibende Wörter, die sie in Gedanken noch immer benutzte. Es lag kein böser Wille darin. Aber die Zeiten änderten sich, da konnte man nichts machen.

Blödsinnig war es aber trotzdem.

Eine Kleinwüchsige hing von einem Ast.

Und nicht irgendeine Kleinwüchsige, das sah sie, als der zaghafte Morgenwind, der nun durch den Wald wehte, die Leiche ein wenig drehte. Wer hier zwischen den herbstgelben Bäumen baumelte, war Kajsa Breien. Kajsa Marie Breien, Richterin beim Obersten Gericht, neunundvierzig Jahre alt und die einzige Angehörige dieses ehrwürdigen Gremiums, die die meisten Menschen in Norwegen sofort erkennen würden.

Sie war hundertdreiundvierzig Zentimeter groß, hatte die alte Frau gelesen.

Kajsa Breien gehörte zu den besten juristischen Fachkräften im Land. Sie war mit dem Dekan der Juristischen Fakultät verheiratet und hatte fünf Adoptivkinder. Im Sommer segelte sie gern und machte Bergwanderungen. Im Winter badete sie drei Mal pro Woche von dem Steg ihres Elternhauses auf Bygdøy aus im vereisten Wasser. Das hatte sie bei guter Gesundheit gehalten und würde ihr ein langes Leben sichern, wie sie in den Interviews erzählt hatte, die die alte Frau gelesen hatte.

Das Eiswasser hat ihr jetzt aber überhaupt nicht geholfen, dachte sie.

Bella stand noch immer wie eine Salzsäule hinter ihr. Es konnte fast aussehen, als ob sie im Stehen eingeschlafen wäre. Die Frau öffnete den Reißverschluss der Tasche in ihrer robusten Wanderjacke. Das Telefon war von der Marke Doro. Ein Omatelefon, wie die Enkelkinder es lachend genannt hatten, als sie es ihr im vorigen Jahr zu Weihnachten schenkten. Es war rot und schlicht und hatte große, deutliche Ziffern. Sie zog ihre Sporthandschuhe aus, wählte 112 und hielt sich das Telefon ans Ohr.

»Mein Name ist Anna Knutsen«, sagte sie zu dem Mann, der sich gleich nach dem ersten Klingeln meldete. »Ich habe eine tote Zwergin gefunden.«

Der Handball

Es dauerte einige Sekunden, bis Selma Falck begriff, wo sie war.

Das Bett kam ihr fremd vor. Panische Angst machte sie hellwach, ehe ihr wieder einfiel, dass sie sich in einem Hotel einquartiert hatte. Sie hatte sich ausgerechnet für Storo entschieden. Noch vor einem Jahr war dieser Stadtteil eine abweisende, hässliche und willkürliche Gebäudemasse um ein Einkaufszentrum herum gewesen. Jetzt war daraus eine abweisende, hässliche und genau geplante Wohnmaschine um dasselbe Zentrum herum geworden, in dessen Mitte ein Thon-Hotel gepflanzt worden war.

Selma war eigentlich zu einem lange geplanten Essen mit Bekannten unterwegs gewesen. Der Abend war auch gut gelaufen, und das Treffen war ein willkommener Vorwand gewesen, nicht allein zu Hause zu sein. Als sie sich aber ihrem Wohnblock in Sagene näherte, wurden ihre Beine ganz von selbst langsamer. Bei der Arendalsgate, nur ein Dutzend Meter von zu Hause entfernt, bog sie nach Osten ab, ohne sich bewusst dazu entschlossen zu haben. Sie ging in Richtung Akerselv und folgte dem Fluss etwa einen Kilometer nach Norden. Es war noch früh genug, um in eine H&M-Filiale zu gehen und Toilettenartikel und saubere Unterwäsche zu erstehen.

Sie hatte unruhig geschlafen, und um sechs hatte es keinen Sinn mehr gehabt, noch weitere Versuche zu machen. Für das Frühstück war sie zu früh, aber das spielte keine Rolle. Als die Dämmerung einsetzte, wollte sie nach Hause. Es war ungewohnt für sie, dieselbe Kleidung anzuziehen wie am Vortag, und sie brachte es nicht einmal über sich, zu duschen. Das konnte sie zu Hause machen, die Duschtür war endlich repariert worden. Der neue Billigslip landete unbenutzt im Papierkorb. Sie hatte das Zimmer beim Einchecken bezahlt, und der Rezeptionist schaute nur träge von einem iPad auf und nickte kurz, als sie die Schlüsselkarte auf den Tresen warf und das Hotel verließ.

Inzwischen war es sieben, und sie stand vor ihrer eigenen Wohnungstür. Die Spuren, die der dilettantische Schlossaustausch durch den Poker-Türken hinterlassen hatte, waren so beängstigend, dass sie beschloss, etwas zu unternehmen, ehe eine Klage der Hausverwaltung käme. Sie schaffte es, sich so intensiv auf die hässlichen Kratzer zu konzentrieren, dass sie die Angst davor, die Wohnung zu betreten, fast verdrängen konnte.

Aber eben nur fast.

Etwas schnellerer Puls. Etwas flacherer Atem.

Sie schloss beide Schlösser auf und ging hinein.

Alles war so, wie es sein sollte. Die etwas stickige Luft war warm und vertraut. Im Morgenlicht, das durch die Fenster hereinfiel, konnte sie den Staub tanzen sehen; sie müsste mal wieder putzen. In der Küche stand eine halb volle Tasse Tee, und im Wohnzimmer konnte sie den Laptop auf dem Tisch erkennen, wie sie ihn verlassen hatte. Sogar ein Sofakissen, das ihr am Vortag auf den Boden gefallen war, lag noch immer auf dem grauen Teppich unter dem Couchtisch.

Langsam legte sich die Unruhe.

Selma atmete einige Male tief durch und ging dann zielstrebig weiter ins Schlafzimmer. Auch dort war alles so, wie es sein sollte. Das Badezimmer war unberührt. Keine überraschenden kleinen Gegenstände beim Waschbecken und keine Smileys auf dem Spiegel.

Noch immer aufgesetzt zielstrebig ging sie zur Balkontür und öffnete sie.

Plötzlich nahm sie den furchtbaren Gestank der Steinhütte auf der Hardangervidda wahr. Diese Halluzination brach in regelmäßigen Abständen über sie herein, und dann wurde ihr schlecht. Vor zwei Monaten hatte sie eines Abends die Information ergoogelt, dass Geruchshalluzinationen häufiger als andere Störungen der Wirklichkeitsauffassung eine physische und keine psychische Ursache hatten. Es kam dennoch nicht infrage, einen Arzt diesbezüglich zu konsultieren. Noch viel weniger wollte sie untersucht werden, das würde nur zu Fragen von der Sorte führen, die Dr. Viksfjord gestellt hatte. Vermutlich würden sich diese quälenden Anfälle mit der Zeit legen.

Die Morgenluft schlug ihr entgegen, als sie die Balkontür weiter aufschob. Sie machte zwei Schritte hinaus. Es roch süß nach Regen und nassem Asphalt, und sie atmete langsam durch die Nase.

Die Übelkeit ließ nach. Sie packte das Geländer mit beiden Händen. Das Metall war angenehm kalt unter ihren Handflächen. Zwei Busse versuchten, sich zwischen falsch geparkten Autos durch die Arendalsgate zu manövrieren. Irgendwo lachte ein Kind. Menschen führten ihre Hunde Gassi. Die Welt war so, wie sie sein sollte.

Die Sehnsucht nach dem kleinen Sjalg war jetzt physisch geworden. Eine Art Schmerz, der kam und ging. Selma wollte ihn so gern sehen, ihn auf den Arm nehmen, den Duft von Milch und Babycreme und sauer gewordenem Brei aus den Hautfalten am Hals schnuppern. Sie sah seine leicht schräg stehenden Augen vor sich, die mit jeder Woche brauner wurden. Sie wollte seine Hände streicheln und deren Kraft spüren, wenn er ihre Finger packte oder ihr die Brille von der Nase riss.

Mehr als alles andere wollte sie ihn zum Lachen bringen.

Anine musste besänftigt werden.

Als Fredrik Smedstuen sie in der Besenkammer des Krankenhauses gefragt hatte, an welchem Fall sie gerade arbeite, hatte sie gelogen. An keinem, war ihre Antwort gewesen, und das wäre einige Minuten vor dieser Antwort noch die Wahrheit gewesen. Derzeit hatte sie nichts Besonderes zu tun. Sie hatte alle Aufträge abgelehnt, weil sie ab und zu dafür sorgte, aller Verpflichtungen ledig zu sein und sich jederzeit um ihren Enkel kümmern zu können.

Bei dem Gespräch mit dem Polizisten war ihr jedoch aufgegangen, dass sie eben doch einen Fall hatte. Einen unbezahlten Fall von großem Eigeninteresse: Sie musste Anine davon überzeugen, dass der Schuss in Grünerløkka nicht für sie bestimmt gewesen war.

Von dem geheimnisvollen Stalker würde Anine niemals etwas erfahren, wenn Selma keine Anzeige erstattete. Nur Einar und Lars wussten von dem Eindringling, und beide hatten oft genug bewiesen, dass sie dichthalten konnten. Außerdem kannten sie Anine nicht.

Selma musste sich darauf verlassen, dass die ganze Sache ein Ende hatte, seitdem der Poker-Türke Alarmanlage und Türschlosser ausgewechselt hatte. Sie hatte allen Grund, sich ebenso sicher zu fühlen wie vorher.

Das würde sie schaffen. Das musste sie.

Sie fröstelte und ließ das Geländer los. Ihre Finger waren steif, und sie bog sie langsam vor und zurück, ehe sie sich umdrehte, um ihren Plan einer gründlichen Wohnungsreinigung in die Tat umzusetzen.

Ihr Blick fiel auf etwas in der Ecke des Balkons.

Dort lag ein Handball.

Ein abgenutzter, alter Handball. Die fünfeckigen Lederstücke, aus denen er zusammengesetzt war, waren deutlicher als bei einem modernen Handball. Die Furchen dazwischen waren etwas tiefer, die Lederstücke waren mit der Hand aneinandergenäht worden. Mehrere Jahre Harzgebrauch hatten das Logo des Herstellers ausgelöscht. Selma wusste trotzdem, dass früher einmal die stilisierte Hummel der gleichnamigen deutschen Firma den Ball geziert hatte.

Sie erstarrte. Das war einfach nicht möglich. Ihre Gehirnwindungen weigerten sich, die Information aufzunehmen, die die Augen ihnen schickten. Endlich konnte sie dann doch zu dem Ball hingehen. Statt ihn aufzuheben, stupste sie ihn mit der Spitze ihrer Birkenstocksandalen an. Der Ball rollte eine halbe Drehung um sich selbst.

»SF« konnte sie durch Harz und Schmutz lesen. Das war mit Filzstift geschrieben, das wusste sie. Ihre eigenen Initialen, die einmal im Monat aufgefrischt worden waren, solange der Ball ihr gehört hatte. Sie hatte ihn zu ihrem zehnten Geburtstag von Vanja bekommen. Er war viel zu schön, ein Wahnsinnsgeschenk, und Selma hatte sich in ihrem ganzen kurzen Leben noch nie derartig über etwas gefreut. Jeden Tag wurde der Ball benutzt, drei Jahre lang, bis er so schlaff geworden war, dass er eben nicht mehr benutzt werden konnte. Sie hatte ihn aufbewahrt, ganz unten im Kleiderschrank; es war ein Ball, den sie ihr ganzes Leben lang behalten wollte. Doch eines Tages war er verschwunden gewesen.

Ihre Mutter hatte ihn weggeworfen. Es sei unhygienisch, ihn mitten in ihren Kleidern liegen zu haben, war ihr erklärt worden, und damit basta.

Selma war zu den Mülltonnen gelaufen, hatte sie durchwühlt, hatte geweint und sogar geflucht. Sie war dreizehn Jahre alt, und das Einzige, was sie in diesem Moment wollte, war, den besten und wichtigsten Handball der Welt zu finden. Den sie von der besten und wichtigsten Freundin der Welt bekommen hatte.

Sie fand ihn niemals wieder.

Bis jetzt, fast genau vierzig Jahre später.

Der Detektiv

Einar Falsen erschien das Leben gerade als Fest. Selma war bei ihrem letzten Besuch bei ihm in Gedanken versunken gewesen und hatte vergessen, den Laptop mitzunehmen.

Er hatte das Spiel noch am selben Nachmittag fertig gespielt, wagte aber nicht, weitere herunterzuladen. Selma hatte ihn vor Schadsoftware gewarnt. Wenn er etwas nicht wollte, dann, dass der Apparat plötzlich in Codes und Teufeleien zusammenbrach, von denen er keine Ahnung hatte. Es konnte vielleicht auch gefährlich für ihn selbst sein. Niemand konnte wissen, welche Absichten Leute und Organisationen da draußen hegten. Abgesehen davon, dass die vermutlich überaus böse waren. Er hatte schon längst ein Stück Klebeband über das Kameraauge am Bildschirm gezogen. Man musste wenigstens das tun, was man konnte, um sich zu schützen.

Eine Weile hatte er ziemlich planlos herumgesucht, hatte die üblichen Zeitungen gelesen, die Selma für ihn abonniert hatte. Die Welt da draußen war vollständig aus den Fugen geraten, aber es war wichtig, sich auf dem Laufenden zu halten. Das alte Sprichwort »Was ich nicht weiß, macht mich nicht heiß« war eine glatte Lüge. Das, wovon man keine Ahnung hatte, war das Allergefährlichste. Wissen war der Weg voran. Die ersten Monate und Jahre nach dem Zusammenbruch, als er noch in Kliniken gelebt hatte, hatte er Zuflucht in Büchern gesucht. Einar hatte rund um die Uhr gelesen. Als er entdeckte, dass in der alten Krankenhausbibliothek eine vollständige Ausgabe der *Encyclopedia Britannica* im Regal stand, hatte er mit dem Buchstaben A angefangen. Er war noch immer in der Klinik gewesen, als er mit sämtlichen Bänden fertig war, und er hatte eingesehen, dass es sich beim Internet um eine Verschwörung handelte. Das stand zwischen den Zeilen, vor allem unten rechts zwischen den beiden untersten Spalten auf jeder dritten Seite in jedem vierten Band.

Als er genauer hingeschaut hatte, war ihm auch anvertraut worden, dass die elektromagnetische Strahlung der Dingsbumse, mit denen sich alle umgaben, ein Werkzeug der bösen Mächte war.

Aber das Internet konnte auch ein wahrer Krug von Sarepta sein, was Wissenserwerb anging! Das musste sogar er zugeben. Und jetzt hatte er rund um die Uhr Zugang dazu. Miez war gesund und zufrieden, es war schön aufgeräumt in der Wohnung, und in der Küche standen sechs Tüten Käseflips. Er hatte die Tiefkühltruhe mit Gefüllter Scholle nach Kapitänsart vollgepackt. Wasser hatte er in der Leitung, er dachte daran, seine Medizin zu nehmen, und nun lag auf dem Bett zu allem Überfluss auch noch ein Packen sauberer Kleidung.

»Besser könnte es uns gar nicht gehen«, sagte er zu Miez, der zufrieden zurückschnurrte.

Es könnte Spaß machen, Selma zu überraschen. Sie kam ihm im Moment gestresst vor. Nach den Strapazen auf der Hardangervidda hatte sie sich verändert, war zurückhaltender geworden und versank häufiger als früher in Gedanken. Und sie hatte einen neuen und fremden Gesichtsausdruck, der ein wenig zu häufig zu sehen war. Dieser Gesichtsausdruck hatte etwas Ängstliches, und Einar gefiel das überhaupt nicht.

Alles kam sicher von diesem *Stoooker.* Diesem Dreckskerl. Jeder Mensch hatte doch Anspruch auf Respekt vor seiner Privatsphäre, damit kannte Einar Falsen sich aus. Selma wollte ihre Ruhe haben, genau wie Einar. Sich dann wie ein Dieb in der Nacht einzuschleichen ...

»Verdammte Pest«, murmelte er und kraulte den Kater hinter dem Ohr. »Verdammte Pest, Miez.«

Selma hatte keine besonderen Erinnerungen an den jungen Mann, der sie beim Joggen angesprochen hatte. Aber etwas wusste sie doch noch.

»Eins, zwei, drei, vier.«

Beim Zählen hob Einar Finger in die Luft.

»Ich weiß vier Dinge über diesen Irren«, sagte er zu Miez und nahm den Laptop auf den Schoß, ehe er sich den Helm aufsetzte und den Kinnriemen ganz fest zog. »Wollen mal sehen, ob vier Tatsachen ausreichen, damit sich ein guter alter Polizist durch den Brei hindurchfressen kann.«

Der Tatort

Nach der Scheidung hatte sich Hauptkommissar Fredrik Smedstuen mit einer gemieteten Souterrainwohnung in Korsvoll zufriedengeben müssen. Seine Frau hatte durch Gütertrennung ihr Elternhaus in Langmyrgrenda behalten; Grund war die kleinliche Vernunft der Schwiegereltern gewesen, als die Frischvermählten fünfzehn Jahre zuvor für eine lächerliche Summe das Haus hatten übernehmen dürfen. Fredrik wusste gar nicht, wie viele Arbeitsstunden er dem Grundstück gewidmet hatte. Seine Freunde hatten ihm geraten, dafür Entschädigung zu verlangen, aber das hatte er nicht über sich gebracht. Brav hatte er einen Koffer mit Kleidung und einen weiteren mit Werkzeug, einem Laptop und einigen Büchern vollgestopft und war in einen dunklen Keller im Øvre Skjoldvei gezogen. Dort schlief er nun seit neun Wochen in einem seltsam riechenden Bett und hauste in Möbeln vom Beginn der Achtzigerjahre.

Um in der Nähe der Kinder zu sein, wie seine Frau es verlangt hatte.

Sie war Abteilungsleiterin bei der Kripo und kam wunderbar allein zurecht. Bei ihm sah es nicht so gut aus.

Heute war der alte Kia immerhin beim ersten Versuch angesprungen. Er war früh dran, es war noch nicht sieben Uhr morgens, als er im Rückwärtsgang vom Stellplatz fuhr, den er allergnädigst benutzen durfte, wenn er dafür im Winter Schnee schippte. Als er zum Tor hinausfahren wollte, musste er abrupt anhalten, weil ein Einsatzwagen ohne Sirene, aber in hohem Tempo und mit Blaulicht, nach Westen jagte. Er wartete einige Sekunden, ehe er einen neuen Versuch machte, sich zwischen den engen Torpfosten durchzulavieren. Abermals musste er anhalten. Ein weiterer Einsatzwagen folgte, ein größerer SUV, auf dessen Seite in schwarzen Großbuchstaben EINSATZLEITUNG stand.

Aus der Ferne konnte Fredrik nun auch Sirenen hören.

Schon mit fünf Jahren war er Streifenwagen hinterhergerannt. Dieser Drang hatte streng genommen niemals nachgelassen, auch nicht nach über zwanzig Jahren im Dienst. Er bog in die entgegengesetzte Richtung seines eigentlichen Weges ab.

Er brauchte nicht weit zu fahren. Nach nur hundert Metern sagte ihm das flackernde Blaulicht, dass die beiden Autos angehalten hatten. Er fuhr weiter und hielt ein kleines Stück von dem kleinen Parkplatz bei Grinda entfernt am Straßenrand.

Drei Uniformierte brachten gerade ein Absperrband an. Der eine erkannte ihn und erhob keinen Einspruch, als Fredrik Smedstuen das Band anhob und sich darunter hindurchbückte. Einige Morgenwanderer waren stehen geblieben, um zu sehen, was die ganze Aufregung zu bedeuten hatte. Zwei Jogger kamen fluchend aus dem Gebüsch fünfzig Meter östlich des Waldwegs. Sie waren offenbar weiter hinten zwischen den Bäumen von der Absperrung aufgehalten worden.

Eine alte Frau mit einem kleinen Pudel mit grau meliertem Fell redete laut und gestenreich mit einer uniformierten Frau. Fredrik machte einen Bogen um die beiden, als zwei weitere Streifenwagen angefahren kamen und vor der Absperrung hielten. Er folgte dem Waldweg, bis ihm aufging, dass er nach links abbiegen müsste. Dort geschah im Unterholz irgendetwas. Er ging gelassen weiter durch das unwegsame Terrain und blieb gerade noch rechtzeitig stehen.

Eine sehr kleine Frau pendelte an einem Baum hin und her. Der Einsatzleiter, Hauptkommissar Roy Pettersen, war offenbar nur Sekunden vor Fredrik eingetroffen. Er rang noch immer nach Atem, als er dort, fünf Meter weiter, stand und leise mit zwei Kollegen sprach.

Dass dort eine Leiche hing, stand zweifellos fest. Wenn auch nur die geringste Möglichkeit bestanden hätte, dass in der Frau dort oben am Galgen noch Leben wäre, wäre sie inzwischen abgeschnitten worden. Nun aber wanderte bereits ein Fotograf vorsichtig umher und tat seine Arbeit. Wie die beiden anderen, mit Ausnahme des Einsatzleiters, steckte er von Kopf bis Fuß in Schutzkleidung aus Papier.

Fredrik kannte alle hier.

Der Jüngste entdeckte ihn und sagte etwas, das Fredrik nicht hören konnte. Der Einsatzleiter fuhr herum und deutete ein Nicken an, als er sah, wer da stand.

»Du bist ja schnell zur Stelle«, rief er.

»Nicht mein Fall«, sagte Fredrik so leise, dass er hoffen konnte, nicht gehört zu werden.

Noch ein kurzes Nicken, und Roy Pettersen kam auf ihn zu.

»Das ist verdammt noch mal ein Zwerg«, murmelte er, als er noch zwei Meter entfernt war, und blieb stehen.

»Kleinwüchsig«, sagte Fredrik.

»Ja. Von mir aus. Und nicht irgendeine Kleinwüchsige. Das ist die Oberste Richterin ...«

Er unterbrach sich, um dem Fotografen einen Befehl zuzukläffen.

»Kajsa Breien«, vollendete Fredrik Smedstuen den Satz leise.

Zum Glück hatte Oberkommissar Pettersen viel zu tun, als vier weitere Kollegen durch den Wald kamen. Fredrik blieb allein und ungestört stehen. Er sah sich den pendelnden Leichnam an. Genau.

Die Frau war wirklich klein. Das hatte ihr im Leben sicher reichlich Herausforderungen beschert. Er und seine Frau waren ängstlich gewesen, als ihr jüngster Sohn einen Tag nach der Geburt gründlich untersucht worden war. Seine Arme waren ein wenig kurz, meinte der Kinderarzt, und seine Nasenlöcher ziemlich flach unter einer auffallend gewölbten Stirn. Fredriks Frau weinte die ganze Zeit. Fredrik informierte sich über das, was ihm bisher als zwergwüchsig bekannt gewesen war. Seiner Frau ging es immer schlechter, während sie auf die endgültige Diagnose warten mussten. Fredrik machte sich immer weniger Sorgen, je mehr er erfuhr.

Dann stellte sich heraus, dass der Kleine einfach nach seinem gedrungen gewachsenen Großvater mütterlicherseits kam.

Kajsa Breien wirkte fast elegant, trotz der kurzen Arme. Ihr Gesicht sah eigentlich ganz normal aus, fand Fredrik, und auf Porträtaufnahmen hatte sie immer gut ausgesehen. Gepflegt. Scharfer Blick. Kreideweiße Zähne, die ein bisschen zu groß für das Gesicht wirkten. Immer perfekt frisiert.

Nun wehten die Haare im stärker gewordenen Wind.

Fredrik trat einige Meter zurück, um zu vermeiden, dass irgendwem einfiel, dass er hier nichts zu suchen hatte. Er musterte noch immer die Szene, die er hier sah, prägte sie sich ein, so, wie er das immer tat, wenn er zu den Ersten an einem Tatort gehörte. Die Fotografen leisteten nützliche Arbeit, die für jegliche Ermittlung entscheidend war, aber Fredrik Smedstuen wusste, dass nichts den ersten Eindruck ersetzen konnte. In keinem Lebensbereich.

Ein kleinwüchsiger Mensch stand vor zwei Hauptherausforderungen, das wusste er. Die eine war der Umgang mit den Vorurteilen der anderen. Kajsa Breien hatte sie alle zunichtegemacht. In dieser Hinsicht ging es zum Glück vorwärts mit der Welt. Sie hatte sich nie geschlagen gegeben und es so weit gebracht, wie es in ihrem Metier überhaupt möglich war. Die physischen Probleme dagegen waren schwerer zu bewältigen, obwohl die medizinische Wissenschaft heutzutage natürlich über einen umfangreicheren Werkzeugkasten verfügte als noch vor einigen

Jahrzehnten. Da die Natur Kajsa Breien bei der Empfängnis einen Streich gespielt und sie kleinwüchsig gemacht hatte, hatte sie ihr zum Ausgleich eine ungewöhnlich gute Gesundheit geschenkt. Ihr waren die häufig auftretenden Probleme mit den Knochen erspart geblieben, sie hatte viel trainiert und war zudem ziemlich schlank geblieben.

»Aber sie ist verdammt noch mal nicht aus eigener Kraft da in den Baum gelangt«, sagte Fredrik Smedstuen zu sich.

Zum Glück konnte ihn niemand hören.

Die Birke, an der sie hing, war gerade und hoch. Die untersten Zweige lösten sich erst in zwei Metern Höhe vom Stamm. Wenn sie ohne Hilfe in den Baum gelangt sein sollte, um sich zu erhängen, dann hätte sie eine Trittleiter benutzen müssen. Oder jedenfalls etwas, worauf sie stehen konnte, während sie das Seil festband und sich die Schlinge über den Kopf streifte, um das Teil dann wegzutreten, als sie sich endgültig zum Sterben entschlossen hatte. Hier gab es nirgendwo eine Trittleiter. Keine hohen Stühle. Nur Büsche und Gestrüpp und hier und da einen Nadelbaum, der zu weit von der Birke entfernt stand, um eine Hilfe zu sein.

Mit anderen Worten, sie müsste wie ein geschmeidiger Affe auf den Baum geklettert sein, um danach mit einer Schlinge um den Hals vom Ast zu springen. Fredrik Smedstuen hatte noch nie von dieser Methode des Erhängens gehört.

Hier ging es nicht um Selbstmord.

Das würde allen bald aufgehen. Es mussten Untersuchungen durchgeführt werden, und die Ermittlung würde ihren Lauf nehmen. Fredrik war dennoch sicher, dass das Ergebnis bald feststehen würde: Kajsa Breien war einem Verbrechen zum Opfer gefallen.

So selbstverständlich, dachte er. So deutlich, dass es so gemeint gewesen sein musste. Das Ganze sollte nicht als Selbstmord aufgefasst werden. Das wollte der Mörder nicht. Es hatte etwas

Demonstratives, wie die Leiche an dem dicken blauen Seil baumelte. Es enthielt eine Mitteilung, und Fredrik Smedstuen war allem Anschein nach deren erster Empfänger. Er fischte das Handy aus der Tasche seiner Jeansjacke.

»Deine Theorie«, sagte er leise, als Birger Jarl Nilsen sich mit einem kurzen »Hallo, Fredrik« meldete, »dass der Täter nicht den geringsten Zweifel daran hinterlassen wollte, dass Linda Bruseth das Opfer des Attentats in Grünerløkka war …«

»Ja?«

»Ich fange an, daran zu glauben.«

Der andere gab keine Antwort. Die Fotografen waren für den Moment so gut wie fertig, und die Zeit schien gekommen zu sein, die Richterin beim Obersten Gericht vom Baum zu holen.

»Vielleicht liege ich ja total falsch«, sagte nun Fredrik, noch immer fast flüsternd. »Aber das hier oben am Waldrand kann wirken wie eine Zugabe. Wir haben hier etwas, das aussieht wie Selbstmord, aber nur auf den ersten Blick. In Wirklichkeit war es Mord. Zweifellos.«

»Ich muss zugeben, dass ich nicht ganz mitkomme, was …«

»Wir treffen uns in meinem Büro«, fiel Fredrik ihm ins Wort. »Ich bin in einer halben Stunde da.«

Die Nachbarn

Selma Falck wusste, dass sie sich zusammennehmen musste. Sie war wütend, verängstigt und verstört. Sie wäre gut beraten gewesen, mit dem Besuch bei den Nachbarn im vierten Stock zu warten, bis sie sich beruhigt hätte. Aber das konnte sie nicht. Sie musste herausfinden, wie ein alter Handball, bei dessen Verschwinden sie dreizehn gewesen war, vierzig Jahre später auf ihrem Balkon hatte landen können. Und deshalb musste sie mit den Nachbarn sprechen, ehe die zur Arbeit gingen.

Selma stand vor der Tür der Wohnung, zu der das von unten gesehen linke Fenster oberhalb des Balkons gehörte. Sie konnte drinnen Schritte und Stimmen hören, aber niemand öffnete. Ihr Finger berührte den Klingelknopf ein weiteres Mal. Nach einigen Sekunden meldete sich eine Männerstimme, wahrscheinlich über die Gegensprechanlage. Selma klopfte an die Tür.

»Hallo«, sagte der Mann, der sofort die Tür öffnete. »Sie sind doch …«

»Selma Falck«, sagte Selma lächelnd und hielt ihm die Hand hin.

Der Mann hatte ein kleines Mädchen auf dem rechten Arm sitzen, sie war vielleicht anderthalb Jahre alt. Er erwiderte den Gruß deshalb mit der linken Hand, die er umdrehte, damit sie in Selmas passte.

»Tut mir leid«, sagte er mit einem Lächeln. »Hier ist morgens immer ganz schön viel los, aber Sie möchten vielleicht …«

Er sah zur Seite, nach weiter hinten im Gang, Selma vermutete, auf eine Wanduhr.

»Shit«, sagte er durch zusammengebissene Zähne. »Wir sind sehr spät dran, könnten Sie vielleicht …«

»Hallo«, sagte Selma zuckersüß zu einer Frau, die hinter ihm aufgetaucht war. »Ich würde gern kurz mit Ihnen oder Ihrer Frau reden. Aber naturlich, wenn ich ungelegen komme, dann …«

»Kommen Sie rein«, sagte die Frau. »Stein-Ove muss los, Vilja muss in den Kindergarten und er zur Arbeit. Aber ich …«

Der Mann war zur Seite getreten. Der Bauch der Frau war so umfangreich, dass es aussah, als hätte die Geburt schon vor zwei Wochen sein müssen.

»Zwillinge«, sagte sie und streichelte ihren Nabel, als ob sie an mitleidige Blicke gewöhnt sei und wisse, dass die kommen würden. »Mit der dazugehörigen Beckenbodeninstabilität. Einfach übel. Ich bin krankgeschrieben. Kommen Sie rein.«

Sie stellte sich als Johanna vor, und Selma ging hinter ihr her ins Wohnzimmer. Vom Flur her erklang der Lärm eines kleinen Kindes, das keinen Mantel anziehen wollte und das durchaus nicht vorhatte, sich in den Kindergarten zu begeben. Johanna ignorierte alles und ließ sich mit einer so heftigen Schmerzensgrimasse auf dem Sofa nieder, dass Selma sich fragte, ob sie nicht lieber wieder gehen sollte.

»Setzen Sie sich«, keuchte Johanna. »Es ist so schön, Besuch zu bekommen. Ich komme aus einem Dorf in Hedmarken, und ich bin diese Distanziertheit in der Großstadt nicht gewöhnt. Ich habe Sie ab und zu gesehen, Sie sind ja wirklich ein Superpromi, und ich habe gedacht, es wäre so nett, irgendwann mal zusammen einen Kaffee zu trinken. So unter Nachbarinnen. Aber Stein-Ove …«

Sie nickte zum Gang hinüber, wo der Papa offenbar einen schwer erkämpften Sieg einfuhr.

»Er ist von hier. Im wahrsten Sinne des Wortes. Er ist in dem Haus aufgewachsen, das früher hier stand, ehe es abgerissen und dieses Mehrfamilienhaus gebaut wurde. Er sagt, die Leute hier lassen einander mehr oder weniger in Ruhe. Kaffee, übrigens?«

»Nein, danke. Ich komme frisch vom Frühstückstisch.«

Ihr Hunger knurrte im Zwerchfell, wenn sie an Essen dachte.

»Ich will Sie nicht lange belästigen, ich habe nur …«

»Sie belästigen mich doch nicht! Ich langweile mich zu Tode in diesem Zustand!«

Sie streichelte ihren Bauch mit missbilligender Miene, als ob sich darin ein Feind verschanzt hätte.

»Ich kenne nicht so viele hier in der Stadt, und jede Ablenkung von Stein-Ove und Vilja ist willkommen. Ja, verstehen Sie das nicht falsch, die beiden sind wunderbar, aber Sie wissen …«

Johanna redete drauflos, über alles und nichts. Selma hörte kaum zu. Stattdessen schaute sie sich so diskret wie möglich um. Der Flur hier war kleiner als der bei ihr. Oder die Diele, wie der hochtrabende Makler das genannt hatte. Das Wohnzimmer war zum Ausgleich ein wenig größer. Die Küche war durch eine Halbwand abgetrennt, es war nicht einfach eine Kücheninsel wie bei Selma. So, wie sie saß, schaute sie aus den nach Süden gelegenen Fenstern. Es waren drei an der Zahl.

»Sie haben es ja wirklich schön hier«, sagte Selma, als Johanna endlich Luft holte.

Sie stand auf und ging zu den Fenstern.

»Und eine noch schönere Aussicht als unten bei mir!«

»Ja, die Aussicht hat uns wirklich überzeugt. Und die Lage, natürlich. Stein-Ove arbeitet bei Lilleborg, gegenüber vom Sandaker Senter. Ich arbeite im Moment nicht, wie gesagt, ich ...«

Selma hörte noch immer nicht zu. Sie war an das am weitesten links gelegene Fenster getreten. Nach ihrer Berechnung musste das genau über ihrem Balkon liegen.

»Uns fehlt nur ein Balkon.«

Lautes Atmen und Keuchen verrieten Selma, dass Johanna gerade aufstand.

Sie beugte sich bis an die Fensterscheibe vor und schaute nach unten.

Dort lag der Hinterhof. Mit Fahrradständer und Sandkasten mit Deckel zum Schutz gegen Katzenkacke. Und mit einer Schaukel, die schon seit mehreren Wochen defekt war.

Das hier war das falsche Fenster.

Während Johanna sich durch das Zimmer schleppte, begriff Selma, dass es hinter der Wand noch ein Zimmer geben musste. Ein Schlafzimmer, vermutlich, mit einer Tür zum Gang.

»Ja«, sagte Selma und lächelte Johanna an. »Mit meinem Balkon habe ich wirklich Glück gehabt. Sechs Quadratmeter ist ja nicht gerade groß, aber im Sommerhalbjahr ist es wirklich wunderbar. Nach Südosten gehend und sonnig.«

Johanna nickte. Sie war jetzt ans Fenster getreten und stützte sich auf die schmale Fensterbank.

»Man kann nicht alles haben, wie mein Vater immer sagt. Außerdem wäre es auch gruselig, wenn ich an Vilja denke. Sie ist doch überall, oben und unten. Vor allem oben. Ein kleiner Kletteraffe, das ist unsere Vilja. Schauen Sie her …« Sie zeigte auf eine Vorrichtung an den Fenstergriffen. »Kindersicherung. An allen Fenstern natürlich. Wussten Sie, dass Eric Clapton seinen Sohn verloren hat, als der in einem Wolkenkratzer aus dem Fenster gefallen ist? Also nicht Eric Clapton. Sondern der Sohn? Er war erst vier oder so. Also der Sohn.«

Es schauderte sie sichtlich.

»Eric Clapton war früher ein sehr bekannter Sänger«, fügte sie zur Erklärung hinzu. »Amerikaner.«

Selma unterdrückte ein Lächeln.

»Er ist noch immer ziemlich bekannt«, sagte sie. Und überaus britisch, dachte sie.

Johanna konnte höchstens fünfundzwanzig sein, dachte Selma, und war noch nicht geboren gewesen, als Clapton »Tears in heaven« geschrieben hatte. Wahrscheinlich hatte sie dieses Stück nie gehört, aber jedenfalls hatte sie Höhenangst. Sie zögerte, ehe sie ganz ans Fenster herantrat.

»Die Aussicht kostet aber auch. Ich würde lieber im Erdgeschoss wohnen, aber dann kommen ja Einbrecher leichter in die Wohnung. Davon soll es hier in der Großstadt viele geben. Die Qual der Wahl.«

»Ich dachte, ihr hättet ein Fenster über meinem Balkon«, sagte Selma. »Aber da habe ich mich wohl geirrt.«

»Absolut nicht! Viljas Zimmer ist da drüben.«

Sie zeigte auf die Längswand.

»Sie hat das größte Schlafzimmer bekommen. Einfach, weil sie nicht tief fallen würde, wenn sie das Fenster doch öffnen könnte. Sie würde einfach zu Ihnen nach unten fallen. Ich habe schreckliche Angst vor solchen Stürzen.«

Sie lachte wieder, diesmal schrill.

»Aber bis dahin ist es auch schon tief genug, deshalb haben wir das Fenster lieber gleich festgenagelt. Es kommt ja vor, eigentlich sogar sehr oft, dass Kinder aus dem Fenster fallen. Ich kann mir nicht vorstellen, wie jemand danach weiterleben kann. Denken Sie doch nur an die Schuldgefühle. Und an …«

»Zugenagelt? Sie haben das Fenster zugenagelt? Aber wie lüften Sie denn dann?«

»Mit den Kindersicherungen können wir die Fenster einen Spaltbreit aufmachen, es ist also nicht …«

»Nicht hier, sondern bei Vilja. Wie machen Sie das da?«

Johanna schloss den Mund, ungefähr zum ersten Mal, seit Selma gekommen war. Sie war eine ziemlich kleine Frau, an allen anderen Stellen jedenfalls, nur nicht am Bauch, und jetzt sah sie schräg und skeptisch zu der überraschenden Besucherin hoch.

»Warum wollen Sie das wissen? Glauben Sie, ich sorge nicht für frische Luft für …«

Selma hob die Hände und trat einen halben Schritt zurück.

»Nein, nein! Ich meine nur …«

Wieder musste sie diese unwillkommene kleine Pause einlegen, ehe ihr die Lüge gelang. Das ärgerte sie, und sie hüstelte, ehe sie weitersprach: »Ich will bei der Hausverwaltung beantragen, dass meine Balkontür ausgetauscht wird, verstehen Sie. Die ist unpraktisch schmal. Schwer, Möbel hin und her zu bugsieren. Ich lagere sie über den Winter im Keller, und jetzt muss ich sie zuerst auseinandernehmen. Bei der Gelegenheit …« Sie war aus der Übung und schob noch ein beruhigendes Lächeln ein. »… muss möglicherweise auf meinem Balkon ein kleines Gerüst aufgestellt werden. Deshalb wollte ich eigentlich Bescheid sagen. Und wenn ich also mal nachschauen dürfte, nur, um …«

Johanna lächelte übers ganze Gesicht.

»Gerüst, um eine Tür auszutauschen? Auf einem Balkon!«

Jetzt lachte sie herzlich.

»Ihr Stadtleute fallt aber auch auf alles herein. Ihr lasst den Handwerkern viel zu viel durchgehen. Von so was werden die Rechnungen fett. Ein Gerüst ist doch total unnötig.«

Sie watschelte jetzt wieder in Richtung Flur und hatte dabei die eine Hand ins Kreuz gelegt. Mit der anderen winkte sie Selma.

Viljas Zimmer war ein rosa Bombeneinschlag. Sogar Boden und Decke waren rosa. Auf ein Zeichen von Johanna ging Selma weiter, während sie über Bauklötze und Barbie-Puppen hinwegstieg, von denen sie nicht begreifen konnte, dass jemand eine Anderthalbjährige damit spielen ließ. Am Fenster angekommen, konnte sie sich rasch davon überzeugen, dass Johanna die Wahrheit gesagt hatte. Das Fenster war zugenagelt. Auf ziemlich dilettantische Weise, aber es verhinderte jedenfalls, dass irgendwer es öffnen konnte. Sie war sich sicher, dass das nicht erlaubt war. Sie lehnte die Stirn ans Glas.

Dort war ihr Balkon. Der Handball war von hier aus nicht zu sehen, er lag noch immer in der Ecke, wo sie ihn gefunden hatte.

»Hier gibt es eine Lüftung«, sagte Johanna und zeigte auf ein Ventil oben unter der Decke. »Bei Ihnen auch, nehme ich an. Lüften ist total unnötig. Wenn es stickig wird, machen wir einfach die Tür zum Flur auf.«

»Ja, natürlich. Gute Idee, das da.«

Selma legte die Hand an den Fensterrahmen, wo ein großer Nagel durch das Holz und weiter in die Wand getrieben war.

»*Better safe than sorry*«, sagte Johanna.

»Seh ich auch so. Aber dann wissen Sie jedenfalls, dass es vielleicht ein paar Bauarbeiten geben wird. Wenn die Hausverwaltung das gestattet, natürlich nur. Das steht, wie gesagt, noch nicht fest. Ich sollte mir die Sache vielleicht noch einmal überlegen. Sich mit der Hausverwaltung hier anzulegen, das ist ...«

Sie setzte ein resigniertes Gesicht auf.

»Ich weiß«, sagte Johanna verständnisvoll. »Danke, dass Sie uns Bescheid gesagt haben. Dann weiß ich, was los ist, wenn etwas passiert. Sind Sie sicher, dass Sie keinen Kaffee wollen?«

»Ja. Ich muss jetzt wirklich los. Wissen Sie ...«, sie stieg wieder über das ganze Spielzeug hinweg, »... etwas über die, die die Wohnung neben Ihrer gekauft haben?« Selma zeigte mit dem Daumen über ihre Schulter zurück.

»Na ja, ich hab da mal angeklopft, gleich nach der Übergabe. Ich dachte ...«

Selma ging an Johanna vorbei hinaus auf den Flur.

»Na ja«, sagte Johanna. »Auch egal. Das ist ein Ehepaar. Älter als wir, aber mit einem Jungen in Viljas Alter. Ich konnte nur kurz mit dem Mann sprechen.«

Selma stand jetzt bei der Wohnungstür.

»Wie schön«, sagte sie begeistert. »Ein Spielkamerad gleich nebenan!«

»Schön wär's. Sie ist Diplomatin. Die Frau, meine ich. Sie sind jetzt in Amerika oder so. Oder vielleicht Australien. Sie waren nur zweimal hier, ehe sie geflogen sind. Ich glaube, sie haben das Wohnzimmer gestrichen. Und dann haben sie eine Menge Kartons abgestellt. Richtig nette Menschen, davon bin ich überzeugt, aber wie gesagt ...« Wieder verzog sie das Gesicht zu einer Grimasse.

»Ich glaube, Sie sollten sich hinlegen«, sagte Selma. »Ich gehe jetzt. Aber wissen Sie, ob jemand sich für die beiden um die Wohnung kümmert?«

»Nein«, stöhnte Johanna. »Das glaube ich nicht. Ich habe jedenfalls niemanden gesehen, und von nebenan ist nie etwas zu hören. Kein Lebenszeichen, wirklich nicht. Sie haben auch nichts auf ihren Briefkasten unten geschrieben. Keinen Namen, meine ich. Da klebt nur ein Zettel mit ›Keine Werbung‹. Wollen sicher nicht den Briefkasten mit diesem Müll vollgestopft haben. Ach, großer Gott. Sie haben recht. Ich muss mich hinlegen.«

Selma öffnete die Wohnungstür. Als sie sich umdrehte, hatte Johanna die beschwerliche Wanderung durch das Wohnzimmer angetreten.

»Wissen Sie zufällig, wie die heißen?«

»Heimdal«, stöhnte Johanna. »Er jedenfalls. Torstein Heimdal. Der Junge heißt Lukas. Oder Luka? Leonard? Irgend so was.«

Selma wiederholte in Gedanken den Namen des Mannes dreimal und ging. Die Tür fiel hinter ihr ins Schloss.

»Torstein Heimdal«, sagte sie, diesmal laut, und hatte den Namen des Sohnes schon vergessen.

Die Hypothese

Ein heftiges Regenwetter war über Oslo hereingebrochen. Fredrik Smedstuen war bis auf die Haut durchnässt, als er ins Polizeigebäude gelaufen kam, nachdem er seinen Wagen im Parkhaus in der Platous gate abgestellt hatte. Der Stellplatz kostete dreitausend Kronen im Monat. Der hustende Kia von 2008 war nach den Unterhaltszahlungen für die Kinder und der Wuchermiete für das Kellerloch in Korsvoll zu seinem drittgrößten Kostenpunkt geworden.

Birger Jarl Nilsen saß schon im Büro und hatte die Beine übereinandergeschlagen, während er eine Zeitung las, die er offenbar mitgebracht hatte.

»Wie zum Teufel bist du denn hier reingekommen«, murmelte der Hauptkommissar, während er sich aus seiner Lederjacke wand.

»Es war offen. Macht das was? Ich bin seit zwei Minuten hier. Hab dir einen Kaffee mitgebracht.«

Er zeigte auf einen Pappbecher auf dem Schreibtisch.

»Groß. Schwarz. Drei Stück Zucker.«

Fredrik Smedstuen streifte auch sein hellblaues Hemd ab und schleuderte es in eine Ecke. Er versuchte gar nicht erst, den Bauch einzuziehen, der über dem etwas zu engen Gürtel waberte, als er sich hinter dem Besucher vorbeizwängen musste. Dann nahm er ein identisches Hemd aus dem Schrank in der Ecke.

»Ich sollte mir hier auch ein Hosenlager anlegen«, sagte er gereizt. »Wie hast du es geschafft, so trocken zu bleiben? Verdammt, man sollte glauben, da oben wäre etwas geplatzt!«

Er nickte zum Fenster hinüber und hoch zum Himmel, während er das Hemd zuknöpfte und zu seinem Platz ging.

»Schirm und Galoschen.«

»Galoschen«, murmelte Fredrik. »Wie alt bist du eigentlich?«

Er nahm den Deckel vom Pappbecher. Der Dampf quoll heraus, also war der Kaffee noch immer glühend heiß, aber er trank trotzdem einen ordentlichen Schluck.

»Es war Unwetter angesagt«, sagte Birger Jarl Nilsen. »Du musst dir die Wettervorhersage ansehen, weißt du.«

Fredrik streifte die Schuhe ab und riss sich mit einem leisen Stöhnen die Socken von den Füßen. Er hielt eine hoch und sagte:

»Wenn es noch ein bisschen heftiger geregnet hätte, hätte man schwimmen müssen.«

Er knüllte die Socken zusammen und warf sie in die Ecke. Die Luft in dem kleinen Büroraum, die bereits von Feuchtigkeit, Wärme und Kaffeegeruch gesättigt war, erhielt nun auch noch eine Prise Käsefüße.

»Du hast mich hergebeten«, sagte Birger Jarl Nilsen.

Fredrik zog seinen Hemdkragen gerade und beugte sich vor, die Ellbogen auf den Schreibtisch gestützt und die Hände um den Becher gefaltet.

»Ja. Deine Theorie …«

Er zögerte, und Birger Jarl nutzte die Gelegenheit.

»Wenn du mit Theorie meinst, dass Linda Bruseth das Ziel

des Attentats in Grünerløkka war, dann ist das keine Theorie. Sondern eine Tatsache. Ich habe meine Untersuchungen, Analysen und Schlussfolgerungen hier aufgeführt.«

Er zog sein Handy hervor und wischte sich zu irgendetwas durch.

»Soeben losgeschickt.«

Pling machte der Rechner des Hauptkommissars. Er selbst machte keine Anstalten, die Mail zu öffnen.

»Ich hatte eher an das gedacht, was du neulich hier erwähnt hast«, sagte er stattdessen.

»Was denn?«

Birger Jarl Nilsen schien sich ein Lächeln abzuringen, so wie es aussah. Der Kerl konnte wirklich irritierend sein. Immer elegant gekleidet. Schlank, mit scharfem Blick und einer Frisur, die für Leute wie Fredrik Smedstuen ein Hohn war. Für ihn wurde es immer schwieriger, die wenigen verbliebenen Haare so zu arrangieren, dass sie einer Frisur ähnelten. Die Geheimratsecken würden sich bald mitten auf seinem Schädel treffen. Die kleine Haarinsel über der Stirn wurde fächerförmig zurückgekämmt, um das Elend zu verstecken, aber dazu war so viel Gel nötig, dass die Haare steif aussahen. Birger Jarl dagegen besaß allem Anschein nach eine dichte, jugendliche Mähne. Dennoch war sein Kopf immer fast kahl geschoren, sodass die üppig nachwachsenden Stoppeln einen Haaransatz zeichneten, mit dem ein Siebzehnjähriger zufrieden sein könnte.

Außerdem roch der Mann gut.

»Du weißt, was ich meine«, sagte Fredrik verärgert. »Die Sache, sich dafür zu entscheiden, dass ein Attentat ...«

Er hielt den Blick des anderen fest und machte eine kleine Geste mit der rechten Hand, um den Mann in Gang zu bringen. Das half nichts. Mit leicht gehobenen Augenbrauen, als ob er nicht begriff, was Fredrik wollte, verschränkte Birger Jarl Nilsen die Arme vor der Brust.

»Dass … dass die Entscheidung«, stammelte Fredrik, ehe er einen neuen Anfang machte. »Dass, weil der Täter sich entschieden hat, so offen …«

»Er war nicht offen. Er war sehr gut versteckt. Soviel ich weiß, habt ihr nicht eine einzige technische Spur gefunden.«

»Das ist übertrieben.«

»Ach? Habt ihr etwas entdeckt?«

»Werden sehen. Ich habe dich nicht hergebeten, um technische Spuren zu diskutieren.«

Fredrik öffnete die Schreibtischschublade und nahm eine Packung Nicorette heraus. Die Folie knisterte, als er zwei Stück herausdrückte und sich in den Mund steckte. Als er die Packung zurücklegen wollte, überlegte er sich die Sache anders und nahm noch eins.

»Deine Theorie geht davon aus, dass erstens …«, er hob den Daumen, »… Linda Bruseth das Ziel war. Zweitens …«, erhobener Zeigefinger, »… wenn es nur darum gegangen wäre, sie umzubringen, dann hätte das auf viele andere und einfachere Weisen erledigt werden können. Also drittens …«, ein dritter Finger wurde aus der klobigen Faust gestreckt, »… muss das eine Botschaft sein. Der Täter *makes a statement*, um das mal so zu sagen.«

Birger Jarl Nilsen bewegte den Kopf mit einer fast unsichtbaren Grimasse hin und her.

»Tja. Das glaube ich wohl so ungefähr. Abgesehen von erstens, meine ich. Das ist, wie gesagt, keine Theorie. Das steht fest.«

»Nichts steht fest. Das würdest du wissen, wenn du bei der Polizei arbeitetest. Richtig, meine ich.«

Der andere gab keine Antwort.

»Was in aller Welt sollte dieses Statement denn sein?«, fragte Fredrik.

»Ich habe keine Ahnung. Wie du selbst gesagt hast: Ich arbeite nicht hier.«

»Glaubst du, dass es um das Opfer *per se* geht, sozusagen? Also als Privatperson?«

»Das kann ich unmöglich wissen. Aber wenn du mir bei dieser Theorie zustimmst, die du so einigermaßen zusammengefasst hast, dann halte ich es für wahrscheinlicher, dass sie in ihrer Eigenschaft als Parlamentsabgeordnete umgebracht worden ist.«

»Sie hat in den zwei Jahren, in denen sie im Parlament saß, kaum ein Wort gesagt. Ehe sie gestorben ist, hatte ich von der Frau ehrlich gesagt noch nie gehört. Du vielleicht?«

»Ja.«

Fredrik bereute seine Frage. Der Mann auf der anderen Seite des Tisches war ein Besserwisser. Aber zweifellos auch jemand mit faszinierenden Kenntnissen. Clever. Unzugänglich. Er galt als einer der unbedingt besten Fachleute des Landes in seinem Bereich, aber niemand hatte ihn je auf der Schießbahn gesehen, wenn er nicht unterrichten musste. Nun wischte er sich einige unsichtbare Fussel vom Hosenbein und sah wieder aus, als ob er lächelte.

Worüber, das war unmöglich zu sagen.

Fredrik war aus Birger Jarl Nilsen noch nie schlau geworden. Er war verschlossen, aber meistens freundlich. Während die Angestellten hier im Haus so ungefähr alles übereinander wussten, entweder weil sie befreundet waren oder weil das Polizeigebäude eine einzige große, brodelnde Gerüchteküche war, war bei Birger Jarl Nilsen nichts zu holen. Er kam und ging, je nachdem, wie er gebraucht wurde, in unregelmäßigen Abständen. Vor einem Jahr war Fredrik so neugierig auf ihn gewesen, dass er sich einen Blick in sein Dossier erschlichen hatte. Das lag in einem Aktenschrank im Büro der leitenden Polizeidirektorin. Die war von der alten Schule und weigerte sich, auf ihr Papierarchiv zu verzichten, das mit seinen einfachen Schlössern jeglicher Datenschutzbestimmung widersprechen musste. Fredrik hatte das Dossier eines Morgens gelesen, als er wie so oft zu früh zu einer Besprechung kam und die Direktorin vergessen hatte, den Schrank abzuschließen.

Birger Jarl Nilsen hatte gegen Ende der Siebzigerjahre seine militärische Laufbahn bei den UNIFIL-Truppen im Libanon begonnen. Danach war er als Fallschirmjäger mehrfach im Ausland stationiert gewesen, vom Balkan bis nach Afghanistan. Er hatte anfangs rasch Karriere gemacht, hatte dann aber als Major aufgehört. Es war ziemlich unklar, womit er seine letzten Jahre bei der Armee verbracht hatte. Was auf einen Nachrichtendienst hinwies. Vor drei Jahren hatte er eine halbe Stelle als Leiter der polizeilichen Scharfschützenausbildung übernommen. Ein solcher Verantwortungsbereich, zusätzlich dazu, dass er der Osloer Polizei zur Verfügung stand, wenn sein Fachwissen relevant war, machte ihn in Fredriks Augen dennoch nicht zum Polizisten.

Im Gegenteil. Birger Jarl Nilsen war ein ewiger Soldat.

Das Dossier der Polizeidirektorin sagte nichts über den Zivilstand des Mannes, aber der schmale Ring an seiner rechten Hand ließ annehmen, dass er verheiratet war. Und das schon länger, das Gold war matt und abgenutzt.

Er hatte etwas Beeindruckendes. Etwas Beneidenswertes. In seinem Auftreten, in seiner Ausdrucksweise. Niemals Ausflüchte. Ruhige, logische Darlegungen. Bei Frauen kam er besonders an, das hatte Fredrik bemerkt, und er konnte verstehen, weshalb. Zugleich hatte er etwas vage Bedrohliches.

Jedenfalls konnte er in seiner makellosen Erscheinung extrem irritierend sein.

»Du sagst also, das Attentat war eine Art … *Botschaft.*«

Birger Jarl nickte. »Genau. Und wenn irgendwer wüsste, worin die besteht, dann wäre der Fall so gut wie aufgeklärt.«

Er setzte sich aufrecht hin und griff nach seinem Becher. Fredrik hatte ihn noch nie verärgert gesehen, aber jetzt schaute er mit einer Ärger-Furche über der Nasenwurzel auf die Uhr.

»Aber über all das haben wir schon gesprochen«, fuhr Birger Jarl Nilsen fort. »Am Telefon hast du einen ähnlichen Fall erwähnt. Etwas mit einem Selbstmord, der vielleicht ein Mord war. Hast du mich deshalb herbestellt? Worum geht es hier eigentlich?«

»Genau um das, was du gesagt hast. Einen scheinbaren Selbstmord, der offenbar keiner ist. So offenbar, dass die Dame auch gleich ein Schild um den Hals hätte haben können, mit dem Befehl, sofort die Mordkommission zu verständigen.«

»Die Dame?«

»Ja. Und übrigens nicht irgendeine Dame. Eine Richterin vom Obersten Gericht. Die bekannteste.«

»Die Justiziarin?«

»Es weiß doch wohl kein Schwein, wer die Justiziarin beim Obersten Gericht ist«, sagte Fredrik wütend. »Natürlich rede ich nicht über sie, sondern über Kajsa Breien. Sie hat sich heute Nacht oder so scheinbar erhängt. In Marka, nur ein paar Hundert Meter von den Wohnhäusern in Korsvoll entfernt. Bei Grinda, wenn du dich da auskennst.«

Jetzt war das Interesse des anderen jedenfalls ernsthaft geweckt. Er legte das Kinn in die Hand und fuhr sich mit dem Zeigefinger über den kurz geschorenen Schädel.

»Wie kannst du so sicher sein, dass es kein Selbstmord war?«

»Kajsa Breien war weniger als anderthalb Meter groß und beeinträchtigt. Angesichts ihres Handicaps war sie allerdings sehr fit. Aber nicht so verdammt gelenkig, dass sie ohne Leiter einen zwei, drei Meter hoch hängenden Ast hätte erreichen können.«

Er öffnete die Nicorette-Schublade und zog ein Blatt Papier und einen Kugelschreiber heraus. Rasch skizzierte er den Tatort. Leise und logisch erklärte er, während er zeichnete. Die Birke. Büsche, Unterholz und Nadelwald, aber kein Baum so nah, dass Kajsa Breien den hätte nutzen können. Und keine Spur von irgendetwas, das ihr möglicherweise als Leiter gedient hatte.

Er brauchte knapp fünf Minuten, um alle Details zu beschreiben, die er sich eingeprägt hatte. Als er fertig war, schob er das Blatt Papier über den Tisch.

»Verstehst du?«, fragte er.

Birger Jarl Nilsen nickte. Er drehte den Bogen zu sich rum und studierte die Zeichnung.

»Und das ist nur ein paar Hundert Meter von den Häusern entfernt?«

»Ja. Und vielleicht vierzig Meter von der Straße. Die da eigentlich eher ein Waldweg ist.«

»Seltsam.«

»Äh ... ja. Das sag ich doch.«

»Ich meine, die Ortswahl für einen eventuellen Selbstmord ist auffällig. Sie hat doch auf Bygdøy gewohnt, nicht wahr? In ihrem Elternhaus?«

»Ja. Wenn ich mich von irgendeinem Interview her richtig erinnere, dann war das so. Mit Mann und einem Haufen Kinder.«

Birger Jarl nippte ganz kurz an seinem eigenen Kaffee.

»Selbstmord ist ein faszinierendes Phänomen.«

»Ich würde es wohl eher als fucking tragischen Scheiß bezeichnen.«

»Das auch. Aber die Dinge, die wir nicht verstehen, denen wir nie richtig auf den Grund kommen, sind immer faszinierend. Dass sich jemand das Leben nimmt, kann wie ein Blitz aus heiterem Himmel kommen, oder es kann etwas sein, wofür sich die Angehörigen seit langer Zeit gewappnet haben. Es kann explosiv und plötzlich geschehen oder nach einem offenbar genau durchdachten Plan. Auf die andere Seite der Stadt zu gehen, nachdem man sich ein Seil besorgt hat, klingt nach Letzterem.«

Fredrik bereute dieses Treffen. Er wollte mit Birger Jarl Nilsen nicht über die Gründe diskutieren, warum Menschen beschlossen, ihrem Leben ein Ende zu setzen.

»Sie hat sich nicht das Leben genommen!«, sagte er wütend.

»Nein. Denn dann hätte sie es wohl kaum dort gemacht.«

Fredrik öffnete den Mund, um etwas zu sagen, überlegte sich die Sache dann aber wieder anders.

»Die, die sich akribisch geplant das Leben nehmen, sind meistens überaus rücksichtsvoll«, sagte nun Birger Jarl Nilsen. »Wenn sie es zu Hause tun, hängen sie oft vorher einen Zettel an die Tür. Mit der Bitte, nicht einzutreten, sondern die Polizei zu informieren. Andere gehen lieber weit weg. In ihre Hütte, aufs Wasser, in den Wald ...«

»Das hier war im Wald«, fiel Fredrik ihm ins Wort, griff nach der Zeichnung und wedelte damit.

»Ja. Aber in einem ziemlich stark frequentierten Bereich. Solange es hell ist, spielen dort Kinder. Die Leute, die am Waldrand wohnen, nutzen die ersten hundert Meter des Waldes als Park. Als Spielplatz. Außerdem wimmelt es da nur so von Spaziergängern und Joggern.«

»Und?«

»Sie wäre Gefahr gelaufen, von einem Kind gefunden zu werden. Und das traue ich einer Frau wie Kajsa Breien einfach nicht zu. Sie hat selbst fünf Kinder. Außerdem hätte sie ja das Naheliegende riskiert: von jemandem gesehen zu werden. Und an ihrem Vorhaben gehindert zu werden.«

»Mit anderen Worten ...« Fredrik musterte ihn zweifelnd. »Du stimmst mir zu?«

»Ja. Allein aufgrund der Tatsachen, die du mir hier präsentiert hast, tue ich das. Und so gesehen hat dieser Fall einzelne Gemeinsamkeiten mit dem Schuss in Grünerløkka.«

Fredrik spürte, wie sein Puls eine Nummer zulegte. Er zupfte an seinem Hemdkragen und goss danach den restlichen Kaffee in sich hinein.

»Zwei prominente Frauen«, sagte Birger Jarl Nilsen.

»Linda Bruseth war überaus anonym.«

»Ja, aber sie saß im Parlament. Eine andere Gemeinsamkeit ist, dass beide Morde, wenn Letzteres also ein Mord ist …«, er nickte zur Zeichnung hinüber, »… dass sie, wie soll ich sagen, *spektakulär* sind. Demonstrativ. Fast …«

Während er nach einem passenden Wort suchte, kam Fredrik ihm zuvor: »Aggressiv.«

»Ja. Diese beiden Vorgehensweisen haben etwas Aggressives, aber doch sehr Präzises. Abermals: Unter der Voraussetzung, dass wir hier von Mord …«

»Ja, ja, ja.« Fredrik unterbrach ihn gereizt. »Du brauchst nicht dauernd Vorbehalte anzuführen. Wir sind hier unter uns. Übrigens musst du das hier für dich behalten. Der Tod der Richterin ist nicht einmal mein Fall.«

Noch nicht, dachte er. Wenn er seine Chefin von dem möglichen Zusammenhang zwischen den beiden Fällen überzeugen könnte, würde der ältere Fall stechen. Er würde beide bekommen. Einige vage Gedanken, gemeinsam mit Birger Jarl Nilsen zusammengesponnen, der nicht einmal bei der Polizei angestellt war, reichten jedoch bei Weitem nicht aus, um jemanden zu überreden, ihn beide Fälle zusammenführen zu lassen. Er musste Geduld haben.

»Ich muss feststellen, ob es Gemeinsamkeiten gibt.«

»Beide sind Frauen.«

Fredrik seufzte demonstrativ.

»Wie die Hälfte der Bevölkerung! Die eine war winzig, die andere ein Trumm. Eine kommt aus dem feinsten Viertel von Oslo, die andere von einem Hof im inneren Vestfold. Die eine war absolut prominent, von der anderen hat kaum jemand gehört. Die eine machte ihren Job so gut, dass sie die heißeste Kandidatin für den Posten der Justiziarin war, wenn die derzeitige nächsten Sommer in Ruhestand geht. Die andere war, soweit ich feststellen konnte, eine absolut hoffnungslose Abgeordnete. Niemand wusste auch nur, wer sie war.«

Er schaute verärgert von seiner Nagelhaut auf, die er eingehend studiert hatte.

»Ja, außer dir, natürlich. Aber du weißt schließlich alles.«

Der andere gab keine Antwort. Er zog gerade die Galoschen über seine schwarzen Herrenschuhe, die sicher genauso viel gekostet hatten wie ein Monat Parken in der Platous gate.

»Wir sind wohl fertig«, murmelte Fredrik. »Danke, dass du gekommen bist.«

Als Birger Jarl Nilsen aufstand und seine Jacke anzog, und noch ehe er, ganz ohne irgendein Wort zu sagen, zum Regenschirm griff und sich umdrehte, fügte Fredrik hinzu: »Das meine ich ernst. Tausend Dank. Du bist ein guter Gesprächspartner. Und vergiss deine Zeitung nicht.«

Birger Jarl Nilsen drehte sich immerhin um.

»Dieser NAV-Skandal ist wirklich übel«, sagte Fredrik und nickte zu der schreienden Schlagzeile hinüber. »Was bin ich froh, dass ich nicht daran beteiligt war, Leute ohne Grund ins Gefängnis zu stecken. Die größte Angst eines Polizisten.«

»Menschen werden schlimmeren Übergriffen durch die Behörden ausgesetzt, als für einige Monate einzufahren«, sagte Birger Jarl Nilsen. »Wir hätten Politiker werden sollen, weißt du. Es gibt so viel Ungerechtigkeit. Wirf die Zeitung einfach weg. Ruf mich an, wenn du etwas von mir willst.«

»Was hat der Kaffee gekostet? Das kann ich ganz schnell überweisen.«

Fredrik rief das haarscharf zu spät. Er konnte Gummi auf dem Bodenbelag quietschen hören, immer leiser, bis Birger Jarl Nilsen und seine Galoschen über alle Berge waren.

Die Katastrophe

Selma Falck war noch außer Atem nach der Joggingrunde zur Circle-K-Tankstelle unten am Alexander Kiellands plass und wieder zurück nach oben. Ihr linker Arm tat beim Laufen nicht mehr besonders weh. Nur ein leiser Druck, um die Wunde herum und in der Wunde, die gut verheilte. Der alte Handball war ziemlich fest gewesen, einige Minuten, nachdem sie ihn aufgepumpt hatte, aber als sie wieder zu Hause angekommen war, war er so schlaff wie zuvor. Was ja auch nicht anders zu erwarten gewesen war.

Die Innenblase war ja schon seit vierzig Jahren undicht.

Selma stand im Hinterhof. Irgendwer hatte vergessen, den Deckel auf den Sandkasten zu schieben. Das rächte sich, sie hatte zwei Haufen Katzenkacke gesehen, die nach dem heftigen Regenguss am Morgen in Auflösung übergingen. Einen Moment lang hatte sie mit dem Gedanken gespielt, etwas gegen diese Sauerei zu unternehmen, aber dann hatte sie entschieden, dass es im Haus genug Eltern mit kleinen Kindern gab, die die Verantwortung für solche Dinge übernehmen konnten. Stattdessen blieb sie einige Meter von den Fahrradständern entfernt stehen und schaute hoch zu ihrem Balkon.

Aus dieser Perspektive stimmte sie den kritischen Stimmen in der Eigentümergemeinschaft absolut zu. Die waren noch immer nicht verstummt, sechs Jahre nach Bauvollendung. Als Selma vor gut anderthalb Jahren eingezogen war, war sie fast sofort mit dieser Mitteilung empfangen worden: Dieser Balkon hätte niemals gebaut werden dürfen. Von den zwanzig zum Hinterhof hin gelegenen Wohnungen hatte Selmas als einzige einen Balkon. Der sah aus wie eine Warze. Oder wie ein Pilz, ein beängstigender grauer Auswuchs hoch oben und mitten in der ansonsten glatten grauen Fassade. Was sich der Architekt dabei gedacht hatte, konnte niemand begreifen.

Aber der Balkon gehörte Selma und war ein Segen.

Lars hatte die Entfernung bis nach dort oben auf acht bis neun Meter veranschlagt. Von hier unten sah es weiter aus. Vielleicht zehn. Aber es müsste möglich sein.

Jedenfalls mit einem hart aufgepumpten Handball. Wenn man sich mitten in einer erfolgreichen Karriere befand. Und die richtige Entfernung zur Wand finden konnte und keine Probleme mit einer Schussverletzung hatte. Selma Falck war eine Frau mittleren Alters, die jetzt zum Spaß ein- oder zweimal pro Woche Handball spielte. Das Nachbarhaus hinderte sie daran, sich weit genug von der Wand zu entfernen, um die Kraft beim Wurf optimal zu nutzen.

Es war zudem unmöglich, den Ball straff genug aufzupumpen.

Sie musste es trotzdem versuchen. Sie stellte sich so weit weg auf, wie es der Zaun zum Nachbargrundstück gestattete. Sie berechnete Höhe und Entfernung, ließ den Ball von einer Hand in die andere wandern, um ein Gefühl dafür zu bekommen. Sie hob ihn ans Gesicht. Nahm den Geruch von verschwitzten Sporthallen und Harz wahr, von Kindheit und Altern. Selma ließ ihn kurz in der rechten Hand ruhen, stellte einen Fuß zurück und ging ein wenig in die Knie. Für einen Moment schloss sie die Augen und versuchte sich zu erinnern, wie es war. Ihre Mannschaft hatte soeben den Ball gefangen. Die Außenspielerinnen waren längst losgelaufen, das wusste Selma, ohne es zu sehen, ohne daran denken zu müssen, dass sie den Ball zu einem Punkt dort vorn schicken könnte, wo eine Teamkollegin in dem Moment stehen würde, nachdem der Ball Selmas Hand verlassen hatte. Hart genug, präzise genug.

Das hier war schwieriger. Viel schwieriger.

Sie öffnete die Augen und warf.

Der Ball beschrieb die richtige Bahn. Wenn die Kraft größer gewesen wäre, wäre er auf Selmas Balkon gelandet. Stattdessen verlangsamte er seinen Weg in einem elliptischen Bogen, dessen höchster Punkt beim zweiten Stock lag, ehe er sich drehte und schneller wurde, um mit einem leisen Klatschen gegen die Wand im ersten Stock zu knallen.

»Was machst du denn da?«

Lars Winther war auf dem Gehweg vom weiten, offenen Torgang her stehen geblieben. Er saß auf einem lächerlich kleinen Rad mit Bockshornlenker und Kindersitz auf dem Gepäckträger. An seiner Hüfte hing eine an einem Schulterriemen befestigte Tasche.

»Amüsier mich nur ein bisschen.«

Selma ging langsam hinüber und hob den Ball auf.

»Willst du deinen Balkon treffen oder was? Dann bist du aber optimistisch.«

Er starrte den Ball skeptisch an.

»Der sieht ja aus wie hundert Jahre alt.«

»Ist er auch fast. Wieso bist du hier?«

»Ich versuche jetzt schon einen Tag lang, dich zu erreichen.«

»Sorry. Ich hab's doch gesagt, hatte zu viel zu tun.«

»Ich muss mit dir reden. Bist du weitergekommen mit ...« Er sah sich nach allen Seiten um. »Du weißt schon, der Zip-Datei? Hast du jemanden gefunden, der uns helfen kann?«

Selma gab keine Antwort. Sie ging zurück zu der Stelle, wo sie beim Werfen gestanden hatte. Abermals maß sie mit dem Blick die Wand ab, sah zum Balkon hoch und schätzte die Entfernung sowie die potenzielle Flugbahn ein.

Die Schlussfolgerung ergab sich von selbst.

Mit einem kleineren, schwereren und härteren Ball hätte sie treffen können. In ihrer aktiven Zeit hätte sie vermutlich auch mit einem neuen, festen Handball getroffen. Aber bei diesem Ball war das unwahrscheinlich.

Sie betrachtete ihn näher, hielt ihn zwischen den steifen Fingern beider Hände und drehte ihn langsam um. Ihre Initialen waren mit Schwung und Fleiß geschrieben worden, »SF«, sie wusste noch, dass sie auf Butterbrotpapier geübt hatte. Als sie endlich zufrieden gewesen war, hatte sie versucht, die Initialen mit dem Tapetenmesser ihres Vaters aus dem Papier herauszuschneiden, um es als Schablone zu benutzen. Das ging nicht, aber am Ende hatte sie es geschafft, ihre Zinke freihändig zu zeichnen.

»Woher hast du gewusst, dass ich hier im Hinterhof bin?«, fragte sie.

»Ich habe geklingelt. Eine Frau kam heraus, die wohl gesehen hat, auf welchen Klingelknopf ich gedrückt hatte, denn sie hat gesagt, dass du hier hinten bist.«

Selma nickte. Vermutlich wusste eine ganze Handvoll Menschen im Haus, dass sie gerade hier draußen war. Vielleicht hatten sie neugierig ihrem misslungenen Rekordversuch mit dem alten, schlaffen Ball zugesehen. Niemand konnte hier stehen und so etwas tun, ohne gesehen zu werden.

Der Ball musste von oben heruntergeworfen worden sein.

Nicht aus der Wohnung von Stein-Ove und Johanna, das schien klar zu ein.

»Torstein Heimdal«, sagte sie leise.

»Was hast du gesagt?«

»Nichts.«

Sie nahm den Ball in die rechte Hand und ging wortlos auf Lars zu und an ihm vorbei zum Durchgang. Sie bemerkte, dass er blitzschnell sein Rad an den Ständer anschloss, und ehe sie die Tür zur Straße erreicht hatte, hatte er sie eingeholt. Mit dem Kindersitz unter dem Arm.

Noch immer schweigend, gingen sie beide ins Haus. Sie nahmen auf der Treppe immer zwei Stufen auf einmal. Selma verspürte einen Hauch von Erleichterung darüber, dass sie nicht allein war.

»Hast du mitgekriegt, dass Kajsa Breien tot ist?«, fragte Lars plötzlich.

»Was?«

Selma drehte sich verdutzt zu ihm um, während die Tür hinter ihnen leise ins Schloss fiel.

»Hab es eben im Radio gehört«, sagte Lars und tippte mit dem Zeigefinger an seinen einen Ohrstöpsel. »Nichts über die Todesursache. Aber Gerüchte wollen etwas von Selbstmord wissen.«

»Kajsa Breien? Die Richterin? Selbstmord?«

Selma lachte, was selbst für sie fremd klang.

»So einen Blödsinn habe ich ehrlich gesagt lange nicht mehr gehört.«

»Hast du sie gekannt?«

»Wir haben zusammen studiert. Oder genauer gesagt, gleichzeitig. Teilweise. Sie ist jünger als ich, hat aber zum Ausgleich das Studium im Rekordtempo erledigt. Sie ist der intelligenteste Mensch, der mir je begegnet ist. Wir haben später einige Male zusammengearbeitet. Bei solchen ...«, sie streifte die Trainingsjacke ab und stieg aus den Turnschuhen, »... ›Gesundheit für Behinderte‹-Aktionen. Unglaublich sympathische Frau. Und wie gesagt: total intelligent. Voller Tatkraft. Und Lebensmut. Hat im Studium einen Typen kennengelernt und dann geheiratet, *average height*, und seither sind sie zusammen.«

»Aber so richtig gut hast du sie also nicht gekannt?«

»Gut genug«, sagte Selma leicht gereizt. »Mehr als gut genug, um absolut erstaunt darüber zu sein, dass sie Selbstmord begangen haben soll. Wann soll das denn passiert sein?«

»Heute Morgen oder so. Die Familie hat zusammen mit dem Obersten Gericht nur eine kurze Pressemeldung über den Todesfall veröffentlicht. Ein Kollege hat mich angerufen. Die Hotline ist fast zusammengebrochen bei den vielen Anrufern, die erzählen wollten, dass die Richterin an einem Baum in Marka gefunden worden ist. Heute Morgen, gleich bei Kjelsås. Oder Korsvoll. Irgendwo da oben.«

Selma, schon halbwegs auf dem Weg zur Dusche, blieb stehen. Sie verharrte so lange in derselben Position, dass Lars sich an den Schreibtisch setzte und rief: »Selbstmord kann total überraschend kommen, sogar für die Allernächsten. Du kannst darüber nichts wissen, Selma.«

Sie gab keine Antwort. Ihr war ein Gedanke gekommen. Irgendetwas, das schwer zu fassen war. Ein flüchtiger Gedanke, eine Überlegung, die sich nicht ganz einfangen ließ. Sie registrierte, dass Lars Jonathan Herses Ordner aus seiner Schultertasche zog und den Speicherstick vor sich auf den Tisch legte. Das ärgerte sie. Sie hätte ihn nicht mit nach oben kommen lassen dürfen. Sie wollte ihm nicht helfen. Das Einzige, worauf sie sich konzentrieren wollte, war die Suche nach ihrem Quälgeist. Um der Sache ein Ende zu machen. Sie wollte ihre Ruhe zurückerobern, und die Kraft, Anine klarzumachen, dass alles war wie vorher. Sie wollte nur eins: mit ihrem Enkel zusammen sein.

»Ich muss duschen«, murmelte sie. »Das dauert, wegen des Verbands. Gib mir zehn Minuten.«

Als sie zurückkam, telefonierte Lars. Selma trocknete sich noch immer die Haare mit einem riesigen Frotteetuch. Als sie das zu einem Turban gewickelt hatte, der auf ihre unversehrte Schulter hing, sah sie, dass Lars eine kränkliche Gesichtsfarbe hatte. Die Hand, die das Handy hielt, zitterte sichtlich. Selma setzte sich ihm gegenüber an den Tisch und blieb ganz still.

Endlich legte Lars das Handy weg.

»Was ist los?«, fragte Selma. »Du siehst krank aus, Lars.«

»Leon ist ins Krankenhaus Ullevål gebracht worden. Er wurde vor einer halben Stunde angefahren.«

Selma verspürte einen Adrenalinstoß, die stechende Angst, gegen die sie so oft hatte kämpfen müssen, um auf der Hochebene zu überleben.

»Was ... kann er sterben?«, rief sie und bereute die Frage sofort.

Leon war Lars' ältester Sohn, ging in die zweite Klasse und war vor einer Woche sieben geworden. Er hatte eine kesse Tolle wie sein Vater, dazu eisblaue Augen und war wie der Papa ein Radfahrass.

»Er war mit dem Rad unterwegs«, flüsterte Lars. »Und ist unter einen Sattelzug geraten. Es besteht Lebensgefahr, Selma. Mein Junge schwebt in Lebensgefahr.«

Selma wusste, dass sie aufstehen müsste. Sie müsste sich neben ihn setzen, seine Hand nehmen vielleicht, dazu waren sie gut genug befreundet, und ihn fragen, ob sie ihm helfen könnte. Ihn ins Krankenhaus fahren oder ihm den neuen Volvo leihen. Irgendetwas. Aber sie blieb nur sitzen und spürte ihre eigene Angst. Und sie schämte sich. Sie dachte nicht an Leon. Auch nicht an Lars, obwohl er aussah, als könnte er jeden Moment tot umfallen.

Selma dachte nur an Sjalg. Daran, was sie tun würde, wenn er schwer verletzt wäre. Sie, die kaum eine Kalorie dafür verbraucht hatte, sich um ihre Kinder zu ängstigen, als die klein waren, und noch weniger, als sie heranwuchsen, sah jetzt alles vor sich, was einem Baby zustoßen könnte. Ein Katastrophenfilm lief vor ihrem inneren Auge ab. Krippentod, Stürze und Krankheiten. Kidnapping. Sie rang um Atem und wollte etwas sagen, als Lars aufsprang, seine Tasche an sich riss und losstürzte.

»Ich kann dich nach Ullevål fahren«, rief sie, aber zu spät.

Er hatte die Wohnung schon verlassen und war bereits die halbe Treppe hinuntergelaufen.

Frustration

Fredrik hatte zu viel Zeit damit verbracht, Löcher in die Luft zu starren. Von Natur aus war er ohnehin eher negativ gestimmt. Ab und zu konnte er sogar depressiv werden. Im Moment aber fühlte er sich absolut nicht wohl in seiner Haut.

Er hatte anderthalb Stunden gebraucht, um die idiotische Sackgasse zu verlassen, in die er sich um ein Haar verirrt hätte. Wieso der Mord an Linda Bruseth auch nur das Geringste mit dem Mord an Kajsa Breien zu tun haben sollte, war unmöglich zu sagen. Dass Birger Jarl Nilsen in diese Richtung fabulierte, war dessen Sache. Der Mann arbeitete schließlich nicht hier. Fredrik selbst war ein erfahrener Ermittler und müsste es besser wissen, als sich vagen Gefühlen und wilden Spekulationen hinzugeben. Sicher hatte die Frustration ihn in die Irre geführt.

Der Hauptkommissar war ein Polizist der grauen Sorte, worüber er sich selbst bewusst war. Er tat seine Pflicht, nicht mehr und nicht weniger, und hielt die Vorschriften bis zum i-Tüpfelchen ein. Nicht weil er das unbedingt richtig fand, sondern weil es so am einfachsten war. Das große geschwungene Polizeigebäude im Osten Oslos war voller Geschichten über Polizisten und Polizistinnen, die in Schwierigkeiten geraten waren, weil sie sich Freiheiten herausgenommen hatten. Einer von ihnen würde im Herbst zum dritten Mal vor Gericht gestellt werden, wobei ihm lebenslange Haft wegen Haschischschmuggels und Korruption drohte. Vor Fredriks Zeit bei der Osloer Polizei war hier in den Korridoren ein legendäres, unzertrennliches Duo unterwegs gewesen. Die Frau hieß Hanne Wilhelmsen und hatte es geschafft, sich im Dienst anschießen zu lassen. Ihre eigene Schuld, wie es hieß. Die Götter mochten wissen, was eigentlich aus ihr geworden war, seit sie im Rollstuhl sitzen musste. Ihr Partner war nur Billy T. genannt worden, Fredrik hatte nie seinen Nachnamen gehört, und er war vor einigen Jahren elendiglich zugrunde gegangen, hatte sich das Leben genommen, der arme Teufel.

Die Polizei hatte keinen Platz mehr für Cowboys, und das war gut so.

Vorschriften waren dazu da, das Dasein zu vereinfachen und Polizei und Öffentlichkeit abzusichern. Bei der polizeilichen Arbeit gab es keine Abkürzungen. Man musste Stein auf Stein legen, und aus hochfliegenden Theorien war noch nie etwas Gutes geworden. Fredrik Smedstuen spekulierte niemals über die Motive eines Verbrechers, ehe er gründliche Vorarbeit geleistet hatte. Er hatte eine Vorliebe für technische Beweise. Die logen selten. Fingerabdrücke, DNA und Waffen. Rechtsmedizin. Facebook-Postings und Fotografien. Handfeste, unbestreitbare Tatsachen. Wenn man sorgfältig genug damit umging, dann führten sie am Ende jeden Ermittler in die richtige Richtung, davon war er überzeugt. Seine Aufklärungsquote lag nur im Mittelfeld, aber damit konnte er leben. Der taktische Teil einer jeden Ermittlung war nie seine Stärke gewesen. Jedenfalls nicht der Teil, der Zeugenvernehmungen beinhaltete. Fredrik Smedstuen konnte mit Menschen einfach nicht besonders gut umgehen, woran seine Ex-Frau ihn in den drei Jahren, ehe ihre Trennung zur Tatsache geworden war, an wirklich jedem Tag erinnert hatte.

Er fuhr den Rechner hoch, loggte sich ein und öffnete die Dateien zum Fall Linda Bruseth. Das Bild, eine Ganzaufnahme, stammte von ihrem Facebook-Profil und war auf einer Wiese unter freiem Himmel aufgenommen. Er sah ein rundes Gesicht, rote Wangen, ein strahlendes Lächeln und ein mit einer Flasche gefüttertes Lamm zwischen ihren molligen Beinen.

Facebook hatte auch das erste Problem gelöst, mit dem Fredrik sich befasst hatte: herauszufinden, wer gewusst hatte, dass sich die drei Jugendfreundinnen am Donnerstag, dem 5. September, um fünfzehn Uhr in Grünerløkka treffen wollten.

Die ganze Welt hätte das wissen können, wie sich herausgestellt hatte. Oder fast die ganze, falls es überhaupt jemanden interessiert hatte. Die Dame hatte nämlich zwei Tage vorher Zeit und Ort auf ihrer eigenen Seite gepostet. Ihr Account war öffentlich, wie der der meisten Politiker. Linda Bruseth hatte zwar nur 769 Freunde und etwas über zweihundert Follower, aber alle Welt hatte ihr in die Karten blicken können.

Falls alle Welt gewollt hätte. Sie schrieb über Reisen mit ihrem Ausschuss und über politische Prozesse, und das auf so langweilige Weise, dass Fredrik es nicht über sich gebracht hatte, alles zu lesen. Sie war zudem wohl Legasthenikerin ohne Rechtschreibprogramm gewesen, denn in ihren Posts wimmelte es nur so von Schreibfehlern. Dennoch häuften sich die Berichte über fünfzigste Geburtstage und frisch geborene Tiere, sabbernde Enkelkinder, mähbereite Kornfelder und Mutters selbst gemachte Frikadellen in Großaufnahme auf einem Teller. Und dazu so einiges über Selma Falck.

Linda Bruseth war ganz einfach ungeheuer stolz darauf gewesen, die Freundin der beliebten Ermittlerin zu sein. Und das war offenbar noch eine echte Freundschaft gewesen, nicht nur in diesem neumodischen Sinne, der kaum mehr beinhalten musste, als dass man einander einige Male über den Weg gelaufen war. Im Herbst 2018 hatte sie fast täglich Links zu den vielen Berichten über die von Selma Falck aufgedeckten Skandale gepostet. Ungefähr zur selben Zeit hatte Linda in rascher Folge vier Bilder aus den späten Achtzigerjahren hochgeladen, alle mit der Gemeinsamkeit, dass sie Selma und sie zusammen zeigten. Drei davon waren auf dem Handballfeld aufgenommen worden, eins stammte offenbar von einem munteren Fest. Linda postete auf Facebook und auf Instagram und liebte Hashtags wie *#selmaforpresident, #oldbuddies* und *#daswarenzeiten.*

Das Seltsame war jedoch, dass sie über Treffen berichtete, die noch in der Zukunft lagen. Die meisten Freundschaftsbekundungen in sozialen Medien enthielten Bilder des eigentlichen

Geschehnisses. Lächelnde Menschen um einen Restauranttisch, auf einem Berggipfel, auf Skiern und an allen möglichen anderen Orten, die den Eindruck verstärken konnten, jemand sei erfolgreich und beliebt. Für Linda reichte das offenbar nicht. Sie musste alles schon vorher bekannt geben, offenbar aus reinem, purem Glücksgefühl.

Er ertappte sich dabei, dass sie ihm ein bisschen leidtat.

Er hatte selbst bei den vier größten sozialen Plattformen je ein absolut totes Konto. Er brauchte keine sozialen Medien, bis auf eine Handvoll von nützlichen Gruppen. Die meisten davon hingen vage mit seiner Arbeit zusammen, wie der Schützenverein und der Oldtimerclub der Polizei. »Schmetterlinge in Norwegen« und »The world of Lepidoptera« waren die ersten Gruppen, denen er wirklich mit Vergnügen folgte. Schon als Junge hatte er angefangen, Schmetterlinge zu sammeln. Seine Sammlung hatte er natürlich bei seinen alten Eltern deponieren müssen, seine Frau wollte das Haus nicht voller toter Insekten haben, wie sie sagte, aber er war stolz darauf.

Freunde dagegen traf er nur im wirklichen Leben. Er trank ein Freitagsbier mit fünf oder sechs Kommilitonen von der Polizeihochschule. Er wurde zum Essen eingeladen. Es war selten ein Problem, vor dem Wochenende jemanden anzurufen und sich zu verabreden, nicht einmal nach der Scheidung. Er hatte sogar einige Freundinnen.

Fredrik Smedstuen war nicht freundlos.

In der Realität. Seine Freunde waren etwas, das er nicht vorzeigen oder womit er nicht prahlen musste. Nachdem er sich am vergangenen Samstag zwei Stunden lang Linda Bruseths Leben im Internet zu Gemüte geführt hatte, glaubte er, die Konturen einer Frau zu erahnen, die immer Heimweh gehabt hatte, die niemals in die Großstadt hätte gehen und sich noch viel weniger ins Parlament hätte wählen lassen dürfen. Ihr Leben fand im Dorf statt, im Vertrauten und Geliebten, wo ihre etwas groß geratene

Erscheinung als Zeichen von körperlicher Stärke und Gesundheit gesehen wurde.

Fredrik hatte noch nicht mit Ingolf Bruseth sprechen können, Lindas Ehemann. Der älteste Sohn der beiden war nur zwei Stunden nach dem Mord nach Oslo gekommen und hatte darum gebeten, den Vater so lange wie möglich in Ruhe zu lassen. Fredrik hatte geantwortet, eine Vernehmung müsse ziemlich bald stattfinden, aber solange die Söhne sich für die Polizei zur Verfügung hielten, könnten sie noch ein paar Tage warten.

Diese Tage waren jetzt vorbei. Die drei älteren Söhne hatten ihre Aussagen gemacht, ohne dass die Polizei einer Erklärung, warum irgendwer den Tod dieser ländlichen, herzensguten Frau gewollt hatte, auch nur um einen Zentimeter näher gekommen wäre.

Fredrik machte sich auch keine großen Hoffnungen, dass der Ehemann zur Aufklärung besonders viel beitragen könnte. Die Informationen, die sie über ihn gesammelt hatten, die meisten über Facebook und aus einigen Artikeln in der Lokalzeitung, zeichneten das Bild eines bodenständigen und ziemlich wortkargen Mannes, dessen Aktionsradius im Leben an die zehn Kilometer betrug. Die beiden hatten schon jung geheiratet, als Linda noch bei der Handballnationalmannschaft das Tor gehütet hatte, aber Ingolf hatte sie nicht zu einem einzigen Auslandsspiel begleitet.

Es war offenbar so kompliziert, die Tiere zu verlassen. Fredrik scrollte sich durch etliche andere Vernehmungsprotokolle. Drei davon hatte er noch nicht gelesen, aber keins sagte ihm mehr, als er ohnehin schon wusste.

Die Unterlagen von der Tatortuntersuchung waren noch entmutigender. Die Rekonstruktion war insofern gelungen, als es jetzt einigermaßen feststand, was passiert war. Auf dem Dach, wo der Schütze mit absolut überzeugender Wahrscheinlichkeit gelegen hatte, waren jedoch keine Funde von Bedeutung gemacht worden. Es war auch unklar, wie er nach dort oben gelangt war. Es gab viele Möglichkeiten. Die Häuser in diesem Teil der Straße standen dicht beieinander, und einige erstreckten sich bis in die Hinterhöfe. Der Schütze konnte ganz einfach durch den offenen Durchgang von der Straße in den Hinterhof spaziert sein, um dann eine der drei Leitern zu benutzen, die praktischerweise vor der Mauer lagen. Er konnte auch von eigentlich jedem Dach in der Nachbarschaft gekommen sein. Das Seltsame war, dass niemand ihn gesehen hatte. Jedenfalls hatten sie bisher wirklich niemanden gefunden, der etwas von verdächtigen Bewegungen erzählt hatte, weder über Dächer noch in dem Wirrwarr von Durchgängen. Fredrik hatte zwei frisch eingestellte Polizisten losgeschickt, um alle Aufnahmen der Überwachungskameras innerhalb von neun Blocks zusammenzusuchen. Er hatte sie zu Überstunden gezwungen, wozu er streng genommen gar nicht befugt war, und sie hatten bereits mehrere Hundert Stunden gesichtet, ohne irgendeinen interessanten Fund zu machen.

Der Täter kam ihm vor wie ein Gespenst.

Fredrik öffnete die Schreibtischschublade, um nach den Zigaretten zu greifen. Er brauchte eine Pause. Von der Packung schrie ihm die Warnung vor einem baldigen und grauenhaften Tod entgegen, er zögerte und schloss die Schublade wieder, ohne sich auch nur ein Kaugummi zu nehmen.

»Warum zum Teufel sollte jemand dich umgebracht haben?«, murmelte er Lindas Foto auf dem Bildschirm zu.

Diesen Weg musste er gehen. Vielleicht sollte er gegen eins seiner vielen Prinzipien verstoßen. Wenn die Techniker am Tatort und anderswo bisher *nada* geliefert hatten, müsste er vielleicht ein wenig moderner denken. Es lag ihm nicht, nach dem Motiv zu suchen, ohne dabei auf mehr aufbauen zu können als dem eigentlichen Verbrechen, aber er war noch nie in einer Situation wie dieser gewesen. Genau eine Woche nach dem Mord trat die Ermittlung noch immer auf der Stelle. Sie hatten eine Menge Daten aus Vernehmungen, massenhaft weitere Berichte, die technischen Untersuchungen waren bereits zahlreich, aber nichts davon sagte ihm etwas, das ihn auf irgendeine Weise weitergebracht hätte.

»Warum musstest du sterben?«, fragte er, diesmal lauter.

Wenn er den Grund fände, aus dem Linda ermordet worden war, würde er den Täter finden, egal, wie gut der Kerl sich versteckt und seine Spuren verwischt hatte.

Der Kerl.

Er ertappte sich dabei, dass er bereits beschlossen hatte, dass es sich um einen Mann handelte. Das hätte er im Grunde nicht tun dürfen. Sich alle Möglichkeiten offenzuhalten, war wichtig. Es war dennoch fast unmöglich, sich eine Frau mit den physischen Fähigkeiten vorzustellen, die dieser Mord erfordert hatte. Eine außergewöhnlich gute Schützin mit einem athletischen Körper.

Scharfsinnig musste sie sein, mit der Fähigkeit zu sorgfältiger Planung.

»Verdammter Scheißmacho«, murmelte er und öffnete die Schublade.

Um die Gräuelpropaganda nicht lesen zu müssen, fischte er mit halb geschlossenen Augen eine Zigarette aus der Packung. Gerade eben hatte er noch zum Rauchen nach draußen gehen wollen, jetzt ging er nur zum Fenster.

Natürlich konnte eine Frau athletisch, intelligent und eine außergewöhnliche Schützin sein. Er öffnete das Fenster. Es war ein eklatanter Verstoß gegen die Vorschriften, im Gebäude zu rauchen, aber er konnte nicht anders. Drei Lungenzüge später hatte sich sein Kopf ein wenig geklärt.

Selma Falck war so eine Frau. Sie hätte ein solches Attentat ausführen können. Abgesehen davon, dass sie nachweislich am anderen Ende des Zielfernrohrs gesessen hatte, in einem Straßencafé.

Und am Arm getroffen worden war.

Ohne diese Wunde besonders zu beachten. Während der Rekonstruktion des Tathergangs schien sie überhaupt keine Schmerzen gehabt zu haben. Obwohl sie eine Schlinge um den Hals trug, hatte er mehrmals gesehen, dass sie den Arm herauszog und benutzte.

Sie war hart im Nehmen. Ein wirklich harter Brocken, das hatte sie im vergangenen Jahr bewiesen. Intelligent war sie außerdem.

Und sie sah ziemlich gut aus. Das Alter spielte keine Rolle, wenn man sich so gut in Form hielt wie sie.

Er nahm noch einen tiefen Zug aus der Zigarette und ließ den Rauch langsam durch seine Nase und weiter aus dem Fenster entweichen. Eine warme Ruhe breitete sich in seinem Körper aus. Sogar seine Hose kam ihm jetzt trocken vor. Vielleicht sollte er den Versuch, mit dem Rauchen aufzuhören, für eine Weile unterbrechen. Bis Silvester jedenfalls. Noch drei Monate mit einer Zigarette ab und zu konnten unmöglich einen großen gesundheitlichen Unterschied ausmachen, wenn er bedachte, dass er schon mit sechzehn mit dem Rauchen angefangen hatte.

Selma Falck hatte Linda Bruseth gekannt. Sie waren Freundinnen gewesen. Wenn jemand ihm helfen könnte, ein mögliches Motiv für den Mord zu finden, dann sie. Vielleicht gerade sie. Vielleicht nur sie, wenn er sich das genauer überlegte. In gewisser Weise war sie eine Kollegin. Früher hatte er Privatermittler nicht leiden können, hatte sie eigentlich verachtet, jedenfalls die, die nicht ursprünglich aus den polizeieigenen Reihen kamen. Ermitteln, das war eine Ausbildung und ein Lebensstil und keine Rolle, in die ehemalige Journalisten oder eben Anwältinnen so einfach schlüpfen konnten.

Selma Falck war dennoch etwas Besonderes. Das musste er zugeben. Er loggte sich aus, griff nach seinem Handy und fand ihre Nummer direkt.

Es konnte weder ihm noch dem Fall schaden, sie zu einem Kaffee einzuladen.

Emilie

Selma spielte an ihrem Handy herum, las den SMS-Wechsel immer wieder.

Anine, besteht überhaupt eine Möglichkeit, dass ich Sjalg bald sehen kann? Für einen Spaziergang vielleicht? Ich kann so lange oder so kurz auf ihn aufpassen, wie du willst. Kuss von Mama.

Das mit dem Kuss war vielleicht ein bisschen zu viel gewesen. Als nach einer Stunde noch keine Antwort gekommen war, hatte sie noch einmal geschrieben.

Hallo! Hast du meine Nachricht bekommen? Ich möchte meinen Enkel so schrecklich gern sehen. Melde dich.

Idiotisch, das sah sie jetzt ein. In ihrer Formulierung lag ein versteckter Vorwurf. Sie wirkte verärgert, ein wenig herablassend. Als auch diese Mitteilung nicht beantwortet wurde, versuchte sie es ein weiteres Mal.

Hallo, Anine. Ich weiß ja, dass du viel zu tun hast, und mir ist auch klar, dass du aus irgendeinem Grund böse auf mich bist. Wir können gern darüber reden, wenn du willst. Aber kannst du mich bitte auf Sjalg aufpassen lassen? Ich kann zu dir kommen und ihn dann in der Nachbarschaft spazieren fahren, gerne auch nur in deiner Nähe. Gruß, Mama.

Nach fünf Sekunden piepte ihr Handy.

Du musst doch einsehen, dass ich dich mit meinem Sohn nirgendwo hinlassen kann, solange jemand auf offener Straße auf dich schießt? Also echt, Selma, hör auf!

Das tat sie. Bei einer normalen Familie wäre sie wohl eingeladen worden, ihn zu Hause bei seiner Mama zu besuchen, wenn alles andere jetzt als so ungeheuer gefährlich galt. Normalität war leider keine passende Bezeichnung für das Verhältnis zwischen Selma Falck und ihren Kindern, deshalb gab sie auf. Das hier war eine Schlacht, die sie nicht gewinnen konnte.

Selma kannte ihre Stärken und Schwächen. Das hatte sie immer schon getan. Schon mit vier oder fünf Jahren hatte sie begriffen, dass sie sich nicht bloßstellen lassen durfte. Als ihre Eltern beschlossen hatten, aus den USA nach Norwegen zurückzukehren, mit zwei Kindern und einem lukrativen Patent im Gepäck, war das Leben ganz anders geworden. Ein Dasein im Spagat zwischen Silicon Valley und Hippiezeit, wo die Kinder sich zumeist selbst überlassen worden waren, wurde durch ein bürgerliches Westendleben in Wohlstand ausgetauscht. Die kleine Selma konnte nicht mehr barfuß in den Tag spazieren, ohne daran zu denken, ob es Zeit oder Geld für eine ordentliche Mahlzeit geben würde. Ihre Mutter, die streng genommen das Gehirn hinter dem in der Prothesenindustrie angesiedelten einträglichen Patent des Vaters gewesen war, hörte auf zu arbeiten. Bisher hatte sie an ihren Kindern nur begrenztes Interesse gezeigt. Zu Hause aber sollten die beiden Kleinen in eine Form gepresst werden, die die Mutter für Bewohner einer Villa in Smestad zu Beginn der Siebzigerjahre für angemessen hielt. Als sich das Patent auch für die Ölindustrie verwerten ließ, wurde das Regime noch strenger.

Selma lernte alles in Rekordzeit. Wenn sie tat, was Mama verlangte, wurde sie in Ruhe gelassen, wurde sogar ein seltenes Mal gelobt. Wenn sie versuchte, die zu sein, die sie ihre vier kurzen Jahre zu werden versucht hatte, war der Teufel los. Obwohl sie sich eigentlich in der einen Form am liebsten mochte, entwickelte sie die Kunst, zwei zu sein. Mamas Kleine war gestriegelt, gehorsam und eine gute Schülerin. Selma dagegen war ein fantasievoller Wildfang und schon als Kleinkind vom Adrenalin getrieben gewesen.

Ihre Eltern hatten sie nie gekannt. Ihr Bruder Herman wohl, aber den gab es nicht mehr. Das Heranwachsen hatte sie in unterschiedliche Richtungen geführt. Herman wurde düster. Selma wurde eine Meisterin in der Kunst der Verkleidung. Sie war gefesselt vom Sport und der Besessenheit, überall die Beste zu sein.

Er las Bücher. Die letzten Jahre seines Lebens verbrachte er in einem staubigen, abgelegenen Arbeitszimmer in der Universität. Er wurde nie mit seiner Doktorarbeit fertig, bei der es um einen Autor aus dem 18. Jahrhundert ging, an dessen Namen sich Selma nicht einmal erinnern konnte.

Als Selma älter wurde, fiel ihr die Verstellung immer leichter. Die Mutter hatte ihr beigebracht, anderen angenehm zu sein. Das verschaffte ihr Freundinnen und Beliebtheit. Sie hatte gelernt, die eigentliche Selma zu bewahren, wozu auch gehörte, sich niemals richtig an jemanden zu binden. An niemanden außer ihren Bruder. Ein freier Mensch war jemand, der allem den Rücken zukehren konnte, ohne etwas zu verlieren. Diese Strategie hatte sich als nahezu perfekt herausgestellt. Sie hatte nur zweimal mit etwas oder jemandem ringen müssen. Der Tod ihres Bruders war eine Katastrophe gewesen. Sie hatte sich für zwei Tage eingeschlossen, und als sie wieder zum Vorschein kam, sprach sie nie wieder über ihn. Als sie vor weniger als zwei Jahren einen abrupten Bruch in Bezug auf ihre Arbeit und gegenüber ihrer Familie verarbeiten musste, war ihr das überraschend leichtgefallen. Beide Trennungen hatten eine Wendung zum Besseren bedeutet.

Selma Falck hielt sich Trauer und Kummer gegenüber für immun.

Nun saß sie an ihrem Ess- und Arbeitstisch und spürte, wie der Missmut in ihr aufstieg.

Sie hätte sich wegen Lars Sorgen machen müssen. Streng genommen hätte sie nach Ullevål fahren und feststellen müssen, ob sie helfen könnte. Vermutlich würde sie dort nichts für Lars und seine Familie tun können, aber Lars und seine Frau hatten zwei jüngere Kinder. Selma könnte anbieten, die beiden von der Schule abzuholen. Oder vielleicht Essen einzukaufen. Sie könnte eine Thermoskanne mit Kaffee füllen, es gab überhaupt eine lange Liste der Dinge, die ein Mensch in einer Krisensituation für einen anderen Menschen tun kann. Große und kleine Dinge.

Selma blieb nur sitzen.

Dass Kajsa Breien tot war, hatte sie überrascht. Sie konnte es nicht fassen. Die Frau hatte fünf Kinder und einen Mann und war außerdem eine geschätzte Angehörige des Obersten Gerichts in diesem Land. Sie war nicht einmal fünfzig gewesen. Das Ganze war eine Tragödie, ganz egal, ob sie sich wirklich das Leben genommen hatte. Für einen Moment, als Lars noch bei ihr gewesen war und ehe sie zum Duschen gegangen war, schien in ihr ein Funke von Interesse erwacht zu sein. Irgendetwas an dieser Geschichte kam ihr seltsam vor, es lag ein Ton darin, der ihr vage Assoziationen zu etwas gab, das sie nicht erfassen konnte. Danach hatte sie das alles verdrängt. Kajsa Breien ging sie nichts an. Jetzt ließ sie ihren Blick zwischen dem Foto von Sjalg an der Wand und dem Ordner hin- und herwandern, den Lars in der Eile vergessen hatte. Der Speicherstick lag auch noch da. Selma interessierte beides nicht, und sie schob die zwei Dinge weg.

Gerade jetzt hatte sie nur ein Ziel: ihren Enkel zu sehen.

Darauf musste sie sich konzentrieren.

Der Stalker musste entlarvt, die Wohnung sicher und Anine wieder einigermaßen umgänglich werden.

Die Polizei hatte offiziell noch nicht erklärt, dass sich das Attentat gegen Linda Bruseth gerichtet hatte. Es ärgerte Selma, dass sie so geheimnisvoll taten, und ihr kam der Gedanke, Kontakt zu Hauptkommissar Smedstuen aufzunehmen. Der musste doch begreifen, wie unangenehm es war, dass alle Welt Selma für das Ziel des Attentats hielt. Sie könnte ihm die insgesamt siebenunddreißig Anfragen von der Presse an sie zeigen, die zehn SMS und die sechs Anrufe allein von *DG*. Sie hatte auf nichts davon reagiert, was den Druck aber nicht mindern konnte.

Sie wollte eine offizielle Erklärung von ihm verlangen, das beschloss sie jetzt.

Anine würde sich mit einer Bestätigung zufriedengeben, wenn die von der Polizei käme. Von dem ungebetenen Gast, der in

Selmas Wohnung Kindheitserinnerungen hinterlegte, hatte Anine glücklicherweise keine Ahnung.

Nur ihr anstrengender eingebauter Lügendetektor stand einem baldigen Friedensabkommen noch im Weg. Für einen Menschen, der in seiner gesamten Kindheit weniger Zeit mit der Mutter verbracht hatte als die meisten anderen, verfügte Anine über eine unbegreifliche Fähigkeit, ihre Mutter zu durchschauen. Sie würde ihre Unruhe bemerken. Vielleicht würde das Allerschlimmste passieren, und Anine würde glauben, dass Selma wieder mit Zocken angefangen hatte.

Vielleicht war das genau das, was sie tun müsste.

Nur eine einzige Nacht am Rechner würde Wunder wirken. Diese rastlosen Schmerzen in Muskulatur und Gliedern, die Schlaflosigkeit, die Konzentrationsstörungen, die kamen und gingen, alles würde so viel besser werden, wenn sie nur einige Stunden an dem virtuellen Pokertisch verbringen könnte. Anine wollte sie ja doch nicht sehen. Bis zur nächsten Begegnung würde sicher eine Woche vergehen. Mindestens. Wenn Selma nur heute Nacht spielte, oder vielleicht jetzt gleich, würde vermutlich Zeit genug vergehen, um sogar Anine zu täuschen.

Ihre Hände zitterten ein wenig, als sie den Laptop aufklappte. Ihre Finger gaben die vertrauten Codes ein. Der Anblick des sich bewegenden Kartenspiels auf der Website des Spielforums in den USA hatte dieselbe physische Wirkung auf sie wie immer: ein segensreicher Stoß aus prickelnder Erwartung, der Klarheit in ihre Gedanken brachte und alle Unruhe besänftigte. Sie wollte sich gerade einloggen, als ihr Handy klingelte. Sie fuhr heftig zusammen, als wäre Anine plötzlich hereingeplatzt und hätte ihre Mutter bei ihrem Tun entlarvt. Sie knallte den Mac zu und griff nach dem Handy.

Fredrik Smedstuen, zeigte das Display an.

Sie wartete zwei Sekunden, nahm das Gespräch an und hielt sich das Handy ans Ohr.

»Hallo«, sagte sie so neutral wie möglich.

»Hallo. Fredrik Smedstuen hier.«

»Ja, das sehe ich.«

»Ich wollte nur fragen ...«

Er schien mühsam ein- und auszuatmen. Er rauchte, begriff sie nun.

»Könnten wir uns auf einen Kaffee treffen?«

»Kaffee?«

»Ja.«

»Warum denn?«

»Ich würde gern ein paar Sachen mit Ihnen besprechen.«

»Über den Fall?«

»Äh ... ja.«

»Gibt es etwas Neues?«

»Es gibt immer etwas Neues.«

Noch ein Lungenzug und ein pfeifendes Ausatmen.

Das war auch eine Möglichkeit. Das war genau, was sie brauchte.

»Wann habt ihr denn vor, bekannt zu geben, dass ich nur ein zufälliger Zaungast war?«, fragte sie. »Es ist eine ziemliche Belastung, dass alle mich für das Ziel zu halten scheinen.«

»Sie wissen genug von Polizeiarbeit, um zu begreifen, dass wir uns in der Anfangsphase der Ermittlungen bedeckt halten müssen.«

»Es ist jetzt schon über eine Woche her.«

»Wir ... wir treten ein bisschen auf der Stelle, um ehrlich zu sein. Ich hatte gehofft, Sie könnten mir helfen. Sie haben Linda Bruseth seit Ihrer Jugend gekannt. Wir haben ausführlich mit Vanja Vegge gesprochen, aber dabei ist leider nur sehr wenig herausgekommen.«

»Sie haben immerhin ihren Namen gelernt.«

»Was?«

»Nichts.«

»Also, was sagen Sie? Können wir uns treffen? Bald?«

Selma gab keine Antwort. In seiner Stimme schwang plötzlich ein neuer Klang mit. Etwas Verletzliches, fast Flehendes. Sie starrte den Laptop an.

Fredrik Smedstuen hatte sie vor einem Riesenpatzer gerettet.

»Wann denn? Gleich heute?«

»Das geht leider nicht, ich muss ... Wie wäre es mit morgen? Welche Uhrzeit wäre Ihnen recht?«

Selma ließ sich Zeit, als ob sie in ihrem Terminkalender nachsehen müsste.

»Ich habe nur einen freien Slot, so gegen zwölf. Wir könnten zusammen zu Mittag essen.«

»Schön. Super. Wir können irgendwo in Ihrer Nähe hingehen, das ist weniger umständlich für Sie. Sagene Lunsjbar?«

Das war hundert Meter entfernt. Selma sagte zu und legte auf.

Vom Gong gerettet, dachte sie mit einem schrägen Blick zu ihrem MacBook. Sie hatte noch fast vierundzwanzig Stunden bis zu ihrem Treffen mit dem Hauptkommissar. Sie musste sich inzwischen irgendwie die Zeit vertreiben. Natürlich könnte sie noch eine Runde laufen oder zum Training ins Artesia gehen. Das half ein wenig gegen die Spannungen, das wusste sie, aber nicht viel länger als die Zeit, in der sie damit beschäftigt war.

Leon konnte tot sein.

Lars ging es jedenfalls ganz schrecklich schlecht. In diesem Moment. Selma sprang so abrupt auf, dass ihr Stuhl umkippte. Sie musste nach Ullevål, dachte sie noch einmal, als ihr Blick auf den Speicherstick fiel.

Wenn Leon starb, war der Inhalt des Sticks für Lars ohne Bedeutung.

Wenn der Junge überlebte und keine schlimmen Folgen davontrug, würde der Zugang zu den gesperrten Zip-Dateien ziemlich viel bedeuten. Sie griff nach dem roten Speicherstick und legte ihn in ihre Handfläche, während sie bereits über Methoden nachdachte, den Code zu knacken. Ihre Ideen waren entweder zu vage oder strikt verboten.

Ab und zu war das Einfachste das Beste, entschied sie.

Lars hatte Jonathans Lebensgefährtin erwähnt. Obwohl Selma ihre Passwörter immer für sich behielt, wusste sie, dass Paare oft die Passwörter vom jeweils anderen wussten. Sie googelte rasch per Handy und fand schon nach wenigen Sekunden Jonathan Herses Todesanzeige.

♥

Unser geliebter Sohn,
mein bester Freund und Liebster,
der beste große Bruder und Onkel auf der Welt

Jonathan Henry Herse
geboren 27. 03. 1989
wurde am 17. August 2019 brutal von uns gerissen.

Tobben und Berit
Emilie
Kasper und Julia
Liam
Freunde und übrige Verwandte

Die Beisetzung würde in fünf Tagen stattfinden, und danach waren alle in die Räumlichkeiten der Forschungsstiftung FAFO in Grønland eingeladen.

Emilie hieß sie also. Wie ungefähr dreitausend andere in diesem Alter. Sie waren nicht verheiratet gewesen, Herse hieß sie also nicht. Selma fing an, aufs Geratewohl zu suchen. Jonathan und Emilie. Emilie liebt Jonathan. Jonathan Herse und Emilie.

Bingo.

Der erste Sommertag des vergangenen Jahres.

Jonathan Herse und Emilie Karina Sundet saßen auf den Felsen bei Huk, leicht bekleidet und lächelnd, zwischen sich einen Einmalgrill.

Die Mitteilung von *Dagbladet*, dass die Wettergottheiten zum ersten Mal in diesem Jahr die Temperatur auf zwanzig Grad springen ließen, erzählte Selma alles, was sie wissen musste. Die Kleine hatte noch dazu einen Doppelnamen. Das wird einfach, konnte Selma gerade noch denken, ehe ein Blick ins Telefonbuch genau das bestätigte.

Vermutlich war Emilie Sundet um diese Tageszeit bei der Arbeit. Eine weitere Suche ergab, dass sie als Sachbearbeiterin beim Planungs- und Bauamt in Oslo arbeitete. Dieses Amt gehörte zu den meistbeschäftigten öffentlichen Behörden, aber Selma ging davon aus, dass eingehende Anrufe noch über eine Telefonzentrale an die Anschlüsse in den einzelnen Büros weitergeleitet wurden. In der freien Wirtschaft wurden Einzelanschlüsse jetzt immer üblicher. Selma begriff nicht, weshalb, aber sie könnte doch einen Versuch machen.

Dennoch zögerte sie.

Dieser Fall ging sie nichts an.

Sie hatte genug mit ihren eigenen Angelegenheiten zu tun. Andererseits: Das hier war etwas, das sie für Lars tun konnte. Und für sich selbst, wenn sie noch einmal genauer darüber nachdachte. Es war unerträglich, einfach still zu sitzen.

Emilie Karina Sundet meldete sich nach nur einem Klingeln. Sie war so erkältet, dass sie sich mit einem verzweifelten »Ebilie« meldete. Selma machte es wie immer, sie lächelte so strahlend, dass es auch durch die Telefonleitung zu hören war.

»Hallo. Mein Name ist Selma Falck. Störe ich?«

»Äh ... nein.«

Sie sagte »dein«, Selma hoffte, dass sie im Bett lag, dick in Decken eingewickelt.

»Ich bin heute nicht im Büro«, sagte jetzt die helle Stimme. »Bin furchtbar erkältet, das hören Sie vielleicht. Sind Sie übrigens ... also, meinen Sie *die* Selma Falck?«

Selma lachte kurz.

»Doch. Ja. Ich bin Selma Falck. Meines Wissens heißt sonst niemand so.«

»Was kann ich für Sie tun?«

Selma griff nach dem Speicherstick. Der fühlte sich kalt an.

»Es geht um Jonathan«, sagte sie ruhig. »Um eine Sache, an der er vor seinem Tod gearbeitet hat.«

»Was?«

Die Leitung rauschte, Emilie hustete heftig.

»Eine Sache«, wiederholte Selma, »mit der er nicht mehr fertig geworden ist. Im Zusammenhang damit hat er einen Speicherstick hinterlassen, über den ich gern mit Ihnen sprechen würde.«

Neues Husten, gefolgt von einem heftigen Niesen. Als Emilie endlich wieder sprechen konnte, war Selma nicht sicher, ob sie weinte.

»Ich weiß eigentlich nicht, wie ich Ihnen da helfen soll«, sagte Emilie. »Wir haben ab und zu darüber gesprochen, woran er gerade arbeitete und so, aber in der letzten Zeit vor dem Unfall war er ... irgendwie abwesend. Ich dachte, vielleicht ... ich weiß nicht so ganz.«

»Er hat an etwas gearbeitet, das ziemlich kompliziert wirkt«, sagte Selma. »Es wäre vielleicht das Beste, wenn ich bei Ihnen vorbeischauen könnte?«

»Jetzt? Heute?«

»Tja. Mir ist es recht, wenn Sie denn einen Krankenbesuch vertragen können. Brauchen Sie irgendwas? Ich könnte für Sie einkaufen. Nur ein kurzer Besuch.«

»Ja ...« Emilie Sundet zögerte. »Geben Sie mir noch etwas Zeit, damit ich duschen kann.«

»Natürlich. Sagen wir, in einer Dreiviertelstunde? Bergensgate 4, nicht wahr?«

»Ja. Genau gegenüber von Mat & Mer. Und ... könnten Sie einen Caffè Latte mit Hafermilch mitbringen?«

»Das kann ich, ist doch klar.«

Das Gespräch wurde beendet. Die Bergensgate lag fünf Minuten entfernt. Selma hatte mehr als genug Zeit. Rasch schob sie den Laptop in eine Hülle, holte ihre große Ledertasche und sah aus dem Fenster. Es war noch immer trocken. Sie steckte den Speicherstick in die Tasche, ließ den Ordner mit den vielen Jugendamtsfällen jedoch liegen. Auf dem Gang zog sie ihre Jenny-Skavlan-Jacke an und schob sicherheitshalber einen zusammenklappbaren Regenschirm in die Tasche. Ihr Arm machte ihr immer weniger zu schaffen, und sie zog die Schlinge aus der Manteltasche und legte sie weg. In der verbleibenden Dreiviertelstunde könnte sie noch etwas essen, ehe sie Emilie Sundet besuchte.

Noch einmal dachte sie kurz an Lars und den kleinen Leon.

Sie hoffte, dass der Junge noch lebte, denn wenn nicht, wäre ihr Einsatz hier ganz und gar vergebens.

Piccolo

Er war tagsüber so selten hier.

Der Friedhof war groß und still. Sogar der Schwerverkehr der Hauptstraße wurde von Bäumen und Kummer gedämpft, als wäre der riesige Friedhof umgeben von einem unsichtbaren Lärmschutz. Die Grabsteine standen in Reih und Glied da, in geschlossener Ordnung, auf dem Østre gravlund tanzte keiner aus der Reihe. Das gefiel ihm. Das Christentum war eine Religion, die Ordnung in ihren Siebensachen hielt. Er hatte immer an eine Art Gott geglaubt, auch wenn er sich selten an diesen gewandt hatte. Seine Lebenssicht war wie sein Leben selbst: geradlinig und schlicht. Einiges war richtig, einiges falsch, aber er behielt sich das Recht vor, selbst zu entscheiden, was was war.

Grethe lag da, wo sie schon seit vielen Jahren lag. Ab und zu überkamen ihn auf dem Weg zu diesen Begegnungen mit seiner Frau Fantasien. Er konnte sich vorstellen, dass sie dort wartete, lebendig, während ihre rote Mähne ihren Kopf umwogte und im Gras ein Picknickkorb stand. Sie würden einen weiteren gestohlenen Tag zusammen haben, und dieser Gedanke konnte so berauschend sein, dass seine Schritte leichter und schneller wurden. Danach war er immer wütend. Auf sich selbst, weil er sich der Flucht vor der Wirklichkeit ergeben hatte, und auf Grethe, die vielleicht gerettet worden wäre, wenn sie nur früher zum Arzt gegangen wäre.

Bei Tageslicht rauchte er selten.

Heute hatte er nicht einmal Zigaretten bei sich. Stattdessen hatte er sich eine kleine Flasche Sekt in die Jackentasche gesteckt, einen Henkell-Trocken-Piccolo, den er von einer Flugreise mitgebracht hatte. Das Flaschenformat hieß wie der Sekt, glaubte er zu wissen. Piccolo. Klein.

Er hatte auch einen Jagdstuhl bei sich.

Beim Grab war niemand zu sehen. Der heftige Regen des Morgens hatte den Boden aufgeweicht. Das Gras war wohl am Vortag gemäht worden, vielleicht zum letzten Mal in dieser Saison. Der Rasen sollte nicht ganz kurz geschoren sein, wenn die Frostnächte einsetzten. Er klappte den Stuhl auf. Der war klein und ziemlich wackelig auf dem weichen Boden, aber wenn er die Beine spreizte und sich vorbeugte, konnte er problemlos so sitzen.

Er lächelte den Grabstein an.

»Wir sind jetzt auf dem Weg, Grethe. Nicht mehr lange, dann sind wir am Ziel.«

Die Flasche ließ sich mit einem kleinen Knall öffnen. Er wartete, bis der Inhalt fertig gesprudelt hatte und etwas Schaum aus dem Flaschenhals gequollen war, dann hob er sie an den Mund und trank.

»Ein kleiner Schluck«, sagte er. »Nur ein Tropfen gegen den Durst. Nicht so wie an dem ersten Abend, den die beiden Turteltauben hatten.«

Bei diesem Gedanken musste er wieder lächeln, jetzt breiter. Er hob den Sekt zu einem kleinen Prosit und trank noch einen Schluck.

»Es war so romantisch. Sie waren so verliebt. Sie haben sich ein *bed-in* gegönnt, wie damals John und Yoko. Aber nicht für den Frieden. Sondern für die Liebe. Ich hätte niemals gedacht, dass unser … dass unser hoffnungsloser, seltsamer, verquerer feiner, schöner Junge zu so etwas fähig wäre …«

Seine Stimme versagte. Er stellte die Flasche auf den Boden. Sie kippte um. Schäumende Flüssigkeit lief ins Gras und bildete einen Kreis, der rasch in sich zusammensank und dann versickerte.

»Das war Liebe, Grethe. Du hättest ihn mal erzählen hören sollen. Es tut mir so leid, dass du das niemals erfahren hast. Dass unser Junge, unser …«

Er fuhr sich mit dem Ärmel über die Augen, griff nach der Flasche und hob sie in die Luft. Im Licht des Himmels konnte er sehen, dass noch immer ein Schluck übrig war. Er hob die Flasche an den Mund und trank.

»Ich hoffe, du verzeihst mir alles, was ich falsch gemacht habe, nachdem du verschwunden warst«, flüsterte er und legte die Hand auf den groben Stein. »Jedenfalls, wenn das hier vorüber ist. Wenn ich fertig bin und wenn sich das System selbst entlarvt hat. Das ist wichtig.«

Grethe war stumm.

»Das ist wichtig«, wiederholte er leise. »Es müssen die Institutionen sein, die ihre eigene Fäule bloßlegen. Nicht die Presse. Nicht Außenstehende. Das System selbst muss langsam entdecken, was ich den Verantwortlichen mitteile. Darin liegt eine Schönheit, Grethe. Eine Erlösung.«

Noch immer gab sie keine Antwort. Das tat sie nie. Nicht hier und nicht, wenn er in den Nächten versuchte, sie neben sich im Bett herbeizubeschwören. Nicht am Frühstückstisch, den er noch immer für zwei deckte, oder beim Sonntagsspaziergang, den er allein zurücklegen musste, während früher einmal drei zusammen gegangen waren.

Wenn sie nur anfangen könnte, ihm zu antworten.

Die Zoologin

Emilie Karina Sundet wohnte in einem Klinkerblock, dessen Errichtung Selma auf die Fünfzigerjahre schätzte. Die letzte halbe Stunde hatte Selma im Mat & Mer im Erdgeschoss des Gebäudes verbracht. Sie hatte einen langweiligen Salat gegessen und auf dem Handy Zeitungen gelesen. Der NAV-Skandal war abermals in allen Medien. Selma hatte ihn bereits satt. Wenn sie noch immer Anwältin gewesen wäre, sähe die Sache vielleicht anders aus. Zwei der prominentesten Verteidiger taten bereits kund, dass sie auf der Jagd nach Gerechtigkeit für die Betroffenen jeden Stein umdrehen würden. Dass die meisten von ihnen vollkommen falsche Auslegungen der EWR-Vorschriften zugrunde gelegt und damit zu den Justizirrtümern beigetragen hatten, sagten sie nicht so laut.

Selma stieg die Treppe in den zweiten Stock hoch.

Emilie Sundet erwartete sie in der Türöffnung. Sie trug einen gelben Trainingsanzug, der zu groß für sie war. Auf der Brust stand in großen schwarzen Buchstaben LSK, die Abkürzung des Fußballvereins von Lillestrøm. Selma vermutete, dass der Anzug von Jonathans Seite im Kleiderschrank stammte.

Emilie Sundet sah wirklich elend aus.

Ihr Gesicht war blass, mit feuerroten Halbmonden um die Nasenflügel. Ihre Augen waren rot unterlaufen und trieften. Sie nieste nachdrücklich, als Selma den richtigen Treppenabsatz erreichte. Selma blieb stehen.

»Entschuldigung«, sagte Emilie und streckte die Hand aus, ehe sie zurückzuckte und die Hand hinter ihrem Rücken versteckte. »Ich will Sie nicht anstecken. Wo Sie doch gerade erst angeschossen worden sind und überhaupt.«

»Ich habe eine Immunabwehr wie ein Elefant«, sagte Selma lächelnd und ging weiter, als die Frau zurückwich. »Kein Problem.«

»Die fressen gegenseitig ihre Exkremente«, sagte Emilie und ging vor Selma her in ein kleines Wohnzimmer.

»Was?«

»Elefanten. Um ihre Immunabwehr zu kräftigen, unter anderem.«

»Ach ja? Interessant.«

Selma sah sich um. Das Zimmer war vielleicht zwanzig Quadratmeter groß. Es war vollgestopft. Vor dem Fenster stand ein flaschengrünes Cordsofa, das mit bunten Kissen bedeckt war. Der Couchtisch hatte schon bessere Tage gesehen. Er stammte aus den Sechzigerjahren und hatte schräg stehende Beine und eine Ablage für Zeitungen und Zeitschriften unter der abgenutzten, matten Tischplatte. Dort lag bestimmt schon ein Kilo Papier. *Scientific American*, bemerkte Selma, und einige *National Geographic.* Der Stapel Exemplare einer Zeitschrift, von der Selma noch nie gehört hatte, *Fauna,* war so hoch, dass er neben einem gelben Ohrensessel auf dem Boden abgelegt worden war. Die Armlehnen waren so verschlissen, dass das Polster an mehreren Stellen hervorquoll. Überall lagen kleine Figuren von Tieren und Gebäuden, Schachteln mit Puzzlespielen und jede Menge Bücher. In einem Regal neben der Küchentür, wie Selma annahm, lag eine Steinsammlung. Die Wände waren fast vollständig bedeckt mit Bildern in einem wilden Stilgemisch, scheinbar ohne Sinn und Zweck, außer dem, die angejahrte Strohtapete zu verdecken.

Die Wohnung sah aus, als gehörte sie einem exzentrischen, unverheirateten und alternden Professor.

»Jonathan hatte offenbar viele Interessen«, sagte Selma mitfühlend und wusste nicht so recht, wohin sie sich setzen sollte.

»Nehmen Sie den hier«, sagte Emilie und zeigte auf den Ohrensessel. »Dann setze ich mich auf das Sofa, so weit von Ihnen entfernt wie möglich. Und nein. Jonathan hat sich nur für seine Arbeit interessiert. Und für Fußball. Für nicht viel mehr. Ich dagegen ...«

Sie versuchte erfolglos, ein weiteres Niesen zu unterdrücken. »Entschuldigung«, sagte sie, während ihre Tränen flossen. »Ich bin Zoologin.«

»Zoologin? Arbeiten Sie nicht im Planungs- und Bauamt?«

»Doch. Wenn Sie keine dem Studium entsprechende Arbeit finden wollen, dann werden Sie Zoologin. Der Arbeitsmarkt für uns ist klein in Norwegen. Und während ich suche, muss ich anderswo Geld verdienen.«

Selma setzte sich.

»Was wollen Sie?«, fragte Emilie. »Wirklich, meine ich.«

Ihre Iris war so hellblau, wie das überhaupt nur möglich war, ohne mit dem Weiß des Augapfels zu verschwimmen. Vermutlich verbrachte sie sonst jeden Morgen viel Zeit mit Schminken, denn Wimpern und Brauen waren in natürlichem Zustand fast kreideweiß. Ihre Haare waren dünn und weizenblond. Selma musterte sie, während Emilie noch eine Runde mit dem Papiertaschentuch hinter sich brachte.

Vielleicht sollte sie einfach ehrlich sein.

»Zuerst möchte ich Ihnen mein Beileid zu Jonathans Tod aussprechen«, begann sie und räusperte sich leise. »Wirklich. Das muss jetzt eine schwere Zeit für Sie sein.«

»Ja. Auf jeden Fall, aber für seine Familie ist es schlimmer als für mich. Wenn die Wohnungspreise hier in der Stadt nicht so wahnsinnig hoch wären, hätten wir uns im Sommer vermutlich getrennt. Seitdem hat er mehr Zeit mit seinem besten Freund verbracht als mit mir.«

»Ich will Sie nicht lange belästigen«, sagte Selma in der Hoffnung, eine engere Bekanntschaft mit der jungen Frau vermeiden zu können. »Also frage ich lieber gleich …«

Sie hob den Hintern ein wenig, um den Speicherstick aus der Tasche ziehen zu können.

»Das hier hat Jonathan in der Redaktion hinterlassen.«

»Ein USB-Stick.«

»Ja. Der enthält einige Dateien, die für einen Kollegen von ihm von journalistischem Interesse sein können.«

»Und warum fragt mich dann nicht der Kollege?«

»Weil er gerade beschäftigt ist. Ich tue ihm einen Gefallen.«

»Na gut. Ich dachte, Sie seien Detektivin. Aber was kann ich für Sie tun? Sie haben in echt übrigens größere Ähnlichkeit mit dieser amerikanischen Schauspielerin als auf den Fotos. Sehr große sogar.«

Seit Selma in einem Interview mit dem *NRK* kurz vor Weihnachten endlich über ihre Ähnlichkeit mit Mariska Hargitay aus der Fernsehserie *Law and Order: SVU* gesprochen hatte, gab es dazu kaum noch Kommentare. Was ein Segen war. Selma merkte, wie ihre Irritation wuchs.

»Ach was. Was ich brauche, ist das Passwort.«

»Das weiß ich doch nicht! Über so was haben wir nie gesprochen.«

»Sind Sie sicher? Darf ich einige Kombinationen ausprobieren?«

»Natürlich. Fangen Sie an.«

Emilie griff nach einer Tube Mentholsalbe auf dem Tisch, während Selma den Laptop auspackte. Nachdem sie den Verschluss abgedreht hatte, presste Emilie einen dicken Klumpen der transparenten, kräftig riechenden Salbe heraus und schmierte sich damit die Haut unter und neben der Nase ein.

»Was ist Ihr Geburtsdatum?«, fragte Selma so freundlich sie konnte.

»Was wollen Sie damit?«

»Einige Codes testen.«

»23. April.«

»Welches Jahr?«

»1995.«

Selma überlegte kurz, ehe sie die nächstliegende Lösung versuchte.

Emilie230495.

Wrong Password.

Selma hatte an der Computerfront viel mehr Erfahrung als Lars und hatte deshalb keine Angst, dass die Datei nach drei falschen Passwörtern endgültig gesperrt würde oder sich auflöste. Sie versuchte deshalb ihr Glück mit immer neuen Kombinationen von Jonathans vielleicht nicht mehr so sehr geliebter Freundin und ihrem Geburtsdatum.

»Kommen Sie irgendwie weiter?«, fragte Emilie und nippte an ihrem Latte mit Hafermilch, den Selma auf den Tisch gestellt hatte.

»Na ja. Nein. Hatte Jonathan einen Hund? Eine Katze? Irgendein anderes Tier?«

»Großer Gott, nein! Er hatte eine Sterbensangst vor Tieren. Totale Panik. Null Interesse an Tieren überhaupt. Das gehörte zu den Dingen, über die wir uns gestritten haben. Ich hatte mir einen Hund gewünscht. Oder noch lieber ein Terrarium. Jetzt kann ich ja machen, was ich will. Ich werde mir eine Bartagame zulegen, sowie ich mir das leisten kann. Oder eigentlich ein Paar. Damit ich Junge bekommen kann. Oder ... also, damit die Junge bekommen können.«

Selma begriff nun langsam, dass diese Beziehung nicht unbedingt ein Riesenerfolg gewesen war.

Sie hätte niemals herkommen dürfen.

»Ich komme wohl nicht weiter«, sagte sie und packte den Laptop ein. »Aber den Versuch war es wert. Tausend Dank für Ihre Hilfsbereitschaft.«

Als sie sich erhob, fiel ihr Blick auf eine Sammlung von Fotorahmen in einem Regalfach. Vor allem ein Bild erregte ihr Interesse. Sie trat zwei Schritte näher. Um die eine Ecke des Rahmens war ein samtener Trauerflor gewunden.

»Ziemlich grotesk«, sagte Emilie vom Sofa her. »Das steht vor allem anstandshalber da. Bis auf Weiteres, jedenfalls. Jonathans Eltern haben allen, die ihn kannten, so eines geschenkt. Jedenfalls allen, die ihm irgendwie ... nahegestanden haben. Ich hätte ja ein schönes Foto von ihm zu Lebzeiten als Erinnerung besser gefunden. Der, der da vorn rechts zu sehen ist, ist übrigens der, den ich vorhin erwähnt habe.«

»Wer denn?«

»Allan. Allan Strømme. Jonathans bester Freund, schon seit ihrer Kindheit.«

Das Bild war aufgenommen worden, während der Sarg mit Jonathans sterblichen Überresten aus der Kapelle getragen wurde. Als Foto betrachtet war es gut. Der Winkel stimmte nicht ganz, weshalb die Gesichter der Sargträger im Mittelpunkt standen. Es waren nur Männer.

Emilie war aufgestanden. Sie trat zum Glück nicht dicht an Selma heran, sondern blieb zwei Meter von ihr entfernt stehen.

Selma achtete nicht auf sie. Sie konzentrierte sich auf den Mann vorne rechts, von dem sie sicher glaubte, ihn schon einmal gesehen zu haben. Irgendwo, vor nicht allzu langer Zeit, aber sie konnte sich einfach nicht erinnern, wo.

»Allan Strømme«, wiederholte sie leise. »Und wo arbeitet er?«

Aber sie hätte nicht zu fragen brauchen. Sie wusste wieder, wo sie ihn gesehen hatte. Auf einem Bild in einer Zeitung. In *Aftenavisen*, da war sie sich sicher, als Lars und sie nach Informationen über die Führende Beraterin Alvhilde Leonardsen im Kinder- und Familienministerium gesucht hatten. Die Frau hatte jubelnd dagestanden, umgeben von drei schweißnassen Männern aus der Mannschaft, die bei der Holmenkollstafette in der Klasse *Mix-Teams mit Mehrzahl Frauen* den zwölften Platz geholt hatte. Sie hatten das Büro des Generalstaatsanwalts mit siebzehn Sekunden geschlagen und waren sichtlich stolz darauf gewesen. Allan Strømme hatte mit einer Flasche Gatorade in der Hand am Rand der Gruppe gestanden.

»Allan?«, fragte Emilie. »Allan ist Jurist und Soziologe. Er arbeitet im Kinder- und Familienministerium. Jonathan und Allan waren unzertrennlich. Seit dem Sommer hingen sie wie gesagt fast pausenlos zusammen.«

Sie nieste noch einmal, dann fügte sie hinzu: »Es war fast, als ob die beiden ein Geheimnis hätten.«

Freitag, 13. September

Lunch

Ein Glückstag, das war es. Trotz des Datums.

Leon Winther hatte seine dramatische Begegnung mit dem Sattelzug überlebt. Um Haaresbreite, diesen Eindruck bekam Selma, als Lars sie an diesem Morgen um halb sechs anrief. Da sie nun endlich einmal eine ganze Nacht durchgeschlafen hatte, hätte er durchaus bis später warten können, aber es ist bekanntlich schwer, gute Nachrichten für sich zu behalten. Er weinte am Telefon und erzählte mehr über die dramatischen Stunden, als Selma streng genommen interessierte. Da er sie nun schon einmal geweckt hatte, verband sie ihre Ohrstöpsel mit dem Handy und verließ ihr Bett, während sie redeten.

Während *er* redete, genauer gesagt. Denn das tat er. Er hörte nicht auf. Erzählte von einem gebrochenen Becken und einer Operation, die sieben Stunden gedauert hatte. Von einem Fast-Herzstillstand und einer Ehefrau, die am Ende in Ohnmacht gefallen war. Von fantastischen Ärzten und den Kaffeemengen, die er in sich hineingegossen hatte. Am Ende musste sie vorgeben, die Verbindung sei unterbrochen worden. Sie schickte ihm sofort eine SMS, um ihn an einem weiteren Anruf zu hindern: *Lieber Lars, wunderbare Nachrichten! Widme deine Kraft deiner Familie, wir reden später. Das Beste auf der Welt dir und den Deinen, Selma.*

Leon lebte, und der Besuch bei Emilie Sundet war damit keine vergeudete Zeit.

Lars würde demnächst wieder so sein wie immer. An diesem Morgen hatte Selma für einen Moment den Drang verspürt, ihn zu unterbrechen und ihm vom gestrigen Glückstreffer in der Bergensgate zu erzählen, aber das wäre vermutlich eine Zumutung gewesen. Er hatte jetzt wirklich anderes im Kopf.

Als sie um fünf vor zwölf an diesem Vormittag die Sagene Lunsjbar betrat, bereute sie fast, sich zu dem Treffen mit Fredrik Smedstuen bereit erklärt zu haben. Sie hatte den Vormittag genutzt, um sich davon zu überzeugen, dass Allan Strømme noch immer im Kinder- und Familienministerium arbeitete und dass er in Mortensrud wohnte. Selmas erster Impuls war gewesen, den Burschen anzurufen, aber sie begriff rasch, dass das eine Dummheit wäre. Alle Logik sagte, dass er Jonathans Quelle im Ministerium gewesen war. Es konnte sogar sein, dass seine Tonaufnahmen in der Zip-Datei auf Jonathans Speicherstick verewigt waren. Und wenn das so war, dann sah sie hier eine Möglichkeit, sich die Dateien zu besorgen, ohne das Passwort knacken zu müssen.

Dass der Mann sich als kooperativ erweisen würde, war dagegen alles andere als sicher. Ein Plan musste her, und den musste Selma allein entwerfen. Zuallererst aber musste sie das verabredete Mittagessen hinter sich bringen.

Sie hätte ihn fast nicht erkannt.

Der Hauptkommissar war schon vor Ort und saß an einem Fenstertisch. Das Restaurant war fast leer. Er hatte sich die Haare geschnitten. Total. Sein Schädel war glatt geschoren, nur ein vager Schatten zeichnete ein Muster, das verriet, dass es keine guten Wachstumsbedingungen für die wenigen noch vorhandenen Strähnen gegeben hatte. Die struppigen, zusammengewachsenen Augenbrauen waren zu zwei ziemlich scharfen Adlerschwingen gestutzt worden. Sein Hemd, das sonst immer hellblau und zerknittert war, war einem weißen, frisch gebügelten gewichen. Dieses Hemd passte gut zu der Chino-Hose, die Selma für einen

Moment unter dem Tisch erkennen konnte. Als sie sich setzte, registrierte sie, dass er frisch geduscht roch, ohne den geringsten Hauch von Zigarettenrauch oder *Fisherman's Friend.*

»Sie sehen aber gut aus!«, rief sie. »Geniale Idee, sich die Haare zu schneiden.«

»Danke«, murmelte er und winkte der Kellnerin. »Wie geht's dem Arm?«

»Ach, der«, sagte Selma leichthin und griff sich an die Schusswunde, wo sie morgens den Verband hatte wechseln müssen. »Merke kaum noch was. Gutes Heilfleisch. Ich muss bald die Fäden ziehen lassen.«

Er schob ihr die Speisekarte hin.

»Ich lade Sie ein«, sagte er. »Nehmen Sie, was Sie wollen. Auch Bier, obwohl es noch früh am Tag ist.«

»Ich trinke nicht«, sagte Selma.

»Ach ja. Genau. Das wusste ich doch.«

»Ich hätte gern einen Geflügelsalat. Und eine Pepsi Max mit Eiswürfeln. Worüber wollen Sie mit mir sprechen?«

»Sie kommen ja gleich zur Sache!«

»Das ist wohl das Beste für uns beide.«

Die Kellnerin, eine zierliche Frau mit rosa Strähnchen in den Haaren, kam zu ihrem Tisch. Fredrik bestellte.

»Also«, sagte er, als sie wieder allein waren, »es geht, wie Sie sich sicher schon gedacht haben, um Linda Bruseth.«

Selma ließ sich nicht einmal zu einem Nicken herab.

»Wir sind zu dem Schluss gekommen, dass es einwandfrei sie war, die der Mörder zum Ziel hatte. Im wahrsten Sinne des Wortes, sozusagen.«

Sein Lächeln wirkte fast töricht, und rasch wurde er wieder ernst.

»Wenn das unter uns bleiben kann, ist das so ungefähr das Einzige, was wir zu wissen glauben.«

»Keine Spuren?«

»Es ist noch zu früh in den Ermittlungen.«

Selma beugte sich ein klein wenig vor.

»Diese Floskel bedeutet nur eins«, sagte sie leise. »Dass ihr rein gar nichts habt. Ihr müsst euch einen neuen Spruch dafür ausdenken, dass ihr auf der Stelle tretet.«

»Sicher. Aber ...«

Er rutschte auf seinem Stuhl hin und her. Er schien sich in den neuen Kleidern nicht richtig wohlzufühlen. Mit der Frisur auch nicht, immer wieder fuhr er sich mit der Hand über den unerwartet glatten Schädel.

»Um es so zu sagen, wie es ist«, sagte er endlich, »wir können einfach kein Motiv für den Mord an Linda Bruseth finden. Sie war doch wirklich eine Unschuld vom Lande.«

»Na ja, das mit der Unschuld ist so eine Sache«, sagte Selma. »Aber ich verstehe, was Sie meinen. Sie konnte wirklich keiner Fliege was zuleide tun.«

»Egal, ob Sie das für eine Floskel halten, es ist noch sehr früh in der Ermittlung. Wir gehen alles in Linda Bruseths Leben durch. Finanzen, Konflikte, Freundschaften ...« Er zögerte für einen Moment.

»... und Politik. Wir haben gerade erst angefangen. Aber vorläufig ...«

Nun hob er die Hände.

»... scheint da alles in Ordnung zu sein«, vollendete Selma den Satz für ihn.

»Ja. Jedenfalls im privaten Bereich. Mails, SMS, soziale Medien, Telefonlisten ... wir gehen alles durch. Sie scheint in einer überaus zufriedenstellenden Ehe gelebt zu haben. Die Söhne sind gut geraten und machen ihren Weg, der Älteste hat sich sogar soeben bereit erklärt, den Familienhof zu übernehmen. Genau, wie die Eltern es sich immer gewünscht haben. Linda und Ingolf haben bescheiden gelebt, an ihrer Finanzlage gibt es nichts auszusetzen. Im Gegenteil, sie haben Geld gespart. Nicht gerade ein Vermögen, aber genug, um ihr Altenteil zu renovieren, wenn es so weit ist, und um dann noch einen ganzen Batzen übrig zu haben. In ihrem Heimatdorf ist sie nicht nur beliebt, ich würde sagen, sie wurde …«

Er schnalzte mit der Zunge, wie um das Wort auszukosten. »… geliebt. Geschätzt. Sie war sehr populär.«

»Das galt aber nicht für das Parlament.«

»Tja. Ich glaube nicht, dass irgendwer da sie nicht leiden konnte. Nicht nach allem, was wir bisher herausgefunden haben. Es ist eher so, dass sie da einfach nicht hingehört hat. Das Parlament war zu groß für sie. Ich habe mit zweien ihrer Kollegen aus Vestfold gesprochen, und beide sagen, sie wäre nicht wieder nominiert worden.«

Die Kellnerin brachte Pepsi und Wasser. Selma und Fredrik warteten schweigend, bis sie die Gläser gefüllt hatte und verschwunden war.

»Das wollte sie doch auch nicht«, sagte Selma leise. »Darüber haben wir am Donnerstag gesprochen. Unmittelbar vor ihrem Tod. Sie hat furchtbar bereut, dass ein sicherer Listenplatz sie damals verführt hat.«

Fredrik nickte.

»Das ist auch mein Eindruck. Das Allerseltsamste ist, dass … na ja, Sie wissen schon, Politikerinnen und Politiker hierzulande sind allerlei Hetze und Mist ausgesetzt. In sozialen Medien, über Mail, SMS, überall.«

»Aber Linda nicht.«

»Doch.«

Selma fühlte sich ein wenig verwirrt.

»Nein … Wir haben einige Male darüber gesprochen, und sie hat gesagt, dass sie von niemandem schikaniert wurde.«

»Aber das wurde sie. Nicht sehr, und was ihr geschrieben wurde, gehört nicht zu dem Schlimmsten, was ich gesehen habe. Aber trotzdem.«

»Worum ging es dabei?«

»Sie war Federführende für einen Dokument-8-Vorschlag.«

Er griff nach seinem Glas und leerte es zur Hälfte, ehe er weitersprach: »Um ganz ehrlich zu sein, weiß ich nicht so ganz, was ein Dokument-8-Vorschlag überhaupt ist, aber …«

»Eigentlich heißt das Abgeordnetenvorschlag«, sagte Selma. »Es kann sich um den Haushalt handeln, um Gesetzesvorschläge und andere Dinge, und so ein Antrag wird von Abgeordneten eingebracht. Nicht von der Regierung, wie es sonst üblich ist. Genau wie die großen Vorschläge werden solche Anträge an den zuständigen Ausschuss weitergereicht, der dann dem Parlament seine Einschätzung mitteilt. Das ist wie … ach, vergessen Sie es.«

Sie merkte schon, dass dieses Treffen sich bezahlt machte. Dass Linda federführend für einen Antrag gewesen war, den Zugang zu Eilentscheidungen in Sachen Jugendschutz zu erleichtern, hatte sie bereits am vergangenen Montag herausgefunden. Diese Entdeckung zeigte ihr nun eine haarfeine Verbindung zwischen Jonathan Herses unvollendetem journalistischen Projekt und ihrer toten Freundin. Sie hatte das vorerst als Zufall verbucht. Jetzt war sie nicht mehr so sicher.

»Jedenfalls«, sagte Fredrik, »ist in diesem Zusammenhang das hier bei ihr eingelaufen.«

Er wischte einige Sekunden lang auf seinem Handy herum und reichte es dann Selma. Sie griff danach und sah ein Word-Dokument, das sieben Textnachrichten wiedergab: *Wir vergeben dir nicht, denn du weißt, was du tust*, lautete die erste.

Nicht so schlimm, dachte Selma und las weiter.

Satan wird dich holen. Wir wissen, wo du wohnst.

Platt und komisch, dachte sie.

Dieser Vorschlag wird zu einer weiteren Verschärfung einer Politik führen, die bereits den Menschenrechten und der Kinderrechtskonvention widerspricht. Hüte dich.

»Das kann eigentlich nicht als Bedrohung betrachtet werden.«

Sie hielt das Handy so, dass er sehen konnte, worauf sie zeigte, ehe sie die restlichen Mitteilungen überflog.

»Ich habe schon Schlimmeres gesehen«, sagte sie und reichte ihm das Handy zurück. »Sehr viel Schlimmeres.«

Er nickte.

»Das weiß ich auch, wie gesagt. Das können Sie mir glauben. Aber …«

Er drückte sich Daumen und Zeigefinger auf die Augen und rieb heftig. Es sah aus, als ob er verzweifelt versuchte, wach zu werden. Als er endlich aufblickte, waren seine Augen rot.

»Sie haben gehört, dass die Richterin Kajsa Breien vom Obersten Gericht tot ist?«

»Äh … ja! *Yesterday's news*, Fredrik. In doppelter Hinsicht.«

»Sie soll sich das Leben genommen haben.«

»Davon glaube ich kein Wort.«

Sein Blick traf ihren.

»Sie auch nicht?«

Die Frau mit den rosa Strähnchen war wieder da. Sie stellte Selma den Salat und Fredrik den Hamburger mit Roquefortcreme hin, wünschte guten Appetit und verschwand.

Ihre Blicke hafteten noch immer aneinander.

»Nein«, sagte Selma endlich. »Das glaube ich nicht.«

»Ich auch nicht. Sowie der Fall bei uns ein Dossier bekommen hat, wird er als Mord untersucht werden. Es ist so offenkundig, dass man darüber lachen könnte. Wenn es nicht so ernst wäre.«

Sie rührten beide ihr Essen nicht an, griffen nicht einmal zum Besteck.

»Haben Sie sie gekannt?«, fragte Fredrik. »Richterin Breien?«

Selma deutete ein Schulterzucken an. Sie griff sich an die Schusswunde, ließ aber fast sogleich wieder los.

»Nach der heutigen Verwendung der Redensart ›jemanden kennen‹, ja. Unbedingt. Und auch wenn überraschende Selbstmorde durchaus kein unbekanntes Phänomen sind, so wurde ich gelinde gesagt extrem skeptisch, als ich die ... Gerüchte hörte.«

»Ich bin der Frau nie begegnet«, sagte Fredrik. »Aber zum Ausgleich habe ich den Tatort gesehen.«

Er schaute auf seinen Teller, hob Messer und Gabel und schnitt vorsichtig ein kleines Stück von seinem Burger ab. Er erwischte nur ein bisschen Brot. Selma setzte die Ellbogen auf beide Seiten ihres Tellers und legte das Kinn auf eine Faust.

»Darf ich fragen, warum Sie Kajsa Breien in diesem Zusammenhang erwähnen?«

Er schnitt sich ein größeres Stück ab und steckte es in den Mund, kaute sorgfältig und lange, schob noch ein Stück nach und kaute noch energischer, ehe er das Besteck hinlegte und sich mit einer Serviette den Mund wischte.

»Sie dürfen fragen, ja. Die Antwort ist eher so ...«

Er hob seine rechte Hand auf Gesichtshöhe und bewegte die fleischige Pranke in einer flachen Kurve eilig hin und her.

»Weiß nicht so ganz, was ich sagen soll«, sagte er. »Aber ich habe so ein Gefühl.«

»Das ist ein bisschen vage, finde ich.«

»Ja.«

Selma wusste genau, womit er sich abmühte. Als sie sich mit Hauptkommissar Fredrik Smedstuen in der Besenkammer des Ullevål-Krankenhauses getroffen hatte, an einem Tag, der unglaublicherweise erst eine Woche her war, war er ein Fremder gewesen. Dennoch kannte sie seinen Typ. Sie hatte während ihrer gesamten Karriere als Anwältin Erfahrungen mit Leuten wie ihm gemacht.

An solchen Polizisten war nichts auszusetzen. Im Gegenteil, Selma hatte bessere Erfahrungen mit ihnen gemacht als mit den blitzgescheiten, eifrigen Strebern. Die ihrerseits waren oft jünger als Fredrik und sahen in der Regel eine so strahlende Zukunft vor sich, dass sie weder Zeit noch Lust hatten, sich mit langweiligen Fällen zu beschäftigen.

Sehr viele Fälle bei der Polizei waren langweilig.

Sie mussten aber trotzdem bearbeitet werden.

Hinter Fassaden wie der von Fredrik Smedstuen verbarg sich ein seltenes Mal reines Gold. Die zähe Geduld und der Wille, die Zeit zu nutzen, konnten zu einem ziemlich einzigartigen Schatz an Erfahrungen führen. Der Mann war offenbar nicht faul. Er war neugierig, auch wenn er viel Kraft aufgewandt hatte, um dieses Bedürfnis zu töten. Als sie ihm im Krankenhaus begegnet war, hatte sie ihn fast sofort nicht leiden können. Jetzt war sie sich da nicht so sicher. Da war etwas Neues in seinem Blick, etwas Scharfes, Rasches und Abschätzendes. Er hatte sich ermannt, sie einzuladen, aber er hatte noch nicht entschieden, ob er ihr vertrauen konnte. So, wie er da saß, das Besteck abwechselnd in den Händen und auf dem Tisch, sah sie auch eine Nervosität, die nicht nur fallbezogen war.

Fredrik begriff offenbar ein wenig zu spät, dass es peinlich war, einen riesigen Hamburger zu bestellen, wenn Selma sich mit einem kleinen Salat zufriedengab. Nun war er nicht ganz sicher, wie er den Hamburger verzehren sollte, ohne zu betonen, dass er übergewichtig war. Er nahm noch ein Stück und bohrte die Gabel vorsichtig in eine Bratkartoffel.

»Machen Sie schon«, sagte Selma. »Das bleibt unter uns. Was also sagt Ihr ... Gefühl? Bezogen auf den Fall, meine ich.«

»Auf diese Fälle«, korrigierte er, als er fertig gekaut hatte. »Sie erinnern sich doch an Birger Jarl Nilsen?«

»Natürlich. Ich bin ihm zweimal begegnet.«

Sie lächelte und fügte hinzu: »Übrigens zusammen mit Ihnen. Beide Male.«

Der Polizist schob seinen Teller zur Seite.

»Er meint, dass der Mord an Linda Bruseth etwas Seltsames an sich hat«, sagte er und faltete seine Serviette zusammen. »Etwas anderes, unabhängig von der Tatsache, dass er unbegreiflich ist. Etwas Demonstratives, als sei es darum gegangen ...« Er feuchtete sich die Lippen an, sein Schädel war noch blanker, er schwitzte.

»Man könnte meinen, als sei der Tod an sich eine Botschaft«, sagte Selma.

Jetzt schaute er ihr verdutzt ins Gesicht. Seine Augen saßen ein wenig zu eng beieinander und waren fast pissgelb, eine trübe, hellbraune Farbe.

»Ich habe mit Birger Jarl darüber gesprochen«, sagte sie. »Gleich nach der Rekonstruktion des Tathergangs. Ich kenne seine Theorie.«

»Glauben Sie daran?«

»Sie vielleicht?«

»Na ja. Ich hätte sie vielleicht als hochtrabenden Unfug abgetan, wenn das mit Kajsa Breien nicht passiert wäre. Denn so wie ich das sehe, lässt sich Birger Jarls Theorie auch auf sie übertragen.«

Selma wurde es plötzlich heiß. Sie hatte ihren Salat noch nicht angerührt. Nun setzte sie sich aufrecht hin und legte beide Handflächen auf den Tisch.

Genau das hatte sie ja auch gedacht, das fiel ihr jetzt ein. Gestern, ehe Lars diese schreckliche Nachricht über Leon erhalten hatte und während sie selbst auf dem Weg zum Duschen war. Ein Engel war durch den Raum gegangen, aber sie hatte nicht so ganz begriffen, was der ihr zu sagen versuchte.

»Ist alles in Ordnung?«, hörte sie Fredrik Smedstuens Stimme, die von weit her zu kommen schien.

»Ja«, antwortete sie und rang sich ein Lächeln ab. »Ich bin selbst auch schon auf einen solchen Gedanken gekommen. Ohne ihn richtig zu fassen zu kriegen. Aber Sie haben recht. Wenn es bei Kajsa Breiens Tod wirklich um ein Verbrechen geht, hat der Täter, indem er es als Selbstmord inszeniert hat, wirklich ...«

Sie erstarrte für einen Moment, dann schob sie ihren unberührten Teller noch weiter weg und zog ihr eigenes Handy hervor. Sie wollte gerade etwas googeln, da streckte Fredrik die Hand aus und legte sie auf ihre. Sie sah überrascht und fast geschockt auf.

»Du brauchst nicht zu googeln«, sagte er leise.

Seine Hand war seltsamerweise warm und trocken. Er ließ ihre los, als ob er sich verbrannt hätte. Danach beugte er sich zu ihr vor und sagte: »Norwegen ist vom Gerichtshof für Menschenrechte im vergangenen Jahr drei Mal schuldig gesprochen worden«, sagte er so leise, dass er genauso gut hätte flüstern können. »Das ist verdammt ernst, auch wenn es hier zu Hause keine besonders große Aufmerksamkeit erregt hat. Und ähnliche Fälle stehen derzeit Schlange. Wenn ich das richtig verstanden habe, wird der norwegische Generalstaatsanwalt wohl die meisten verlieren. Norwegen, Selma! Norwegens selbsternannter Leuchtturm, wenn es um Kinderrechte geht, ist dabei, international voll auf die Fresse zu fallen! Und du kannst wohl raten, wer zuerst eine Meinung abgegeben hat, als die beiden meistumstrittenen Fälle vom Obersten Gericht entschieden worden sind?«

Zu raten war gar nicht nötig.

»*Holy shit*«, sagte Selma. »Das wollte ich doch gerade googeln. Ob sie bei einer wichtigen Jugendschutzsache Richterin gewesen ist.«

»Das war mir klar.«

»Es geht hier also auf irgendeine Weise um ... Jugendschutz?«

Nun war er es, der lächelte, ohne deshalb aber besonders glücklich auszusehen.

»Genau. Vielleicht. Und wenn es so ist ... diese Leute, Selma, die, denen ihre Kinder weggenommen worden sind und die jetzt einen Kreuzzug gegen das System führen, die sind durch und durch …« Er tippte sich mit einem gekrümmten Zeigefinger an die Stirn und verdrehte die Augen.

»Meinst du, sie können …«

»Ich meine nichts. Noch nicht. Aber es gibt hier irgendeinen Zusammenhang. Vielleicht. Vielleicht gibt es einen Zusammenhang. Ich weiß nicht. Es ist trotzdem …«

»Pst.«

»Was?«

»Pst«, wiederholte Selma mit scharfer Stimme und schloss die Augen. »Moment.«

Vor ihren Augen tanzten patinagrüne Punkte. Sie versuchte, sich zu entspannen, ihre Gedanken zur Ruhe kommen zu lassen. Sie durfte sich nicht anstrengen, nicht versuchen, logisch zu sein. Sie verzog die Lippen ein wenig und atmete tief durch die Nase ein.

»Die drei Staatsmächte«, sagte sie endlich und riss die Augen auf.

»Was meinst du?«

»Linda war federführend für einen Dokument-8-Vorschlag, der den Jugendämtern größere Vollmachten geben sollte. Sie selbst wollte diese Veränderung, aber die Einschätzung des Ausschusses war abschlägig. Der Vorschlag wurde niemals angenommen. Linda hat mit anderen Worten nicht viel zu verantworten, wenn es um Jugendschutz geht. Sie kann eher ein … Symbol gewesen sein.«

»Wofür denn?«

Die Kellnerin stand neben ihnen, ohne dass sie bemerkt hatten, dass sie sich näherte.

»Hat es nicht geschmeckt?«, fragte sie besorgt.

»Doch«, murmelte Fredrik, ohne sie anzusehen. »Lassen Sie einfach alles stehen.«

Die Kellnerin zog sich verstimmt zurück, und Fredrik fragte noch einmal: »Wofür hätte sie ein Symbol sein sollen?«

»Das Parlament. Die erste Staatsmacht.«

Es wurde ganz still. Selma griff zu ihrem Pepsi-Max-Glas und hob es an den Mund. Ihr Hals war trocken, aber ihr Arm fühlte sich kraftlos an. Sie musste das Glas wieder wegstellen.

Fredrik legte beide Hände an den Kopf und ließ sie dort liegen.

»Das Gericht, bei dem Kajsa Breien war, ist die ...«

»Die dritte«, sagte Selma. »Die Gerichte sind die dritte Staatsmacht. Wenn Kajsa ermordet worden ist, und das aus demselben Grund wie Linda, dann braucht das nicht daran zu liegen, dass sie Fälle vertreten hat, die in Straßburg krachend durchgefallen sind. Auch sie kann ein Symbol sein. Für die dritte Staatsmacht.«

Nach einer kleinen Pause fügte sie hinzu: »Bedeutet das ... bedeutet das ...«

»Die Regierung ist übrigens die zweite, wie du weißt.«

Fredrik kam nicht weiter. Selma nickte trotzdem.

»Ja«, sagte sie. »Das bedeutet, wenn wir hier auch nur einen Hauch von Substanz haben, dann ist es derzeit ziemlich riskant, als Regierungsmitglied durch die Gegend zu laufen. Wenn wir an den symbolischen Wert denken, um den es dem Mörder geht, falls wir also auf der richtigen Spur sind, würde ich behaupten, dass der Familienminister am gefährlichsten lebt.«

Fredrik war erblasst. Er hielt noch immer seinen Kopf fest, und während der letzten Minuten waren auf seinem Hemd unter den Armen dunkle Ringe gewachsen. Seine Lippen waren feucht, und seine Stimme zitterte ein wenig, als er endlich die Hände sinken ließ und rief:

»Aber was zum Teufel machen wir jetzt, Selma? Was zur schwärzesten Hölle machen wir, wenn das wirklich stimmt?«

»Nichts. Rein gar nichts. Das ist doch alles nur Gedankenspinnerei. Wir raten, Fredrik, wir wissen nichts. Ich fürchte, wir können rein gar nichts machen.«

Sie wusste genau, was sie tun würde, aber es musste doch Grenzen dafür geben, was sie mit einem Polizisten teilen würde.

Vor allem mit einem, den sie kaum kannte.

Außerdem hatte sie es eilig.

Das Interview

»Was soll das heißen, dass du das ›bereits erledigt‹ hast?«

Selma war so schnell zu Einar Falsens Wohnung in der Toftes gate gelaufen, dass sie in Schweiß gebadet war. Nun saß sie mit einem einigermaßen sauberen Glas Wasser in seinem Sessel. Es war nicht besonders kalt, denn Einar fehlte die Geduld, das Wasser lange genug durch das vermutlich durchgerostete Leitungssystem der verfallenen Mietskaserne laufen zu lassen. Sie schob das Glas nach einem kleinen Schluck von sich.

»Du hast den Rechner vergessen, als du zuletzt hier warst«, sagte Einar zufrieden. »Und da dachte ich, ich könnte mich auch gleich nützlich machen. Das habe ich getan. Auf der Jagd nach deinem *Stoooker* kannst du ein bisschen Unterstützung ja wohl brauchen.«

Er sah aus wie eine Katze vor einer Sahneschüssel, wie er mit dem Laptop auf dem Schoß dasaß, beschützt von Alufolie und dem grau lackierten *Star-Wars*-Deckel. Seltsamerweise hatte er den Helm nicht aufgesetzt. Selma nahm an, dass er vor Aufregung das wahre Ausmaß seiner Angst vor den Strahlen vergessen hatte.

»Aber was hast du … also, wie …«

Selma schüttelte den Kopf. Als sie vor fünf Minuten gekommen war, hatte sie ihn gebeten, nach dem jungen Mann zu suchen, der sie im Sommer angesprochen hatte. Sie war joggen gewesen, es war der 26. Juni, und der Mann war außer sich gewesen. Er sah aus wie ein Junkie, seinen Namen hatte sie vergessen, und von seinem Fall wusste sie nur noch kleine Brocken, die die Möglichkeit, ihn zu finden, verschwindend klein machten.

»Hast du wirklich herausgefunden, wer er ist?«

»Na ja …« Einar zögerte ein wenig, und sein Lächeln wirkte nicht mehr ganz so strahlend. »Seinen Namen hab ich eigentlich nicht. Aber ich habe … komm her.«

Wie immer klopfte er neben sich auf das Sofa. Wie immer versuchte Selma, den Kater auf den Boden zu schieben, was das Tier sich heute nicht gefallen ließ. Miez blieb zwischen ihr und Einar liegen und schnurrte.

»Ich habe in der Zeitung gelesen, dass es im Netz solche selbsternannten Kinderschutzgruppen gibt«, sagte Einar bemerkenswert ruhig. »Sie alle haben die norwegischen Jugendämter als ihre Feinde erlebt, halten sie für eine Bande mit einem einzigen Ziel: anderen das Leben zu ruinieren. Anständigen Menschen ihre Kinder zu stehlen. Die verwenden Wörter wie Jugendschutzindustrie, Menschenhandel und Ähnliches.«

»Ja«, murmelte Selma. »Solche Gruppen gibt es.«

»Also habe ich mir das vorgenommen, was du über diesen Mann erzählt hast. Das war ja nicht besonders viel. Aber etwas.«

Noch hatte er den Laptop nicht geöffnet. Er gestikulierte nicht so heftig wie sonst, wenn er sprach. Offenbar versuchte er, der zu sein, der er vor viel zu langer Zeit gewesen war; ein geachteter und angesehener Polizist.

»Meine Informationsgrundlage war, dass er relativ jung sein musste. Und dabei denke ich, unter dreißig. Außerdem wollte er das Ministerium verklagen. Er hat zudem behauptet, an korrupte Beamte geraten zu sein.«

»Behaupten die das nicht alle?«

»Geduld. Du hast auch erzählt, dass du ihn für einen Junkie gehalten hast, der dich um Geld anbetteln wollte. Mit anderen Worten, ich wusste vier Dinge über den Burschen.«

Selma nickte und starrte ungeduldig den Laptop an.

»Was ich danach gedacht habe«, sagte Einar immer eifriger, »war, wenn er Eier genug hatte, dich so einfach am helllichten Tag anzusprechen, und außerdem dermaßen außer sich war, hat er sicher alles Mögliche versucht? Und sich vielleicht auch bei einer von diesen Gruppen gemeldet? Die sammeln sich doch im Netz, das ist klar. Die meisten von ihnen haben geschlossene Facebook-Gruppen eingerichtet, aber viele haben auch eigene solche ... Websites. Ich hab es außerdem geschafft, Mitglied bei einigen von den geschlossenen Gruppen zu werden.«

Er grinste wieder. Selma hatte ihn im Frühling endlich zum Zahnarzt schaffen können, was nicht so einfach gewesen war. Am Ende hatte sie einen in Sandefjord nehmen müssen, der sich auf Menschen mit Angst vor Zahnbehandlungen spezialisiert hatte. Einar machten nicht die Schmerzen Angst, sondern die Instrumente. Nach zwei Stunden versuchter Therapie wurde Einar unter Narkose gesetzt. Nach drei Besuchen und fünfzigtausend Kronen weniger auf Selmas Konto konnte er wieder lächeln.

»Die im Internet zu finden«, sagte Einar nun, »ist einfach. Du googelst einfach ›Jugendamt‹ zusammen mit ein paar negativ besetzten Wörtern wie ›Übergriff‹ und ›Kindesraub‹, dann schießen sie wie Pilze aus dem Boden. Ich habe mindestens zwanzig Websites gefunden. Die eine verschwurbelter als die andere. Scheinbar.«

»Nicht nur scheinbar.«

»Das Bild ist nicht nur schwarz-weiß, wenn man mit großem Wohlwollen liest. Und das soll man doch.«

Endlich klappte er den Rechner auf seinem Schoß auf.

»Ich habe mich auf drei Gruppen konzentriert«, sagte er, bückte sich und griff nach seinem Helm. »Die größten sozusagen. Und die professionellsten.«

Er zog den Kinnriemen straff.

»Nun wollen wir mal sehen. Diese Website in Sachen Kinderschutz, *barnevern.no*, macht den seriösesten Eindruck. Sie sieht aus wie eine Onlinezeitung. Sie gibt Links zu Berichten aus normalen Medien, überschlägt sich dann aber in den Kommentarspalten. Das sind nicht einmal normale Kommentarspalten, es ist eher eine Einladung, eigene Artikel zu schreiben. Und da gibt es viel Seltsames. Viel Wut. Und unglaublich viele Schreibfehler. Da war eine Frau, aus Stavanger, glaube ich …« Er prustete los und sah aus, als ob er den Rechner schon wieder zuklappen wollte.

»Jetzt verzettel dich nicht«, sagte Selma energisch und drehte den Bildschirm wieder richtig.

»Nicht doch. Nicht doch. Ich verzettel mich nicht. Nie.«

Er presste sich den Helm noch fester auf den Kopf.

»Ich habe mich auf die Tage um den 26. Juni konzentriert.«

»Und?«, fragte Selma, als er nicht weitersprach.

»Ich habe nichts von Interesse gefunden.«

Selma seufzte tief und schluckte. Vorsichtig legte sie die Hand auf seine.

»Wollen wir die Websites überspringen, auf denen du nichts gefunden hast? Und uns lieber das vornehmen, was du gefunden hast?«

»Gute Idee. Gute Idee.«

Mit den beiden Zeigefingern tastete er sich zu einer Seite mit dem Titel »Kindesraub« vor. Auch die sah seriös aus. Oben gab es einen Link zu dem Artikel eines prominenten Menschenrechtsanwalts. Gleich danach kam ein Interview mit dem Osloer Kinderschutzbeauftragten.

»Und jetzt schau her«, sagte Einar, die Begeisterung war in seine Stimme zurückgekehrt.

Er hieb so energisch auf die Tastatur ein, dass das Gerät zitterte.

»Hier!«

Nun tippte er mit den Fingern sehr heftig gegen den Bildschirm, und Selma hatte für einen Moment Angst, der Bildschirm könnte zerbrechen.

»Was ist das?«, fragte sie.

»Das Interview mit einem anonymisierten jungen Mann. Der jedenfalls große Ähnlichkeit mit dem von dir beschriebenen hat. Es wurde am 21. Juni veröffentlicht, also fünf Tage, ehe du beim Joggen angesprochen worden bist. Ich glaube, ich habe hundert Texte dieser Art gelesen. Das hier ist der einzige, bei dem alle vier Kennzeichen vorhanden sind.«

Selma hob den Laptop auf ihre eigenen Knie. Das hier war fast nicht zu glauben. Sie war zu Einar gekommen, um ihm eine Aufgabe zu stellen, die mehr oder weniger zum Scheitern verurteilt war; den namenlosen Mann zu finden, der sie vor fast drei Monaten an einem Sommertag angesprochen hatte und dem sie bis vor wenigen Tagen nicht einen Gedanken geopfert hatte.

Im Moment hatte sie das Gefühl, auf Schritt und Tritt über Jugendschutzangelegenheiten zu stolpern. Streng genommen beschäftigte sie sich mit drei Fällen. Der erste war der, den Lars von Jonathan Herse geerbt hatte und von dem weder Selma noch Lars sonderlich viel verstanden. Der zweite war der, in den Fredrik Smedstuen sie hineingezogen hatte; das Mysterium des Motivs für den Mord an der herzensguten Linda Bruseth. Der dritte, und ihrer Meinung nach der weitaus wichtigste, Fall war die Frage, wer sich ungebeten in ihr Revier einschlich und sie mit neckischen kleinen Hinweisen darauf quälte, dass er sie schon das ganze Leben lang kannte.

Sie hätte auf Lars und Fredrik pfeifen können.

Die waren erwachsene Menschen mit ihren eigenen Aufgaben, und irgendeine Belohnung für ihre Mühe war auch nicht in Sicht. Normalerweise hätte sie Fredrik einfach stehen lassen. Es war nicht ihre Aufgabe, der Polizei zu helfen. Mit Lars warf sie sich in der Regel gern Bälle zu, so, wie sie einander hier und da schon früher geholfen hatten. Sie hatte ihn mehr unterstützt als umgekehrt, also hätte sie auch diesen Ordner zuklappen können, wenn sie das wirklich gewollt hätte. Was der Fall war, im tiefsten Herzen.

Aber hier gab es ein seltsames Muster.

»Willst du einfach nur dasitzen?«, fragte Einar plötzlich.

»Ja. Noch ein bisschen. Gib mir noch einen Moment.«

Einar erhob sich und stapfte in die Küche. Miez sprang vom Sofa und lief hinterher. Selma versuchte energisch, eine Gedankenreihe zu verfolgen, die ihr immer wieder entglitt. Es ging um einen potenziellen Klienten, verzweifelt über das Jugendamt, aber offenbar auch wütend auf das für das Jugendamt zuständige Ministerium. Dort arbeiteten allem Anschein nach auch die Hauptpersonen, deren Namen in einem seltsamen, gesperrten Dokument vorkamen, das ein toter Journalist hinterlassen hatte. Linda ihrerseits, getötet bei einem scheinbar motivlosen Attentat, hatte einem Parlamentsausschuss angehört, der für Anträge der Jugendämter an das norwegische Parlament zuständig war.

Das alles drehte sich einfach nur in ihrem Kopf.

»Toter Journalist«, sagte Selma vor sich hin.

»Was?«, fragte Einar und blieb mitten im Zimmer stehen.

Er brachte eine Schüssel Käseflips für sich und eine Flasche Pepsi Max für Selma mit.

»Nichts«, sagte Selma und schüttelte den Kopf, eher, um Klarheit in ihre Gedanken zu bringen, als um Einar abzuweisen.

Der Fund von Kajsa Breien am Vortag hatte das Bild, das Selma freizulegen versuchte, noch weiter verkompliziert. Es kam ihr vor wie so eine Zeichnung, bei der man mit dem Bleistift die Punkte verbinden musste, um zu sehen, was sich in dem Muster verbarg, wo die Punkte aber nicht nummeriert worden waren. Auch die Richterin beim Obersten Gericht hatte mit Jugendschutz zu tun gehabt, auch sie war allem Anschein nach ermordet worden. Auf eine gelinde gesagt auffällige Weise.

»Ehrlich gesagt«, sagte Einar fast schroff, »da hab ich mich wie ein Esel abgeplagt, und jetzt sitzt du hier nur so.«

»Entschuldigung.«

Selma las das Interview.

Der Mann trug den fiktiven Namen »Ola«, er war dreißig Jahre alt. Vor über acht Jahren hatten er und seine Freundin ein Kind bekommen. Die Beziehung war dann nur von kurzer Dauer gewesen. Aus nicht ganz eindeutigen Gründen, offenbar war die Freundin krank, verschwand Ola von der Bildfläche. Die junge Mutter stand scheinbar fester im Leben, wohingegen Ola offenbar eine Ausbildung im Ausland machen wollte. Als das Kind drei Jahre alt war, starb die Mutter an der Krankheit, an der sie die ganze Zeit gelitten hatte. Ola wurde im Ausland nicht einmal darüber informiert. Als er 2018 nach Norwegen zurückkehrte, erfuhr er vom tragischen Ende seiner Ex-Freundin und wollte natürlich das Sorgerecht für sein leibliches Kind erhalten.

Das stellte sich als unmöglich heraus.

Olas Sohn lebte bei seiner Großmutter und deren neuem Mann, und die beiden hatten Ola seither das Leben zur Hölle gemacht. Sie waren gerade dabei, den kleinen »Philipp«, sicher auch ein erfundener Name, zu adoptieren. Das Jugendamt zeigte keinerlei Verständnis für die Bedeutung eines echten Vaters. Sie nahmen sein Leben auseinander, auf der Jagd nach Fehlern, Mängeln und unpassender Lebensführung.

Etwas war im Leben eines jungen Mannes ja immer zu finden, wie der Artikel vage andeutete. Es hatte eine Zeit mit leichtem Drogenkonsum gegeben. Er hatte nicht immer einen festen Wohnsitz gehabt. An Geld fehlte es ebenfalls dann und wann, gab der Artikel zu, um dann zu Olas vielen Tugenden überzugehen. Er war unter anderem freundlich und aufgeweckt. Er hatte jetzt eine feste Arbeit, jedenfalls fast, und eine eigene Wohnung.

Diese Geschichte hörte Selma nicht zum ersten Mal. Und nicht zum zwanzigsten. In der Zeit, als sie als junge Anwältin nicht wählerisch sein konnte und alle Fälle annehmen musste, hatte es zu viele davon gegeben. Eine verzweifelte Mutter, ein verzweifelter Vater, zusammen oder jeweils für sich, voller Optimismus bei der Vorstellung, sich um ein geliebtes Kind zu kümmern. In der Regel war nur ein vorsichtiges Kratzen am Lack nötig, mit dem sie ihr Dasein überzogen hatten, und schon brach das Kartenhaus in sich zusammen. Der Drogenkonsum war viel härter als behauptet, der Job, auf den sie sich beriefen, war nur vorübergehend und existierte in der Regel schon nicht mehr, wenn der Fall vor den Bezirksausschuss kam.

Ola dagegen ging weiter.

Die Großmutter des Kindes arbeite im Familienministerium, behauptete er. Sie habe die Unterlagen gefälscht. Ihn verleumdet. Auskünfte vorgelegt, die gar nicht zutrafen. Dokumente gefälscht, um zu beweisen, dass er kaum gewusst hatte, dass der kleine Philipp auch nur auf der Welt war. Das alles konnte sie, weil sie einem System angehörte, dem das Bedürfnis eines Kindes, geliebt zu werden und ein Teil seiner biologischen Familie zu sein, ganz egal war.

Selma seufzte gereizt.

»Der Junge wohnt doch bei seiner biologischen Familie. Bei seiner Großmutter. Und bei all den Scherereien, die so ein Streit um das Sorgerecht mit sich bringt, gehe ich doch davon aus, dass sie ihren Enkel mehr liebt als alles andere auf der Welt.«

»Das stimmt sicher«, sagte Einar. »Aber der Mann tut mir trotzdem leid.«

»Das ist ja auch der Sinn der Sache. Solche Geschichten werden nur mit dem einen Ziel geschrieben: nämlich bei denen, die sie lesen, die Überzeugung zu verstärken, dass die Jugendämter der verlängerte Arm des Teufels sind.«

»Aber es kann doch ...«

»Warum wurde sein Anwalt nicht interviewt?«, fragte Selma rhetorisch. »Wenn wirklich ein Verdacht auf Unterlagenfälschung und Meineid an höchster Stelle bestünde, hätte doch der ›Journalist‹ ...«

Die Anführungszeichen, die sie in die Luft malte, waren riesig.

»… konkret nachfragen müssen, wie sich das verhält. Und er hätte vermutlich eine ganz andere Geschichte serviert bekommen. Wenn es nicht daran liegt, dass der Anwalt unter Schweigepflicht steht, und das bringt uns dann überhaupt nicht weiter.«

»Wenn ich recht habe und dieser Typ identisch mit dem ist, der von dir Hilfe wollte, dann hat er doch keinen Anwalt. Er wollte ja dich!«

»Genau, ja. Aber bei den Streitigkeiten, von denen hier die Rede ist, muss er juristischen Beistand gehabt haben. Darauf hat er Anspruch. Ich wette ziemlich viel darauf, dass er so wenig eigene Mittel hat, dass der Anwalt vom Staat bezahlt worden ist. Und wahrscheinlich hatte der die Sache einfach satt. Er hat eingesehen, dass es nichts bringen würde, noch weiterzumachen.«

»Du sollst überhaupt nicht wetten«, sagte Einar lächelnd. »Das hast du geschworen.«

Selma stellte den Laptop auf den Tisch. Wieder versank sie in Gedanken.

»Toter Journalist«, murmelte sie ein weiteres Mal.

»Was faselst du da?«, fragte Einar irritiert. »Jetzt habe ich wie ein Irrer geschuftet, um deinen *Stoooker* zu finden, und dann …«

»Danke, Einar. Ich bin ja ganz deiner Meinung, das kann sehr wohl der junge Mann sein, den ich suche. Aber einen Namen habe ich leider noch immer nicht.«

»Nein. Aber du hast den Namen des Journalisten. Frag den.«

Einar reichte ihr einen Zettel mit einem nichtssagenden Namen, den er mit Großbuchstaben geschrieben hatte. Sogar eine Telefonnummer hatte er ausfindig gemacht. Selma warf einen Blick auf den Zettel und steckte ihn in die Tasche.

»Danke«, sagte sie. »Du bist ein Engel. Und zu einem Internetgenie bist du auch geworden.«

Sie stand auf. Die Enttäuschung stand deutlich in Einars Gesicht geschrieben, als sie ihn ansah.

»Das meine ich ernst«, sagte sie energisch. »Ich bin wahnsinnig froh darüber, dass du diesen ... Ola gefunden hast. Wir wissen ja nicht, ob du recht hast, aber vielleicht sind wir auf der Suche nach meinem Quälgeist einen Schritt weiter gekommen. Wieso so ein Typ weiß, wie er auf so raffinierte Weise in Wohnungen eindringen und noch dazu Geheimnisse aus meiner Kindheit kennen kann, ist natürlich immer noch ein Rätsel, aber ...«

Als er noch immer niedergeschlagen wirkte, hob sie die Hände und wurde lauter.

»Danke, Einar. Ich bin nur hergekommen, um dich um das hier zu bitten, und dann hattest du es schon erledigt. Danke, sage ich doch. Und das meine ich auch. Es ist bloß ...«

Die Staatsmächte, dachte sie plötzlich.

»Die Staatsmächte«, sagte sie.

»Hä?«

»Es gibt eine vierte Staatsmacht.«

»Äh ... ja. Die Presse.«

Etwas an der Reihenfolge ist wichtig, dachte Selma. Sie blieb stocksteif stehen und merkte nicht einmal, dass Miez Anstalten machte, auf ihre Handtasche zu pinkeln.

»Aber pfui«, sagte Einar streng und konnte die Katastrophe abwenden.

»Zuerst wurde Linda ermordet«, sagte Selma unangefochten. »Eine Vertreterin der ersten Staatsmacht. Danach Kajsa Breien, die dritte Staatsmacht.«

Vor einer Stunde hatte Selma in der Sagene Lunsjbar gesessen und die beängstigende Vorstellung vor Augen gehabt, dass die zweite Staatsmacht jetzt an der Reihe sein könne, ein Regierungsmitglied.

Darin liege eine Art Logik, hatte sie gedacht. Aber die Reihenfolge stimmte nicht. Zuerst die erste. Dann die dritte. Hätte es nicht die zweite sein müssen, wenn es sich bei diesem ganzen

Komplex um eine Demonstration handelte? Um eine Botschaft? Erste, zweite, dritte. Das wäre deutlicher, wenn der Mörder denn wollte, dass alle es sahen. Da war etwas. Irgendetwas, das sie nicht entdecken konnte.

»Jonathan Herse ist schon am 17. August gestorben«, sagte sie und fing Einars Blick ein. »Er hat der vierten Staatsmacht angehört.«

»Jetzt versteh ich gar nichts mehr«, sagte Einar.

Selma ließ sich langsam auf die Kante des Sofas sinken. Sie starrte ins Leere, die Ellbogen auf die Knie gestützt und die Hände gefaltet, als sie langsam fortfuhr: »Vielleicht ist Jonathan Herse gar nicht bei einem Verkehrsunfall ums Leben gekommen. Vielleicht wurde er als Allererster getötet.«

Sie schaute Einar an, der sie mit offenem Mund anglotzte.

»Du bist nicht der Einzige«, sagte sie. »Du bist wahrlich nicht der Einzige, der hier rein gar nichts mehr versteht.«

Das Zivilschutztreffen

Karstein Braaten kam immer früh zu den halbjährlichen Treffen mit der für den Zivilschutz zuständigen Ministerin. Er war ein pünktlicher Mann, und es war ja fast ein Glücksspiel, ob die Vestfoldbahn sich an ihren Fahrplan hielt. Zwei Mal in den vergangenen drei Jahren hatte er in letzter Minute vom Bahnhof in Tønsberg mit einem Taxi nach Hause fahren und sein Auto holen müssen, um rechtzeitig in die Hauptstadt zu gelangen.

An diesem Tag war der Zug nicht nur gefahren, er war zu allem Überfluss auch noch pünktlich gewesen. Karstein Braaten hatte so viel Zeit, dass er die U-Bahn vom Bahnhof nach Nydalen genommen hatte und von dort zum See Maridalsvannet und zurück spaziert war. Er war noch nie über den Fußweg an der kurvenreichen Akerselv gegangen, und es hatte ein wenig länger gedauert als erwartet. Auf dem Rückweg hatte er das letzte Stück im Laufschritt zurückgelegt.

Karstein Braaten war für sein Alter schlank und einigermaßen durchtrainiert. Bis er durch die Sicherheitskontrollen geschleust und in das große Besprechungszimmer oben im Ministerium geführt worden war, hatte sein Puls sich wieder beruhigt.

Er setzte sich auf den Platz, der ihm viele Jahre zuvor zugewiesen worden war. Das war 2012 gewesen, im Jahr nachdem das Regierungsviertel von einem rechtsradikalen Terroristen in die Luft gesprengt worden war und das Ministerium sich provisorische Räumlichkeiten hatte suchen müssen. Seit acht Jahren waren die Ministerien nun über ganz Oslo verteilt. Schon bei der ersten Begegnung war Karstein Braaten ein Veteran im Büro für Gesellschaftliche Sicherheit und Zivilschutz gewesen. Hinter seinem Rücken wurde er Smiley genannt, das wusste er, obwohl er weder klein noch rundlich war oder eine dicke Brille trug. Der Spitzname von John Le Carrés berühmtem Agenten war ihm vermutlich gegeben worden, weil er immer aussah, als lasteten schwerwiegende Geheimnisse auf seinen Schultern.

Das entsprach auch der Wahrheit, aber das wussten nicht viele.

Der Auftrag, der ihm damals im Jahre 2012 erteilt worden war, war ein wenig diffus gewesen. So hatte er das damals wenigstens gesehen. Er sollte als Abteilungsleiter für das anonyme Büro in Tønsberg mit seinen Analysen und Berichten weitermachen. Außerdem sollte er jetzt in die Tiefe gehen. Er sei bemerkt worden, wurde ihm von der damaligen sozialdemokratischen Justizministerin mitgeteilt. Seit er damals, als die Berliner Mauer gefallen war, seine Stelle beim Forschungsinstitut der norwegischen Armee angetreten hatte, war seinen Vorgesetzten Karstein Braatens ungewöhnlich aufmerksamer Blick für gesellschaftliche Strömungen aufgefallen. Von Haus aus war er Volkswirt und Staatswissenschaftler. Er machte wenig Aufsehen um sich und redete nur selten, wenn er nicht dazu aufgefordert wurde. Vom Äußeren her war er ebenso grau wie die Kleidung, die er immer trug, eine anonyme, kinderlose und geschiedene Seele, die ihr Leben lebte, indem sie andere betrachtete und das Verhalten der Menschenschar analysierte.

Am 22. Juli 2011 war der norwegische Zivilschutz im Falle eines Angriffs oder einer Okkupation vollständig bloßgestellt worden. Ohne dass es für andere als die Familien der Ermordeten und der betroffenen Jugendlichen, die mit tiefen Traumata weiterleben mussten, nennenswerte Konsequenzen gehabt hätte, hatte Karstein Braaten gedacht. Wie üblich hatte er dennoch nichts gesagt. Die Justizministerin hatte ihm versichert, dass eine Reihe von Maßnahmen in die Wege geleitet worden sei. *Quer durchs Gemüsebeet*, wie Karstein Braaten sich diesbezüglich ausgedrückt hatte. Danach sollte er alle sechs Monate eine Einschätzung des Vertrauensverhältnisses zwischen der norwegischen Bevölkerung und deren Behörden abgeben. Seit dem Krieg seien diese Bindungen stark und gut gewesen, wie ihm in Erinnerung gerufen wurde. Das norwegische Modell baute auf Vertrauen und war davon abhängig. Neue Zeiten brachten neue Herausforderungen, und die damalige und die kommenden Regierungen mussten wissen, wo sie standen. Auch hier hatte die Ministerin zu einer Formulierung gegriffen, die Karstein Braaten sich eingeprägt hatte: *Wir müssen wissen, wie weit unsere Laufleine reicht. Für den Fall, dass es irgendwann knallt und wir zu Ausnahmegesetzen greifen müssen.*

Bei der ersten Begegnung hatte Karstein Braaten kaum ein Wort gesagt, er hatte den Auftrag einfach angenommen. Bei den späteren halbjährlichen Treffen, wo er verschiedene Justizminister in einem immer schnelleren Tempo kommen und gehen sah, erhob er seine Stimme auch nur, um die Hauptpunkte in seinem schriftlichen Bericht zusammenzufassen. Vor einem guten halben Jahr, im Januar, wurde die Regierung Solberg ein weiteres Mal umgebildet. Um Platz für alle Parteien in der neuen bürgerlichen Koalition zu schaffen, wurde das Justizministerium aufgeteilt.

Karstein Braaten sollte jetzt der Ministerin mit der Sonderverantwortung für den Zivilschutz Bericht erstatten. Sie hatten sich im März kurz getroffen, aber da hatte sie so wenig Zeit gehabt, dass die Fahrt nach Oslo ihm ziemlich sinnlos vorgekommen war.

Diesmal trat sie mit einer ganzen Entourage an.

Karstein Braaten erkannte den Justizminister und den Arbeits- und Sozialminister. Auch die Staatssekretäre im Justizministerium und dem für Zivilschutz hatte er bereits kennengelernt. Zusätzlich zu diesen vieren betraten noch zwei weitere Männer und eine Frau den Raum, reichten ihm lächelnd die Hand und setzten sich.

»Wir sind heute zahlreich vertreten«, sagte lächelnd die zuständige Ministerin für Zivilschutz, die am abgerundeten Tischende Platz genommen hatte. »Ich hoffe, Sie haben die Namen verstanden?«

Karstein Braaten nickte kurz, auch wenn das nicht zutraf. Er hatte ihre Amtsbezeichnungen registriert, und darauf kam es an. Er vermutete außerdem, dass ein Protokoll verfasst werden würde. Ein weiterer Mann, etwas jünger als die anderen, war soeben hereingekommen, setzte sich an das andere Ende des großen elliptischen Tisches und klappte seinen Laptop auf.

»Es geht darum, dass Ihr letzter Bericht ein wenig besorgniserregender ist als frühere«, sagte die Ministerin. »Ich möchte Sie wie üblich bitten, die Hauptpunkte kurz zusammenzufassen. Eigentlich können Sie gleich anfangen. Möchten Sie übrigens Wasser?«

»Ja, bitte.«

Karstein Braaten bediente sich selbst an einem Krug mit Eiswasser, der auf dem Tisch stand. Die anderen beobachteten ihn schweigend.

»Wie Sie wissen«, begann er dann, ohne den vor ihm auf dem Tisch liegenden Bericht aufzuschlagen, »haben wir nach der Entlarvung der Operation *Zerfurcht/Verwittert* im vergangenen

November eine Vertrauenserhebung vorgenommen. Deren Ergebnisse finden Sie hier ganz hinten.«

Er tippte mit den Fingern auf die Unterlagen.

»Die waren, wie Sie ebenfalls wissen, beunruhigend. Einige würden sie wohl niederschmetternd nennen.«

Karstein Braaten holte zweimal tief Luft und trank einen Schluck Wasser. Danach brauchte er zehn Minuten, um seinen Bericht vorzustellen. Der war länger als seine früheren. Und düsterer. Nur zweimal musste er ihn aufschlagen, um den Faden nicht zu verlieren, ansonsten war er so gut vorbereitet, dass er das meiste auswendig wusste. Am Ende legte er die flache Hand auf das Heft, das vor ihm lag, und endete: »Wir hatten gehofft, dass sich das Vertrauen der norwegischen Bevölkerung zu den Behörden wieder bessern würde, wenn die Schuldigen von damals vor Gericht gestellt und bestraft würden. Das ist ja auch geschehen. Das Problem ist jedoch, dass wir das alte Niveau noch nicht wieder erreicht hatten, als die NAV-Affäre herauskam. Die nächste Vertrauensuntersuchung wird in zwei Wochen stattfinden, und ich fürchte, wir müssen mit einem weiteren Rückschlag rechnen, in Anbetracht der großen Menge von Justizirrtümern, die dabei begangen wurden. Wenn wir nun, aufgrund einer Fehlinterpretation unserer eigenen Vorschriften in Bezug auf unsere EWR-Verpflichtungen, mehrere Tausend Sozialhilfeempfänger im Stich gelassen und etliche von ihnen ohne wirkliche Befugnis ins Gefängnis gesteckt haben, glaube ich, dass eine Grenze erreicht ist. Wir sollten …«

»Streng genommen reagiert ja vor allem die Presse«, fiel ihm die Ministerin ins Wort. »Die macht ja aus jeder Mücke einen Elefanten. Ich will mich ja nicht beklagen, also, das liegt mir wirklich fern, aber wäre es nicht eigentlich klüger, erst einmal abzuwarten?«

»Die NAV-Angelegenheit wird ausgiebig und gründlich untersucht«, sagte der Sozialminister, der bisher geschwiegen hatte, und beugte sich über den Tisch nach vorne. »Wir können getrost davon ausgehen, dass ihr eine angemessene Behandlung zuteilwerden wird und dass die eventuell begangenen Fehler so schnell korrigiert werden wie überhaupt möglich.«

»Genau«, sagte die Ministerin und nickte. »Bisher sehen wir viele und wütende Reaktionen von Juristen, Fachleuten und politischen Kommentatoren, aber von der breiten Masse ...« Sie deutete ein Schulterzucken an, ehe sie weitersprach. »... hören wir wenig. Die Betroffenen vertreten ihre Sache nicht gerade überzeugend, um das mal so zu sagen. Trotz allem haben sie fast alle den Auflagen und Verboten getrotzt, nach denen sie sich hätten richten sollen. Dass diesen die gesetzliche Grundlage fehlte, wussten sie ja nicht. Oder was meinen Sie, Karstein?«

Ihm war heiß. Unwohl. Er griff nach dem Glas und leerte es auf einen Zug, schluckte und befeuchtete seine Lippen. Er versuchte, Zeit zu schinden.

»Ich bin kein Politiker«, sagte er endlich ziemlich kurz. »Meine Bewertungen sind fachlich und nach bestem Wissen und Gewissen ausgeführt. Darauf möchte ich mich beschränken.«

»Sicher, aber dieses ganze Geschrei über Vertrauensbruch und Konsequenzen, das kommt doch in erster Linie von denen, die ich als professionelle Kritiker bezeichnen würde. Kommentatoren, die überflüssig wären, wenn sie nicht immer alles negativ betrachteten. Sie haben noch dazu eine Tendenz zu gewaltig großen Worten.«

Plötzlich hob sie die Handflächen und schaute in die Runde.

»Versteht das jetzt nicht falsch! Ich bin ja selbst Anhängerin von Presse- und Meinungsfreiheit, alles andere wäre ja noch schöner. Ich kann aber dennoch nicht begreifen, dass es eine Grundlage geben könnte für die ... pessimistischen Prognosen in Ihrem Bericht.«

»Wie gesagt, ich bin kein Politiker. Wie Sie meine Einschätzungen verwenden wollen, müssen Sie entscheiden.«

Karstein Braaten wollte gehen. Er musste weg hier. Der Wasserkrug war leer. Er hätte sich furchtbar gern das kalte Glas an die Stirn gedrückt, ließ es aber sein.

»Kommen wir zum Schluss«, sagte die Frau am Tischende leichthin und hob die Unterlagen an. »Aber vorher noch zu dem zweiten Punkt, den Sie ja ebenfalls für das aktuelle Halbjahr anführen. Sie haben das in Ihrer Zusammenfassung kurz gestreift. Es geht um ...« Es war so still im Raum, als sie nun verstummte, dass Karstein Braaten das Papier rascheln hörte, als sie in dem Bericht blätterte. »... diese Sorgerechtsfälle. Können Sie darüber etwas mehr sagen?«

Einer der Männer, deren Namen Karstein Braaten nicht mitbekommen hatte, kam ihm zuvor.

»Was den Passus über die EGMR-Behandlung der Entscheidungen angeht, die das norwegische Oberste Gericht in einigen wenigen Sorgerechtsfällen getroffen hat, kann ich versichern, dass das kein Problem sein wird. Nicht in dem Zusammenhang, von dem hier die Rede ist.«

»Wir sind in Straßburg bereits drei Mal mit Pauken und Trompeten gescheitert«, sagte der Sozialminister leicht gereizt. »Dass Norwegen gegen die Menschenrechtskonvention verstößt, muss doch wohl als Problem gelten? Sogar als eines von einem gewissen Ausmaß, kann man wohl behaupten? Und soviel ich in diesem hier sehen kann ...« Nun war er derjenige, der den Bericht schwenkte. »... ist wohl zu erwarten, dass wir auch bei einem ganzen Haufen anderer Fälle verurteilt werden, die gerade jetzt auf ihre Behandlung bei der Großen Kammer warten.«

Karstein Braaten machte sich eine innere Notiz, dass der Sozialminister größeres Interesse an den Problemen mit den Jugendämtern hatte, für die er keine Verantwortung trug, als für den NAV-Skandal, der ihm ordentlich Kopfschmerzen bereitete.

»Das will ich durchaus nicht behaupten«, entgegnete sein Kollege. »Es ist viel zu früh, um etwas über den Ausgang irgendeines Falles zu sagen. Es ist außerdem so, dass wir einen Trumpf im Ärmel haben. Sollte es also zu irgendeinem neuen negativen Urteil kommen, verfügen wir über einen überaus zuverlässigen Zivilschutz, um Kritik hier zu Hause zu unterbinden. Die Jugendämter waren immer schon heftig umstritten. Es liegt sozusagen im Wesen dieser Behörde, dass Menschen sich leicht überfahren fühlen. Was ja nicht heißt, dass das berechtigt wäre. In Norwegen haben wir die zuverlässige Tradition, immer das Kindeswohl an erste Stelle zu setzen.«

»Sicher«, sagte der Arbeits- und Sozialminister trocken. »Aber wenn unsere Vorstellung vom Kindeswohl also gegen die Menschenrechte verstößt, wie sie in einer Konvention formuliert sind, der wir uns seit 1953 verpflichtet haben, dann *ist es doch möglich* ...« Er hob die Stimme zu einer fast schrillen Ironie, beugte sich noch weiter über den Tisch vor und sah dem anderen ins Gesicht. »... dass wir ein winziges Problem haben.«

»Wie gesagt«, erwiderte der andere verkniffen. »Wir haben alles unter Kontrolle. Das Familienministerium steht in gutem und stetigem Kontakt zum Büro des Generalstaatsanwalts, das diese Fälle für uns in Straßburg vertritt. In einem überaus beruhigenden Kontakt, möchte ich hinzufügen.«

Karstein Braaten spürte, wie sich seine Kiefer zu sperren drohten. Er konzentrierte sich darauf, die Zähne nicht zu hart zusammenzubeißen. Die Besprechung würde bald vorüber sein. Er würde sich höflich verabschieden, das öde Bürogebäude in Nydalen verlassen, die Bahn in die Innenstadt und danach den Zug nach Hause nehmen können. Zu Hause in Vestfold würde er etwas essen, dann zur Marina gehen und zu einer Runde Nachtfischen auf den Fjord hinaustuckern. Wenn er Glück hätte, würde er einen Pollack oder auch zwei erwischen, seinen absoluten Lieblingsfisch.

Das hier würde bald zu Ende sein.

Es war still geworden. Allein das leise Tippen der Finger, mit denen die Sekretärin am Tischende die Tastatur bearbeitete, war zu hören. Die Ministerin für Zivilschutz öffnete den Mund, um etwas zu sagen, doch der Mann vom Familienministerium ergriff das Wort, ohne darum gebeten zu haben.

»Damit das mal ganz klar ist«, sagte er, »es darf niemand diesen Raum ohne die Gewissheit verlassen, dass diese Sorgerechtsgeschichten keinerlei Einfluss auf das haben werden, wovon in Braatens Bericht die Rede ist. Die Kritik am Staat ist undifferenziert und baut auf Wissenslücken auf. Und ich wünschte, dass Abteilungsleiter Braaten das einsehen könnte.«

Karstein Braaten sah dem anderen endlich ins Gesicht. Er hatte sich auf der Innenseite seiner Wange eine kleine geschwollene Stelle gekaut. Die Schleimhaut platzte, und er nahm den Eisengeschmack des Blutes wahr, als er schluckte und sagte: »Entschuldigen Sie, aber ich habe vorhin Ihren Namen nicht verstanden.«

Der Mann erhob sich und streckte demonstrativ ein weiteres Mal die Hand über den Tisch aus. Karstein Braaten richtete sich halbwegs auf und nahm die Hand entgegen.

»Obersachbearbeiter Horatio Bull-Pedersen«, sagte der Bürokrat. »Ich leite die zuständige Abteilung im Familienministerium. Und Sie brauchen sich wirklich keine Sorgen zu machen. Kein gar nicht, das kann ich Ihnen versichern.«

Samstag, 14. September

Die Kollegin

Fredrik Smedstuen konnte Samstage nicht ausstehen.

An jedem zweiten Wochenende kamen die Kinder zu ihm. Das ging niemals gut. Sie waren elf, zwölf und vierzehn Jahre alt und hatten in der Regel eigene Pläne. In der Souterrainwohnung, mit der er sich begnügen musste, gab es nur zwei kleine Schlafzimmer. Der Jüngste, noch immer ein ziemlich schüchterner, von Babyspeck geplagter Knabe, musste mit dem Vater im Doppelbett übernachten. Die Zwölfjährige musste das Zimmer mit dem großen Bruder teilen, worüber sie sich gewissenhaft jedes Mal lautstark beklagte, wenn die drei ziemlich schlecht gelaunt jeden zweiten Freitag um fünf Uhr nachmittags mit ihren Siebensachen zu seinem Auto getrottet kamen. In der Anfangsphase als getrennt lebender Mann hatte Fredrik darauf bestanden, jeweils am ersten Abend mit den Kindern zusammen zu sein. Tacos zu essen, wie alle anderen, zusammen einen Film zu sehen, vielleicht, oder ein Spiel zu spielen. Die drei dagegen erklärten, sie seien garantiert die einzigen Kinder auf der ganzen Welt, die zu so etwas gezwungen wurden. Schon beim dritten Mal hatte er aufgegeben.

Die gemeinsamen Wochenenden waren nun auf den Fahrdienst reduziert worden, wobei er die Kinder zu Verabredungen, Training und Geburtstagsfesten kutschierte, ehe sie stocksauer abgeholt wurden und sich in der Souterrainwohnung schlafen legten, die sie alle vier von ganzem Herzen hassten.

Am vergangenen Wochenende hatte er Selma Falck vernehmen müssen, während die Kinder mit seiner Bankkarte im McDonald's saßen. Sie waren ausgeflippt. An diesem Wochenende war Fredrik allein.

Das war trotz allem immer noch besser. Die Sehnsucht nach den Kindern, nach seinem normalen alten Leben als Vollzeitpapa, als sie kommen und gehen konnten, ohne dass er das Gefühl hatte, etwas zu verpassen, war leichter zu ertragen, wenn er keine Verantwortung für sie trug. Am schlimmsten war es, wenn sie in Reichweite waren, ohne wirklich da zu sein. Noch immer war es das Schwierigste an der Trennung, dass er keine Anknüpfung mehr an den Alltag der Kinder hatte. Als er angedeutet hatte, dass auch Eivind, Marie und Mikkel es ertragen können müssten, je eine Woche bei einem Elternteil zu wohnen, wie die meisten anderen Scheidungskinder seiner Bekannten, hatte seine Frau nur gelacht. Laut. Und gesagt, er könne die Kinder gerne fragen, ob das für sie infrage käme.

Da er die Antwort da schon kannte, hatte er nicht gefragt.

Heute würde er jedenfalls zur Arbeit gehen, sogar an einem freien Tag.

Seit dem Mord an Linda Bruseth war über eine Woche vergangen. Wenn sie auch nur von den Menschen in ihrem Heimatdorf bewundert und geliebt worden war, so war sie doch eine Volksvertreterin gewesen. An den ersten Tagen, als alle glaubten, der Attentatsversuch habe eigentlich Selma Falck gegolten, hatten die marktschreierischen Schlagzeilen für kurze Zeit sogar den NAV-Skandal in den Hintergrund gedrängt. Inzwischen war aus dem Polizeigebäude aber so viel durchgesickert, dass auch die Medien begriffen hatten, dass Linda Bruseth das eigentliche Ziel gewesen war.

Fredrik hasste es, wenn etwas durchsickerte, hatte den Kampf dagegen aber längst aufgegeben. Einzelne Presseleute, vor allem zwei von *DG*, lebten in einer fast symbiotischen Beziehung zu einigen ausgewählten Ermittlern. Sie tauschten Informationen, wie kleine Mädchen in alten Zeiten Glanzbilder getauscht hatten. *Geben und Nehmen*, in einem ewigen Kampf um die Leckerbissen. Fredrik Smedstuen musste bisweilen zugeben, dass eine solche Zusammenarbeit Früchte tragen konnte, vor allem, wenn es um Absprachen darüber ging, was wirklich noch nicht an die Öffentlichkeit gelangen durfte. Dennoch widersprach es all seinen Prinzipien, mit Journalisten zu verhandeln. Richtig wütend konnte er werden, wenn er in den Medien auf Informationen stieß, die offenkundig von einem seiner eigenen Ermittler stammten, die aber noch nicht einmal auf seinem Schreibtisch angekommen waren.

Innerhalb von drei Tagen war Linda Bruseth in den Medien zu einer markanten Politikerin geworden, was nicht stimmte. Sie war in ihrem Heimatdorf heiß geliebt worden, was zutraf. Sie war als Folge ihrer warmen Verteidigung der Flüchtlinge im Herbst 2015 ein Opfer des politischen Fanatismus geworden, was der pure Unsinn war. Die Frau hatte im Parlament nicht ein Wort über Zuwanderungspolitik gesagt. Dass ein zuwandererfeindlicher Heckenschütze vier Jahre gewartet haben sollte, um gerade Linda aufs Korn zu nehmen, wo es an lautstarken Liberalen wirklich nicht mangelte, war einfach nicht zu glauben. Das Problem war dasselbe wie immer; aus Mangel an handfesterem Material verlegten die Presseleute sich aufs Spekulieren.

Das einzige Lichtfünkchen in Bezug auf die Medien war, dass sie noch keinen Zusammenhang zwischen dem Tod von Kajsa Breien und dem von Linda Bruseth ahnten. Noch immer glaubten die Redaktionen überall im Land offenbar, im Fall der Richterin handele es sich um Selbstmord. Sie behandelten die Angelegenheit deshalb diskreter, als es sonst der Fall gewesen wäre.

Vorläufig jedenfalls, dachte Fredrik resigniert.

Er schaute sich auf seinem chaotischen Schreibtisch um.

Angeblich arbeiteten sie ja jetzt papierlos.

Er öffnete die dunkelblaue Thermoskanne und füllte seinen Becher. Der war weiß, und auf der einen Seite war ein Sommerbild seiner Kinder zu sehen. Auf der anderen Seite stand in regenbogenfarbenen Buchstaben »Bester Papa der Welt«. Er nahm einen großen Schluck glühend heißen Kaffee und seufzte tief.

Den Becher hatte er vor vier Jahren bekommen. Als er ihn abstellte, drehte er den Text weg.

Fotos. Er war dabei, darin zu ertrinken. Dass absolut alle Welt in wildem Tempo mit dem Handy in der Gegend herumknipste, kam der Polizei ab und zu zugute. Seit im vergangenen Jahrzehnt die Anzahl der Überwachungskameras im Stadtzentrum geradezu explodiert war, war nur selten der Mangel an Fotografien das Problem, wenn in der Innenstadt ein Verbrechen passierte.

Die eigentliche Herausforderung war die Menge.

Oft konnte man den Wald vor lauter Bäumen nicht sehen, und die Sichtung und Recherche verschlangen wahnsinnig viel Zeit. Noch immer hatte die Polizei keinen vollständigen Überblick über alle Handys, die sich in der Nähe des Cafés in der Thorvald Meyers gate befunden hatten, als Linda Bruseth erschossen wurde, aber es sah nun doch so aus, als würden die Telefongesellschaften ihnen helfen.

Ob sie das weiterbringen würde, war eine andere Frage.

Er hatte kaum geschlafen. Sein Treffen mit Selma Falck in der Sagene Lunsjbar hatte ihm nicht aus dem Kopf gehen wollen. Die Vorstellung, dass ein Regierungsmitglied in Lebensgefahr schwebte, war so beängstigend, dass er sie allein nur schwer ertragen konnte. Selma arbeitete nur für sich und hatte wenige Verpflichtungen. Seine Aufgabe in diesem Leben war es jedoch, Unrecht zu verhindern und Verbrechen aufzuklären. Als er am Vortag nach dem Treffen ins Polizeigebäude zurückgekehrt war, hatte er sich vor allem versucht gefühlt, den Dienstweg zu umgehen und gleich zur Polizeichefin im fünften Stock zu marschieren, um sich ihr anzuvertrauen.

Aber was sollte er sagen?

Was um alles in der Welt sollte er sagen? Selmas Gedankengang war so löchrig, dass er ihn wohl kaum ordentlich in Worte kleiden könnte. Noch viel weniger würde er irgendwen davon überzeugen können, dass sie auf die große Trommel schlagen und die norwegische Regierung alarmieren müssten.

Er hatte es nicht getan.

Fredrik erhob sich mühsam. Mit dem Becher in der Hand verließ er seinen Arbeitsplatz und ging dann vier Büros weiter. Diese Tür stand offen.

»Hallo«, sagte er zu der Kollegin, die dort saß.

»Hallo«, sagte sie und schaute auf. »Du hast also auch kein freies Wochenende?«

Sie ließ die Maus los und winkte ihm, sich zu setzen.

»Soll ich dir einen Kaffee holen?«, fragte er. »Ich habe eine Thermoskanne mit.«

»Nein, danke. Ich trinke Tee.«

Erst jetzt sah er, dass halbwegs versteckt hinter dem Bildschirm eine richtige Teetasse aus Porzellan stand, mit Untertasse und allem. Fredrik zog das Handy aus der Gesäßtasche und legte es mit dem Display nach unten auf den Tisch, ehe er sich in den Besuchersessel fallen ließ.

»Kommt ihr irgendwie weiter?«, fragte er und unterdrückte ein Gähnen.

Hauptkommissarin Sylvi Mobakk zuckte mit den Schultern.

»Tja«, sagte sie, »du hattest immerhin recht damit, dass hier kein Selbstmord vorliegt.«

»Hatte ich mir gedacht.«

»Erstens ist es ein Rätsel, wie sie dahingekommen sein soll, wenn sie das freiwillig getan hat. In der Gegend steht nirgendwo ein Auto, das mit ihr zu tun haben kann. Keine Zeugen haben sie mit den öffentlichen Verkehrsmitteln kommen sehen. Bei ihrem ... aparten Aussehen hätte sie irgendwem auffallen müssen.«

»Sie war zudem allgemein bekannt. Fast berühmt, meine ich.«

»Ja. Wenn nicht irgendwer sie hingefahren hat, mit Strick und allem Drum und Dran, und dann weitergefahren ist, als hätte alles die schönste Ordnung, dann ist die Frau umgebracht worden. Es sei denn, sie konnte fliegen. Um nach da oben zu kommen und dann weiter in den Baum, meine ich. Der Obduktionsbericht ist natürlich noch nicht fertig, aber gestern Abend kamen einige vorläufige Ergebnisse. Die Todesursache war Strangulation, aber die Spuren und Verletzungen stimmen nicht mit denen überein, die beim Erhängen entstehen. Die Seilabdrücke sind offenbar post mortem dazugekommen. Lange Rede, kurzer Sinn: Das hier ist ein Mordfall. Leider.«

»Wann ist sie verschwunden? Konnte sie noch vermisst gemeldet werden?«

»Ja. Gewissermaßen. Wir sind noch nicht sehr weit gekommen, es ist ...«

Sie schob den Pulloverärmel hoch und warf einen Blick auf die Uhr.

»... erst an die fünfzig Stunden her, dass wir sie gefunden haben. Aber soviel wir wissen, war sie am Mittwochabend zu Hause und hat dort mit der Familie zusammen gekocht, was offenbar eine feste Abmachung ist. Die Kinder sind viel beschäftigt, vor allem an den Wochenenden, aber die Mittwochabende scheinen heilig zu sein. Der Gatte war verreist. Er ist Dekan der Juristischen Fakultät und war in den USA auf einem Kongress. Um fünf nach halb zwölf Uhr abends wurde Kajsa von einem Nachbarn gesehen, als sie mit dem Hund im Garten war. Einem kleinen Jack Russell. Dort ist sie so um die zehn Minuten herumspaziert. Der Hund, der übrigens auch Jack Russell heißt ...« Für einen Moment glaubte Fredrik zu sehen, dass sie die Lippen zu einem Lächeln verzog, ehe sie einen Schluck Tee trank und wieder so ernst wurde wie bei seinem Kommen. »Der Hund wurde für die Nacht eingeschlossen. In einer Art Waschküche. Ihm wurden Futter und Wasser hingestellt. Zu diesem Zeitpunkt schliefen alle Kinder. Danach ist die Frau von niemandem mehr gesehen worden.«

»Gibt es irgendeinen Grund zu der Annahme, dass sie geschlafen hat?«

»Eigentlich nicht. Das Bett war nicht gemacht, aber der älteste Sohn sagt, dass das meistens der Fall war. Es ist schwer für eine so kleine Frau, ein riesiges Hästens-Bett mit zwei Decken zu machen, meinte er. Und der Gatte war verreist, wie gesagt.«

»Er steckt hinter allem.«

Nun lächelte Hauptkommissarin Mobakk richtig.

»Glaub mir, wir betrachten auch das als Möglichkeit. Rein statistisch gesehen sollte man ja auf diese Lösung wetten. In dem Fall muss aber ein Auftragsmörder am Werk gewesen sein, da der Mann nachweislich in den USA war.«

Sie trank noch einen Schluck Tee, ehe sie die Arme über den Kopf hob und ausgiebig gähnte, während sie versuchte, den Mund nur einen Spaltbreit zu öffnen. Da ihr Gesicht ohnehin lang und schmal war, erinnerte ihr Aussehen jetzt an ein Pferd. An ein Fjordpferd, mit dem gebleichten, langen Pony und dem hoch sitzenden Pferdeschwanz, für den sie eigentlich fünfzehn Jahre zu alt war.

»In dem Fall ...« Sie ließ mit der rechten Hand die Fingerknöchel an der linken knacken. »Das jüngste Kind, ein Mädchen von zwölf, hat gegen fünf Uhr morgens entdeckt, dass die Mutter nicht da war. Die Tochter war aufgestanden, um aufs Klo zu gehen, und kam an der Schlafzimmertür der Eltern vorbei. Die stand offen, was nachts sonst nie der Fall war. Außerdem brannte die Deckenlampe, und die Tochter fing an zu suchen, konnte ihre Mutter aber nirgendwo finden und weckte ihren siebzehn Jahre alten Bruder. Der verständigte den Vater in Houston, und der seinerseits rief hier bei der Polizei an. Die Formalitäten um eine Vermisstenmeldung waren noch nicht ausgeführt, ehe ein Großmütterchen oben im Wald ...« Sie wies träge auf das Fenster. In die total falsche Richtung, wie Fredrik bemerkte. »... schon angerufen hatte, um zu erzählen, dass sie einen toten Zwerg gefunden habe.«

Nun lachte sie. Es klang wie ein lustiges kleines Wiehern.

»Gemein, zu lachen«, sagte sie und riss sich zusammen. »In jedem Fall ist der Zug jetzt unterwegs. Die technischen Untersuchungen am Tatort sind noch nicht abgeschlossen. Zeugen werden befragt, der Verkehr im aktuellen Zeitraum wird überprüft, und ich habe sogar einen der jungen Juristen dazu bringen können, alle Urteile durchzugehen, mit denen Richterin Kajsa Breien in den letzten beiden Jahren zu tun hatte. Um zu sehen, ob da etwas zu finden ist. Den mit den schwarzen Locken, weißt du.«

Fredrik wusste, dass Sylvi Mobakk vor zwei Jahren noch »der Neger« gesagt hätte, dass die Polizeichefin ihr aber nach einer ähnlichen Wortwahl verbal energisch auf die Finger gehauen hatte. Vor laufender Kamera.

»Der ist tüchtig, aber ich glaube nicht, dass dabei etwas rauskommt. Dieser Fall hat etwas ... etwas ...«

»Seltsames an sich?«, schlug Fredrik vor.

»Ja! Ich meine ...« Sie senkte die Stimme, als ob sie mit dem Gedanken spielte, ein Geheimnis zu teilen. Sylvi Mobakk war eine Frau vom Lande, sogar noch nach fast fünfundzwanzig Jahren in der Hauptstadt. Sie hatte eine Ewigkeit gebraucht, um sich in die Stellung der Hauptkommissarin und Ermittlungsleiterin hochzukämpfen, aber die Beförderung war nicht unverdient gewesen. Fredrik wusste, dass hinter der bäurischen Erscheinung und der schlichteren Sprache – erst in letzter Zeit hatte sie gelernt, nicht in jedem zweiten Satz zu fluchen wie ein Bierkutscher – ein scharfer Verstand steckte. Und außerdem die Willenskraft eines Kampfhundes. Sylvi gab sich nie geschlagen.

Das würde sie diesmal wohl auch nicht tun. Ob das helfen würde, da war er sich unsicher.

»Was meinst du?«, fragte er vorsichtig, als sie nicht weitersprach.

»Wozu sollte das denn gut sein? Sie in die Birke zu hängen wie eine Christbaumkugel? Die Oma, die sie gefunden hat, hat natürlich an Selbstmord geglaubt, aber jede Polizeistudentin im ersten Jahr würde innerhalb von fünf Minuten begreifen, dass das nicht stimmen kann.«

Fredrik nickte, sagte aber lieber nichts.

»Einen Mord als Selbstmord zu tarnen, gehört wohl zu den allerältesten Tricks«, sagte Sylvi nun nachdenklich. »Aber dann muss es auch danach aussehen! Mehr als nur durch den Strick, meine ich. Hier hat der Täter nicht das Geringste getan, um es so aussehen zu lassen, dass der Tod von eigener Hand herbeigeführt worden ist. Oder eher mit eigenem Strick. Während er – oder sie, von mir aus – zugleich sehr sorgfältig dafür gesorgt hat, keine Spuren zu hinterlassen. Man könnte den Kerl doch verdammt noch mal für unsichtbar halten.«

»Da oben muss es doch eine Menge Spuren geben. Da wimmelt es doch die ganze Zeit nur so von Leuten.«

»Ja, sicher. Aber du weißt schon, was ich meine. Wir finden rein gar nichts, was irgendwie verdächtig wirkt. Oder fehl am Platze. Oder das uns irgendwas darüber sagen kann, was passiert ist. Andererseits ...« Wieder ließ sie die Fingerknöchel knacken, diesmal die der rechten Hand. Das Geräusch ging Fredrik langsam wirklich auf die Nerven. »... haben wir ja gerade erst angefangen. Wer durchhält, gewinnt, hat meine Mutter immer gesagt.«

Sie zögerte eine Sekunde, ehe sie so leise, dass es vermutlich nur für sie selbst bestimmt war, hinzufügte: »Aber das hier ist verdammt noch mal der seltsamste Mord, mit dem ich je zu tun hatte. Es ist so, als ob ...« Plötzlich schaute sie auf und erwiderte Fredriks Blick. »Als ob der Mörder uns zum Narren hält«, rief sie. »Als ob er uns und das arme Opfer verhöhnt!«

»Oder vielleicht versucht er, uns etwas zu sagen«, meinte Fredrik.

»Wie meinst du das?«

Fredrik Smedstuen gab keine Antwort. Sein Handy ließ ein leises Knurren hören. Eine Push-Nachricht von *DG*, wusste er und griff nach dem Handy. Er warf einen Blick auf das Display.

Er wurde bleich. In weiter Ferne hörte er Sylvi Mobakks Stimme, wie aus einer Blechdose.

»Was ist los, Fredrik? He, Fredrik, bist du krank, Mann?«

Erst als sie neben ihm stand, die Hand auf seinen Rücken gelegt und das tief besorgte Gesicht viel zu dicht bei Fredriks, holte er schluchzend Atem. Er schob sie vorsichtig beiseite und hob das Handy wieder hoch. Sylvi versuchte zu sehen, was er las. Abermals schob er sie beiseite, ohne aufzublicken.

»Mit mir ist alles in Ordnung«, murmelte er. »Setz dich einfach.«

Einer, mit dem durchaus nicht alles in Ordnung war, war der norwegische Familienminister. Er war in der Nacht gestorben, konnte *DG* berichten, mit nur zweiundvierzig Jahren.

Vor ziemlich genau sechs Stunden.

Der Ausflug

Selma Falck war es peinlich, wie es in ihrer Wohnung aussah. Der Herd war voller Flecken. Überall in der Küche lagen Krümel herum. Sie hatte seit mindestens zehn Tagen nicht mehr gestaubsaugt. Auch wenn es im Badezimmer noch nicht stank, so war es dort auch nicht gerade hygienisch. Sie hatte nicht einmal die Aufkleber von der neuen Duschtür entfernt. Die Wohnung roch ansonsten nach Staub und alter Bettwäsche.

Eine Woche lang hatte sie alles auf den wehen Arm geschoben. Danach hatte sie einen Putzversuch abgebrochen, als sie auf dem

Balkon den alten Handball gefunden hatte. Sie hatte beschlossen, den Ball zu ignorieren, jedenfalls bis auf Weiteres, und ihr Arm war fast verheilt. Es wurde Zeit, die Fäden ziehen und die Drainage entfernen zu lassen.

Und zu putzen.

Sie schob das Handy in die Hosentasche und machte sich ans Werk. Natürlich hätte sie das Handy weglegen und trotzdem über Ohrstöpsel Radio hören können, aber erfahrungsgemäß klappte das mit der Verbindung zwischen den Dingsbumsen nicht sehr zuverlässig. Vor allem im Badezimmer. Als sie pinkeln wollte, vergaß sie das Gerät in der Tasche. Das Handy fiel in die Kloschüssel, als sie die Hose herunterließ. Da *P4* gerade ein ungewöhnlich lärmendes Stück von Aerosmith brachte, hörte sie das Klicken von Metall auf Porzellan und das leise Platschen nicht. Erst, als sie endlich fertig war und sich aufrichtete, wurde ihr klar, was passiert war. Aus Abscheu davor, die Hand ins Klo stecken zu müssen, irrte sie auf der Suche nach Gummihandschuhen ein wenig zu lange umher.

Das Handy gab seinen Geist auf.

Sie ärgerte sich fünf Minuten lang. Danach fiel ihr ein, dass sie im Grunde schon länger mit dem Gedanken spielte, sich ein neues zuzulegen. Das alte war ja doch nur ein 7er-Modell gewesen, und das iPhone 11 sollte bereits in einer oder zwei Wochen auf den Markt kommen. Bis dahin könnte sie die SIM-Karte doch in eines der älteren Handys stecken, die noch immer bei ihr in einer Schublade herumlagen.

Die SIM-Karte passte in keines davon.

Die Gewissheit, für den Moment kein Handy zu besitzen, war seltsam. Ein wenig beängstigend, aber auch ziemlich befreiend. Niemand konnte sie erreichen, ohne sie physisch aufzusuchen. Darin lag eine Ruhe, etwas, das sie dazu brachte, bei voll aufgedrehtem Radio den Rest ihrer Wohnung zu schrubben. Während sie damit beschäftigt war, konnte sie immerhin die Idee verdrängen, die ihr am Vortag bei Einar gekommen war: dass es sich beim Tod des Journalisten Jonathan Herse nicht einfach um einen unglückseligen Unfall gehandelt hatte.

Als sie fertig war, kehrte die Rastlosigkeit zurück. Eine Dusche half nichts. Lars konnte sie nicht anrufen. Und auch sonst niemanden. Das Wohlgefühl, kein Handy zu haben, hielt nicht lange vor. Für einen Moment spielte sie mit dem Gedanken, doch nicht auf das 11er zu warten, sondern sich ein iPhone X zuzulegen. Sie könnte jetzt sofort im Storo-Einkaufscenter vorbeischauen und die Sache erledigen. Als sie schon losgehen wollte, fiel ihr Blick auf einen Zettel, der halbwegs unter dem Laptop auf dem Esstisch versteckt war.

Allan Strømme. Granebakken 3F. Oslo.

Sowie eine Telefonnummer. Schon gestern Vormittag hatte Selma allerdings beschlossen, Jonathans besten Freund doch nicht anzurufen. Wenn wirklich er Jonathan den Speicherstick gegeben hatte und wenn die Zip-Datei gesperrt war, weil sie kompromittierendes Material enthielt, war es durchaus nicht sicher, dass der Mann sich als kooperativ erweisen würde. Sie riskierte, dass er auflegen würde, sowie er begriffen hätte, was sie wollte, um sich danach unerreichbar zu machen. Auf irgendeine Weise musste sie ihn zum Reden bringen, ohne dass es eine direkte Moglichkeit gäbe, sie auszubremsen.

Dorthin würde sie fahren. Zum Granebakken 3F in Mortensrud.

Siebzehn Minuten später stand der neue Volvo am Straßenrand in einer Wohnsiedlung von Oslos südlichstem Stadtteil. Es war inzwischen halb elf, und kleine Kinder waren zum Spielen ins Freie gescheucht worden. Wie zu Anfang der Woche hatte es am Morgen heftig geregnet, und nachts war es kalt gewesen. Die Wolkendecke trieb nach Norden, und der Asphalt trocknete jetzt. Ein älteres Paar, Hand in Hand, eine Einkaufskarre hinter sich herziehend, wanderte langsam an ihr vorbei. Zwei Zehn- oder

Zwölfjährige sausten auf BMX-Rädern vorbei, der eine hielt fünfzig Meter weiter an der Kurve an und drehte auf dem Hinterrad eine Pirouette. Selma holte Luft, fasste einen Entschluss und stieg aus dem Auto.

Das hellgelbe Holzhaus sah aus wie irgendwann in den Achtzigerjahren errichtet. Vernünftig und solide, langweilig und nicht teuer. Ein Holzhaus mit Längstäfelung und aufgesetzten Fenstersprossen, gelegen zwischen zwei weiteren Holzhäusern von genau dem gleichen Modell und Alter. Der Garten war winzig, soweit Selma das von der Straße her sehen konnte. Er war umgeben von einem Holzzaun in derselben Farbe wie das Haus. Die Angeln des niedrigen, schmiedeeisernen Törchens kreischten auf, als sie einen Riegel hob und es aufschob.

Sofort fing ein Hund an zu bellen. Es klang nach einem kleinen Hund, aber umso wütender. Selma ging trotzdem weiter zur Haustür, wo ein Plastikschild erklärte, hier wohne »Allan Strømme und«. Ein genau zurechtgeschnittenes Stück blaues Klebeband war über den zweiten Namen geklebt. Das Klebeband wirkte ziemlich neu. Noch eine Trennung, dachte Selma und klingelte.

Das Bellen wurde lauter. Das Tier stand jetzt gleich hinter der Tür, sie konnte das Scharren von Krallen durch das Holz hören. Nach einigen Sekunden kam eine gedämpfte Stimme näher. Der Hund beruhigte sich, und die Tür wurde geöffnet.

»Hallo«, sagte Selma freundlich und streckte die Hand aus. »Ich heiße Selma Falck. Und Sie sind Allan Strømme, nicht wahr?«

Die Frage war überflüssig, sie hatte ihn sofort erkannt. Von dem Bild in der Zeitung her, wo er zusammen mit den Kollegen vom Familienministerium gestanden und soeben bei der Holmenkollstafette das Büro des Generalstaatsanwalts geschlagen hatte, und von dem Begräbnisbild bei Emilie Sundet. Seine Haare waren jetzt zwar ein wenig länger als auf den Fotos, und die Bartstoppeln, die sich fast bis in den Halsausschnitt ausbreiteten, ließen ihn ein wenig ungepflegt aussehen. Als wäre er krank gewesen oder hätte eine sehr lange Hüttentour bei sehr schlechtem Wetter hinter sich. Er war ungewöhnlich blass. Auf seinem Arm saß der kleinste Chihuahua, den Selma je gesehen hatte.

Ihre Hand blieb in der Luft hängen, und sie ließ sie sinken.

»Und hallo, du«, sagte sie zu dem Untier, das als Antwort die Zähne bleckte.

»Äh ... ja. Ich bin Allan. Was wollen Sie?«

»Wie gesagt, ich heiße Selma Fa-«

»Ich weiß, wer Sie sind. Meine Frage ist: Was machen Sie hier? Was wollen Sie von mir?«

»Ich würde sehr gern mit Ihnen über etwas sprechen«, sagte Selma und versuchte verzweifelt, einen Plan B zu ersinnen.

Normalerweise war ihr Status als Promi ihr immer von großem Nutzen; sie wurde bereitwillig hereingebeten, und die Leute waren offen für alles. Dieser Mann hier war ebenso feindselig wie das Minimonster auf seinem Arm.

»Worüber denn?«, fragte er und machte keinerlei Anstalten, sie eintreten zu lassen.

Selma warf einen raschen Blick auf ihre Uhr, um den Eindruck zu erwecken, sie habe wenig Zeit. Sie würde ihn also nicht lange belästigen.

»Hören Sie«, sagte sie leise. »Ich weiß, dass Sie vertrauliche Informationen an Jonathan Herse weitergereicht haben. Informationen über Ihren eigenen Arbeitgeber. Dieser Bruch der Schweigepflicht allein kann Sie schon Ihren Job kosten. Es sei denn, Sie können sich als Whistleblower qualifizieren, wie das im Gesetz definiert ist.«

Selma hatte alles auf eine Karte gesetzt. Diesmal hatte sie sich für die Wahrheit entschieden, und das war so ungewohnt, dass sie nicht sofort wusste, wie sie jetzt weitermachen sollte. Ihre Eröffnung zeitigte jedenfalls die gewünschte Wirkung, der Mann wurde noch bleicher. Sogar der Chihuahua wirkte perplex, als er sie mit großen blanken und leicht hervorstehenden Augen anstarrte.

»Wie Sie vielleicht wissen«, fügte sie nun, noch leiser, hinzu, »bin ich jetzt Privatermittlerin. Ich habe aber lange Erfahrung als Anwältin. Ich kann Ihnen helfen.«

Er wich einige Zentimeter zurück, aber noch immer lag seine freie Hand auf der Türklinke.

»Sie haben Jonathan vor seinem Tod den Speicherstick gegeben. Mit den Tondateien, die Sie von Gesprächen im Ministerium angelegt haben.«

Noch immer sprach sie leise, aber jetzt hatte sie ihr Tempo gesteigert. Während sie das von sich gab, was sie wusste, um dann zu dem überzugehen, was sie vermutete, ließ sie sein Gesicht nicht aus den Augen.

»Es ist wohl besser, Sie lassen mich eintreten«, regte sie an.

Der Mann überlegte. Eine Ewigkeit lang, fand Selma, und sie wollte schon einen weiteren Überredungsversuch starten, als er endlich einen Schritt zur Seite trat und die Tür ganz öffnete. Ohne etwas zu sagen, setzte er den Hund auf den Boden eines Nebenzimmers und schloss dann die Tür. Selma folgte ihm in ein großes, helles Wohnzimmer. Das war nur halb möbliert. Ein beiges Ecksofa stand vor dem großen Fenster zur Terrasse, aber es gab dort keinen Couchtisch. Zwischen dem Sofa und der zum Wohnraum hin offenen Küche zeigten Kratzer im Parkett, dass dort ein Esstisch mit sechs Stühlen gestanden hatte. Hier und dort an den Wänden konnte sie helle Rechtecke sehen, wo offenbar vor kurzer Zeit noch Bilder gehangen hatten.

Sie hielt sich mit einem Kommentar zurück.

»Setzen Sie sich«, sagte Allan Strømme kurz und zeigte auf die kürzere Seite des Sofas. »Ich habe nicht viel Zeit. Kommen Sie zur Sache.«

Es war zu warm im Zimmer, und Selma hätte zu gern ihre

Jeansjacke ausgezogen. Aus Angst, er könne sich die Sache anders überlegen und sie vor die Tür setzen, wozu er vermutlich große Lust hatte, tat sie es jedoch nicht.

»Jonathan war Ihr bester Freund«, begann sie.

»Ja«, sagte er. »Das war er.«

»Sie haben sich auf ihn verlassen.«

Er sagte nichts.

»Sie haben sich so sehr auf ihn verlassen, dass Sie mit ihm über etwas gesprochen haben, das Sie beunruhigt hat. Bei der Arbeit. Etwas, das vermutlich … gegen Gesetze verstieß.«

Noch immer schwieg er und starrte sie an. Nickte nicht. Sagte nichts. Seine Augen schienen im Kopf tiefer zu sinken, aber das war wahrscheinlich nur ein durch die Fenster erzeugter Lichteffekt.

»Ganz offensichtlich haben diese Informationen auch Jonathan nervös gemacht«, vermutete Selma nun. »Er hatte vor seinem Tod schon ziemlich lang an diesem Thema gearbeitet, und er hat sich nicht getraut, besonders viel darüber zu sprechen. Nicht einmal mit seiner Chefredakteurin.«

Die winzige Töle fing an zu kläffen. Allan Strømme reagierte nicht.

»Das ist ein Fall, der seine eigenen Grenzen sprengt, Allan.«

»Sie müssen gehen.«

Er stand auf. Seine Bewegungen hatten etwas Steifes, als ob er lange in angespannter Haltung gesessen hätte, aber es war ja erst zwei Minuten her, dass er sich gesetzt hatte.

»Ich muss wirklich wissen, wie ich die Zip-Datei öffnen kann«, sagte Selma. »Und wenn Sie mir das Passwort nicht sagen können, muss ich die Polizei um Hilfe bitten. Das kann ich natürlich tun, aber dann kann ich Sie nicht mehr auf dieselbe Weise beschützen.«

»Warum würden Sie mich beschützen wollen?«

Er setzte sich zwar nicht wieder, blieb aber immerhin stehen.

»Weil ich glaube, dass Sie das verdienen. Weil ich überzeugt davon bin, dass im Ministerium etwas passiert ist, das mit etwas Größerem im Zusammenhang steht.«

»Sie haben keine Ahnung, wie groß das ist, das können Sie also nicht beurteilen.«

Selma nickte ruhig.

»Da haben Sie natürlich recht. Aber wir wollen hier keine Haarspalterei betreiben. Mein Angebot an Sie ist folgendes: Sie helfen mir, die Datei zu öffnen, und dann mache ich allein weiter. Und ich halte Sie aus allem heraus, soweit das überhaupt möglich ist. Wenn Sie mir nicht helfen wollen, gehe ich zur Polizei, die Ausrüstung und Möglichkeiten hat, das Passwort zu knacken. Sie haben die Wahl.«

Er blieb so lange bewegungslos stehen, ohne auch nur mit der Wimper zu zucken, dass Selma schon befürchtete, er könnte eine Art Anfall erlitten haben. Sie hatte von stiller Epilepsie gehört, hatte aber keine Ahnung, ob man dabei aufrecht stehen bleiben konnte.

»Alles in Ordnung?«, fragte sie.

»Sie müssen gehen.«

Selma erhob sich. Der Hund kläffte in dem Zimmer, in dem er eingeschlossen war, wie besessen. Die Luft in der Wohnung schien immer stickiger zu werden.

»Das ist dumm von Ihnen«, sagte Selma und ging zur Diele, ohne auf weitere Aufforderungen zu warten. »Die Nächsten, die hier vor der Tür stehen, werden Uniform tragen.«

»Ich habe nichts verbrochen.«

»Vielleicht nicht. Wie gesagt, ich hätte Ihnen helfen können, als Zeuge Schutzstatus zu erlangen. Dieser Schutz ist stark. Sehr stark. In solchen Fällen …« An der Tür zur Diele drehte sie sich zu ihm um. Im scharfen Licht von draußen sah er aus wie eine dunkle Silhouette vor dem Fenster. Er wirkte in sich zusammengesunken, fast alt, wie er da so stand. »… kommt es darauf an, nicht schräg vom Beckenrand zu springen«, sagte Selma nun. »Aber Sie haben die Wahl.«

»Hat der Todesfall etwas damit zu tun?«

Selma runzelte die Stirn und legte überrascht den Kopf in den Nacken.

»Welcher Todesfall?«

»Der Familienminister. Es kam gerade im Radio, kurz bevor Sie geklingelt haben.«

»Äh ... was sagen Sie da?«

Selma suchte verzweifelt in ihrer Tasche nach ihrem Handy.

»Børre Rosenhoff. Der von der Christlichen Volkspartei. Er ist heute Nacht gestorben. Sie haben nicht gesagt, woran. Ich dachte, das Herz; soviel ich weiß, hatte er keinen Krebs oder so was. Ich habe ihn noch am Montag gesehen. Aber dann platzen Sie hier rein, und dann denke ich ...«

»Shit«, sagte Selma. »Ich habe kein Handy. Kann ich mal Ihres leihen?«

Sie musste fast rufen, da der kleine Drecksköter gerade durchdrehte.

»Hat der Todesfall etwas mit mir zu tun?«, fragte der Mann weinend.

Nun stand er unmittelbar vor dem Zusammenbruch. Selma schloss die Tur zur Diele und machte zwei Schritte zurück ins Wohnzimmer.

»Woher soll ich das wissen?«, fauchte sie. »Ich habe keine Ahnung, was Ihre Dateien beinhalten! Was glauben Sie denn? Hängt hier alles mit allem zusammen?«

Langsam sank er auf dem Sofa in sich zusammen.

»Ich will das nicht«, wimmerte er. »Gehen Sie!«

»Ja, ich gehe gleich. Aber zuerst muss ich kurz Ihr Handy leihen.«

»Gehen Sie!«

Selma sah ein, dass das hier ein Schuss in den Ofen war. Nicht ganz, übrigens. Allan Strømmes Verhalten bestätigte jedenfalls, dass die Zip-Dateien wirklich Tonaufnahmen enthielten, wie sie und Lars vermutet hatten. Da der Mann hier vor ihren Augen in Auflösung überging, musste der Inhalt zudem alles andere als belanglos sein. Wenn der Familienminister wirklich tot war, konnte sie nur die höheren Mächte anflehen, das alles einen Zufall sein zu lassen. Und dass Børre Rosenhoff, ein zweiundvierzig Jahre alter Vater von drei Kindern, der weder trank noch rauchte, der jedes Jahr die Radtour Trondheim–Oslo mitmachte und außerdem ein ehemaliger Fußballspieler war, der es bis in die zweite Liga gebracht hatte, aufgrund eines plötzlichen, natürlichen Herzversagens entschlafen war.

Das kam vor.

»Verdammte Pest«, flüsterte sie, machte auf dem Absatz kehrt und ging zur Tür.

Sie musste sich ein neues Handy besorgen. Ob sie danach Lars Winther oder Fredrik Smedstuen anrufen würde, wusste sie nicht, aber sie wollte mit diesem Wissen nicht mehr allein sein. Als sie im Auto saß, überlegte sie sofort, wo sich das nächste Einkaufszentrum befand. Sie zögerte, schloss die Augen und kam zu dem Schluss, dass das Manglerud Senter die beste Alternative war, wenn auch nicht die nächstgelegene. Dort wäre sie dann auch schon halbwegs zurück in der Innenstadt. Als sie den Motor angelassen hatte und gerade losfahren wollte, sah sie, dass Allan Strømme angelaufen kam. Selma trat auf die Bremse und öffnete das Fenster.

Er beugte sich zu ihr herunter und zeigte ihr einen Speicherstick.

»Ich weiß den Code von Jonathans Dateien nicht«, sagte er heiser. »Aber das hier sind die Originalaufnahmen. Und die Datei ist nicht gesperrt.«

Er schluchzte ein wenig und schien sich gewaltig zusammenzunehmen.

»Sie waren schon hier.«

»Wer?«, fragte Selma.

»Die anderen. Sie haben alles mitgenommen. Nur den hier nicht, ich hatte ihn versteckt. Ich will nur weg. Ich will das nicht. Halten Sie mich aus der Sache raus. Okay? Bitte, halten Sie mich da raus.«

»Das verspreche ich«, sagte Selma. Ihr Herz donnerte dermaßen, als sie den Speicherstick entgegennahm, dass sie nicht einmal darüber nachdenken konnte, dass es aller Wahrscheinlichkeit nach unmöglich sein würde, diesen Mann irgendwo herauszuhalten.

Die Kameraden

So war es Karstein Braaten am allerliebsten.

Vergessen waren Bürokraten und Politiker in der Hauptstadt. Der äußere Oslofjord lag spiegelblank da, als wäre es mitten im Sommer. Die nächtliche Kälte war in der leichten Brise noch zu spüren, aber er trug einen Wollpullover. Der war alt und roch nach Diesel, Lagerfeuer und Teer. Der fast vierzig Jahre alte Zweitaktmotor tuckerte getreulich und lärmend und verhinderte jegliches Gespräch zwischen den beiden an Bord.

Genau so wollte er es an einem freien Tag haben. Obwohl sie hier und da ein Freizeitboot sahen, war es auf dem Wasser viel ruhiger als noch vor zwei Wochen. Die Hüttenbesitzer waren längst nach Hause in die Städte zurückgefahren. Obwohl die Eifrigsten die Saison an den Wochenenden bis in den Oktober verlängerten, war es jetzt, als endlich die Schulferien vorüber waren, viel angenehmer, ein hier draußen ansässiger Bootsbesitzer zu sein.

Es ging nicht schnell mit diesem Boot, aber es ging gut.

Sie wollten nach Stauper. Diese Gruppe von Inselchen und glatt gescheuerten Felsen am äußersten Ende des Tønsbergfjords war Karstein Braatens Glücksort. Als er mit acht Jahren sein erstes Boot bekommen hatte, ein zehn Fuß langes Holzboot, das sein Großvater gebaut und mit einem Außenbordmotor von 4 PS versehen hatte, war Stauper streng verboten gewesen. Es sei zu weit draußen, hatte seine Mutter gesagt. Stauper sei ein Ort für gutes Wetter, dort gehe es hart her, wenn das Wetter umschlug, was auf dem Meer plötzlich passieren konnte. Seine Eltern erfuhren nie, dass sich Karstein schon nach dem ersten Sommer mit eigenem Boot dort draußen zwischen den Inselchen auskannte wie in seiner Westentasche.

Sie wollten an Land gehen. Einfach Freunde sein, wie immer, seit sie in den Achtzigerjahren beim Militär gemeinsam Russisch gelernt hatten. Sie waren vom selben Holz, diese beiden. Der Mann, der am Bug saß, eine Hand um das Dollbord gelegt hatte und nach Süden starrte, war auch einer, der sich Sorgen machte und schwieg. Das Berufsleben hatte ihn vor größere physische Herausforderungen gestellt als Karstein. Vor mehr äußerliche Dramatik. Beide hatten sich trotzdem entschieden, den Dienst zum Besten der Gemeinschaft fortzusetzen. Sie beschützten diejenigen, die nicht begriffen, dass sie Schutz brauchten.

Sie passten auf Norwegen auf, Karstein Braaten und sein bester Freund.

Kummer hatten sie beide gehabt, und das nicht zu knapp. Karstein mit seiner Kinderlosigkeit, mit der er sich niemals so richtig abfinden konnte und die am Ende seine Frau verjagt und ihn in Grübeleien und selbstauferlegte Isolation getrieben hatte. Birger mit extremen Erlebnissen als Soldat und stummen Verlusten an der Heimatfront, die sie miteinander verbanden.

Unterwegs wollten sie einige Krebsreusen heben. Schalentiere waren jetzt am besten, und Karstein hatte am vergangenen Wochenende sechs dicke Brocken erwischt. Auf dem Bootsboden standen ein robuster Stahlkochtopf und ein wasserdichter Sack mit Birkenholz, Feuerzeug und Zubehör zu den Taschenkrebsen.

Obwohl Karstein Braaten in jeder Hinsicht ein vorsichtiger Mann war, hatte er außerdem ein paar Pils im Sack verstaut.

Sie näherten sich dem ersten Korb. Die orange Boje war vorschriftsgemäß mit Karsteins Namen und Adresse versehen. Ohne zu fragen, machte sich der Freund bereit, die Boje mit dem Bootshaken einzuholen. Keiner sagte etwas, das Boot und die beiden Männer wussten genau, was zu tun war. Als der Korb sich dann an Bord befand, konnten sie drei große und einen kleineren Krebs zählen. Letzterer hatte die Mindestgröße nicht erreicht und musste wieder über Bord geworfen werden. Karstein ließ den Motor im Leerlauf, weil er zwei Minuten brauchte, um die Tiere aus den Reusen zu holen.

Er packte den größten am Rückenpanzer. Der Krebs fuchtelte mit den riesigen Scheren.

»Das wird schmecken«, rief Karstein zufrieden und hielt den Krebs für seinen Kumpel hoch. »Das wird garantiert das beste Mittagessen in diesem Herbst, Birger Jarl!«

Birger Jarl Nilsen gab keine Antwort. Aber er lächelte ebenfalls strahlend.

Die Hütte im Wald

Selma Falck stand an einem Fenster und sah auf den See Movatn hinaus. Das Fenster war klein und niedrig, und sie musste sich bücken. Die Hütte war im Blockbau aus groben Stämmen errichtet und kaum dreißig Quadratmeter groß. Sie gehörte Fredrik Smedstuen, der garantiert hier draußen keinen Hammer in die Hand genommen hatte, seit er sie vor über zwanzig Jahren von seinem Großvater geerbt hatte. Plumpsklo und Petroleumlampe. Möbel aus den Fünfzigerjahren. Die Betten in der winzigen Schlafkammer, an der sie auf dem Weg ins Wohnzimmer vorbeigekommen waren, konnten höchstens hundertachtzig mal sechzig Zentimeter messen. Auf einem kleinen Tisch beim Sofa stand ein Transistorradio aus den Sechzigerjahren. Nicht einmal eine Solaranlage hatte Fredrik dem Anwesen spendiert.

Aber die Hütte war schön gelegen, und es war nur eine knappe halbe Autostunde von der Osloer Innenstadt entfernt. Fredrik hatte darauf bestanden, mit ihr hierherzufahren, als sie ihn anrief, sobald sie sich ein neues Handy besorgt hatte.

»Ist das nicht ein kleines bisschen paranoid?«, fragte sie und richtete sich gerade auf.

»Nein«, antwortete der Polizist. »Oder vielleicht doch. Ich tappe hier wirklich im Dunkeln, Selma. Und du auch. Oslo hat in mir eine leichte Klaustrophobie hervorgerufen. Hier draußen finde ich immer eine Art Ruhe.« Er fuhr sich über den offenbar noch immer ungewohnt kahlen Schädel und stöhnte. »Was diesmal aber auch keine große Hilfe war. Verdammt, ich hätte den Verdacht sofort melden müssen.«

»Welchen Verdacht denn?«, fragte Selma gereizt und ging zu dem groben Esstisch, der den größten Teil des Wohnzimmers einnahm.

Sie setzte sich Fredrik gegenüber, überlegte sich die Sache dann aber sofort wieder anders. Ihr Laptop stand bereits zwischen ihnen. Sie drehte ihn um und ging auf Fredriks Seite.

»Alles, was wir gestern gemacht haben, war, mit zusammenhanglosen Gedanken und Ideen zu jonglieren«, sagte sie und setzte sich. »Nichts davon konnte irgendetwas beweisen. Nicht im Geringsten. Wir hatten eine Menge Wenns und Falls, zusammengerührt mit Fantasie und zwei Tassen Verschwörung. Du wärst ausgelacht worden, wenn du Alarm geschlagen hättest. Außerdem haben wir keine Ahnung, woran Børre Rosenhoff gestorben ist. Es kann das Herz gewesen sein. Oder eine Gehirnblutung. Eigentlich alles.«

»Gesunde Zweiundvierzigjährige sterben nicht an ›eigentlich allem‹«, sagte Fredrik aufgebracht. »Und schon gar nicht weniger als einen Tag, nachdem du und ich im Café gesessen und uns gefragt haben, wer als Nächstes auf der Liste dieses ...« Er holte tief Luft, ohne dann wieder auszuatmen. »... dieses verdammten kryptischen Mörders steht, mit dem wir es zu tun haben.«

Selma drehte ihren Stuhl so, dass sie Fredrik leichter sehen konnte. Sie beugte sich ein wenig vor und legte ihm für einige Sekunden leicht die Hand auf den Oberschenkel.

»Fredrik«, sagte sie so ruhig sie konnte, während sie versuchte, seinen Blick einzufangen. »Nun mal ganz langsam. Du marschierst mit Siebenmeilenstiefeln auf Schlussfolgerungen in einem Fall zu, von dem wir nicht einmal ahnen, ob es überhaupt ein zusammenhängender Fall ist. Im Moment haben wir drei einzelne Fälle. Oder eigentlich nur zwei.«

Sie seufzte resigniert und fuhr vorsichtig mit der Hand über die abgenutzte Tischplatte.

»Wenn irgendwer den Verdacht hätte, dass Børre Rosenhoff umgebracht worden ist, dann würdest du das wissen. Dass die Polizei über seinen Tod informiert wurde, ist reine Routine. Das weißt du doch. Ärzte haben Meldepflicht bei einem plötzlichen, unerwarteten Tod ohne bekannte Ursache. Wenn es sich um einen Minister handelt, dann doch erst recht. Aber es hat keinerlei Aufsehen gegeben, Fredrik. Das hättest du gehört. ›Plötzlich in der Nacht auf Sonnabend bei sich zu Hause verschieden‹ kann zwei Dinge bedeuten: plötzliche Krankheit wie Herzstillstand. Oder Selbstmord. Wenn er sich aber das Leben genommen hätte, wäre innerhalb von fünf Minuten die Polizei *all over the place* gewesen. Und du würdest es wissen, Fredrik. Solche Fälle habt ihr viel zu oft.«

Wieder versuchte sie, seinen Blick einzufangen, aber der war irgendwo weit außerhalb der Hütte angenagelt.

»Mit anderen Worten ist dieser nächtliche Todesfall gar kein Fall. Jedenfalls noch nicht. Was die Morde an Linda Bruseth und Kajsa Breien angeht, haben wir auch keine handfesten Hinweise darauf, dass dieselbe Person dahintersteckt. Wir haben nur Gefühle. Nur Assoziationen. Wir stoßen überall auf diese Sorgerechtsfälle, aber wir dürfen nicht vergessen, dass es einen Unterschied gibt zwischen Korrelation und Kausalität.«

Noch immer starrte er aus dem Fenster. Noch immer wusste Selma nicht, was er ansah. Vermutlich nichts. Sie sprach weiter: »Dass Linda, Kajsa Breien und Børre Rosenhoff auf irgendeine Weise mit diesen Jugendamtssachen zu tun hatten, braucht keine Bedeutung für die Tatsache zu haben, dass alle drei tot sind. Es ist durchaus möglich, dass alle drei gern Pfannkuchen gegessen haben. Aber das spielt dann trotzdem keine Rolle.«

Endlich sah er sie an.

»Das ist der pure Unfug«, sagte er fast wütend. »Mit der Argumentation wärst du beim Grundkurs in Philosophie durchgefallen.«

»Kann schon sein. Aber du verstehst, was ich meine.«

Er brummte irgendetwas und erhob sich.

»Ich brauche frische Luft«, blaffte er und ging zur Tür.

Selma ging hinterher. Der Türsturz war so niedrig, dass sie den Kopf einziehen musste. Draußen war der Himmel dunkel geworden, und der Wind hatte sich gedreht. Nun kam er von Norden, einen Anflug von Nachtfrost im Gepäck. Von dem kleinen Platz vor der Hütte führte ein mit Gras bewachsener Hang hinunter zum See. Hier in der Gegend wimmelte es sonst von Wanderern, vor allem im Sommer, aber jetzt war alles still. Ein Reiher hob auf dem anderen Seeufer ab und schwebte nur zwei Meter über dem Wasserspiegel in Richtung Süden.

Fredrik reckte den Rücken und hob das Gesicht zum dunkler werdenden Himmel. Er hatte offenbar seit einer ganzen Weile nicht mehr geraucht, er roch weder nach Tabak noch nach *Fisherman's Friend.*

»Da drüben hab ich mal eine Bärin mit Jungen gesehen«, sagte Fredrik und nickte zu einem nur dreißig bis vierzig Meter nördlich gelegenen Wäldchen hinüber. »Zwei kleine Brummteddys. Da war ich elf. Ich war total gefesselt.«

»Himmel«, sagte Selma und lächelte, froh über frische Luft und eine kleine Pause von den chaotischen Gedanken. »Bären, so dicht bei den Menschen?«

»Ja. Aber nein. Ich hab wohl falsch gesehen.«

»Äh ... ach ja? Woher weißt du das?«

»Das war gleich nach Weihnachten.«

»Und?«

»Bären paaren sich im Frühsommer. Das Ei setzt sich erst in der Gebärmutter fest, wenn die Bärin im Herbst in den Winterschlaf geht. Die Jungen werden zwischen Ende Dezember bis vielleicht Februar geboren, während die Mutter noch immer im Winterschlaf ist.«

»Sie könnte doch aufgewacht sein? Ist das nicht möglich?«

Er zuckte mit den Schultern.

»Das weiß ich nicht. Aber was ich ganz sicher weiß, ist, dass Bärenjunge kurz nach Weihnachten ungefähr ein halbes Kilo schwer und total hilflos sind. Falls sie überhaupt schon geboren sind.«

Seine Hände zeigten eine Bärenjungengröße von vielleicht fünfzehn Zentimetern.

»Meine Erinnerung stimmt also nicht, so einfach ist das. Aber ich sehe es heute noch genauso lebhaft vor mir wie damals. Die Bärin kam zwischen zwei Kiefern hervorgewatschelt ...« Er zeigte mit Zeige- und Mittelfinger der rechten Hand. »Sie waren natürlich kleiner. Die Mutter kam zuerst, und die Jungen trotteten dicht hinter ihr her. Das eine war ein bisschen mutiger als das andere, holte sich von der Bärin aber eine Maulschelle, damit es hinter ihr blieb. Ich starrte sie lange an, wie gelähmt. Dann rannte ich ins Haus, traute mich aber nicht, das irgendwem zu erzählen. Erst ein Jahr später oder so habe ich mich meinem Opa anvertraut.«

Fredrik schniefte und fuhr sich mit dem Hemdsärmel über die Oberlippe.

»Er hat mich ausgelacht.«

Selma lächelte.

»Es können umherstreifende Bären nach Nordmarka kommen«, sagte Fredrik. »Das ist möglich. Dass das aber ausgerechnet kurz nach Weihnachten passieren sollte, ist höchst zweifelhaft. Zu der Zeit schlafen sie. Dass die Bärin zwei Junge von dieser Größe bei sich haben könnte ...« Nun waren seine Handflächen einen guten halben Meter voneinander entfernt. »... ist sogar komplett unmöglich. Ich habe mir das eingebildet. Oder es geträumt. Egal wie, gesehen habe ich diese verdammte Bärin nicht. Obwohl ich das bis heute beschwören könnte.«

»Der Mandela-Effekt«, sagte Selma und zog die Jacke dichter um sich zusammen.

»Was?«

Nun legte er den Kopf schräg und sah sie an. Für einen Moment wirkte er ehrlich neugierig.

»Wir Menschen besitzen eine fantastische Fähigkeit, uns selbst zu betrügen«, sagte Selma. »Die Redensart ›Er lügt so gekonnt, dass er es selbst glaubt‹ ist gar nicht so blöd. Es geht darum, dass wir nicht wirklich lügen. Wir erinnern uns falsch. Wir glauben, etwas erlebt zu haben, was nie passiert ist.«

»Jaaaa ...« Fredrik nickte und schob die Hände in die Hosentaschen.

»Ich bin wohl auch schon auf dieses Phänomen gestoßen«, sagte er. »Aber was hat das mit Mandela zu tun? Meinst du übrigens Nelson Mandela?«

»So in etwa. Aber nicht er hat sich falsch erinnert. Sondern andere.«

»Was?«

»Eine leicht verrückte Frau, ich habe ihren Namen vergessen, war ganz sicher, dass Mandela im Gefängnis gestorben ist.

Sie konnte seine Beerdigung in allen Einzelheiten schildern. Die dann aber stattgefunden haben müsste, als er noch auf Robben Island saß. Also lange vor 2013.«

Selma fröstelte in der Abendkühle und wollte lieber wieder in die Hütte, aber Fredrik schien durchaus nicht zu frieren. Im Gegenteil wirkte er zum ersten Mal entspannt, seit sie ihn in einer Besenkammer in Ullevål kennengelernt hatte. Er atmete gleichmäßig und tief, und ab und zu schloss er die Augen.

»Man hätte sie als verrückt abschreiben können«, sagte Selma nun. »Und sie war auch reichlich interessiert an paranormalen Kräften. Das Interessante ist aber, dass sie diese falsche Erinnerung mit ziemlich vielen anderen teilte.«

»Hä? Die Leute spinnen.«

»Na ja. Dein Bärenerlebnis kann so eine Erfahrung gewesen sein. Du sagst selbst, dass du es erst ein Jahr später erwähnt hast. Deine Erinnerung kann dir einen ernsthaften Streich gespielt haben.«

»Vielleicht«, sagte er. »Aber mein Problem ist wohl eher, dass ich häufiger Dinge vergesse, die wirklich passiert sind. Was ist denn die Erklärung für das Ganze?«

Selma grinste.

»Es kommt darauf an, wen du fragst. Die Frau, die den Begriff erfunden hat, meint, dass es sich um parallele Universen handelt, die einander streifen.«

Fredrik lachte. Selma konnte sich nicht erinnern, ihn schon einmal lachen gehört zu haben. Sein Lachen war tief und angenehm.

»Wenn du Verschwörungstheoretiker fragst, haben die eine Menge zu bieten. Dass es sich um Informationsmanipulation von verbrecherischen Regierungen handelt, die mit unseren Gehirnen experimentieren, zum Beispiel. Psychologen und Psychiater dagegen denken eher in Richtung von Dingen, an die wir vielleicht glauben können.« Sie gähnte und fügte hinzu: »Nicht gerade mein Fachbereich. Wenn ich raten soll, dann glaube ich jedenfalls, dass es so schwer ist, mit einzelnen Dingen zu leben, dass unser Unterbewusstsein uns ab und zu einen Streich spielt. Wir verschönern die Wirklichkeit, ganz einfach. Damit wir leichter damit leben können.«

»Aber ich habe diese Bären gesehen. Und nichts daran war schwierig, außer, dass ich Angst hatte. Offensichtlich vor gar nichts, da sie nicht dort gewesen sein können.«

»Genau. Du hattest Angst. Es kann etwas anderes gewesen sein, vor dem du dich in Wirklichkeit gefürchtet hast. Ein Ameisenhaufen, von mir aus.«

Fredrik gab keine Antwort. Er sah zu Boden, wo sich kleine Grasbüschel durch die flachen Steine zwängten. Mit der Schuhspitze versuchte er, den widerspenstigen Rest eines halb vertrockneten Löwenzahns zu töten.

»Ich weiß einfach nicht, was ich machen soll«, sagte er leise.

»Nichts«, sagte Selma. »Vorläufig sollst du einfach nur im Fall des Mordes an Linda ermitteln.«

Stumm blieb er dort stehen und trat weiter auf den Löwenzahn ein.

»Warum hast du den Laptop mitgebracht?«, fragte er plötzlich.

»Nur alte Gewohnheit«, log Selma. »Hier gibt es sicher nicht mal Strom. Oder einen Internetzugang.«

Das Gerät war voll aufgeladen, und wenn sie einen Internetzugang brauchte, konnte sie ihr neues iPhone benutzen und 4G anzapfen. Eigentlich hatte sie vorgehabt, die Zip-Dateien zusammen mit Fredrik zu öffnen. Nun entschied sie sich dagegen. Sie wollte nicht riskieren, dass er den Speicherstick beschlagnahmte und mit ins Polizeigebäude nahm. Dann würde der Stick ihrer Kontrolle entzogen sein.

Vor kurzer Zeit noch hatte sie sich genau das gewünscht. Alles los zu sein. Alles hinter sich zu lassen, mit Anine Frieden zu schließen und den kleinen Sjalg sehen zu dürfen.

So war es nicht mehr.

Dieser komplexe Fall forderte sie heraus. Endlich. Es war ganz einfach spannend. In der Nacht hatte sie geschlafen wie ein Stein, zum ersten Mal seit einer Ewigkeit. Sie war ausgeruht genug erwacht, um die Wohnung zu putzen, sie hatte die Initiative entwickelt, Allan Strømme aufzusuchen. Seither war alles immer nur noch komplizierter geworden.

Das Dasein war zum Spiel geworden. Zu einer Herausforderung ohne sicheren Ausgang. Ihre Gedanken hatten seit über einem Tag das Pokern nicht mehr gestreift. Das hier war besser. Der Einsatz war ihr Verhältnis zu Anine, die Unsicherheit war groß, und sie würde eimerweise Glück brauchen, um zu gewinnen. Aber auch Tüchtigkeit.

Selma fühlte sich wieder in Form, für eine gewisse Zeit, und wollte den Speicherstick für sich behalten. Jedenfalls, bis Lars sich vom Krankenbett seines Sohnes losreißen konnte.

»Übrigens gibt es etwas, das du tun könntest«, sagte sie.

»Was denn?«

»Am 17. August ist im Kreisverkehr in Bislett ein Unfall passiert. Ein junger Mann auf dem Fahrrad ist mit einem Taxi zusammengestoßen und gestorben. Könntest du überprüfen, ob das wirklich ein Unfall war?«

Er starrte sie skeptisch an.

»Was es sicher war«, fügte Selma eilig hinzu. »Aber wenn du kurz einen Blick darauf werfen könntest, also ob es zweifelsfrei ein echter und nicht geplanter Zusammenstoß war, wäre ich dir dankbar. Das Opfer hieß Jonathan Herse.«

»Hat das etwas mit diesen Fällen zu tun?«

»Vermutlich nicht. Wirklich nicht. Aber kannst du dir das mal ansehen?«

»Unter einer Bedingung.«

»Und die wäre?«

Er drehte sich zu ihr um und verschränkte die Arme vor der

Brust. Hier draußen im Wald, mit alten Gummistiefeln, Norwegerpulli und der neuen kurz geschorenen Frisur, sah er besser aus, als ihr bisher aufgefallen war. Oder vielleicht nicht besser, aber anziehend maskulin. Auf eine etwas traurige Weise, als gäbe es in seinem Leben viel, das er bereits aufgegeben hatte. Birger Jarl hatte erzählt, dass Fredrik frisch geschieden sei. Das bedeutete oft, dass sie innerlich nicht weiter als bis zur offiziellen Trennung gekommen waren, und Selma hatte gesehen, dass er noch immer seinen Ehering trug. Der hatte sich so tief ins Fleisch am Ringfinger der rechten Hand eingeschnitten, dass er vielleicht nicht mehr herunterging.

»Wenn sich herausstellt, dass Børre Rosenhoff ermordet worden ist«, sagte Fredrik ernst, »dann müssen wir weitergehen. Zu meinen Vorgesetzten – mit allen Gedanken, die wir uns gemacht haben.«

Er riss sich mit den Zähnen einen Hautfetzen von der Lippe.

»Alle Gedanken, die *du* dir gemacht hast«, korrigierte er sich. »Ist das abgemacht?«

Selma nahm den Geruch eines Lagerfeuers in der Ferne wahr, einen fast unmerklichen Hauch von Rauch, gemischt mit feuchtem, totem Laub und etwas, das sie nicht ganz identifizieren konnte. Sie schaute aus zusammengekniffenen Augen zu dem Hügelkamm am anderen Seeufer hinüber. Der verschwamm jetzt fast mit dem Himmel. Hinter ihnen war noch immer ein schmaler Streifen Tageslicht zu sehen. Der würde in einigen Minuten im Westen verschwunden sein.

»Ja«, sagte Selma endlich. »Das ist abgemacht.«

Heureka

Miez hatte früher einmal Darius geheißen, nach einem sagenumwobenen Perserkönig. Sein Revier war früher einmal groß gewesen, und obwohl er ein kostbarer Rassekater war, hatte er sich ungeheuer wohlgefühlt, wenn er durch die Villengärten auf Ormøya streifen konnte, auf der Jagd nach Mäusen und kleinen Vögeln. Trotz seiner edlen Vorfahren im Mittleren Osten war er nie länger als einige Stunden im Haus geblieben. Immer, wenn ihm ein Halsband angelegt worden war, war er ohne nach Hause gekommen. Wie er sich der Halsbänder entledigt hatte, wusste niemand. Darius war eine freie Seele.

Nun hieß er Miez und wohnte auf fünfzig Quadratmetern bei einem Mann, der ihn in zwei Nächten in der Woche an einer Laufleine im Park ausführte.

Miez war es niemals besser gegangen.

Er wohnte mit einem echten Katzenmenschen zusammen. Das Tier war jederzeit sauberer als der Mensch, und in der Regel satter. Fell und Katzenklo wurden in Ordnung gehalten, das aber, ohne es dabei zu übertreiben. Viermal pro Tag wurde der Fressnapf gefüllt. Miez war also ein Kater, dem es an nichts fehlte. Geschmust wurde in der kleinen Wohnung mehr als genug, und das machte beiden Freude. Er durfte sogar im Menschenbett schlafen, was vor seinem Umzug nie passiert war.

Der Mann war lieb. Seine Stimme war sanft wie seine Hand, wenn sie seinen Rücken streichelte. Ab und zu veränderte sich der Mann, was das Tier aber nicht mehr verwirrte. Miez zog sich dann ein bisschen zurück, blieb tagsüber im Schlafzimmer oder ließ sich oben auf den Zeitungsstapeln nieder, die sich in regelmäßigen Abständen bei der Wohnungstür auftürmten. In den seltsamen Phasen redete der Mann mit sich selbst, nicht mit Miez, und seine Stimme war anders. Zum Glück kamen diese Phasen immer seltener. Das letzte Mal war lange her.

Jetzt aber stand Miez mitten im Zimmer und machte einen Buckel.

Er fauchte verwirrt.

Der Mann war vom Sofa aufgesprungen. Er hob die Hände in die Luft und schrie. Die Geräusche aus seiner Kehle waren zu stark, zu schrill. Sein Gesicht war fast verzerrt, und er schien mit etwas Unsichtbarem unter der Decke zu boxen.

»Heureka!«

Der Kater fauchte und jagte hinaus auf den Gang.

»Das muss Selma erfahren!«, rief der Mann und hob noch einmal in einer Siegesgeste die Faust zur Decke.

Sonntag, 15. September

Die Tonspuren

Als Selma aus dem Schlaf hochfuhr, registrierte sie als Erstes, dass es draußen noch stockdunkel war. Um diese Jahreszeit kam die Dämmerung um kurz vor sechs angeschlichen. Sie drehte sich auf die andere Seite, um weiterzuschlafen. Fredrik hatte sie gegen zehn Uhr am Vorabend von der kleinen Holzhütte in Sørbråten nach Hause gefahren. Er hatte einen Schepperkasten von altem Kia, und der Müll im Wagen zeugte von schlechter Ernährung. Ehe Selma einsteigen konnte, hatte Fredrik eine beträchtliche Menge McDonald's-Verpackungen und Colaflaschen vom Beifahrersitz wischen müssen.

Das neue Handy hatte Gesichtserkennung, womit sie noch nicht richtig umgehen konnte. Sie musste eine Weile daran herumfummeln, ehe sie sehen konnte, wie spät es war.

03.47.

Als sie nach Hause gekommen war, war sie zwar so müde gewesen, dass sie vor dem Duschen nur ein Brot gegessen hatte, ehe sie ins Bett gefallen war, aber sie hatte gehofft, doch länger schlafen zu können. Als sie das Handy gerade weglegen wollte, sah sie, dass Einar angerufen hatte.

Das kam so gut wie nie vor. Er hatte eine Sterbensangst vor dem Telefon, und sie konnte ihn vor sich sehen, wie er murmelnd eine ganze Rolle Alufolie darumgewickelt hatte, um sich zu schützen. Mit anderen Worten musste etwas Wichtiges passiert sein, da er sechs Versuche gewagt hatte. Selma war geistesgegenwärtig genug gewesen, ihr Handy lautlos zu stellen. Für einen Moment blieb sie liegen und schaute das iPhone an, während sie überlegte, ob sie ihn zurückrufen sollte.

Nein. Den letzten Versuch hatte er um zehn vor zwölf unternommen. Jetzt schlief er bestimmt. In seinen gesunden Phasen war er überdurchschnittlich abhängig von festen Routinen. Das bedeutete nicht zuletzt, dass er nachts schlafen musste. Sie musste es morgen versuchen. Oder heute, eigentlich. In einigen Stunden.

Es war unmöglich, wieder einzuschlafen. Sie war schon so wach, dass sie den Gedanken an den passwortlosen Speicherstick, den Allan Strømme ihr am Vortag gegeben hatte, nicht verdrängen konnte. Gestern Abend hatte sie der Versuchung noch widerstehen können, sich das Teil näher anzusehen. Oder genauer gesagt, anzuhören. Sie wollte dabei wach und konzentriert sein. Obwohl sie eigentlich noch einige Stunden schlafen müsste und wollte, machten ihre wirbelnden Gedanken das unmöglich. Stattdessen stand sie auf und zog ein Sweatshirt und eine Trainingshose an, dann schob sie die Füße in die Birkenstocks und schlenderte in die Küche.

Aus dem Kühlschrank gönnte sie sich die zuckerhaltige Limo-Ration der Woche: eine Dose echte Cola. Der erste Mundvoll schmeckte immer am besten. Voller echter Süße und Koffein, sie fühlte sich sofort noch wacher. Aus einer Schublade nahm sie eine Packung grober Haferkekse und setzte sich damit an den Esstisch auf der Wohnzimmerseite des Raumes.

Der Laptop stand da, wo sie ihn am Vorabend hingestellt hatte. Der Speicherstick steckte bereits im USB-Anschluss. Sie schaltete das Gerät ein und kaute einen halben Keks, dann war alles bereit. Die leichte, kribbelnde Unruhe, die sich in ihrem Körper ausbreitete, kam ihr fast vor wie Verliebtheit. Oder wie mit einer hervorragenden Hand dazusitzen und darauf zu warten, dass die letzte Karte umgedreht wurde. Sie war angespannt, erwartungsvoll, nervös und eigentlich ziemlich ängstlich.

Die Übersicht auf diesem Speicherstick war dieselbe wie auf Jonathan Herses Exemplar. Selma öffnete zuerst die Datei, die nur *A.docx* hieß. So, wie es in ihrer Erinnerung aussah, waren die Reihen von seltsamen Codes genau die, die sie mit Lars zusammen angesehen hatte. Sie ließ den Drucker in der Diele eine Kopie ausdrucken und holte sie. Dann legte sie das Blatt Papier links neben den Laptop und schloss die Datei.

Danach klickte sie die Zip-Datei an.

Kribbelnde Erwartung und leise Furcht stiegen.

Klick. Die Datei öffnete sich. Es handelte sich wirklich um Tonaufnahmen. Acht Stück insgesamt. Die erste Aufnahme war über anderthalb Stunden lang, wie sie im Zählwerk sehen konnte.

Selma drückte auf *Play*.

Das Geräusch von Stühlen, die über den Boden schrappten, und ein enervierender Piepton waren das Erste, was sie hörte. Es war ein bisschen zu laut, und sie drehte etwas leiser. Eine Stimme fing an zu sprechen, als der Piepton verstummte. Es war ein Mann, und er stellte sich nicht vor. Es ging also um ein Treffen, wo sich die Teilnehmenden so gut kannten, dass eine Vorstellungsrunde überflüssig war.

»Verdammt kalt heute«, sagte die Stimme. »Ich hab meine Handschuhe vergessen.«

Zwei Minuten Geplauder. Das Geräusch mindestens einer Person, die hereinkam. Räuspern, Husten, Niesen. Wenn Lars und Selma die Codes richtig gedeutet hatten, war es Januar und der erste Arbeitstag nach den Weihnachtsferien. Der Wechsel zwischen mildem Wetter und eisiger Kälte zwischen Weihnachten und Neujahr hatte offenbar mehreren hier eine Erkältung beschert.

Die erste Viertelstunde war langweilig. Bürogerede. Ein Kopierer, der Wartung benötigte. Diskussionen über einen Antrag, der fertiggestellt werden musste, die Frage, wie es mit einem Strategievorschlag über eine Verstärkung der Zugriffsmöglichkeiten durch die Jugendämter weitergehen sollte. Selma ließ ungeduldig vorlaufen, immer für zehn Sekunden. Noch immer nichts von Interesse für Außenstehende.

Sie sah auf den Ausdruck neben dem Rechner.

1. 02. 01. 19 KFM HBP Snr 1, dok 2+3, Td Archiv.zip 01.13.14

Als sie und Lars die Übersicht zum ersten Mal gesehen hatten, hatten sie die letzten drei Zifferngruppen für eine Zeitangabe gehalten. Selma zog die Aufnahme weiter bis zur Ziffernfolge 01.12.00.

»... reicht für heute«, sagte dieselbe Männerstimme, die die Besprechung mit der Klage über das Wetter eröffnet hatte. »Passt bei dem Glatteis auf, allesamt.«

Wieder Schrappen mit Stuhlbeinen auf staatlichem Linoleum. Geplauder wild durcheinander, eine Tür, die krachend aufgerissen wurde. Nichts Auffälliges, und die Besprechung schien eindeutig zu Ende zu sein.

»Allan«, sagte die Stimme nun so laut, dass sie die anderen Geräusche übertönte. »Hast du einen Moment Zeit? Mach bitte die Tür zu.«

Das Geplauder verstummte. Die Tür wurde zugeschlagen.

»Setz dich«, sagte die Stimme freundlich.

Allan Strømme schien diesem Wunsch nachzukommen.

»Wie ist die Lage? Konntest du dir über Weihnachten alles genauer ansehen?«

»Ja. Jedenfalls teilweise.«

»Und?«

Die Stimme klang bereits gereizt.

»Nach meiner klaren Überzeugung«, sagte Allan Strømme, Selma glaubte in seiner Stimme einen Hauch von Nervosität zu hören, »gibt es einwandfrei eine Kollision zwischen mehreren dieser Fälle und dem, was wir als Urteil erwarten können, wenn sie nach Straßburg getragen werden.«

»Wie meinst du das?«

Papier raschelte. Eine Art stumpfes Tippen, was Selma sofort für Allan Strømmes Finger auf dem iPhone hielt, das er vermutlich in seiner Tasche versteckt hatte.

»Wir werden in einer Reihe von Fällen verurteilt werden, Horatio.«

Damit hatte die Stimme einen Namen. Einen Namen, der mit den Initialen in der nummerierten Übersicht übereinstimmte, die sie ausgedruckt hatte. Der Abteilungsleiter, der im Kinder- und Familienministerium zuständig war.

»Wie viele«, fuhr Allan Strømme fort, »wissen wir noch nicht. Aber einige der Anwälte da draußen haben jetzt Blut geleckt.«

»Ach was. Das ist schädlich. Sehr schädlich, wo wir endlich dabei sind, dieses ...«

Ein seltsames Geräusch war zu hören, vielleicht von Luft, die sich bewegte. Vielleicht schwenkte er etwas. Ziemlich wütend.

»*Mehr Wissen – besserer Kinderschutz*«, las Allan Strømme vor.

Clever. Er war der Einzige, der wusste, dass das Gespräch aufgenommen wurde. Der junge Mann hatte sich vorbereitet und reagierte rasch.

»*Kompetenzverbesserung im zukünftigen Kinderschutz*«, las er weiter.

»Ich weiß, was da steht«, sagte Horatio irritiert. »Und den Plänen nach soll die ziemlich umfassende Kinderschutzreform bereits 2022 in Kraft treten. Das Letzte, was wir jetzt brauchen, ist ein Tritt vom Gerichtshof für Menschenrechte.«

Das letzte Wort sagte er mit ziemlich verzerrter Stimme. Es konnte klingen, als ob sich der Mann von dem Begriff »Menschenrechte« distanzierte.

»Wir sind Norwegen«, fügte er verärgert hinzu. »Wenn sich jemand in Bezug auf Menschenrechte in die Brust werfen kann, dann ja wohl wir. Von Kinderrechten ganz zu schweigen.«

Selma hörte ein Rutschgeräusch, das sie nicht so recht deuten konnte.

»Na ja«, sagte Allan Strømme, »ich habe viel gelesen. Ich habe mit vielen gesprochen. Mit einigen Anwälten, die die Kläger vertreten, aber auch mit Angehörigen des Gerichtshofs in Straßburg. Auf dieser Grundlage und ausgehend von den eher vagen Signalen, die darauf hinweisen, dass man uns in dieser Hinsicht gern genauer in die Karten schauen möchte, gehe ich davon aus, dass wir von der Großen Kammer des Europäischen Gerichtshofs gewaltige Prügel beziehen werden. Und dann geht's rund.«

Horatio Bull-Pedersen hustete.

»Wir müssen etwas unternehmen.«

»Und was?«

»Du hast gehört, was ich gesagt habe.«

»Ja. Nein. Ich habe es jedenfalls nicht begriffen.«

»Diese Fälle sind ziemlich unterschiedlich, nicht wahr?«

Papierrascheln. Selma konnte sich nicht vorstellen, dass sie sich im Ministerium mit konkreten Einzelfällen befassten, und nahm an, dass es sich um Zusammenfassungen handelte. Juristische Bewertungen, und die waren hoffentlich anonymisiert.

»Na ja.«

Allan Strømme zögerte mit der Antwort.

»Alle Kinderschutzfälle sind unterschiedlich«, sagte er. »Es besteht trotzdem Grund zu der Annahme, dass das Hauptgewicht auf Sorgerecht und Adoptionspraxis liegen wird. Du weißt ja noch besser als ich, dass es Leute da draußen gibt, die meinen, dass wir Eltern in schwieriger Lage gar zu gern die Kinder schon bei der Geburt wegnehmen. Und wenn sie, vor allem die Mutter, sich in einer ziemlich hoffnungslosen Lebenssituation befinden, dann müssen wir einfach zugeben, dass schon von einem frühen Zeitpunkt an die Adoption als wahrscheinlichstes Ziel angestrebt wird. Das führt dazu, dass es nur noch wenige, kurze Zusammentreffen zwischen Kindern und ihren biologischen Eltern gibt. Und dass diese Treffen dann immer seltener werden, bis sie ganz aufhören.«

»Aus Rücksicht auf das Kind! Hier geht es um das Kindeswohl, ein Prinzip, nach dem der norwegische Kinderschutz seit ewigen Zeiten vor sich geht.«

Horatio Bull-Pedersen hatte wohl kaum friedliche Weihnachten erlebt. Jetzt wirkte er direkt verzweifelt. Seine Stimme war ganz anders als in der Stunde zuvor, wo viele bei einer ziemlich entspannt verlaufenden Besprechung zugegen gewesen waren.

»So sehe ich das auch«, sagte Allan Strømme überraschend ruhig. »Aber du musst doch zugeben, dass wir ein Problem haben, wenn unsere Entscheidungen gegen die Europäische Menschenrechtskonvention verstoßen. So ist das einfach.«

Ein Donnern, wie von einer Faust auf einem Tisch.

»Was können wir denn anderes erwarten, wenn da unten in Straßburg Richter aus Kulturen sitzen, wo man kaum mit der Wimper zuckt, wenn Leute ihre Kinder ohrfeigen? Die ihre Kinder betrachten als … Eigentum! Albanien! Was wissen die denn über Kinderrechte? Richter aus Armenien? Der Ukraine? Hä?«

»Horatio …«

»Ich will eine Übersicht über die Anschuldigungen der Kläger.«

»Die liegen größtenteils hier in …« Das nun folgende Geräusch konnte daher stammen, dass Papiere über den Tisch geschoben wurden.

»Ich meine das ganz konkret«, sagte Horatio Bull-Pedersen, jetzt ruhiger. »Ich will ganz konkret wissen, was nach Ansicht der Anwälte falsch gemacht worden ist und rückgängig gemacht werden sollte und was nicht geschehen ist, was nach Meinung des Gerichts aber geschehen müsste.«

»Ich verstehe das nicht richtig. Wenn und falls wir verurteilt werden, wird das norwegische Oberste Gericht danach …«

»Hier gibt es sicher Dinge, die sich deichseln lassen.«

»Deichseln? Meinst du …«

»Ich meine genau, was ich sage. Du hast mich verstanden. Wenn nicht, haben wir beide ein Problem. Ich erwarte bis Montag eine Übersicht. Über aktuelle Fälle und mit Vorschlägen, was hier gedeichselt werden kann.«

Neues Kratzen. Schritte. Piepton.

Schweigen.

Die Aufnahme war zu Ende. Selma musste sich verhört, falsche Schlüsse gezogen haben. Sie musste den Aussagen von Horatio Bull-Pedersen wohl mehr Gewicht beigemessen haben, als sie verdienten.

So musste es sein.

Sie blieb mehrere Minuten lang so sitzen, dachte nach und starrte den Bildschirm an, wo die Datei jetzt nur ein breiter grauer Strich war, bei dem der runde Cursor ganz rechts lag. Es war so still, dass sie die Cola in der Dose prickeln hören konnte.

Ihr Blick fiel wieder auf den Ausdruck mit den Codes, die Übersicht oder das Menü vielleicht; sie hatte sich noch nicht entschieden, wie sie es nennen wollte.

1. 02. 01. 19 KFM HBP Snr 1, dok 2+3, Td Archiv.zip 01.13.14

Das war die erste Tonaufnahme. Sie war datiert vom 2. Januar des Jahres. Der Ort war das Familienministerium. Diese war die erste in einer Serie, vermutete Selma. Aber *dok 2+3*? Die Bedeutung des darauf folgenden Dateinamens kannte sie bereits. Der letzte Zifferncode war einwandfrei eine Zeitangabe.

Dokument 2 und 3.

Es konnte sich um Unterlagen zu einem konkreten Fall handeln. Horatio Bull-Pedersen und Allan Strømme hatten über keinen konkreten Fall gesprochen.

Wieder versank Selma in Gedanken, die sie nicht festhalten konnte. Sie hatte das Gefühl, sich die ganze Zeit einer konkreten Schlussfolgerung zu nähern, die so beängstigend war, dass ihr Kopf nicht mitmachen wollte.

Horatio Bull-Pedersen hatte gesagt, bei den Fällen könnte etwas »gedeichselt« werden.

Etwas zu deichseln, konnte bedeuten, es zu reparieren. Man konnte aber einen vom norwegischen Gerichtswesen zu Ende verhandelten Fall nicht »reparieren«. Um überhaupt vom Europäischen Gerichtshof für Menschenrechte in Straßburg zur Verhandlung zugelassen zu werden, mussten alle norwegischen Rechtsmittel erschöpft sein.

Und dann konnte nichts mehr »gedeichselt« werden.

Es sei denn, man redete wie in der Welt des Sports, wo »deichseln« bedeutete, zu betrügen. Zu manipulieren.

Selma wurde es abwechselnd heiß und kalt, und sie griff zur Coladose, trank alles, was noch übrig war. Sie zog den Stuhl noch weiter an den Tisch heran, schnappte sich einen Block mit Klebezetteln von der Esstischecke und suchte sich einen Kugelschreiber aus ihrer Handtasche.

Dann hörte sie sich die sieben anderen Aufnahmen an.

Zweieinhalb Stunden später wusste sie mehr, als sie jemals hatte wissen wollen. Sie verspürte das dringende Bedürfnis, die Zeit bis gestern zurückzudrehen und auf diesen ganzen Fall zu pfeifen. Eigentlich würde sie die Zeit sogar am liebsten auf Donnerstag, den 3. September, um fünf vor drei Uhr nachmittags zurückdrehen. Da war sie unterwegs nach Grünerløkka gewesen, um sich mit ihren guten Freundinnen Linda Bruseth und Vanja Vegge zu einem späten Mittagessen zu treffen. Sie hätte kehrtmachen können. Mitten auf dem Olav Ryes plass, wo sie, das wusste sie noch, die beiden Freundinnen auf der anderen Seite der Thorvald Meyers gate gesehen hatte, wie sie ihr zuwinkten; sie hätte ein trauriges Gesicht machen, bedauernd die Arme ausbreiten und in eine andere Richtung gehen können.

Oder einfach eine SMS schicken.

Dann würde das Leben jetzt ganz anders aussehen, und sie würde nicht an einem Sonntagmorgen im September hier sitzen, ohne eine Ahnung, wohin sie mit dem gehen sollte, was sie soeben begriffen zu haben glaubte. Das Allerverlockendste war, den Speicherstick zu verbrennen, jeglichen Kontakt zu Lars Winther abzubrechen und vielleicht ins Ausland zu ziehen. Also vor einem gediegenen Skandal zu fliehen, mit dem sie absolut nichts zu tun haben wollte.

Aber das ging ja nicht.

Die Putzfrau

Der sieben Jahre alte Leon würde ohne bleibende Schäden davonkommen. Jedenfalls ohne schwerwiegende; alle Ärzte meinten, dass er in den kommenden Jahren mit einer gewissen Steifheit in den Hüften und im untersten Teil des Rückens rechnen müsste. Mit guter physiotherapeutischer Begleitung und harter Arbeit des Jungen und seiner Eltern würde dennoch alles gut gehen. Zuerst müsse er noch mindestens zehn Tage im Krankenhaus bleiben, danach wäre dann eine intensive Behandlung in einer Rehaklinik angebracht. Ein Elternteil würde ihn dorthin begleiten.

Der Kopf des Jungen war unversehrt.

Lars hatte furchtbare Angst bekommen, als er seinen Sohn nur eine Stunde nach dem Unfall sehen durfte. Leons kleiner Körper war mit jeder Menge Schläuche, Leitungen und Apparate verbunden, und das Wenige, was zwischen diesen ganzen Geräten von seinem Gesicht zu sehen war, war kaum wiederzuerkennen.

Der Kopf, hatte Lars gedacht.

Der Kopf durfte nicht verletzt sein.

Egal was, fast alles andere hätte Lars ertragen können, aber Leon musste als der Junge wieder zu sich kommen, der er vor dem Unfall gewesen war. Er musste dieselbe neugierige Einstellung zum Leben haben, er musste seine Vorliebe für Mathematik und die Filme von Hayao Miyazaki behalten haben. Lars konnte ihm ein Dreirad besorgen, wenn der Junge sein Gleichgewicht nicht mehr halten könnte. Eins mit Hilfsmotor, vielleicht. Sie konnten sich eine neue Wohnung suchen, wenn Leon auf einen Rollstuhl angewiesen wäre, darüber hatten Lars und seine Frau sich bereits geeinigt, und er konnte den Jungen zur Not auf seinem Rücken in den Wald tragen, um in den Seen von Marka zu angeln. Das alles könnten sie arrangieren. Mit allem könnten sie leben.

Wenn nur sein Kopf unversehrt wäre.

Gott hatte ihn offenbar erhört, dachte Lars, als er die Redaktion von *Aftenavisen* mitten in der Osloer Innenstadt betrat. Bisher hatte er nie besonders viel an eine allgegenwärtige Macht geglaubt, in den letzten Tagen jedoch hatte er oft und innig zu einem Gott gebetet, den es vielleicht doch gab. Am Morgen hatte der Junge zum ersten Mal seit dem Unfall selbst essen können, und er hatte um eine Mahlzeit von Burger King gebeten. Da um sieben Uhr morgens kein Fast-Food-Laden geöffnet war, war ihm stattdessen ein Whopper mit allem Drum und Dran zum Mittagessen versprochen worden.

Da konnte Lars auch kurz in der Redaktion vorbeischauen. Er wollte mal nachsehen, was da so los war, den Eindruck bekommen, dass es auf der Welt noch immer eine Form von Normalität gab. Und, wenn Lars ganz ehrlich sein sollte, eine Pause von Krankenhausluft und Ehefrau einlegen. Um die beiden jüngeren Söhne kümmerten sich abwechselnd Großeltern und gute Nachbarn, und wo er nun schon ehrlich war, musste er auch zugeben, dass sie ihm überhaupt nicht fehlten. Ihnen ging es gut.

Die letzten Tage waren die pure Hölle gewesen, und er brauchte jetzt einfach den Geruch einer Zeitungsredaktion.

Im Haus herrschte sonntägliche Stille. Er wünschte sich keine Fragen danach, wie es seinem Sohn oder ihm selbst ging, und er machte einen Bogen um die wenigen Menschen, die bei der Arbeit saßen, die meisten vertieft in einen Bildschirm, einige mit

Kopfhörern auf den Ohren. Er durchquerte das Großraumbüro und betrat eines der stillen Zimmer, ohne eigentlich von irgendwem bemerkt worden zu sein.

Er atmete erleichtert auf und nahm seine Schirmmütze ab.

Im Zimmer standen zwei Rechner, und er loggte sich bei dem einen ein, während er versuchte, Selma anzurufen. Es war der dritte Versuch an diesem Morgen, und langsam ärgerte er sich. Nach dem Unfall waren zwei Tage vergangen, ehe ihm eingefallen war, dass Jonathans Fall mitsamt dem Speicherstick und allem anderen bei Selma liegen geblieben war, als er zum Krankenhaus losgestürzt war. Das war an sich nicht so wichtig, bestenfalls war sie ein Stück weitergekommen.

Er fand es trotzdem unerträglich, dass er sie nicht erreichen konnte.

Eigentlich hatte er in der Redaktion nichts zu suchen.

Er ließ sich im Schreibtischsessel zurücksinken und klickte sich zu diversen Zeitungsseiten durch. Die Tür hinter seinem Rücken wurde geöffnet, und er registrierte, dass die Putzfrau hereinkam. Die Reinigungskraft, genauer gesagt. Lars murmelte einen Gruß. Die Frau antwortete mit einem schüchternen »Guten Tag«. Lars las einen Artikel über den gestrigen Drohnenangriff auf zwei Ölfelder in Saudi-Arabien, dessen Energieminister nun bedauerte, dass die Produktion auf beiden Feldern eingestellt werden müsse. Er registrierte ebenfalls, dass Bernie Sanders mehrere Wahlveranstaltungen abgesagt hatte, um seine angegriffene Stimme zu schonen.

»Der alte Kerl«, murmelte Lars.

»Was haben Sie gesagt?«

Es war die dunkelhäutige Frau mit dem schwarzen Tschador, wie er nun sah. Sie arbeitete schon länger hier als er. Es musste doch heiß unter diesem Gewand sein. Und ziemlich unpraktisch, der viele Stoff flatterte um sie herum, während sie mit dem Besen hantierte.

»Nichts«, sagte er und klickte sich weiter durch die Nachrichten.

»Entschuldigung?«

Wieder blickte er auf, eher irritiert als überrascht.

»Ja?«

»Ich will nicht stören. Aber darf ich Sie etwas fragen?«

»Äh ... ja.«

»Sie haben Jonathan Herse gekannt, nicht wahr?«

Lars ließ die Maus los und schaute der Frau endlich in die Augen.

»Ja. Er war ein Kollege. Wir waren nicht ... befreundet oder so. Haben Sie ihn gekannt?«

»Ja.«

Sie deutete ein Lächeln an. Ihre Zähne waren gepflegt und weiß. Ihre Augen waren groß und standen ein wenig schräg, was sie ein bisschen traurig aussehen ließ.

»Ich habe ihm geholfen. Und er mir.«

»Ach was? Wobei denn?«

»Beim Jugendamt.«

Nun flüsterte sie fast und kam näher.

»Jonathan hat an einer sehr großen Sache gearbeitet«, sagte sie. »Und ich habe viele Probleme mit dem Jugendamt. Sie haben mir meine Tochter weggenommen. Die war neugeboren. Jonathan hat mir besser zugehört als mein Anwalt.«

Lars zog den anderen Stuhl vom Tisch zurück, drehte ihn um und bedeutete der Frau, sich zu setzen. Sie warf einen Blick zur Tür hinüber.

»Hier kommt niemand«, sagte Lars. »Außerdem ist es ja kein Verbrechen, wenn Sie mit mir sprechen. Setzen Sie sich. Ich heiße Lars Winther. Wie heißen ...«

»Aisha«, fiel sie ihm ins Wort, legte sich die Hand aufs Herz und nickte kurz. »Aisha Mohammad. Ich weiß, wer Sie sind. Sie arbeiten jetzt an Jonathans Fall, nicht wahr?«

Langsam und vorsichtig setzte sie sich, als hätte sie Angst, der Stuhl werde das nicht aushalten. Sie saß ganz vorne auf der Kante, bereit, sofort aufzuspringen, sollte jemand hereinkommen. Lars fühlte sich unwohl, weil sie das so offenkundig ebenfalls tat.

»Ja, irgendwie schon. Aber was ... wie sind Sie und Jonathan ...«

»Ihr seht mich nicht, und ihr hört mich nicht. Aber ich höre alles, was ihr sagt und tut. Ich weiß, wer woran arbeitet und wie alle über die neue Chefredakteurin denken.«

Wieder dieses rasche, traurige Lächeln, das das Gesicht in einen frohen Mund und traurige Augen teilte. Lars schluckte und ertappte sich bei einer leichten Beschämung. Sie hatten jetzt seit über einem Jahr den gleichen Arbeitsplatz, aber er hatte noch nie ein Wort mit ihr gewechselt.

»Jonathan hatte etwas von einem Freund bekommen«, sagte sie leise. »Etwas ungeheuer Kom-pro-mit-tierendes. Über Kinderschutz. Ich wusste das. Ich höre, wissen Sie.«

Sie formte die Hand zu einer Schale und legte sie an ihr stoffbedecktes Ohr.

»Also hab ich meine Unterlagen mitgebracht und eines Abends mit ihm gesprochen. Jonathan war sehr lieb. Sehr lieb und sehr tüchtig.«

»Ach ... einer der Fälle in Jonathans Ordner ist also Ihrer?«

»Ja. Das ist fünf Jahre her, wissen Sie. Ich war erst sechzehn, als meine Tochter geboren wurde. Ich wohnte damals selbst in einem Pflegeheim, und es ging mir ziemlich schlecht. Sie sagten, es würde nicht gut gehen.«

»Wer?«

»Das Jugendamt. Die haben entschieden. Ich durfte fast zwei Wochen mit ihr dort wohnen. Mit meiner Tochter. Sayneb. Im Mütterheim. Das heißt jetzt wohl anders, aber alle sagen trotzdem Mütterheim. Aber wissen Sie, egal, was ich gesagt und getan habe, alles war falsch. Sie haben mir keine Chance gegeben.

Sie wurde in einer Pflegefamilie untergebracht. Anfangs durfte ich sie ab und zu sehen. Aber dann wurde vom Bezirksausschuss ein Beschluss gefällt, und danach durfte ich sie nur zweimal pro Jahr treffen, wissen Sie. Jetzt ist Sayneb nicht mehr mein Kind. Ich darf sie nicht mehr sehen. Sie ist adoptiert worden. Ich weiß nicht einmal, wie sie jetzt heißt.«

Ihre Augen, die jetzt noch größer wirkten, wurden blank.

»Und dabei habe ich alles getan, was sie wollten. Ich habe Abitur gemacht. In vier Jahren, während ich sehr viel gearbeitet habe. Ich bin gut in Mathe und Naturwissenschaften, aber nicht so gut in Norwegisch, hatte nur eine Vier. Die Note, meine ich. In Mathe hatte ich eine Zwei, obwohl ich das als Leistungskurs hatte. Das ist schwer. Ich will Krankenschwester werden, aber dann brauche ich eine bessere Norwegisch-Note. Mindestens eine Drei. Jetzt nehme ich also noch mehr Unterricht, und dann will ich die Norwegisch-Prüfung wiederholen.«

»Beeindruckend«, murmelte Lars halbherzig, aber sie schien das nicht zu bemerken.

»Ich habe alles getan, was sie gesagt haben. Ich habe mich zusammengerissen. Die ganze Zeit haben sie gesagt, ich könnte Sayneb zurückbekommen, wenn alles gut ginge. Jetzt ...« Sie schüttelte behutsam den Kopf, und die nassen Augen liefen über. »Jetzt wohne ich allein. Ich passe auf mich auf und arbeite sehr viel. Das mit dem Norwegischen werde ich auch schaffen und Krankenschwester werden. Aber Sayneb werde ich niemals wiedersehen.«

Lars wusste nicht, was er sagen sollte. Er fühlte sich dieser jungen Frau gegenüber unwohl, unsicher, und das war unangenehm. Er musste daran denken, dass sie sich vielleicht nicht im selben Zimmer aufhalten durfte wie ein erwachsener Mann, so ganz allein. Er kannte sich da nicht so gut aus. Die Frau musste doch gläubige Muslimin sein, so, wie sie gekleidet war. In Ullevål hatte eine Pflegerin eine Art Hidschab getragen, aber der war weiß gewesen und hatte nur ihre Haare bedeckt. Aishas Kleidung wäre in einem Krankenhaus unmöglich als Arbeitstracht akzeptiert worden. Er schaute zur Tür hinüber, die geschlossen war. Es war zu warm im Zimmer, und als er sich mit dem Zeigefinger über die Oberlippe fuhr, merkte er, dass die feucht war.

»Die hatten meine Papiere gefälscht«, sagte Aisha.

»Was?«

»Das habe ich entdeckt, wissen Sie. Ich habe alle Unterlagen zu meinem Fall viele Male gelesen. Und dann war da plötzlich noch mehr Papier. Zwei Dokumente, die besagten, sie hätten sich viel größere Mühe gegeben, mir zu helfen. Sie hätten mir viele Chancen gegeben. Ich hätte im Mütterheim eine Betreuerin zugeteilt bekommen. Mir wäre eine Wohnung angeboten worden, wo diese Betreuerin mich jeden Tag besucht hätte. Das ist gelogen. Alles zusammen. Mein Anwalt wollte mit meinem Fall nach Straßburg, zu diesem Gericht für Menschenrechte, aber plötzlich sah alles anders aus. Er sagte, dass ...« Sie verstummte und starrte verängstigt zur Tür hinüber. Sie konnten mindestens zwei Menschen draußen vorbeigehen hören. Die redeten laut und lachten, verschwanden dann aber irgendwo im Großraumbüro.

»Ich habe Jonathan alle Papiere gegeben«, sagte nun Aisha. »Und er hat mit meinem Anwalt gesprochen. Jonathan hatte so einen Ordner, mit vielen Fällen und vielen Unterlagen. Ich habe ihm viel von dem gegeben, was ich im Netz gefunden hatte. Ich wollte ...«

»Warten Sie«, fiel Lars ihr ins Wort. Ihm war plötzlich ein Gedanke gekommen. »Waren Sie das, die nach Jonathans Tod einen neuen Artikel in den grünen Ordner gelegt hat? Den über undichte Stellen am Europäischen Gerichtshof, die den Generalstaatsanwalt so wütend gemacht haben?«

»Ja, ich hatte gehört, dass Sie den Fall übernehmen sollten. Sie wollten ihn aber nicht. Sie haben darum gebeten, Ihnen das zu ersparen. Ich wollte Sie ein bisschen neugierig machen, und ich wollte ...«

Lars konnte ganz weit hinten in seiner Erinnerung etwas über eine Reinigungskraft finden, die beim ersten Gespräch über Jonathans Unterlagen das Zimmer der Chefredakteurin betreten hatte, um den Papierkorb zu leeren. Diese Frau war gescheit. Gerade die Anwesenheit eines zusätzlichen Artikels, der offenbar erst nach Jonathans Tod in den Ordner gelegt worden war, hatte bei Lars das erste Fünkchen von Interesse für diesen Fall entzündet.

Aishas plötzliches Schweigen lag daran, dass jemand an die Tür geklopft hatte. Lars fühlte sich versucht, sich einfach tot zu stellen, aber er glaubte doch, antworten zu müssen.

»Herein.«

Eine Frau von Mitte fünfzig, mit einem schlichten Hidschab und einem geblümten Kittel über einer Hose aus synthetischem Stoff, öffnete die Tür und blieb mit der Hand auf der Klinke in der Öffnung stehen. Sie nickte Lars kurz zu und begann dann mit einer Tirade, bei der Aisha vom Stuhl aufsprang. Lars hielt diese Sprache für Somalisch.

Ob es überhaupt eine eigene somalische Sprache gab, wusste er gar nicht. Bei näherem Nachdenken wusste er nicht einmal, ob Aisha aus Somalia stammte.

Er blieb sitzen, ohne etwas zu sagen, ohne Aisha in Schutz zu nehmen und ohne auch nur zu versuchen, die Situation zu entschärfen. Er sah nur zu, wie die junge Frau ihre Putzgeräte nahm und der älteren folgte, die noch immer vorwurfsvoll, wenn auch inzwischen leise, auf sie einredete.

Und ihm ging auf, dass er Sekunden, nachdem sie gegangen war, fast schon nicht mehr wusste, wie sie ausgesehen hatte. Das lag an ihrer Kleidung. Eine aufgeweckte und sicher reizende Frau, mit allen Möglichkeiten, wenn sie sich nur dieses unpraktischen, hässlichen Kleidungsstücks entledigte. Nicht, dass es ihn etwas anging, alle sollten sich anziehen, wie sie wollten. Lars Winther war alles andere als ein Anhänger von Verboten, aber es war doch etwas schwieriger, Sympathie für Menschen zu empfinden, die sich um jeden Preis derartig religiös kleiden mussten.

Aisha könnte er wohl nicht helfen. Das war auch nicht seine Aufgabe. Ihre Geschichte dagegen war genau das, was er brauchte. Wenn die junge Frau recht hatte und das Jugendamt zu regelrechter Unterlagenfälschung gegriffen hatte, um den Fall aufzuhübschen, dann war das ein Skandal von gewaltigen Dimensionen.

Mit Skandalen kannte Lars Winther sich aus, er liebte sie, und jetzt musste er Selma einfach erreichen. Nur wollte er vorher noch schnell bei Burger King vorbeischauen.

Obduktion

Als Selma Falck ihr Wohnhaus in Sagene verließ, standen vor dem Eingang einige junge Paare und warteten auf etwas. Sie nahm jedenfalls an, dass es sich um Paare handelte, immer zwei und zwei standen dort, ein wenig auseinander, vier Heterosexuelle und zwei Frauen, die einander an der Hand hielten. Ein Mann in Selmas eigenem Alter, förmlich gekleidet und mit kurz geschnittenen, gepflegten Haaren, brachte gerade ein Hinweisschild zum Besichtigungstermin an. Als sie vorbeiging, schaute er auf und lächelte.

»Hallo«, sagte Selma automatisch, dann fiel ihr zum Glück ein, dass dieser Makler ihr auch ihre eigene Wohnung verkauft hatte.

Er hielt den Gruß leider für eine Aufforderung zum Gespräch.

»Zufrieden mit der Wohnung?«, fragte er und richtete sich auf.

»Unbedingt. Sie haben noch immer hier in der Gegend zu tun?«

Sie war zum Glück nicht ganz stehen geblieben, und in einigen Sekunden würde sie außer Reichweite sein.

»Ja. Makler mit Ortskundschaft sind eben begehrt. Ich habe eine sehr gute Statistik.«

»Wie schön. Ist elf Uhr nicht ein bisschen früh für eine Besichtigung?«

Nun war sie an ihm vorbei, und er redete mit ihrem Rücken, als er fast rief: »Nicht doch! Beliebt, diese Gegend! Die Leute würden auch nachts kommen, wenn ich sie dazu aufforderte. Sagen Sie mir Bescheid, wenn Sie Lust haben, zu verkaufen, ja?«

Selma gab keine Antwort.

Sie wäre fast ein weiteres Mal stehen geblieben, da sah sie Fredriks verbeulten Kia am Straßenrand stehen. Fredrik sah sie offenbar im Rückspiegel, denn sein Arm kam aus dem Fenster und winkte sie zu sich. Sie ging auf den Wagen zu, obwohl sie auf dem Weg zu Einar war und in die Gegenrichtung musste.

»Hallo«, sagte sie, als sie ihn erreicht hatte, und beugte sich zu ihm hinein.

»Steig ein«, sagte er.

Selma zögerte für einen Moment und schaute auf die Uhr.

»Warum hast du nicht angerufen? Ich bin auf dem Weg zu …«

»Bitte, steig ein.«

Sie schüttelte kurz den Kopf, ging um das Auto herum und tat ihm den Gefallen. Diesmal war der Sitz immerhin für sie frei geräumt.

Fredrik sah aus, als ob er gerade einem Wäschetrockner entsprungen wäre.

»Hast du überhaupt geschlafen, seit du mich gestern nach Hause gefahren hast?«, fragte sie und schnupperte ein wenig demonstrativ in der Luft.

Er hatte offenbar die Zigaretten aufgeben können, aber nun stank er nach Schweiß.

»Nein. Ich habe gearbeitet. Als ich dich gestern Abend abgesetzt hatte, konnte ich nicht nach Hause fahren. Also war ich im Büro. Und da war ja einiges passiert, um es vorsichtig auszudrücken.«

»So spät am Samstagabend bist du noch ins Büro gefahren?«

»Verbrecher achten weder auf die Uhr noch auf den Kalender.«

Selma musste lächeln.

»Was hast du also herausgefunden?«

»Dass Børre Rosenhoff möglicherweise umgebracht worden ist.«

»Ach … ja? Möglicherweise? Das hätten wir doch auch gestern schon sagen können? Dass er *möglicherweise* umgebracht worden ist?«

»Wir können es jetzt mit viel größerer Sicherheit sagen. Es war *mutmaßlich* Mord. Oder … ich weiß nicht so recht. Der Todesfall war jedenfalls viel dramatischer, als wir anfangs geglaubt haben.«

Er ließ das Lenkrad los, schlug die Hände vors Gesicht, rieb sich lange die Augen und schniefte einige Male laut, eher er heftig den Kopf schüttelte und die Augen aufriss.

»O verdammt, was bin ich müde. Aber ich musste mit dir reden. Und nicht am Telefon. Diese ganze Geschichte macht mich richtig paranoid.«

Selma legte zum zweiten Mal innerhalb eines halben Tages die Hand auf seinen Oberschenkel.

»Was ist passiert?«, fragte sie ruhig und nahm ihre Hand wieder weg.

Fredrik griff nach einem Pappbecher voll Kaffee aus der Halterung zwischen den Sitzen, schlürfte den Inhalt und schluckte dabei laut hörbar.

»Rosenhoff hatte sich schon zwei Tage vorher elend gefühlt, wie sich herausgestellt hat.«

Fredrik streckte die Hand zur Rückbank aus und griff nach einer Thermoskanne. Der Inhalt war nicht mehr besonders heiß, es dampfte kein bisschen, als er den Plastikdeckel herunterdrehte und seinen Becher noch einmal füllte.

»Der Bursche war bis Mittwochmorgen kerngesund. Dann stand er zu seiner normalen Zeit auf, um halb sechs, lief seine übliche Runde, fünf Kilometer. Danach machte er das übliche Frühstück für sich, seine Frau und die Kinder: Haferbrei. Und wurde danach von seinem täglichen Transportmittel abgeholt, dem Fahrdienst der Regierung. Etwas später an dem Tag fühlte er sich dann nicht mehr so gut. Es wurde immer schlimmer, und am Donnerstag fuhr er früher von der Arbeit nach Hause, weil er sich fast nicht mehr auf den Beinen halten konnte.«

»Warum ist ihm nicht geholfen worden?«

»Seine Frau war zu diesem Zeitpunkt verreist. Sie sagt, sie habe ihn am Telefon bedrängt, einen Arzt zu rufen, aber er wollte nicht. Er hielt es für eine Grippe oder so was. Gliederschmerzen, Durchfall. Allgemeines Unwohlsein. Sein ganzes Image war doch so frisch und sportlich. Männer in seinem Alter haben eine seltsame Vorstellung von ihrer eigenen Unsterblichkeit.«

»Aber ... was ist passiert?«

»Das wissen die Götter. Jedenfalls, seine Frau war am Donnerstagmorgen mit den Kindern zu ihren Eltern nach Hemsedal gefahren. Er bestand darauf, dass sie fahren sollten. Dann hätte er seine Ruhe, und die Gefahr, Frau und Kinder anzustecken, wäre geringer. Er hat am Freitag mit seiner Frau und seinem Büro telefoniert, später war er nicht mehr zu erreichen. Im Laufe der Nacht hat die Frau dann Alarm geschlagen. Dem Arzt wurde erklärt, wo der Reserveschlüssel lag, aber er nahm sicherheitshalber eine Polizeistreife mit. Der Minister war tot. Alle dachten in Richtung Herz, natürlich, und diskutierten ein bisschen. Unsere Jungs ließen den Leichnam zur Obduktion abholen. Sicherheitshalber.«

»Wäre das nicht sowieso passiert?«

»Scheiß drauf«, sagte Fredrik irritiert. »Es geht um was anderes: Als die Leiche in der Pathologie ausgezogen wurde, hatte er eine Unterhose unter der Schlafanzughose an. Und in der Unterhose hatte er doch echt ...« Selma sah, dass er versuchte, ein unangebrachtes Lächeln zu unterdrücken. »In der Unterhose hatte der Kerl drei Damenbinden aufeinandergepappt. Nebeneinander oder ... egal. Er blutete aus dem Arsch.«

»Was?«

»Aus seinem Anus kam Blut! Das war ihm wahrscheinlich peinlich gewesen. Zu peinlich, um es irgendjemandem zu sagen.«

»Du machst Witze«, flüsterte Selma. »Jetzt verarschst du mich doch.«

»Nein. Er wurde dann genauer untersucht, irgendwann später, gestern. In der Pathologie. Ich hab ja keine Ahnung, was in diesen Ärzten vorgeht, wenn sie plötzliche und völlig unerwartete Todesfälle geliefert kriegen. Aber ich nehme an, die denken in Richtung Herzstillstand oder Hirnschlag, genau wie wir anderen alle. Davon war also nicht die Rede. Wenn jemand aus dem Enddarm blutet, kann das natürlich jede Menge Ursachen haben, von Morbus Crohn über Colitis ulcerosa bis zu ... Krebs, von mir aus. Aber als sie ihn aufgeschnitten hatten, kam die Überraschung. Die inneren Organe waren in völliger Auflösung. Das Gedärm blutete. Die Leber hatte fast schon das Handtuch geworfen. Die Nieren waren ruiniert. Der Pathologe hat Großalarm gegeben. Lange, ehe er fertig war.«

»Weshalb denn?«

»Er hatte Angst, hier könnte von einem Virus die Rede sein. Oder möglicherweise von Gift. Bakterien, von mir aus. Jedenfalls mussten besondere Vorkehrungen getroffen werden.«

»Hatte er denn schon den Verdacht, dass der Minister ermordet worden sein könnte?«

»Na ja, ich glaube, Ärzte sind in solchen Situationen ziemlich deduktiv. Sie versuchen es zuerst mit den nächstliegenden Hypothesen, also Krankheiten. Wenn sich das nicht nachweisen lässt, gehen sie weiter. Jedenfalls kamen die zu dem Schluss, dass mit dieser armen Leiche etwas sehr Dramatisches passiert sein musste. Als sie noch lebte, natürlich. Als ich sie gestern am späten Abend kontaktierte, hatten sie gemäß dem Protokoll, das sie für solche Fälle haben, erst vor wenigen Minuten die Polizei alarmiert.«

»Tauchst du in diesem Protokoll auf?«

»Nein. Aber ich habe eine halbe Stunde gebraucht, um meinen Vorgesetzten gegenüber teilweise zu bluffen und teilweise zu dramatisieren, und hab dann grünes Licht bekommen, um hinzufahren und mit den Ärzten zu sprechen. In solchen Fällen ist Vorsicht geboten. Es hätte doch zum Beispiel ein virales hämorrhagisches Fieber sein können. Das kann gefährlich sein und außerdem ansteckend.«

»Hämora-«

»Hämorrhagisch. Ebola, zum Beispiel.«

»Ebola?«

»Ja. Da Rosenhoff aber nie in Afrika gewesen war und in den letzten beiden Monaten überhaupt nicht im Ausland, abgesehen von einer Spritztour nach Schweden, war *Nephropathia epidemica* wahrscheinlicher. Das ist ein fieses Virus, das du dir in einer ganz normalen norwegischen Hütte einfangen kannst. Es wird unter anderem durch Mäusekacke übertragen.«

Für einen Mann mit einer begrenzten Fähigkeit, sich Personennamen zu merken, war Fredrik beeindruckend sicher, wenn es um Viren ging. Selma musste ihn bitten, alles noch einmal von Anfang an zu erzählen. Das war alles so überraschend, dass sie nicht alles mitbekommen hatte.

»Inzwischen hatten sie in der Pathologie mit umfassender Schadensbegrenzung angefangen. Oder ...« Er kratzte sich wütend zwischen den Bartstoppeln, die jetzt schon fast aussahen wie ein ungepflegter Bart. »Potenzielle Schadensbegrenzung, sollte ich wohl sagen. Sie wussten ja noch nicht, was sie da vor sich hatten. Aber in solchen Fällen muss ja die Umgebung abgesperrt werden, Personen müssen isoliert werden ... alles in allem ein Heidenaufstand.«

»Aber wie in aller Welt könnte Børre Rosenhoff so ein Virus erwischt haben?«

Fredrik stöhnte und hämmerte mit beiden Fäusten auf das Lenkrad.

»Das wissen wir doch nicht! Geht es nicht gerade darum, Selma? Es kann sich um eine Vergiftung handeln, um Bakterien, um alles Mögliche andere!«

Nun legte er den Kopf in den Nacken und starrte die Wagendecke an.

»Die Familie ist bis auf Weiteres in Quarantäne«, sagte er. »Und im Ministerium ist offenbar die Hölle los. Sie müssen sich gegen ein eventuelles Virus sichern, ohne Panik auszulösen. Jetzt stehen sie wahrscheinlich in solchen Raumanzügen in der Pathologie und fragen sich, was um Teufel da über sie hereingebrochen ist.«

Dann schwiegen sie beide.

»Es kann also eine Vergiftung vorliegen?«, fragte Selma, als das Schweigen peinlich lange andauerte. »Es muss nicht unbedingt ein Virus sein?«

»Ja! Es kann tausend Gründe geben!«

»Vergiftung kann Mord sein.«

»Oder ein Unfall.«

»Oder ein Mord«, sagte Selma.

Eine erschossen, dachte sie. Eine erhängt. Einer vergiftet.

Vielleicht vergiftet.

Sie griff sich mit beiden Händen an die Schläfen. Ein stechender Schmerz pulsierte hinter ihren Augen. Sie riss sie auf und bewegte den Kopf hin und her. Im Rückspiegel auf ihrer Seite konnte sie immer weitere Menschen zur Besichtigung der Zweizimmerwohnung im ersten Stock strömen sehen.

»Du musst heute Abend zu einem Meeting kommen«, sagte Fredrik und gähnte ausgiebig.

Er kippte den restlichen Kaffee aus.

»Im Büro der Polizeichefin. Es ist in Ordnung, dass du dabei bist. Es ist schwer, die Überlegungen anderer darzustellen. Und schließlich hast du in diese ... Richtung gedacht.«

Er machte eine Handbewegung.

»Welche?«

»Das mit den Staatsmächten. Wenn irgendwer Rosenhoff umgelegt hat, ob mit Gift oder Virus oder anderem Teufelszeug, von dem wir keine Ahnung haben, dann ...« Jetzt massierte er sich den schweißnassen Schädel mit den Fingerspitzen beider Hände. »Wir brauchen einen Vorsprung. Alles passiert so verdammt schnell. Du wirst um halb sieben von einem zivilen Einsatzwagen abgeholt und durch den Hintereingang ins Polizeigebäude gebracht. Zum Glück glaubt die Presse noch immer, dass Kajsa Breien sich umgebracht hat und dass Børre Rosenhoff an einer akuten Krankheit verstorben ist.«

»Das wird nicht lange so bleiben.«

»Nein. Deshalb ist es wichtig, dass ...«

Selma hörte nicht mehr zu. Ihr Blick war auf eine alte Pride-Flagge gerichtet. Die hing seit vielen Jahren aus einem Fenster in dem alten Mietshaus auf der anderen Straßenseite. Die hellen Regenbogenfarben waren fast verwaschen. Sie waren rosa geworden. Es ist nicht immer alles so, wie es aussieht.

Die drei Staatsmächte. Und vielleicht die vierte.

»Weißt du schon mehr über Jonathan Herses Fall?«, riss sie ihn mitten aus seiner Argumentation.

»Was?«

»Jonathan Herse, der Journalist. Der scheinbar bei einem

Verkehrsunfall in Bislett ums Leben gekommen ist. Hattest du schon Zeit, dir den Fall anzusehen?«

»Nein«, sagte Fredrik irritiert. »Wann zum Teufel hätte ich dafür Zeit haben sollen?«

Erschossen. Erhängt. Vergiftet.

Und dann ein Verkehrsunfall, dachte Selma. Ein tragisches, aber alltägliches Geschehnis. Zuerst ein Verkehrsunfall, der absolut keinen Zusammenhang zu den anderen zu haben schien.

Nein. Vielleicht doch.

Erschossen, erhängt und vergiftet. Da war etwas. Selma bekam nur nicht zu fassen, was in aller Welt das sein könnte. In der letzten Viertelstunde waren ganz einfach so viele Informationen und Überraschungen über sie hereingebrochen, dass nichts in ihrem Kopf ein richtiges Bild ergeben wollte.

»Bis nachher«, sagte sie kurz und stieg aus, um sich auf den Weg zu Einar Falsen zu machen.

Die Veränderung

Er war wieder auf dem Friedhof.

Die Besuche waren jetzt häufiger geworden, er hatte mehr zu erzählen als sonst. Grethe hatte sich nie besonders für seine Arbeit interessiert. Auf diese Weise hatte sie wohl gelernt, damit zu leben. Wenn er zu Hause war, sprachen sie über ihren Sohn und die Verwandtschaft und Gott und die Welt, über Urlaubsreisen, die vor ihnen lagen, und Gartenprojekte, mit denen sie in Gang kommen mussten. Niemals über das, womit er sich beschäftigte. Nach ihrem Tod hatte er versucht, das zu respektieren. In seinen Gesprächen mit ihr auf dem Friedhof behielt er seine Angelegenheiten weiterhin für sich. Deshalb gab es nicht so viel zu sagen, aber das machte nichts. Das Wichtigste bei diesen Besuchen war, Ruhe zu finden. Das war nicht leicht, und in den letzten Jahren war er oft noch niedergeschlagener von dort weggegangen, als er gekommen war.

Jetzt sehnte er sich dorthin zurück.

Grethe war seine Kampfgenossin. Die Einzige, die wüsste, und die Einzige, die ihn wirklich verstanden hätte, wenn sie noch am Leben wäre. Nun war er besserer Laune, fast froh. Es war kalt und frisch, und der Südwind trieb eine leichte Wolkendecke in raschem Tempo nach Norden. Totes Laub umwirbelte den Mann auf dem Weg zum Grab. Hier unten in der Friedhofsecke war es jedoch ziemlich geschützt. Der Grabstein befand sich unter einer großen Ulme, und er stellte seinen Jagdstuhl so, dass er den Rücken gegen den groben Stamm lehnen konnte.

»Es läuft, wie es soll«, sagte er und setzte sich ein wenig behaglicher hin.

Er hatte einen kleinen Topf mit Heidekraut mitgebracht. Grethe hatte diese Farbe so geliebt, sie hatte sie Flieder genannt, auch wenn es in seinen Augen nun wirklich Rosa war. Sie hatte so viele Namen für die Farben gehabt, seine Grethe. Für sie war Lila niemals nur Lila, es war Violett oder Indigo, Rotblau oder Blaurot. Der Topf stand ein bisschen schief, und um ihn geradezurücken, musste er sich so weit vorbeugen, dass er fast von seinem Jagdstuhl gefallen wäre.

»So«, sagte er, fand das Gleichgewicht wieder und rieb die Hände aneinander. »So ist es besser.«

Alles war so seltsam glattgegangen. Eigentlich hätte ihn das verwundern müssen. Ein langes Leben hindurch hatte er die Erfahrung gemacht, dass man nichts zu sorgfältig planen kann. Der Teufel steckte im Detail. Er hatte versucht, das auch dem Jungen klarzumachen, als der noch zu Hause gewohnt hatte. Wieder und wieder hatte er ihm das eingehämmert, hatte versucht, ihm das für immer einzuprägen: *»Wenn man gründlich vorbereitet ist, hat man nie Grund, nervös zu sein. Nervosität ist etwas für die Achtlosen. Die ohne Plan, Sinn und Ziel.«*

»Es ist besser gegangen, als ich es mir hätte erträumen können«, sagte er. »Und ich fühle mich nicht einmal leer.«

Auch dafür hatte er Pläne gemacht. Für das Vakuum. Die Ruhelosigkeit nach einem ausgeführten Auftrag, das Bedürfnis nach neuen, sofortigen Herausforderungen. Da das hier das Riskanteste war, was er jemals durchgeführt hatte, hatte er erwartet, dass auch die darauf folgende Tristesse heftiger ausfallen würde als sonst.

Aber so war es nicht.

Ganz im Gegenteil. Als er die Aufgabe ausgeführt hatte, wurde er von etwas erfüllt, das vor allem Euphorie ähnelte. Gestern Abend hatte er sich mit einem Fotoalbum in den Wintergarten gesetzt. Dem dritten, aus der Zeit, als ihr Sohn ein Baby gewesen war. Er hatte zunächst mit dem Gedanken gespielt, eine Flasche Hennessy Paradis zu öffnen, einen Cognac, den er zum Fünfzigsten von den Kollegen bekommen hatte. Die Flasche stand jetzt seit elf Jahren ungeöffnet im Schrank. Zum Glück hatte er sich die Sache anders überlegt und sich mit einer Tasse Tee mit Honig begnügt. Der Abend war so schön gewesen. Die Dunkelheit packte sich dort um die Glaswände, wo er saß, warm und gemütlich, und gegen Mitternacht hatte er eine Runde durch den Garten gedreht.

»Deine Riesenverbene blüht noch immer«, flüsterte er und richtete dabei den Blick auf Grethes Namen auf der Bronzeplakette. »Obwohl es schon Mitte September ist. Sie ist so schön. Rosa. Oder lila. Oder flieder, wenn du willst.«

Er lächelte. Grethe gab wie üblich keine Antwort. Das spielte keine Rolle. Sie war trotzdem hier. Ihr Garten war ein Märchen, zusammengesetzt aus Pflanzen, die von Ostern bis tief in den Herbst hinein blühten. Das Grundstück war wie eine lebende Decke, mit Farben und Blumen, die sich unmerklich durch drei Jahreszeiten bewegten. So gut er konnte, hatte er alles bewahrt, ohne dass es ihm ganz gelungen wäre.

Aber das machte nichts.

Er erinnerte sich daran, wie es gewesen war. Hier, in der Ecke eines viel zu großen und fast menschenleeren Friedhofs, war das Einzige, was etwas bedeutete, dass er seinen Plan durchgeführt hatte.

Nur ein Detail stand noch aus.

Sie mussten begreifen, was geschehen war und warum. Wenn sie es nicht von selbst durchschauten, würde er ihnen helfen müssen. Ihnen klarzumachen, was wirklich geschehen war, ohne dass sie begriffen, wer er war, würde eine Herausforderung sein.

»Sieh an«, er lächelte Grethe zu, »schon eine neue Aufgabe. Kein Wunder, dass ich zufrieden bin, mein Schatz.«

Er erhob sich und wusste, dass bald das andere Schild am Grabstein angebracht werden könnte. Das, was der Steinmetz festschrauben würde, sobald die Urne in der Erde wäre, womit er aber warten wollte, bis alles vollbracht wäre.

Jetzt war vielleicht nur noch die Rede von Tagen.

Die Enttäuschung

Selma Falck hatte Einar zuletzt so erregt erlebt, als er seine schlimmste Phase hatte. Jetzt war er so froh über ihren Anblick, dass er auf der Stelle auf und ab hüpfte. Selma starrte ihn fasziniert an. Seine Arme standen in einem komischen Winkel von seinem Oberkörper ab, er ballte immer wieder die Fäuste und spreizte dann die Finger im Takt seiner Sprünge.

»Du siehst ein bisschen aus wie eine total übergeschnappte Tunte«, sagte Selma von der Wohnungstür her. »Oder vielleicht wie ein Fünfjähriger morgens am Heiligen Abend.«

Er hielt abrupt inne. Das Grinsen verschwand trotzdem nicht. Miez war nirgendwo zu sehen, deshalb nahm Selma an, dass er sich vor dem ganzen Lärm ins Schlafzimmer geflüchtet hatte.

»Ich habe deinen *Stoooker* gefunden.«

»Ja, das hast du gesagt. In sechs Sprachnachrichten gestern Abend und fünf SMS heute Morgen. Hast du keine Angst mehr vor dem Handy?«

»Doch, schon. Aber ich musste dich erreichen. Du bist so selten hier!«

Letzteres klang fast jammernd.

»Quatschkopf«, sagte sie.

Es klang fast liebevoll, das hörte sie, und sie fügte hinzu: »Setz dich. Ich hab nicht viel Zeit.«

»Nein, nein, nein! Jetzt werden wir alles durchgehen, was ich gefunden habe. Gründlich, Selma, sehr gründlich. Du wirst beeindruckt sein. Das garantiere ich dir. Du wirst total beeindruckt sein. Du kannst den alten verrückten Einar Falsen vielleicht aus der Polizei jagen, aber die Polizei aus Einar Falsen jagen, das kannst du nicht!«

Als er sich mit dem üblichen, mit Alufolie überzogenen Tablett auf den Knien vorbereitet und den Laptop daraufgehoben hatte, sah Selma, dass zwei Tasten von der Tastatur heruntergefallen waren. Das E und das G. Das schien Einar absolut nicht zu stören. Er setzte sich den Helm auf, zog den Kinnriemen straff und fing an zu tippen. Schlimmer war, dass man unter der abblätternden Farbe des Deckels Teile von Darth Vaders Maske sehen konnte.

»Ich glaube, du brauchst bald ein neues Gerät«, sagte sie. »Und dann musst du lernen, nicht so fest auf die Tasten zu hauen.«

»Als Allererstes habe ich mehr auf der Seite gesucht, wo ich das Interview mit ›Ola‹ gefunden hatte«, sagte Einar, ohne sie zu beachten. »Mit Schwergewicht auf dem Moderator. Der nennt sich Journalist, muss aber wohl eher als Aktivist bezeichnet werden.«

Er erstarrte und hielt die Finger wie Klauen über die Tastatur.

»Weißt du, Selma, ich glaube, wir haben ein Problem.«

»Wer hat ein Problem?«

»Wir. Norwegen. Jetzt habe ich mich in allem hier vergraben, und obwohl es da drinnen ja jede Menge Verrückte gibt, ist es doch übel, wenn wir Leuten wirklich ihre Kinder wegnehmen, ohne das zu dürfen. Wenn es den Menschenrechten widerspricht, meine ich. Solche Menschenrechte müssen wir ernst nehmen, Selma. Ja, ja, meine Güte. Je mehr ich mich in solche Fälle vertiefe, umso deutlicher wird es, dass die Jugendämter dazu neigen, sich schon im Voraus zu entscheiden. Die Leute haben keine Chance, meine ich. Sich zusammenzureißen.«

»Doch«, sagte Selma und zeigte auf den Bildschirm. »Aber jetzt konzentrieren wir uns auf ›Ola‹, nicht wahr?«

Die Krallen hauten wieder in die Tasten.

»Doch. Natürlich. ›Ola.‹ Wo war ich? Der Aktivist. Hier!«

Das Bild eines Mannes erschien auf dem Bildschirm. Er war vielleicht Anfang vierzig, mit hohen Geheimratsecken und einem intensiven, fast verbissenen Blick. Er war so mager, dass seine Wangenknochen unnormal scharf und hoch aussahen.

»Sjur Vending«, sagte Einar triumphierend und zeigte auf den Mann. »Ein Kind und noch ein Kind, die ihm genommen worden sind.«

Er schaute mit einem Grinsen auf.

»Das reimt sich!«

Selma warf ihm einen Blick zu, der ihn hoffentlich zurück in die Spur bringen würde.

»Die wurden ihm und seiner Frau 2015 weggenommen«, fügte er eilig hinzu. »Und seither kämpft er mit Zähnen und Klauen gegen das Jugendamt. Oder …« Er legte den Kopf schräg. »Eigentlich schon viel länger. Das war ein Teil des Problems, nehme ich an. Er war von Anfang an in Anti-Haltung. Wollte keinerlei Hilfe in irgendeiner Form annehmen. Das vermute ich, wohlgemerkt, denn seine Version, so, wie er sie in verschiedenen Foren im Netz darstellt, ist natürlich ganz anders. Also, ich habe ihm eine Mail geschrieben. Hab so getan, als ob ich total auf seiner Seite wäre, und dass ich mich für diese vielen Fälle interessiere, die in Straßburg zur Verhandlung kommen sollen und so. Und dann konnte ich diese Auskünfte nehmen und weitermachen mit ...« Plötzlich ließ er sich auf dem Sofa zurücksinken und verschränkte die Arme vor der Brust. »Weißt du, Selma, man lernt so viel im Internet. Wenn ich mir vorstelle, wie viel Wissen mir in all den Jahren entgangen ist, während ich als Penner durch die Gegend irrte und unter Sinsenkrysset hauste. Es ist fast nicht zu glauben, und ich ...«

»Einar. Hör auf.«

Er sah sie überrascht an.

»Mir ist ja klar, dass du großartige und gute Arbeit geleistet hast.«

»Ja! Ich kann dir zeigen, wie ich deinen *Stoooker* gefunden habe. Als ich mehr über diesen Journalisten wusste, hat mich das weitergeführt zu ...«

»Einar!«

Er machte den Mund wieder zu und hielt sich die flache Hand vor die Lippen.

»Entschuldigung«, flüsterte er durch aufeinandergepresste Lippen.

»Auch wenn du offenbar ein hervorragender Detektiv warst, brauchst du mir nicht jeden einzelnen deiner Schritte zu erläutern. Ich glaube dir aufs Wort, dass das eine Riesenarbeit war.«

»Du hast ja keine Ahnung! Ein Computer ist wie ... eine Detektivbox. Wenn man durch soziale Medien und Websites Spuren folgt und zurückgeht und sie mit anderen Namen kreuzt, die man findet, und danach ...«

»Einar!«

Ihre Stimme war zu scharf. Es fiel ihr nach dem Gespräch mit Fredrik Smedstuen überhaupt schwer, sich zu konzentrieren.

Wenn Einar sich in eine solche Begeisterung hineinsteigerte, war er wirklich eine Zumutung. Sie versuchte, ihrer Irritation durch ein rasches Lächeln die Spitze zu nehmen.

»Gehen wir doch gleich zu ›Ola‹«, sagte sie so sanft sie konnte.

»Er heißt nicht Ola.«

»Nein. Wie heißt er denn?«

»Endre. Endre Cappelen.«

Einar starrte sie an, noch immer mit der Hand vor dem Mund. Als sie vorsichtig seinen Arm fasste, merkte sie, wie angespannt er war.

»Hast du ein Bild von ihm?«, fragte sie, ohne ihn loszulassen. »Können wir uns das nicht ansehen, während du mir ganz ruhig erzählst, wer er ist?«

Einar saß noch immer wie erstarrt da.

»Ich würde mich sehr freuen, wenn du das tun könntest«, das flüsterte sie fast. »Das hier ist so spannend. Lass hören.«

Seine Schultern schienen sich ein wenig zu senken. Er nahm die Hand vom Mund und atmete tief durch.

»Ich wollte dir nur zeigen, wie genial das Internet ist.«

»Das ist mir klar.«

»Und dass ich gelernt habe, wie man damit umgeht.«

»Das hast du. Das weiß ich. Erzähl von Endre.«

Endlich bewegte er die Finger in Richtung Tastatur. Selma hatte lange versucht, ihn zu einer Maus zu überreden, aber da er am liebsten mit dem Laptop auf dem Schoß auf dem Sofa saß, war er auf das Touchpad angewiesen. Auch damit konnte er inzwischen gut umgehen. Ein Foto tauchte auf dem Bildschirm auf.

»Das ist er«, sagte Selma kurz. »Das ist der Mann, der mich angesprochen hat.«

»Endre Cappelen«, sagte Einar.

»Endre Cappelen«, wiederholte Selma. »An den Namen kann ich mich einfach nicht erinnern, aber das war er.«

Das Foto war im Sommer aufgenommen worden. Der junge Mann trug einen dunklen Kapuzenpulli mit einem Text auf der Brust, den sie nicht entziffern konnte. Er lächelte ein wenig, die blonden Haare waren zur Seite geweht. Seine Zähne waren auffällig schlecht für sein Alter, wie das bei Drogensüchtigen vorkommen konnte. Er war schlank und vielleicht groß. Das war schwer zu sagen, er stand neben einem Baum, der keine besonderen Anhaltspunkte gab.

»Was weißt du über ihn?«, fragte Selma, ohne das Bild aus den Augen zu lassen.

»Nicht sehr viel. Es ist schwer, wenn die Geschichte nur von der einen Seite erzählt wird. Zusammengefasst …« Er sah Selma fast schelmisch an, und sie lächelte zurück.

»Zusammengefasst ist gut.«

»… hat er um das Sorgerecht für seinen Sohn gekämpft, seit die Mutter des Kindes gestorben ist. Krankheit, glaube ich. Das Problem ist, dass er den Kleinen gar nicht kennt. Wieder: So habe ich das verstanden. Wenn man seine Geschichte im Netz liest, tut er einem schrecklich leid. Wenn man das Bild mit Informationen füllt, die man von vorher weiß …« Er schnaubte kurz. »Dann sieht das Bild etwas anders aus, stelle ich mir vor. Wie immer. Fehler auf beiden Seiten, das ist wohl der Normalfall.«

Selma war schwindelig, und sie schloss die Augen. Sie hätte Einar nicht diese ganze Arbeit aufbürden dürfen. Das tat ihm wirklich nicht gut. Zugleich wusste sie, welche Freude es ihm machte, ihr zu helfen. Ihr scheinbar zu helfen, sollte sie vielleicht sagen. Der Stalker, dessen Identität sie vor Kurzem so dringend hatte herausfinden wollen, war jetzt vollständig in den Hintergrund geraten. Sie hatte noch am Morgen daran gedacht; dass der Handball auf dem Balkon gelegen hatte, bedeutete wohl, dass der Mann keinen Zugang zu ihrer Wohnung mehr hatte. Ob er es auf wundersame Weise geschafft hatte, den Ball so hoch zu werfen oder ob er ihn aus dem Fenster der leeren Wohnung neben der hochschwangeren Johanna und ihrer Familie geworfen hatte, spielte eigentlich keine große Rolle mehr. Alles andere war so viel größer. So viel wichtiger.

So unendlich viel komplizierter.

»Er ist übrigens tot«, sagte Einar.

»Was?«, fragte Selma und riss die Augen auf. Sie war fast im Sitzen eingeschlafen.

»Er ist im Juli gestorben.«

»Äh … was?«

»Ja«, sagte Einar mit jählings wachsendem Eifer. »Er ist ganz plötzlich einfach aus allem im Netz verschwunden. Im Sommer also. Einfach weg. Und da bin ich auf die Idee gekommen, bei den Todesanzeigen zu suchen. Aber ich habe nichts gefunden.«

»Nein?«

»Und dann habe ich daran gedacht, wie das bei der Polizei war, wenn es um diese Außenseiter ging. Bettler und Obdachlose und Kleinkriminelle, die keinen Menschen hatten. Ab und zu hat die Gemeinde Todesanzeigen für sie aufgegeben. Die sind übrigens schrecklich traurig. Manchmal gab es vielleicht irgendwo Angehörige, die wir ausfindig machen konnten. Einige wollten dann doch keine Anzeige haben. Aber …«, er hob triumphierend den Zeigefinger, »… auf dieser Gerichts-Website, *domstol.no* …«, die Tastatur ächzte, »… gibt es eine Liste der in Norwegen gemeldeten Todesfälle. In alphabetischer Reihenfolge und überhaupt. Sehr gut. Auch diese Liste ist nicht vollständig, es kommt vor, dass die Angehörigen das nicht wollen, aber das ist selten. Und dort …« Einar wollte auf etwas zeigen, riss sich dann aber zusammen. »Wirst du eine Todesanzeige aufgeben, wenn ich sterbe, Selma?«

»Ja. Was wolltest du mir zeigen?«

»Was wirst du schreiben?«

»Einar!«

»Da«, sagte er eilig und zeigte auf die Liste der Verstorbenen. »Endre Cappelen, Oslo, geboren 23. Juni 1989. Am Johannisabend, stell dir vor. Verstorben am 10. Juli 2019. Sieh dir das an! Ich habe alles herausgefunden, was es über deinen *Stoooker* zu wissen gibt, Selma.«

Er schlug einen kleinen Trommelwirbel auf seinem Helm. Das Silberpapier knisterte.

»Du hast eine Riesenarbeit geleistet«, sagte sie ruhig. »Aber er ist nicht mein Stalker.«

»Was? Wir waren uns doch einig ... Du hast doch gesagt, ich sollte alles herausfinden, was man ...«

»Er ist tot, wie du sagst. Er ist im Juli gestorben. Das macht es nicht so ganz leicht für ihn, im August und September in meiner Wohnung aufzutauchen.«

Alle Luft schien aus Einar zu entweichen. Langsam sank er in sich zusammen, und die dünnen Beine glitten so weit über den Boden, dass der Laptop runterzufallen drohte.

»Scheiße«, sagte er jämmerlich. »Warum hab ich da nicht dran gedacht?«

Er wimmerte leise, und Selma fragte sich, ob er weinte. Sie stand auf.

»Nimm es nicht so schwer«, sagte sie und rang sich ein Lächeln ab. »Erstens belästigt mich eigentlich niemand mehr, denn ich habe neue Schlösser anbringen lassen. Zweitens kannst du stolz auf deine großartige Arbeit sein. Du bist jetzt wirklich verdammt gut, Einar. Du bist mein wichtigster Mitarbeiter.«

Und streng genommen der einzige, dachte sie.

Falls »Mitarbeiter« überhaupt der richtige Ausdruck war.

»Weinst du?«, fragte sie überrascht, als er nicht antwortete.

Er schaute auf. Große Tränen hingen an seinen kurzen Wimpern, ein Tropfen hatte sich bereits gelöst, rollte über seine Wange und blieb in den Bartstoppeln hängen.

»Ein richtiger Anfängerpatzer«, sagte er unglücklich. »So ein gediegener Fehler. Entschuldige.«

»Du brauchst wirklich nicht um Entschuldigung zu bitten.«

Er sah aus wie ein Sinnbild für Kummer und Enttäuschung. Miez kam endlich aus dem Schlafzimmer. Lautlos spazierte er durch den Raum und sprang auf Einars Schoß. Einar richtete sich ein wenig auf, wirkte aber weiterhin wie am Boden zerstört.

»Du musst mir aber helfen, etwas anderes herauszufinden«, sagte Selma.

»Ich bin ein Idiot.«

»Nein. Du bist toll, und ich brauche dich. Ich möchte so viel wie möglich über einen gewissen Torstein Heimdal wissen.«

Nun schaute Einar immerhin auf.

»Wer ist das?«, fragte er so leise, dass sie ihn fast nicht hörte.

»Mein Nachbar. Von oben. Er ist verheiratet und hat einen kleinen Sohn. Ich weiß nicht, wie die anderen in seiner Familie heißen, aber er müsste leicht zu finden sein, seine Frau arbeitet im diplomatischen Dienst. Natürlich könnte ich das auch selbst machen, aber ich habe eigentlich keine Zeit. Geht das in Ordnung?«

Miez rollte sich auf Einars Schoß zu einem Ball zusammen.

»Ist das wichtig?«

»Ja«, log Selma. »Sehr. Ich muss so viel wie möglich über ihn wissen.«

»Wie in einem Dossier, meinst du?«

»Ja. Genau wie in einem polizeilichen Dossier. Torstein Heimdal. Schreibst du dir das auf? Er hat dieselbe Adresse wie ich, falls sie ihren Umzug nicht schon gemeldet haben. Sie sind gerade irgendwo im Ausland stationiert.«

Einar hatte Miez schon neben sich auf das Sofa gelegt. Das Letzte, was Selma hörte, als sie die Wohnung verließ, waren das Hämmern auf einer ramponierten Tastatur und Einars Stimme, die murmelte: »Torstein Heimdal. Torstein Heimdal. Plus Frau und Kind.«

Rizin

Ein Arzt auf der infektionsmedizinischen Isolierstation am Ullevål-Krankenhaus war soeben zum Dienst erschienen. Wie viele andere in seinem Fachbereich, in Oslo und anderswo, war er in aller Eile einberufen worden. Er hatte bereits die halbe Strecke von Skar zum Bjørnsjø zurückgelegt, als am Freitagnachmittag sein Handy klingelte und ihn zur Umkehr zwang. Während andere Kollegen der Infektiologie in Ullevål und an anderen Krankenhäusern sich zur Zusammenarbeit entschlossen hatten, fühlte dieser sich allein am wohlsten. Jedenfalls gerade jetzt. Er saß in verschlissener Wanderhose in seinem Büro und war intensiv auf drei Dokumente konzentriert.

Diesmal ging es um keinen Patienten in kritischem Zustand.

Ungefähr drei Kilometer entfernt, am Rikshospital, lag derweil ein toter Minister, der ihn immer mehr interessierte, je weiter er las. Der vorläufige Obduktionsbericht war ungewöhnlich detailliert, hätte sich jedoch streng genommen mit zwei Wörtern zusammenfassen lassen:

Totaler Zusammenbruch.

Leber, Nieren, Gedärm, Herz, allgemeines Organversagen.

Der Arzt sah das leider nicht zum ersten Mal. Bei heftigen Darmblutungen erlitt der Patient früher oder später Hypovolämie, einen zu starken Blutverlust. Der Puls stieg, der Blutdruck sank. Das führte zu einem zirkulatorischen Schock. Die kleinen Blutadern zogen sich zusammen, innere Organe wurden nicht mehr ausreichend mit Blut und Sauerstoff versorgt. Darauf folgten Bewusstlosigkeit und Tod.

Dass der arme Mann nicht bei den allerersten Symptomen einen Arzt aufgesucht hatte, war bedauerlich. Das Ganze war plötzlich aufgetreten und sehr schnell gegangen. Am Mittwoch hatte er sich unwohl gefühlt, am Donnerstag war er krank geworden und in der Nacht zum Samstag gestorben. Vermutlich hatten die Blutungen aus dem Anus ihn dazu veranlasst, die Augen vor allem zu verschließen und aufs Beste zu hoffen. Die Frau des Infektiologen war Onkologin, und oft genug verzweifelte sie angesichts der sich schämenden Patienten. Wenn sie endlich aufgrund von Schmerzen und Blut im Stuhl Hilfe suchten, hatte der Darmkrebs oft schon gestreut. Für Børre Rosenhoff war es zu irgendeinem Zeitpunkt nachts ebenfalls zu spät gewesen, um Alarm zu schlagen; aller Wahrscheinlichkeit nach hatte er einige Zeit vor seinem Tod das Bewusstsein verloren.

Der Oberarzt griff zu einem weiteren Dokument. Seine Kollegen im Rikshospital wollten keine Möglichkeit außer Acht lassen, las er. Das war nur richtig so. Der innere Zusammenbruch des Ministers war mit einer Reihe von Ursachen zu erklären. Viren, Bakterien, Gift. Ohne genauere Analyse war es unmöglich zu entscheiden, was den Mann ums Leben gebracht hatte. Was ärgerlich war, denn das konnte dauern. Zudem befand sich das Rikshospital derzeit in einer überaus angespannten Situation. Der Infektiologe wusste, dass dort umfassende Schutzmaßnahmen gegen Ansteckung in die Wege geleitet worden waren.

Irgendein klar denkender Kopf hatte ihm ein drittes Schreiben geschickt.

Dieses war von einer Angestellten des Instituts für Volksgesundheit verfasst worden, und sie dachte offenbar ungeheuer schnell. In der Zeit zwischen Mitternacht und elf Uhr vormittags hatte sie einen Überblick über die Bewegungen des Verstorbenen während der letzten sechs Wochen erstellt, für den normalerweise mehrere Tage vonnöten gewesen wären.

Sicher war vielen Menschen die Nachtruhe ruiniert worden.

Der Infektiologe las das drei Seiten lange Dokument mehrere Male. Alle Unterlagen waren ihm digital zugestellt worden, aber er war von der alten Schule und konnte sich bei Papier besser konzentrieren.

Børre Rosenhoff war in diesen sechs Wochen nicht im Ausland gewesen, mit Ausnahme einer Tagestour nach Stockholm. Die lag siebzehn Tage zurück, und er hatte in einem Hotel bei Arlanda an einem nordischen Ministertreffen teilgenommen. Er war am selben Abend zurückgekehrt.

Die anderen Teilnehmenden an dem Treffen hatten seither keinerlei ernstliche Krankheitssymptome gezeigt. Vorher übrigens auch nicht. Während desselben Zeitraums war Rosenhoff einmal in Bergen und zweimal in Trondheim gewesen. Bisher hatte die Frau im Institut für Volksgesundheit auch hier keine potenzielle Ansteckungsquelle oder andere Kranke gefunden.

Ansonsten hatte sich der Minister in Oslo aufgehalten.

Wenn man von leichten Erkältungen und einem Fall von Hexenschuss bei einem politischen Berater absah, was die Schreiberin streng genommen nicht hätte erwähnen dürfen, hatte sich Børre Rosenhoff die ganze Zeit in einem normalen, frischen und gesunden Milieu bewegt.

Der Arzt schnalzte mit der Zunge, ließ sich im Sessel zurücksinken und verschränkte die Finger im Nacken.

»Virus«, flüsterte er nachdenklich vor sich hin.

Er war während einer Ebola-Epidemie in Mali im Einsatz gewesen. Als er nach vier Monaten nach Hause kam, zwang er sich, einiges von dem dort Gelernten und Erlebten im Gedächtnis zu behalten und den Rest zu verdrängen. Das war schwer. Erst ein halbes Jahr später hatte er es geschafft, eine traumlose Nacht durchzuschlafen.

Ebola hatte eine Inkubationszeit von zwei Tagen bis zu drei Wochen. Bei anderen hämorrhagischen Viren, wie *Nephropathia epidemica*, konnten zwischen Infektion und Ausbruch der Krankheit sogar sechs Wochen vergehen.

Plötzlich ließ er seinen Nacken los und legte die Handflächen auf den Tisch.

Natürlich konnte der Verstorbene sich mit einem Virus infiziert haben. Die umfassenden Schäden waren durchaus vereinbar mit zum Beispiel einer Ebolavirus-Infektion. Wahrscheinlich war es jedoch nicht. Im Gegenteil. Man konnte immer theoretische Möglichkeiten dafür konstruieren, dass ein einzelner Mensch sich in einem geografischen Bereich, in dem das Virus sonst nirgendwo nachgewiesen worden war, mit einer schwerwiegenden Viruskrankheit ansteckte. Es war jedoch fast unvorstellbar, solange der Patient nicht selbst auf Reisen gewesen war.

Die einfachste Lösung war oft die beste.

Auch innerhalb des Fachbereichs dieses Infektiologen.

Das Ebolavirus kam in Norwegen nicht vor. 2014 war eine Norwegerin, die sich in Sierra Leone infiziert hatte, zur Behandlung nach Norwegen geholt worden. Alles war gut gegangen. Er selbst war der behandelnde Arzt gewesen. Die Patientin war genesen, und sonst hatte niemand sich angesteckt. *Nephropathia epidemica* war ein Virus, das in Nordeuropa zwar auftrat, aber bisher war in Norwegen erst ein Mensch daran gestorben. Und zwar 1998, was lange her war.

Natürlich war es richtig, Sicherheitsvorkehrungen zu ergreifen. Die Gesundheitsbehörden waren zur Vorsicht verpflichtet. Dass ein potenziell tödliches Virus einen Menschen mit einem riesigen Umgangsradius, in dem sonst niemand Krankheitsanzeichen zeigte, infizierte und tötete, wirkte dennoch kaum wahrscheinlich. So wenig wahrscheinlich, dass der Oberarzt jedenfalls für den Augenblick und als Arbeitshypothese diese Möglichkeit ausklammern wollte. Diese Sorgen sollten sich andere machen.

Also Gift.

Von denen gab es in Norwegen zahllose Varianten. Jederzeit und überall. Man konnte sie sich durch Zufall einverleiben. Das passierte immer wieder, manchmal mit tödlichem Ausgang. Dass eine Reihe von Medikamenten in Überdosis Leben nehmen konnte, war das eine, dass es auch in jeder gut eingerichteten Garage gefährliche Stoffe gab, etwas ganz anderes.

Außerdem war die Natur voller Gift. Ganz natürliche Giftstoffe waren das, in der Hinsicht, dass sie dort hingehörten und nicht von Menschen geschaffen waren. Er selbst war mit den wiederholten Warnungen seiner Großmutter aufgewachsen, vor Fingerhut, Goldregen und Eibe im Garten. Ein alter Wunderbaum am schmiedeeisernen Gartentor hatte der Großmutter solche Angst gemacht, dass er ausgegraben und entfernt werden musste, als die kleine Schwester des Arztes 1969 auf die Welt gekommen war.

Wunderbaum, überlegte er.

Für einen Moment hielt er inne. Er griff abermals zum Obduktionsbericht und ließ den Finger über die erste Seite wandern. Der Pathologe hatte, zusammen mit seinem Techniker, wie immer eine äußerliche Untersuchung des Toten vorgenommen, ehe er die Leiche geöffnet hatte. Auch in diesem Punkt war er sehr sorgfältig vorgegangen. Der Bericht beschrieb einen durchschnittlichen, schlanken Mann. Dieser Mann hatte eine kleine Schnittwunde am Daumen und eine Blinddarmnarbe. An beiden Knien waren Meniskusoperationen vorgenommen worden, vermutlich vor über zehn Jahren.

Außerdem wies Børre Rosenhoff eine kleine, punktförmige Wunde in der Wade auf. Sie wurde beschrieben als rund drei Millimeter im Durchmesser, und sie war so flach, dass sich bereits eine natürliche runde Kruste darauf gebildet hatte. Vermutlich ziemlich schnell. Die Beschreibung konnte zu einem Stich oder zur Not auch zu einem kräftigen Insektenbiss passen.

Er schob die Papiere zur Seite und griff zur Tastatur.

Wunderbaum, dachte er noch einmal und klickte sich zu den Bildern durch, die der Pathologe dem vorläufigen Obduktionsbericht beigelegt hatte. Einige Sekunden lang saß er dann da und musterte das Foto der fast belanglosen, aber auffallend runden Wunde an der Wade des Verstorbenen. Dann schloss er die Mail des Rikshospitals und loggte sich bei etwas ganz anderem ein.

Zehn Minuten später war ihm klar, dass es absolut keine Rolle spielte, dass Børre Rosenhoff nicht rechtzeitig einen Arzt aufgesucht hatte. Er wäre ohnehin nicht zu retten gewesen. Es gab keine Medikamente dagegen. Kein Gegengift. Nicht, wenn der Infektiologe mit seiner Annahme recht hatte. Er zögerte noch eine Weile, während er mit geschlossenen Augen eine Reihe von Gedanken durchging. Schließlich griff er zum Telefon und wählte die Nummer der pathologischen Abteilung des Rikshospitals. Er wurde sofort an die richtige Person weitergeleitet und stellte sich vor.

»Ich gehe davon aus, dass ihr jetzt so ungefähr auf alles testet«, sagte er nach einigen einleitenden Phrasen. »Und das ist natürlich gut. Aber da ihr mich schon gefragt habt, möchte ich euch bitten, nach Spuren von Rizin zu suchen.«

»Rizin?«, wiederholte die Stimme am anderen Ende ein wenig verwundert.

»Ja. Die Funde des Pathologen lassen sich mit den Symptomen einer Rizin-Vergiftung vereinbaren. Auf verblüffende Weise. Ihr würdet das früher oder später auch sehen, aber ich stelle mir vor, dass hier in jeder Hinsicht je eher, desto besser gelten muss.«

Er legte eine kleine Pause ein, aber sein Gegenüber sah keinen Grund, etwas zu sagen.

»Rizin ist eine Hypothese, die sich auf mehrere Weisen weiterdenken lässt«, sagte der Infektiologe nach einer Weile. »Erstens, weil dieser Stoff ungeheuer giftig ist, tausendmal giftiger sogar als Zyanid. Mit anderen Worten sind für einen tödlichen Ausgang sehr geringe Mengen nötig. Der Verstorbene hat eine Wunde an der Wade, die mich an eine andere und ziemlich berühmte Rizin-Vergiftung erinnert. An einen Mord. An einem anderen Ort in einer anderen Zeit, aber glauben Sie mir: ungeheuer ähnlich.« Er zögerte noch einmal.

»Zweitens gibt es den Rohstoff in norwegischen Gärten und Parkanlagen«, fügte er hinzu. »In den Früchten der Zierpflanze

Wunderbaum. Das Gift kann … so gut wie von jedermann extrahiert werden.«

Reichlich beängstigend, dachte er, und ihm schauderte ein wenig, als er auflegte.

Das Treffen

Das Erste, was Selma Falck auffiel, nachdem sie von einem zivilen Streifenwagen abgeholt, durch den Hintereingang ins Polizeigebäude und zu einem Besprechungsraum im Büro der Polizeichefin im sechsten Stock gelotst worden war, war das Flipchart.

Sie ertappte sich bei einem Lächeln angesichts des wackligen, archaischen Teils. Der Papierblock war ganz neu, und in der Metallrinne darunter lagen drei Filzstifte. So, wie das Flipchart stand, schräg und anderthalb Meter vom Besprechungstisch entfernt, schien es zur Feier des Tages dort aufgestellt worden zu sein. Selma konnte sich nicht erinnern, wann sie zuletzt so ein Teil gesehen hatte.

Sie traf als Erste ein.

Der Raum war menschenleer, und Selma blieb leicht verwirrt stehen, als der Polizist, der sie hergebracht hatte, auf einen Stuhl wies.

»Es dauert nur noch ein paar Minuten, bis die anderen hier sind«, sagte er und verschwand.

Das stimmte dann auch. Fünf Minuten später war die Versammlung vollzählig. Selma war allen der Reihe nach von der tiefernsten Polizeichefin Kjersti Spang vorgestellt worden. Außerdem war auch der Leiter der Abteilung für Ermittlung und Nachforschung anwesend. Per-Arne Svendsen mochte seinen langen, schwerfälligen Titel nicht, er bestand auf der guten alten Bezeichnung »Kriminalchef«. Fredrik Smedstuen war inzwischen zu Hause gewesen, sah Selma. Er trug eine helle Jeans, die sie noch nie gesehen hatte, ein weißes Hemd und einen Blazer. Sogar die blanken braunen Schuhe waren neu, glaubte sie. Bisher hatte sie ihn nur in groben Gummistiefeln und Turnschuhen erlebt. Er war zusammen mit einer Frau gekommen, deren Händedruck zu brutal und zu langwierig war. Hauptkommissarin Sylvi Mobakk. Selma begriff, dass sie denselben Rang bekleidete wie Fredrik und die Ermittlungen im Todesfall Kajsa Breien leitete.

»Also«, sagte die Polizeichefin nun und nickte Hauptkommissar Fredrik Smedstuen zu. »Du hast um dieses Treffen gebeten. Ich bin, wie du weißt, skeptisch.«

So sah sie auch aus. Sie hatte Selmas Blick bei der Begrüßung nicht erwidert, und sie saß mit vorgeschobenen Schultern in mürrischer, abweisender Haltung da.

»Das ist gegen jeglichen Usus«, sagte sie mit scharfer Stimme. »Aber das gilt ja eigentlich für die ganze Situation, deshalb opfere ich der Sache ein Stündchen, maximal. Ich nehme an, Selma Falck hat die notwendige Verschwiegenheitserklärung unterschrieben?«

Die Polizeichefin sah sie noch immer nicht an. Sie redete, als ob Selma gar nicht anwesend wäre.

»Ja«, antwortete diese dennoch. »Der Kollege, der mich hergebracht hat, hat dafür gesorgt. Die müsste jetzt in Ihrem Büro liegen.«

»Okay«, sagte Kjersti Spang und nickte noch einmal in Fredriks Richtung.

Das reichte offenbar als Eröffnung der Besprechung. Der Hauptkommissar legte die flache Hand auf ein iPad, schaltete es jedoch nicht ein.

»Ich möchte zuerst kurz zusammenfassen, wo wir im Hinblick auf den Mord an Linda Bruseth stehen. Danach wird Sylvi das für den Fall tun, den wir für einen Mord an Kajsa Breien halten. Sodann möchte ich gern die heutige Entwicklung im Zusammenhang mit Minister Rosenhoff vorstellen. Am Ende wird …«

Er schaute auf. »… Selma Falck eine Theorie vorstellen, die wir gemeinsam entwickelt haben, wie ich wohl sagen darf.«

»Wie ich mich darauf freue«, sagte die Polizeichefin tonlos.

Sie rümpfte tatsächlich die Nase. »Du legst hier ganz schön viel von deinem Renommee in die Waagschale«, sagte sie dann. »Aber schieß los. Ich höre.«

Ein feiner roter Schimmer hatte sich über Fredriks Wangenknochen gelegt. Er räusperte sich und tippte mit den Fingern auf dem iPad herum.

»Erstens«, sagte er und holte tief Luft, wie um Anlauf zu nehmen, »… sind wir fast sicher, dass Linda Bruseth das Ziel des Attentats war. In diesem Punkt will ich nur kurz auf den Bericht verweisen, den ich euch allen heute Nachmittag geschickt habe. Wir glauben außerdem mit ziemlicher Sicherheit zu wissen, wo sich der Attentäter im Augenblick des Schusses aufhielt, auch das ist im erwähnten Dokument ausführlich beschrieben. Die technischen Untersuchungen lassen annehmen, dass der Täter eine im Hinterhof liegende Leiter benutzt hat, um auf das Dach zu gelangen.«

»Andere technische Funde?«, fragte der Kriminalchef. »Fasern? DNA?«

»DNA von mehreren Personen. Etliche Fasern, sowohl von Textilien als auch von Metall und Holz. Es wird ziemlich mühselig werden, das alles zu sortieren. Auf dem Dach hatten gerade Reparaturarbeiten stattgefunden, was auch der Grund dafür ist, dass im Hinterhof noch immer Leitern liegen. Es war sogar gerade erst ein ganzes Gerüst entfernt worden. DNA, isoliert betrachtet, hilft uns nicht weiter, wenn wir nicht schon das Profil haben. Aber natürlich wird an der Sache weiter gearbeitet.«

Es war für einen Moment still, dann fragte die Polizeichefin kurz: »Waffe?«

»Die Kugel war total deformiert«, sagte Fredrik und nickte abermals zu Selma hinüber, die sich im Reflex an den Arm griff.

»Aber es sind bereits metallurgische und andere Untersuchungen durchgeführt worden. Weitere werden folgen. Vorläufig glauben wir, dass es sich um eine .222 Remington handelt. Ganz sicher sind wir noch nicht. Wenn wir Glück und Verstand haben, können wir durch weitere Analysen ziemlich sicher sagen, von welcher Munition hier die Rede ist, bestenfalls wissen wir dann auch Produktionsstätte und -zeit.«

»Und von was für einer Waffe reden wir hier?«, fragte der Kriminalchef.

»Es gibt noch immer viele mögliche Waffen für diese Munition, auch wenn .223 inzwischen häufiger vorkommt. Wir reden hier von Jagdgewehren. Für die Jagd auf Wild bis zur Größe von Hirschen. Hochgeschwindigkeitsmunition. Und je kleiner die Kugel und je höher die Geschwindigkeit, umso mehr wird sie deformiert, wenn sie ihr Ziel trifft. Wir haben kaum eine Möglichkeit, diese eine Kugel mit einer bestimmten Waffe in Verbindung zu bringen, selbst wenn wir darüber stolpern sollten. Die Rillenspuren vom Lauf sind nicht mehr vorhanden.«

»Und wie viele Gewehre dieser Art kann es in Norwegen geben?«

»Viele. Wir arbeiten an der Sache.«

Fredrik hatte jetzt einen mürrischen, fast gereizten Zug um die Augen. Es konnte aussehen, als ob es ihm zuwider wäre, weiterzusprechen. Als ob der Mangel an konkreten Spuren, die in eine bestimmte Richtung weisen konnten, nach zehntägiger Ermittlung peinlich sei. Was absolut nicht der Fall war, das wusste Selma.

»Nachher wird Selma Falck ja eine eher ... ganzheitliche Theorie vorstellen. Also schlage ich vor, wir lassen das Thema erst einmal beiseite und können dann ...«

»Was ist mit dem Opfer?«, fiel ihm der Kriminalchef ins Wort. »Was wissen wir über die Frau?«

Fredrik rieb sich mit der rechten Hand das Gesicht, dann fuhr er sich mit derselben Hand über den Schädel.

»Wenn die Frau Katholikin wäre, wäre sie eine starke Kandidatin für die Seligsprechung.« Er seufzte hörbar. »Ein durch und durch anständiger Mensch, diese Linda Bruseth.«

Der Blick in Selmas Richtung entlockte dieser ein leichtes Nicken.

»Freundlich und flexibel. Beliebt. Arbeitstier. Faktotum ihres Heimatdorfes. Fürsorgliche Mutter mit fünf wohlgeratenen Söhnen, einer guten Ehe und sauberer Finanzlage. Gute Freunde. Eine misslungene Halbzeit im Parlament, aber das wäre wohl kaum ein Grund gewesen, sie umzubringen. Es ist ganz einfach ein Mysterium, warum jemand sie loswerden wollte. Worauf übrigens Selma bei ihrer Theorie zurückkommen wird, über ...«

Er ließ den Satz unvollendet in der Luft hängen. Die Polizeichefin begriff den Wink und wies gebieterisch auf Sylvi Mobakk. Die griff nach einem Glas Wasser und leerte es, ehe sie anfing.

»Erstens steht es jetzt zweifelsfrei fest, dass Kajsa Breien sich nicht erhängt hat. Einige von uns haben das ja schon vor Ort erkannt. Die Seilspuren sind post mortem entstanden, sie wurde erwürgt, eh sie am Baum aufgehängt wurde. Sie war zwischen drei und sechs Stunden tot, bis die alte Dame oben in Korsvoll die Leiche gefunden hat, meint der Pathologe. Hier ist also die Rede von einem Todeszeitpunkt irgendwann zwischen Mitternacht und drei Uhr morgens. Lebend wurde sie zuletzt eine halbe Stunde vor Mitternacht gesehen, da war sie mit ihrem Hund im Garten.«

Sylvi Mobakk zog ihren Pferdeschwanz fester zusammen, ehe sie weitersprach: »Wir haben also ein kleines geografisches Rätsel. Vom Admiral Børresens vei auf Bygdøy, wo die Verstorbene gewohnt hat, bis nach Grinda, wo sie gefunden wurde, beträgt der kürzeste Weg 11,7 Kilometer. Außerhalb der Stoßzeiten, nachts also, braucht man für die Fahrt dennoch knapp fünfundzwanzig Minuten. Vorläufig haben wir als Transportmittel nur ein Auto in Betracht gezogen. Die Frage ist erstens, wo sie getötet wurde. Zu Hause, unterwegs oder im Wald? Dann: warum gerade dort? Also warum um alles in der Welt sollte der Täter oder die Täterin sie auf der anderen Seite der Stadt aufhängen?«

Die Frage blieb unbeantwortet, bis Fredrik das Wort ergriff.

»Dieses Thema können wir ruhen lassen, bis Selma zu Wort kommt. Dann werden wir eine mögliche Erklärung erhalten.«

»Okay«, sagte Sylvi Mobakk und nickte.

Sie kratzte sich leicht am Nasenflügel, ehe sie weitersprach.

»Wir wissen, dass Kajsa Breien aus dem Garten zurück ins Haus ging, nachdem sie den Hund für die Nacht untergebracht hatte. Der hat danach nicht mehr gebellt, die Kinder schliefen weiter. Wenn man bedenkt, dass es ein Terrier war, ist das schon seltsam. Wir halten es deswegen für möglich, dass der Täter ein Freund oder Bekannter des Opfers war. Einer, auf den der Köter nicht reagierte ...«

»Rein abgesehen davon ...« Fredrik ergriff wieder das Wort. »... wenn er Breien und dem Hund ins Haus gefolgt ist, kann der Terrier ihn doch für einen Gast gehalten haben. Oder er war wohlerzogen. Oder müde. Oder Ähnliches.«

Sylvi Mobakk zuckte mit den Schultern.

»Sicher. Aber auf jeden Fall muss Kajsa Breien entweder wieder nach draußen gegangen sein, nachdem sie den Hund eingeschlossen hatte, oder der Täter ... äh, eventuell die Täter sind ins Haus gelangt. Wenn wir vorläufig annehmen, dass das Opfer wirklich wieder rausgegangen ist, dann nicht nur, weil der Hund die Klappe gehalten hat. Es gibt nämlich außerdem keinerlei Anzeichen für einen Kampf im Haus. Die Untersuchungen sind noch längst nicht fertig, aber als wir unter der Treppe einen versteckten Blumentopf voller Kippen fanden, zeigte sich noch eine ganz andere Erklärung.«

»Heimliches Rauchen«, sagte der Kriminalchef leise.

»Genau. Kajsa Breien hat heimlich geraucht. Die Kinder wissen alle nichts davon, aber ihr Mann bestätigt, dass die Richterin vor dem Schlafengehen immer eine gepafft hat. Zusammen mit dem Hund, sozusagen.«

»Warum hat sie es diesmal nicht getan?«

Diese Frage stammte vom Kriminalchef. Er hatte schon die Krawatte seiner Uniform gelockert und den obersten Hemdknopf geöffnet.

Sylvi Mobakk grinste. Sie hatte ein ungewöhnlich langes Gesicht, wie Selma jetzt sah, und viel zu große Zähne.

»Weil der Nachbar in seinem Garten war«, sagte die Hauptkommissarin. »Vermutlich. Der Gatte hat ausgesagt, dass ihr die Raucherei peinlich war, und da der Nachbar draußen war, hat sie sich die Zigarette an dem Abend vielleicht verkniffen und ist wieder reingegangen. Die Kippen sind ansonsten zur Analyse geschickt worden, um zu bestätigen, dass es wirklich ihre sind.«

Sie ließ sich zurücksinken und legte beide Handflächen auf den Tisch. Ihre Hände waren ebenso lang und schmal wie ihr Gesicht.

»Zusammengefasst: Wir arbeiten daran. Was die Untersuchungen über Kajsa Breien als Person angeht, laufen auch diese mit unverminderter Stärke weiter. Bisher haben wir nichts richtig Interessantes gefunden. Die Ehe ist okay, wie es aussieht. Solide Finanzlage. Keine Drohungen, weder im wirklichen Leben noch digital. Wirklich nicht eine einzige. Sie war ja lange Zeit Richterin, also dürfen wir nicht ausschließen, dass es nach einem vernichtenden Urteil Hassmotive gibt, aber die ehrwürdigen Herren im Obersten ... die Herren und Damen im Obersten Gericht kriegen die Wut der Verurteilten nur sehr selten selber zu spüren. Die trifft die armen Würstchen in den unteren Instanzen.«

»Zusammengefasst«, wiederholte die Polizeichefin – Selma konnte nicht richtig deuten, ob ihre Stimme sarkastisch war –, »... wisst ihr also nicht, ob die Richterin zu Hause ermordet und dann weggebracht wurde, ob sie entführt und dann an einem anderen Ort ermordet wurde oder ob sie einfach freiwillig mitgegangen ist und dann später umgebracht wurde. Und interessante Spuren am Fundort gibt es keine. Auch nichts über den Transport. Alles in allem: Wir haben ziemlich wenig?«

Sylvi Mobakk nickte mit angespannten Lippen.

»Aber wir arbeiten daran.«

»Ihr arbeitet daran ...«

Es wurde ganz still. Selma betrachtete Polizeichefin Kjersti Spang. Sie mochte knapp unter sechzig sein. Sie war normal gut aussehend, hatte normale zehn Kilo zu viel, grau werdende Haare und Augen, die hinter einer schweren Brille verschwanden. Der Mund war verkniffen, und ein Netz von Fältchen um die Lippen ließ ihn in dem anonymen Gesicht wichtiger aussehen, als er eigentlich war.

»Dann haben wir den Minister«, sagte sie. »Was gibt's da Neues?«

»Sehr viel«, sagte Fredrik und setzte sich aufrecht hin.

»Fass dich kurz.«

»Natürlich. Vor einer Dreiviertelstunde kam die Bestätigung, dass Børre Rosenhoff mit Rizin vergiftet worden ist.«

Selma vergaß sich.

»Was?«, rief sie und beugte sich über den Tisch vor, um Blickkontakt zu Fredrik aufzunehmen.

Ihre Blicke hingen einen kleinen Moment zu lange aneinander.

»Ja«, sagte der Hauptkommissar endlich. »Rizin.«

»Der Regenschirmmord«, sagte der Kriminalchef mit einem Hauch von Begeisterung in der Stimme. »Irgendwann in den Siebzigerjahren, oder? Ein Bulgare in London wurde sehr krank und starb nach wenigen Tagen. Die Obduktion zeigte, dass er eine winzige Ampulle voll mit Rizin in der Wade hatte. Die war mit der Spitze eines Regenschirms dort platziert worden, damit wurde er gestochen, während er auf den Bus wartete. Als Erlebnis eine Bagatelle, von der er aber noch erzählen konnte, ehe er starb, stimmt's?«

»Ja«, Fredrik nickte. »Das war 1978, und das Opfer hieß Georgi Markow. Komiker und BBC-Journalist. Kam ursprünglich aus Bulgarien, wie du gesagt hast. Die Ampulle maß im Durchmesser nicht einmal zwei Millimeter, aber sie enthielt so viel Gift, dass er nach heftiger Krankheit nur drei Tage später starb. Der Mord ist noch immer nicht ganz aufgeklärt. Aber ein starker Verdacht wies schon immer in Richtung KGB.«

Er legte eine Pause ein, als ob die Vorstellung, an einer Vergiftung zu sterben, ihn einfach erschlagen hätte. Selma machte sich unter dem Tisch an ihrem Handy zu schaffen und hoffte, dass niemand es bemerkte.

»Rizin wird aus den Früchten eines Zierbusches namens Wunderbaum gewonnen«, sagte nun Fredrik, als die Polizeichefin sich räusperte. »Diese Büsche findet man auch in norwegischen Gärten und Parkanlagen. Im Jahre 2011 wollte in Tromsø ein Typ Rizin herstellen, um sich damit umzubringen. Beides ist ihm gelungen.«

Ihn schauderte, das konnte Selma sehen.

»Was für eine Methode«, murmelte er und hob dann die Stimme, um fortzufahren. »Die pure Hölle drei Tage lang, ehe du krepierst. Aber zurück zu Børre Rosenhoff: Die Obduktion hat gezeigt, dass er an der Wade eine winzige kreisrunde und relativ frische Wunde hatte.«

»Mit einer Ampulle?«, fragte der Kriminalchef mit steigendem Interesse. »So eine wie bei Georgi Markow?«

»Nein. Die muss abgefallen sein. Falls er wirklich auf diese Weise vergiftet worden ist. Das muss sich noch herausstellen. Aber dass eine Vergiftung vorliegt, steht zweifelsfrei fest. Rizin kann im Urin nachgewiesen werden. Rosenhoff war stark dehydriert, und seine Blase war mehr oder weniger leer. Aber es ging. Sogar ziemlich schnell. Hut ab vor dem Rikshospital für die blitzschnelle Arbeit. Sie haben da oben alle Virusschutzmaßnahmen abblasen können, und alle freuen sich darüber. Sein Haus und seine Familie werden auf Spuren von Rizin untersucht, so gesehen ist die Gefahr für die direkte Umgebung noch nicht zu Ende.«

»Dennoch sind das viel bessere Neuigkeiten als ein Virus«, murmelte der Kriminalchef, ehe er zu Fredrik hinüberschaute. »Sonst noch was?«

»Streng genommen nicht. Noch nicht.«

Kjersti Spang rückte die Brille über ihrer Nasenwurzel gerade. Sie schaute Selma über den Rand hinweg an.

»Und jetzt zu Ihnen.«

Selmas Gefühl, hier nicht so recht willkommen zu sein, wuchs noch einen Tick. So, wie Fredrik die Lage dargestellt hatte, hatte die Polizeichefin auf Selmas Erscheinen fast schon bestanden. Ihr Blick jetzt, aus zusammengekniffenen Augen und ziemlich kalt, weckte in Selma den Wunsch, von hier zu verschwinden.

Selma Falck konnte anbieten, nötigen wollte sie nicht.

»Okay«, sagte sie mit einem kleinen Lächeln. »Fredrik hat mich dringend zum Kommen aufgefordert. Ich fand das schon seltsam, und jetzt finde ich es noch seltsamer, und ich kann gern wieder gehen.«

Kjersti Spang zögerte, und ehe sie antworten konnte, rief der Kriminalchef: »Hören Sie doch auf. Hier kann uns alles weiterhelfen, und Sie haben in diesem Land schon früher allerlei Rätsel gelöst. Es wird doch keine Ewigkeit dauern?«

»Nicht doch«, sagte Selma und erhob sich. »Kann ich das Flipchart benutzen, oder steht das nur zur Zierde da?«

Ohne zu antworten, sprang der Kriminalchef auf und drehte das Gestell so, dass alle es sehen konnten. Die Polizeichefin selbst, die eigentlich oben am Tisch mit dem Rücken zum Flipchart saß, drehte ihren Stuhl mit demonstrativer Anstrengung um.

»Drei Opfer«, begann Selma und zeichnete drei rote Kreise nebeneinander auf den großen Bogen. »Keins von ihnen besonders umstritten. Linda Bruseth am wenigsten von allen, die hat in ihrem ganzen Leben kaum einer Fliege etwas zuleide getan. Sie hat während der Flüchtlingskrise 2015–16 ein gewaltiges Engagement an den Tag gelegt, aber da vor allem, um denen, die herkamen, Fürsorge und Mitmenschlichkeit zu erweisen. Das ist außerdem jetzt ziemlich lange her.«

Sie zeichnete in den ersten Kreis ein Herz und die Initialen LB.

»Kajsa Breien war so was wie eine sehr bekannte Marke, trotz ihrer ein wenig … erhöhten Position. Sie hat sich offen über die Herausforderungen geäußert, vor die ihr Handicap sie stellte, und deshalb wurde sie bewundert und geliebt. Außerdem war sie eine selten scharfsinnige Juristin. Alle mochten sie. Sie war zwar noch etwas jung, als sie ins Oberste Gericht geholt wurde, und die Rivalität unter unseren besten Juristen kann bitter und von Neid geprägt sein, aber das können wir als Motiv hier getrost außer Acht lassen.«

»Das werden wir hier bei der Polizei beurteilen«, sagte die Polizeichefin.

»Ja, natürlich. Mir geht es in diesem Zusammenhang darum, dass auch Kajsa Breien keine Feinde hatte. Oder Leute, die sie nicht leiden konnten.«

Der zweite Kreis erhielt ebenfalls ein Herz und die Initialen KB.

»Was den Familienminister angeht, sieht es vielleicht etwas anders aus. Er ist trotz allem Politiker auf oberstem Niveau. Politiker haben immer Gegner und ab und zu Feinde. Die Politik ist keine Sonntagsschule, auch wenn er von der Christlichen Volkspartei war.«

Niemand lächelte. Selma merkte, dass das altmodische Flipchart ihr half, sich sicherer zu fühlen. Es fiel ihr leichter, sich zu konzentrieren, als sie einen Filzstift in der Hand hatte und ihre Aufmerksamkeit auf etwas Konkretes lenken konnte.

»Das Abtreibungsgesetz, bei dem sich die Christliche Volkspartei bei den Koalitionsverhandlungen eine kleine Änderung erfeilscht hat, ist immer ein brenzliges Thema. Andererseits ...«, sie drehte sich von der Papiertafel weg und sah Fredrik an, »... wenn jemand einen Politiker ermorden wollte, würde man ja wohl nicht zuerst an den Familienminister denken, würde ich mal vermuten.«

Niemand reagierte.

Sie schrieb BR in den letzten Kreis, aber statt eines Herzens zeichnete sie ein Fragezeichen. Einen Moment blieb sie stehen und kehrte der kleinen Versammlung dabei den Rücken zu. Dann fuhr sie herum.

»Die erste Staatsmacht«, sagte sie und tippte mit dem Filzstift in den Kreis mit Lindas Initialen. »Das Parlament. Die zweite Staatsmacht. Die Regierung.« Der Filzstift zeigte auf den Rosenhoff-Kreis. »Und hier ...«, sagte sie und zeichnete einen zusätzlichen Kreis um die Initialen KB, »... hier haben wir eine prominente Vertreterin des Justizwesens. Der dritten Staatsmacht.«

Jetzt war die Stille ohrenbetäubend.

»Die drei Staatsmächte«, sagte sie vorsichtig, unsicher, ob die übrigen Anwesenden ihr folgen konnten.

»Das haben wir begriffen«, sagte die Polizeichefin mit scharfer Stimme. »Aber welche Bedeutung soll das haben?«

Die Frau ging Selma auf die Nerven. Wenn man einem Besuch erst zugestimmt hatte, sollte man sich anständig aufführen. Selma tat ihr einen Gefallen, nicht umgekehrt. Sie beschloss, alles zu geben.

»Diese drei Morde sind in gewisser Weise spektakulär«, sagte sie eilig. »Linda wurde am helllichten Tag erschossen, in einer Umgebung, die wir eigentlich als sicher betrachten. Kajsa Breiens Tod ist ein wie aus einem miesen Film entsprungenes Mysterium. Warum sie auf diese Weise aufhängen? Wo es doch offenbar nicht aussehen sollte, als hätte sie sich selbst erhängt.«

Um sich eine kleine Pause gönnen zu können, zeichnete sie über den Kreis der Richterin eine kleine Schlinge und über Lindas eine stilisierte schwarze Schusswaffe.

»Ehe ich hergekommen bin, wusste ich nicht, dass Børre Rosenhoff vergiftet worden ist. Ich hatte da eine Theorie, und da die jetzt bestätigt ist, passt sie sehr gut in mein Narrativ.«

Über Rosenhoffs Kreis zeichnete sie eine Pille. Die sah eher aus wie eine Paracetamol-Tablette als wie etwas, das in einer zwei Salzkörnern entsprechenden Menge einen erwachsenen Mann töten könnte, aber das musste reichen.

»Ich habe ja bekanntlich nie bei der Polizei gearbeitet«, sagte sie und drehte die Kappe auf den Filzstift. »Aber ich habe jahrelang Strafverteidigungen übernommen. Unter anderem deshalb weiß ich, dass man nach Motiv, Methode und Möglichkeit suchen muss.«

Sie riss den ersten Bogen vom Block, ließ ihn auf den Boden fallen und schrieb die Wörter nebeneinander oben auf ein leeres Blatt.

»Was die Methode angeht, so wissen wir das meiste. Linda wurde ganz einfach erschossen. Kajsa Breien wurde, wenn ich das richtig verstanden habe, stranguliert ...« Sie schaute zu Fredrik hinüber, und der nickte zustimmend. »... während Børre Rosenhoff offenbar vergiftet wurde. Wir müssen noch feststellen, wie die letzten beiden Morde genau begangen worden sind. Also: Wie wurde der Minister vergiftet, und wie wurde die Richterin erwürgt. Für meinen Vortrag verfügen wir aber über ausreichendes Wissen, um ...« Sie zog die Kappe vom Filzstift und markierte METHODE mit einem großen Haken. »... diesen Punkt abzuhaken. Was die MÖGLICHKEIT angeht ...« Kleine Punkte wurden auf das Papier gespritzt, als sie mit dem Filzstift darauf tippte. »... ist das eine große, wichtige und offene Frage. Wenn wir heute eine Antwort geben müssten, würde ich diese Behauptung wagen: ›Alle‹ könnten es getan haben. Im

Ausgangspunkt. Wenn die drei Morde nicht miteinander zusammenhängen, dann …«

»Zusammenhängen?«

Kjersti Spang erwiderte Selmas Blick zum ersten Mal. Ihrer war scharf und kritisch, und jetzt setzte sie sich aufrecht hin.

»Was meinen Sie mit ›nicht miteinander zusammenhängen‹? Das tun sie natürlich nicht. Es gibt keinerlei Hinweis darauf, dass wir es mit etwas anderem zu tun haben als mit drei voneinander unabhängigen Fällen.«

»Na ja«, sagte Selma ruhig, »wenn Sie mir noch zehn Minuten geben, dann werde ich Sie hoffentlich auf andere Gedanken bringen.«

Sie musste an die Fabel vom Kalb denken, das die Kuh das Melken lehren sollte. Hier saßen insgesamt mehr als hundert Jahre polizeiliche Erfahrung am Tisch. Sie schluckte und sprach noch lauter, als sie nun fortfuhr.

»Wenn wir es mit drei voneinander unabhängigen Tätern zu tun haben, dann verlangt der Mord an Linda Erfahrung mit Waffen. Und das entsprechende Rüstzeug. Die anderen? *Not so much.*«

»Ich weiß nicht, wie man Rizin herstellt«, wandte Sylvi Mobakk ein.

»Ich wohl«, sagte Selma mit einem düsteren Lächeln. »Ich habe das vor einigen Minuten gelernt. Ich habe es ganz einfach gegoogelt, als Fredrik erzählt hat, dass hier Rizin im Spiel ist. Mit anderen Worten: Das erfordert keine Spezialkompetenz. Nur extreme Vorsicht. Jemanden zu erwürgen, erfordert gar nichts. Außer einer gewissen Stärke, und in diesem Fall konnte sich das Opfer ja wirklich kaum wehren. Mit anderen Worten …« Nun blieb sie stehen, die Hand auf den anderen Oberarm gelegt, der zum ersten Mal seit mehreren Tagen anfing zu schmerzen. »Da wir keine offenkundigen Motive und Gruppen von Verdächtigen haben, können wir vielleicht den Umweg über die Methoden gehen.«

»Was?«, fragte Sylvi Mobakk.

»In den Methoden kann ein Motiv liegen«, erklärte Selma. »Wir haben es zu tun mit Erschießen, Erhängen und Vergiften. Jedes Opfer repräsentiert eine der drei Staatsmächte, die gesetzgebende, die urteilende und die ausführende.«

Es wurde erneut ganz still. Sogar Fredriks enervierendes Knipsen mit einem Kugelschreiber kam zum Erliegen. Sylvi Mobakk starrte den Kriminalchef an. Der musterte die Tischplatte aus zusammengekniffenen Augen, als müsse er sich über Gebühr konzentrieren. Die Polizeichefin ihrerseits starrte mit einem Blick vor sich hin, der unmöglich zu deuten war.

»Sehen Sie dasselbe wie ich?«, wagte Selma endlich zu fragen.

»Ritu… Ritualmord?«

Das war der Kriminalchef. Langsam und fast wie als Test, ehe er hinzufügte: »Erschießen, Erhängen und Gift. Drei übliche … Selbstmordmethoden.«

Selma nickte knapp.

»Gegen drei Staatsmächte«, fuhr der Kriminalchef tonlos fort. »Mit anderen Worten gegen Norwegen. Ein symbolbeladener, demonstrativer und ziemlich … aggressiver Angriff auf Norwegen. Kann es sich bei diesem ganzen Komplex in Wirklichkeit um eine … Demonstration handeln?«

»Nein«, sagte die Polizeichefin; sie hatte endlich ihren Blick von einem Punkt an der Wand hinter Fredrik losgerissen. »Das sind pure Spekulationen. Zusammengesponnene, unbegründete Spekulationen. So arbeiten wir nicht bei der Polizei. Wenn das alles ist, was Sie haben, Selma Falck, dann glaube ich, wir setzen hier den Schlusspunkt.«

Selma schaute unschlüssig zu Fredrik hinüber. Seine Lippen formten ein Wort, das sie nicht verstand. Der Kriminalchef hob die Hand, für einen Moment sah es aus, als wolle er diese der Polizeichefin auf den Unterarm legen. Er riss sich noch rechtzeitig zusammen.

»Von mir aus«, sagte Selma lächelnd und legte den Filzstift in die Metallrinne. »Obwohl ich mir die Bezeichnung ›pure Spekulationen‹ verbitten möchte. Das hier ist eine Theorie. Die ist zudem ziemlich gut, und sie wurde schon am Freitagvormittag von Fredrik und mir entwickelt. Also einen halben Tag, ehe wir überhaupt wussten, dass Børre Rosenhoff sterben würde. Wir befürchteten allerdings, dass es passieren würde. Dass gerade er sterben würde.«

Sie ging zu ihrem Stuhl, griff nach ihrer Tasche und warf sie sich über die unverletzte Schulter. Niemand sagte etwas, auch wenn der Kriminalchef offenbar noch immer dagegen protestieren wollte, dass Selma ging. An der Tür drehte sie sich um und schaute Kjersti Spang ins Gesicht.

»Soviel ich sehen kann, haben Sie verdammt wenig, wonach Sie sich richten können. Ich an Ihrer Stelle würde doch zwei Tage reservieren, um zu überlegen, ob es sich um einen symbolischen Angriff auf die Institutionen hierzulande handeln kann. Und dann würde ich als Erstes Fredrik fragen, worum es sich vielleicht handelt. Wenn Sie das tun, wird er antworten: ›Jugendschutz.‹ Ich danke Ihnen.«

Sie öffnete die Tür und ging hinaus. In ihrer Tasche spürte sie den Speicherstick, den Allan Strømme ihr gegeben hatte. Den hatte sie zu Hause eingesteckt, in letzter Sekunde, um ihre Hypothesen untermauern zu können, wenn ihr denn Gehör geschenkt würde. Zum Glück hatte sie sich nicht in Versuchung führen lassen. Die Tür glitt hinter ihr ins Schloss. Der junge Polizist, der auf dem Gang gewartet hatte, ging nun ohne ein Wort in Richtung Fahrstuhl. Selma folgte ihm brav, lehnte aber das Angebot ab, nach Hause gefahren zu werden.

Sie hatte einen Vorsprung vor der Polizei, das war ihr klar. Und den wollte sie behalten. So, wie sich dieses Treffen entwickelt hatte, befand sie sich jetzt in einem Zweikampf mit keiner Geringeren als der Osloer Polizeichefin.

Selma fühlte sich angespornt und zugleich als sonnenklare Favoritin.

Es war, wie mit einer überaus verheißungsvollen Hand dazusitzen, ehe die letzte Karte umgedreht wurde.

Ahnenforschung

Einar Falsen konnte die Niederlage des Vormittags erst überwinden, als er sich zwei Tüten Käseflips und eine Packung Kvikk Lunsj einverleibt hatte. Gegen alle Gewohnheit legte er Miez danach Halsband und Leine an und drehte am helllichten Tage eine Runde durch den Sofienberg-Park. Miez war noch erschrockener als er über frei laufende Hunde und tobende Kleinkinder, und Einar war drei Mal zum Drogenkauf aufgefordert worden. Er hatte nicht einmal gewagt zu antworten, er zog sich nur mit Miez im widerwilligen Schlepptau zurück. Im wahrsten Sinne des Wortes, denn das Tier legte sich auf die Seite und musste durch das Gras gezogen werden, als ob es tot wäre.

Von nun an würden sie bei ihren nächtlichen Ausflügen bleiben.

Einar hatte sich blamiert, weil er nicht daran gedacht hatte, dass ein Stalker zwangsläufig am Leben sein muss. Nun wollte er unbedingt Selmas Glauben an ihn wiederherstellen. Der Auftrag, den sie ihm erteilt hatte, war nur leider enttäuschend einfach und ungeeignet, um irgendwen zu beeindrucken.

Er brauchte weniger als zehn Minuten, um in Erfahrung zu bringen, dass Torstein Heimdal, Selmas Nachbar von oben, Automechaniker war. Normalerweise arbeitete er für Bilia, Abteilung Økern. Aber er war nun einmal mit Lisa Knoph verheiratet. Sie war derzeit Botschaftssekretärin in Washington und hatte Mann und Sohn, den kleinen Lennart, für einige Zeit mit in die Hauptstadt der USA genommen. Torstein Heimdal kam von der

Insel Bømlo, hatte drei Geschwister, und seine Mutter war vor einem Jahr nach kurzer Krankheit gestorben.

Das Internet war wirklich etwas Besonderes.

Im Moment kam Einar sich vor wie bei *Tore på Sporet*, dieser großartigen Talkshow. Er hatte alle Episoden mehrmals gesehen. Diese vielen Reisen durch ferne Länder, die Fragerunden bei Nachbarn in Bogotá und Lagos und Peking, um verschwundene Väter und biologische Mütter zu finden, das Wühlen in handgeschriebenen Protokollen in Gott weiß wo. Aber das alles war nur die Fassade, also das, was gute Fernsehbilder brachte, das wusste Einar. Die eigentliche Arbeit wurde in Tores engem Büro geleistet. Vor dem Rechner in Tyholt bei Trondheim.

Eigentlich war es seltsam, dass der Politische Sicherheitsdienst PST nicht hinter dem Bildschirm gesessen hatte. Es war beängstigend einfach gewesen, dort in dem faszinierenden, erschreckenden Gewebe Informationen über andere zu finden. Als Polizist in einem anderen Leben war Einar daran gewöhnt gewesen, Bruchstücke und Teile von Informationen zu einem ganzheitlichen Bild zusammenzusetzen. Genau dasselbe machte er hier am Rechner. Nur, dass alles jetzt einfacher war und viel schneller ging. PST und CIA und Mossad und SÄPO und der Teufel und seine Großmutter brauchten kaum noch den Arsch zu heben, davon war er überzeugt.

Dieser Gedanke jagte ihn vom Sofa hoch, so rasch seine wehen Knie ihn tragen mochten, um aus der Küche noch ein Stück Klebeband zum Abdichten der Kamera zu holen. Als er wieder am Laptop saß, trommelte er eine Nachricht an Selma zusammen. Noch ein Buchstabe verschwand von der Tastatur. Das B, aber das war nicht schlimm. In der Nachricht ging es um Torstein Heimdal. Darüber, wer und wo er war, unter welchen Telefonnummern er angetroffen werden konnte, sowie die Auskunft, dass er Matchbox-Autos sammelte. Seine Sammlung war wirklich beeindruckend, und Einar hatte der Anblick von Torstein

Heimdals Website *matchboxshowoff.no* wirklich die Sprache verschlagen. Sogar eine kleine Kopie von Selmas altem Auto hatte er dort gesehen. Ein knallroter Volvo Amazon 123 GT Baujahr 1966. Der echte war leider im vorigen Herbst auf der Hardangervidda in Flammen aufgegangen, und beim Anblick des kleinen Modells musste Einar sich ein Tränchen abwischen. Einerseits wegen des Endes dieses prachtvollen Autos. Andererseits wegen seines fatalen Versagens an diesem Morgen, vor allem aber, weil es an einem Sonntagvormittag im Sofienberg-Park so unheimlich gewesen war.

Dass Torsteins Mama gestorben war, erwähnte er nicht.

Das hatte wohl kaum mit der Sache zu tun, fand er.

Selma brauchte nicht mit einem weiteren Anruf belästigt zu werden, deshalb schickte Einar eine Mail. Das musste ja wohl reichen. Er wollte das Handy nicht ohne Not gebrauchen, und er wollte die Gnädige auch nicht ohne Not stören. Es war mehr als genug, sich an den Rechner zu setzen, den Selma ein weiteres Mal bei ihm vergessen hatte.

Er musste das Eisen schmieden, solange es noch heiß war.

Die Geschichte von Endre Cappelen machte ihm zu schaffen. Vor allem jetzt, da er wusste, dass der Junge Selma nun wirklich nicht verfolgte. Gerade mal dreißig Jahre alt, der Arme, und schon tot. Bumm, einfach so. Einar hatte nirgendwo die Todesursache gefunden. Alles wies darauf hin, dass der junge Mann drogensüchtig gewesen war. Eine Überdosis vielleicht. Es konnte aber auch Krebs oder irgendein anderes Teufelszeug gewesen sein, manche starben eben jung. Schlimm, aber so war das Leben.

Einar musste ein weiteres Mal weinen.

Diesmal, weil er an seine Tochter dachte. Seine Tochter, der er niemals auch nur einen Gedanken opfern durfte. Da verlief die Grenze für das, was er ertragen konnte. Sie hatte sich mit achtzehn Jahren das Leben genommen, nachdem sie über größere

Teile ihrer Kindheit hinweg von einem Scheißpädophilen missbraucht worden war. Einar hatte den Verbrecher selbst umgebracht. Mit bloßen Händen. Und war danach verrückt geworden.

Nicht denken.

Nicht an sie denken.

Endre Cappelen konnte ihm leidtun, das dachte Einar jetzt ganz schnell. Er versuchte, ihn vor sich zu sehen, sich aufgrund dessen, was er über ihn wusste, einen Eindruck von dem Jungen zu machen. Und mithilfe des Fotos, das er gefunden hatte. Endre stand vor einem Baum, es konnte überall sein. Seine Haare waren strähnig, in fünf Jahren hätte er eine Glatze gehabt, wenn er länger hätte leben dürfen. Selma hatte ein großes Gewese wegen seiner Zähne gemacht. Genau wie Einar selbst hatte Endre sein Gebiss seinem eigenen Schicksal überlassen. Dumm. Wenn das zaghafte Lächeln auf dem Bild auch nicht gerade verfaulte Stummel entblößte, so sah es in Endres Mund doch wirklich nicht gut aus. Der linke Eckzahn im Oberkiefer fehlte, und die Zahnhälse waren zu lang.

Irgendwann einmal hatte der Junge trotzdem gut ausgesehen. Schlank und mit ziemlich breiten Schultern, auch wenn er auf dem Foto klapperdürr war. Seine Oberschenkel wirkten fast so dünn wie die Waden, aber der Junge hatte tiefe Lachgrübchen und einen Mund, den Einars Frau in grauer Vorzeit als sinnlich bezeichnet hätte.

Natürlich nur, wenn man von den Zähnen absah.

Etwas war mit diesen Lippen. Sie hatten so schön geschwungene Mundwinkel, als ob der Junge eigentlich immer lächelte.

Einar fragte sich, wie Endre Cappelen in diese Misere geraten sein konnte. Woher er eigentlich kam und wer seine Eltern waren, die diesen schmerzlichen Verlust hatten erleiden müssen. Vor zwei Tagen war er bei seiner Suche auf eine Website namens *myheritage.no* gestoßen. Dort konnte man unter zwölf Milliarden historischen Dokumenten suchen. Er hatte aus Jux seinen eigenen Namen in das Suchfeld geschrieben. Ein Dialogfeld hatte sich geöffnet, hatte Gott und die Welt versprochen, dafür aber Bezahlung verlangt.

Darauf fiel er nicht herein. Es musste ja wohl Grenzen geben. Einar wollte auch keiner von den Idioten sein, die überall Spuren hinterlassen. Wenn man ihnen den kleinen Finger reichte, nahmen sie nicht nur die ganze Hand, sondern die Seele.

Selma hatte ihm eine Bankkarte besorgt.

Er hatte ein Konto. Einar Falsen war ehrlich und redlich in Frührente. Er bekam jeden Monat von der öffentlichen Hand ein hübsches Sümmchen. Da er sich niemals mehr als zweihundert Meter von seiner Wohnung entfernte, konnte ihm niemand Betrug an der NAV unterstellen. Das stand immerhin fest. Außerdem kam um den zwanzigsten herum jeden Monat ein Umschlag mit Tausendern von Selma. Sie gab ihm Bargeld, weil sie nicht wollte, dass seine Frührente gekürzt würde. Scheiß auf die Steuer, sagte sie immer, wenn er es mit der Angst zu tun bekam, und das Geld sei ja bereits versteuert worden. Geschenklohn, nannte sie das. Und Einar solle sich bloß keine Sorgen machen. Außerdem tauchte dieses Geld im Internet nirgendwo auf, und Einar musste zugeben, dass das gut so war. Die symbolische Summe, die er dem Poker-Türken für die Wohnung bezahlte, dazu Strom und Internet, übernahm Selma. Im Schlafzimmerschrank, in einer Zigarrenkiste hinter einem lockeren Brett ganz unten, lag jetzt so viel Geld, dass er nach Hawaii fahren und sich dort niederlassen könnte. Fast jedenfalls.

Diese Website über Ahnenforschung war überaus verlockend.

Vielleicht sollte er das Risiko eingehen.

Das Problem war, dass er keine Ahnung hatte, wie man mit einer Karte bezahlte. Selma hatte diese Infos schon im Rechner gespeichert, aber Einar wusste, dass das nicht ausreichte. Er brauchte irgend so einen Codekram. Ziffern und einen Stick von der Bank. Es wurde nach den seltsamsten Dingen gefragt, wenn man online etwas kaufen wollte. Deshalb hatte er das noch nie getan. Selma bestellte manchmal etwas für ihn, ansonsten ließ er die Finger davon.

Er blieb sitzen und sah die verlockende Website an.

Dann kam ihm eine Idee.

Die war vielleicht nicht besonders gut, aber sie war immerhin seine.

Kugelloch

»Es ist Sonntag. Was machst du hier?«

Fredrik Smedstuen schaute nur kurz von dem vorläufigen Obduktionsbericht über Børre Rosenhoff auf, als jemand leicht an den Türrahmen klopfte. Birger Jarl Nilsen lächelte ihn von der Türöffnung her an.

»Ich bin anderen hier im Haus behilflich«, sagte er. »Hab im dritten Stock einen Blick auf einen Fall geworfen. Wie geht's denn hier?«

Fredrik brummte eine Antwort. Er hatte ein Foto hervorgezogen, das er jetzt sicher schon seit zehn Minuten anstarrte.

»Mir war schon klar, dass die Sache mit diesem Rosenhoff viel dramatischer ist, als die Medien es wahrhaben wollen«, sagte Birger Jarl Nilsen. »Dass ein gesunder Mann von knapp über vierzig einfach stirbt, ist an sich schon schlimm genug, aber das ist nicht alles, oder?«

»Mit wem hast du gesprochen?«

»Ach, ich schnappe hier und da so einiges auf, weißt du.«

»Ein bisschen zu viel, wie sich das anhört. Die Leute hier im Haus müssen lernen, die Klappe zu halten.«

»Genau. Aber geschehen ist geschehen. Kann ich dir irgendwie behilflich sein?«

»Nein.«

Die Antwort verschwamm in einem ausgiebigen Gähnen, und Fredrik schüttelte energisch den Kopf.

»Ich hab die Nacht durchgemacht«, sagte er. »Und das hier ist so ungefähr die elfunddreißigste Tasse ungenießbaren Kaffees, die ich mir heute einverleibe.«

Er kippte auch den Rest des Inhalts des »Bester Papa der Welt«-Bechers in sich hinein und knallte ihn auf den Tisch. Der Henkel brach ab, und Fredrik starrte das ruinierte Weihnachtsgeschenk für einen Moment ratlos an. Dann warf er Becher und Henkel in den Papierkorb.

Und überlegte sich die Sache dann wieder anders.

»Sieh dir das an«, sagte er.

Er hob das Foto hoch und reichte es Birger Jarl Nilsen.

»Was ist das?«

Der Offizier a. D. nahm das Bild, musterte es und setzte sich.

»Børre Rosenhoff?«, fragte er.

»Das brauchst du nicht zu wissen. Aber was siehst du?«

»Eine Wunde. An einem Männeroberschenkel oder vielleicht auch einer Wade. Oberarm?«

»Wade.«

»An der Millimeterskala daneben sehen wir, dass die Wunde sehr klein ist. Und bemerkenswert rund. Irgendeine Art von Stichwunde?«

Fredrik musterte den Mann auf der anderen Seite des Tisches. Wie immer sah er gepflegt aus. *Fresh* hätte seine Frau das genannt. Ex-Frau, er musste sich an die neuen Bezeichnungen in der Familie gewöhnen. Einen scharfen Blick hatte der Bursche, wie immer. Jetzt hatte er die Stirn gerunzelt, und Fredrik wusste nicht, ob es daran lag, dass er etwas gefragt worden war oder dass er nicht sicher war, was das Foto zeigte.

»Kann das eine Schusswunde sein?«, fragte Fredrik.

Birger Jarl Nilsen prustete los.

»Das war dann aber eine Erbsenpistole! Wie tief ist die Wunde? Einen Millimeter oder zwei? Steckte da eine Kugel, da du so fragst?«

Fredrik gab keine Antwort.

Er sah langsam ein, dass seine leichte Abneigung gegen Birger Jarl Nilsen auf Neid beruhte. Fredrik würde so ungefähr alles geben, um so auszusehen. Um so auftreten zu können. Mit einem gewissen Einsatz könnte er vielleicht sein Gewicht verringern, aber egal, was er auch täte, er würde niemals dieselbe Wirkung auf Frauen haben wie Birger Jarl. Als der Typ nach der Rekonstruktion am Mittwoch mit Selma Falck davonstolziert war, wäre er fast hinterhergelaufen, um ihn zu Boden zu schlagen. In dem Punkt hatte Fredrik immerhin die Überhand, er konnte sicher dreißig Kilo mehr in einen Fausthieb stecken als der ehemalige Offizier.

»Schluss«, murmelte er.

»Was?«

»Nichts. Und ein Luftgewehr?«

Birger Jarl Nilsen nagte an seiner Unterlippe und schüttelte den Kopf, während er sich das Bild dichter vor die Augen hielt.

»Tja. Eine Luftgewehrkugel hat eine Ausgangsgeschwindigkeit von ... sagen wir ... von einigem unter hundert Metern pro Sekunde bis zu knapp fünfhundert. Die Kugel kann alles sein, von Pellets bis zu avancierter Munition. Das Gewicht liegt zwischen vielleicht einem halben Gramm oder noch weniger und ...« Er richtete sich ein wenig auf und wühlte in seiner Hosentasche. »... so was. Das ist eine *Exact Jumbo Beast* von JBC.«

Er hielt eine Kugel zwischen Daumen und Zeigefinger, die an einen gedrungenen kleinen Atompilz erinnerte.

»Die wiegt über zwei Gramm. Aber es gibt auch noch schwerere. Das erfordert natürlich eine kräftige Waffe und braucht eine Anschlagskraft von vierzig Joule oder mehr.«

Vermutlich sah Fredrik leicht verwirrt aus, denn der andere fügte hinzu: »Ich trainiere im Moment mit dem Nachbarjungen an meinem Schießstand im Garten. Und wenn das hier ein Luftgewehr gewesen wäre ...« Er steckte die Kugel wieder in die Tasche und sah abermals das Foto an. »... dann müsste es eine kleine, schwache Waffe sein.«

»Aber ist es möglich? Dass hier die Rede von einem Schuss ist?«

Birger Jarl Nilsen schob das Foto zurück über den Tisch.

»Warum fragst du? Der Mann kann doch unmöglich an dieser Wunde gestorben sein? Das hat ja kaum geblutet.«

Fredrik seufzte tief.

»Kannst du bitte meine Frage beantworten? Kann diese Wunde von einem abgefeuerten Luftgewehr stammen?«

Birger Jarl Nilsen verschränkte die Arme vor der Brust. Er kniff die Augen zusammen, dann schniefte er leicht, fuhr sich mit dem Finger über die Oberlippe und sagte schließlich: »Ja. Schwache Waffe, leichte Munition, gewisse Entfernung. Und ein ausreichend guter Schütze, um mit den Herausforderungen fertigzuwerden, die darin liegen. Die Kugel kann da getroffen haben ...«

»In der Wade.«

»In dieser Wade, vielleicht sogar durch eine Hose. Dabei ist diese Wunde entstanden, und die Kugel ist vermutlich heruntergefallen oder hat noch eine Weile dringesteckt. Ich nehme an, dass ein solcher Treffer bestenfalls als Insektenstich aufgefasst werden könnte.«

»Bestenfalls?«

»Ja, für den Schützen, meine ich. Nicht für das Opfer. Ich gehe davon aus, dass das Opfer den Schmerz nicht besonders wichtig nehmen sollte? Ich verstehe ja nicht, weshalb, und wie gesagt wäre sehr viel Wissen nötig, um das zu berechnen. Der Schaden ist, wie gesagt ...« Er nickte zu dem Foto von Børre Rosenhoffs Wade hinüber. »... ja wohl kaum der Rede wert.«

Glaubst du, dachte Fredrik.

Der Schütze konnte eine Spezialkugel verschossen haben. Eine mit Rizin bestrichene. Oder, noch besser, mit dem Gift gefüllt, wie es bei der Ampulle der Fall gewesen war, die damals in London den bulgarischen Journalisten getötet hatte. Ebenso klein, ebenso unmerklich. Damals ein Stich mit einem Regenschirm, diesmal ein Schuss aus einer kleinen Luftfeuerwaffe.

Während das Opfer joggen war, zum Beispiel. Wie Børre Rosenhoff jeden Mittwoch und jeden Samstagmorgen, man hätte die Uhr danach stellen können. Wie am letzten Mittwoch, wenige Stunden, bevor er erkrankt war. Der Stich hatte vermutlich ein wenig gebrannt. Die Kugel wurde vielleicht achtlos weggewischt. Während der Mann lief, oder beim Duschen.

Der Schaden war schon passiert, Sekunden, nachdem der Minister getroffen worden war.

»Danke«, murmelte Fredrik. »Ich muss nach Hause.«

»Du siehst aus, als ob ein paar Stunden Schlaf dir guttun würden, ja.«

Was er mehr brauchte als Schlaf, war eine Unterredung mit Selma Falck, überlegte Fredrik Smedstuen und sagte nicht einmal Auf Wiedersehen, als Birger Jarl Nilsen sich erhob und ging.

Bettwache

Lars Winther war so wütend, dass er kaum klar denken konnte. Dass Selma bisweilen schwer zu erreichen war, war eine Tatsache, mit der er nach und nach zu leben gelernt hatte. Ihr Verhalten jetzt dagegen war absolut inakzeptabel. An diesem Tag hatte er sechs Mal versucht, sie anzurufen. Und war jedes Mal sofort auf der Mailbox gelandet. Sie hatte auch die vier SMS nicht beantwortet, die er ihr geschickt hatte.

Am Ende hatte er es mit einer Mitteilung auf Messenger versucht, dort würde er jedenfalls sehen können, ob Selma sich die

Nachrichten überhaupt anschaute. Immer, wenn er nachsah, war noch immer das verdammte Häkchen zu sehen. Die Mitteilung war noch nicht gelesen worden.

Sie hatte Dinge, die ihm gehörten. Einen Ordner mit Papieren und einen Speicherstick mit einer Tondatei, von der er noch immer nicht wusste, ob sie sich öffnen lassen würde. Es war zwar sein Fehler gewesen, dass er die Sachen bei Selma vergessen hatte, aber das bedeutete nicht, dass sie alles behalten und sich in totale Funkstille verziehen konnte. Wenn er nicht allein bei seinem Sohn in Ullevål gewesen wäre, wäre er direkt nach Sagene gefahren und hätte die sofortige Herausgabe seines Eigentums verlangt.

Und schließlich könnte sie ja auch ein wenig Interesse daran zeigen, wie es Leon ging.

Bei diesem Gedanken wurde er noch wütender.

Klar, ihre Beziehung war eher eine Partnerschaft als eine Freundschaft. Dennoch hatten sie gemeinsam so viel erlebt, dass sie eine gewisse Empathie zeigen könnte. Selma hatte seltsamerweise nie besonders große Liebe zu ihren eigenen Kindern an den Tag gelegt, aber nach ihrem kleinen Enkel war sie richtig verrückt. Da musste sie doch verstehen, was Lars jetzt durchmachte.

Das Display seines Handys leuchtete auf.

Ein Kollege von *Aftenavisen* wollte mit ihm sprechen, wie Lars sah. Er griff nach dem Handy, nahm den Anruf an und flüsterte ein Hallo, während er zur Tür lief.

»Hallo. Du, was treibt deine Freundin an einem Sonntagabend denn bei der Bullerei?«

»Was meinst du?«

»Selma Falck. Ich weiß zufällig, dass sie soeben über eine halbe Stunde bei Kjersti Spang gesessen hat.«

»Bei der Polizeichefin?«

»Jepp. Der Kriminalchef war auch dabei, und zwei Hauptkommissare. Der, der für das Løkka-Attentat zuständig ist, war der eine. Die Gerüchteküche kocht gerade über. Dieser Selbstmord von Breien soll offenbar Mord sein. Und oben im Rikshospital wurde heute Nacht umfassender Virusalarm geschlagen. Jetzt haben sie sich wieder beruhigt, glaube ich, aber das alles soll irgendwas mit dem Tod von Børre Rosenhoff zu tun haben. Es hagelt nur so Tipps und weitere Informationen. Drei prominente Persönlichkeiten aus Politik und Rechtswesen in weniger als zwei Wochen umgebracht. Verdammt seltsam, das musst du zugeben.«

»Äh ... vielleicht.«

»Aber niemand kann uns sagen, was Selma Falck bei der Polizei wollte.«

Lars versuchte, seine Gedanken zu sammeln.

»Das hat sicher mit dem Mord an Linda Bruseth zu tun«, sagte er wie auf Autopilot. »Eine Vernehmung oder so was.«

»Nimmt die Polizeichefin neuerdings Zeugenvernehmungen persönlich vor? Oder der Kriminalchef? Das wäre ja mal ganz was Neues.«

»Äh ... vielleicht. Oder ... ich habe ehrlich keine Ahnung. Ich versuche jetzt seit zwei Tagen, Selma zu erreichen, aber ohne Erfolg.«

»Hör doch auf. Mir ist ja klar, dass du gerade nicht arbeiten kannst, jetzt, wo dein Kleiner ... Geht es gut, übrigens? Deinem Sohn?«

»Ja. Viel besser.«

»Schön. Und du musst jetzt natürlich bei ihm sein. Aber wenn du etwas weißt, das ein Aufmacher sein könnte, kannst du nicht einfach darauf sitzen bleiben, bis ...«

»Ich weiß nichts«, fiel Lars ihm mit scharfer Stimme ins Wort. »Ich habe wirklich keine Ahnung. Wenn du hier irgendwas zum Leben erwecken willst, dann kannst du eine kleine Meldung darüber posten, dass Selma bei so einem Treffen war. Wenn deine Quellen gut genug sind. Wenn du noch dazu irgendeine qualifizierte Person im Polizeigebäude fragst, worum es da eigentlich geht, kriegst du vielleicht ein ›Kein Kommentar‹ als Antwort. Das bedeutet, dass da etwas vor sich geht. Was schon ein Aufmacher wäre. Und so ein Artikel kann leicht zu weiteren Tipps führen. Das Polizeigebäude ist doch löchrig wie ein Sieb.«

Es kratzte in der Leitung. Ein Zischen verriet, dass der Kollege soeben eine Dose mit einem kohlensäurehaltigen Getränk geöffnet hatte.

»Und du weißt nichts?«, fragte er und schlürfte irgendetwas.

»Nichts«, sagte Lars. »Das kannst du mir glauben.«

»Okay. Ich muss wieder an die Arbeit. Gute Besserung für den Kleinen.«

»Danke.«

Das Gespräch wurde abgebrochen. Lars war dermaßen außer sich, dass er jetzt im Zimmer im Kreis lief. Um das Bett mit den vielen Geräten war nicht besonders viel Platz, aber er konnte einfach nicht still sitzen.

Leon war schon längst eingeschlafen.

Vermutlich würde er noch lange nicht aufwachen. Lars konnte sich also eine Stunde freinehmen und in Sagene vorbeischauen. Es war inzwischen zehn Uhr am Sonntagabend; Selma war ziemlich sicher zu Hause.

Er sah den Jungen im Bett an.

Er war so klein. So unvorstellbar verletzlich, wenn man sich das richtig überlegte. Er konnte jetzt selbst atmen und essen, und die Medikamente hielten die schlimmsten Schmerzen in Schach. Dennoch hätte Lars alles gegeben, was er hatte, um mit dem armen Wicht den Platz zu tauschen. Langsam setzte er sich wieder und strich dem Jungen behutsam mit dem Zeigefinger den Pony aus den Augen.

Wenn Leon zu sich kam, musste ein Elternteil anwesend sein.

Morgen Abend dagegen würde seine Frau die Bettwache übernehmen. Selma würde also einen Tag Frist bekommen. Wenn sie sich bis dahin nicht gemeldet hätte, würde er ihr die Hölle heiß machen.

Bis dahin würde er nerven und nerven. Und noch mehr nerven.

Das Geheimnis

Bei FaceTime sahen alle aus wie Verbrecher.

Das Licht stimmte nie. Die Bildqualität war mies. Die Übertragung geriet oft ins Stocken, und wenn man nicht in der richtigen Entfernung saß, wurde das Gesicht von der Weitwinkelkamera verzerrt.

Außerdem sahen alle, wie es den Teilnehmenden ging.

Fredrik Smedstuen war noch nie bei Selma zu Hause gewesen, und aus irgendeinem Grund, den er nicht begreifen konnte, hatte sie sich so gesetzt, dass das Fenster zum Balkon den Hintergrund des Bildes darstellte. Es waren keine Bilder oder Gegenstände zu sehen. Sie hatte zudem den richtigen Abstand mit einem Stück Klebeband auf dem Esstisch markiert, um weit genug vom Bildschirm wegzubleiben. Und sie hatte zwei Prachtbände vom Couchtisch unter den Mac gelegt, um nicht in einem zu flachen Winkel aufgenommen zu werden.

Fredrik hatte keine solchen Rücksichten genommen.

Er sah fett und schwabbelig aus, wie er da saß, so dicht vor der Kamera, dass seine Schädelspitze abgehackt wurde wie bei einem Sonntagsei. Ab und zu ließ er sich abrupt zurücksinken, und dann konnte Selma etwas sehen, bei dem es sich wahrhaftig um das Kreuzstichwandbild eines Elchs im Sonnenuntergang handeln musste. Und um einen fünfarmigen Leuchter auf einem Kaminsims ohne Kamin.

Seltsam.

»Durftest du dann überhaupt noch mehr erklären?«, fragte Selma.

»Na ja, ich musste über unsere Jugendschutzsachen berichten, da du sie schon erwähnt hattest. Das war aber kein besonders großer Erfolg. Erstens war ich scheißnervös. Und längst nicht so fit wie du, und die Polizeichefin wurde immer angesäuerter.«

»Was war da eigentlich in sie gefahren, ganz ehrlich?«

Fredrik zuckte außerhalb des Bildes mit den Schultern. Das machte sein Doppelkinn noch markanter.

»Kjersti Spang geht es um zwei Dinge«, sagte er. »Hohe Aufklärungsquote und so viel Ruhe wie möglich im Haus und um das Haus herum. Was du da vorgetragen hast, war gelinde gesagt spektakulär. Vielleicht wurde der Kriminalchef deshalb so neugierig. Der ist doch eine Rampensau. Viel sympathischer noch dazu, ganz nebenbei.«

»Was war das Ergebnis?«

»Die Fälle werden nicht zusammengelegt. Die Polizeichefin glaubt ganz einfach nicht an unsere Theorien. Vor allem von den Sorgerechtsfällen wollte sie gar nichts wissen. Ich habe das sicher nicht so klar zum Ausdruck gebracht, wie du das getan hättest. Obwohl ich finde, dass ich ziemlich deutlich gesagt habe, dass die einzige Gemeinsamkeit der Opfer streng genommen irgendeine Verbindung zum Jugendschutz ist. Und obwohl Sylvi gemeint hat, ich sei gut gewesen.«

»Ich glaube, Sylvi Mobakk hält dich fast immer für gut.«

Fredrik ignorierte sie.

»Der Kriminalchef konnte dann aber doch ein bisschen was ausrichten. Ich soll mit dem Fall Rosenhoff arbeiten, behalte aber auch das Attentat in Løkka. Da Sylvi mit dir und mir an Bord ist, schlage ich vor, wir machen eine Art doppelte Buchführung. Derzeit stehen ja ohnehin massenhaft langweilige, aber notwendige Routineuntersuchungen an.«

»Was ist mit dir?«

Fredrik trank irgendetwas aus einem Glas. Das Bild war zu dunkel, um zu erkennen, was das war.

»Wie meinst du das?«, fragte er.

»Glaubst du an unsere Theorie? So ganz in echt, meine ich?«

Er schlürfte ein bisschen, lutschte kurz an seinen Zähnen und legte die Hände vor sich hin. Sie sahen im Bild gigantisch aus.

»Das spielt eigentlich keine Rolle«, sagte er dann. »Was ich glaube, meine ich. Es geht darum, dass jeder von diesen Fällen für sich gesehen schon dermaßen seltsam ist, dass es fast unmöglich wirkt, dass es da keinen Zusammenhang geben sollte. Ich meine, was sind denn die Odds? Pro Staatsmacht eine Person, erschossen, erhängt und vergiftet ... total merkwürdig. Andererseits widerspricht es allem, was ich über Polizeiarbeit gelernt habe, solche Luftschlösser zu bauen, ohne handfeste Grundlagen zu haben.«

»Hast du noch mehr vom Rikshospital gehört? Haben die irgendeine Theorie darüber, wie Rosenhoff an das Gift gekommen ist?«

»Nicht dass ich wüsste. Aber die arbeiten da oben wie besessen, im Austausch mit uns, natürlich, wir haben Leute, die sein Büro, sein Haus und das Krankenhaus durchsuchen.«

»Und du? Hast du eine Theorie?«

Fredrik erhob sich wortlos. Nun sah Selma das Bild hinter ihm ganz deutlich. Es war wirklich ein Elch im Sonnenuntergang. In Kreuzstich. So etwas hatte sie in ihrem ganzen Leben noch nicht gesehen. Etwas so Hässliches. Sie hörte einige scharfe Geräusche und einen dumpfen Knall.

Er tauchte wieder auf, verdrehte das iPad, das jetzt so schief stand, dass sie nur sein halbes Gesicht sah.

Seine Stimme war leiser, als er nun in die Kamera starrte.

»Ich habe heute Abend mit Birger Jarl Nilsen über eine Theorie gesprochen.«

»Ach? Wo bist du dem denn begegnet?«

»Im Haus. Er war wegen eines anderen Falls da.«

»Welche Theorie habt ihr euch vorgenommen?«

»Die gute alte Regenschirmmethode, aber mit Luftgewehr.«

»Was?«

Selma musste lachen. Die Geschichte von Georgi Markow war tragisch, aber so absurd, dass sie schon gelacht hatte, als sie sie vor vielen Jahren zum ersten Mal gehört hatte.

»Birger Jarl hält es durchaus nicht für unmöglich, dass die Wunde am Bein von einer Kugel stammen könnte. Aus einem Luftgewehr. Die Kugel, oder von mir aus das Pellet, könnte mit Rizin umhüllt oder gefüllt gewesen sein. Das weiß er natürlich nicht, und wir müssen das so lange wie möglich für uns behalten. Es gab viele Wenns und Abers und Falls, aber summa summarum: Eine überaus waffenkundige Person hätte das schaffen können.«

»Geschossen?«, fragte Selma ungläubig. »Wie hätte er denn angeschossen werden können, ohne etwas zu merken? Und wann, um alles in der Welt, hätte das passiert sein sollen?«

Wieder wurde das Bild unruhig, das iPad schien von dem abzurutschen, woran immer es gelehnt worden war. Plötzlich konnte Selma die Decke in Fredriks Wohnung sehen. Der kurze Blick erzählte ihr, dass er einen aus einem Geweih hergestellten Kronleuchter im Wohnzimmer hatte. Die kleinen Lampenschirme waren rot-weiß kariert. Selma glaubte sich vage zu erinnern, so etwas schon einmal in einer Berghütte gesehen zu haben.

Wenn Fredrik sein Aussehen in den letzten Tagen durchaus verbessert hatte, so lag er doch in Bezug auf seine Einrichtung weit zurück.

»Er joggt mittwochmorgens«, sagte Fredrik und kam wieder ins Bild.

»Mittwoch …«

»Einige Stunden, bevor er krank geworden ist. Oder … wir wissen ja nicht genau, wann er anfing, sich elend zu fühlen, der Typ war wohl das, was man als umgekehrten Hypochonder bezeichnen könnte. Aber später am Mittwoch wurde er also reichlich blass um den Schnabel.«

»Wie viel Rizin hatte er eigentlich intus?«

»Das weiß ich noch nicht. Aber großer Gott, Selma, da reicht fast nichts, wenn das Gift nur rein genug ist. Verdammter Stoff! Zwei Salzkörner, und schon bist du nach zweiundsiebzig Stunden nicht mehr am Leben. Kein Gegengift. Keine Medizin.«

Er trank einen Schluck aus seinem Glas, einen so kleinen, dass Selma auf ein alkoholhaltiges Getränk tippte. Aus irgendeinem Grund fand sie es sympathisch, dass er sich ein bisschen Mut antrank, um mit ihr zu reden.

Trotz des grotesken Themas.

»Weißt du«, sagte er plötzlich und näherte sich wieder dem Bildschirm, »vorsätzliche Morde kommen trotz allem ziemlich selten vor. Ich arbeite jetzt seit sieben Jahren mit Mordfällen und hatte eigentlich erst einen, wo der Täter den Mord wirklich geplant hatte. Ziemlich gründlich sogar, aber wir haben ihn trotzdem gefasst.«

»Weil er dem Opfer nahestand«, sagte Selma lächelnd.

Fredrik lächelte ebenfalls. Das müsste er häufiger tun. Seine Augen wurden sanfter, sogar bei dieser elenden Bildqualität.

»Genau«, sagte er. »Wenn wir eine Leiche finden, fangen wir mit dem Ehepartner an, machen dann mit dem Liebhaber weiter und danach mit den Kindern. In neun von zehn Fällen treffen wir dabei ins Schwarze.«

Das Lächeln wurde noch breiter.

»Nein, ganz so einfach ist es dann doch nicht«, korrigierte er sich selbst. »Aber du hast da auf jeden Fall einen Punkt getroffen. Der Albtraum ist der vorsätzliche Mord, bei dem der Verbrecher in keinerlei Beziehung zum Opfer steht. Wie in dem Roman von Patricia Highsmith, *Zwei Fremde im Zug.* Zwei Fahrgäste, die einander vollkommen unbekannt sind, wünschen sich beide den Tod eines anderen Menschen. Und sie tauschen die Morde.«

»Ist das nicht ein Film?«, fragte Selma. »Von Hitchcock oder so?«

Der Alkohol hatte offenbar eine positive Wirkung auf den meistens so verschlossenen Hauptkommissar. Jetzt lachte er.

»Filme basieren oft auf Büchern, Selma.«

»Sicher«, sagte sie eilig. »Und wenn unsere Theorie zutrifft, können wir vor demselben Problem stehen. Ein Täter, der keine persönliche Beziehung zu den Toten hat. Er braucht sie streng genommen nicht einmal zu verabscheuen. Wenn hier die Rede von einer symbolischen Handlung ist, meine ich.«

Sie zögerte einen Moment und fügte hinzu: »Die Jugendämter in Norwegen haben zu jedem Zeitpunkt die Fürsorgepflicht für an die fünfzehntausend Kinder. Das macht im Prinzip dreißigtausend Elternteile und sechzigtausend Großväter und -mütter. Auch wenn vierzig Prozent der Fälle auf Freiwilligkeit basieren, so landen wir doch immer noch bei über vierzigtausend erwachsenen Menschen. Die allesamt ein Hühnchen mit der Behörde zu rupfen haben könnten, meine ich.«

»Ja, da sagst du was Wahres. Eine etwas zu große Gruppe von potenziellen Verdächtigen. Hoffentlich finden nicht viele von denen es leicht zu töten. Denn das tun wir nicht, wir Menschen.«

»Wie meinst du das?«

»So, wie ich es sage. Es ist vielleicht beängstigend leicht, mit einem gut geplanten Mord ungeschoren davonzukommen. Aber solche Morde passieren selten. Wir töten ungern. Wir können im Affekt und in bestimmten Situationen töten, im Krieg und durch ein Unglück. Aber vorsätzliche Morde? Wirklich vorsätzliche Morde? Die gibt es nur selten. Ob das kulturell bedingt ist, geprägt ist von ›Du sollst nicht töten‹-Glaubenssätzen oder ob es in uns liegt, da habe ich keine Ahnung. Ist mir auch ziemlich egal. Ich fange den Dreckskerl. Egal wie.«

Er leerte sein Glas mit einer Grimasse und wechselte das Thema.

»Wenn ich mir gerade jetzt etwas wünschen dürfte, dann wäre das mehr Fleisch auf die Knochen. Auf die Jugendamtknochen, meine ich. Was wir haben, ist so vage. Viel zu wenig konkret. Wenn irgendwas an unserer Theorie dran ist, dann liegt dort die Antwort. Glaube ich.«

Zum ersten Mal bei diesem Gespräch war Selma dankbar für die schlechte Verbindung. Ihr war heiß, und fast hätte sie ihm alles erzählt, was sie wusste. Die Tonaufnahmen aus dem Familienministerium waren mehr als konkret genug.

Der Speicherstick lag neben dem Laptop.

Sie sah ihn an, nahm ihn mit Daumen und Zeigefinger und achtete sorgfältig darauf, ihn nicht in Reichweite der Kamera zu halten.

Wenn sie ihn hergäbe, wäre sie aus dem Spiel. Der Inhalt der Aufnahme war ein so großer Skandal, dass der Fall an sich Selma aus den Händen gleiten würde. Fredrik würde damit weiterarbeiten müssen. Er würde zudem von seinen Kollegen die Aufmerksamkeit erhalten, die er brauchte.

Und er würde Selma nicht mehr brauchen.

Irgendwann würde sie ihm erzählen müssen, was sie wusste. Auch wenn die Aufnahmen wirklich nichts mit den Morden zu tun hatten, gab es trotzdem Grund genug, die Polizei einzuschalten. Selma hütete ein Geheimnis, das an sich für viele Menschen absolut vernichtend sein könnte.

Und für eine riesige staatliche Behörde.

Die Informationen, über die sie verfügte, könnten vielleicht auch Menschen, die großes Unrecht erlitten hatten, Gerechtigkeit widerfahren lassen.

Sie müsste unbedingt alles offenlegen. Sie schaute das große Bild von Sjalg an, wenn sie von dort, wo sie saß, den Blick hob. Sie könnte Fredrik den Speicherstick geben und aussteigen. Sie könnte die Existenz des Stalkers vergessen, denn er hatte ja offenbar keinen Zutritt mehr zu ihrer Wohnung.

Sjalg schien auf dem großen Foto zu lächeln. Es musste eine seiner ersten zufriedenen Grimassen gewesen sein, er war gerade erst auf die Welt gekommen. Die Sehnsucht nach ihm wurde nun langsam zu einem Teil des Daseins, mit dem sie leben konnte; wie eine chronische Erkrankung, aus der sie einfach das Beste machen musste.

Wenn sie Fredrik erzählte, was sie wusste, könnte sie sich auf das konzentrieren, was im Leben wirklich von Bedeutung war.

»Wir müssen weiterarbeiten«, sagte sie stattdessen.

Plötzlich, fast atemlos. »Sagt ihr das nicht immer unten im Polizeigebäude?«

»Doch«, sagte Fredrik und gähnte. »Morgen jagen wir weiter einen verdammt guten Schützen, der Grund hat, die Jugendämter zu hassen, mit biologischer Kriegsführung vertraut ist und sich außerdem total unsichtbar machen kann.«

»Birger Jarl Nilsen wäre da doch ein guter Kandidat.«

Fredrik lächelte wieder; der Mann war viel weniger humorlos, als es oft den Anschein hatte.

»Da hast du recht. Wenn er Kinder hätte. Er ist kinderlos. Ich habe ihn vor zwei Jahren gefragt. Und was ist mit mir? Stehe ich unter Verdacht? Kinder habe ich, und ihre Mutter macht es mir nicht gerade leicht, mit ihnen zusammen zu sein. Schießtraining muss ich regelmäßig absolvieren. Bin ziemlich gut, wenn ich das selbst sagen darf.«

Jetzt war Selma diejenige, die lachte.

»Ich seh dich schon mit einer Waffe auf einem Dach in Grünerløkka herumkriechen.«

»Na ja, du darfst mich nicht unterschätzen. Aber jetzt muss ich wirklich schlafen.«

»Ich auch«, erwiderte Selma. »Gute Nacht.«

Dann loggte sie sich rasch aus, um sich nicht anders entscheiden und dem Polizisten noch mehr Grund zum Grübeln geben zu können.

Montag, 16. September

Die Wut

Obwohl es erst sieben Uhr morgens war, hatten ihr auf Facebook bereits mehr als sechshundert Menschen gratuliert. Die Götter mochten wissen, wie sie es schaffen sollte, jeden Glückwunsch mit einem Herzen zu markieren. Die meisten mit vielen Followern schrieben am selben Abend oder am nächsten Morgen einen gemeinsamen Dank, aber Selma Falck war nicht wie die meisten. Jedes Jahr reservierte sie zwei Stunden, um allen Gratulanten persönlich zu danken, mit einigen zusätzlichen Worten für die, die ihr irgendwann persönlich begegnet waren.

Seit sie angeschossen worden war, hatte sie die sozialen Medien kaum noch genutzt. Am Donnerstag wäre das zwei Wochen her. Einige ihrer echten Freundinnen und Freunde fragten nun auch schon nach ihrem Verbleib. Zuerst mit einigen Scherzworten auf ihrem Profil, danach mit ernsthafteren SMS. Vanja Vegge allein hatte ihr sicher in der vergangenen Woche fünf Mitteilungen geschickt, dazu eine Mail, in der es um die Weihnachtsfeier ging.

Selma würde bald antworten müssen.

Aber nicht heute.

Als sie Sweatshirt und Jogginghose angezogen hatte, wanderte sie hinüber in die Küche. Im Kühlschrank stand noch immer eine Dose echte Cola, aber die öffnete sie nicht. Obwohl es ihr guttun würde und obwohl sie in genau fünf Stunden dreiundfünfzig wurde.

Ihr Vater hatte immer ein großes Gewese darum gemacht, dass sie um Punkt zwölf Uhr mittags geboren worden war. Er hielt das für einen Glückstreffer, für etwas, das das Leben für sie einfacher machen würde. Er war Physiker gewesen, über Astrologie hatte er nur gelacht, und er hatte auch von anderen obskuren Glaubensrichtungen nichts gehalten. Trotz seiner fünf Jahre als Hippie in den USA. Warum er von allen Besonderheiten Selmas ausgerechnet den Zeitpunkt ihrer Geburt für so wichtig hielt, begriff sie nicht. Als sie mit dreizehn Jahren zum ersten Mal in einem Spiel der Handball-Kreisliga angetreten war, war er dagegen zu beschäftigt gewesen, um zuzusehen. Selma war die Einzige in der ganzen Mannschaft, deren Eltern nicht auf der Tribüne saßen. Nur ihr Bruder kam, eine Stunde vor Spielbeginn, und er wartete zudem geduldig auf sie, um danach zusammen mit ihr nach Hause gehen zu können.

Selma hatte damals das beste Spiel in ihrem bisherigen Leben gemacht.

Die anderen Mädchen wurden von ihren Eltern mit dem Auto abgeholt. Herman und Selma nahmen in Lillestrøm die Bahn und vom Osloer Ostbahnhof die Straßenbahn. Sie bezahlten die Bahnfahrkarten von ihrem eigenen Geld und fuhren in der Straßenbahn schwarz.

Selma verdrängte den Gedanken an ihren Bruder. Solche Gedanken brachten nichts Gutes. Das Handy klingelte.

Niemand durfte sie vor halb neun Uhr morgens anrufen, das wussten alle, die sie kannten. Nicht weil sie dann noch schlief, sondern weil sie Zeit brauchte, um richtig wach zu werden. Sicher war es ein Journalist. Oder ein Telefonverkäufer, dachte sie gereizt und griff nach dem Handy, das mit dem Display nach unten auf dem Küchentisch lag.

Lars Winther.

Nein. Mit dem mochte sie jetzt nicht reden. Beim bloßen Gedanken an Lars Winther verspürte sie einen Stich von schlechtem

Gewissen. Er hatte sie in den letzten Tagen tausendmal angerufen. Wenn sie ehrlich sein sollte, dann hatte sie seine Unterlagen einfach mit Beschlag belegt. Er hatte zudem keine Ahnung, dass sie nun Zugang zu den Tonaufnahmen hatte. Da sie aber gerade eine Spur verfolgte, von der er ebenfalls keine Ahnung hatte, fand sie es sinnvoll, das mit den Tondateien geheim zu halten.

Sie ließ das Handy liegen und ging ins Badezimmer.

Eigentlich hätte sie an diesem Tag ins Krankenhaus gemusst, um die Fäden ziehen zu lassen. Das aber wäre Zeitverschwendung und barg zudem eine kleine Gefahr, Lars Winther über den Weg zu laufen. Als sie geduscht hatte, wie immer mit Plastikfolie um den Arm, sah sie, dass die Wunde trocken und gut verheilt aussah. Kein bisschen rot, nur sah die angehende Narbe eben noch ziemlich frisch aus. Die Drainage, ein Plastikröhrchen mitten in der fünf Zentimeter langen Operationsnarbe, war schon von selbst locker geworden. Nachdem Selma ein Feuerzeug ausreichend lange unter eine Pinzette und eine Nagelschere gehalten hatte, brauchte sie nur zwei Minuten, um Fäden und Drainage zu entfernen. Sie tupfte die Wunde mit einem Antiseptikum ab und legte einen neuen sterilen Druckverband auf.

Als sie sich angezogen hatte und zurück ins Wohnzimmer kam, stellte sie fest, dass *DG, Dagbladet* und *NRK* angerufen hatten. Ein wenig beunruhigt setzte sie sich an den Laptop und loggte sich ein.

Die Kriegsgefahr im Mittleren Osten war weiterhin vorhanden und wuchs nach neuen Drohnenangriffen auf saudi-arabische Ölanlagen weiter an. Der Ölpreis schoss gen Himmel, und Donald Trump trampelte wie ein wild gewordenes Nilpferd herum und machte alles noch schlimmer. Zudem war bei einem Schiffsunglück vor Averøy ein Lette umgekommen, konnte *Aftenavisen* berichten.

Selma Falck bei geheimer Polizeibesprechung.

»Shit«, fauchte Selma. »Shit, shit, shit!«

Dieser verdammte Lars Winther.

Sein Name stand nicht über der Meldung, aber niemand hätte in *Aftenavisen* über Selma geschrieben, ohne sich zuerst bei Lars zu erkundigen. Sie las den Artikel zwei Mal. Er war nicht lang, und streng genommen stand nicht viel darin. Es wurde darüber spekuliert, ob Selma zu einer Art Sonderberaterin der Polizeichefin ernannt worden sei, vor allem im Hinblick auf die beiden hoch profilierten Mordfälle, die es zu lösen galt. Zum Glück wurde Børre Rosenhoffs Tod nicht erwähnt. Die Polizei hätte sich aus der Sache leicht herausreden können. Die Polizeisprecherin hatte jedoch den bekannten Kardinalfehler begangen: Sie hatte den Kommentar verweigert.

Und damit hatte sie die Presse geradezu zum Weitergraben aufgefordert.

Die Leute sollten lernen, mehr zu lügen, dachte Selma wütend. Viel mehr. Das Leben wurde dann unvorstellbar viel leichter. Genervt schnappte sie sich das Handy und suchte Lars' Nummer. Er meldete sich nach einem Klingeln, und ehe Selma überhaupt etwas sagen konnte, hörte sie ihn bereits rufen: »Endlich! Wo zum Teufel hast du dich rumgetrieben? Ich habe angerufen und SMS geschickt und …«

»Wo ich mich rumgetrieben habe?«, fiel Selma ihm mit scharfer Stimme ins Wort. »Da hätte ich ja wohl viel mehr Grund, dich zu fragen. Was in aller Welt soll diese Meldung in *Aftenavisen* bedeuten? Seit wann schreibst du über mich, ohne erst mit mir zu sprechen?«

»Ich? Ich bin verdammt noch mal im Krankenhaus, mit einem Sohn, der gerade erst einen schweren Unfall überlebt hat. Ich hab ja wohl rein gar nichts geschrieben!«

»Wir haben eine Abmachung, Lars.«

Selma musste sich zusammenreißen, um nicht zu fauchen.

»Du und ich, wir arbeiten mit gegenseitiger Hilfeleistung. Im vorigen Jahr hast du ein dickes Geschenk von mir gekriegt. Das hat dir SKUP-Preise und andere Ehren und Lobesworte eingetragen. Du gehst mir zur Hand, wenn ich das brauche, und …«

»*Ich gehe dir zur Hand?* Was zum Teufel ist das für eine Sprache? Ich bin ja wohl nicht dein Scheißdiener!«

Selmas Zorn legte sich ein wenig. Sie konnte nicht verstehen, warum er so wütend war. Sich füreinander unerreichbar zu machen, war keine neue Übung für sie beide. Ihre ganze Partnerschaft baute auf einer Gegenseitigkeit auf, zu der es auch gehörte, bisweilen auf Distanz zu bleiben.

»Was ist eigentlich in dich gefahren?«, fragte sie etwas weniger aggressiv.

»In mich gefahren? *In mich gefahren?* Hier bin ich mit meiner Familie in einer echten Krisensituation, und du meldest dich ganz einfach ab, du musst doch …«

»Wir haben am Freitag lange miteinander gesprochen«, unterbrach sie ihn. »Und ich hab dir eine SMS geschickt, als wir dann leider unterbrochen wurden.«

»Freitag? Heute ist Montag! Mein Junge hat zwischen Leben und Tod geschwebt und …«

»Hör doch auf. Also ehrlich. Es ist gut gegangen, hast du am Freitag gesagt. Darüber habe ich mich natürlich gewaltig gefreut. Ich habe sehr viel an dich und deine Familie gedacht. Aber ich wollte euch nicht stören.«

Am anderen Ende der Leitung war etwas zu hören, das wie ein Stöhnen klang. Lars war schon früher sauer auf sie gewesen, ab und zu mit gutem Grund. Das musste Selma zugeben. Aber sein Ausbruch jetzt ging wirklich zu weit.

»Es gibt keinen Grund, miteinander zu reden, wenn du so wütend bist«, sagte sie mit so großer Ruhe, wie sie überhaupt aufbringen konnte. »Wir könnten dabei Dinge sagen, die wir nicht meinen.«

»Du hast meine Sachen, Selma! Meinen Ordner und den Speicherstick! Hast du damit etwas gemacht?«

»Nein. Die liegen hier, wo sie die ganze Zeit gelegen haben. Natürlich rühre ich deine Sachen nicht an. Rein gar nichts hab ich damit gemacht!«

Lars wirkte immerhin ein wenig verträglicher, als er sagte: »Ich will alles zurückhaben. Jetzt.«

»Jetzt geht es nicht, Lars. Ich habe anderes zu erledigen. Andere Verpflichtungen.«

Lars murmelte etwas, das sie nicht verstehen konnte.

»Wo bist du?«, fragte sie.

»Im Krankenhaus, aber auf dem Weg nach Hause. Ich breche jetzt auf.«

»Kannst du dich nicht einfach um Leon kümmern? Deine Unterlagen sind bei mir doch in Sicherheit. Du hast ja ohnehin im Moment nicht die Möglichkeit, besonders viel zu arbeiten. Wenn ich Zeit finde, werde ich ein paar Computerfachleute, die ich kenne, um Hilfe bei der gesperrten Datei bitten. Ich habe nicht so große Erwartungen, aber ich werde es versuchen.«

Jetzt gab er keine Antwort. Sie war dabei, ihn umzustimmen.

»Können wir uns nicht treffen? Sagen wir morgen. Dienstag. Hier bei mir. Wir können ja erst mal verabreden, dass du um neun Uhr abends herkommst. Dann schläft Leon doch sicher.«

Noch immer sagte Lars kein Wort.

»Dann ist das abgemacht«, entschied Selma. »Bis dann.«

»Warte!«

»Was ist los?«

»Was hast du eigentlich gestern Abend im Polizeigebäude gemacht?«

»Ich hab bei Fredrik Smedstuen vorbeigeschaut, Lars. Ganz einfach. Es gab ein paar Unklarheiten in meiner Zeugenaussage nach dem Mord an Linda Bruseth. Die sind da drüben ziemlich gestresst, und ich hab ihm einen Gefallen damit getan, dass ich gekommen bin. Schlicht und einfach. Dieser Artikel in deiner Zeitung ist absolut ohne Grundlage. Jetzt habt ihr mir ganz

Medien-Norwegen auf den Hals gehetzt. Ohne Grund. Und das noch dazu an meinem Geburtstag.«

Am anderen Ende der Leitung war ein kleinlautes »Gratuliere« zu hören.

»Ich muss los«, sagte Selma und legte auf.

Blitzschnell holte sie den Speicherstick mit den gesperrten Dateien, die sie beide nicht hatten öffnen können. Sie befestigte ihn mit Klebeband innen in dem grünen Ordner und steckte alles in eine Plastiktüte der Supermarktkette Rema 1000.

Danach legte sie das Paket auf die Kommode in der Diele.

So. Lars war nicht mehr wütend, und bald würden sie wieder Freunde sein. Sie würde die Anrufe der anderen Medien unterwegs beantworten und ihnen genau das erzählen, was sie schon zu Lars gesagt hatte. Alles und alle würden sich beruhigen. Und jetzt wollte sie zu Einar. Sie hatte ihm gestern einen sinnlosen Auftrag erteilt: Informationen über Torstein Heimdal zu sammeln. Einar hatte sicher nur Minuten gebraucht, um die Daten zu finden, die er in einer komisch förmlichen Notiz zusammengestellt und ihr zugemailt hatte. Selma hatte beschlossen, die Nachbarn oben zu vergessen, und die Götter mochten wissen, wozu Einar den Rechner jetzt gerade benutzte.

Das mit Lars war jedenfalls bis auf Weiteres geklärt.

Selma verriegelte beide Schlösser der Wohnungstür. Wieder kam ihr dieser Gedanke: Wenn die Menschen einfach lernen könnten, ab und an zu einer Unwahrheit zu greifen, wäre die Welt wahrlich ein viel besserer Ort.

Für alle.

Der Kaffeekünstler

Auch an diesem Tag hatte er Blumen mitgebracht.

Die Erika im Topf, die er vor einigen Tagen auf das Grab gestellt hatte, waren trocken. Das Grab lag vielleicht ein bisschen zu sehr im Schutz der Ulme, jedenfalls hatten die kräftigen Regenschauer es nicht geschafft, die Erde feucht zu halten. Erika war eine genügsame Pflanze, schließlich war sie an kargen Boden oben in den Bergen gewöhnt. Zum Glück war sie noch nicht verdorrt. Er hatte eine Flasche Wasser mitgebracht und begoss die Pflanze, bis der Boden triefnass war.

Drei riesige Verbenen hatte er am Morgen von Grethes Lieblingsbeet abgeschnitten. Die waren so hoch, dass sie in einer unten mit kleinen Steinen gefüllten Vase stehen mussten, sonst wäre das spartanische Gesteck umgekippt.

Die Farben waren aufeinander abgestimmt. Nuancen von Lila.

Flieder. Dunkelrosa. Wie immer Grethe es genannt hätte.

»Ich liebe dich«, sagte er leise, als er sich auf den Jagdstuhl gesetzt hatte. »Und bald ist alles wieder gut. Dann können wir Frieden finden, alle drei.«

Langsam, mit geübten, ruhigen Bewegungen öffnete er eine Thermoskanne mit Kaffee. Er goss die dampfende Flüssigkeit in einen Holzbecher mit Henkel und nippte kurz daran. Das tat gut. Er trank niemals richtig schlechten Kaffee. Seine diesbezügliche Quote war längst erfüllt. Einzelne der großen Ketten konnten eine anständige Tasse zusammenbrauen. Mehr aber auch nicht. Filterkaffee war Plörre. Presskannen konnte er zur Not hinnehmen, aber wenn er Zeit hatte, dann war Kochkaffee angesagt. Das war eine Kunst. Man musste sich auf die Höhe der Höhe bringen, im wahrsten Sinne des Wortes. Kochkaffee hatte seine Tradition unter Gebirgswanderern. Dort oben kochte das Wasser bei 95–96 Grad, und die Gefahr, dass der Kaffee anbrannte, war nicht gegeben. Deshalb wartete er nach dem Aufkochen immer einige Minuten, ehe er genau einen Liter auf 73,5 Gramm frisch gemahlenen Kaffee goss, den er noch dazu eigenhändig geröstet hatte.

Diesen Kaffee in einer Thermoskanne aufzubewahren, verringerte die Qualität des Produktes, aber es ging ja nicht anders.

Er hob den Wanderbecher, der dem Kaffee einen Hauch von Nadelbaum gab, vor dem Grabstein zu einem kleinen Prosit und trank.

»Ich habe nur eine Sorge«, sagte er dann und stellte den Becher weg.

Aus der Jackentasche zog er dann das Handy, suchte im Netz einen Artikel und las ihn vor.

»Verstehst du?«, fragte er und sah die Bronzetafel an. »Erinnerst du dich an sie vom letzten Jahr, als ich dir hier vorgelesen habe?«

Grethe gab wie üblich keine Antwort. Heute spürte er eine seltsame Leerstelle. Er war weder dumm noch dement, und er wusste gut, dass seine längst verstorbene Frau ihn eigentlich nicht hören konnte. Dennoch gab es ihm immer Ruhe, hier zu sein. Es war, als wären sie noch immer zusammen, wenn er sich hier zu einem Plauderstündchen niederließ. Als wäre sie da, irgendwo versteckt in dem groben Stein, und sähe ihn.

»Es gefällt mir nicht«, sagte er mit harter Stimme und schwenkte das noch immer leuchtende Handy. »Sie ist vielleicht auch nicht cleverer als die Polizei. Aber voriges Jahr hat sie gezeigt, dass sie viel mehr Durchhaltevermögen besitzt. Und bessere Instinkte.«

Abrupt und wütend steckte er das Handy wieder in die Tasche und nahm den Becher aus dem Gras. Der war glatt poliert und lag gut in der Hand. Der Duft des Kaffees, als er den Becher zu seinem Gesicht hob, beruhigte ihn ein bisschen. Er trank und begradigte die Verbenen.

»Selma Falck war ein Strich durch die Rechnung. Und ich hätte den absolut voraussehen müssen. Man kann nie gut genug vorbereitet sein, Grethe. Nie.«

Jemand kam vielleicht hundert Meter entfernt an der Reihe der Grabsteine entlang. Ein älterer Mann mit einem Hund, der vermutlich weiß sein sollte. Das Fell war verfilzt, lang und schmutzig, und der Hund fing an zu jaulen, als der Mann vor einem Grab stehen blieb, auf dem es noch keinen Grabstein gab.

»Ich wusste ja, dass sie dort sein würde«, flüsterte er. »Das ist gut, dachte ich. Auf diese Weise erregt es größeres Aufsehen. Dass sie selbst getroffen wurde, war ein verdammtes Pech. Ich bin eigentlich zu gut, als dass mir so was passiert. Und ich glaube, sie fängt an, das hier persönlich zu nehmen.«

Eine jüngere Frau näherte sich dem anderen Grab. Sie legte den Arm um den alten Mann, der weinte. Eine unwillkommene Störung, das Ganze.

»Die haben gedacht, ich hätte Selma Falck erledigen wollen. Zum Glück haben sie sich jetzt eines Besseren besonnen. Dass sie jetzt der Polizei hilft ...«

Er schüttelte den Kopf und trank wieder einen Schluck Kaffee.

»Wenn ich mich um Selma Falck kümmern muss«, sagte der Mann fast unhörbar und erhob sich, »dann schaffe ich das. Darauf kannst du dich verlassen, Grethe. Ich muss sie einfach im Auge behalten, dann kommt alles so, wie wir wollen.«

Als er Thermoskanne und Becher wieder in seinem Wanderrucksack untergebracht und den Stuhl an den Schlaufen des Deckels befestigt hatte, ging er in die Hocke. Diesmal ohne Probleme; sein Knie hatte sich in der vergangenen Woche brav verhalten. Vorsichtig formte er mit den Lippen einen Kussmund und hielt ihn an den eiskalten Marmor. Der schmeckte nach Erde und Mineralien und feuchtem Herbst.

»Niemand soll uns im Weg stehen, Grethe.«

Als er sich aufrichtete, verspürte er einen Stich im Knie.

»Nicht einmal Selma Falck«, fügte er hinzu und setzte sich in Bewegung.

Das Geburtstagsgeschenk

Das ging einfach nicht.

Als Selma endlich Einar Falsens Wohnung betrat, stank es dort nach Tod und Verderben. Sie hatte geklingelt, von der Straße her ans Fenster geklopft und versucht, ihn anzurufen. Letzteres war schon früher nur selten geglückt, und so war es auch jetzt. Zum zweiten Mal, seit Einar hier eingezogen war, musste Selma den Reserveschlüssel benutzen, den sie an ihrem eigenen Schlüsselbund aufbewahrte.

Dass Miez in so kurzer Zeit dermaßen viel kacken konnte, war an sich schon ein Rätsel. Dass Einar es ignorierte, dass das Tier ausnahmsweise überall hingemacht hatte, nur nicht in sein Katzenklo auf dem Gang, war aber noch schlimmer. Dass es in der Wohnung fünfunddreißig Grad sein mussten und dass die gefüllte Scholle nach Kapitänsart in einem noch immer eingeschalteten Backofen kohlschwarz gebrannt war, war direkt gefährlich.

»Um Gottes willen«, rief Selma von der Wohnzimmertür aus.

»Herzlichen Glückwunsch zum Geburtstag«, rief Einar begeistert, ohne vom Laptop aufzublicken. »Ich hab das witzigste Geschenk aller Zeiten für dich.«

Sie brauchte über eine Stunde, um Einars Wohnung wieder einigermaßen erträglich zu machen. Das Schwierige war, den Mann selbst unter die Dusche zu zwingen. Er hatte es sich neuerdings in den Kopf gesetzt, aus dem Duschkopf könnte Zyklon B kommen, wenn er die Mischbatterie auch nur anrührte. Die Lösung gestaltete sich dermaßen komplex und fantasievoll, dass sogar Selma sich nur mit Mühe zusammenreißen konnte. Ihre Lügen jagten in alle Richtungen davon. Die Erklärung, warum die Osloer Wasserwerke garantiert nicht zum von Nazis bewachten Restlager an Giftgas geworden waren, wurde am Ende so absurd, dass Einar daran glaubte.

»So«, sagte Selma endlich, als es in der kleinen Wohnung halbwegs auszuhalten war. »Wenn du so weitermachst, Einar, darfst du den Rechner nie mehr haben, wenn ich nicht hier bin. Und das wäre doch blöd, oder?«

Er gab eine Antwort, die im Dröhnen eines vor den offenen Fenstern vorüberfahrenden Lastwagens ertrank. Selma hatte sich zum Lüften gezwungen gefühlt, aber ob es so viel besser war, die Wohnung mit Auspuffgasen zu füllen statt mit dem Gestank von Katzenkacke und Männerschweiß, wusste sie nicht so recht. Sie ging zu den Fenstern, um sie zu schließen. Alle Rahmen hatten sich verzogen, und ihr war heiß, als es endlich einigermaßen still war.

»Ich bin Genealoge geworden«, sagte Einar stolz.

Er war im Schlafzimmer gewesen und hatte ein Paket geholt. Das war rechteckig und ziemlich flach, und es war mit Zeitungspapier und Klebeband umwickelt.

»Hatte kein Geschenkpapier. Wollte nicht einkaufen gehen. Das hier ist für dich.«

»Tausend Dank«, sagte Selma und setzte sich in den Sessel. »Das wäre doch nicht nötig gewesen. Hast du überhaupt geschlafen, Einar?«

»Konnte doch in so einem Augenblick nicht schlafen. Das Internet ist unglaublich. Ich bin Ahnenforscher geworden. Wusstest du, dass dein Ururgroßvater Däne war? Und dass dein Nachname von der Rettungsgesellschaft herstammt, die er 1906 in Kopenhagen gegründet hat? Hast du das gewusst, Selma?«

»Nein«, sagte Selma. »Das habe ich absolut nicht gewusst. Was ist das hier?«

»Mach auf! Bitte!«

Selma sah das Paket an. Sie fing an, das Klebeband abzureißen.

»An Klebeband hast du wirklich nicht gespart.«

Endlich lagen Zeitungspapier und silberfarbenes Klebeband auf dem Boden. Auf dem Schoß hielt Selma ein Heft, das am rechten Rand mit rotem Wollfaden zusammengenäht war. Die Vorderseite war blau, und ihr Name und ihr Geburtsdatum waren mit großen rosa Buchstaben darauf geschrieben.

»Ich hatte keinen Tacker«, sagte Einar bedauernd. »Aber einer von meinen Pullovern löst sich auf. Der rote, weißt du. Und dann habe ich so eine große Nähnadel gefunden. Eine Stopfnadel. Ist das nicht schön geworden?«

»Doch.« Selma nickte und öffnete das Heft vorsichtig.

Vor ihr offenbarte sich ein Stammbaum. Ganz unten war in einem Rahmen ihr eigener Name geschrieben, neben den von Herman. An den Zweigen, die immer schmaler wurden, hatte Einar Eltern, Großeltern, Urgroßeltern und drei ihrer Ururgroßväter untergebracht. Die meisten dieser Namen waren ihr total unbekannt.

»Ganz toll«, murmelte sie und blätterte weiter.

Irgendwie stimmte das auch. Einar hatte in kurzer Zeit eine beeindruckende Arbeit geleistet. Es wäre ein wunderbares Geschenk gewesen, wenn Selma auch nur das geringste Interesse an ihren Ahnen gehabt hätte.

Was aber durchaus nicht der Fall war.

Der rote Wollfaden schnitt ins Papier ein, und sie musste jede Seite zwei Zentimeter weit abknicken, damit nicht alles auseinanderfiel. Die nächsten elf Seiten im Heft enthielten genauere Beschreibungen der Geschichte ihrer Vorfahren. Ehe und Laufbahn, Titel und Kinder. Tatsächlich hatte zu Beginn des vorigen Jahrhunderts ein Sophus Falck die Rettungsgesellschaft gegründet, deren Emblem einen roten Falken mit ausgebreiteten

Schwingen darstellte. Ob er wirklich ihr Ururgroßvater war, wusste Selma allerdings nicht.

»Was hast du eigentlich gemacht?«, fragte sie vorsichtig.

»Ahnenforschung betrieben! Dabei hat mir Petter geholfen, du weißt doch, der von gegenüber, der nur nachts wach ist.«

Selma sah ihn verständnislos an.

»Der, der heult«, erklärte Einar ungeduldig. »Alle anderen beklagen sich darüber, aber mich stört es nicht. Und er ist ein Computergenie, Selma. Als er noch gesund war, war er Elektroingenieur.«

»Ich dachte, du kennst die Nachbarn hier nicht?«

»Tu ich auch nicht. Aber ich begegne ihnen ja ab und zu. Bei den Mülltonnen und so. Petter ist ab und zu draußen, wenn ich mit Miez rausgehe. Nachts. Dann sitzt er auf den Mülltonnen und zählt Ratten.«

Er zeigte eifrig auf das Heft.

»Es kostet was, solche Genealogie-Websites zu benutzen, aber die Probezeit ist gratis!«

Er klatschte begeistert in die Hände. Miez jagte wie ein Pfeil ins Schlafzimmer. Sofort wurde Einar ernst.

»Petter musste seine Kontodaten eingeben. In drei Foren. Aber ich habe ihm versprochen, kein volles Abonnement zu nehmen. Und dann habe ich ihm tausend Kronen für seine Mühe gegeben. Aus der Kasse im Schlafzimmer.«

»Tausend Kronen? Wie lang hat er denn gebraucht?«

»Bestimmt zehn Minuten. Drei Seiten im Internet, mit insgesamt Billiarden von öffentlichen Dokumenten aus mindestens fünf Jahrhunderten. Umwerfend, Selma.«

»Billiarden also.«

Sie blätterte vorsichtig weiter. Die Seiten wirkten so chaotisch wie die Wohnung, als sie gekommen war, aber der Inhalt wirkte durchaus sorgfältig zusammengestellt. Der Stammbaum auf der ersten Seite war offenbar als Übersicht gedacht.

»Wirklich wunderbar, Einar.«

Sie klappte das Heft vorsichtig zu.

»Tausend Dank. Aber wie bist du auf die Idee gekommen?«

Einar lief jetzt im Zimmer hin und her. Die Haare umgaben seinen Kopf wie eine zerzauste Wolke, und er war jetzt wieder viel zu mager. Bei seiner hohen Kalorienzufuhr und null Bewegung konnte Selma nicht begreifen, wieso er nicht rund wie eine Tonne war.

»Ich hab mich gestern blamiert«, sagte er niedergeschlagen. »Ein Toter kann doch niemanden *stooken.*«

»Vergiss es«, sagte Selma lächelnd. »Ich habe beschlossen, mich nicht mehr darum zu kümmern. Seit ich die Schlösser ausgetauscht habe, war niemand mehr in meiner Wohnung.«

»Er war irgendwie verletzlich.«

»Wer?«

»Endre. Endre Cappelen. Er war so dünn und seltsam und hatte es so schwer und ist tot, obwohl er noch ein Knabe war.«

»Dreißig Jahre!«

»Ist ja wohl kein Alter zum Sterben!«

»Nein. Das stimmt. Willst du dich nicht setzen?«

»Er hat mich an meine Tochter erinnert, Selma. An ...«

Die Tränen strömten, und nun stand er immerhin still.

»Du sollst nicht an sie denken. Das haben wir doch schon vor vielen Jahren beschlossen.«

»Nicht denken«, wiederholte Einar und schlug sich mit der flachen Hand gegen die Stirn. »Nicht an sie denken.«

»Setz dich.«

»Ich wollte mehr über ihn wissen. Im Internet kann man alles finden. Also habe ich auch seinen Stammbaum gemacht. Nachdem Petter mir bei den teuren Suchseiten geholfen hatte. Für die ich nichts bezahlt habe. Noch nicht.«

Er setzte sich aufs Sofa und faltete die Hände.

»Endre hatte Eltern, Selma.«

»Das haben wir alle.«

»Aber keine Geschwister.«

»Nein. Wie ich vorhin gesagt habe, habe ich beschlossen, diese ganze Stalker-Sache zu vergessen. Ich hab das erledigt. Der Poker-Türke hat das erledigt.«

»Der Poker-Türke erledigt alles für uns.«

Selma lächelte und legte das Heft auf den Tisch.

»Ja. Da haben wir Glück.«

»Endre hatte nicht so viel Glück. Obwohl sein Vater Stockholm gegründet hat.«

Endlich umspielte ein kleines Lächeln seinen Mund.

»Jedenfalls ist das hier ein wunderschönes Geschenk«, sagte Selma und erhob sich. »Tausend Dank. Ich muss jetzt los, aber ich komme morgen wieder. Inzwischen nehme ich deinen Rechner wohl lieber mit. Du musst schlafen, Einar.«

»Hat er nicht auch Schweden zu einem Land vereint?«

Er blickte Selma fragend an.

»Wer denn?«, fragte Selma gleichgültig. »Ich glaube, das Ahnenheft muss solange hier liegen bleiben. In dieser Handtasche würde es nur zerknittern. Ich kann es ein andermal mitnehmen.«

»Birger Jarl!«, rief Einar, jetzt ziemlich irritiert. »Birger Jarl war sozusagen Schwedens Antwort auf Harald Schönhaar. Oder ... ich glaube, jetzt werfe ich alles durcheinander. In Blakstad habe ich ein Buch gelesen, eins von diesem Schweden. Jan Guillou, weißt du. Der ...«

»Birger Jarl?« Selma erstarrte mitten in einer Bewegung. »Wer ist das?«

Einar seufzte demonstrativ.

»Ich weiß nicht mehr so genau. Er hat Stockholm gegründet, aber hat er auch Schweden zu einem Reich vereinigt?«

»Was hat das alles mit dem Leben von Endre Cappelen zu tun?«

»Das ist sein Vater. Endres Mutter hieß Cappelen mit Nachnamen. Sie fanden Cappelen wohl schöner als Nilsen. Für ein einziges Kind. Das sehe ich ganz genauso. Ich heiße Falsen, genau wie einer der Väter des Grundgesetzes, von dem ich leider jetzt weiß, dass ich nicht mit ihm verwandt bin. Namen machen Leute, weißt du.«

»Nein, was Leute macht, sind Kleider. Aber was hat das jetzt mit Nilsen zu tun?«

Einar sah Selma an, als ob er an ihrem Verstand zweifelte.

»Das habe ich doch gerade gesagt! Aber der Sohn von Endre, der Arme, der heißt wieder etwas ganz anderes. Er heißt David Connert und wurde von seiner Großmutter adoptiert, genau, wie wir vor einigen Tagen herausgefunden haben. Die Großmutter heißt Ewa Connert. Ewa mit w. Vielleicht ist sie ja auch Schwedin?«

Selma blieb für einige Sekunden sitzen. Dann zog sie eine halb volle Flasche Pepsi Max aus der Tasche, öffnete sie und trank.

Lange. Trank alles aus. Dann erhob sie sich und lief auf die andere Seite des Couchtischs. Vor Einar ging sie in die Hocke und nahm seine Hand. Er sah sie ängstlich an.

»Einar«, sagte sie ernst. »Jetzt musst du dich konzentrieren. Und dann musst du meine Frage beantworten. Nur das. Sonst nichts. Du musst mir auf das antworten, wonach ich dich jetzt fragen werde. Okay?«

Einar nickte eilig.

»Wie heißt der Vater von Endre Cappelen?«, fragte Selma übertrieben langsam.

»Der heißt Birger Jarl Nilsen«, sagte Einar verzweifelt, als ob er glaubte, etwas Schreckliches verbrochen zu haben.

Die Feuerwehr

Endlich war Karstein Braatens Mutter beigesetzt worden.

Es war eine Trauerfeier gewesen, wie die alte Dame sie sich gewünscht hätte, wenn sie noch bei Verstand gewesen wäre. Es war über vier Jahre her, dass sie ihren einzigen Sohn zuletzt erkannt hatte, und in der Todesanzeige hatte Karstein Braaten mitgeteilt, dass die Beisetzung in aller Stille vor sich gehen würde. Was bedeutete, dass er allein war. Mit dem Geistlichen, natürlich, und zwei anderen Kirchenvertretern, aber ganz ohne Freunde und Bekannte.

Der Abteilungsleiter in der Abteilung für Analyse und Datenverarbeitung im Büro für Gesellschaftliche Sicherheit und Zivilschutz war nach der Zeremonie zu einer Circle-K-Tankstelle gefahren und hatte dort eine Wurst mit Brot verspeist. Danach war er in sein Büro zurückgekehrt und hatte mit seinem Arbeitstag weitergemacht.

Er hatte nun schon viele Jahre um seine Mutter getrauert. Nun verspürte er vor allem eine Art wehmütige Erleichterung.

Freiheit, vielleicht, davon, an sie denken zu müssen, und genau das zu tun, was er wollte. Vor langer Zeit hatte er zwei Cousinen gehabt, aber die waren bei einem Flugzeugabsturz in Nigeria ums Leben gekommen, ehe sie die Möglichkeit gehabt hatten, eine Familie zu gründen.

Karstein Braaten war nun familienlos, und in gewisser Hinsicht fand er das durchaus angebracht, wenn er an seine Arbeit dachte. Nichts durfte für ihn persönlich sein. Alles musste mit kühler, professioneller und ruhiger Distanz betrachtet werden.

Ein Kurier hatte ihm einen Brief gebracht. Das machte ihn nervös.

Karstein Braaten konnte Unregelmäßigkeiten nicht vertragen. Vieles von dem, mit dem er sich beschäftigte, war allerdings alles andere als regulär, in der Hinsicht, dass es geheim war. Böse Zungen hätten wohl den Ausdruck »der demokratischen Kontrolle entzogen« verwendet, aber seiner Ansicht nach wäre das unzutreffend. Er schrieb seine Berichte und hielt den Justizminister auf dem Laufenden. Dass das Ministerium kreative Lösungen gefunden hatte, um die Gesetze über den Informationsauftrag der Öffentlichkeit zu umgehen, war ein Kunstgriff, zu dem alle Demokratien ab und zu greifen mussten, um Frieden, Freiheit und eben Demokratie zu sichern.

Leider, meinten Karstein Braaten und auch noch andere, war seine Aufgabe zu wichtig, um moderner Transparenz unterworfen zu werden. Jedenfalls nicht vollständig.

Der Brief, den er jetzt las, war dem Zugriff der Öffentlichkeit entzogen. Es war eine Notiz aus dem Büro des Generalstaatsanwalts, mit einer Kopie für das Büro des Ministerpräsidenten. Es handelte sich um eine kurze, aber präzise Darstellung der Herausforderungen in den Fällen, die bald vor dem Europäischen Gerichtshof für Menschenrechte in Straßburg zur Verhandlung kommen würden.

Die juristischen Seiten dieser Angelegenheiten machten Karstein weniger Sorgen. Er war kein Jurist, auch wenn er sich in diesen vielen Jahren Kenntnisse in diesem Fach angeeignet hatte, die weit über den Durchschnitt hinausragten. Er verließ sich darauf, dass der Generalstaatsanwalt den vollständigen Überblick hatte. Dass die beklagten Urteile mit dem norwegischen Recht übereinstimmten, war über jeden Zweifel erhaben. Dass die Urteile rein substanziell gut waren, also dass es den Kindern, von denen hier die Rede war, als Folge der für sie getroffenen Beschlüsse besser ging, ebenfalls. Ob diese Auslegung der Gesetze aber zu hundert Prozent mit Artikel 8 der Menschenrechtskonvention, nämlich dem Schutz von Privat- und Familienleben, übereinstimmte, würde sich noch herausstellen müssen. Im Büro des Generalstaatsanwaltes rechneten sie mit Freisprüchen. Und meinten, dass man im entgegengesetzten Fall eben mit einer oder mehreren negativen Entscheidungen leben müsste; es gab praktische Regeln dafür, wie sich das Oberste Gericht und danach die Gesetzgeber zu verhalten hätten.

Außerdem gab es Grenzen dafür, wer sich wirklich für Jugendschutz interessierte. Die ganze Behörde war doch etwas, um das die meisten Leute einen großen Bogen machten.

Öl auf die Wogen, dachte Karstein, als er den Brief zum vierten Mal gelesen hatte. Das war das hier: eine trockene und beruhigende Darstellung eines juristischen Problems, über das man die volle Kontrolle zu haben glaubte. Es war deshalb auch nicht dieser Brief, der ihm Sorgen machte.

Der Folgebrief, über den weder der Generalstaatsanwalt noch der Justizminister oder das Büro des Ministerpräsidenten informiert war, war viel besorgniserregender. Er war kodiert und mit der normalen Post zu ihm gelangt, scheinbar total unschuldig. An seine Privatadresse, in einem anonymen Umschlag ohne Absender. Das Schriftstück stammte von einer Abteilung beim Polizeilichen Sicherheitsdienst, dem PST. Auch die hatte eine neutrale Bezeichnung, genau wie die Abteilung des Büros für Sicherheit und Zivilschutz, der Karstein selbst vorstand. Der Unterschied war, dass, während Karsteins Untergebene allesamt nicht so ganz wussten, womit er sich beschäftigte, diese kleine Unterabteilung des PST eine Gruppe von Machern war.

Die gab es. Sie wurden sogar hier und da in den jährlichen Berichten des EWR-Ausschusses erwähnt, des parlamentarischen Kontrollgremiums für die Geheimdienste, aber dann nur für die Aktivitäten, für die sie auf dem Papier zuständig waren. Nur elf Menschen wussten von der Arbeit, die sie außerdem selbst ausführten. Die elf hatten einen eigenen Namen für die Gruppe.

Sie nannten sie *Die Feuerwehr*.

Die Feuerwehr löschte Brände, die gefährliche Unruhe auslösen könnten. Dabei handelte es sich nicht um normale demokratische Debatten und Streitereien, sondern um zutiefst schädliche Skandale. Sie kümmerten sich nicht um alle, nicht einmal um die meisten, aber wenn das Vertrauensbarometer zu sehr im Sinken begriffen war und ein weiterer Tropfen das brüchige Gleichgewicht, von dem eine Gesellschaft wie die norwegische abhängig war, zum Überlaufen bringen könnte, dann besaßen sie ihre Methoden und ihre Strategien. Die allerdings nicht immer ausreichten. Der NAV-Skandal war eine Katastrophe mit Ansage gewesen, ohne dass die Feuerwehr irgendetwas hatte ausrichten können. Der Skandal war einfach zu groß geworden. Viel zu viele hatten davon gewusst. Die Konsequenzen sah man jetzt: ein Kommentatorenkorps im Aufruhr, aufschreiende Juristen und Tausende von Menschen, die nur zu gern ihre Geschichten über staatliche Übergriffe gegen ganze Familien an die Öffentlichkeit brachten. Viele dieser Fälle waren äußerst tragisch.

Dieser neue Fall, der Bestandteil des Folgebriefes war, war von geringeren Ausmaßen, konnte aber trotzdem eine zutiefst beunruhigende Wirkung haben, wenn er bekannt würde. Ein junger Mann, ein Angestellter im Familienministerium, hatte vor wenigen Monaten interne Informationen an einen Journalisten durchgestochen. Unter anderem Tonaufnahmen, die, wenn sie auf Abwege gerieten, für die Behörde von ungeheuer schädlicher Wirkung sein könnten. Karstein hatte nie genau erfahren, worum es hier ging. Dennoch hatte er sich ein gewisses Bild gemacht.

Es ging ganz einfach um Urkundenfälschung.

Von amtlicher Seite.

Der Generalstaatsanwalt ahnte offenbar nichts.

Das tat auch sonst fast niemand, aber dieser Allan Strømme hatte angeblich über Beweise verfügt. Das tat er nach dem Besuch der Feuerwehr draußen in Mortensrud zum Glück nicht mehr. Beunruhigend war die Geschichte trotzdem.

Die NAV-Angelegenheit drehte sich darum, dass kein Jurist in dem gewaltigen Staatsapparat, der Norwegen ausmachte, erkannt hatte, dass das Gesetz falsch ausgelegt wurde. Das war schlimm genug. Dass eine Einrichtung wie die Jugendämter, mit der Befugnis zu gewaltigen Eingriffen in Leben und Rechte der einzelnen Bürger, ihre Fälle manipulierten, war noch schlimmer.

Allan Strømme hätte sich natürlich auf seine Rechte als Zeuge berufen und sich an die richtigen staatlichen Stellen wenden müssen. Dann wäre vermutlich sogar die Feuerwehr machtlos gewesen. Er hatte sich für eine andere Strategie entschieden: zur vierten Staatsmacht zu laufen und zu plappern. Der Journalist hatte sich zwei Wochen danach vor einer nächtlichen Fahrradtour durch die Osloer Innenstadt volllaufen lassen. Er war mit einem Taxi zusammengestoßen und noch in derselben Nacht verstorben.

Ganz ohne Einwirkung von dritter Seite.

Tragisch für ihn und seine Familie. Ein Treffer für die Feuerwehr. Allan Strømme selbst hatte sich als umgänglich erwiesen, stand in dem Brief. Was aller Wahrscheinlichkeit nach bedeutete: außer sich vor Angst. Er hatte geschworen, dass niemand eine Kopie der Tonaufnahmen besaß, er habe nur mit seinem Freund bei *Aftenavisen* gesprochen. Der Mann hatte seine Rechner nur zu gern im Austausch gegen neue hergegeben und war offenbar erschüttert gewesen beim Gedanken an die Konsequenzen, die ihm drohten, wenn er sich nicht genau so verhielt, wie ihm befohlen wurde.

Die Gefahr war vorüber, jedenfalls soweit man überhaupt hoffen konnte. Soweit man mit einem Regelwerk kommen konnte, das es trotz allem gab und das letztendlich in einer modernen Demokratie funktionieren sollte. Die Feuerwehr war in dieser Hinsicht nicht ungesetzlich. Die Gruppe hatte keine Ähnlichkeit mit den illegalen Kräften, die im vergangenen Herbst aufgeflogen waren, reinen Abwehrorganisationen, die sich die gröbsten Freiheiten herausnahmen, wenn sie das für notwendig hielten.

Die Feuerwehr war eher wie ein diskreter Diener: einer, der aufräumte, abwusch und Dinge unter den Teppich kehrte.

Karstein Braaten hatte noch immer den Geschmack der Wurst von der Tankstelle im Mund. Die Wurst hatte einen Stich ins Bittere gehabt, und das Ketchup schmeckte sauer. Der Senf dagegen war zu süß gewesen, auf den hätte er verzichten müssen.

Unregelmäßigkeiten, hatte die Feuerwehr das genannt.

Ein gelinde gesagt zaghaftes Wort für staatliche Urkundenfälschung, wenn Allan Strømmes Behauptungen zutrafen.

Aber das konnte Karstein Braaten nicht so genau wissen. Das würde niemals irgendwer so genau wissen.

Und das war gut so.

Die Fragen

Selma Falck war vierundzwanzig Kilometer gelaufen.

Als sie Einar auch diesmal verlassen hatte, ohne an die Mitnahme des Laptops zu denken, war sie wie im Nebel nach Sagene zurückgegangen. Ihr Kopf kam ihr vor wie mit Watte gefüllt. Mit Watte und Ameisen. Ihr Gehirn war leer und überaktiv zugleich; nichts schien Sinn und Verstand zu haben. Es tat physisch weh, sich zu setzen, als sie nach Hause kam. Sie war absolut unfähig, sich zu entscheiden, was sie tun sollte, und deshalb hatte sie Trainingssachen angezogen, war in ihre besten Laufschuhe gestiegen und losgelaufen.

Ohne Ziel. Ihre Füße hatten sie ostwärts nach Torshovdalen gebracht, wo sie Wegen, Brücken, Unterführungen und Abzweigungen gefolgt war, die sie in Richtung Alna brachten, quer durch das riesige Industriegebiet und bis nach Karihaugen, wo sie kehrtgemacht hatte. Als sie nach Hause kam, hatte sie zwei Stunden und zwanzig Minuten gebraucht, um müde zu werden.

Ohne dass es ihre Gedanken auch nur im Geringsten geklärt hätte. Außerdem tat ihr Arm jetzt weh, ein dumpfer, pochender Schmerz.

Eine Dusche half ein wenig. Sie stand unter dem strömenden und etwas zu heißen Wasser, bis sie meinte, der gemeinsame Boiler für alle im Haus müsse doch bald leer sein.

Und fasste endlich einen Entschluss.

Der galt nur bis auf Weiteres, aber er war der einzige, mit dem sie leben konnte. Was einer wusste, wusste niemand. Was zwei wussten, wussten alle. Das war ihre Lebensregel gewesen, solange sie sich zurückerinnern konnte, und das hier war absolut nicht die passende Gelegenheit, daran etwas zu ändern.

Ihre Haare waren noch immer so nass, dass sie ihr am Rücken klebten, als sie sich saubere Kleidung anzog. Sie legte sich ein Frotteehandtuch über die Schultern und schob die Haare mit den Händen nach vorn, ohne darauf zu achten, dass ihr Hemd bereits triefnass war. Als Erstes verglich sie dann das Geburtsdatum von Birger Jarl Nilsen aus Endre Cappelens Stammbaum mit dem des Scharfschützen und Dozenten für Ballistik an der Polizeihochschule.

Beide waren identisch.

Es konnte in Norwegen keine zwei Birger Jarl Nilsens geben. Jedenfalls nicht zwei, die am selben Tag geboren worden waren.

Sie holte die letzte echte Coladose aus dem Kühlschrank, öffnete sie, trank einen Schluck und setzte sich mit dem Handy in der Hand und dem Daumen auf dem Display an den Esstisch.

Nach einem Klingeln meldete sich Fredrik Smedstuen.

»Hallo, Selma. Du, ich habe gerade zu tun, kann ich dich …«

»Nein. Du musst mir ein paar Fragen beantworten. Bitte.«

»Ich kann dich in ungefähr einer halben Stunde anrufen, ich muss nur …«

»Bitte. Fredrik. Es eilt!«

Er gab keine Antwort, aber Selma konnte seinen Atem hören. Ein bisschen schwer, als ob er sich bewegte. Seine Schritte waren auch zu hören. Er hielt sich offenbar im Freien auf.

»Was ist los?«, fragte er endlich.

Selma glaubte, aus seiner Stimme eine Art Besorgnis herauszuhören, und sie versuchte, ihren eigenen Puls zu dämpfen. Sie atmete durch die Nase ein und durch den Mund aus.

»Bei mir ist alles in Ordnung«, sagte sie. »Ich brauche nur Antworten auf einige Fragen.«

»Was denn für Fragen?«

»Wer hat dich zuerst auf den Gedanken gebracht, dass der Mord an Linda Bruseth etwas ... Demonstratives hatte? Dass darin eine Botschaft liegen könnte?«

»Äh ... warst du das nicht? Vorigen Freitag in der Sagene Lunsjbar?«

»Nein. Überleg doch mal, Fredrik. Überleg gründlich.«

Wieder hörte sie Schritte. Sein Atem verschwand für einen Moment, als ob er das Handy von einer Hand in die andere wandern ließe.

»Hallo?«, fragte Selma.

»Ich versuche nachzudenken. Du hast recht. Du warst das nicht, das war Birger Jarl Nilsen. Zuerst in meinem Büro. Das muss am vorigen Montag gewesen sein. Oder am Dienstag? Jedenfalls fiel mir alles ein, was er gesagt hatte, als ich zufällig unter den ersten Kollegen dort war, wo Kajsa Breien am Baum hing.«

Wieder legte er eine kleine Pause ein, ehe er rief: »Ich habe ihn sogar angerufen. Vom Fundort aus. Ganz früh am Donnerstag. Er kam dann zu mir ins Büro, und wir haben uns Bälle zugeworfen. Und ich wurde da in meiner Überzeugung bestärkt. So sehr, dass ich dich danach um ein Treffen gebeten habe.«

Selma musste aufstehen. Ihre Füße schliefen auf eine Weise ein, die sie noch nie erlebt hatte. Ihre Hände prickelten, und sie blieb stehen und verlagerte ihr Gewicht von einem Fuß auf den anderen und schüttelte die freie Hand, als sie weitersprach: »Gestern hast du mir erzählt, dass Birger Jarl keine Kinder hat. Woher weißt du das?«

»Warum willst du das alles wissen?«

»Antworte einfach. Bitte.«

Er machte irgendetwas mit dem Mund, was in ihrem Ohr zu einem scharfen Knall wurde.

»Wir haben vor zwei Jahren über meine Kinder gesprochen«, sagte er ein wenig resigniert. »Ich hatte damals die ersten Probleme mit meiner Frau, und die Kinder haben immer Partei für sie ergriffen. Das war extrem frustrierend. Ich hatte das nach einem Treffen in der Polizeihochschule bei einem Bier erwähnt. Da arbeitet Birger Jarl ja eigentlich, wie du weißt. Er hat dort eine halbe Stelle, meine ich. Er unterrichtet Scharfschützen.«

»Hat er ganz offen gesagt, dass er keine Kinder hat?«

»Woher soll ich das noch wissen?«

Selma hatte mehr als nur ein vages Gefühl gehabt, dass bei Fredrik Smedstuen viel für sie zu holen wäre. Nun aber wirkte er ein wenig genervt.

»Versuch es. Bitte.«

Es wurde für eine Weile still.

»Nein«, sagte er endlich zögernd und zweifelnd. »Ich glaube, mich zu erinnern, dass er ungefähr so was gesagt hat wie: ›Von solchen Problemen bin ich verschont geblieben. Ich habe keine Kinder.‹ Ja, so muss das in etwa gewesen sein.«

»Na gut. Danke. Eine letzte Frage noch. Hat Birger Jarl Zugang zu Waffen?«

Jetzt lachte Fredrik.

»Ja, Himmel. Er ist ein alter Elitesoldat, Selma! Er unterrichtet Scharfschützen. Es gibt kaum einen Konflikt auf der Welt in den letzten fünfunddreißig Jahren, wo er nicht anwesend war. Der Mann hat auf seinem Grundstück einen eigenen kleinen Schießstand. Ob das erlaubt ist, weiß ich nicht, aber er hat ihn erst gestern noch erwähnt.«

Er hatte sich wieder in Bewegung gesetzt, hörte Selma.

»Aber warum willst du das alles wissen?«

»Später, Fredrik, später. Übrigens, noch eine letzte kleine

Frage: Hast du dir die Sache mit Jonathan Herse angesehen? Der Journalist, der bei dem Unfall umgekommen ist?«

»Ja, allerdings. Ich hatte nur eine Stunde Zeit, Selma. Eigentlich nicht einmal das. Der Fall sieht total *clean cut* aus. Nichts, was nicht stimmt. Außerdem gibt es Videoaufnahmen vom ersten Teil des Zusammenstoßes. Scheint alles genau so gewesen zu sein, wie es in den Akten steht. Gegen den Taxifahrer liegt auch nichts vor. Norwegisch-Pakistaner, der seit den Achtzigerjahren hier lebt, keine Vorstrafen, nix. Der Junge war unbestreitbar viel zu blau, um mit dem Rad herumzugurken. Außerdem ist es bei Weitem nicht das erste Mal, dass gerade in diesem Kreisverkehr ein Unfall passiert ist. Um ehrlich zu sein, verstehe ich nicht, dass irgendwer wagt, in dieser Stadt hier Rad zu fahren. Das ist doch pures Kamikaze ...«

»Ich muss los«, sagte sie und brach das Gespräch ab.

Sie setzte sich wieder hin und starrte Sjalgs Bild an. Am Mittwoch, während der Rekonstruktion in der Thorvald Meyers gate, war Birger Jarl Nilsen aufgetaucht, ohne dort wirklich etwas zu tun zu haben. Er war mit Selma zusammen weitergegangen. Er hatte die Schussszene für sie an eine Mauer gezeichnet und sie davon überzeugt, dass das tödliche Geschoss für Linda bestimmt gewesen war.

Außerdem hatte er klargestellt, wie raffiniert dieser Mord gewesen war.

Als ob er eine Botschaft enthielte.

Selma hatte das zuerst für eine seltsame Bemerkung gehalten, aber der Mann war überzeugend gewesen. Ohne darauf zu bestehen. Er hatte etwas Nüchtern-Sachliches gehabt. Ein Fachmann, der ihr freundlich erklärte, was wirklich passiert war.

Eigentlich kein Wunder, da es Birger Jarl Nilsen gewesen sein musste, der Linda Bruseth getötet und Selmas Arm verletzt hatte. Er hatte eine Botschaft hinterlassen, die die Polizei bis dahin nicht entdeckt hatte.

Also half er ihnen in die richtige Richtung. Nicht nur der Polizei, sondern auch Selma, denn Birger Jarl Nilsen hatte zweifellos bemerkt, dass Fredrik sich sehr für sie interessierte. Und damit bestimmt auf sie hörte.

So musste es sein.

So kann es einfach nicht sein, dachte Selma verwirrt und hielt sich die prickelnde Coladose ans Ohr.

Nichts hing hier zusammen. Nichts ergab einen Sinn. Die erhängte Richterin vom Obersten Gericht und der arme Minister, der mit Rizin ermordet worden war. Die Tonaufnahmen aus dem Ministerium. Einars Stammbaum, der zeigte, dass Birger Jarl wirklich ein Kind gehabt hatte, was er jedoch zwei Jahre zuvor geleugnet hatte.

»Chaos, Chaos, Chaos.«

Sie sprang so plötzlich auf, dass ihr die Dose aus der Hand fiel. Die restliche Cola strömte wie braun-weißer Schaum auf den beigen Teppich. Sie starrte ihn zwei Sekunden lang an, dann war es ihr egal. In einem kleinen Aufflackern von Vernunft hatte sie erkannt, wo sie anfangen musste, im Chaos Ordnung zu schaffen. Sie schminkte sich im Rekordtempo, und ehe sie aus der Tür war, hatte sie eine Telefonnummer herausgesucht, die sie noch nie angerufen hatte.

Schlaues Manöver

»Das war Selma Falck«, sagte Fredrik Smedstuen, wie um sich zu entschuldigen, und steckte das Handy in die Jackentasche.

»Was wollte sie?«, fragte Sylvi Mobakk.

»Irgendwas. Ich hab das nicht ganz verstanden. Wo waren wir?«

Sie standen auf der kleinen Lichtung, wo die Richterin Kajsa Breien vier Tage zuvor an einem Birkenast hängend aufgefunden worden war. An diesem Morgen waren die schwarz-gelben Absperrbänder der Polizei entfernt worden. Hier und da waren Bäume und Gebüsch mit oranger Sprühfarbe markiert. Die war im Regen bereits verblasst und würde in einer oder zwei Wochen verschwunden sein.

»Der hat uns total an der Nase herumgeführt«, sagte Sylvi, nicht ohne eine Spur von Bewunderung in der Stimme.

»Du bist noch immer sicher, dass wir es mit einem Mann zu tun haben?«, fragte Fredrik.

»Jetzt auf jeden Fall«, sagte Sylvi und wieherte kurz. »Der hat die Frau ja den ganzen Weg vom Sognsvann hergeschleppt.«

Auch Fredrik war ein bisschen beeindruckt. Mehr als vier Tage lang hatte die Polizei die Umgebung der Birke durchkämmt. Sie waren alles durchgegangen, was Verkehrskameras und andere Überwachungsgeräte in den nach Grinda führenden Straßen aufgenommen hatten. Die Tatorttechniker hatten sich bisher nur auf den Waldbereich zwischen Birke und Straße konzentriert. Besser wäre es gewesen, sie wären ins Waldesinnere gegangen. Fort von der Straße.

Um sechs Uhr an diesem Morgen war nämlich die Meldung eingelaufen, dass auf dem Parkplatz beim Sognsvann ein Wagen in Flammen stand. Das Auto stand dicht beim Waldrand, und als die Feuerwehr dort eintraf, war nicht mehr viel übrig außer einer ausgebrannten Karosserie. Die Möglichkeit, hier DNA zu sichern, war absolut minimal. Was dennoch bei der Polizei ein besonderes Interesse an diesem Auto erweckte, war eine stählerne Knieschiene im Kofferraum. Sie war verrußt und schwarz, und Teile der elastischen Textilien waren verschwunden. Ein geistesgegenwärtiger Kollege hatte die Schiene entdeckt und festgestellt, dass es sich um eine Spezialanfertigung handelte. Er konnte eine Seriennummer und eine Typenbezeichnung herauspolieren, und zwei Stunden später stand fest, dass diese Schiene Kajsa Breien gehört hatte. Der Wagen, eine BMW 3er Limousine, war aus einer Garage im Løchenveien auf Bygdøy gestohlen worden, nur zweihundert Meter von Kajsa Breiens Haus entfernt. Die Besitzer waren verreist gewesen und hatten von dem Diebstahl erst erfahren, als die Polizei sie am Vormittag auf den Bahamas angerufen hatte. Da ihr Sohn den Wagen vom kommenden Freitag an hatte ausleihen wollen, hatte der Schlüssel auf dem Reifen im rechten Radkasten gelegen.

»Also ist er mit ihr hierhergefahren«, sagte Fredrik nachdenklich. »Und hat die Leiche danach durch den Wald nach Grinda getragen. In einem Rucksack, oder wie?«

»Vermutlich. Sie hat achtunddreißig Kilo gewogen, die Kleine. Schwer, aber nicht für eine durchtrainierte Person. Und schon gar nicht für ein durchtrainiertes Mannsbild. Durch den Wald ist es ja bloß ein Kilometer.«

»Anderthalb vielleicht?«

»So ungefähr. Der Täter war also nirgendwo zwischen der Birke und der Straße da unten.«

Sie zeigte in Richtung Süden.

»Das liefert uns eine Erklärung, warum er sie hier aufgehängt hat und nicht da, wo sie gewohnt hat. Bygdøy ist eine Halbinsel mit nur einer Zufahrt für Autos. Da wäre es schwer für ihn gewesen, Kameras und so was zu entkommen. Hier dagegen hast du den Waldrand um die ganze Stadt, um dich zu verstecken. So gesehen hätte er überall zwischen Bærum und Nittedal parken können. Wenn er so weit hätte laufen wollen.«

Sie ließ den langen Pferdeschwanz langsam durch die eine Hand gleiten.

»Verdammt noch mal, kein Wunder, dass wir nix gefunden haben! Aber dass der Typ den Nerv hat, die Karre einfach da hinten beim Sognsvann stehen zu lassen und dann heute Nacht zurückzukommen, um sie abzufackeln ...« Sylvi Mobakk schüttelte den Kopf. »Erst macht er was ganz Schlaues und bringt uns dazu, wertvolle Zeit zu vergeuden. Danach sichert er sich dadurch ab, dass er das Auto Tage später anzündet. Und danach ist er wahrscheinlich wieder in den Wald gegangen und hatte da irgendwo ein Transportmittel, so weit weg von hier, dass wir das nie im Leben herausfinden können. Scheißclever, muss ich schon sagen.«

»Aber einen Patzer hat er sich geleistet: das mit der Schiene. Die hätte er ja wohl irgendwo wegwerfen müssen.«

»Glaub ich nicht, nein.« Sylvi lächelte düster, was ihr langes Kinn breiter aussehen ließ. »Er wollte, dass wir sie finden. Er spielt mit uns, genau, wie du und diese Selma Falck das gestern Kjersti Spang erklären wolltet. Darin liegt eine Botschaft, Fredrik. Da habt ihr recht. Ich kapier bloß nicht, was sie verdammt noch mal bedeuten soll.«

Sie blieben einige Sekunden stehen und schauten den Baum an, dann rief Sylvi Mobakk: »Was für ein scheußliches Ende! Ich will hier ja nicht vorgreifen, aber das mit dem Auto und allem wirkt doch so, als ob der Arsch sich nur ... an der Frau vergriffen hat. Ich meine ...«

Sie seufzte und schlug nach einem aufdringlichen Schmetterling. Einer *Vanessa atalanta*, wie Fredrik sah, einem richtig großen und prachtvollen Exemplar dieser Art. Er packte Sylvi am Arm, um sie aufzuhalten, und nun setzte sich das Insekt auf seinen Zeigefinger. Da blieb es für einen Moment sitzen, um dann abzuheben und weiterzutanzen.

Sylvi war nicht beeindruckt und redete nur weiter.

»Ich meine, der muss doch vorher verdammt gut beobachtet haben«, sagte sie. »Nicht zuletzt, um das mit dem Auto zu wissen. Und wenn wir wissen, dass die Frau so ungefähr jeden Tag dieselben Abendgewohnheiten hatte, dann wurde die geheime Fluppe doch der Zeitpunkt, den er nutzen musste. Und sie war so klein, wahrscheinlich konnte er ihr einfach nur den Mund zuhalten und sie ins Auto packen. Das ist doch, wie ein Kind hochzuheben. Er hat sie sicher im Auto erwürgt, stell ich mir vor. Kleinigkeit für einen erwachsenen Mann. Lautlos und schnell.«

Fredrik kam ein Gedanke, der aber sofort wieder verschwunden war.

»Er hatte Glück, weil der Nachbar gekommen ist, als sie das erste Mal aus dem Haus kam«, sagte er stattdessen, halbwegs fragend. »Wenn Kajsa Breien zusammen mit dem Hund geraucht hätte, wäre es viel schwieriger gewesen, sie zu entführen.«

»Tja. Ja. Schwein. Oder der Kerl hatte auch damit einen Plan. Wir reden hier ja nicht gerade über einen Amateur, Fredrik.«

Sie seufzte tief und schüttelte sich. »Was ist mit dem armen Teufel da oben im Rikshospital? Irgendwas Neues?«

»Chemische Analysen verschlingen nervig viel Zeit, aber sie beeilen sich so sehr sie können. Sie suchen nach Metallspuren in dem kleinen Stich in der Wade. Die Arbeitshypothese steht fest: Er wurde auf irgendeine Weise von einem Geschoss getroffen, das nicht besonders wehtat. Also ist er einfach weitergelaufen. Das Geschoss ist dann abgefallen, wo, wissen wir nicht, aber es hat jedenfalls lange genug im Bein gesteckt, um ihn mit ausreichend viel Rizin zu versorgen.«

»Schlimm, echt!« Sylvi murmelte einige Verwünschungen und ging dann auf das am Weg abgestellte zivile Einsatzfahrzeug zu.

»Schauen wir mal am Sognsvann vorbei und werfen einen Blick auf das Wrack?«, rief sie. Fredrik war bereits zehn Meter in Rückstand geraten.

Eigentlich wartete er auf einen Haufen technischer Analysen; also steigerte er sein Tempo und beschloss, mitzukommen.

Ewa

Ewa Connert, die Groß- und Adoptivmutter des achteinhalb Jahre alten David Connert, war dafür, dass sie fast siebzig war, eine ungewöhnlich schöne Frau. Sie war von zierlicher Gestalt und bewegte sich trotz ihres Alters graziös und rasch zwischen den Restauranttischen. Selma wusste, dass die Frau sie erkennen würde, erhob sich aber trotzdem von ihrem Tisch ganz hinten in den großen, hellen Räumlichkeiten des Nedre-Foss-Restaurants, als Ewa Connert näher kam. Es war halb vier. Zu spät zum Mittag- und zu früh zum Abendessen, und Selma hatte erfolgreich darauf gesetzt, dass das Lokal an einem frühen Montagnachmittag im September nur spärlich besucht sein würde.

Sie bot einen Händedruck und ein Lächeln an und bekam das Gleiche als Gegengabe zurück.

Ewa Connert zog ihren Trenchcoat aus, und sofort bot ein Kellner an, ihn in die Garderobe zu hängen. Die Frau bedankte sich höflich und reichte ihm auch den trockenen Regenschirm.

»Man weiß nie um diese Jahreszeit«, sagte sie und setzte sich. »Als ich von zu Hause losgegangen bin, war der Himmel düster und bedrohlich. Jetzt scheint die Sonne.«

Wieder strahlte ihr Gesicht in einem blendenden Lächeln auf. Ihre Haare waren von einem hellen Silbergrau, und sie war offenbar erst kürzlich beim Friseur gewesen. Vor zehn Minuten, wie es aussah, die Haare wirkten frisch gewaschen und füllig und endeten mit scharf geschnittenem Schwung genau drei Millimeter über den schmalen, geraden Schultern.

»Ich weiß ja nicht, worum es geht«, sagte sie und schaute Selma in die Augen. »Aber um ehrlich zu sein, habe ich keine so nette Einladung mehr erhalten, seit ich vor drei Jahren in Pension gegangen bin. Tausend Dank. Selma Falck persönlich. Herzlichen Glückwunsch zum Geburtstag übrigens, das stand ja in *Aftenavisen.* Ich bin eine große Bewunderin, nur, damit Sie das wissen.«

Sie lachte ein leichtes, sommerliches Lachen, nahm die Stoffserviette von ihrem Teller und breitete sie auf ihren Knien aus.

»Ich hoffe also, dass ich noch immer so begeistert bin, wenn ich weiß, worum es hier geht. Am Telefon wirkte das alles ein bisschen kryptisch.«

Selma sandte einen raschen Dank an alle Gottheiten, die es möglicherweise gab. Bisher hatte ihre Bekanntheit ihr in dieser betrüblichen Angelegenheit keinerlei Nutzen gebracht. Eher hatte sie ihr geschadet. Diese Frau dagegen war bei Selmas Anruf vor Begeisterung außer sich geraten. Sie war selbst ehemalige Handballspielerin, hatte sie erzählt, und es hatte ihr große Freude gemacht, Selma vor einigen Jahren bei *Let's dance* zu beobachten. Der Ruhestand war eine Belastung für sie, und ein spätes Mittagessen in einem guten Restaurant wollte sie sich absolut nicht entgehen lassen.

Sie sah wirklich aus wie ein alternder Engel. Ihre Augen waren fast grün und mit dem Alter zu einer glasigen Farbe zeitigen Frühlings verblasst. Ihre Haut war genau so, wie sie das in ihrem Alter sein sollte, ein bisschen locker im Gesicht und mit feinen Runzeln. Die Brille war ohne Einfassung. Sie balancierte ungefähr in der Mitte der schmalen, geraden Nase und ließ sie klug und neugierig aussehen.

»Was hätten Sie gern?«, fragte Selma und nickte zur Speisekarte hinüber.

»Mal sehen«, sagte Ewa Connert, schob die Brille noch weiter nach unten und öffnete die Karte. »Hier gibt es ja viel Gutes. Wie wäre es mit ...«

Sie ließ einen schmalen Zeigefinger über die Seite gleiten. Ihre Nägel waren gepflegt und frisch lackiert. Einer hielt unter etwas an, das Selma nicht lesen konnte.

»Das ist wohl der Mittagstisch, aber den gibt es jetzt noch«, sagte Ewa. »Und dann schlag ich doch mal mit Tatar zu. Mit allem dabei.«

Sie hob den Blick über den Brillenrand.

»Und Sie?«

»Das Gleiche«, sagte Selma lächelnd. »Wo man unbesorgt Tatar essen kann, isst man Tatar. Zweifellos.«

»Könnte ich zum Essen ein Gläschen trinken? David ist mit meinem Mann auf der Hütte. Ich bin allein in der Stadt, und wenn man nicht mal ins Büro muss, kann man sich doch eigentlich ein paar Freiheiten erlauben.«

»Unbedingt. Was hätten Sie gern?«

»Was meinen Sie? Vielleicht etwas ...«

Sie riss sich zusammen, und ihr Lächeln verschwand.

»Entschuldigung. Sie trinken ja nicht. Mir reicht auch ein Mineralwasser.«

»Durchaus nicht«, sagte Selma fröhlich, winkte den Kellner heran und bestellte Essen, eine Pepsi Max für sich und ein Glas Rotwein, das der Kellner für passend zum Tatar hielt, für Ewa.

»Jetzt bin ich gespannt«, sagte Ewa und zog die Serviette auf ihren Knien gerade.

»Das verstehe ich«, sagte Selma. »Ich werde Ihnen einige Fragen stellen, die Sie vielleicht unbehaglich finden. Und dafür bitte ich schon jetzt um Entschuldigung.«

Ewa kniff die grünen Augen zusammen.

»Geht es hier um meine Tochter?«, fragte sie.

»Ja. Und um Davids Adoption.«

Ewas Gesicht wurde abweisend. Ihre Augen wurden dunkler und erwiderten Selmas Blick nicht mehr. Ihr Mund spannte sich an, obwohl Selma noch immer sehen konnte, dass ihre Lippen ungewöhnlich üppig gewesen sein mussten, als sie noch jung gewesen war.

»Na gut.«

Vielleicht spielte sie mit dem Gedanken, zu gehen. Noch hatte sie sich nicht entschieden. Sie hatte das Wasserglas weggestellt, faltete die Serviette einmal zu viel und legte sie auf die Tischkante. Aber sie blieb sitzen.

»Darf ich fragen, warum?«, fragte sie. »Warum wollen Sie mit mir über Victoria sprechen?«

»Eigentlich geht es nicht um sie«, sagte Selma so leise sie konnte, ohne zu flüstern. »Es geht mehr darum, was passiert ist, als David geboren wurde, und um den Prozess, den Sie vor Kurzem hinter sich gebracht haben. Die Adoption.«

»Aha. Und warum interessiert Sie das?«

Die Stimme klang jetzt anders. Trockener und schärfer. Bürokratischer. Ihr Dasein im Ruhestand schien plötzlich zu Ende zu sein, und sie war wieder in einem Ministerium, in dem sie mehr als fünfunddreißig Jahre ihres Lebens verbracht hatte.

»Weil ich …« Selma hielt sich die Faust vor den Mund und hüstelte.

»… ich arbeite an einem Projekt für die Stadtmission«, sagte sie.

Sie musste sich die Lippen anfeuchten, ehe sie weiterreden konnte.

»Eigentlich ist das noch im Vorstadium. Die Stadtmission spielt mit dem Gedanken, in Oslo eine Art Waisenhaus zu eröffnen. Nach dem Vorbild von SOS-Kinderdörfer. Nicht ganz dasselbe, aber eben ähnlich. In diesem Zusammenhang möchten sie mehr darüber wissen, wie nicht nach traditionellem Muster zusammenlebende Familien in Norwegen funktionieren. In vielen Ländern ist es ja durchaus nicht unüblich, dass Kinder bei älteren Verwandten aufwachsen. Oft bei den Großeltern. Hierzulande kommt das nicht so häufig vor.«

»Ich hatte den Eindruck, dass Sie als Privatermittlerin arbeiten.«

»Das stimmt.«

Selma schlug die Augen nieder, um dem forschenden grünen Blick zu entgehen.

»Aber da das Universum mich in Bezug auf die Finanzen so gut behandelt hat, übernehme ich ab und zu Aufträge *pro bono*«, fügte sie ruhig hinzu.

»Eins kann ich hier wirklich nicht begreifen«, erwiderte die ältere Frau ebenso ruhig. »Und zwar, dass Sie mir hier Lügen auftischen.«

Selma öffnete den Mund, schloss ihn aber abrupt wieder, als Ewa Connert eine flache Hand hob.

»Ich sitze im Vorstand der Stadtmission«, sagte sie. »Und wir haben durchaus nicht vor, ein Kinderdorf zu eröffnen.«

Vom anderen Ende des Restaurants her hörte Selma Gläserklirren und das Klappern von aufeinandergestapelten Tellern. Ein junges Paar viele Tische weiter fing plötzlich an zu lachen. Selma merkte, wie sich ihr Puls um einen kleinen Schritt beschleunigte.

Niemand konnte lügen wie Selma Falck.

»Dann sind Sie offenbar nicht ganz informiert«, sagte sie lächelnd und zog ihr Handy hervor. »Was wirklich kein Wunder ist. Dieses Projekt befindet sich wie gesagt noch in der Vorstufe. Alles ist noch vage, und natürlich ist der Vorstand noch nicht informiert worden. Es kann ja sein, das nichts dabei herauskommt. Im Moment gibt es ja viel Streit wegen der privaten Kinderschutzmaßnahmen. Politisch brisant. Also würde ich Ihnen gern …« Sie hatte ihre eigene Mailbox geöffnet, während sie das alles sagte. »… das hier zeigen.«

Sie drehte das Handy um und schob es über den Tisch.

»Was ist das?«, fragte Ewa verwirrt.

»Eine E-Mail. Von Anne Grønnern. Sie leitet die Kinderschutzmaßnahmen der Stadtmission. Dort, in der Mail, steht, welchen Auftrag ich übernommen habe.«

Ewa legte den Kopf in den Nacken, um durch ihre Gleitsichtbrille besser sehen zu können. Sie hielt das Handy weit von sich ab und musste die Augen zusammenkneifen, um den Text zu lesen. Oder, genauer gesagt, um ihn zu überfliegen. Schon nach wenigen Sekunden reichte sie das Handy zurück.

»Es tut mir sehr leid«, sagte sie aufrichtig und schob die Brille wieder zurecht. »Dass ich … entschuldigen Sie bitte.«

»Überhaupt kein Problem«, sagte Selma mit angespanntem Lächeln, noch immer bestand die Möglichkeit, dass Ewa darauf bestehen würde, diese Anne Grønnern anzurufen.

Denn dann wäre die Sache ruiniert.

»Wie konnte ich nur«, murmelte Ewa Connert.

»Wie gesagt, das ist gar kein Problem. Alle sollten skeptischer sein. Skepsis ist gut. Können wir nicht einfach weitermachen?«

Die Frau schaute auf. Eine sichtbare Röte machte ihr Gesicht nur noch markanter. Dann öffnete es sich zu einem strahlenden Lächeln.

»Sie sind wirklich etwas Besonderes, Selma Falck. Tausend Dank. Natürlich werde ich Ihre Fragen beantworten. Victoria war es sehr wichtig, dass Davids Herkunft und sein Leben kein Geheimnis sein sollten. Er ist natürlich noch zu jung, um alles zu erfahren, aber immer, wenn er fragt, wird er eine ehrliche Antwort erhalten. Kein Kind sollte sein Leben auf Lügen oder Scham aufbauen müssen, so hat seine Mutter das gesehen. Und mein Mann und ich stimmen da absolut zu. Im Prinzip bin ich deshalb immer offen, wenn es Fragen gibt. Wenn auch nicht besonders begeistert. Es war … schwierig.«

»Das verstehe ich«, sagte Selma. »Und wenn Sie wollen, können wir dieses Gespräch hier und jetzt beenden.«

»Es wäre doch schade, ein sicher hervorragendes Tatar stehen zu lassen.«

»Genau.«

Der Kellner brachte Wein und Pepsi Max und schenkte ein. Die beiden Frauen sahen schweigend zu. Als er verschwunden war, sagte Selma:

»Ich war außerdem nicht ganz ehrlich.«

»Wie meinen Sie das?«

Ewa Connert sah nicht mehr aus wie ein Engel, aber immerhin hörte sie zu. Als sich die Blicke der beiden Frauen ein weiteres Mal begegneten, waren ihre grünen Augen fast grau. Selma fing langsam an zu reden. Sie hatte das hier geplant, und bisher lief alles ganz genau so, wie sie es wollte. Diese Frau war jedoch alles andere als dumm, und noch immer konnte vieles schiefgehen.

»Bei diesem Projekt für die Stadtmission ..., dieser Vorstudie, sind die Erfahrungen interessant, die Sie und Ihr Mann wegen David gemacht haben.«

»Das habe ich verstanden.«

»Aber ich habe auch ein eigenes Interesse an dieser Angelegenheit. Ein Interesse, das schwer zu erklären ist, wenn ich nicht gegen meine Schweigepflicht verstoßen will.«

»Ach ja? Worum geht es denn?«

Selma schob Messer und Gabel einige Millimeter weiter über den Tisch, ehe sie aufblickte.

»Im Grunde geht es um das Attentat, dem meine Freundin Linda Bruseth zum Opfer gefallen ist. Vielleicht geht es noch um weitere Morde, aber da bin ich mir nicht sicher.«

»Was? Was hat denn mein Enkel damit zu tun? Ganz zu schweigen von meiner Tochter. Sie ist 2014 gestorben!«

»Die beiden haben nichts damit zu tun. Nicht direkt. Mir geht es um Informationen über Endre Cappelen.«

Der Name hatte eine verblüffende Wirkung auf die ältere Frau. Sie erstarrte. Ihr Blick irrte umher, als habe sie plötzlich Angst, dass irgendwer im Lokal sie belauschte. Sie öffnete zweimal den Mund, brachte aber kein Wort heraus.

»Sie brauchen meine Fragen nicht zu beantworten. Ich kann sehr gut verstehen, wenn das zu schwierig wird. Endre Cappelen war Davids biologischer Vater, das weiß ich.«

»Er ist im Sommer gestorben«, sagte Ewa; ihre Stimme war jetzt sehr viel angestrengter. »Er kann unmöglich etwas mit dem Attentat zu tun haben.«

»Nein. Aber …« Selma hob Messer und Gabel und hielt sie für einige Sekunden über den leeren Brotteller, ehe sie sie wieder hinlegte.

»Die Geschichte ist sehr lang. Und kompliziert. Aber ich kann Ihnen garantieren, dass nichts von dem, was Sie mir erzählen, dem guten Ruf Ihrer Tochter schaden wird. Oder dass David auf irgendeine Weise darunter leiden muss.«

Der Kellner brachte das Essen. Er stellte beiden Frauen einen Teller hin, wünschte guten Appetit und verschwand so lautlos, wie er gekommen war. Selma hob ihr Glas und sagte: »Das ist sehr viel verlangt. Vielleicht sollten wir …«

»In Ordnung«, sagte Ewa mit scharfer Stimme und hob ihr Weinglas. »Nach dem, was Sie im vorigen Jahr geleistet haben, und da ich Sie so lange schon beobachte, wie ich mich erinnern kann, beschließe ich, Ihnen zu vertrauen. Ich habe außerdem Hunger. Was wollen Sie wissen?«

Sie berührte den Rand des dünnen Rotweinglases mit den Lippen, nippte und nickte danach beifällig. Selma war angesichts dieses plötzlichen Entgegenkommens so verwirrt, dass sie die erstbeste Frage abfeuerte, die ihr überhaupt einfiel.

»Wie ist David entstanden?«

Ewa Connert nickte, als sei das eine zu erwartende Frage, nun, da das Thema zur Sprache gebracht worden war.

»Auch das ist eine lange Geschichte«, sagte sie, schnitt ein Stück Tatar ab und hob die Gabel zum Mund. »Alles hat damit angefangen, dass Victoria krank wurde.«

Selbst beim Essen war Ewa Connert schön. Sie kaute mit kleinen Bewegungen, es dauerte. Ihre Handgelenke berührten den Tisch nur ganz wenig, und das Besteck lag waagerecht knapp über der weißen Tischdecke.

»Oder genauer gesagt, dass *ich* krank wurde. Mit zweiunddreißig Jahren bin ich an Brustkrebs erkrankt.«

Selma begriff nicht so ganz, wo die Geschichte hinführen sollte, aber sie sagte nichts.

»Es stellte sich dann heraus, dass ich die Mutation eines Gens hatte, das das Risiko einer solchen Krebsart vervielfacht. Ich musste mir beide Brüste abnehmen lassen. Mit Stumpf und Stiel. Victoria war damals erst neun. Sie wusste die ganze Zeit, dass ihr Risiko, das gleiche Schicksal zu erleiden, ziemlich groß war. Als sie erwachsen war, habe ich sie angefleht, einen Gentest machen zu lassen.«

Ewa schnitt noch ein Stück Tatar ab, und Selma fiel ein, dass auch sie etwas essen müsste. Der gelbe Eidotter platzte, und Selma verspürte eine seltsame Übelkeit. Dennoch schaute sie die andere Frau aufmerksam an und hob ein Stück Fleisch an den Mund.

»Aber nein«, sagte Ewa schroff und ziemlich kalt, »Victoria wollte keinen Test, wollte es nicht wissen. Und die radikale Lösung, sich prophylaktisch die Brüste entfernen zu lassen, lag ihr absolut fern. Manche tun das ja. Ich hätte es auch getan. Victoria war zu eitel. Zu ... optimistisch. Die Zeit verging, und schwupp ...« Sie zuckte ein wenig mit den schmalen Schultern. »... schon hatte Victoria Krebs. Da war sie siebenunddreißig. Sie hatte noch immer keinen Mann gefunden, worüber ich damals sehr froh war. Wir wollten alle, dass sie sich aufs Gesundwerden konzentrierte. Was sie auch tat, abgesehen von ...«

Nun waren die Augen wieder frühlingsgrün. Und feucht. Sie drückte sich zweimal die weiße Stoffserviette auf den Mund. »Victoria hatte kein Kind«, sagte sie leise. »Und kämpfte um ihr Leben. Und doch hat sie dann dafür gesorgt, dass sie schwanger wurde.«

Selma glaubte zu sehen, dass Ewa Connert fast unmerklich den Kopf schüttelte. Es war, als halte sie es nicht für richtig, sich von der Entscheidung ihrer Tochter zu distanzieren, und könne es doch nicht lassen. Als sie nun wortlos weiteraß, wagte Selma eine Frage.

»Wie?«

»Mit einem ... zufällig Vorüberkommenden. Einem jungen Mann, der ihr eines Abends geholfen hatte, nach einem etwas zu feuchten Abend in der Stadt nach Hause zu kommen. Das Ganze war eine klinisch reine Angelegenheit. Künstliche Befruchtung, ganz einfach. Eine Empfängnis am Küchentisch, sozusagen. Victoria wusste über den jungen Mann nur, dass er gut aussah, freundlich war und ...« Sie legte das Besteck ab, wischte sich abermals vorsichtig den Mund und trank einen Schluck Wasser. Dann nahm sie einen Schluck Wein, ehe sie resigniert seufzte und fortfuhr: »... außerdem homosexuell. Nicht, dass das in irgendeiner Weise gegen ihn spräche, aber dieses ... Arrangement beinhaltete doch wohl ein gewisses Ansteckungsrisiko, möchte ich meinen. HIV eben. Victoria erwachte am nächsten Tag mit Kopfschmerzen, einer gewissen Reue und der Erkenntnis, dass sie nicht einmal den Namen des Mannes wusste. Und sie war schwanger. Genau so, wie sie es sich im tiefsten Herzen gewünscht hatte. Das Problem war, dass der Kampf gegen den Krebs immer härter wurde. Als David drei Jahre alt war, starb sie. Sie war total erschöpft.«

»Woher wissen Sie, dass David auf diese Weise ... erschaffen wurde?«

»Das hat Victoria mir erzählt. Außerdem hat sie alles aufgeschrieben. Während der Schwangerschaft hatte sie mit einem Buch für David angefangen. Schon da wussten sie und wir, dass ihre Möglichkeiten, David bis ins Erwachsenenalter zu begleiten, sehr gering waren. Ich sollte ihm das Buch an seinem achtzehnten Geburtstag geben. Das habe ich auch vor.«

»Ich will wirklich nicht ...« Selma schob ihren fast nicht angerührten Teller ein wenig zurück. »Das ist sicher schwer für Sie, aber Sie wissen, dass es stimmt?«

»Was denn?«

»Dass es so passiert ist, wie Sie es beschrieben haben?«

Ewa Connert schaute Selma in die Augen.

»Meine Tochter war durch und durch ehrlich. Sie hat niemals unnötig zu Lügen gegriffen. Im Gegenteil, es war ihr wichtig, dass David alles erfahren sollte. Außerdem ...«

Selma fing wieder an zu essen, um den Blick senken zu können, ohne dass es auffällig wirkte.

»... hat sie am Tag danach die ganze Geschichte ihrer besten Freundin erzählt. Diese Freundin hat das vor dem Bezirksausschuss eidesstattlich bestätigt. Sie ist selbst Juristin und Richterin und greift auch nicht so leicht zur Unwahrheit.«

Selma kaute und kaute.

»Um eine sehr lange Geschichte sehr kurz zu machen«, seufzte Ewa Connert: »Uns wurde das Sorgerecht für David zugesprochen. Victoria hatte ein entsprechendes Testament hinterlassen. Wie Sie sicher wissen, ist das für die Behörden nicht bindend, ihm wird aber Gewicht beigemessen. Das Jugendamt fand diese Lösung richtig, und wir wurden Pflegeeltern. Mein Mann und ich. Gunnar ist nicht Victorias Vater, ich bin zum zweiten Mal verheiratet, aber er liebt David seit dessen Geburt. Alles ging gut. Bis dann ...« Nun kämpfte sie sichtlich mit den Tränen. Sie hob die Serviette an ihr rechtes Auge und drückte vorsichtig darauf. Ein kleiner Mascarafleck blieb gleich unter der Wimper hängen. »Das Jugendamt, das offiziell die Elternrechte hat, und wir kamen überein, dass eine Adoption für David das Richtige wäre. Es wirkte so unsinnig, nicht die volle Verantwortung für ein Kind zu haben, das wir doch zweifellos für den Rest seiner Kindheit betreuen würden. Es hätte eine einfache Angelegenheit sein müssen, bei der es keinen Widerspruch geben könnte. Aber dann ...«

Nun ließ sie ihren Tränen freien Lauf.

»Dann tauchte Endre Cappelen auf«, sagte Selma langsam und leise. »Der Kindsvater. Und erhob Ansprüche auf David.«

Ewa presste ihr Gesicht auf die Serviette. Ihre Schultern bebten.

»Entschuldigen Sie«, sagte sie leise. »Ich habe seit dem Sommer nicht mehr darüber gesprochen. Ich dachte … ich weiß nicht recht …«

»Wollen wir gehen?«, schlug Selma vor und beugte sich zu der anderen Frau vor. »Ich wohne nur einen kleinen Spaziergang von hier entfernt. Da können wir ungestörter reden.«

Ewa Connert nickte kaum merklich.

»Dann machen wir das so«, sagte Selma und erhob sich.

Der Beobachter

Sie kamen zusammen aus dem Restaurant, sah er.

Das hier war schlimmer, als er erwartet hatte. Er zog sich noch tiefer unter den Ahornbaum zurück, an dem er lehnte, und hielt sich das Handy vor das Gesicht, für den Fall, dass die beiden in seine Richtung schauten. Die Schirmmütze hatte er sich tief in die Stirn gezogen.

Selma Falck legte der zierlichen Ewa Connert den Arm um die Schultern. Sie gingen langsam den Weg hoch, der sie am Ufer der Akerselv nach Norden bringen würde.

Vielleicht wollten sie nach Sagene.

Nach Hause zu Selma Falck, nahm er an, und nun schlenderte er in einer Entfernung von fünfzig Metern hinter ihnen her.

Videobeweis

»Endlich«, rief Fredrik Smedstuen und hob die Faust zu einer Siegesgeste. »Zeigt her!«

Er war bei den beiden jungen Kollegen, die die undankbare Aufgabe gehabt hatten, im Umkreis von neun Blocks um den Tatort des Mordes an Linda Bruseth alle Kameraaufnahmen durchzusehen. Sie waren seit anderthalb Wochen mehr als zwölf Stunden pro Tag damit beschäftigt gewesen. Fredrik war ganz sicher, dass der eine fast schon viereckige Augen hatte.

»Das Problem war ...«, begann der junge Mann, »... dass wir in der Regel versuchen, eine bestimmte Person aus mehreren Blickwinkeln zu verfolgen. Wir fangen ein Stück vom Tatort entfernt an, in einer bestimmten Zeit vor der Tat, und verfolgen das Bewegungsmuster dieser Person über eine bestimmte Zeitschiene hinweg. Das ist ein anspruchsvolles Puzzlespiel, vor allem, weil hier die Rede von der Innenstadt an einem geschäftigen Nachmittag ist. Viele Leute.«

»Ich weiß, was ihr tut«, brummte der Hauptkommissar. »Zeigt mir einfach, was ihr gefunden habt.«

Der junge blonde Mann ließ die Finger geübt über die Tastatur jagen. Dann zeigte er auf den mittleren von drei Bildschirmen vor sich auf dem Schreibtisch.

»Da!«, sagte er.

Ein Mann kam von Norden her durch die Thorvald Meyers gate. Der Film war schwarz-weiß, deshalb konnte die Kleidung des Mannes grau, blau oder andersfarben sein. Er trug eine Baseballkappe ohne Logo und eine Sporttasche. Sein Blick war zu Boden gerichtet.

»Du wirst sehen, dass er es die ganze Zeit vermeidet, in die Kameras zu schauen«, sagte der Blondschopf. »Er muss solide Vorarbeit geleistet haben, um genau zu wissen, wo die angebracht sind.«

Der Film wechselte zu einem anderen Winkel, etwas weiter südlich. Auch hier hielt die Gestalt den Blick gesenkt. Auch die Sporttasche hatte kein Logo oder andere Kennzeichen.

Noch ein Schwenk.

Der Kollege hielt den Film an und zeigte auf den Bildschirm.

»Sieh dir die Zeitangabe an«, sagte er. »Hier geht er in einen Hauseingang in der Thorvald Meyers gate 49, und es ist 15.24. Es ist also noch eine gute Dreiviertelstunde, bis der Schuss fällt. Das ist eine so lange Zeitspanne, dass wir erst vor zwei Tagen bei diesen Aufnahmen angekommen sind. In der ersten Woche waren wir vor allem mit den Minuten vor und nach dem Schuss beschäftigt, da Heckenschützen es sich ja normalerweise nicht am Tatort gemütlich machen. Womit wir alle gerechnet hatten, auch du ...« Er schaute seinem Vorgesetzten ins Gesicht. »... war, dass der Täter unmittelbar vor dem Schuss dort angekommen war und sich so schnell wie möglich wieder entfernt hatte. Im Chaos, sozusagen.«

Fredrik machte eine rotierende Bewegung mit dem Zeigefinger. Der Kollege gehorchte und berichtete weiter.

»Wir haben uns den Film dieser Kamera noch über fünf Stunden weiter angesehen, aber der Kerl kommt nicht wieder heraus. Nicht hier.«

»Aber vielleicht anderswo«, murmelte Fredrik und ließ den Bildschirm nicht aus den Augen.

»Ja, das schon.«

Er ließ den Film weiterlaufen. Der war mit einer Kamera auf der anderen Straßenseite aufgenommen. Die Zeitangabe zeigte 17.59. Die Gestalt trug dieselbe Mütze und dieselbe Kleidung und schaute noch immer sorgfältig nicht in die Kamera. Er kam aus *Godt Brød*, der Bäckerei in dem Gebäude, von dessen Dach aus er geschossen hatte. In der Hand hielt er einen Pappbecher mit, wie Fredrik annahm, Kaffee.

»Eine Minute vor sechs!«, rief er. »Das sind fast zwei Stunden nach dem Mord an Linda Bruseth. Und wo ist die Tasche?«

Der Kollege hielt den Film ein weiteres Mal an.

»Eine Stunde und eine dreiviertel«, sagte er und nickte. »Wir haben keine Ahnung, wo er in der Zwischenzeit war. Er kann sich im Hinterhof versteckt haben, um dann zu *Godt Brød* zu gehen, ehe das hier gefilmt worden ist. Alle Geschäfte in der Gegend wurden eine Stunde nach dem Schuss geschlossen, und wer drinnen war, musste drinnen bleiben. Also war er entweder schon drin, ehe sie den Laden dichtmachen konnten, also gegen halb fünf, oder er war anderswo und ist nach halb sechs hineingegangen.«

Er streckte die Hand nach einer Colaflasche aus und trank laut hörbar.

»Und was die Tasche angeht, da hast du ganz recht. Die ist spurlos verschwunden. Das war einer der Gründe, warum ich dich hergebeten habe. Wir müssten wohl so schnell wie möglich Leute losschicken, um die Hinterhöfe in der Gegend noch einmal zu durchsuchen. Treppenhäuser und Keller, Lager und Garagen?«

»Gib mir ein Übersichtsbild«, befahl Fredrik. »Über den Block zwischen Thorvald Meyers gate, Grüners gate, Markvei und Helgesens gate.«

Der Kollege tat ihm den Gefallen. Die Luftaufnahme erschien auf dem größten Bildschirm.

»Ich habe das hier für dich gemacht«, sagte er und streckte die Hand nach einem Dokument aus. »Ich dachte, das könnte dich interessieren.«

Fredrik fing an, darin zu blättern.

»Was ist das?«

»Eine Zeitübersicht. Von dem Moment an, in dem der Schuss gefallen ist. Die erste Streife war schon drei Minuten danach vor Ort. Ich habe alle, die dann dazugekommen sind, auch dich, nach Zeit und Bewegungen eingefügt. Und wenn ich so mache ...« Seine Finger jagten blitzschnell über die Tastatur. »... dann sieht es so aus.«

Er zeigte auf die Luftaufnahme, die nun in Farbcodes und Felder eingeteilt war.

»Hier siehst du, wann welche Läden geschlossen und welche Bereiche abgesperrt waren und wann alles wieder geöffnet wurde, wie tief in den Hinterhöfen wir am ersten Tag gesucht haben. Die Reihe hier ...« Er zeigte auf eine Liste am Rand. »... verbindet die Karte mit interessanten Fußnoten in deinem Heft.«

»Himmel«, rief Fredrik. »Wo hast du das gelernt?«

»Moderne Polizeiarbeit«, sagte der junge Mann.

Fredrik beschloss, diesen nur schlecht verhohlenen Sarkasmus zu ignorieren. Er beugte sich vor und betrachtete die Karte aus zusammengekniffenen Augen.

»Natürlich werden wir noch mal Leute hinschicken und alles durchsuchen lassen«, sagte er. »Hier zum Beispiel.« Sein stumpfer Finger zeichnete einen Halbmond über die Nordwestecke des Blocks. »... da bisher offenbar keine solche Suche durchgeführt worden ist.«

»Es ist zu weit weg«, sagte der Kollege.

»Möglicherweise für uns. Nicht für den Täter. Wenn ich raten soll, dann ist er bis hier gelaufen.«

Er zeigte auf den Hinterhof neben der Kreuzung Helgesens gate und Markvei.

»Dann muss er über einige Zäune gesprungen sein.«

»Zäune sind für diesen Mann ja wohl das geringste Problem. Hier oben hat er die Tasche versteckt, die bestimmt die Waffe enthält. Er hatte sich die Stelle schon vorher ausgesucht. Vielleicht bleibt er dort auch eine Weile, oder er kommt hierher zurück ...« Jetzt zeigte er auf den Hinterhof von *Godt Brød*. »Und zwar ziemlich sofort. Dort gibt es eine Hintertür. Für Angestellte und Lieferanten zwar, aber die muss er benutzt haben. Und dann hat er dort gesessen, zusammen mit den anderen verwirrten Zuschauern des Mordes, hat vielleicht eine Tasse Kaffee getrunken. Oder zwei, er nimmt ja dann eine mit.«

»Müssten wir nicht sofort jemanden dorthin schicken? Um in einem größeren Bereich nach der Waffe zu suchen?«

Fredrik blies die Wangen auf und setzte sich aufrecht hin. Er ließ die Luft mit einem Schnauben wieder entweichen, während er versuchte, sich die Hose höher über den Bauch zu ziehen.

»Doch. Aber sie werden nichts finden. Die Tasche, vermutlich samt der Waffe, ist längst entfernt worden. Drei, vier Tage nach dem Mord, nehme ich an.«

»Woher weißt du das?«

»Weil ...« Wieder beugte sich Fredrik zu dem Bildschirm mit dem Ausschnitt des mutmaßlichen Täters vor, der gerade das *Godt Brød* verlässt. Es war schwer, etwas über das Alter des Mannes zu sagen. Er mochte zwischen eins fünfundsiebzig und eins achtzig groß sein, sie würden das durch genaue Messungen ermitteln können. Ein durchschnittlicher Norweger in normaler Kleidung. Ohne besondere Kennzeichen, außer, dass Fredrik das vage und ein wenig unbehagliche Gefühl hatte, ihn schon einmal gesehen zu haben. Es war etwas an seinem Gang, als der junge Kollege auf Fredriks Befehl den Film noch einmal laufen ließ. Federnd und geradeaus, aber irgendwie ein wenig schief. »... er sauclever ist. Er hat uns oben in Marka mit einer ähnlichen Nummer total an der Nase rumgeführt. Er versteckt also die Tasche mit der Waffe; alle in der Gegend, die schwerere Taschen dabeihaben, werden durchsucht. Dann holt er sie, nachdem sich die Lage beruhigt hat. Aber ja. Schickt Leute hin. Sofort.«

Er schlug dem jungen Mann auf die Schulter.

»Gute Arbeit«, murmelte er und ging zur Tür.

»Woher willst du wissen, dass wir nichts finden werden?«, fragte der Kollege, ehe der Hauptkommissar die Tür erreicht hatte.

»Altmodischer Polizeiinstinkt«, antwortete der, ohne sich umzudrehen.

Die Geständnisse

Ewa Connert war ein bisschen beschwipst. In Selmas Wohnung befand sich seit über einem Jahr ein Vorrat aus drei teuren Flaschen Rotwein und einer Flasche Limoncello. Als Selma im vergangenen Jahr eine chaotische Beziehung zu einem jungen Sternekoch gehabt hatte, hatte der ihr untersagt, zum Essen Pepsi Max zu trinken. Mineralwasser, ob mit oder ohne Kohlensäure, ließ er durchgehen, aber wenn er selbst schon stundenlang am Herd stand, dann sollte das Essen mit der korrekten Getränkefolge genossen werden. Mit dem Limoncello machte er an heißen Tagen auf dem Balkon Spritz, und selbst Selma musste zugeben, dass das gut aussah. Als der Koch abrupt aus Selmas Dasein verbannt wurde, staubte der kleine Vorrat dann im Kleiderschrank ein.

Nun waren nur noch zwei Flaschen Rotwein übrig. Ewa hatte sich zu einem kleinen Glas überreden lassen, aber jetzt war die Flasche fast leer. Ihre Lippen hatten einen transparenten lila Belag bekommen, und ihre Augen waren ein wenig verschwommen.

»Ich habe zu viel gesagt«, sagte sie leise.

»Nein«, widersprach Selma. »Ich bin unbeschreiblich froh darüber. Danke.«

Es fiel ihr noch immer schwer, das Ganze zu verdauen. Die Geschichte war tragisch und empörend zugleich. Von beiden Seiten aus betrachtet, eigentlich.

Victoria Connert hatte sich aus zwei Gründen für diese ziemlich unorthodoxe Schwangerschaftsherbeiführung entschieden: Sie hatte wenig Zeit, und sie wollte keinen namentlich bekannten Vater für ihr Kind. Schon zum Zeitpunkt der Empfängnis war ihr klar gewesen, dass David bei anderen aufwachsen würde. Sie hatte sich für ihre Mutter und ihren Stiefvater entschieden. Obwohl sie betrunken gewesen war, war es eine geplante und, wie Selma zugeben musste, ziemlich raffiniert in die Wege geleitete Schwangerschaft.

Als Endre Cappelen im Sommer 2018 nach mehreren Jahren eines ziemlich unklaren Daseins auf Bali und in Thailand nach Norwegen zurückgekehrt war, hatte er sich freiwillig in eine Entzugsklinik begeben. Er war in elendem Zustand, und er hätte vermutlich in Südostasien sein Leben verloren, wenn er nicht eines Tages nach etwas, das an eine Überdosis grenzte, am Strand aufgelesen worden wäre. Die norwegische Rucksacktouristin hatte ihn von ihrer gemeinsamen Schulzeit her erkannt. Sie kaufte für ihn einen einfachen Flug nach Norwegen und sorgte dafür, dass ihre Mutter, die beim Blauen Kreuz tätig war, ihn unter ihre Fittiche nahm, sowie er heimatlichen Boden betreten hatte.

Sechs Wochen danach war er clean.

Das war aber auch das Einzige, was er war. Er hatte keine Ausbildung, kein Geld, und zu allem Überfluss war er HIV-infiziert. Die Mutter der norwegischen Rucksacktouristin hatte Mitleid mit ihm und versuchte, ihm zu Wohnung und Arbeit zu verhelfen. Das funktionierte so halbwegs. Er wurde rückfällig, aber als er durch Zufall im Netz auf Victorias Namen stieß, passierte etwas. Von diesem Tag an riss er sich zusammen. Er hatte nicht lange gebraucht, um festzustellen, dass Victoria tot war.

Und dass sie einen kleinen Jungen hinterlassen hatte.

Die Gleichung war leicht zu lösen. Er war sicher, dass der Junge sein Sohn war. Aus Gründen, die niemand so ganz begriff, hatte Endre sich damals Victorias Namen eingeprägt. Nach einem klinischen Tauschhandel in einer Mainacht des Jahres 2010 stand er deshalb acht Jahre später bei Ewa Connert und ihrer Familie vor der Tür und verlangte das, was rechtmäßig ihm gehörte.

»Wir hätten dieses Interview niemals geben dürfen«, hatte Ewa wieder und wieder gesagt, als sie an diesem Punkt der Geschichte angekommen war. »Niemals.«

Gunnar und sie waren in dem Sommer, in dem Endre nach Hause gekommen war, in einer Artikelserie der Zeitschrift *Wir über sechzig* vorgestellt worden. Es ging dabei um ungewöhnliche Familienkonstellationen, und was moderne Großeltern für ihre Enkelkinder bedeuten können.

Endre Cappelen gehörte nicht gerade zur angepeilten Leserschaft dieser Zeitschrift, aber er konnte immerhin googeln. Connert war ein ungewöhnlicher Nachname, und es war kein Problem gewesen, den Artikel zu finden. Mit einem Bild von David, lachend auf dem Rasen, wo er mit seinem alternden Adoptivvater Crockett spielte.

Anfangs waren Ewa und Gunnar ganz gelassen geblieben.

Natürlich würde ein junger Mann mit schweren Problemen, ohne Netzwerk und kaum einer Wohnung nicht die Verantwortung für einen Sohn übernehmen dürfen, der ihm noch nie begegnet war. Ewa wies ihn an Ort und Stelle ab und riet ihm, sich ans Jugendamt zu wenden.

Und dann kam Bewegung in die Sache.

Dieser Vorschlag schien Endre nämlich neue Kraft zu geben. Als durch einen DNA-Test die Vaterschaft endlich nachgewiesen war, hatten Ewa und Gunnar die ersten Befürchtungen. Vor allem Gunnar, der nachts nicht mehr gut schlafen konnte. Ewa versuchte noch immer, ruhig Blut zu bewahren, sie hatte schließlich früher selbst für Jugendämter gearbeitet.

Das Kindeswohl stand im Zentrum der norwegischen Jugendschutzgesetzgebung.

David aus einem geborgenen Dasein bei Angehörigen zu reißen, die er liebte und die er sein Leben lang kannte, wäre nicht zu seinem Besten. Das wusste Ewa Connert, und sie versuchte wirklich, sich damit zu beruhigen.

Was aber nicht möglich war.

Endre Cappelen gab sich nämlich nicht geschlagen. Er fand Arbeit bei der Osloer Müllabfuhr, gab alle Drogen auf, mietete eine Zweizimmerwohnung in Romsås und meldete sich zu einem Abendkurs an, um das Abitur nachzuholen.

Das Jugendamt, das bisher Ewas und Gunnars zuverlässiger und dankbarer Helfer gewesen war, teilte nun mit, dass das Adoptionsverfahren doch nicht so einfach werden würde, wie alle bisher erwartet hatten. Endre war bei einer juristischen Beratungsstelle gewesen und von dort an einen Spezialisten für Familienrecht verwiesen worden, der die Angestellten der Osloer Jugendämter immer wieder zur Verzweiflung trieb.

Noch immer hatten das Jugendamt und Davids Großeltern Trümpfe in der Hand. Endre Cappelen war ganz ohne Familie oder andere Netzwerke. Seine Mutter war tot. Seinen Vater hatte er nicht mehr gesehen, seit er, wie er behauptete, mit siebzehn Jahren vor die Tür gesetzt worden war. Er weigerte sich, seinen Vater in diese Sache hineinzuziehen. Das hier wollte er allein schaffen.

Der Anwalt war von der hitzigen Sorte und tat zwei Dinge gleichzeitig. Er verklagte das Jugendamt und beantragte zugleich das Sorgerecht und die elterliche Verantwortung für David beim zuständigen Bezirksausschuss.

Kinder sollen im Prinzip schließlich bei ihren biologischen Eltern aufwachsen.

»So lautet das Gesetz«, flüsterte Ewa an das leere Rotweinglas gerichtet. »Wir hatten solche Angst, unseren Jungen zu verlieren.«

Selma goss ihr den letzten Rest Wein ins Glas.

»Der Fall wäre geklärt worden«, sagte sie ruhig. »Sie hätten David behalten dürfen, aber es wäre eine Belastung gewesen, dass es für Endre irgendeine Art Besuchsregelung gegeben hätte. Mir ist klar, dass das eine Herausforderung gewesen wäre, aber doch keine Katastrophe. Oder?«

Nun ließ Ewa das Glas stehen.

»Vermutlich wäre es so gekommen. Ganz anders, als wir uns das vorgestellt hatten, aber natürlich hätten wir damit leben können. Das Problem ist, dass man so unsicher wird.«

Sie verstummte. Ihr Blick ging in die Ferne, und sie spielte lange an ihrem Trauring herum, ehe sie sich wieder konzentrierte.

»Der norwegische Jugendschutz hat sehr viel Gutes. Aber Gott weiß, es liegt auch etliches im Argen. Das haben wir ja auch gerade erst erfahren müssen, durch die Vorwürfe des Europäischen Gerichtshofs für Menschenrechte.«

Selma kniff die Augen zusammen.

»Sie haben ein Menschenalter lang in diesem System gearbeitet und meinen trotzdem, dass es nicht gut genug ist?«

»Es kann niemals gut genug werden. Aber wir müssen uns das Ziel setzen, immer am Ball zu bleiben. Vieles sollte geändert werden, nicht zuletzt müssen wir mehr können. Mehr wissen. Besser sein, ganz einfach, wenn es um echten Kinderschutz geht.«

Ein müdes Lächeln hob ihre Mundwinkel, als sie nun wieder Selmas Blick erwiderte.

»Der norwegische Kinder- und Jugendschutz baut weitgehend auf Realismus auf. Was durchaus sein Gutes hat, aber das darf niemals in Zynismus umkippen. Was uns der Europäische Gerichtshof erzählt, ist, dass wir auch auf Hoffnung aufbauen müssen. Dass der Wert des Familienlebens an sich so groß ist, dass wir niemals davon absehen dürfen, dass Menschen sich zum Besseren verändern können. Ich bin in vielerlei Hinsicht froh, dass ich aus dem Ganzen raus bin. Große Veränderungen müssen kommen, und ich werde alt. Ich kenne das System, aber es ändert sich nun. Was mich betrifft, und auch, was David angeht, hat mir das viel größere Angst gemacht, als eigentlich begründet gewesen wäre. Es ist so seltsam ...« Sie schluckte und sah sich um. »Ich habe nicht mehr darüber gesprochen, seit alles sich geklärt hat«, sagte sie endlich. »Nicht mit Gunnar. Nicht mit Freunden. Und schon gar nicht mit David. Den haben wir beschützt, so gut wir konnten.«

»Aber Sie sprechen mit mir«, sagte Selma.

»Ja. Ich verstehe wirklich nicht, wieso.«

»Ich bin eine Fremde. Aber trotzdem eine, die Sie in gewisser Weise kennen. Ich habe manchmal diese Wirkung auf andere.«

Ewa zog ein Taschentuch hervor, leckte sich die Lippen mit einer dünnen hellroten Zunge und rieb vorsichtig darüber. Das half ein wenig.

»Wir haben unseren Anwalt gebeten, alles zu tun, was überhaupt in seiner Macht stand. Streng genommen war er aber gar nicht unser Anwalt. Sondern der des Jugendamtes. Als Pflegeeltern hat man kaum Rechte, das war ja auch einer der Gründe, warum wir David adoptieren wollten.«

Sie schnaubte kurz, als ob sie versuchte, wütend zu werden, aber nicht richtig die Kraft dazu aufbringen könnte.

Selma hatte die Pepsi Max ausnahmsweise in ein Glas mit Eiswürfeln gegossen. Die waren geschmolzen, und die hellbraune Flüssigkeit schmeckte inzwischen nach fast gar nichts mehr. Dennoch trank sie; es war wichtig, Ewa natürliche Pausen zu gestatten, die sie offenbar brauchte, um weiterzukommen.

»Endre wurde total auseinandergenommen«, flüsterte Ewa, »vor dem Bezirksausschuss, als der Fall behandelt wurde. Im Mai. Gunnar und ich saßen in einem Café in der Nähe. Wir durften nicht einmal anwesend sein. Aber wir wurden in jeder Pause von unserem Sachbearbeiter auf den neuesten Stand gebracht. Der Anwalt des Jugendamtes hat Endre schon am ersten Tag umgebracht. Hat allen Schmutz ausgekippt, der überhaupt vorhanden war. Endres Anwalt versuchte es mit Abwehr und Gegenangriffen, aber er hatte nur sehr wenig Munition. Als sie nach der Mittagspause zurückkamen, hatte Endre irgendetwas genommen. Das konnten offenbar alle sehen. Der Richter verkürzte die Verhandlung und bat die Beteiligten, für den nächsten Tag zum Ausgleich mehr Zeit einzuplanen. Er nahm Endre beiseite, als die anderen gingen. Ich nehme an, er wollte ihn energisch verwarnen.«

»Ach ja? Und was passierte dann?«

»Endre Cappelen kam am nächsten Morgen vierzig Minuten zu spät und war dermaßen high, dass er kaum aufrecht stehen konnte. Sogar sein eigener Anwalt war außer sich vor Wut. Der Fall wurde bis nach dem Sommer vertagt. Doch ehe es so weit war, war Endre Cappelen tot.«

Sie griff nach dem Wasserglas, trank aber nicht.

»Das ist so eine Belastung«, flüsterte sie. »Wir haben ihn in den Tod getrieben. So, wie der Anwalt des Jugendamtes ihn in die Mangel genommen hat, hatte er keine Chance.«

»Aber stimmte das alles? Was über Endre gesagt wurde?«

Nun schaute Ewa auf.

»Ob das stimmte? Ich gehe doch davon aus, dass der Anwalt nicht gelogen hat. Der Junge war ein Wrack. Ich habe alle Unterlagen lesen dürfen, und die sehen wirklich nicht gut aus. Es ist einfach unvorstellbar, dass Endre Cappelen sich um ein Kind hätte kümmern können. Das waren Träumereien. Er hatte die Fantasie, dass er und Victoria verliebt gewesen waren. Dass sie David gemeinsam gewollt hatten. Dass sie eine Familie werden wollten, diese drei, und dass sie ein wunderbares, schönes Wochenende gehabt hatten, an dem all diese Pläne geschmiedet wurden. Luftschlösser! Allesamt! Lügen!«

»Vielleicht keine Lügen«, sagte Selma, viel ruhiger, als sie sich fühlte. »Es ist möglich, dass er seine Geschichte selbst geglaubt hat. Dass nur eine solche Erzählung es für ihn möglich machte, mit allem zu leben.«

Ewa starrte sie skeptisch an.

»Eine solche falsche Erinnerung wie die, über die ich gelesen habe?«, fragte sie mit drei deutlichen Runzeln über der Nasenwurzel.

»Vielleicht. Oder eine andere Art von Verdrängung einer Geschichte, die die Seele nicht hinnehmen will. Wir schmücken doch alle unser Leben aus, oder nicht?«

»Sicher, aber es muss schließlich Grenzen geben. Und selbst wenn er sich im Winter zusammengerissen hatte, fiel er doch nach einem halben Tag vor dem Bezirksausschuss wie ein Kartenhaus in sich zusammen.«

Endlich trank sie ihr Wasser, leerte das ganze Glas. Abermals hielt sie sich behutsam das Taschentuch an den Mund und sah auf.

»Es stimmt übrigens nicht ganz, dass ich nach Endres Tod mit niemandem über das alles gesprochen habe«, sagte sie.

»Ach ja?« Selma merkte, dass sich ihre Aufmerksamkeit unwillkürlich steigerte, obwohl ihr nicht ganz klar war, weshalb.

»Endres Vater hat mich aufgesucht. Während ich einen Spaziergang machte. Allein. Keine Ahnung, woher er wusste, dass ich oft diese Strecke gehe, und ich habe mich ein bisschen erschreckt.«

»Äh ... Endres Vater?«

»Ja. Er heißt Birger Nilsen. Birger irgendwas Nilsen. Den Namen Cappelen hatte Endre von seiner Mutter. Die ist, wie gesagt, längst tot.«

»Was wollte er?«

Ewa Connert betrachtete ihr leeres Wasserglas. Selma sprang auf.

»Mineralwasser?«

»Nein, danke. Leitungswasser reicht.«

Selma füllte eine Karaffe mit Eis und Wasser. Während das Wasser lief, bemerkte sie, dass ihre Hände ein wenig zitterten. Was sie während der letzten vierundzwanzig Stunden erfahren hatte, war dermaßen schockierend und beängstigend, dass ihr nicht viel anderes übrig blieb, als mit dem Strom zu schwimmen. So viel wie möglich aufzunehmen, um dann in Ruhe zu entscheiden, was sie mit all diesen Informationen anfangen wollte.

Sie füllte Ewas Glas und setzte sich wieder.

»Fescher Bursche«, sagte die ältere Frau. »Gepflegt. Nicht so groß wie der Sohn, aber man konnte die Familienähnlichkeit gut sehen. Was bei David übrigens nicht der Fall ist.«

Selma glaubte ein gemurmeltes »Gott sei Dank« zu hören, war sich aber nicht sicher.

»Was wollte er?«

»Gute Frage …«

Ewa starrte ins Leere. Sie kniff die Augen zusammen.

»Man könnte ja glauben, er wäre wütend gewesen. Das war er nicht. Er war wohl ziemlich aufgebracht, aber er wirkte doch wie ein Mann, der sich beherrschen kann. Vor allem wollte er wissen, ob ich über Endres Tod informiert sei. Das konnte ich bestätigen. Dann sagte er, er wolle gern seinen Enkel treffen. Da bekam ich es mit der Angst zu tun.«

Ihr Blick war endlich wieder konzentriert und blieb an Selmas haften.

»Sollten wir das alles nun noch einmal durchmachen müssen? Ich meine, dieser Nilsen hätte doch absolut keinen Anspruch auf das Sorgerecht für David gehabt, aber sollten wir noch einen Kampf ausfechten müssen, um einen weiteren unbefugten Menschen aus Davids Leben herauszuhalten? Was doch Victorias glasklarer Wunsch gewesen war?«

»Sie haben also Nein gesagt?«

»Das habe ich nicht gewagt. Ich habe gesagt, er müsse sich ans Jugendamt wenden. So sei das System, sagte ich. Es gebe Vorschriften für diese Vorgänge. Das Parlament erlasse Gesetze, die Regierung setze diese in die Tat um. Wenn er sich ungerecht behandelt fühle, müsse er uns vor Gericht zerren. So ist die Dreiteilung der Macht, so ist die Demokratie. Gesetz und Ordnung. So funktioniert das hierzulande.«

Selma verspürte ein heftiges Bedürfnis danach, die Balkontür zu öffnen. Es war jetzt viel zu warm in der Wohnung, als ob jemand sämtliche Heizkörper im ganzen Block hochgedreht hätte.

»Ich wollte gehen«, sagte nun Ewa, »aber er kam hinter mir her. Schließlich war ich so irritiert, dass ich ihm die Tatsache vorhielt, dass Endre doch absolut keinen Kontakt zu seinem Vater gewollt hatte. Da wurde er kleinlaut. Wenn er eine Frau gewesen wäre, hätte er geweint.«

»Wie meinen Sie das?«

»Er wurde ganz schrecklich verzweifelt. Aber mit Haltung und überhaupt nicht beängstigend für mich, eine betagte Frau von zweiundfünfzig Kilo, die von einem offenbar stark und zutiefst bewegten Mann in einem Waldgelände, weit weg von anderen Menschen, angehalten wird. Er wich sozusagen vor mir zurück, um klarzustellen, dass er nicht gefährlich war. Aber sein Mund zitterte.«

»Hat er noch mehr gesagt?«

»Jaaaa ...«

Sie kniff noch einmal die Augen zusammen, als ob sie versuchte, diese Szene aus dem Sommer vor sich zu sehen.

»Er sagte, er habe nach dem Tod seiner Frau einige entsetzliche Fehler gemacht. Damals war Endre erst vierzehn, sagte er, aber das hatte ich ja schon gewusst. Aus den Fallunterlagen. Die ich natürlich nicht hätte lesen dürfen, aber lassen wir das. Er sagte, er sei ein elender Vater gewesen, der in seiner eigenen Trauer ertrank, und er habe den Jungen gar nicht mehr im Griff gehabt. Aber dass Endre nach dem ersten Selbstmordversuch Kontakt zu ihm aufgenommen habe.«

Selmas Hände waren jetzt schweißnass, und sie legte sie um das Pepsi-Glas. Die letzten Eiswürfel klirrten leise.

»Dem ersten?«, fragte sie so gelassen sie konnte.

»Ja. Das war elf Tage nach der katastrophalen Verhandlung vor dem Bezirksausschuss. Er hatte versucht, sich zu erschießen. Ich kenne keine Details. Jedenfalls ist es ihm nicht gelungen. Nach einem kurzen Aufenthalt in Ullevål wurde er in irgendeine psychiatrische Klinik verlegt.«

»Aber Sie haben gesagt, ›nach dem ersten‹.«

»Ja.«

Ewa Connert schüttelte sich und fuhr sich mit der schmalen Hand durch die Haare. Sie hatte sich verändert. Ihre Haut war nicht mehr trocken und scheinbar seidenweich; in den tiefer gewordenen Furchen sammelte sich Schweiß. Ihr Mund war angespannt, und ihre Schultern wirkten womöglich noch schmaler als zuvor.

Sie holte tief Luft.

»Endre Cappelen hat drei Mal versucht, sich das Leben zu nehmen, ehe es ihm beim dritten Versuch dann gelungen ist«, sagte sie mit zitternder Stimme. »Und ich kann nichts daran ändern, dass er mir entsetzlich leidtut. Und auch sein Vater, der es offenbar schwer hatte. Danach ging er einfach weg, in die entgegengesetzte Richtung.«

»Aber ...«

Selma konnte sich nicht mehr beherrschen. Sie sprang auf, ging zur Balkontür und öffnete sie.

»Danke«, sagte die andere. »Hier ist es wirklich warm. Er hat Straßburg erwähnt.«

»Wer? Endre?«

»Nein. Birger Nilsen.«

Sie griff sich an die Schläfe, als müsse sie sich plötzlich konzentrieren.

»Birger Jarl, so war das. Birger Jarl Nilsen. Er hat gesagt, sein Sohn habe mit seinem Fall nach Straßburg gehen wollen. Zum Europäischen Gerichtshof.«

Wieder dieses leise Schnauben.

»Straßburg!«, wiederholte sie laut. »Ein junger Mann, der nicht einmal bei einem schnöden Termin vor dem Bezirksausschuss nüchtern bleiben kann! Sein Vater hatte diesen Unsinn offenbar geglaubt. Das mit der Liebe und den Verheißungen einer gemeinsamen Zukunft für Endre und Victoria. Sie war siebzehn

Jahre älter als er und hatte nur wenige Stunden mit ihm verbracht. Betrunken! Außerdem war sie schwer krank.«

Ihre Ohrringe klirrten.

»Dürfte ich übrigens die Toilette benutzen?«

»Ja, natürlich.«

Selma versuchte verwirrt, sich zu erinnern, ob es dort einigermaßen akzeptabel aussah, dann zeigte sie zur Diele hinüber.

»Die Gästetoilette ist genau gegenüber der Wohnungstür«, sagte sie.

Ewa nahm ihre Handtasche und erhob sich, ihre Bewegungen waren nicht ganz so geschmeidig wie vorhin im Restaurant. Sowie Selma hörte, dass die Toilettentür abgeschlossen wurde, schnappte sie sich ihr Handy, ging hinaus auf den Balkon und rief Fredrik an. Er meldete sich sofort.

»Wir müssen uns treffen«, sagte sie so leise, dass er sie bat, ihre Worte zu wiederholen. »Wir müssen uns treffen! Ich habe jede Menge Neuigkeiten, so viele, dass ...«

»Tut mir leid, Selma! Wir kriegen die Sache hier langsam in den Griff. Hab heute null Möglichkeit. Und auch morgen nicht, glaube ich, wir haben ...«

»Das ist wichtig! Ich hatte ein Gespräch mit ...«

Sie hörte, dass er das Telefon vom Ohr genommen hatte. Seine Stimme klang weit weg, als er einige Befehle kläffte. Es waren noch andere Leute da, das konnte sie hören, und sie schaute ängstlich zur Toilettentür hinüber.

»Kann ich dich anrufen?«, fragte Fredrik. »Später. Oder morgen oder so. Wir stehen hier kurz vor dem Durchbruch. Bis dann.«

Das Gespräch wurde abgebrochen. Selma konnte das Handy gerade noch in die Tasche stecken, ehe Ewa Connert von der Toilette zurückkehrte.

Dieser Besuch hatte ihr gutgetan.

Ihre Haut war wieder trocken, und ihre Haare glänzten wie

vor drei Stunden im Restaurant. Auch das Lächeln war wieder da, und der letzte Rest Rotweinfarbe war bedeckt von einer kleidsamen Schicht diskreten und gedämpften Lippenstifts.

»Ich muss wohl gehen«, sagte sie, ohne sich zu setzen. »Danke, dass Sie mir zugehört haben. Seltsam ist es ja …«

Das Engelhafte war wieder da. Sie lächelte mit den Augen und bedankte sich ein weiteres Mal.

»Das hier war fast wie eine Stunde beim Psychologen«, sagte sie. »Mir ist schon leichter zumute. Es tut gut, mit Ihnen zusammen zu sein. Sie sind ein Mensch, der Vertrauen einflößt. Nichts von dem, was ich erzählt habe, kann Ihnen wohl bei Ihrer … Untersuchung helfen, aber das war mir schon von Anfang an klar. Ich hatte nur ein solches Bedürfnis danach …« Sie verstummte mit einem Lächeln. »Wie dem auch sei: Danke.«

»Keine Ursache«, sagte Selma und rang sich ein Lächeln ab. »Ich habe zu danken. Aber wenn Sie mir nur noch eine Frage beantworten könnten …«

»Ja?«

Die Augen waren jetzt wieder frühlingsgrün.

»Sie haben gesagt, Endre habe drei Mal versucht, sich das Leben zu nehmen, ehe es ihm dann gelungen ist.«

»Ja. Das hat sein Vater mir erzählt.«

»Wissen Sie, wie er es versucht hat?«

»Ja.«

Ewa Connert strich ihre Haare noch glatter. Ein Diamantring glitzerte im Schein der Deckenlampe.

»Zuerst hat er versucht, sich zu erschießen, wie ich gesagt habe. Irgendwas stimmte wohl nicht mit der Waffe, oder so. Sein Vater hat sich da nicht klar ausgedrückt. Danach wollte er sich erhängen, aber auch das hat nicht geklappt. Die Pfleger in der Klinik kamen dazu und konnten ihn rechtzeitig herunterschneiden. Am Ende, nachdem sie ihn aus der Klinik hatten entlassen müssen – es gab keine juristische Grundlage dafür, ihn noch länger gegen seinen Willen dortzubehalten –, hat er eine Überdosis Heroin genommen.«

»Und ist gestorben«, sagte Selma fast tonlos. »Nachdem er sich erschossen und erhängt hatte, um sich schließlich zu vergiften.«

Lebwohl

Wochen, vielleicht Tage. Dann würde alles ans Licht kommen. Der Polizei gingen jetzt die Augen auf. Er wusste es, denn er hatte früher an diesem Tag dort vorbeigeschaut.

Tage, vielleicht nur Stunden.

Es war fast Mitternacht, als er sich Grethes Grab näherte. Sein Knie tat jetzt weh. Es war inzwischen wohl verschlissen. In diesen Wochen war es brav gewesen, hatte ihn vor den schlimmsten Schmerzen verschont und ihm viel von seiner jugendlichen Geschmeidigkeit zurückgegeben.

Und die hatte er bei Gott gebraucht.

Es war nur eine Frage der Zeit, bis sie begriffen, was er ihnen erzählt hatte. Norwegen würde sich endlich in dem Spiegel sehen, den er ihm vorgehalten hatte. In einigen Tagen oder Stunden würde das Zerrbild korrupter Behörden für alle Welt zu sehen sein. Das scheinbar seidenglatte, gerechte Wohlfahrts-Norwegen würde in seiner ganzen Hässlichkeit dastehen. Alle würden sehen, worauf er den Scheinwerfer richtete: eine gesetzgebende Instanz, die die Zerstörung von Familien ermöglichte. Eine Regierung, die den Schandtaten der Jugendämter ihren Segen gab. Ein Justizwesen, das diese Vergehen unter den Teppich kehrte, ohne einen Gedanken daran, dass sie gegen die Menschenrechte verstießen.

Einen *Zauberspiegel* hatte er ihnen gegeben.

Er merkte, dass es jetzt näher kam. Es lag eine Verheißung in dem schwachen Wind zwischen den Baumwipfeln, im Luftzug um die Gräber, an denen er vorbeihinkte.

An diesem Abend würde er eine Weile bei ihr bleiben. Er hatte Jagdstuhl und Kaffee bei sich und zudem das Namensschild hervorgeholt, das nun endlich angebracht werden sollte.

»Hallo, mein Schatz.«

Er sagte das vielleicht nicht laut. Das war schwer zu sagen, ein Gespräch mit Grethe war ein Strom aus Gedanken und Wörtern, über die er nicht unbedingt immer die Kontrolle hatte. Sie verstand ihn trotzdem, so wie sie ihn immer geleitet und ihm geholfen hatte, wenn die Albträume nach einer etwas zu langen und zu brutalen Zeit im Ausland zu heftig wurden.

Es war kalt in dieser Nacht. Er war im Keller gewesen und hatte seine Lammfelljacke hervorgeholt. Als er sich auf den Jagdstuhl setzte, zog er die Jacke dichter um sich. Aus der Tasche zog er das Schild. Es war in Seidenpapier gewickelt, das er nun vorsichtig zur Seite schlug.

Endre Cappelen
*23.06.1989 †10.07.2019

Das kupferne Metall unter seiner Handfläche fühlte sich kalt an. Es leuchtete in der Dunkelheit. Er ließ den Daumen vorsichtig über die Buchstaben wandern, ehe er Schrauben und einen Schraubenzieher aus der abgenutzten, mit einem Reißverschluss versehenen Tasche am Jagdstuhl nahm.

Der Steinmetz hatte alles schon vorbereitet. Alles, was Birger Jarl Nilsen noch zu tun hatte, war, vier Schrauben einzudrehen. Die waren aus Messing; Kupfer war zu weich und zu wenig haltbar. Das spielte aber keine Rolle, die Farbe war gleich. Als das Schild angebracht war, schien die Welt stehen zu bleiben.

Der Wind legte sich abrupt. Die Elstern waren für den Abend längst verstummt. Kein Rascheln von Laub war zu hören, nur ein fernes, belangloses Verkehrsrauschen. Ihm war warm. Der Kaffee aus der Thermoskanne schmeckte wie frisch gekocht. Sein Atem ging leicht und regelmäßig.

»Ich bin frei«, sagte er, und es klang fast überrascht.

Großes hatte er einst bekommen, und noch größer war danach sein Versagen gewesen. Das Größte hatte er schließlich verloren.

Nach Grethes Tod war Endre zu einem Jungen geworden, den er nicht kannte. Der Sohn wurde zu einer ewigen und abstoßenden Erinnerung an einen Verlust, der nicht zu ertragen war. Als Endre weggelaufen war, war in Birger Jarl Nilsens Leben kein Platz für noch mehr Schmerz gewesen. Er hatte den Sohn gehen lassen, in der dumpfen Gewissheit, dass er allein niemals zurechtkommen würde.

Ein unbrauchbarer Vater war er gewesen. Endre war dennoch zurückgekommen. Als alles düster und ausweglos gewesen war, war sein Sohn heimgekehrt. Es war zu spät gewesen, aber er war gekommen.

Endre hatte ihm eine wundersame Geschichte anvertraut. Es ging um Liebe und Hoffnung und um ein kleines Kind, das sein eigenes war. Ein geliebtes und willkommenes Kind; so, wie Endre es einst gewesen war. Ein Kind, das sein Kind war, das ihr Kind war, ein Kind aus der Sippe von Endre und Birger Jarl, das ihnen aber genommen worden war.

Alles war zu spät gewesen, als Endre zu ihm gekommen war. Nichts ließ sich noch ändern. Das wussten sie beide, in den drei Wochen, die sie zusammen hatten, ehe es Endre gelang, keine Kraft mehr zu haben. Er war längst zerbrochen, und schuld daran war sein Vater. Das Kind war das Einzige gewesen, was ihn hätte reparieren können. David hätte Endres Leben mit einem Sinn füllen können, der verschwunden war, als er vierzehn gewesen und seine Mutter gestorben war.

David hätte alles verändert, aber andere hatten ihn an sich gerissen.

Mit Norwegens Hilfe.

»Ich habe unseren Jungen im Stich gelassen«, sagte er und fiel vor dem groben Grabstein aus italienischem Marmor auf die Knie. »Aber jetzt habe ich meine Schuld beglichen. Ich habe das System so gestraft, wie sie unseren Jungen gestraft haben. Bitte. Sag, dass ich meine Schuld beglichen habe.«

Das Knie tat weh. Er achtete nicht darauf. Grethe sagte etwas. Endlich und zum allerersten Mal. Ihre Stimme war sanft und entschieden, mit der kleinen Andeutung eines Lächelns, das sie immer in alles gelegt hatte. Mit der Stirn an der Kupferplakette und den Händen auf dem Grabstein flüsterte Birger Jarl: »Danke, meine Grethe. Ich kann jetzt weitergehen. Endlich kann ich ohne euch beide weitergehen.«

Dienstag, 17. September

Der Bericht

Der Tag war unerträglich.

Selma Falck wusste schon gar nicht mehr, wie oft sie versucht hatte, Fredrik Smedstuen zu erreichen. Er seinerseits hatte nur ein Mal geantwortet, und zwar mit einer SMS, in der er sie bat, eine Mail zu schicken, wenn sie etwas zu erzählen hätte. Die Ermittlungen hätten an Tempo gewonnen, schrieb er, und in den nächsten Tagen werde er schwer zu erreichen sein.

Mail, hatte Selma verzweifelt gedacht. Sie hatte so viele, so handfeste und so spektakulär aufsehenerregende Informationen, dass die natürlich nicht elektronisch versandt werden konnten. Sie war in ihrer Wohnung hin und her gelaufen, vollkommen unschlüssig.

Sie hatte zwischendurch erwogen, mit Lars Winther zu sprechen. Eine schlechte Idee, hatte sie schließlich entschieden. Er wollte an diesem Abend vorbeischauen, um den Ordner und den gesperrten Speicherstick zu holen, und Selma wusste, dass sie eine Entschuldigung finden musste, um diesen Besuch so kurz wie nur möglich zu halten. Lars war Journalist bis ins Mark. Er suchte immer nach einer Geschichte, und die, auf der Selma nun saß, war viel zu sensationell, als dass sie ihm hätte vertrauen können. Viel zu detailreich.

So detailreich, dass sie sie aufschreiben wollte.

Um die Zeit herumzubringen. Und um sicher zu sein, dass sie nichts von dem vergaß, was Ewa Connert ihr erzählt hatte.

Sie brauchte eine Stunde. Sicherheitshalber hatte sie den Laptop vom Netz abgekoppelt. Hier durfte nichts gehackt werden können. Sie machte zudem einen Ausdruck von dem, was sie geschrieben hatte, und steckte ihn in eine gelbe Plastikhülle. Am Ende verstaute sie Ausdruck, Rechner und den Speicherstick, den sie von Allan Strømme bekommen hatte, ganz unten im Kleiderschrank, unter dem Karton mit den Trachtenschuhen, die sie niemals getragen hatte.

Es war jetzt drei Uhr nachmittags. Sie schickte Fredrik Smedstuen eine letzte Mail.

Fredrik. Du MUSST MUSST MUSST mich anrufen. Ich habe aufsehenerregende Nachrichten. Please! S.

Das Warten war unerträglich, deshalb packte sie eine Tasche mit Schwimmsachen. Zwei Stunden im Bislett-Bad würden immerhin die Zeit herumbringen.

Und außerdem die Versuchung ersticken, eine Runde Poker zu spielen.

Oder fünfzehn.

Der Betrachter

Er sah sie schon durch die Glastüren auf dem Weg hinaus. Es war etwas an ihrem Gang. Entschlossen, fast maskulin und doch graziös. Ihr Gang war ihm aufgefallen, als sie gemeinsam durch Grünerløkka gegangen waren und als er versucht hatte, sie davon zu überzeugen, dass das Attentat nicht ihr gegolten hatte. Linda Bruseths plötzliche Bewegung, als der Schuss fiel, hätte fast alles ruiniert. Ein schlechterer Schütze als er hätte das Ziel verfehlt. Zweifel daran, wer das Ziel gewesen war, hätten die Botschaft verzerrt.

Es hätte die Rache ruiniert, aber nun hatte er Selma Falck und Fredrik Smedstuen in die richtige Spur gebracht. Ein kleiner

Schubs nur in die richtige Denkrichtung, und schon waren sie auf dem Weg gewesen.

Nun kam sie heraus. Sie schien es eilig zu haben. Dennoch blieb sie nach vielleicht zwanzig Metern stehen, hielt einen Moment inne, überlegte sich die Sache dann anders und ging in die Gegenrichtung. Ebenso schnell.

Er blieb stehen und sah ihr hinterher, bis sie um eine Hausecke verschwand. Danach wartete er noch einmal fünf Minuten und schlenderte dann zu dem Haus, in dem sie wohnte. Gerade rechtzeitig, um ganz natürlich hinter eine hochschwangere Frau zu treten, die in ihrer Tasche nach dem Schlüsselbund suchte. Als sie die Tür aufschloss, hielt er sie höflich für sie auf. Er bekam als Dank ein Stöhnen, dann watschelte die Frau zum Fahrstuhl; er selbst blieb stehen und sah sich irgendetwas bei den Briefkästen an.

Gleich darauf war er allein im Treppenhaus und machte sich dann auf den Weg nach oben.

Der Einbruch

»Du kannst nicht bleiben«, sagte Selma Falck.

Sie hörte selbst, wie schroff das klang, aber sie war zu erschöpft, um freundlich zu sein. Nachdem sie anderthalb Stunden geschwommen war, hatte sie bei Vanja und Kristina vorbeigeschaut. Nicht weil sie das Bedürfnis gehabt hätte, die beiden zu treffen, sondern um nicht nach Hause zu müssen. Ihre Freundinnen waren sichtlich irritiert gewesen, weil sie immer wieder ihr Handy hervorgeholt hatte, und nach zwei Stunden war Selma aufgebrochen und hatte dann Einar besucht. Der wollte Karten spielen, Casino. Für ihn spielte es überhaupt keine Rolle, dass Selma unkonzentriert war und wirklich jede Runde verlor. Im Gegenteil, er war von jedem Sieg aufs Neue begeistert.

Als endlich eine SMS kam, war die von Lars.

Er erinnerte sie an ihre Verabredung, nach der er gegen neun Uhr Ordner und Speicherstick abholen würde. Es war erst halb sieben, als diese Nachricht eintraf, und sie hatte ihn gebeten, schon in einer halben Stunde zu kommen.

Sie wollte es lieber gleich hinter sich bringen. Sie konnte sein Gequengel nicht ertragen, und sie hatte sich schon einen Vorwand ausgedacht, um ihn schnell wieder loszuwerden.

Lars wartete schon vor der Tür, als sie nach Hause kam.

Seine Körpersprache war unruhig, fast aggressiv. Er hatte die Hände tief in den Hosentaschen vergraben, seine Arme waren steif. Dadurch wurden seine Schultern angehoben, wie bei einem trotzigen Bengel.

»Du kannst nicht bleiben«, sagte Selma noch einmal, als er nicht reagierte.

»Warum nicht?«, fragte er mürrisch.

»Ich habe Pläne«, erwiderte Selma und schloss auf.

Seltsamerweise mochte sie ihm jetzt keine Lügengeschichte erzählen.

»Von mir aus«, sagte er sauer. »Aber ich will meine Sachen haben. Hast du den Speicherstick öffnen können?«

»Nein. Dieses Dings ist streng genommen nicht mein Problem, Lars.«

Sie stiegen wortlos die vielen Treppen hoch. Als Selma den Schlüssel ins Türschloss stecken wollte, erstarrte sie.

»Was ist los?«, fragte Lars.

Selma machte sich am Schloss zu schaffen. Der Schlüssel ließ sich nicht hineinschieben. Sie drückte ein wenig dagegen und drehte ihn dann um. Dabei bemerkte sie eine ganz neue Trägheit, aber sie konnte hören, wie sich der Schnapper zurückbewegte. Sie zog den Schlüssel wieder heraus und bückte sich, sagte aber kein Wort.

»Was ist los?«, wiederholte Lars ungeduldig.

»*Shit*«, flüsterte Selma. »Der Stalker war wieder da. Diesmal hat er das Schloss aufgestochert.«

»Was?«

Lars beugte sich vor, um nachzusehen.

»Ich sehe nichts.«

»Du hast ja auch nicht aufgeschlossen«, sagte Selma wütend. »Ich habe sofort gemerkt, dass etwas nicht stimmt. Und sieh her ...« Sie starrte den Türspalt an, noch immer vornübergebeugt, und zeigte darauf. »Nur das eine Schloss war verriegelt. Ich weiß, dass ich beide abgeschlossen hatte. Er hat sie aufgestochert, hat sich aber nicht die Mühe gemacht, beide wieder zuzustochern.«

Sie legte die Hand auf die Klinke.

»Nicht reingehen«, rief Lars. »Was, wenn er noch immer drinnen ist?«

»Dann hätte er wohl kaum abgeschlossen«, sagte Selma und öffnete die Tür.

»Du musst die Polizei anrufen«, sagte Lars.

»Nein.«

Selma sah die Tüte, sowie sie die Wohnung betrat. Die Rema-1000-Tüte mit Ordner und Speicherstick. Die hatte seit gestern Morgen auf der Kommode gelegen. Dort hatte sie auch gelegen, als Selma schwimmen gegangen war. Sie konnte sich genau daran erinnern, weil sie für einen Moment mit dem Gedanken gespielt hatte, auch diese Tüte im Kleiderschrank im Schlafzimmer zu verstecken. Sie hatte es aber nicht getan; die Tüte und ihr Inhalt waren für sie uninteressant geworden. Sie schaute zur Decke hoch, von der sie wusste, dass dort die kleinen Geräte des Poker-Türken angebracht waren. Jetzt waren sie verschwunden.

»Dann tu ich das«, fauchte Lars, der noch immer draußen stand.

»*Das tust du nicht!*«

Er fuhr zusammen und steckte sein Handy wieder in die Tasche. Als Selma weiter in die Wohnung ging, folgte er ihr vorsichtig.

»Ist jemand hier?«, fragte er kleinlaut.

»Nein. Niemand außer uns.«

Selma ging ins Wohnzimmer. Sie schaute sich um. Nichts war angerührt worden, so sah es jedenfalls aus. Mit wachsender Besorgnis ging sie ins Schlafzimmer, öffnete den Kleiderschrank und sah nach unten, wo der Karton mit den Trachtenschuhen stand.

Der war auch noch vorhanden, aber der Laptop, das Dokument in der gelben Plastikmappe und Allan Strømmes Speicherstick waren verschwunden.

Selma begriff überhaupt nichts mehr und brach deshalb in Tränen aus.

Slagentangen

»Du musst doch irgendetwas unternehmen können«, sagte Birger Jarl Nilsen. »Ist das nicht ein typischer Fall für die Feuerwehr?«

Er saß an einem Küchentisch in einem kleinen Einfamilienhaus in Slagentangen in Vestfold, nach einer knappen Stunde in viel zu hohem Tempo auf der E18. Vor ihm stand eine nicht angerührte Tasse. Karstein Braaten hatte die Hände um seine Tasse gelegt und schüttelte den Kopf.

»Die Feuerwehr löscht Brände«, sagte er leise. »Wir zündeln aber nicht. Skandale sind etwas, das wir verhindern, nichts, was wir auslösen. Das weißt du, seitdem du dich nicht von uns anwerben lassen wolltest, Birger Jarl. Wir waren nie so etwas wie die antidemokratischen Gruppen, die im vorigen Herbst aufgeflogen sind, und werden das auch nicht sein. Wir liefern ... freundliche Korrekturen. Diskrete Richtungsänderungen. Wir sind auch Macher, das kann man wohl sagen, aber unsere Wirkmittel sind begrenzt. Menschen ... verschwinden zu lassen, gehört nicht dazu.«

»Dass die Behörden zu regelrechter Urkundenfälschung gegriffen haben, um die Leiche für den Gerichtshof in Straßburg ein bisschen aufzuhübschen, statt sie zu sezieren, ist ein Riesenskandal. Schädlich, Karstein. Überaus schädlich für Norwegens guten Ruf. Und wichtiger noch: für das Vertrauen in der Bevölkerung. Und sollt ihr das nicht bewahren?«

Karstein nickte.

»Doch. Da hast du recht. Aber wir haben die Situation jetzt ja allem Anschein nach im Griff. Dass Allan Strømme einen Speicherstick versteckt hatte und den dann Selma Falck gegeben hat, ist bedauerlich. Aber die Sache hast du ja offenbar in Ordnung gebracht. Dafür danke ich dir.«

Er nickte zum Tischende hinüber, wo Selmas Laptop mit dem am Deckel angeklebten Speicherstick lag.

»Alles, was wir jetzt tun können«, sagte er, »ist, uns darauf zu verlassen, dass es keine weiteren Kopien gibt.«

»Aber sie weiß es, Karstein! Sie hat sich diese Aufnahmen angehört!«

»Etwas zu wissen ist etwas ganz anderes, als es beweisen zu können«, sagte Karstein ruhig. »Sie wird sich mit solchen Behauptungen niemals an die Öffentlichkeit wagen, wenn sie keine Beweise hat.«

»Aber der Journalist? Dieser Lars Winther?«

»Wir wissen nicht, ob er das auch alles weiß. Und wenn, er arbeitet doch bei *Aftenavisen*. Einem verantwortungsbewussten Medium, das keine undokumentierten Behauptungen veröffentlicht. Nein ...«

Er gähnte hinter vorgehaltener Faust, schüttelte kurz den Kopf und sagte: »Danke, Birger Jarl. Du hast mir einen Gefallen getan, wie gesagt. Aber von jetzt an können wir nur noch Däumchen drücken.«

»Wofür?«

»Dafür, dass das hier gut geht, natürlich. Und dass das Vertrauensbarometer wieder steigt. Und dass das Land für einige Jahre nicht auf weitere außergewöhnliche Proben gestellt wird. Ich weiß wirklich nicht, ob wir darauf schon vorbereitet wären.«

Birger Jarl ließ Karsteins Worte in der Luft hängen. Er sah aus dem Fenster in die wachsende Dunkelheit. Der Wind kam von Süden, sogar die höchsten Kiefern bewegten sich deutlich. Weit dort draußen, hinter der Dunkelheit und der großen Landzunge, die in den äußeren Oslofjord hinausragte, lag das Meer.

Vielleicht sollte er auf Reisen gehen.

Die Flucht ergreifen.

Jetzt müsste er eigentlich weitergehen. Das letzte Kapitel seines Lebens aufschlagen, ohne Grethe und Endre. Alles war geschehen. Die Pflichten waren erfüllt. In dem neuen Leben, mit dem er begonnen hatte, als er sich gestern Abend mit dem Entschluss, niemals zurückzukehren, von Grethes Grab erhob, konnte noch Zufriedenheit liegen.

Er hatte sich so leicht gefühlt, aber der Gedanke an Selma Falck hatte auf dem Heimweg gedrückt wie ein Stein im Schuh.

Das Dokument in der gelben Mappe lag noch immer im Auto. Karstein hatte es nicht gesehen. Niemand außer ihm selbst, Birger Jarl Nilsen, sollte es jemals sehen. Er würde es verbrennen, so, wie er den Laptop zerstören würde, sobald er seinen Tee getrunken und seinen alten Freund verlassen hätte.

Selma Falck wusste alles. Sie hatte die Botschaft erkannt, die in Erschießen, Erhängen und Giftmord gelegen hatte. Das war der Sinn der Sache gewesen. Alle sollten es sehen. Der Dreifachmord war eine Botschaft, und diese Botschaft sollte verstanden werden.

Sie wusste leider auch, dass Birger Jarl hinter allem steckte. Damit konnte er nicht leben. Genaue Planung und extreme Vorsicht seinerseits hätten es der Polizei unmöglich gemacht, ihn zu finden. Solange sie nicht wussten, nach wem sie suchten. Wenn das aber von vorneherein klar war, sah die Sache ganz anders aus.

Ganz anders, leider.

Selma Falcks Dokument enthielt zum Glück auch etliche Geständnisse ihrerseits. Zwischen den Zeilen stand deutlich zu lesen, dass sie sich noch niemandem anvertraut hatte. Sie war die Einzige, die es wusste.

Selma Falck hielt sein Leben in ihren Händen.

Sie könnte es jederzeit zu Boden fallen lassen.

Birger Jarl Nilsen fasste einen Entschluss. Der war in seinem Plan niemals vorgesehen gewesen. Er war eigentlich ein Mann, der mit allem rechnete. Aber Selma Falck war in seiner Gleichung nicht aufgetaucht. Sein Fehler. Sein Versagen. Also musste er für Ordnung sorgen.

Vorsichtig stellte er die Teetasse auf den Küchentisch und erhob sich.

»Dann viel Glück«, sagte er leise und griff nach dem Rechner.

»Den behalte ich«, sagte Karstein und schaute auf.

»Nein. Du kannst den hier haben.«

Birger Jarl legte den Speicherstick mit den Aufnahmen aus dem Familienministerium auf den Tisch und klemmte sich den Laptop unter den Arm.

»Den nehme ich mit.«

»Vernichtest du ihn?«

»Ja«, antwortete Birger Jarl Nilsen und hinkte unverrichteter Dinge aus der Küche.

Nicht einmal die Feuerwehr konnte ihm helfen.

Deshalb musste er so schnell wie möglich zurück nach Oslo.

Die Rettung

Der Immobilienmakler stand mitten im Wohnzimmer in der Wohnung von Torstein Heimdal und Anna Lisa Knoph.

Es war sehr spät geworden, und alles war in schönster Ordnung. Hier war alles aufgeräumt. Es sah ziemlich gut aus, das wagte er zu behaupten, jetzt, wo alle Kartons, Kisten und Stapel entfernt waren. Er hatte die Wohnung von Stylisten möblieren lassen, leere Wohnungen zu verkaufen, war arg mühsam.

Das junge Paar war noch nicht einmal richtig eingezogen gewesen, als sie auch schon wieder verkaufen wollten. Schon beim Kauf hatten sie gewusst, dass sie für eine gewisse Zeit in den USA bleiben würden. Vor drei Wochen war nun aber Torstein Heimdals alte Großmutter verstorben. Er war das einzige Enkelkind und konnte ihre Wohnung in Frogner von Mutter und Onkel für einen Freundschaftspreis übernehmen. Die Wohnung war doppelt so groß wie diese hier und hatte eine um einiges bessere Adresse.

Der Besichtigungstermin war am nächsten Wochenende. Aber immerhin war schon vieles geschafft. Bis Freitag musste er noch drei Wohnungen und ein altes Haus bei Mølla verkaufsbereit machen.

Die Maklerfirma Primehouse AS, in der er Seniorpartner war, hatte ein auffälliges Logo. Eine Schale mit drei Mangos. Vor einem Jahr war ein heller Kopf auf die Idee gekommen, dass bei den Besichtigungsterminen immer eine Schale mit echten Mangos in der betreffenden Wohnung stehen sollte. Eine Signatur gewissermaßen; es war wichtig, sich als etwas Besonderes zu betonen. Deshalb stellte der Makler nun eine orange Steingutschale mit drei reifen, bunten Früchten auf.

Es waren noch ein paar Tage bis zum Wochenende, dachte er und starrte die Schüssel an.

Mangos reiften schnell.

Zu schnell, ging ihm jetzt auf. Die Früchte würden schon am Donnerstag stinken. Eine Besichtigung in einer Wohnung mit dem Geruch nach süßlicher Fäule kam nicht infrage.

Abermals sah er sich um.

Diese Wohnung würde zum frühestmöglichen Zeitpunkt verkauft werden. Und zwar am Montag nach zwölf. Die Wohnungen hier gingen weg wie warme Semmeln. Genau wie die, die er gestern verkauft hatte.

Und die, zu deren Kauf er Selma Falck verholfen hatte. Das war jetzt fast zwei Jahre her, und sie hatte ihn nicht erkannt. Freundlich und zuvorkommend war sie gewesen, verbindlich und korrekt.

Aber sie hatte ihn einfach nicht erkannt.

Er hasste sie.

Hass war ein starkes Wort. Vielleicht zu stark. Er war sich nicht ganz sicher, aber die Wut, die aus seinem Zwerchfell hochgeschossen war und seine Ohren zum Klingeln gebracht hatte, als sie im Januar 2018 bei ihm vorsprach, um die einzige Wohnung mit Balkon im ganzen Gebäude zu kaufen, konnte nur aus Hass entsprungen sein.

Dass sie ihn nicht erkannt hatte, war das Schlimmste.

Sie waren auf der Grundschule in dieselbe Klasse gegangen. Als sie vierzehn Jahre alt waren, hatte Selma ihm das Leben genommen.

Natürlich nicht im wahrsten Sinne des Wortes, aber der Schmerz, den sie ihm damals zugefügt hatte, hatte sein Leben zerstört, so, wie das Leben zu leicht zerstört werden kann, wenn man erst vierzehn Jahre alt ist.

Der Immobilienmakler Nils Kristoffersen hatte sich in Selma verliebt, als sie beide zwölf waren. Sie war nicht das hübscheste Mädchen in der Klasse. Sie gehörte nicht einmal zu den Besten. Was ihr die Position der Königin auf dem Schulhof verschafft hatte, hatte er niemals richtig begriffen. Vielleicht war es einfach ihr Blick. Darin lag etwas Herausforderndes. Etwas Starkes und Zielbewusstes, das in gewaltiger Energie bei all ihren Unternehmungen zum Ausdruck kam. Etwas Beängstigendes, eigentlich, und er war zutiefst getroffen gewesen.

Der Sport bildete die Grundlage für ihre Macht, hatte er später gedacht. Sie gewann in ungefähr jeder Sparte die Schulmeisterschaften. Sie gehörte im Handball der Kreisauswahl an, obwohl sie eigentlich nicht alt genug war. Die Lehrer umwarben sie, sie war ihnen gegenüber freundlich und höflich. Die Lehrer wussten nur wenig darüber, was sie ansonsten trieb. Selma Falck hatte bereits in der ersten Klasse ihr Amt als regierende Monarchin angetreten. Sie hatte sich einen Hof zugelegt, der immer weiter anwuchs und zu dem Mädchen und Jungen gleichermaßen gehörten.

Nils Kristoffersen war nie dabei gewesen.

Er hatte Selma nur aus der Entfernung beobachtet.

Immer verliebter, immer einsamer. Er registrierte alles, was sie tat. Was ihr gefiel. Was sie sagte. Einmal hatte er das Taschengeld von zwei Wochen für KIP ausgegeben, Selmas liebste Kaugummisorte. Wochenlang hatte er eine Gelegenheit gesucht, um ihr dieses Geschenk zu überreichen.

Die stellte sich niemals ein. Als er vor einigen Wochen in seinem Elternhaus den Keller aufgeräumt hatte, hatte er die Tüte mit den Zellophanpäckchen gefunden.

Als Teenager hatte Nils Tagebuch geführt. Eigentlich taten das nur Mädchen, aber da er an seinen Gefühlen, von denen er nicht wusste, wohin damit, zu zerbrechen drohte, hatte er sie dem Papier anvertraut. Er träumte sich in die Geschichten hinein, die nur ihm gehörten und in denen immer Selma auftrat. Und wenn sie eines Tages zufällig in seine Richtung schaute, konnte er die ganze Nacht schreiben.

1980, in dem Jahr, in dem alle in der Klasse vierzehn wurden, trug sich ein Wunder zu. Nils' Vater, der bei einer großen Elektronikkette arbeitete, brachte einen dieser Spielecomputer, ein Arcade Cabinet, mit nach Hause. Es war bei der Fracht aus den USA beschädigt worden, aber nur von außen. Der Vater konnte alles mit Furnier und Leim reparieren.

Der Computer enthielt das teuerste Spiel von allen.

PacMan.

Nils erlebte zum ersten Mal, wie Beliebtheit schmeckt. PacMan spielen zu können, ohne dafür bezahlen zu müssen, wurde zu einem Honigtopf. Auch für alle, die Selma umschwärmten.

Und für Selma selbst.

Der Immobilienmakler Nils Kristoffersen wollte daran nicht einmal denken. Ihm war heiß, und er wollte weg. Der Prospektstapel lag etwas schräg auf dem Küchentisch. Er rückte ihn gerade und schloss die Augen.

Einmal war Selma allein zu Nils zum Spielen gekommen.

Nils Kristoffersen hatte es nie über sich gebracht, sich wirklich daran zu erinnern, was dann geschehen war. Es gab nur kurze Erinnerungsfetzen. Es ging um das Tagebuch, das Selma fand, als Nils kurz aufs Klo musste, um Druck abzulassen. Es ging darum, was sie verbotenerweise gelesen hatte. Und wie sie gelacht hatte, ihr entsetzliches Lachen, und was sie den anderen am nächsten Tag in der Schule erzählt hatte.

Es ging darum, wer er danach geworden war.

Drei Monate später zog Nils' Familie um.

Er brauche eine Milieuveränderung, hatte der Psychologe gesagt.

Selma Falck war schlecht, das wusste Nils Kristoffersen. Für den Rest ihres Lebens war sie von einem Erfolg zum anderen geeilt, von Sieg zu Beliebtheit und Respekt.

Alles war unverdient.

Er sammelte in der zur Besichtigung bereiten Wohnung seine Sachen zusammen. Als er das Schlüsselbund nahm, um es in seinen praktischen kleinen Rucksack zu legen, fielen seine Augen auf die Schlüssel zu Selmas altem Türschloss. Er hatte sie nach der Übergabe behalten, so wie er auch den Code der Alarmanlage notiert hatte, als Vericode sie nach Selmas Wünschen eingerichtet hatte.

Er war dabei gewesen, aber auch das hatte sie kaum bemerkt.

Abermals verspürte er eine unbehagliche, intensive Hitze im ganzen Leib. Er holte tief Luft und schloss die Augen.

Nun war es vorüber. Er würde sich geschlagen geben müssen, wenn Torstein Heimdal und Anna Lisa Knoph ihre Wohnung verkauft hätten.

Als Selma ihre Schlösser ausgewechselt hatte, hatte er den Zugang zu ihrer Wohnung verloren. Er konnte sie nicht mehr mit seinen kleinen, raffinierten Andeutungen quälen, dass sie sich ja nicht sicher fühlen sollte. So, wie sie den Schulhof für ihn zur Hölle gemacht hatte, kam ihm das wie eine Art Recht vor. Sie zu quälen. Ihr das wegzunehmen, mit dem er immer warb, wenn er eine neue Wohneinheit veräußerte.

Das traute Heim.

Es hatte funktioniert, das wusste er. Er konnte sie ab und zu hören, durch das Fenster über dem Balkon, wenn ihre Tür da unten offen stand. Er wusste alles über ihre Tochter. Wie sie sich ihrer Mutter gegenüber in Rage redete und vielleicht der einzige Mensch auf der Welt war, vor dem Selma Falck sich fürchtete.

Ihren Handball hatte er ebenfalls beim Aufräumen im Keller gefunden. Als sie dreizehn waren und Selmas Mutter den Ball entsorgte, als Nils gerade vorbeiging, hatte er ihn aufgelesen und mit nach Hause genommen. Damals war er so verliebt gewesen, und Selma hatte noch nicht alles zerstört.

Der Ball wurde durch das Fenster auf ihren Balkon geworfen. Das hatte ihr Angst gemacht.

Und ihn hatte es gefreut.

Er nahm den Rucksack mit beiden Riemen auf den Rücken, um die schwere Schüssel besser tragen zu können. Er konnte sie und die Mangos nicht in den Rucksack stecken, dafür war dort kein Platz mehr. Mit gewisser Mühe konnte er die Wohnungstür abschließen, ohne die Schüssel abzustellen. Er ging zum Fahrstuhl und drückte auf den Knopf.

Nichts passierte.

»Scheiße«, murmelte er und drückte noch einmal.

Noch immer passierte nichts.

Der Fahrstuhl stand still. Er musste die Hausverwaltung informieren und die Sache in Ordnung bringen lassen, am besten bis Freitagvormittag. Die Besichtigung einer Wohnung im vierten Stock mit defektem Fahrstuhl konnte man gleich vergessen.

Er musste die Treppe nehmen.

Das Treppenhaus war von den Wohnungstüren in jeder Etage durch eine gläserne Wand getrennt, die in der Mitte eine Tür hatte. Im Treppenhaus A, in dem er sich befand, gab es im dritten Stock zwei Wohnungen. Eine davon war die von Selma Falck.

Er ging vorsichtig, um die Schüssel nicht fallen zu lassen, senkte den Blick, wollte nicht an sie denken. Er wollte sich nicht mehr um Selma Falck kümmern. Als er die Glaswand fast passiert hatte und die Treppe zum nächsten Absatz betrat, hob er den Blick.

Ein Mann stand vor Selmas Wohnungstür.

Etwas an diesem Mann war seltsam.

Nils Kristoffersen blieb stehen. Er trat in den Schutz der Treppenhausmauer und lugte vorsichtig in den kleinen Vorraum, den die beiden Wohnungen teilten.

Der Mann stocherte das Schloss auf, das konnte er sehen.

Effektiv noch dazu. Mit Bewegungen, die Nils aus Hollywoodfilmen zu kennen glaubte, drückte er so vorsichtig auf die Klinke, dass es kaum zu hören war. Er schaute sich um, und Nils konnte gerade noch den Kopf zurückziehen. Sein Herz hämmerte, und sein Hals war wie zugeschnürt. Er zwang sich, noch einmal hinzusehen.

Der Mann betrat die Wohnung.

Ganz leise, das konnte Nils sehen.

Und mit einer Schusswaffe, die er im Rücken in den Hosenbund gesteckt hatte.

Die Mangos fielen auf den Betonboden. Eine nach der anderen, dreimal Klatschen hintereinander. Er konnte die Schüssel, die er mit einer Hand gehalten hatte, gerade noch retten.

Er wollte weg hier.

Stattdessen öffnete er die Glastür so vorsichtig er konnte.

Er wollte davonstürzen.

Stattdessen ging er zu der jetzt angelehnten Tür.

Er wollte weg aus dem Block und die Polizei anrufen.

Stattdessen legte sich seine Hand an das Türblatt und schob die Tür vorsichtig auf.

Er hörte Stimmen. Eine Stimme. Die war leise, und Nils ging zu der offenen Wohnzimmertür. Drinnen stand ein Mann, mit erhobener Waffe. Die hatte etwas, das den Lauf verlängerte. Einen Schalldämpfer, konnte Nils Kristoffersen gerade noch denken, ehe er ins Wohnzimmer stürzte, die schwere Schale mit dem Primehouse-Logo hob und in hohem Bogen in Richtung eines anderen Menschen schwang.

Später würde es ihm schwerfallen zu erzählen, was dann passiert war.

Der Mann in der grauen Kleidung hatte sein Kommen bemerkt. Er konnte sich gerade noch halb zu dem Makler umdrehen, der im Laufe der vier Meter, die er über den Wohnzimmerboden gerannt war, gewaltig an Schwungkraft gewonnen hatte. Ein Schuss fiel, aber den hörte Nils Kristoffersen nicht. Das einzige Geräusch, an das er sich später erinnern konnte, war der dumpfe, widerliche Aufprall von Steingut auf einen Menschenschädel.

Und Selma Falcks erste Frage, halb geschrien und halb geweint:

»Wer sind Sie?«

Nicht einmal jetzt hatte sie ihn erkannt.

Donnerstag, 19. September

Zu Hause

»Glaubst du, er war verrückt?«

Selma Falck saß auf ihrem eigenen Sofa. In ihrer eigenen Wohnung. Mit abermals ausgewechselten Schlössern, diesmal angebracht von einem Schlosser, mit dem auch die Polizei zusammenarbeitete. Sie hatten ihr angeboten, eine Weile in einem Hotel zu wohnen. Vanja und Kristina hatten versucht, sie zu sich nach Pilestredet zu holen. Sogar Lars Winther hatte ihr eine vorübergehende alternative Übernachtungsmöglichkeit angeboten, sie könnte das Haus seiner Eltern in Disen leihen. Die Eltern waren im Urlaub, den sie wegen Leons Unfall verschoben hatten. Selma hatte die freie Auswahl. Sie entschied sich dafür, nach Hause zu gehen.

Genau hier wollte sie sein.

Genau vierundzwanzig Stunden waren vergangen, bis die Polizei die Tatortuntersuchung beendet hatte und alle Spuren des toten Birger Jarl Nilsen verschwunden waren.

Es würde Zeit brauchen, aber alles würde so werden wie vorher.

Wenn das denn möglich wäre.

Das musste es sein.

»Verrückt ...«

Fredrik Smedstuen kostete dieses Wort aus.

»Das ist eigentlich die schwierigste Bezeichnung der Welt. Verrückt. Geisteskrank.«

Er hob das Wasserglas, halb voll mit Rotwein aus einer Flasche, die eigentlich einem Sternekoch gehörte, starrte es an, ließ die Flüssigkeit umherschwappen.

»Nach meinen Maßstäben war er das wohl. Ich meine, so ein ... Unternehmen durchzuführen. So eiskalt. So bis ins kleinste Detail geplant. Geisteskrank nach meinen Begriffen, aber andererseits weist diese Durchführung doch wohl auf eine rationale Verhaltensweise hin. Ob er also verrückt war ...«

Er kostete den Wein und ließ ihn für einen Moment in der Mundhöhle ruhen, ehe er schluckte.

»Medizinisch? Vielleicht. Oder ... ich weiß es wirklich nicht. Juristisch? Das werden wir niemals erfahren. Der größte norwegische Terrorist war ja nicht verrückt, meinten sie. Und was er getan hat, war trotz allem schlimmer.«

»Er, dessen Name nie erwähnt werden darf«, sagte Selma mit einem müden Lächeln.

Fredrik lächelte zurück.

»Warum hatte Birger Jarl Nilsen solche Angst vor mir?«, fragte Selma und rieb sich die Augen. »Im Ausgangspunkt, meine ich? Nachdem er hier eingebrochen war und die Unterlagen gestohlen hatte, in denen ich fast beweisen konnte, dass er hinter allem stand, wurde ich natürlich gefährlich. Aber vorher?«

»Er hat dich sicher beobachtet, dich vielleicht zusammen mit Ewa Connert gesehen, was weiß ich. Gerade von ihr musste er dich und die Polizei doch fernhalten. Ewa Connert war Birger Jarls Achillesferse. Sie kannte Endre Cappelens Fall bis ins Detail. Und Endre sollte doch gerächt werden.«

Selma konnte kaum noch denken.

Es war so still geworden. Die Nachbarn von nebenan waren wegen der ganzen Aufregung verreist. Johanna von oben war an diesem Tag auf die Wochenbettstation gebracht worden.

Das ganze Haus schien vor Erschöpfung eingeschlafen zu sein.

Die letzten beiden Tage waren ineinander übergegangen. Selma hatte zwei lange Vernehmungen über sich ergehen lassen müssen und musste mit weiteren rechnen. Birger Jarl Nilsens Wagen war auf einem Parkplatz in Torshovdalen gefunden worden. Selmas MacBook lag unter dem Beifahrersitz, und die Polizei hatte höflich gebeten, es behalten zu dürfen. Da Selma wusste, dass sie es sonst beschlagnahmen würden, hatte sie Ja gesagt.

Die Tonaufnahmen aus dem Familienministerium befanden sich nicht auf dem Laptop, das wusste sie.

Sie hatte sie direkt vom Speicherstick abgespielt. Und der war spurlos verschwunden. Wie auch der von Lars. Und dessen Ordner. Das Dokument in der gelben Plastikmappe, das Selma ausgedruckt hatte und das mit aller Deutlichkeit bewies, dass Birger Jarl Nilsen hinter den Morden an Linda Bruseth, Kajsa Breien und Børre Rosenhoff steckte, war dagegen unversehrt.

Zur großen Begeisterung der Polizei.

So erschöpft sie auch war, so hatte Selma doch zu niemandem ein Wort über die Urkundenfälschung im Ministerium gesagt. Erstens konnte sie nichts mehr beweisen. Zweitens schuldete sie Lars eine Möglichkeit, neue Belege zu finden. Das hatte sie ihm an dem Abend versprochen, als sie gemeinsam ihre Wohnung betreten hatten und alles gestohlen worden war. Dass seither so viel passiert war, hinderte sie nicht daran, ihr Versprechen zu halten. Lars Winther war ein guter Vater, der sich im Moment um seinen Jungen kümmern musste, aber in erster Linie war er Journalist. Ein Spürhund von Journalist. Vielleicht fand er doch noch eine Möglichkeit, irgendwann neue Beweise aufzutun.

»Darauf, dass du mit diesem Fall fertig bist!«, sagte Selma und hob ihr Colaglas.

»Fertig?«

Fredrik lachte laut.

»Jetzt fängt es doch erst an! Es wird Wochen und Monate dauern, allem auf den Grund zu kommen. Wir wissen noch immer nicht genau, wie Birger Jarl Richterin Breien entführt hat. Und wo sie eigentlich ermordet wurde. Wir haben Theorien, gute Theorien, genau wie darüber, wie Børre Rosenhoff das Rizin einverleibt worden ist. Aber das alles wissen wir noch nicht ganz sicher.«

Er räusperte sich ein wenig und fuhr sich mit der Faust über den Schädel, der offenbar an diesem Tag rasiert worden war.

»Aber dir ist es zu verdanken, dass das eine Arbeit von ganz anderer Art geworden ist. Wir kennen den Namen des Täters. Dann ist es natürlich einfacher, festzustellen, was genau geschehen ist. Wir haben übrigens zu Hause bei Birger Jarl Rizin gefunden. Fünf Gramm! O verdammt, was für ein Stoff! Gut, dass wir eine Spezialmannschaft für solche Durchsuchungen haben!«

Er trank noch einen Schluck und seufzte.

»Seltsam, dass er so an seinen Sohn geglaubt hat. Diesen Brief, den wir bei Birger Jarl gefunden haben, nennen wir übrigens den Mandela-Brief.«

Selma lachte kurz und gähnte.

»Dann zeigt sich in allem wirklich eine total verzerrte Deutung der Realität. Lügen und Unsinn und Quatsch. Aber eine schöne kleine Geschichte, das muss ich sagen. Wenn sie doch nur gestimmt hätte! Ich kann mir ja nur vorstellen, dass der Junge bewusst gelogen hat!«

»Sei dir da nicht so sicher. Nach vielen Jahren Drogenkonsum und einem ansonsten reichlich traurigen Schicksal kann sich doch jeder auf alternative Wirklichkeiten verlegen.«

»Aber dass Birger Jarl das geglaubt hat! So sehr, dass er als Rache einen verdammten Dreifachmord beging!«

Selma griff sich an den Arm. Der war jetzt fast ganz verheilt. Die Narbe würde trotzdem unschön sein, und bei gewissen Armbewegungen spannte die Haut.

»Er wollte es glauben. Vielleicht musste er es ganz einfach. Er hatte als Vater so total versagt. Einen widerspenstigen und schwierigen Teenager vor die Tür zu setzen, drei Jahre, nachdem die Grundmauer der Familie eingestürzt war ...«

Sie schüttelte den Kopf.

Und sagte nichts mehr.

Endres Fall war durchaus reell, dachte sie. Und real. Er war weder Urkundenfälschung noch anderem Betrug ausgesetzt gewesen. Endre Cappelen war sein eigener Henker gewesen, niemals hätte er sich auch nur teilweise um ein Kind kümmern können.

Die Stille war angenehm.

Selma schloss die Augen.

»Er hat verdammt noch mal seinen Sohn verleugnet«, sagte Fredrik empört. »Als ich ihn vor zwei Jahren gefragt habe und als wir ...«

Selma unterbrach ihn: »Was die Sache für ihn bestimmt nicht besser gemacht hat. Birger Jarl Nilsen war ein Mann, der an Trauer und Schuldgefühlen zerbrochen ist.« Selma leerte ihr Colaglas in einem Zug. »Ich muss ins Bett«, sagte sie und gähnte ein weiteres Mal.

»Dieser Retter«, sagte Fredrik, der keinerlei Anstalten zum Aufbruch machte, langsam. »Der Birger Jarl erschlagen und dir das Leben gerettet hat ... der schwärmt ja nicht gerade für dich, sagen die Kollegen, die ihn vernommen haben.«

»Ach ja?«, fragte Selma wenig interessiert. »Hat er gesagt, weshalb?«

»Nein. Das war nur der Eindruck, den er bei ihnen hinterlassen hat. Hat es irgendwelche Probleme gegeben, als er dir die Wohnung verkauft hat?«

»Nicht dass ich wüsste«, sagte Selma und erhob sich. »Aber jetzt muss ich wirklich schlafen.«

Auch Fredrik erhob sich, mühsam und mit schwerfälligen Bewegungen.

»Wir sehen uns«, sagte er auf dem Weg zur Diele.

»Das werden wir wohl«, sagte Selma und ließ ihn den Weg hinaus allein finden.

Als sie die Tür ins Schloss fallen hörte, ging sie ins Badezimmer und zog sich aus. Ganz nackt blieb sie stehen und betrachtete sich im Spiegel.

Nils Kristoffersen hatte ihr das Leben gerettet.

Vor langer Zeit hatte Selma seins ruiniert.

Das behauptete er. Während sie darauf gewartet hatten, dass die Polizei eintraf, hatte er ihr erzählt, wer er war. Sie war von der ganzen Situation wie gelähmt gewesen, auf ihrem Wohnzimmerboden lag ein Mann mit eingeschlagenem Schädel, und sie hatte sich vor Angst die Hose nass gemacht, als sie glaubte, sterben zu müssen. Nils Kristoffersen jedoch ließ sich nicht beirren. Seine Stimme war monoton und beharrlich. Er redete und redete, und die Polizei kam einfach nicht. Er erzählte, was Selma ihm angetan hatte. Wie sein Leben verlaufen war. Wie er sie im Herbst so gemein gequält hatte, wie er nur konnte, aber dass er ihr niemals, niemals verzeihen könnte.

Seine Geschichte war grauenhaft. Sie konnte sich nicht daran erinnern. Selma erinnerte sich nicht an Nils. Nicht an seinen Namen. Nicht an sein Gesicht. Ganz weit hinten in ihrer Erinnerung war da etwas mit einem PacMan-Apparat, aber die verband sie nur mit Spaß und Unterhaltung.

Seine Geschichte konnte nicht wahr sein.

Selma hätte einen anderen Menschen niemals so behandelt.

Sie riss sich von ihrem Spiegelbild los, ging zur Abstellkammer in der Diele und schaltete das grelle Deckenlicht ein. In einem Regalfach unter der Decke lag ein Ordner mit Zeugnissen, Attesten und alten Klassenfotos. Nach einigem Suchen fand sie das Bild aus der 8. Klasse.

Selma saß in der ersten Reihe in der Mitte. Sie lachte, vielleicht über etwas, das Vanja, die neben ihr saß, gerade gesagt hatte.

Ihr Finger wanderte von einem Kind zum anderen.

»Tina«, flüsterte sie. »Berit. Ann-Elisabeth. Terje. Guttorm.«

Sie erinnerte sich an alle. Bis auf den einen, den, der ganz links stand. Der Lehrer stand rechts von ihm, näher bei den anderen, so, als ob sogar der einzige Erwachsene auf dem Bild meinte, dass der Junge nicht dazugehörte.

Dunkle Haare und ein Pony, der seine Augen fast bedeckte. Ein todernstes Gesicht. Seine Haare waren im Laufe der Jahre ergraut, das wusste Selma jetzt, aber das Kinn war dasselbe. Schmal, nahezu weich, mit einem Mund, der fast zu klein war unter der großen krummen Nase.

Der, der dort stand, war Nils Kristoffersen.

Selma konnte sich noch immer nicht an ihn erinnern.

Sonntag, 22. September

Das Versprechen

»Warum müssen wir uns gerade hier treffen?«

Lars Winther stand im Botanischen Garten, unter einem Baum, der aussah, als ob er die Ereignisse der letzten drei Wochen zutiefst betrauerte. Der Baum war kahl, nur hier und da klammerte sich noch ein gelbes Blatt an einen Zweig, im Kampf gegen die leichte Brise von Norden.

»Weiß nicht«, sagte Selma und fröstelte. »Er ist nicht hier aus der Stadt. Es gibt sicher Grenzen dafür, wie viele Orte in Oslo er kennt.«

»Hat er gesagt, worum es geht?«

»Na ja, es hat mit der Urkundenfälschung zu tun. Woher immer er davon weiß. Ich habe zu niemandem außer dir auch nur einen Mucks gesagt. Ich war leicht geschockt, als er anrief, deshalb habe ich mich zu diesem Treffen bereit erklärt.«

Lars verzog das Gesicht, und das lag nicht daran, dass es nur sechs Grad waren. Und auch nicht daran, dass der Himmel mit Regen drohte.

»Ich werde dir nie verzeihen, dass du mir nicht erzählt hast, dass du von Allan Strømme zugängliche Tondateien bekommen hattest. Und dass du sie dir angehört hast. Und dass du verdammt noch mal alles verloren hast.«

»Jammer nicht. Ich hätte mich auch entscheiden können, dir rein gar nichts zu erzählen. Außerdem weißt du ja jetzt, worum es bei den Aufnahmen ging.«

»Jetzt weiß ich das, ja! Aber was ist dieses Wissen jetzt wert, wo ich darüber kein Sterbenswörtchen schreiben kann! Ich habe keine Beweise und keine Ahnung, wo ich nach neuen suchen soll.«

»Die gibt es vermutlich nicht.«

»Warum sagst du das?«

»Nur so eine Ahnung. Ansonsten war *Aftenavisen* bei dieser ganzen Mordgeschichte führend. Nur du durftest mich interviewen, und das bloß, weil ich mich geweigert habe, mit anderen aus deiner Redaktion zu reden. Du müsstest mir dankbar sein!«

Zwei Tage lang hatte der Fall, den die Medien als *Dreifachmord beim Jugendschutz* bezeichnet hatten, alle Kanäle bespielt. Fredrik Smedstuen wurde langsam zum Promi, und der Immobilienmakler, der dem Mörder mit einer orangen Obstschale den Schädel eingeschlagen und Selma damit das Leben gerettet hatte, war Gast in einer viel gesehenen Talkshow gewesen. Selma hatte nicht teilnehmen wollen, obwohl die Redaktion alles versucht hatte, um sie dazu zu überreden.

»Eigentlich ist das doch gar kein Dreifachmord?«, sagte Selma plötzlich in leichtem Frageton. »Die wurden ja nicht gleichzeitig begangen. Da ist doch eigentlich die Rede von einem Serienmord?«

»*Whatever*«, sagte Lars sauer.

Ein Mann kam über den Gehweg auf sie zu. Er war groß, hielt sich gerade und war in Grau gekleidet. Seine beeindruckende Mähne wies die gleiche Farbe wie seine Kleidung auf. Er lächelte, als er die beiden sah, und wurde schneller.

»Karstein Braaten«, sagte er und reichte beiden nacheinander die Hand.

Der Park war fast leer. Der ältere Mann, Selma schätzte ihn auf um die sechzig, sprach mit tiefer, ruhiger Stimme. Sein Anliegen ließe sich kurz fassen, sagte er nach einer knappen Einleitung. Er wolle sie inständig bitten, das, was sie über die Urkundenfälschung im Ministerium zu wissen glaubten, für sich zu behalten.

»Was wir zu wissen glauben?«, rief Lars empört. »Hier ist nicht die Rede davon, was wir glauben, sondern wofür wir bis vor wenigen Tagen Beweise hatten.«

»Und diese Beweise haben Sie nicht mehr«, sagte der Mann gelassen. »Ich bin nicht befugt, Sie zu irgendetwas zu zwingen. Meine Aufgabe ist nur ...« Er fröstelte im Wind, der jetzt stärker wurde. Die letzten gelben Blätter der Trauerweide rissen sich los und wirbelten davon. »... Dinge in Ordnung zu bringen«, sagte der Mann nun. »Für Ruhe zu sorgen.«

»Verdammt, nein«, sagte Lars. »Ich weiß, was passiert ist, und ich werde neue Beweise besorgen.«

»Das können Sie natürlich versuchen. Ich kann Ihnen garantieren, dass Sie keine finden werden.«

»Wie können Sie da so sicher sein?«

Der Mann lächelte, aber seine Augen sahen ernst aus.

»Es gehört zu meiner Arbeit, mich davon zu überzeugen. Und im Moment gehört es zu meiner Arbeit, absolut unnötiges Aufsehen zu verhindern.«

»Woher kommen Sie eigentlich?«, fragte Selma skeptisch. »Am Telefon habe ich das nicht ganz verstanden.«

»Vom Büro für Gesellschaftliche Sicherheit und Zivilschutz«, antwortete er gleichgültig. »Wir sitzen unten in Tønsberg.«

»Was hat dieses Büro mit ...«

Selma konnte ihre Gedanken nicht so ganz sammeln.

»Wir brauchen das jetzt nicht zu vertiefen«, sagte der Mann freundlich. »Ich arbeite für die gesellschaftliche Sicherheit. Staatliche Mauscheleien bedrohen die gesellschaftliche Sicherheit. Deshalb bin ich in diesen Fall geraten. Um es ganz einfach zu sagen: Sie können tun, worum ich Sie bitte, und Sie können es lassen.«

Er bohrte die Hände in die Taschen seines Wollmantels.

»Ich möchte Ihnen nur total überflüssige Arbeit ersparen. Jegliche Aussage über das, was wirklich passiert ist, wird sofort nachdrücklich abgestritten werden. Und das wird natürlich unangenehm für die, die diese nicht belegten Behauptungen vorbringen.«

Nun blickte er Lars ins Gesicht. Selma sah, dass der Journalist unsicher wurde.

»Sehr vieles ist bereits erledigt worden«, fuhr Karstein Braaten fort. »Zum Beispiel wird Abteilungsleiter Horatio Bull-Pedersen, wenn alles ...« Er deutete ein Schulterzucken an. »... andere vorüber ist und der Lärm sich ein wenig gelegt hat, ein Angebot erhalten, vorzeitig in Pension zu gehen. Auch Alvhilde Leonardsen aus derselben Abteilung wurde energisch nahegelegt ... sich ein wenig früher in den Ruhestand zu begeben. Alles wird in Ordnung gebracht werden. Die Bereiche, in denen es noch nicht zu spät ist, wohlgemerkt. Einiges ist natürlich nicht wiedergutzumachen. Aber auch das wird nicht durch weiteren Lärm repariert werden können. Oder indem Zeit verschwendet wird, die zu Besserem genutzt werden könnte.«

Wieder ließ er seinen Blick zu Lars wandern.

»Dann danke ich dafür, dass Sie sich die Zeit für dieses Treffen genommen haben«, sagte er freundlich. »Wie gesagt, es war nur eine Bitte. Weiter reichen meine Befugnisse nicht.«

Selma hätte schwören können, dass er ihr zuzwinkerte. Blitzschnell, und vielleicht irrte sie sich ja, aber sein ganzes Auftreten erinnerte sie für einen Moment an die im vorigen Jahr aufgeflogenen Zellen mit der Lizenz zum Töten.

Sie trat unwillkürlich einen Schritt zurück, als der Mann sich zum Gehen umwandte.

»Warten Sie«, sagte Lars, und der Mann blieb stehen.

Lars wühlte in seinen Taschen, zog einen Zettel heraus und faltete ihn auseinander.

»Ich werde bestimmt noch einen Versuch machen, dieser Sache auf den Grund zu kommen«, sagte er und hielt Karstein Braaten den Zettel hin. »Aber in jedem Fall ...« Der Mann nahm den Zettel, las und sah wieder auf. »Egal, ob es mir gelingt oder nicht, so habe ich den Eindruck, dass Sie ... allerlei in die Wege leiten können.«

»Aisha Mohammad«, las der Mann vor. »Tante Ulrikkes vei 4 in Oslo.«

»Ja. Sie ist eines der Opfer der Machenschaften, die ich jetzt nicht beweisen kann. Sie arbeitet bei uns in der Redaktion, und ihr wurde ihr Kind weggenommen, ohne dass ihr auch nur eine Chance gegeben worden wäre. Zu zeigen, dass sie eine gute Mutter sein könnte, meine ich. Es ist jetzt zu spät, ihr das Kind zurückzugeben. Aber vielleicht könnten Sie ...« Lars wirkte unsicherer, als Selma ihn je erlebt hatte. Er scharrte mit dem Fuß im Gras, starrte zu Boden, und es fiel ihm schwer, seinen Satz zu beenden. »Könnten Sie dafür sorgen, dass sie ihre Tochter wenigstens sehen darf?«, fragte er schließlich. »Damit sie sicher sein kann, dass es dem Kind gut geht? Und könnten Sie vielleicht ein paar Treffen pro Jahr ermöglichen oder so?«

Karstein Braaten faltete den Zettel wieder zusammen, zog eine Brieftasche aus seinem Mantel, öffnete sie und steckte den Zettel mit ruhigen Bewegungen hinein.

»Das werde ich schon schaffen«, sagte er und nickte. »Solche Dinge liegen durchaus im Rahmen meiner Befugnisse.«

Abermals drehte er sich um und setzte sich in Bewegung.

Selmas Handy piepte. Sie zog es hervor und las.

Selma. Puh. Was für ne Woche. Hast du heute Abend Zeit und Lust zum Essen? Ort kannst du aussuchen. Fredrik.

Sie überlegte, während sie hinter Lars herging. Sie gingen in die Gegenrichtung ihres Gesprächspartners, Richtung Munch-Museum, wo Selmas Volvo und Lars' Fahrrad standen. Sie blieb stehen und schrieb eine Antwort:

Fredrik! Tausend Dank, aber heute werde ich versuchen, mir ein Date mit einem sehr jungen Mann zu erquengeln. Wie siehts mit morgen aus? Umarmung von Selma.

Sie hatte sich gerade erst entschlossen.

Sie hatte gerade erst genug Kraft gesammelt, um es zu versuchen. Sie steckte das Handy in die Tasche und ging schneller, um den langbeinigen, schlendernden Kumpel da vorn einzuholen.

Sjalg

Selma hatte es satt, auf eine Gnade zu warten, die niemals kam.

Als sie um die Ecke zu der kurzen Sackgasse in Tåsen bog, wo ihre Tochter Anine mit dem fünf Monate alten Sjalg wohnte, beschloss sie, diesmal bei der Wahrheit zu bleiben.

Es war besser so. Anine durchschaute sie immer, und die Medien hatten die Geschehnisse der letzten Tage dermaßen breitgetreten, dass zu lügen ohnehin unmöglich gewesen wäre. Sogar für Selma Falck.

Es knirschte unter ihren Fußsohlen, als sie das schmiedeeiserne Tor öffnete und den Kiesweg betrat. Für einen Moment sah sie Anine hinter dem Fenster im zweiten Stock. Sie hatte Sjalg auf dem Arm. Selma verspürte einen Stoß der freudigen Erwartung, eine heiße Freude bei dem Gedanken, dass alles vorüber war und das Leben wieder sicher. Nils Kristoffersen und seine belastende Geschichte wollte sie vergessen, und das war ihr auch schon fast gelungen.

So war es besser.

Jedenfalls für Selma.

Anine hatte sie gesehen, und die Tür öffnete sich, noch ehe Selma die Steintreppe hochgestiegen war.

»Hallo«, sagte Selma und blieb auf der mittleren Stufe stehen.

»Hallo«, sagte Anine, ohne zu lächeln.

Sjalg starrte seine Großmutter mit ernster Miene an. Selma glaubte, ihr Herz schlagen hören zu können. Sie griff sich an die Brust und sagte: »Es ist vorbei, Anine. Ich bin aus purem Zufall da hineingeraten. Ich musste nur einen Weg finden, um wieder herauszukommen. Irgendwann, wenn du Lust hast, kann ich dir alles erzählen. Aber im Moment ...«

Sjalgs Gesicht öffnete sich zu einem strahlenden Lächeln, und er erwiderte ihren Blick. Noch immer hatte er nur zwei Zähne oben im Mund. Noch immer war er seiner Großmutter wie aus dem Gesicht geschnitten, obwohl er in den vergangenen Wochen größer geworden war. Jungenhafter, irgendwie.

Und noch schöner.

»Im Moment habe ich das dringende Bedürfnis, mit Sjalg zusammen zu sein.«

»Deine Bedürfnisse«, sagte Anine. »Selma Falcks Bedürfnisse. Wie immer.«

Abermals griff Selma sich ans Herz.

»Bitte«, flüsterte sie.

Anine schüttelte den Kopf. Lange. Ob es eine Absage an Selmas Bitte sein sollte oder ob sie einfach resignierte, war wie immer unmöglich zu sagen. Sie nahm Sjalg auf den anderen Arm. Der Kleine beugte sich vor, und seine Mutter musste ihn um den Bauch fassen, damit er nicht hinunterfiel, als er die Arme nach Selma ausstreckte.

»Er erkennt mich«, sagte Selma.

»Er hat dich seit drei Wochen nicht mehr gesehen, Mama. So weit können Kinder sich nicht erinnern. Aber ...«

Ein kleiner Luftzug aus der Wohnung brachte den Duft des Jungen mit. Der war ganz eigen, ganz anders als der von Selmas eigenen Kindern damals. Er sah sie jetzt an, mit einem Ernst, der Selma davon überzeugte, dass er jedenfalls begriff, wie wichtig sie war. Wie nah sie ihm immer sein würde, egal, auf welche

Sperren und Strafen Anine in den kommenden Jahren auch verfallen mochte.

Vorsichtig streckte sie ihm die Hand hin. Er griff zu.

Abermals dieses Lächeln, es war, wie Fotos von sich selbst als Baby zu sehen.

Sie schaute auf. Anine sah ihr ins Gesicht. Ihre Miene war unergründlich. Sjalg zog an Selmas Hand und ließ ein zufriedenes Gurgeln hören.

»Okay«, sagte Anine endlich und gab das Baby her. »Dann komm rein. Unter der Bedingung, dass du nie, nie, nie wieder auf dich schießen lässt. Oder dir hinterher. Oder dich überhaupt niemals wieder jemandem mit einer Schusswaffe näherst.«

»Ich verspreche, das nicht zu tun«, murmelte Selma mit dem Mund an dem seidenweichen Kinderkopf. »Tausend, tausend Dank.«

Sie gingen ins Haus. Anine ging die Treppe hoch, Selma folgte ihr, das Kind fest an sich gedrückt. Ein herbstlicher Windstoß schlug die Tür hinter ihnen zu, und eigentlich war alles gut.

Der Mandela-Effekt

Lieber Papa,

sie hat mir gehört, sowie ich sie gesehen hatte. Und ich ihr, auch wenn es noch Stunden dauern sollte, bis sie mich sah und das begriff.

Es war eine der Nächte im Frühling, in denen alles gut ist.

So verdammt gut, Papa.

Victoria stand da, ein bisschen verlegen, sie hatte einen zu viel getrunken, und sie hatte ihre Freunde aus den Augen verloren. Ich hatte sie schon den ganzen Abend aus der Ferne beobachtet. Du weißt ja, wie ich damals war, Papa. Eine Enttäuschung. Für dich und mich und sicher auch für Mama, wenn sie noch gelebt hätte. Sieben Jahre hatte ich gebraucht, um ins Chaos zu geraten. Sieben Jahre lang hatte ich Mama vermisst und war vor dir weggelaufen und hatte geglaubt, dass ich niemals erwachsen werden würde. An diesem Abend kam die große Wende. Wenn du mich nur hättest sehen können. Uns sehen können. Und wenn Mama immer noch da gewesen wäre.

Sie hatten Ähnlichkeit miteinander. Mama und Victoria. Die gleichen rotblonden Haare, der helle Blick. Victoria hatte hohe Absätze, wartete auf ein Taxi und war traurig. Ich hatte das schon früher an dem Abend gesehen, als sie in Frogner Flieder gepflückt und sich eine Knospe hinters Ohr gesteckt hatte. Der Flieder hat in dem Jahr so früh geblüht. Die Büsche dufteten in der ganzen Stadt um die Wette, als wir losgingen, sie vorweg, ich hinterher. Ich folgte ihr, ich sah sie, als sie die anderen traf, die

Mädchen, die sie dann im Stich ließen, und den Mann, der sie nicht wollte.

Victoria war der Frühling, den ich gesucht hatte.

Ein Glas zu viel hatte sie getrunken. Das war alles. Sie weinte ein bisschen vor sich hin und wollte nach Hause. Als eine Ratte aus dem Gebüsch gerannt kam und sie fast zu Tode erschreckte, musste ich mich bemerkbar machen. Sie fiel mir sozusagen in die Arme, Papa, in jeder Hinsicht. Sie packte mich und drückte sich an mich und hatte Angst und war angetrunken und so reizend, wie ich noch nie ein Mädchen erlebt hatte. Ich war nicht mehr dieser Homo. Ich war Victorias Mann. Mein Herz barst. Es zersprang da und dort in Sternenhimmelstücke, ich war verliebt und wusste, dass das von Dauer sein würde. Sie war zu gut für mich, zu sehr Mama und zu sehr alles, vor dem ich schon mit vierzehn weggelaufen war. Aber sie gehörte mir. Das schwöre ich dir, Papa. Victoria und ich gehörten wirklich einander.

Wir gingen den ganzen Weg nach Manglerud.

Ihr ganzes Leben wurde mir geschenkt. Sie wurde unterwegs nüchtern, und wir sprachen uns gegenseitig in unser Leben hinein. Ich hatte in Einsamkeit früher an dem Abend einen Joint geraucht, und als die Wirkung verflog, wurden Leben und Luft um mich herum schärfer. Wir gingen durch die Stadt und durch die Straßen, die verschlungenen Wege hoch nach Ekebergåsen.

In dieser Nacht ist David entstanden, Papa.

All unsere Träume wurden in einer Nacht im Mai erschaffen.

Ihre Wohnung war groß genug für uns beide. Für uns alle drei, wenn es dann so weit wäre. Wir waren zwei Tage dort und standen nur auf, um Wasser und Essen zu holen, das Victoria an die Tür liefern ließ. Wir hatten Pläne. Wir hatten ein Leben. Vor allem hatten wir den Traum von David.

Am zweiten Tag wurde Victoria krank.

Zuerst erbrach sie sich nur, und wir lachten und meinten, das sei ein verspäteter Kater. Wir hatten seit Freitagabend keinen

Alkohol mehr angerührt. Und am Sonntagnachmittag schliefen wir ein, wie uns das manchmal passierte, obwohl wir die Zeit, die wir zusammen hatten, doch nicht verschwenden wollten. Als ich aufwachte, war sie im Badezimmer. Sogar dort, nackt auf den Knien vor der Kloschüssel, war sie wunderbar. Meine Hände passten perfekt in die leichte Mulde über ihrem Po, als ich in die Hocke ging und ihr half. Ich hielt ihre Haare nach hinten und streichelte ihren Rücken, sie erbrach sich, bis nichts mehr kam. Victoria war bleich, und ihr war ein bisschen schwindlig, aber sie lächelte, als ich ihr vorsichtig beim Aufstehen half und sie ins Bett brachte.

Dicht, dicht aneinander lagen wir da, solange es möglich war, einander noch näher zu kommen.

Sie war wirklich krank. Ein Krankenwagen kam. Eine Mutter kam. Eine miese Kuh. Die Wohnung gehörte nicht mir, und ich musste gehen. Victoria ging es sehr schlecht, etwas Gefährliches, das in der Frühlingsnacht vergessen worden war, als wir durch Oslo wanderten und verliebt waren.

David wurde neun Monate später geboren.

Ich habe dir das schon einmal erzählt, Papa. Wenn ich nicht mehr bei dir bin, sollst du das nicht vergessen. Es war so wichtig für mich, dass du alles verstehst. Dass du weißt, dass Victoria die Eine war, die Einzige, und alles, was ich falsch gemacht habe, vorher und nachher, kann mir nicht nehmen, dass ich ein wirkliches Leben gelebt habe. Nur zwei Tage lang, das war alles, was ich nach Mamas Tod bekommen habe, aber für mich war es genug. Wir haben David erschaffen, er gehört Victoria und mir, und als Victoria starb, gehörte er uns. Mir und dir, Papa. Wir hätten ihn haben sollen, und ich habe so gekämpft, um alle Träume und Hoffnungen zu erfüllen, die an dem Wochenende bei Victoria geboren wurden. Sie haben über mich gelogen. Sie haben kleine Fehler aufgeblasen und Dinge behauptet, die ich nie im Leben getan hätte. Sogar mein Anwalt war gegen mich. Das Schlimmste bei allem ist aber, dass sie mir mein Leben weggenommen haben. Unsere Tage, Victorias und meine. Sie haben eine Monstererzählung über Zufälle und Gemeinheit erfunden, als ob David auf andere Weise entstanden sein könnte als eben aus Liebe.

Die Lügen haben mir das Leben genommen. Egal, wie sehr ich auch kämpfe, es hat ja doch keinen Zweck. Ich habe es nicht geschafft, mich zu erschießen. Oder mich zu erhängen. Wenn du mich findest, habe ich den sichersten Ausweg gewählt, dieses Gift in einer Dosis, die niemand überlebt.

Danke, Papa, für diese drei Wochen. Und dafür, dass wenigstens du meine Geschichte glaubst. Du bist der Einzige.

Dein Sohn Endre

Nachwort der Autorin

Das hier ist ein Roman. Die Geschichte, die ich erzähle, ist also keine wahre. Ich habe zum Beispiel keinerlei Grundlage für die Behauptung, dass unsere Behörden Urkunden fälschen. Oder dass das Büro für Gesellschaftliche Sicherheit und Zivilschutz das treibt, was ich es in meiner Erzählung tun lasse. Ich habe keine Ahnung, ob die Bäckerei *Godt Brød* in Grünerløkka eine Hintertür hat oder ob es in Oslo erlaubt ist, Wohnblocks mit einem einzigen Balkon an einer ansonsten grauen und glatten Wand zu errichten.

Überhaupt habe ich mir allerlei Freiheiten herausgenommen, wie eine Romanautorin das darf und soll. Unter anderem habe ich die Aufdeckung des NAV-Skandals (denn der ist eine Katastrophe aus der Wirklichkeit) einen Monat vorgezogen, weil das besser in meine Geschichte passte. Ich habe auch die Tatsache verdreht und verändert, dass Norwegen in einer Reihe von Kinderschutzfällen vom Europäischen Gerichtshof Prügel bezogen hat (und das weiterhin tut). Die juristischen Schlachten aus der Wirklichkeit werfen eine Reihe schwieriger Fragen auf, und ich habe dieses Buch in politischer, juristischer und menschlicher Verwunderung geschrieben.

Mein Buch wurde in einem für alle geltenden Ausnahmezustand abgeschlossen. Die Pandemie erreichte Norwegen, als ich den letzten Gang einlegen wollte, um dem Buch seine endgültige Gestalt zu geben. Absurderweise traf eins der Geschehnisse ein, auf die der Karstein Braaten dieses Buches uns vorbereiten soll. Die durch das Virus hervorgerufenen Zerstörungen haben mir Angst gemacht und tun das noch immer. Ohne das Verständnis und die Hilfsbereitschaft meines Lektors, Espen Dahl, und seiner Chefin, Kari Marstein, wäre dieser Roman niemals fertig geworden.

Vor allem dankbar bin ich jedoch, wie immer, meiner Liebsten seit zweiundzwanzig Jahren. Wie so viele andere hat auch sie die Ärmel aufkrempeln müssen, um Existenz und Arbeitsplätze und Kultur und Buchbranche zu retten. Trotzdem hatte sie Kraft und Zeit und Liebe genug, um der Fels aus stoischer Ruhe zu sein, ohne den ich nicht leben könnte. Und um mich ordentlich zusammenzustauchen, wenn das angebracht ist.

Danke, Tine, immer.

Larvik, 4. Juli 2020
Anne Holt